SONJA RÜTHER
BLINDE SEKUNDEN

aufbau taschenbuch

SONJA RÜTHER, geboren 1975 in Hamburg, betreibt in Buchholz/Nordheide einen Kreativhof (Ideenreich – der Kreativhof) und den Verlag Briefgestöber. »Blinde Sekunden« ist ihr erster Thriller, der Nachfolger »Tödlicher Fokus« ist bereits als E-Book erschienen.

Mehr zur Autorin unter www.briefgestoeber.de

Er weiß, dass er eine Grenze überschreitet, doch einmal möchte Sven mit Silvia, der Frau seines besten Freundes, eine Nacht verbringen. Sie buchen ein Zimmer in einem teuren Hotel für ein einziges heimliches Rendezvous. Im Foyer lässt Sven seine Geliebte nur einen Augenblick allein – und was ein leidenschaftliches Abenteuer werden sollte, wird zu seinem schlimmsten Alptraum. Silvia verschwindet spurlos. Aber Sven kann sie nicht als vermisst melden, ohne zu verraten, warum sie sich im Hotel trafen. Ist Silvia vor dem Betrug geflüchtet? Oder gar dem Serienkiller zum Opfer gefallen, der in Fünf-Sterne-Hotels umgeht?

SONJA RÜTHER

BLINDE
SEKUNDEN

THRILLER

atb aufbau taschenbuch

ISBN 978-3-7466-3226-1

Aufbau Taschenbuch ist eine Marke
der Aufbau Verlag GmbH & Co. KG

1. Auflage 2016
© Aufbau Verlag GmbH & Co. KG, Berlin 2016
Copyright © 2014 dotbooks GmbH, München
Umschlaggestaltung und Motiv www.buerosued.de, München
Gesetzt in der Garamond Premier Pro
durch Greiner & Reichel, Köln
Druck und Binden CPI books GmbH, Leck, Germany
Printed in Germany

www.aufbau-verlag.de

Für Irma Külper

1. KAPITEL ——————————— GÖTTINGEN

Sonntag, 10. Mai 2009
19:03 Uhr

Die meisten Gäste dieser Charity-Veranstaltungen kannte Dr. Karl Freiberger ungeschminkt, narkotisiert, mit schlaffen Gesichtszügen und unkaschierten Makeln von seinem OP-Tisch. Er wusste sehr genau, wem er wo das Skalpell angesetzt, wessen Knorpel er abgehobelt, Brüste vergrößert und Gesichtszüge er aufgepolstert oder gestrafft hatte – kleine und große Korrekturen von Schönheitsfehlern, die der Regenbogenpresse hohe Summen wert gewesen wären, wenn nur jemals ein Beweisfoto seine Praxis verlassen hätte. Aber genau deshalb kamen sie alle früher oder später zu ihm: Er war diskret und ein Perfektionist.

Ich wünschte, ich müsste meine Freizeit nicht mit meiner Kundschaft verbringen, dachte er mürrisch und sah zu Barbara hinüber. Weder hier im Foyer noch später im großen Festsaal würde er sie aus den Augen verlieren. Nur ihretwegen ließ er diese gesellschaftliche Verpflichtung über sich ergehen. Wenn sie sich für eine solche Veranstaltung zurechtmachte, blühte sie auf, und für ihr Lächeln lohnte sich das Aushalten dieser Anlässe – denn wenn sie wieder zu Hause waren, erstarb es ihr auf den Lippen.

Man könnte glatt vergessen, wie krank sie ist.

Er lehnte sich leicht gegen eine weiße Säule, abseits des Trubels, und drehte ein leeres Champagnerglas zwischen seinen Fingern. Dies war ihre Bühne, nicht seine. Er war weder dick noch dünn, eher Durchschnitt; wirre, von Grau durchzogene Haare und ein schlichtes Gesicht, das ebenso gut das eines Lateinlehrers oder eines Steuerberaters hätte sein können. In die Jahre gekommene Unauffälligkeit. Der absolute Gegensatz zu Barbara. Bevor die Türen zum großen Saal geöffnet wurden, konnten sich die Fotografen in der Empfangshalle mit ihrem Blitzlichtgewitter austoben, danach kämen nur noch ausgewählte Journalisten in den Genuss, das Geschehen zu dokumentieren. Er konnte die Schlagzeilen in den Magazinen bereits vor seinem geistigen Auge sehen. Seine Frau und er waren dabei nur Randfiguren – uninteressant, solange kein Skandal zu wittern war.

Und so wird es auch bleiben.

Die Patientinnen wurden durch seine Arbeit niemals entfremdet. Wer Wünsche äußerte, die gegen seinen ästhetischen Maßstab verstießen, musste sich einen anderen Chirurgen suchen. Karl Freiberger gönnte sich den Luxus, auch einflussreiche Patienten fortzuschicken.

So wie seine Frau an diesem Abend aussah, würde sie es vermutlich auf die Seite mit den schönsten Kleidern des Abends schaffen. Der rote Stoff umschmeichelte ihren makellosen Körper, versprach Einblick an delikaten Stellen, ohne dass man jedoch mehr sehen konnte als gewollt. In dem bunten Blumenstrauß der herausgeputzten Gäste war Barbara die Rose. Sie fuhr sich mit den Fingern durch die langen blonden Haare und lachte gelöst. Das Collier mit achtundvierzig Brillanten um ihren Hals funkelte. Barbara besaß ein bewundernswertes Talent, sich mit kleinen Bewegungen, Gesten, Mimik und ihrer melodischen Stimme so in Szene zu setzen, dass jeder Mann im Raum sie zwangsweise bemerken musste. Sie spielte mit der Aufmerksamkeit ihrer Gesprächspartner, genoss jedes Kompliment. Nichts davon entging Karl.

»Sie sieht wundervoll aus.« Richard Brose trat neben ihn und grinste anzüglich. Er trug nicht wie die anderen Gäste einen Smoking. Die obersten Knöpfe des lässigen weißen Seidenhemds standen offen, und die braungebrannte Haut bildete einen auffälligen Kontrast zu dem hellen Stoff. Das dunkelblaue Jackett hing locker über einer Schulter, und nach Betreten des Saals würde er es über eine Stuhllehne hängen. Glänzende schwarze Haare, glatte Gesichtszüge und die ruhelosen Augen eines Eroberers: Karl hasste ihn. An manchen Tagen hätte er ihn gerne mit seinem Goldkettchen erwürgt oder ihm zumindest Botox in die Zunge gespritzt, damit er sein Geschwätz nicht mehr ertragen musste.

Beherrscht freundlich nickte er. Sie waren beinahe ein Jahrgang, Richard verbannte die fünfzig Jahre jedoch mit jeder Menge Haarfärbemittel und regelmäßigen Spritzen gegen die Falten. Karl mochte neben ihm grau und alt erscheinen; dafür machte er sich nicht lächerlich.

Man soll der Jugend nicht nachjagen.

Er betrachtete wieder seine Frau und hoffte, dass sie niemandem – und ganz besonders nicht Richard Brose – einen Anlass zur Schadenfreude gab. Es war ihr erster öffentlicher Auftritt seit der kleinen Wangenaufpolsterung. Karl achtete besonders auf den Erhalt ihrer natürlichen Schönheit. Sie war zwar die Frau eines Schönheitschirurgen, deswegen musste sie aber noch lange nicht künstlich und operiert aussehen. Er hatte in den letzten Jahren eine Seite an ihr kennengelernt, die ihn zunehmend mit Sorge erfüllte. An manchen Tagen war sie aufbrausend und impulsiv, an anderen zog sie sich ins abgedunkelte Schlafzimmer zurück und blieb stundenlang im Bett liegen. Irgendetwas zerstörte zunehmend ihre Eigenwahrnehmung, ließ sie um ihre schwindende Jugend trauern und pflanzte ihr unerklärliche Selbstzweifel ein.

»Du siehst müde aus«, sagte Richard Brose jetzt. Er war ganz entspannt. Sein Geld verdiente er inzwischen nur noch mit sogenannten Botox-Partys. Mal organisierte er sie selbst, mal wurde er eingeladen. Schnell verdientes Geld zwischen Vorspeise und Hauptgang. »Wird dir deine junge Frau langsam zu viel?«

Wie lange würde die unglückliche Barbara der Masche dieses junggebliebenen Spaßbringers wohl noch widerstehen? Er mochte nicht, wie sie lachte, wenn dieser *Fatzke* Anekdoten aus seinem Jetset-Leben erzählte. Der Gedanke, sie könnte diesen Mann interessant finden, quälte ihn. Broses Art, Barbara anzuschauen, war sehr eindeutig, und er ließ auch keine Gelegenheit aus, mit ihr zu flirten. Seine schwerste bisherige Niederlage gegen diesen Mann hatte Karl erfahren, als Barbara Brose auf einer Party gestattete, ihre Stirn mit Botox zu glätten.

Damals hatten sie die Veranstaltung wortlos verlassen, und erst zu Hause hatte er sie in seiner Enttäuschung angeschrien und ihr Dinge gesagt, die er auch nach vier Jahren noch bereute. Denn da hatten ihre Veränderungen angefangen. Egal, wie oft er sich entschuldigte, er kam nicht mehr an den Teil in ihr heran, den er mit diesen Worten offenbar so schwer verletzt hatte.

»Entschuldige mich.« Es war ihm zuwider, Richard in irgendeiner Form zu antworten. Er ging zur Bar und holte sich einen Whiskey. Das würde die nächsten Stunden erträglicher gestalten. Da er auf ruhige Hände angewiesen war, trank er nur selten Alkohol, aber wenn er es tat, spürte er die Wirkung schnell.

Er ist neidisch, weil alle zu mir kommen. Sein Botox ist nur ein Partyspaß. Barbara steht weit über ihm, sie wird ihn nie wieder an sich heranlassen.

Mit dem Glas in der Hand drehte er sich um und betrachtete Barbara. Richard bewegte sich wie eine Schmeißfliege um sie herum, aber sie war zu beschäftigt damit, bezaubernd zu sein. Sie genoss die Blicke, sog gierig die Aufmerksamkeit in sich auf – ohne je zufrieden zu sein. Karl wusste, dass sie bereits auf der Rückfahrt wieder an sich herummäkeln würde.

Gleich wird er sie zum Lachen bringen. Sie anfassen, wann immer er es unverfänglich tun kann.

Niedergeschlagen nahm er einen weiteren Schluck. Er kannte den Verlauf dieser Zusammentreffen zu gut, aber solange sie nur mit seinem Kontrahenten spielte und er kein Interesse bei ihr erkennen konnte, wollte er ihr keine Szene machen. Nicht wegen Richard.

Jetzt zeigte das Kleid für seinen Geschmack doch zu viel Haut. Schon legten sich Richards Finger auf ihren Arm, er begrüßte sie mit angedeuteten Wangenküsschen, und Barbara lachte erfrischend.

Karl empfand das drängende Bedürfnis, ihr seine Jacke über die Schultern zu legen.

Ich wünschte, sie würde nicht ständig Bestätigung bei anderen suchen. Barbara gab sich mit seinen Komplimenten nicht mehr zufrieden. Oft betonte sie in besonders schwarzen Momenten ihrer Depressionen, dass er als Fachmann jeden ihrer Makel kennen und sie nicht objektiv betrachten würde. *Sie glaubt mir nicht mehr.*

Dieser Umstand traf ihn hart, und auch wenn sie am Ende einer jeden Party wieder mit ihm nach Hause ging, fürchtete er doch, dass es nicht mehr lange dauern würde, bis ein jüngerer Mann sie ihm wegnahm.

Er rieb sich über die Augen und nippte am Whiskey. *Ich bin doch schuld daran, dass sie so geworden ist.*

Im Lauf der Ehe hatte er ihr kleine, geradezu unbedeutende Korrekturen vorgeschlagen, weil die Ideen, wie ihre Schönheit noch optimiert werden konnte, sich nicht zurückhalten ließen. Wenn sie sagte, sie fände ihre Brüste zu klein, dann nahm er sie nicht in den Arm und sagte ihr, dass sie für ihn perfekt seien. Im Gegenteil, er beschrieb ihr das Verfahren einer Vergrößerung und passte die Maße ihren Wünschen an.

Aus ihrer anfänglichen Angst vor den Eingriffen war eine Selbstverständlichkeit geworden, und die Resultate machten sie glücklich.

Irgendwann forderte sie sein Können konkret ein: ein dezentes Lippenaufspritzen, eine kleine Konturenkorrektur an den Oberschenkeln. Inzwischen war sie so weit, dass sie jedes

Mal, wenn andere etwas machen ließen, überlegte, ob das bei ihr nicht auch durchgeführt werden sollte.

Das Verhältnis zwischen sinnvollen und unnötigen Eingriffen fing an, sich anzugleichen. Und wenn er etwas nicht machen wollte, schrie sie ihn an und drohte, zu Richard oder einem anderen zu gehen. Besonders schlimm wurde ein Streit immer dann, wenn sie seine damaligen unbedachten Worte gegen ihn verwendete.

Er merkte, dass er das Glas zu fest umklammerte. Die Fingerknöchel standen weiß hervor. Aber je länger sich Richard in ihrer Nähe befand, desto wütender wurde er.

Sie sieht nicht aus wie achtunddreißig. Er stellte das leere Glas auf den Tresen zurück und ging zurück an einen Platz abseits des Geschehens. *Eher wie Ende zwanzig.*

Endlich ging Richard von Barbara weg, und Karl entspannte sich merklich. Nun konnte er ihren Anblick wieder genießen.

In diesem Moment sah er nichts von den Depressionen, ihren Unsicherheiten und Zweifeln – kein Anzeichen ihrer psychischen Veränderungen. Gerne hätte er sie jeden Tag so glücklich erlebt wie in diesen wenigen Stunden, in denen sie sich im Mittelpunkt der gehobenen Gesellschaft befand.

Er ließ seinen Blick schweifen, musterte die umstehenden Damen, die Grüppchen all jener, die gesehen werden wollten. Dann wurde es plötzlich still – das sichere Zeichen, dass da jemand wusste, wie man den anderen die Schau stahl.

Suzanna Hillmer war der Star der Veranstaltung. Die Medien berichteten täglich über das gerade mal zwanzigjährige It-Girl, dessen Leistung darin bestand, einen reichen Vater zu haben und hübsch auszusehen. Sie wurde umschwärmt wie ein Weltstar. Um des richtigen Auftritts in dieser exklusiven Ansammlung willen traf sie zu spät ein und erntete die bewundernden Blicke der Männer und den Neid der Frauen. Ein gewagtes Design, das kaum noch Kleid genannt werden konnte, verhüllte ihren Körper: aneinandergenähte goldene Vierecke, als einziger Halt ein breiter Gürtel um die schmale Taille und wie von Zauberhand über den Brüsten gehalten. Es war die perfekte Mischung aus Illusion und Verführung. Auf den ersten Blick hätte Karl schwören können, sie wäre nackt und auf ihrer Haut klebten lediglich ein paar kunstvolle Goldblätter und Strasssteine, die die wichtigen Stellen verdeckten.

Er überlegte, was wohl der Grund sein würde, weswegen sie früher oder später zu ihm käme. *Brüste,* urteilte er fachmännisch. *Ihr Gesicht ist symmetrisch und jugendlich – mit entsprechender Pflege könnte sie es zehn Jahre ohne OP schaffen, danach ...* Er bemerkte, wie Barbara sie anstarrte. Diesen Blick kannte er inzwischen zu gut. Schon bald würden Hillmers Handbewegungen und Mimik in ihr Repertoire übergehen. Spätestens in einer Stunde würde Barbara auch wie sie klingen.

Wir sollten fahren, bevor es richtig losgeht.

Diesen Tic hatte er anfangs gar nicht richtig wahrgenommen. Inzwischen schämte er sich für sie, wenn sie die Imitationen in der Öffentlichkeit übertrieb. Sie ertrug die jüngere Konkurrenz nicht, und ihr Umgang mit diesem Problem vernichtete alles, was sie so großartig und bemerkenswert machte.

Karl bereitete sich darauf vor, sie unauffällig beiseitezunehmen, wenn seine Befürchtungen eintreten sollten. Er wusste, dass man inzwischen über sie redete. Hinter vorgehaltener Hand nannte man sie gelegentlich »Mrs. Plagiat«.

Früher oder später werden wir einen Spezialisten aufsuchen müssen. Leider wusste er, dass die Schweigepflicht nicht vor Gerede schützte. Wenn jemand erst bemerkte, dass Barbara zu einem Psychologen ging, würde die Gerüchteküche ins Brodeln geraten.

Er seufzte und überlegte, ob er sich noch einen Whiskey holen sollte. Er sah auf seine Armbanduhr. *Es ist noch viel zu früh.*

Da wurden die Türen zum Saal geöffnet. Schnell ging er zu

seiner Frau und legte sanft eine Hand auf ihren Rücken. »Wollen wir reingehen?«

Sie schenkte ihm ein Lächeln und hakte sich bei ihm unter. »Hast du etwa getrunken, Liebling?«, fragte sie flüsternd. »Du weißt doch, dass du nachher noch fahren musst. Warum bist du nur so unvernünftig?«

Er legte die Hand auf ihren Arm und strich zärtlich darüber. »Mach dir keine Sorgen, mein Herz, von nun an werde ich mit Wasser vorliebnehmen. Amüsierst du dich gut?«

Ihre Augen verloren den Glanz, der bis eben noch darin gestanden hatte.

In seinem Beruf hatte er viele Formen der Depression kennengelernt. Die wenigsten Patientinnen kamen durch eine Brustvergrößerung oder Nasenkorrektur aus diesen Krisen heraus, und bei Barbara kam und ging die Niedergeschlagenheit, als stünde ihr Seelenheil auf gläsernen Beinen.

Seinen Patientinnen gab er gute Ratschläge mit auf den Weg, die in der Theorie von bestechender Logik waren. Manchen reichte etwas Zuspruch und das Gefühl, wahrgenommen zu werden, doch bei seiner eigenen Frau zeigte nichts Wirkung. An manchen Tagen erreichte er sie schon gar nicht mehr. Und nun konnte er sehen, wie ihre gute Laune wieder einmal in sich zusammenfiel wie ein Kartenhaus.

Irgendwann würde er sie zwingen müssen, sich helfen zu lassen.

Bis neun bleiben wir noch, dachte er nach einem weiteren Blick auf die Armbanduhr. *Das sind dann immer noch zwei Stunden zu viel.*

2. KAPITEL ——————— GÖTTINGEN

Sonntag, 10. Mai 2009
22:34 Uhr

Die grünen Vorhänge des Schlafzimmers waren zugezogen, kleine Lampen links und rechts am Rahmen des Spiegels beleuchteten Barbaras Gestalt. Karl betrachtete sie durch den Türspalt.

Sie trug einen weißen Bademantel, das Make-up hatte sie bereits entfernt. Wie lange sie seit der Rückkehr von der Veranstaltung schon am Schminktisch saß, konnte er nicht sagen. Manchmal verbrachte sie Stunden auf diese Weise. In ihren braunen Augen lag diese Traurigkeit, für die er keine Erklärung finden konnte.

Was willst du denn noch?, dachte er hilflos. *Ich lege dir doch die Welt zu Füßen.*

Im ersten Stock des Anwesens herrschte stets eine bedrückende Stille, die er gerne durch kleine Kinderfüßchen oder -lachen aufgehellt hätte, aber Barbara war dagegen.

Kein Nachwuchs.

Die Schönheit musste erhalten bleiben und durfte weder durch Schwangerschaftsstreifen noch Krampfadern, Hängebrüste oder andere Nebenwirkungen des *Brütens*, wie sie es abfällig nannte, geschmälert werden. Dabei hätte er alles wieder ohne Probleme ins Lot bringen können.

»Kinder machen alt«, waren ihre letzten Worte zu diesem Thema gewesen. Und es war gleich, dass er ein Kindermädchen eingestellt und ihr alle Arbeit abgenommen hätte. Es änderte nichts.

Behutsam schob er die Tür auf und trat ein. Der Abend zwischen den jüngeren und vermeintlich schöneren Frauen wirkte in all seiner Unerfreulichkeit nach. Die älteren und weitaus hässlicheren hatte sie wie immer gar nicht wahrgenommen. Es nützte auch nichts, wenn er über die Makel der anderen

15

sprach, weil sie ihm kaum zuhörte, wenn sie so niedergeschlagen war.

Dennoch versuchte er es. »Hast du Daphnes Gesicht gesehen? Durch das ganze Botox sieht es richtig tot aus.« Er stellte sich hinter seine Frau und betrachtete sie. 1,71 Meter groß, leichte fünfundfünfzig Kilo, lange, straffe Beine, Wespentaille, feste, große Brüste und blonde Haare bis über die Schultern – begehrenswert und schön. Er liebte das alles abgöttisch.

Warum siehst du nicht, was ich sehe?

Aber wenn sie sich selbst betrachtete, sah sie die kleinen Fältchen um die Augen. Die Haut verlor ihre Spannkraft, die Lider hingen leicht. Sie war erst achtunddreißig Jahre alt, wollte aber wieder zwanzig sein. Eine Suzanna Hillmer. Das und noch viel mehr hatte sie auf der Rückfahrt nach der Veranstaltung unter Tränen zu ihm gesagt.

»Ich hasse sie«, flüsterte sie jetzt kaum hörbar und imitierte den naiven Gesichtsausdruck des jungen It-Girls, das die Männer so sehr in seinen Bann gezogen hatte. Bei Barbara wirkte es lächerlich, weil die jugendliche Unschuld fehlte. Sie nahm einen der Cremetiegel aus der Schublade, in der ihre Brillanten achtlos zwischen den Tuben und Döschen lagen. Die Creme war neu – keine von denen, die er ihr empfohlen hatte. Um keinen Streit zu provozieren, fragte er nicht, woher dieses Präparat stammte. Wahrscheinlich war es wieder eines der vielen Wundermittel irgendwelcher Freundinnen, die das Altern zu bekämpfen versuchten. Dabei gab er ihr bereits alles, was sie brauchte, aber sie sperrte sich gegen das Argument, dass falsche Cremes eher schadeten als nutzten – diese Diskussion hatten sie oft genug geführt.

»Was tust du da eigentlich?« Karl versuchte seine Wut nicht mitklingen zu lassen. »Du bist wunderschön.«

Sie sah sein Spiegelbild an, als würde er Lügen erzählen, dann sammelten sich Tränen in ihren Augen. Niemals würde er ihre Verzweiflung verstehen.

»Es ist deine Arbeit, die wunderschön ist«, flüsterte sie resigniert. »Aber schau mich an: Ich werde alt. Ich *bin* alt. Alt und verbraucht.«

Seufzend zog er sein Jackett aus und warf es auf das Bett, bevor er wieder hinter sie trat und sie an den Schultern berührte. »Ich sehe eine junge, bildhübsche Frau vor mir. Ich bin es, der neben dir wie ein alter Mann wirkt. Lass gut sein, mein Engel.« Er küsste ihren Scheitel und lockerte dann die Krawatte. Es war ein langer Tag gewesen. Gesellschaftliche Ereignisse strengten ihn genauso an wie Nachuntersuchungen und Beratungsgespräche, die zwingend zu seiner Arbeit gehörten. Die Tage, an denen er operierte und seine Patienten sich in Narkose befanden, waren ihm am liebsten.

Ansonsten konnte er durchaus von einem perfekten Leben sprechen. Alles, was er sich zum Ziel gesetzt hatte, hatte er auch erreicht. Barbara hatte er im ersten Jahr nach dem Studium kennengelernt. Sie war wesentlich jünger als er und hatte gerade ihr Abitur gemacht, während er schon an Leichen herumschneiden durfte.

Als er noch als angestellter Arzt Praxiserfahrungen gesammelt hatte, hatte Barbara eine Freundin zu einem Termin begleitet. Die Freundin benötigte eine Brustverkleinerung, reine Routine und recht uninteressant. Er war Barbara sofort verfallen, weswegen er das Beratungsgespräch unnötig ausgedehnt hatte.

Eines kam zum anderen. Er überschüttete sie mit Geschenken, hofierte sie und zeigte ihr die glamouröse Welt, in die sie mit ihrer Schönheit gehörte. Sie heirateten sieben Monate später, was nun bereits achtzehn Jahre zurücklag. Karl dachte daran, wie sehr sie ihn seither unterstützt und wie oft er sie allein gelassen hatte.

Lange hatten sie ein sehr zufriedenes Leben geführt – bis auf das leidige Thema Nachwuchs. Die Jahre waren vergangen, und irgendwann hatte er sich damit abfinden müssen, dass er kein normales Familienleben haben würde. Eine Adoption kam nicht in Frage, denn ihr Verhalten wurde immer auffälliger. An manchen Tagen war sie launisch, warf Dinge durch den Raum oder weinte grundlos – an anderen war sie voller Tatendrang und zeigte überschwängliche Freude. Die Befragungen der Behörden würden ihre Depressionen ans Licht bringen, und das wäre das Aus für jede legale Adoption. Er konnte es sich nicht leisten, seinen guten Ruf mit schlechter Presse über sein Privatleben zu ruinieren.

Jedes asoziale Arschloch kann sich beliebig vermehren und seinen Nachwuchs wie Dreck behandeln, ohne dass es jemanden schert. Aber sobald man ein Kind adoptieren will, mutiert der Staat zum Hüter der Kinderrechte.

Manchmal spielte er mit dem Gedanken, Barbaras Antibabypillen gegen Placebos auszutauschen, doch dann sah er ein, dass sie gravierendere Probleme hatte, um die er sich kümmern musste. Dringend. Und doch stand er ihrem Leid seltsam hilflos gegenüber. Nichts konnte das Strahlen von früher in ihre braunen Augen zurückbringen. Trotz der äußerlichen Perfektion schien ihre Seele tief drinnen zu welken.

Jetzt wühlte sie in der oberen Schublade des Schminktischs und holte einen Tablettenstreifen hervor.

»Du hast noch Schmerzen?« Es wunderte ihn, da die kleine Korrektur der Nasenscheidewand bereits zwei Monate zurücklag. Er hatte nur auf ihr Drängen hin dem Eingriff zugestimmt, dabei jedoch weniger als vereinbart gemacht. Für sie war jedoch ein deutlicher Unterschied erkennbar gewesen, was sie zumindest für ein paar Wochen glücklicher gemacht hatte.

»Ich sagte dir doch, dass ich starke Kopfschmerzen habe.« Routiniert drückte sie zwei Tabletten aus dem Blisterstreifen und schluckte sie wie gewöhnlich ohne Flüssigkeit hinunter.

Karl verfolgte es mit Sorge, sagte aber nur: »Zeig noch

mal her.« Er drehte sie sanft zu sich und fuhr mit dem rechten Zeigefinger die Konturen ihrer Nase nach. Nichts wies auf einen Fehler, eine allergische Reaktion oder eine Entzündung hin. Sie war die perfekte Patientin: keine problematischen Vernarbungen, sie vertrug jedes Mittel und jedes Material. Erfahrungsgemäß heilten ihre Wunden unkompliziert und schnell.

»Lass los«, brauste sie auf und streifte seine Hände ab. »Du kannst ja deine Kollegen um Rat fragen, wenn du nächste Woche zu diesem Kongress fährst. Ich bin müde.« Sie stand auf, ging an ihm vorbei und legte sich aufs Bett, das Gesicht von ihm abgewandt.

»Ich verspreche, dass ich eine Lösung finden werde, damit du wieder glücklich bist«, sagte er, dann legte er die Decke über sie und gab ihr einen liebevollen Kuss auf die Stirn. »Bald geht es dir besser.«

3. KAPITEL ———————————— HAMBURG

Freitag, 15. Mai 2009

17:43 Uhr

»Ich weiß nicht«, sagte Silvia flüsternd ins Telefon und drehte eine Strähne ihres braunen Haars so fest um den rechten Zeigefinger, dass die Kuppe sich dunkel verfärbte.

Sie war nervös, wie immer, wenn sie mit Sven telefonierte. Ihr Herz klopfte. Nach vielen Jahren standen sie jetzt kurz davor, Grenzen zu überschreiten, die sie eigentlich stets zu wahren versucht hatten.

Sie liebten sich, doch verheiratet waren sie mit anderen. Glücklich verheiratet – gute Leben mit guten Menschen.

Aber wann immer sie sich begegneten, wussten sie, dass Liebe nicht mit Zufriedenheit verwechselt werden konnte: Ihre Herzen schlugen schneller, wenn sie sich nahe waren, ob sie es nun wollten oder nicht. Daran änderte auch die Zuneigung zu ihren Partnern nichts. Betrügen wollten sie sie nicht, aber ohne einander konnten sie auch nicht sein.

Fünf Jahre lang hatten sie sich vorgespielt, dass alles gut sei und sie in tiefer Freundschaft verbunden wären. Dass ihnen das reichte und sie sich mit der platonischen Beziehung begnügen könnten.

Fünf Jahre. Bis zu einem achtlosen Kuss in einer Silvesternacht. Und danach war nichts mehr wie zuvor gewesen.

Plötzlich hatten sie sich zufällig berührt, wenn sie nebeneinandersaßen, sich in der Küche um das Essen kümmerten oder unter dem Tisch die Beine ausstreckten.

Da die Paare befreundet waren, sahen sie sich oft. Das war eine schwere Zeit für sie beide, weil sie das Verlangen, sich gegenseitig zu spüren, kaum noch unterdrücken konnten.

Fünf Monate nach dem besagten Kuss hatte es sich ergeben, dass sie allein in der Wohnung von Silvia und Thomas waren und auf ihre Partner warteten. Gemeinsames Kochen und Spieleabend waren angesagt. Doch als Silvia Sven hereingelassen und die Tür hinter ihm geschlossen hatte, hatten sie all ihre guten Vorsätze auf einen Schlag vergessen.

Sie küssten sich, ließen ihre Hände unter die Kleidung gleiten, um die Wärme der Haut zu fühlen, um mehr von *dem* zu bekommen, was jede Faser ihrer Körper in Aufregung versetzte. Sie gingen leidenschaftlich weit, aber die Vernunft kehrte im rechten Moment zurück und ließ sie innehalten, verwirrt, glücklich und ratlos, wie es jetzt weitergehen sollte.

Keinen Moment zu früh. Schritte waren im Treppenhaus erklungen, kurz darauf ein Schlüssel im Schloss.

Sven verschwand im Bad, um sein erhitztes Gemüt zu kühlen, Silvia bändigte ihre Haare zu einem Zopf und öffnete ihrem Mann die Tür, bevor er ganz aufgeschlossen hatte. Die Katastrophe war noch mal abgewendet worden.

Auch als Kathrin hinzugekommen war, hatte keiner von ihnen einen Verdacht, was sich in dieser Wohnung abgespielt haben könnte.

Jetzt war Sven am anderen Ende der Leitung und sprach erstmals offen aus, was sie beide schon so lange dachten. »Silvia, ich kann an nichts anderes mehr denken! Nur noch an dich! Triff mich im Hotel. Vielleicht wird es ja besser, wenn wir dem Verlangen einmal nachgegeben haben.«

In ihr geriet alles in Bewegung. Der Gedanke, mit Sven allein zu sein und endlich alle Beherrschung fallenzulassen, war dermaßen aufregend, dass sie ihn am liebsten sofort in die Tat umgesetzt hätte. Doch was würde sie Thomas damit antun? Was tat sie ihm bereits an mit den Gedanken, die sie tagtäglich hegte?

Ihr Schweigen verunsicherte Sven. »So kann es nicht weitergehen! Letztens hätte uns Thomas fast erwischt, als er nach Hause kam. Ich will nicht, dass es so weit kommt. Weißt du, wie ich mich dabei fühle? Er ist mein bester Freund, und ich denke nur daran, seine Frau zu berühren und zu küssen! So eine Scheiße! Ich träume schon davon, wie wir es miteinander tun. Ich kann nichts dagegen machen: Der Gedanke daran ist unglaublich!«

Unglaublich ist noch untertrieben. Silvia musste lächeln.

Sven war stets so rücksichtsvoll, ständig bemüht, ihr begreiflich zu machen, dass es hierbei nicht um Sex ging, sondern um den Wunsch, jemanden voll und ganz zu spüren. *Als wenn ich das nicht wüsste – es geht mir genauso.*

»Ich will es doch auch«, gestand sie schließlich. »Ich habe so etwas noch nie gefühlt, so überwältigend und aufregend. Wenn es nicht besser wird, nachdem wir es getan haben, müssen wir uns eine Lösung einfallen lassen. «

Jetzt schwieg Sven.

»Ich will keine Affäre. So eine Frau bin ich einfach nicht.«

»Glaub mir: Ich habe das auch noch nie gemacht.« Er räusperte sich. »Und das werde ich dir sicher auch nicht antun. Ich buche ein Zimmer im Elysee. Freitag um fünfzehn Uhr?«

Silvia musste sich setzen, ehe sie antwortete. »Ist gut.« Ihr Herz schlug spürbar schnell, so aufgeregt war sie in ihrem Leben noch nie gewesen. »Ich werde da sein.«

Sven schien es genauso zu ergehen, seine Stimme war zum ersten Mal derart rau und gleichzeitig so unsicher leise. »Und, Silvia?«

»Ja?«

»Auch wenn du es dir anders überlegst, bitte komm am Freitag. Es sind keine Erwartungen damit verbunden. Ich würde das ganze Hotel mieten, nur um mit dir einmal ganz frei reden zu können.«

Wenn du wüsstest, wie sehr ich mich nach dir sehne ...

»Danke. Das gilt auch für dich.« In ihrer Vorstellung wusste sie genau, wie das Treffen ablaufen würde, und ihr Körper reagierte eindeutig auf die Bilder in ihrem Kopf. Sie wollte ihn spüren, ganz und gar – es gab kein Zurück. »Bis Freitag.«

Das Gespräch hatte höchstens zehn Minuten gedauert, und schon nahmen Dinge ihren Lauf, die nicht mehr aufzuhalten waren.

Und was sage ich Tom?

Sie war fest davon überzeugt, einmal mit Sven zu schlafen und danach in dieses Leben zurückkehren zu können, und verbannte alle Bedenken in unerreichbare Ferne. *Das ist mein einziges Leben. Ich muss es tun! Niemand wird je davon erfahren.*

4. KAPITEL ———————— HAMBURG

Sonntag, 17. Mai 2009

16 Uhr

»Kommst du gleich zu mir, oder bist du noch länger am Computer?« Silvia hielt eine Zeitschrift in der Hand und sah nur flüchtig auf den Monitor. Das kleine Arbeitszimmer gehörte ganz Thomas.

»Ich bin gleich da. Ich muss nur noch ein Portal finden«, antwortete er abwesend und spielte weiter.

»Ist gut.« Ihr war klar, dass sein *gleich* irgendwas zwischen zehn Minuten und einer Stunde bedeuten konnte. Also machte sie sich einen Tee und setzte sich auf das helle Ledersofa im Wohnzimmer. Obwohl es schon drei Jahre alt war, roch es noch immer intensiv nach Leder. Es war eines der Möbelstücke, bei denen sie sich durchgesetzt hatte – ganz im Gegensatz zu dem Glastisch, auf dem jeder Fingerabdruck und Wasserfleck sofort zu sehen war.

Noch fünf Tage, dachte sie und spürte die Vorfreude in sich aufsteigen.

Da sie sich mit Sven einig war, gab es keine Befürchtungen, das Treffen könnte negative Folgen nach sich ziehen. Weder würde er plötzlich Besitzansprüche stellen, noch würde es eine weitere Zusammenkunft dieser Art geben. Nur ein einziges Mal wollte sie dem Drang nachgeben, etwas Verrücktes, ja sogar Unrechtes zu tun. Solange keiner davon erfuhr, entstünde auch niemandem ein Schaden.

Der Tee dampfte in einem weißen Becher auf dem Couchtisch – eine Kräutermischung, die besser roch, als sie schmeckte, aber der Werbetext versprach Harmonie und Wohlbefinden. Beides konnte sie gerade sehr gut gebrauchen, weil sie mit jedem Tag aufgewühlter wurde. Sie schlug die Zeitschrift irgendwo in der Mitte auf und dachte an kommenden Freitag.

Wie es wohl sein wird? Sie stellte sich vor, wie die Hoteltür hinter ihnen zufiel und sie sich endlich richtig umarmen und küssen konnten. Seit fünf Jahren hatte sie kein anderer Mann als Thomas mehr berührt. Der leidenschaftliche Kuss mit Sven zählte nicht. *Ein einziges Mal,* sagte sie sich erneut.

»Robert fragt gerade, ob wir Freitag mit ins *September* kommen«, riss Thomas sie aus ihren Gedanken. Er hatte unbemerkt das Zimmer betreten. »Eine Art After-work-Lunch oder so.«

Sie betrachtete ihn, wie er auf seinem Handy herumdrückte und sich dann neben sie setzte. *Was tue ich hier nur?*

»Ich habe dir doch gesagt, dass ich mich Freitag nach der Arbeit mit ein paar alten Freundinnen treffe.«

Thomas sah sie kurz an und machte ein nachdenkliches Gesicht. »Muss ich wohl vergessen haben.«

Schmunzelnd strich sie ihm durch das kurze dunkle Haar. Er sah so gut aus, selbst in seiner Freizeitkleidung. Durch den regelmäßigen Sport im Fitnesscenter war er gut trainiert, *beneidenswert schlank,* wie Sven gerne sagte – obwohl er selbst trotz Sportmangels nicht zu dick war. Silvia mochte Toms markantes Gesicht. Er wirkte so zielstrebig und siegessicher, und wenn er erst seinen Anzug trug, musste sie Angst haben, dass andere Frauen ein Auge auf ihn werfen würden. Als Börsenmakler verdiente er genug, dass sie zusammen mit ihrem Gehalt den Standard leben konnten, den sie so schätzte. Sie waren sich nie uneins, wenn sie ihre Reisen planten, er gönnte ihr all die kostspieligen Kleinigkeiten, die zu ihrer gepflegten Erscheinung beitrugen: Kosmetik, Kleidung, Schmuck, Parfums – alles, was eine selbstbewusste Frau von heute brauchte. Thomas passte so viel besser zu ihr als Sven, der eher bodenständig und weniger auf sein Aussehen bedacht war. Aber ihre Gefühle waren offenbar anderer Meinung.

»Wundert mich nicht«, nahm sie das Gespräch auf und versuchte die anderen Gedanken abzuschütteln. »Wahrscheinlich liegt es noch irgendwo in deiner Online-Welt als unerfüllte Queste.« Sie verpasste ihm einen Stoß in die Seite und lachte. Es bereitete ihr großes Vergnügen, ihn mit seinem Online-Spiel-Jargon aufzuziehen.

»Haha, sehr witzig«, erwiderte er. »Vielleicht hast du auch nur vergessen, es mir zu sagen.«

Sie zuckte gleichgültig mit den Schultern. »Ist ja nicht so wichtig.« Mit einem Finger deutete sie aufs Handy. »Aber geh du doch hin. Dann haben wir beide was vor.«

Statt eine Antwort an Robert zu tippen, legte er das Telefon auf den Tisch neben die Teetasse. »Weiß nicht. Ohne dich ist es nicht so lustig. Vor allem wenn er Lea mitbringt.«

Silvia lachte. »Verstehe ich das richtig? Du triffst dich nur mit Robert, wenn ich seine tussige Freundin von dir ablenke?«

Er kratzte sich verlegen am Kopf. »So wollte ich es nicht ausdrücken, aber … ja. Komm schon! Du weißt, wie sie ist.«

Silvia spitzte den Mund. »Ach was, Tommi«, äffte sie Leas helle Stimme nach. »Ich finde, jeder sollte Aktien haben. Du nicht auch? Ich habe auch welche, die du dir ja bei Gelegenheit mal anschauen kannst.« Mit lauten Kussgeräuschen kletterte sie auf seinen Schoß. »Du bist doch der Fachmann, und ich kenn mich da nicht aus. Ich bin ja nur eine kleine, hilflose Frau.«

Thomas lachte und legte seine Hände auf ihre schmalen Hüften. »Hör bloß auf, Silvia. Ich kann hören, wie dein IQ sinkt.«

Sie küsste ihn und strich ihm dabei sanft durch die Haare. »Jawohl, Herr Börsenmakler.« Mit weiteren Küssen beendete sie das Thema und genoss, dass er nun weiterführte, was sie begonnen hatte. Seine Hände strichen über ihre Kleidung, er küsste den Hals und zog die Bluse leicht zur Seite, um mit den Lippen ihre Lieblingsstelle am Schlüsselbein zu berühren. Genussvoll schloss sie die Augen und ließ das Becken kreisen.

25

Ich liebe ihn. Es wäre wohl alles einfacher, wenn es sich nicht so verhielte. Sie mochte es, ihn zu verführen, war gerne in seiner Nähe und genoss es, dass er ein eigenständiges Leben führte, das sich nicht von ihr abhängig machte. Beide unternahmen, wozu sie Lust hatten, selbst wenn es manchmal bedeutete, dass sie kaum Zeit miteinander verbrachten. Sie sagten einander nicht, was sie zu tun oder zu lassen hatten, es sei denn beim Sex; dann konnten beide sehr bestimmend oder fordernd sein.

Unwillkürlich musste sie an Sven denken ... Thomas öffnete ihre Bluse – ihr kam das Gesicht des Geliebten in den Sinn, und beinahe hätte sie innegehalten. Sie war hin und her gerissen – ein seltsames Gefühlsdurcheinander aus vertrauten Berührungen und der verbotenen Vorfreude auf die Begegnung mit Sven.

Das ist falsch! Schnell öffnete sie die Augen und versuchte, diesen Moment bewusst zu erleben. *Du bist jetzt nicht dran, Sven.* Sie wusste, wie anders sich seine Berührungen anfühlten. Thomas ging nach einem gewissen Schema vor, das für sie beide funktionierte, aber als Sven sie berührt hatte, hatte er nicht genug von ihr bekommen können. Als er seine Finger unter ihre Bluse hatte gleiten lassen, hatte ihr gesamter Körper danach verlangt, von ihm gestreichelt zu werden, etwas, das vollkommen neu und unglaublich aufregend gewesen war. Dieser kurze Moment des Nachgebens hatte einen tiefen, unvergesslichen Eindruck hinterlassen. Dagegen war das hier wie eine dünne Suppe vor dem Hauptgang.

Ich komme sicher in die Hölle, dachte sie und vergrub ihr Gesicht in Toms Halsbeuge. *Nach Freitag muss alles wieder beim Alten sein!*

5. KAPITEL ──────── HAMBURG
Mittwoch, 20. Mai 2009
9:33 Uhr

»Genau deshalb bin ich Polizist geworden«, sagte Eberhard Rieckers und drehte die Morgenzeitung mit der Schlagzeile zu seiner Frau.

Die Küchenuhr tickte, der Rauch seiner letzten Zigarette hing noch schwer in der Luft, vermischt mit dem Duft des Kaffees. Egal, wie früh er aufstehen musste, Marianne bereitete das Frühstück vor, und sie begannen jeden Tag gemeinsam – etwas, das sich in fünfundvierzig Ehejahren niemals geändert hatte. Selbst als ihr Sohn noch klein gewesen war, hatte sie sich die Zeit für ihn genommen. Sie sah erst zur Uhr – heute fing seine Schicht spät an –, dann auf die Schlagzeile.

»Schon wieder eine Tote?« Sie überflog den Artikel.

Eberhard wusste, dass sie nicht alles haarklein lesen musste, denn sie kannte diese tragischen Geschichten zur Genüge.

»Der gleiche Mörder?«

Er legte die Zeitung auf den Tisch, trank von seinem Kaffee und gab einen zustimmenden Laut von sich. »Ich denke schon. Das Muster passt.« Mit der Rechten schob er den leeren Becher in die Tischmitte. Diese Geste reichte meist, damit sie ihm nachschenkte. Sie tat so vieles für ihn, ohne dass er groß darüber nachdachte. Damals war er beinahe zeitgleich Ehemann und Polizist geworden – zwei Entscheidungen, die er nie bereut hatte, auch wenn sie schon fast ein halbes Jahrhundert zurücklagen.

Mit einem mürrischen Laut tippte er auf die Zeitung, die Marianne wieder vor ihn hingelegt hatte. »Eine Neununddreißigjährige. Über Verletzungen und Todesart steht hier nichts. Aber ich wette, sie wurde vergewaltigt, misshandelt, erdrosselt und anschließend intensiv reingewaschen. Wie die anderen.« Er schob das Blatt von sich weg, als könnte er sich so auch von den Fotos distanzieren. »Bislang konnte man keine DNA des Täters finden. Er weiß, was er tut. Das sind die schlimmsten Mörder, weil sie nicht aus dem Affekt heraus agieren. Dieses Schwein würde ich zu gerne erwischen. Sicher ist er ein intelligenter Mensch, vielleicht Mediziner oder Jurist. Einen einfachen Triebtäter hätte man schon gefasst.«

Marianne sah ihm in die Augen. Er wusste, dass sie sich Sorgen machte. Sie machte sich immer Sorgen. Er bearbeitete hauptsächlich Bagatelldelikte, suchte aber immer nach den komplizierteren Fällen, in denen er etwas bewegen, jemanden retten konnte. Nun stand er kurz vor der Pensionierung, und seit einiger Zeit quälte ihn das Gefühl, in seinem Leben nicht genug geleistet zu haben.

Er fragte sich tagtäglich, wie viele Schwerverbrecher an ihm vorübergingen, ohne dass er sie erkannte oder ihnen etwas nachweisen konnte. Es fiel ihm unendlich schwer, sich eine Zukunft auf dem Abstellgleis vorzustellen, auch wenn er seine zunehmenden Defizite nicht länger leugnen konnte. Das Alter ging an niemandem spurlos vorüber. Zigaretten und zu viel Kaffee schienen sein Blut dicker zu machen, er wurde träge, bekam Atemnot, wenn er die Treppen in den ersten Stock etwas schneller hinaufging, doch sein Verstand war wach, hellwach. Seine stärkste Waffe war die Menschenkenntnis. Wenn er einen Verdächtigen ansah, fiel ihm gleich jedes Detail auf.

»Er wird nicht aufhören. Ich wünschte, er würde in meinem Bezirk zuschlagen. Ich kann mir nicht vorstellen, dass so gar keine Hinweise zu finden sein sollen.«

»Genau, und dann schlagen wir uns wieder am Küchentisch die Nächte um die Ohren.« Marianne schüttelte den Kopf.

Sie wird das sicher genauso vermissen wie ich. Sie war großartig darin, seine Gedanken in Bewegung zu halten. Beinahe jeden Fall besprach er mit ihr, und es kam nicht selten vor, dass sie ihn nachts aus dem Schlaf riss, weil sie einen guten Einfall hatte.

Sie goss sich den Rest Kaffee in die Tasse und schaltete die Maschine ab. »Ach, Eberhard«, sagte sie mit einem Seufzen. »Pass auf, was du dir wünschst. So ein grausiger Mordfall wäre sicher kein guter Abschluss für deine Karriere.« Sie berührte seine Hand und erntete ein Lächeln. »Du weißt, dass du niemals Ruhe findest, wenn du das Rätsel nicht löst. Ich möchte gewiss keine tragische Figur aus einem Dürrenmatt-Roman hier sitzen haben. Du erinnerst dich an *Das Versprechen*? Was willst du tun, wenn du so einen Fall nicht zum Abschluss bringen kannst? Als mürrischer Greis in einem dieser Hotels sitzen und bis an dein Lebensende warten, dass der Mörder dir vor die Füße stolpert?«

Dieses Buch kann sie gar nicht leiden. Er legte seine Hand auf ihre und sah sie liebevoll an. Selbst wenn der unwahrscheinliche Fall eintreten sollte und er in diese Serienmörder-Geschichte hineingezogen würde, würde sie es mit ihm zusammen tragen, wie sie immer alles mitgetragen hatte – dessen war er sich sicher.

Dieses Wissen war beruhigend. Sogar die Tatsache, dass er in knapp zwei Jahren seinen Hut nehmen musste, wurde dadurch annehmbar. Manchmal fragte er sich, ob er eine Frau wie sie überhaupt verdient hatte.

6. KAPITEL —————————— HAMBURG
Mittwoch, 20. Mai 2009
18:32 Uhr

Die meisten Kolleginnen hatten das Büro bereits verlassen, als Silvia noch die Listen durchging. Marketingassistentin eines Resellers für Systemlösungen bei Großunternehmen war genau ihr Ding. Sie liebte es, die Firma auf Messen zu repräsentieren, die Werbemittel einzukaufen und Flyer und Imagebroschüren zu erstellen. Ihr Chef war leicht vertrottelt und wusste daher ihr Mitdenken sehr zu schätzen.

Der Gedanke an das Treffen mit Sven verursachte ein intensives Ziehen der Vorfreude in ihrem Bauch. *Wir werden es tatsächlich tun!* Immer wieder stellte sie sich vor, wie es wohl sein würde. *Wir werden nicht mal bis zum Bett kommen.* In ihrer Phantasie küssten sie sich leidenschaftlich, er drückte sie gegen die Wand und schob ihr mit forschen Händen das Kleid an den Schenkeln hoch.

Ich werde nichts drunter tragen. Lächelnd hielt sie in der Arbeit inne. Sie konnte nicht anders, diese Gedanken passierten einfach. Was sie in ihr bewirkten, war aufregend, atemberaubend und unfassbar lebendig. Ihr Herz klopfte laut, und ihr Gewissen schwieg.

In ihrem Leben hatte sie sich noch nie so sehr gewünscht, einen Mann vollkommen zu spüren. Er sollte sie anfassen und küssen – und er sollte erst wieder damit aufhören, wenn sie genug hatte und …

»Arbeit macht glücklich, oder?« Da stand jemand neben ihr.

Ertappt schob sie die Unterlagen zusammen und hatte das Gefühl, dass all die verruchten Gedanken ihr deutlich vom Gesicht abzulesen waren.

Holger Stoltzing stand an ihrem Schreibtisch, der einzige Mann auf dieser Etage, der die Gesellschaft der attraktiven Kolleginnen nicht recht genießen konnte, weil er ein verschüchterter, unsicherer Mensch war, wahrscheinlich auch der Einzige in ganz Hamburg, der sich die Haare mit Pomade frisierte und Strickpullunder und hellgrüne Bügelfaltenhosen trug. Seine Mutter packte dem Vierzigjährigen jeden Tag eine Brotdose, was schon für einige hässliche Kommentare in der Teeküche gesorgt hatte. Irgendwie tat er ihr leid.

Silvia war gerne nett zu ihm, weil es ihr egal war, ob sie

mit Superman oder einem Anti-Mann zusammenarbeitete. Hauptsache, jeder erledigte seine Arbeit, und man kam miteinander aus. Als Systemadministrator war er schnell und zuverlässig. Diesem verstörten Wesen traute man kaum einen so wachen Geist zu. Sie war sich sicher, dass er viel mehr leisten konnte, als die Firma ihm abverlangte. Er konnte mit Maschinen, Computern und Programmen eben besser umgehen als mit Menschen.

»Entschuldige, ich wollte dich nicht erschrecken«, sagte er schuldbewusst und sah auf die Korrekturabzüge.

»Ich war in Gedanken«, antwortete Silvia verlegen und deutete auf die Blätter. »Ich muss alles noch mal machen, und ich kann mich beim besten Willen nicht mehr entsinnen, wo ich beim ersten Durchlauf den Fehler gefunden hatte. Irgendwo war einer. Mist, ehrlich.«

Holger trat dichter an sie heran. Weil sie stets so freundschaftlich mit ihm redete, kam er ihr oft näher, als ihr lieb war. Er roch nach Staub, Lavendel und Kölnisch Wasser. Als er sich vorbeugte, spürte sie seine Körperwärme, aber er vermied eine Berührung.

»Es ging um den Tippfehler in der Adresse«, sagte er.

Natürlich, das war zu einfach! Ihr fiel ein Stein vom Herzen. »Holger, du bist ein Schatz«, rief sie erleichtert und suchte die entsprechende Vorlage. »Das hat mir eine Menge Zeit erspart. Wie konnte ich das nur vergessen?«

Er strahlte glücklich. »Du hattest es in der Teeküche erwähnt.«

Dieser Mann vergisst auch nichts. »Was tust du hier eigentlich noch?« Sie nahm an, dass er ihr mal wieder Schokolade oder eine andere Aufmunterung für den nächsten Tag auf den Tisch schmuggeln wollte. Er stritt zwar bislang halbwegs überzeugend ab, dass die vielen kleinen Aufmerksamkeiten von ihm kamen, doch sie war überzeugt, dass sie ein Dankeschön für ihre Freundlichkeit waren. Solange er sie nicht um ein Rendezvous bat, konnte sie damit leben. Den Kolleginnen erzählte sie, dass ein Typ vom Reinigungsteam in sie verliebt sei. Es gab schon genug Tratsch im Büro, Holger musste nicht noch mehr in den Fokus des Spotts geraten.

»Ich bin gerade erst fertig geworden und habe dich hier arbeiten sehen«, sagte er leise. »Außerdem habe ich mich gefragt, ob du mir Freitag die Kamera borgen könntest.«

»Die Marketing-Kamera?«

Er nickte verlegen.

»Was willst du damit?«

Seine Ohren begannen rot zu leuchten.

Uh, das will ich wohl gar nicht wissen. »Schon gut«, fügte sie schnell hinzu. »Du kannst sie haben. Allerdings muss ich sie dir schon mittags geben, weil ich früher gehen werde. Hab den halben Tag freigenommen.«

»Oh.« Er sah sich um. Anscheinend dachte er gerade an die anderen Frauen, die zur Mittagszeit hier mit im Raum sitzen würden. Ein Spießrutenlauf für ihn – angestarrt, betuschelt, belächelt, das Horrorszenario schlechthin.

»Keine Sorge, ich bringe sie dir. Aber ...« Sie machte eine nachdenkliche Pause. *Lieber geradeheraus.* »Denk bitte daran, alle Bilder zu löschen, bevor du sie am Montag wieder mitbringst.«

Er atmete auf und vollführte eine kleine Verbeugung. »Selbstverständlich. Und natürlich absolut unbeschadet.«

Etwas Erwartungsfrohes lag in seinen Augen. Silvia musste an ihr eigenes Vorhaben denken und lächelte. *Jeder hat so seine Geheimnisse.* Er ließ sich zu einer Berührung ihrer Schulter hinreißen, die sie mit Widerwillen zur Kenntnis nahm. Nett sein war eine Sache, aber zu freundschaftlich wollte sie es nicht werden lassen. Holger war ein Mann, den sie privat nicht in ihrer Nähe haben wollte, weil sie ständig fürchtete, ihn nicht mehr loszuwerden. Wie ein Hündchen, dem man auf der Straße ein Leckerli gab und das mit treuen Augen um Adoption bettelte.

»So, dank dir kann ich jetzt Feierabend machen. Freitag muss der Big Boss nur noch unterschreiben – Herr Jaeckel ist ja noch im Urlaub –, dann kann ich ins Wochenende verschwinden. Wird echt Zeit jetzt.« Sie fuhr das Computersystem herunter, schaltete den Rechner aus, legte die Unterlagen in die oberste Schublade und nahm ihren Kaffeebecher vom Tisch.

»Soll ich?« Holger deutete auf den Becher und nahm ihn ihr im nächsten Moment schon aus den Fingern. Wieder eine Berührung. »Was machst du denn Schönes am Freitag?«

Sie versuchte seinen unsicheren Tonfall einzuordnen. Vielleicht war es auch nur ihr schlechtes Gewissen, das sich in diesem Moment doch noch melden wollte und Argwohn in seiner Stimme suchte.

»Ich treffe mich mit Freundinnen«, log sie.

»Aha«, machte er. »Und wo?«

»Im Elysee«, platzte sie mit der Wahrheit heraus, bevor sie überhaupt nachdenken konnte. »Also, wir ... wollen uns dort treffen und dann ... in der Umgebung was essen gehen und anschließend in ... den Turm.« *Scheiße, bin ich bescheuert.*

Sicher würde er auch diese Details nicht vergessen und sie später nach dem Treffen fragen. Wie sollte sie dann über einen Tag mit Freundinnen sprechen, wenn sie nichts als den unglaublich heißen Sex mit ihrem Liebhaber im Kopf hatte?

»Ah, ein schönes Hotel. Fünf Sterne. Die Tochter einer Freundin meiner Mutter arbeitet dort als Abteilungsleiterin im Veranstaltungsbereich. Ich habe auch schon mal eine Nacht dort verbracht, ist gar nicht so lange – «

Ist ja spannend. Silvia unterbrach seinen unerwarteten Redefluss. »Tut mir leid, Holger, ich muss jetzt wirklich los.« *Wieso kann ich nie meinen verdammten Mund halten?*

Er nickte verständnisvoll, hob zum Abschied den Kaffeebecher und lächelte unsicher. »Ich muss auch nach Hause.«

Als sie das Bürogebäude verließ, machte sich in ihr das un-

33

gute Gefühl breit, ein Stück weit die Kontrolle verloren zu haben. Mit Sicherheit war Holger der Letzte, der mit Tom sprechen würde, dennoch wünschte sie sich, diese Unterhaltung rückgängig machen zu können. Auch wenn es bedeutet hätte, immer noch nach dem Fehler in den Korrekturabzügen zu suchen.

7. KAPITEL ———————— HAMBURG
Donnerstag, 21. Mai 2009
12:38 Uhr

Sven und Thomas trafen sich donnerstags regelmäßig in der Gerichtskantine zum Mittagessen – immer um zwölf Uhr dreißig –, seit Sven vor einigen Jahren als Justizfachwirt hier angefangen hatte. In der Mittagspause hatte er nur selten etwas mit seinen Kollegen zu tun. Er mochte es nicht, in den Pausen über die Arbeit zu sprechen, und die Treffen mit Thomas waren immer eine willkommene Abwechslung.

Heute allerdings musste Tom auf ihn warten.

»Du kommst spät«, begrüßte er Sven, als der zwanzig Minuten zu spät eintraf. In seinem Yuppie-Anzug wirkte Thomas wie ein Staranwalt, dabei stand er als Börsenmakler eher mit einem Fuß auf der Anklagebank, wie Sven ihm immer wieder scherzhaft vorwarf.

»Tut mir leid, die Verhandlung hat länger gedauert«, log er. In Wirklichkeit wollte er lediglich die gemeinsame Zeit der Mittagspause verkürzen und hoffte, alle Gespräche, die mit Silvia zu tun hatten, zu vermeiden.

Sie nahmen sich jeder ein Tablett und legten Besteck und Servietten darauf. Es war sehr ruhig in der Kantine, und sie mussten kaum anstehen. »Das Essen sieht immer gleich aus, nur die Beschriftung ist anders«, scherzte Thomas und betrachtete die Auswahl.

»Immerhin passen Konsistenz und Farbe zu den Räumlichkeiten.«

Die Mitarbeiterin hinter dem Tresen rückte ihre Haube zurecht und wartete auf die Bestellung. Sie war schon so lange hier angestellt, dass sie sicher jeden blöden Spruch kannte.

»Du hast dich diese Woche gar nicht gemeldet.« Thomas' Tonfall klang argwöhnisch. »Silvia sagte, mit ihr hättest du auch nicht gesprochen.«

Sven versuchte locker zu klingen. »Na, dann hättest du dich doch melden können.« Es war seltsam, dem Mann, mit dessen Frau er am nächsten Tag wahrscheinlich schlafen würde, in die Augen zu schauen. Ihm ging kurz ihre lange gemeinsame Vergangenheit durch den Kopf. Sie kannten sich aus der Schulzeit. Vor zehn Jahren hatte er Kathrin kennengelernt, und fünf Jahre später war dann Silvia dazugekommen; seitdem verbrachten sie so viel Zeit miteinander, dass andere Freunde sie schon *siamesische Vierlinge* nannten.

Was, wenn einer der beiden dahinterkommt? Kaum ein Gedanke quälte ihn mehr. *Wie sollen wir es vor ihnen verheimlichen, wenn sich anschließend nichts ändert?*

Sie nahmen ihr Essen entgegen, bezahlten und suchten sich Plätze am Fenster. Es war hier beinahe so ruhig wie in einer Bibliothek.

»Ich meine ja nur, dass es ungewöhnlich für dich ist«, nahm Tom das Gespräch wieder auf.

Ist das so? Verhalte ich mich ungewöhnlich? Er wusste, dass sich Menschen mit schlechtem Gewissen immer ertappt fühlten; das hatte er oft genug bei Gericht beobachtet. »Was liegt denn am Wochenende an?«

Thomas konzentrierte sich auf sein Schnitzel und redete mit vollem Mund. »Silvia ist morgen unterwegs. Irgendeine Weibergeschichte. Kann sein, dass es spät wird. Geht Kathrin nicht mit?«

Sven wurde heiß und kalt. Sie hatten keine Geschichte vereinbart, oder besser gesagt: *Er* hatte vergessen, sich eine Geschichte auszudenken. *Was um alles in der Welt sage ich jetzt?* »Nicht dass ich wüsste.«

Er musste Kathrin am nächsten Tag eine Mail schreiben, bevor er seinen Arbeitsplatz verließ, dann brauchte er zu Hause auch keine unangenehmen Fragen zu beantworten. *Schatz, komme später, gehe noch mit Kollegen Billard spielen* – oder etwas in der Art. Es durfte nicht auffallen, dass er ausgerechnet am selben Tag wie Silvia eine Verabredung mit alten Freunden hatte. Kurze Mail und fertig.

»Wie wäre es dann mit einem Männerabend? Endlich mal die Horrorfilme ausleihen, die unsere Frauen nicht sehen wollen.«

Da wäre ich sonst sofort dabei ... »Kathrin hat doch bald Geburtstag«, sprudelte die Lüge aus ihm heraus. »Ich will morgen ein paar Sachen für sie organisieren. Die Frau eines Kollegen arbeitet im Reisebüro. Ich fahre nach der Arbeit hin und lasse mich beraten. Ist einfacher so. Und sie bekommt nichts davon mit.« *Mist, jetzt darf ich nicht vergessen, eine Reise zu buchen.* Aus einer schnellen Lüge resultierten kostspielige Ausgaben.

»Ich dachte, du wolltest ihr solche Dinger für ihr Armband schenken?«

»Eine Reise wäre auch mal schön.« Er stocherte in seinem Essen und fühlte sich elend. Wie konnte das Schicksal so grausam sein, sein Leben derartig durcheinanderzubringen?

Schlimmer noch. Er meinte, in Thomas' Augen jedes Mal, wenn er zu ihm hinsah, Misstrauen zu erkennen. Außerdem fühlte er sich von den wenigen anderen Kantinenbesuchern beobachtet.

»Silvia liebt Hotels«, sagte Thomas ansatzlos. »Sie sammelt diese kleinen Seifen, Duschhauben und Heftchen mit Nähzeug, die dann unnütz in unserem Bad rumliegen.« Er lachte kopfschüttelnd. »Als ob wir das Zeug jemals brauchen würden.«

Sven wurde ganz anders. Er wollte gewiss nicht mit seinem besten Freund über die Vorlieben von dessen Frau in puncto Hotelzimmerausstattung sprechen.

»Geht es dir nicht gut? Du siehst blass aus.«

Natürlich war er darauf eingestellt, lügen zu müssen, aber nun quälte ihn das schlechte Gewissen härter als erwartet. Länger hielt er dieses Gespräch nicht mehr aus. Mit verzerrtem Gesicht stemmte er sich vom Sitz hoch. »Tut mir leid, aber ich fürchte, ich hab mir irgendwas eingefangen. Muss aufs Klo.« Er rieb sich demonstrativ über den Bauch. »Wir sehen uns.«

Er ließ Thomas mit Schnitzel, Pudding und Apfelsaftschorle sitzen und eilte aus der Kantine, wobei er die Blicke aller auf sich spürte. *Sicher sieht mir jeder meine Lügen an.*

Die Sache mit dem Unwohlsein war nicht mal gelogen. Nur dass es kein Virus war, sondern die quälende Schuld, die ihm auf den Magen schlug.

Aber der Wunsch, endlich mit Silvia allein zu sein, war stärker als alles andere.

8. KAPITEL ———————— GÖTTINGEN

Freitag, 22. Mai 2009
11:34 Uhr

Der gepackte Koffer stand bereits in der Eingangshalle. Karl Freiberger starrte ihn an. Es war nur für einen Tag, doch er wollte nicht fahren, nicht jetzt. Ihn schauderte. Die vergangenen Tage waren wie ein Film an ihm vorbeigelaufen. Über Nacht hatte sich sein Leben brutal verändert – *sie* hatte es verändert.

Es kam ihm vor, als hörte er sie immer noch schreien, doch im Haus war es totenstill. Er hatte sie eben noch vor dem Spiegel im Schlafzimmer sitzen sehen, die Welt war nicht perfekt, aber dennoch irgendwie in Ordnung gewesen.

»Sie war doch nur erschöpft«, flüsterte er gedankenverloren. »Ich hätte sie nicht ...« Mit der Rechten fuhr er sich übers Gesicht. Es fiel ihm schwer, über all das nachzudenken, was er in den letzten Tagen getan hatte. Seine Gedanken überschlugen sich immer noch beim Versuch, einen Überblick zu gewinnen. Was, wenn er etwas Wichtiges übersehen oder vergessen hatte?

Es behagte ihm nicht, seine schwerkranke Frau in diesem Zustand zurückzulassen. Die Zerrissenheit stand ihm deutlich ins Gesicht geschrieben.

»Gehen Sie nur, Doktorr Freiberger«, hörte er Edith hinter sich. Er hatte die gelernte Krankenschwester wegen Barbara einstellen müssen. Sie war Polin, wohnte seit einer Woche in dem kleinen Zimmer neben der Küche und konnte somit vierundzwanzig Stunden zur Stelle sein. Das musste sie auch. Die Alternative wäre ein Krankenhaus gewesen, aber er würde Barbara niemals in die Hände irgendwelcher Pfuscher geben. Außerdem würde es Gerede geben, und er wollte nicht zulassen, dass sich die anderen ihre aufgespritzten Mäuler über ihren Zustand zerrissen. Deshalb die Krankenschwester und das auf die Schnelle voll eingerichtete Krankenzimmer mit allen notwendigen Gerätschaften für Barbaras Intensivbetreuung.

Edith war eine Beleidigung für die geschulten Augen eines Schönheitschirurgen, weil keine Operation der Welt aus dieser Frau einen ansehnlichen Menschen gemacht hätte. Sie war ein einziger Makel. Stämmig, aber statt dick einfach nur schlecht proportioniert. Ihre Arme wirkten zu kurz für den Oberkörper, die Beine waren kräftige Stampfer, und ihr wuchsen schwarze Haare an Stellen im Gesicht, wo sie nichts zu suchen hatten. Und die fettige Anmutung der drahtigen schwarzen Haare auf dem Kopf war nicht wegzuwaschen. Hängende Lider, breite Nase und wässrige Augen. Er musste aufpassen, nicht jedes Mal seinen Mund zu verziehen, wenn er sie ansah.

»Machen Sie sich keine Sorgen, Doktor Freiberger. Ich kümmere mich um alles. Arbeit ist wichtig. Fahren Sie nur.«

Der Akzent komplettierte ihre unsympathische Erscheinung, aber sie arbeitete bisher gewissenhaft und so sorgfältig, wie er es wünschte. Zudem war sie billig und der kleine Aufpreis für ihre Verschwiegenheit vernachlässigenswert.

»Sollte irgendwas sein, egal, wie wichtig oder unwichtig es ist: Rufen Sie mich an! Und ich wünsche, dass Sie sich sofort melden, wenn sie aufgewacht ist.«

Edith nickte und schob ihn mit ein paar polnischen Aussprüchen auf den Lippen zur Tür.

Er konnte diese Mentalität nicht leiden. Ständig wurde er von dieser Frau angefasst oder bemuttert. Doch mit einer Maßregelung wollte er bis zu seiner Rückkehr warten. Es war wichtiger, dass er sich auf sie verlassen konnte. Sicher wäre es nicht gut, sie vor seiner Abreise noch zu verärgern.

Der Kongress der Schönheitschirurgen würde für ihn tags darauf bereits wieder beendet sein. Er würde am Samstagabend nicht wie gewohnt mit den Kollegen essen gehen und über Vorträge und neue OP-Methoden diskutieren, aber es war unumgänglich, sich dort mit einigen Leuten zu treffen. Er versprach sich von ihnen wichtige Ratschläge – die er sich mit der anrührenden und ganz und gar erlogenen Geschichte über eine neue Patientin erbeten würde.

Niemand durfte wissen, dass es ausgerechnet seine Frau war, die unter Operationssucht und schweren Depressionen litt. Niemand durfte erfahren, dass ihm die Dinge vollends entglitten waren und er an einem tiefen Abgrund stand.

Er würde dafür sorgen, dass niemand einen Blick hinter die Kulissen werfen konnte. Inzwischen war ihm jedes Mittel recht, um die Traurigkeit aus Barbaras Herzen zu vertreiben. Jedes erdenkliche und auch unvorstellbare Mittel.

Alles muss wieder gut werden. Wenn sie erst wieder von dem Sturz genesen ist ... Die Eingangshalle war bedrückend still, wenn die Polin mal nichts sagte. Dunkle, mit dezenten Mustern durchwebte Läufer führten von der Eingangstür geradewegs zu einem weiteren Teppich, der auf der Stirnseite links und rechts in die Flure zu den anderen Räumen führte. *Vielleicht sollte ich die Vertäfelung an den Wänden weiß streichen lassen?* Das dunkelrotbraune Tropenholz war sündhaft teuer gewesen. Das Haus entsprach seinen Vorstellungen eines perfekten Anwesens. Spartanisch eingerichtet, edle Materialien, antike Möbel, die hochwertig aufgearbeitet worden waren, und jeglicher Verzicht auf überflüssigen Nippes. Barbara empfand vieles davon als zu düster, das hatte sie einige Male erwähnt.

Vielleicht hätte ich ihr besser zuhören sollen?

Er nahm den Koffer und verließ das Haus. »Ich sollte noch mal nach ihr sehen«, sagte er, als er ins Freie trat.

»Das haben Sie schon zehnmal in der letzten Stunde getan. Nun fahren Sie endlich.«

Ich sollte gar nicht wegfahren. Schweren Schritts ging er auf seinen Mercedes zu und öffnete den Kofferraum. »Weichen Sie nicht von ihrer Seite, haben Sie verstanden?«

Die Polin winkte ihm fröhlich und schloss dann die Tür. Er hielt den Blick auf den Eingang gerichtet, als könnte er das Holz durchdringen. Nun kam ihm das Anwesen mit seiner schroffen Steinfassade wie ein überdimensionales Mausoleum vor.

Wenn ihr in meiner Abwesenheit etwas zustößt, werde ich dafür sorgen, dass dir das Lachen vergeht. Er stieg ein, startete den Motor und fuhr los.

9. KAPITEL

HAMBURG

Freitag, 22. Mai 2009
14:45 Uhr

Silvia war in ihrem ganzen Leben noch nie so aufgeregt gewesen.

Den halben Tag im Büro zu arbeiten war eine schreckliche Last. Sie konnte sich nicht konzentrieren, starrte wieder und wieder auf die Uhr, die immer langsamer zu werden schien. Was sie auf Montag schieben konnte, ließ sie liegen. Aber der Plan, so viel wie möglich abzuarbeiten, damit die Ungeduld nicht unerträglich wurde, scheiterte an ihren abschweifenden Gedanken.

Gleich ist es so weit. Die Vorfreude stand ihr bestimmt ins Gesicht geschrieben – zum Glück war niemand in der Nähe, der es sehen konnte.

Sie schaltete den Computer aus, zog den Knoten des schwarzen Wickelkleids an der linken Körperseite etwas fester und nahm dann Jacke und Handtasche vom Stuhl.

»Ich wünsche euch ein schönes Wochenende«, rief sie im Vorbeigehen den Kolleginnen zu und ging zur Toilette. *Meines wird sicher grandios beginnen.*

In der Kabine zog sie den Slip aus und steckte ihn in ihre Handtasche. Sie freute sich auf Svens Gesichtsausdruck, wenn er seine Hände an den halterlosen Strümpfen hochwandern ließ und es bemerkte. Verführung und Leidenschaft, beides hatte sie bislang noch nie so prickelnd erlebt. Sie spürte, wie sich ihr Dekolleté beim Atmen hob und senkte, wie ihre Kleidung am Körper lag, wie anders es sich ohne Slip unter dem Kleid anfühlte.

Ich will das, sagte sie sich und schloss die Augen. *Ich will ihn.*

Mit Tom ergaben sich keine Gelegenheiten, bei denen sie diese Phantasie hätte ausprobieren können, aber das Vorhaben mit Sven ließ sie schier verrücktspielen.

41

Wenn es in natura nur halb so gut ist wie in meiner Phantasie, dann haben wir ein massives Problem! Sie wusste, dass sie wahrscheinlich im Begriff war, eine dauerhafte Affäre zu beginnen – mit dem besten Freund ihres Mannes, dem Ehemann ihrer Freundin. *Aber niemand kommt zu Schaden, wenn es keiner erfährt. Ist es nicht so?*

Als sie wieder auf den Flur hinaustrat, stand plötzlich Holger direkt vor ihr. Vor Schreck setzte ihr Herz kurz aus – es durchzog sie wie ein Stromschlag. Die Handtasche fiel ihr aus der Hand, und der Kollege bückte sich zuvorkommend. Die Tasche stand offen, und der seidene Stoff ihres Slips war genauso zu sehen wie die Kondompackung daneben. *Verdammte Scheiße!*

Holger reichte ihr die Tasche, und ein wissendes Lächeln stahl sich auf sein Gesicht. Zwanghaft schaute er an ihr herab, genau dorthin, wo sie unter dem Kleid nichts mehr trug außer halterlosen Strümpfen.

Ärgerlich über die Situation, nahm sie die Tasche entgegen und schloss sie.

»Ich habe mich umgezogen«, verteidigte sie sich. »Ich will mit diesem dünnen Ding keine Blasent– « *Was rede ich denn da? Das geht ihn gar nichts an!* »Was willst du?«

»Ich brauche dich«, sagte er unvermittelt, was sie noch mehr in Panik versetzte.

Dieser dreckige Stalker. »Holger, ich, äh … also versteh mich nicht falsch, aber …« Sie versuchte höflich zu bleiben, auch wenn er offensichtlich sein Wissen ausnutzen und sie unter Druck setzen wollte. Erst sah er sie verständnislos an, dann schnellten in einem Ausdruck des Begreifens seine Augenbrauen in die Höhe. »Oh, ach nein! Wegen der Kamera. Ich bin hier wegen der Kamera. Du wolltest sie mir geben.« Nervös senkte er den Blick und begann den Saum des grünen Pullunders zwischen den Fingern zu zwirbeln.

Silvia wurde rot. »Natürlich. Entschuldige.« *Ich bin so eine Idiotin.*

Schnell eilte sie ins Büro zurück und holte den Apparat aus dem Schrank. Das ungewohnte Gefühl des Luftzugs unter dem dünnen Kleid bereitete ihr Unbehagen. Sie kam sich plötzlich schutzlos vor, nackt und von tausend Augen beobachtet – nein, schlimmer noch: von Holger beobachtet. Als hätte sie ein Schild mit einem Pfeil auf ihrer Vorder- und Rückseite, der nach unten deutete und auf dem stand: *Schlampe ohne Höschen.*

Ich hätte es erst im Hotel ausziehen sollen! Aber sie empfand es als sehr unromantisch, vorher noch mal zur Toilette zu gehen. Bei ihrer Rückkehr wirkte Holger, als habe er sich seine ganz eigenen Gedanken dazu gemacht. Sie versuchte die Röte in seinem Gesicht zu ignorieren.

»Das Kabel befindet sich in der Tasche. Denk daran, die Aufnahmen wieder zu löschen, bevor du sie mir zurückgibst.« Ihr Tonfall war neutral, denn sie wollte ihm deutlich machen, dass sie nach wie vor über ihm stand – damit er gar nicht erst auf dumme Gedanken kam.

Als er wieder den Blick an ihr herabwandern ließ, zog sie ihre taillierte dunkelblaue Jacke an und presste sie mit verschränkten Armen enger an den Körper. Dadurch wurde zumindest all das verdeckt, was für diesen verschrobenen Mann von Interesse sein konnte. »Sei Montag früher hier, um sie rechtzeitig zurückzugeben«, mahnte sie streng. »Ich will keinen Ärger deswegen haben.« So wie er sie anblickte, hörte er gar nicht richtig zu. »Hast du mich verstanden?«

Er fuhr ertappt zusammen und nickte.

Perverser. Sobald sie ihm den Rücken zugekehrt und das Büro verlassen hatte, konnte sie förmlich spüren, dass er darauf hoffte, der schwarze Saum würde sich etwas heben, um ihm einen kleinen Einblick zu gewähren. Ihr Mitleid für diesen lächerlichen Mann schwand zusehends.

So eine wie mich wirst du nie kriegen. Mit jedem Schritt erstarkte ihr Selbstbewusstsein, und damit wurden auch die Gedanken an das, worauf sie geradewegs zusteuerte, drängender.

10. KAPITEL ——————— HAMBURG

Freitag, 22. Mai 2009
14:50 Uhr

Sven starrte auf sein Handy, das jetzt schon zum vierten Mal klingelte und im Display den Namen seiner Frau anzeigte. Er hielt es in der schweißnassen Hand und wäre am liebsten nicht rangegangen. Fast angekommen, verlangsamte er seine Schritte und schaute die Roter-Baum-Chaussee zum Grand Elysee hinunter.

Warum ausgerechnet jetzt? Er nahm den Anruf entgegen, ungehaltener als sonst. »Hallo?«

»Schatz, bist du noch im Büro?« Kathrin wirkte reserviert, als sei sie beleidigt.

Siedend heiß fiel ihm die Lüge ein, die er ihr in der Mail aufgetischt hatte. »Nein, ich bin schon unterwegs«, sagte er wahrheitsgemäß. Eigentlich war seine ursprüngliche Aussage in Richtung *Überstunden und danach gleich zu einem Kollegen* – von der Billard-Lüge hatte er abgesehen – gegangen, doch ihr Tonfall verriet ihm, dass sie mit dieser Erklärung nicht ganz zufrieden war.

»Dann kommst du jetzt nach Hause?«, erkundigte sie sich argwöhnisch. Eifersucht kannte er von ihr sonst nicht, deswegen machte ihn dieser Anruf ausgerechnet jetzt stutzig.

»Nein, ich bin gerade auf dem Weg in die Stadt. Das wird noch etwas dauern.« *Scheiße, was rede ich denn da?*

»Ach, dann fährst du im Anschluss gleich zu deinem Arbeitskollegen?«

Er merkte, wie das schlechte Gewissen ihm den Schweiß aus den Poren trieb. Sicher sah er aus wie das blanke Schuldbewusstsein. *Wie soll sie etwas herausgefunden haben?* »Mein Kollege braucht Hilfe mit seinem Computer. Du weißt doch, wie sehr ich diesen Kram hasse. Weiß auch nicht, warum die immer gerade mich fragen.«

Die Ausrede, er müsse einem Kollegen den Rechner neu aufsetzen, würde ihm die Zeit verschaffen, die er brauchte. Kathrin kannte die Computerarien, die meist Stunden länger dauerten als beabsichtigt, und sie würde nicht misstrauisch werden, wenn er erst mitten in der Nacht wiederkam. Später würde er ihr irgendwas von Treiberproblemen oder einer kaputten Festplatte erzählen, wenn sie überhaupt fragte.

»Ist was?«, fragte er vorsichtig. »Habe ich was vergessen?«

»Allerdings, Sven Fichtner«, tadelte sie.

Er verlangsamte seinen Schritt und sah an dem hohen Gebäude empor, das er gleich mit Aufregung im Bauch betreten und hoffentlich als glücklicher Mann wieder verlassen würde. *Danach muss es vorbei sein.* Der Schriftzug *Grand Elysee* prangte ganz oben am Haus.

»Deine Mutter rief eben an, ob sie Kuchen zum Kaffee mitbringen soll.«

Das erklärte den Ärger. Kathrin hasste es, mit seiner Mutter allein zu sein.

»Konntest du ihr nicht absagen?«

Ihr Schnaufen am anderen Ende war wie eine Ohrfeige. »Warum kommst du nicht her und sagst es ihr selbst?« Im Hintergrund läutete die Türklingel. »Warum habe ich heute nur schon um zwei Feierabend gemacht? Ehrlich, Sven, du hast einiges wiedergutzumachen, wenn du heimkommst!«

Mehr, als du denkst. Er hörte am Summen, dass sie den elektrischen Öffner drückte, und dann sagte sie versöhnlicher: »Ich werde es schon überleben. Wahrscheinlich wird es angenehmer als die Installation eines Betriebssystems.«

Halbherzig stimmte er ihr zu, während das Hörspiel *Kathrin allein zu Hause* weiterging: Sie öffnete die Tür und trällerte eine Begrüßung, die auf typisch kritische Weise von seiner Mutter erwidert wurde. Sie klang immer, als würde sie permanent alles und jeden bewerten, und nur selten fiel das suggestive Ergebnis positiv aus.

Dann tönte Kathrin lautstark: »Ach nein, Schatz, das ist ja ärgerlich. Wie spät wird es wohl werden?«, danach an seine Mutter gewandt: »Sven schafft es leider nicht zum Kaffee.«

Er konnte sich lebhaft vorstellen, wie diese Nachricht aufgenommen wurde.

»Ich danke dir«, raunte er verlegen. »Ich mache es wieder gut. Versprochen.«

»Das will ich hoffen. Viel Spaß und: Ich liebe dich.«

In ihm wogte alles durcheinander, als er die Koseworte erwiderte und dann auflegte. *Ich bin so ein Scheißkerl.*

Der Rucksack über seiner Schulter fühlte sich schwerer an als zuvor, die Flasche Sekt schien an Gewicht zugenommen zu haben. Doch er würde sicher nicht umkehren. Ihm war klar, dass sein schlechtes Gewissen wie weggeblasen wäre, sobald er Silvia gegenüberstand.

Silvia. Endlich werde ich dich ganz fest halten und genießen können, ohne ständig Haltung bewahren zu müssen. Seine Planung war fehlerfrei: Das Geld für das Zimmer trug er in bar bei sich, damit keine Hinweise auf Kontoauszügen erschienen. Die Reservierung lautete auf den Namen *Hannes Müller* – unscheinbar und glaubhaft, wie er fand. Alle Quittungen würde er vor Ort in den Mülleimer werfen und darauf achten, dass Silvia keine der kleinen Seifen einsteckte.

Nein, das würde sie nicht tun, oder?

Er ging durch die große Drehtür und sah sich um. Es wirkte im Innern recht dunkel, wenn man aus dem Tageslicht kam. Im Foyer sah er sie noch nicht. Anscheinend fand eine größere Veranstaltung in einem der Säle statt. Wenn er geradeaus durch den hohen Gang zu der Wartehalle schaute, sah er viele Leute, vornehmlich Männer im mittleren Alter, in kleinen Gruppen zusammenstehen. Auch vor dem Empfangstresen standen einige Gäste, weswegen er warten musste. Einige trugen Anzüge, andere gehobene Freizeitkleidung, wie man sie von Seglern kannte: weiße Hosen, Polohemden, dünne Pullover mit kleinen Label-Stickereien auf Brusthöhe. Sven besaß keine teure Markenkleidung, aber Silvia würde bestens in diese Gesellschaft passen. Sie war elegant, modebewusst, mit manikürten Nägeln, stets gestylten Haaren, dem perfekten Körper und diesem wunderschönen Gesicht.

Mit zitternden Händen trat er schließlich vor und sagte: »Guten Tag. Ich habe ein Zimmer reserviert auf den Namen Hannes Müller.«

Das Herz schlug ihm bis zum Hals. Immer wieder wandte er sich um, um zu sehen, ob Silvia endlich angekommen war. *Bitte versetz mich nicht.*

»Herzlich willkommen im Grand Elysee, Herr Müller«, begrüßte ihn die Angestellte und legte ein Formular vor ihm auf den Tresen. »Würden Sie bitte die Anmeldung ausfüllen?«

Er setzte den falschen Namen in die Spalte, ergänzte ihn mit einer beliebigen Adresse, die er in Hamburg kannte, und unterschrieb das Ganze unleserlich. Die administrativen Notwendigkeiten fürs Fremdgehen.

»Sie haben das Gartenhofzimmer, Nummer 3546. In etwa zehn Minuten wird es Ihnen zur Verfügung stehen. Wenn ich Sie noch um einen kleinen Moment Geduld bitten dürfte?« Sie deutete auffordernd zur Sitzecke im Eingangsbereich.

* * *

Nun stand sie endlich vor dem Grand Elysee, in diesem schwarzen Wickelkleid und mit Highheels, die ihr diesen besonderen Gang verliehen. Ihr gesamter Körper prickelte. *Endlich.*

Zielstrebig betrat sie das Hotel und sah sich nach Sven um. Im Foyer ging es so lebhaft zu wie im Hauptbahnhof. Anscheinend fand ein Kongress oder so was statt.

Sie war ein paar Schritte durch die Eingangshalle gegangen, als sich eine Hand auf ihren Rücken legte. Ein wohliger

Schauer jagte durch ihren Körper. Sie drehte sich um und blickte in das Gesicht ihres Geliebten. »Sven.«

»Du siehst atemberaubend aus«, flüsterte er und schob sie sanft zu einer Ledersitzgruppe, die sich direkt neben der Drehtür vor den Fenstern befand. Ein älterer Mann saß dort allein, die anderen Sessel waren gerade frei geworden. Er wirkte etwas verloren mit seinem leeren Blick und dem dunkelblauen Jackett über weißem Hemd. Sven stellte seinen Rucksack neben dem Sessel ab. »Das Zimmer ist gleich verfügbar. Setz dich doch bitte.« Dann sagte er zu dem Fremden: »Hier ist doch noch frei?«

Anscheinend aus großer Gedankenferne zurückgeholt, schaute der Mann ihn irritiert an, bis er schließlich nickte und einladend auf die dunklen Sessel deutete.

Silvia und Sven setzten sich ihm gegenüber, weil es angenehmer war, die Drehtür nicht im Rücken zu haben.

»Schön, dass du gekommen bist«, sagte Sven und strich sanft über ihren Arm.

Sie bekam eine Gänsehaut und lächelte zustimmend. »Der Vormittag war die Hölle. Unglaublich, wie die Zeit geschlichen ist.« Sie sah ihm in die Augen, doch die Angst, zufällig von jemandem erkannt zu werden, rief sie zur Ordnung.

Sven beugte sich zu ihr herüber, damit er ganz leise sprechen konnte. »Wir müssen das nicht tun, wenn du Bedenken hast.«

Zur Antwort hätte sie ihn am liebsten einfach nur geküsst.

»Ah, zwei frisch Verliebte«, mutmaßte der Fremde ungefragt und blickte Silvia freundlich an. »So waren meine Frau und ich früher auch.«

»Das kann ja noch nicht so lange her sein, oder?«, entgegnete sie. »So alt sind Sie ja noch nicht.«

Nun lächelte er und richtete routiniert sein Jackett. »Lassen Sie sich nicht täuschen. Hier findet der Kongress der Schönheitschirurgen statt.«

Sie schlug die Beine übereinander und lehnte sich im Sessel zurück. »Ich dachte immer, Schönheitschirurgen sind wie Leichenbestatter.« Amüsiert betrachtete sie sein entrüstetes Gesicht, bis sie mit einem Zwinkern hinzufügte: »Sie kümmern sich immer nur um andere, niemals um sich selbst.«

Der Fremde lachte. »Nun haben Sie mich erwischt, hübsche Frau. Sie würden sich prima mit meiner Barbara verstehen: wunderschön und Köpfchen. Ja, Sie sind ihr auch sonst sehr ähnlich.«

Silvia neigte den Kopf. Es gefiel ihr, bewundert zu werden, trotzdem wurde sie immer wieder schnell verlegen, wenn sie unerwartetes Lob bekam.

»Ich frag noch mal nach dem Zimmer«, sagte Sven und ging zum Empfang zurück. Optisch passte er in seinem grauen Pullover und der engen Jeans so gar nicht zu den anderen Besuchern. Silvia musste lächeln.

Unterdessen erzählte der Mann von seiner Frau, und Silvia hörte ihm gerne zu. Es steckte so viel Liebe in seinen Worten, und in Anbetracht dessen, weswegen sie sich in diesem Hotel befand, berührten seine Erzählungen etwas in ihr.

»Wir sind nun schon seit achtzehn Jahren verheiratet, ist das zu glauben?« Er bekam einen verträumten Ausdruck. »Wir sind also fast so lange verheiratet, wie sie damals alt war, als sie mir das Jawort gab.«

»Wow«, sagte Silvia ehrlich beeindruckt. Sie kannte kaum jemanden, der es zu mehr als den klassischen zehn, elf Ehejahren gebracht hatte. Sven und sie selbst waren gerade auf dem besten Weg, es ebenfalls nicht zu schaffen. »Wie machen Sie das?«, fragte sie und lehnte sich vor.

In seinem Blick lag nichts Anzügliches, eher etwas Fachmännisches, wenn sie bedachte, welcher Zunft er angehörte.

»Harte Arbeit«, sagte er ernst. »Es ist ein ständiges Aufeinanderzugehen und Zuhören. Dabei darf man aber auch die eigenen Belange nicht vernachlässigen.« Dann lächelte er. »Und viel Geld, um all ihre Wünsche zu erfüllen.« Mit einem Zwinkern deutete er auf Sven. »Sie sollten Ihren Mann nie aus den Augen lassen.«

Silvia stockte, weil sie es im ersten Moment richtigstellen wollte, doch schließlich lächelte sie zurück und fragte: »Wie meinen Sie das?«

Sein unscheinbares Gesicht wirkte farblos, doch in den Augen erkannte sie einen wachen Verstand. »Erst wenn Sie etwas verlieren, erkennen Sie seinen wahren Wert. Ich hätte meine Barbara fast verloren, und die zweite Chance werde ich wahrnehmen. Aber wissen Sie, was das Dilemma mit zweiten Chancen ist?«

Silvia schüttelte den Kopf. Gerne würde sie die ganze Geschichte hören, doch dafür reichte die Zeit nicht, und sie wollte garantiert keine weitere Sekunde davon abgeben.

»Das Dilemma ist, dass einem der Verlust immer bewusst sein wird, wenn man erst eine zweite Chance nötig hat.«

Was soll das denn heißen? Sie nickte, als würde sie verstehen, aber so ganz wollte sich ihr der Sinn nicht erschließen. Sven kam strahlend zurück und beugte sich zu ihr herunter. Beim Sprechen berührten seine Lippen leicht ihre Haut, was eine weitere Welle der Aufregung durch sie hindurchjagte. »Wir haben Zimmer 3546. Gib mir fünf Minuten. Ich möchte gerne etwas vorbereiten, wenn du erlaubst.«

Silvia nickte und schenkte ihm einen vielsagenden Blick, bevor er den Rucksack nahm, zu den Fahrstühlen ging und verschwand.

Ein anderer Mann nahm den Platz neben ihr ein. Er war dünn, mit auffallend langen, sehnigen Fingern. Ohne es zu wollen, musterte sie ihn von der Seite, weil ihn etwas umgab, das sie nicht einordnen konnte. Es lag nicht an der vollkommen schwarzen Kleidung, eher an den wächsernen Gesichtszügen, die etwas Unheimliches ausstrahlten. Der Mann bemerkte ihren Blick und lächelte sie an, aber die Freundlichkeit erreichte seine Augen nicht.

Erschrocken bemerkte sie, dass sie ihn anstarrte. »Verzeihung, ich habe nur gerade gerätselt, ob Sie auch ein Arzt sind.«

Seine Stimme war kaum mehr als ein Flüstern. »Ja, das bin ich.«

Die Haut über den ausgeprägten Gesichtsknochen war beneidenswert glatt, doch schön oder attraktiv wirkte er dadurch nicht.

»Aber Sie sind kein Schönheitschirurg?«, mutmaßte der andere Arzt und beugte sich vor, um den Neuen besser hören zu können.

»Pathologe«, erwiderte er knapp. Mit einer Hand prüfte er den Sitz seiner zurückgegelten schwarzen Haare, die im Nacken in einer kleinen Welle endeten. Ein Grinsen schob die Lippen von den ebenmäßigen weißen Zähnen.

Das erklärt einiges. Silvia legte die Arme um die Körpermitte und sah verstohlen auf die Uhr hinter dem Empfangstresen. *Noch drei Minuten, dann gehe ich.*

»Dann sind Sie nicht wegen des Kongresses hier?«, hakte der Chirurg nach.

Der Mann ließ das Grinsen ersterben und nickte. In seinen grauen Augen lag eine seltsame Traurigkeit, die Silvia nicht länger sehen wollte. Es verdarb ihr die Stimmung. Entschlossen stand sie auf. »Nun, ich muss dann mal los. Es hat mich sehr gefreut.«

Die Männer erwiderten die Höflichkeit, der ältere erhob sich sogar aus dem Sessel zur Verabschiedung.

Sie achtete darauf, dass ihr Kleid nicht zu viele Einblicke gewährte. Das vertraute Gefühl der Unterwäsche fehlte ihr, aber gleich würde das, was ihr jetzt noch Unbehagen bereitete, aufregend werden. Sie durchquerte den Eingangsbereich, drückte

51

auf den Fahrstuhlknopf und wartete. *Zimmer dreitausendfünf-hundertsechsundvierzig.*

Ihr Handy klingelte.

Ist da wer ungeduldig?

11. KAPITEL ———————— HAMBURG

Freitag, 22. Mai 2009
15:16 Uhr

Auf dem Polizeirevier war es absolut still, kein klingelndes Telefon, niemand, der zur Tür hereinkam, nur das leise Geräusch von Papierseiten, die umgeschlagen wurden.

Hinter dem Empfangstresen saß Polizeiobermeisterin Katja Moll und las einige Notizen ihres Vorgesetzten durch, die sie danach in den Computer eingeben wollte.

Als sie vor fünf Jahren ihren Dienst hier angetreten hatte, war ihr sofort klar gewesen, dass Eberhard Rieckers nicht für die moderne Welt geschaffen war. Damals hatte sie ihn beobachtet, wie er mit zwei Fingern und unzumutbarem Zeitaufwand versuchte, die Buchstabentasten anzuschlagen. Seitdem tippte sie das meiste für ihn. Im Gegenzug profitierte sie von seiner enormen Berufserfahrung. Sie lernte von ihm vieles, was weder in der praktischen noch in der theoretischen Ausbildung gelehrt wurde. Das war einer der Gründe, warum sie keine Ambitionen entwickelte, in einen anderen Bezirk zu wechseln. Interessante Fälle gingen sie gemeinsam durch, und wenn ein Verdächtiger verhört wurde, erläuterte er ihr unauffällig, worauf sie achten musste. Manchmal vorher, manchmal hinterher; manchmal bat er sie auch kurz aus dem Zimmer. Rieckers' Stärke war das Ermitteln, nicht das Schreiben auf einer Tastatur.

Sie erinnerte sich noch sehr gut daran, wie sie am Anfang geglaubt hatte, es in diesem Revier nicht länger als ein Jahr auszuhalten. Es gab so viele spannendere Bezirke und modernere Dienststellen. Aber inzwischen fühlte sie sich in diesen vergilbten Räumlichkeiten äußerst wohl.

»Heißt das Rachel oder Rackel?«, rief sie nach hinten durch die offene Tür.

Als sie an dem »Aha« erkannte, dass er mal wieder nicht richtig zuhörte, stand sie auf und ging zu ihm. »Kommissar?« Sie schwenkte den Notizblock.

Er nahm seine Lesebrille von der Nase und sah mit halb zusammengekniffenen Augen zu ihr auf.

»Rachel oder Rackel? Der Name von dieser Ladendiebstahlgeschichte gestern.«

»Bettina Rackel. Habe ich mal wieder undeutlich geschrieben?«

Katja lachte. »Na ja, in der Regel kann ich Ihre Schrift ja bestens entziffern, aber dieses k ist neu.« Beiläufig schob sie mit einer Hand eine blonde Strähne hinters Ohr, die sich aus dem strengen Zopf gelöst hatte. »Was machen Sie da?«

Rieckers schob ihr den Zettel hin, auf dem fünf Hotelnamen eingekreist waren. Darunter hatte er Gemeinsamkeiten notiert.

»Der Hotel-Fall?« Sie las es durch und überlegte, was er damit bezwecken könnte.

»Es sind alles Fünf-Sterne-Hotels, aber das bedeutet nicht, dass der Täter auch solvent genug ist für diese Etablissements. Die Kollegen haben jedenfalls keinen Gast gefunden, der in allen Hotels ein Zimmer gebucht hatte, als die Frauen verschwunden sind.« Rieckers rieb sich übers Kinn und verursachte dabei ein schabendes Geräusch. Sie kannte ihn nur mit Bartstoppeln und Schuppen auf den vorwiegend schwarzen Pullovern. »Es bedeutet auf jeden Fall, dass seine Opfer einen gewissen Standard haben müssen. Ansonsten haben sie keine auffälligen Gemeinsamkeiten, was ich so gehört habe.«

Katja nickte. »Ich weiß. Jede sah anders aus, und sie waren auch nicht auffällig schön. Sein letztes Opfer war sogar relativ alt.«

»So alt nun auch wieder nicht«, sagte Rieckers und sah die fünfundzwanzigjährige Beamtin an. »Na, für Sie vielleicht schon.«

Katja Moll überging diesen Ausspruch, weil sie wusste, dass er ihn eher scherzhaft meinte. Ihr Vorgesetzter ließ nie einen Zweifel daran, dass er sie menschlich und als Mitarbeiterin sehr schätzte.

Er schlug eine Akte auf und holte ein paar Fotos hervor.

Sie erkannte die Frauen darauf – immerhin hingen die Vermisstenanzeigen schon lange genug an der Pinnwand. Das letzte Opfer war drei Monate lang verschwunden gewesen, bevor es tot aufgetaucht war. »Woher haben Sie die?«

»Aber Frau Moll«, sagte er, »Sie wollen doch nicht alles wissen, oder?«

Sie wagte einen Schulterblick, doch im Eingangsbereich war alles ruhig. »Kommissar, das ist nicht Ihr Fall.«

Er breitete die Fotos auf dem Tisch aus und stellte sich davor. »Sie wissen, dass ich von der Sonderkommission nicht viel halte. Ich will nur mal schauen, ob die Jungs vielleicht etwas übersehen haben.«

Skeptisch betrachtete sie die Bilder der bedauernswerten Opfer. Kahlrasiert, mit deutlichen Würgemalen am Hals, bleicher als andere Tote durch die chemischen Mittel, mit denen sie behandelt worden waren. »Es ist erschreckend, dass sie einfach zur falschen Zeit am falschen Ort waren.«

Rieckers wog nachdenklich den Kopf. »Wenn es so gewesen ist.«

Er langte nach seinem Kaffeebecher und schaute mit einem enttäuschten Gesichtsausdruck in das leere Gefäß. »Absolut keine Gemeinsamkeiten. Eine aus München, eine aus Zweibrücken, Celle, Hagenow und Mainz. Geschäftlich, privat, in Begleitung, allein. Wenn ich den Rest der Unterlagen auch noch bekommen könnte …«

Moll schob die Fotos wieder zusammen und blickte ihn ernst an. »Erinnern Sie sich, dass ich vor ein paar Monaten schon mal von der *Internen* über Sie befragt wurde? Lassen Sie lieber die Finger davon, Sie können hier nichts ausrichten.« Dann steckte sie alles in die Akte zurück und klemmte sie sich unter den Arm. »Wenn ich offen sprechen darf: Ich traue Ihnen in der Tat zu, dass Sie diesen Fall lösen können, aber das ist nicht Ihre Sache. Und Ihnen wurde schon mal mitgeteilt, dass die Polizeiarbeit kein Pool ist, aus dem man sich die Arbeit heraussucht, die man am interessantesten findet.« Statt der Unterlagen drückte sie ihm die oberste Akte vom Schreibtischstapel in die Hand. »Ich denke, Sie sollten vorerst hiermit weitermachen. Und falls mal jemand zur Tür hereinspaziert kommt, der eine Frau in einem der Hotels verloren hat, können Sie gerne wieder reinschauen.«

Es kam äußerst selten vor, dass sie sich das Recht herausnahm, so mit ihm zu sprechen, doch es war seiner expliziten Aufforderung geschuldet, nicht immer um den heißen Brei herumzureden. Das und vieles mehr würde sie vermissen, wenn er in den Ruhestand ging.

* * *

Eberhard setzte sich und sah seiner jungen Kollegin nach, als sie mit den Unterlagen durch die Tür verschwand.

Ich weiß ja, dass sie recht hat. Wieder sah er in den leeren Kaffeebecher und schnaufte unzufrieden. *Wenn nur nicht ausgerechnet Müller und Dabels diese Sache bearbeiten würden. Kann mich nicht erinnern, dass die schon mal was geleistet hätten außer Arschkriechen.*

In seinem Büro sah es aus wie auf einem Fundbüro. Überall lag etwas herum: Aktenstapel, Zettel, diverse Kugelschreiber, Büroklammern und Hefter, Fotos an mehr als drei unterschiedlichen Pinnwänden, ein kümmerlicher Gummibaum auf dem Fußboden vor dem Fenster und eine kleine Ansammlung benutzter Kaffeebecher im Regal unter dem Schreibtisch. Mancher Staub ging zurück auf den Beginn seiner Dienstzeit, weil er damals Reinigungsarbeiten, die über bloßes Staubsaugen hinausgingen, verboten hatte. In seinen Unterlagen herrschte eine Ordnung, die niemand durcheinanderbringen sollte.

Bald spielt das alles keine Rolle mehr, dachte er und trommelte nervös mit den Fingern auf der Tischplatte herum. *Diesen Fall als Abschluss – den Kerl zur Strecke bringen, bevor er weitermorden kann …*

Was die Polizeiarbeit anging, war Eberhard Rieckers nie ein Romantiker gewesen, der sich einbildete, Recht und Ordnung zu repräsentieren und dafür Dankbarkeit zu ernten. In seiner Dienstzeit hatte er viele Kollegen gekannt, die vom tatsächlichen Alltag eines Polizeibeamten schwer enttäuscht worden waren. Auch wenn er sich mit der dazugehörigen Bürokratie nie richtig hatte anfreunden können, erfüllte ihn der Job, weil er gut in dem war, was er tat – inklusive all der unumgänglichen Nebenerscheinungen. Wenn man ins Privatleben zurückkehrte, fragte kaum jemand: »Na, hat dich heute wieder ein Junkie mit seiner schmutzigen Spritze bedroht? Hast du ihm die Zähne ausgeschlagen?« oder »Welches Elend hast du heute wieder gesehen, welcher Verzweiflung oder häuslichen Tragödie bist du begegnet?« Wenn ihn etwas bewegte, dann konnte er mit Marianne darüber reden. Und wie viele Kollegen konnten behaupten, so jemanden an ihrer Seite zu haben, der alles mittrug?

Viele von ihnen wären besser Dachdecker, Manager oder Lehrer geworden – wohingegen er sich genau dort befand, wo er sein sollte. Das machte die Vorstellung, pensioniert zu werden, umso grauenvoller. Wenn er wieder mal jemandem begegnete, der ungeeignet für diesen Beruf war, dachte er unwillkürlich: »Beamtenfalle« – ein Status, der nicht nur Sicherheit mit sich brachte, sondern auch dafür sorgte, dass sich Menschen bei etwas aufrieben, wofür sie nicht geschaffen waren.

Oder dass Typen wie Dabels und Müller Fälle vermurksten, die in anderen Händen sicher längst gelöst wären.

Katja Moll mochte die Fotos und Notizen mitgenommen haben, seine Gedanken kreisten aber weiter um den Fall. *Wenn ich nur wüsste, wonach der Mörder bei der Wahl seiner Opfer sucht.*

»Möchten Sie noch einen Kaffee?« Molls Stimme klang, als sei sie sich ihrer Sache sicher. »Dann fällt Ihnen das Denken leichter.«

Eberhard musste lachen. »Wären Sie so gut?«

Sie kam mit der Glaskanne zu ihm und schenkte nach.

»Vielen Dank, Sie schickt der Himmel.«

Lächelnd nickte sie zum Becher. »Das ist purer Egoismus. Wenn Sie den Kaffeebecher festhalten, können Sie nicht mehr so laut auf die Tischplatte trommeln.«

Er hielt die Finger still und zuckte mit den Schultern. »Dabels und Müller werden den Fall nie lösen.«

Sie stellte die Kanne ab und sah ihn wissend an. »Ich halte die Ohren offen. Wenn ich etwas Neues erfahre, sage ich es Ihnen.«

Eberhard nippte am Kaffee, der seinetwegen immer etwas stärker gekocht wurde. »Wissen Sie so aus dem Kopf, wie viele Fünf-Sterne-Hotels wir in Hamburg haben?«

Sie griff nach der Kanne und wandte sich zum Gehen. »Ganz oben auf Ihrem Stapel liegt die Leifheit-Akte, sie soll heute noch weitergeleitet werden.«

Wundervoll, Sachbeschädigung als Ablenkung von einem Serienmörder.

12. KAPITEL ——————— HAMBURG

Freitag, 22. Mai 2009
15:17 Uhr

Der Fahrstuhl fuhr sachte nach oben, ohne Rucken, ohne Lärm – Sven hätte beides in Kauf genommen, wenn es dadurch schneller gegangen wäre. Er wollte mit Silvia nicht in einen sterilen Raum gehen, wo alles »Affäre« schrie. Gemütlich sollte es sein, wie ein unbekanntes Zimmer im eigenen Haus, eben erst entdeckt und wie geschaffen für das wundervolle Ereignis. Die Prospekte sollten in der Schublade verschwinden, Sekt in Gläsern bereitstehen und das Bett halb aufgeschlagen sein. Auf Kerzen hatte er verzichtet, weil ihm das zu viel des Guten war. Außerdem hatten erstklassige Hotels auch erstklassige Rauchmelder. Aufsehen in Form von Evakuierung, einem Rudel Feuerwehrautos und Polizisten wollte er nicht riskieren.

Auf dem mit Teppich ausgelegten Flur waren seine Schritte kaum zu hören. Er öffnete die Tür mit der Schlüsselkarte und beeilte sich mit den Vorbereitungen. In ihrem schwarzen Wickelkleid sah sie umwerfend aus, und sie sollte nicht länger als nötig warten – *er* wollte nicht länger warten.

Drei Minuten und das Zimmer sah wohnlich aus. Es war angenehm hell und ansprechend eingerichtet. Hier wurde darauf geachtet, dass sich der Gast durch viele kleine Annehmlichkeiten willkommen fühlte. Bademäntel, eine Süßigkeit auf dem Kissen, eine gut gefüllte Minibar und viele kleine Artikel – von denen Silvia hoffentlich keinen einstecken würde. Sven war zufrieden mit seiner Wahl. Außerdem wusste er, dass ihr die Kunstgegenstände und Gemälde im Hotel gefallen würden. Als er im Internet gelesen hatte, dass vor dem Spiegelsaal sogar wechselnde Ausstellungen organisiert wurden, gab es keinen Zweifel mehr, wo er ein Zimmer mieten wollte. Das Ambiente war ihm wichtig, weil seine Gefühle für Silvia ebenso wenig in ein Stundenhotel passten wie Silvia selbst.

Aufgeregt setzte er sich auf die Bettkante und schaute in Vorfreude zur Tür. Alles war bereit.

Ich halte sicher keine drei Sekunden durch, dachte er. Er machte sich ernsthaft Sorgen, dass er ihr vor lauter Aufregung ein viel zu kurzes Vergnügen bereiten würde. Er wollte sie verwöhnen und ihr etwas Unvergessliches bieten, das seinen eigenen Empfindungen entsprach und sie glücklich machte. *Sie strahlt so wunderschön, wenn sie glücklich ist.*

Die fünf Minuten waren verstrichen. Da erklangen gedämpfte Schritte auf dem Flur.

Sie kommt. Sein Puls raste, er konnte es kaum erwarten, die Tür zu öffnen. Aber da marschierte nur jemand draußen vorbei. Kein Klopfen.

Nach fünfzehn Minuten glaubte er, ihr die falsche Zimmernummer genannt zu haben oder dass sie sie vergessen hatte.

Schließlich nahm er die Schlüsselkarte vom Nachttisch, verließ das Zimmer und machte sich auf die Suche. Jede weitere Sekunde war unerträglich.

Der eine Fahrstuhl befand sich im Erdgeschoss, der andere fuhr gerade nach oben in den vierten Stock.

Er drückte auf den Knopf – wieder und wieder, bis sich endlich eine der Türen öffnete.

Komm schon, Silvia, wo steckst du? Er zog in Betracht, dass sie sich mit dem Fremden in der Sitzgruppe verquatscht hatte. Kein schöner Gedanke, wenn man selbst so ungeduldig war.

Das Foyer leerte sich gerade, Sven sah die Kongressteilnehmer in Richtung Spiegelsaal gehen. Auch vor dem Festsaal waren alle aufgestanden und pilgerten durch die Halle Richtung Veranstaltungsort.

Er eilte zu der Sitzgruppe, doch er fand dort niemanden vor, weder den unbekannten Mann noch Silvia. *Habe ich sie verpasst? Vielleicht war sie im anderen Fahrstuhl?* Er ging zurück und drückte auf den Knopf.

Mit einem leisen *Ping* öffnete sich die Kabinentür des nächsten Fahrstuhls, der Schönheitschirurg von vorhin trat heraus, nickte ihm unverbindlich lächelnd zu und ging an ihm vorbei.

»Oh, warten Sie«, rief Sven und hielt ihn auf. »Haben Sie meine Begleiterin gesehen?«

Der Mann schaute ihn einen Moment nachdenklich an, dann hob er die Augenbrauen. »Ach ja, die hübsche junge Frau. Hat sie es Ihnen nicht gesagt?«

Sven wurde ganz anders. »Was gesagt?« *Sie hat kalte Füße bekommen.* Ihm wurde übel bei dem Gedanken.

»Sie erhielt einen Anruf und war sehr wütend über denjenigen. Ich bin dann lieber gegangen. Ich hoffe, es ist nichts Schlimmes.« Er fügte seinen Worten eine väterliche Berührung an der Schulter hinzu und ging dann zur Veranstaltung in den Saal. »Ich wünsche Ihnen alles Gute.«

Sven erwiderte nichts darauf. *Sie hätte mir doch Bescheid gesagt, wenn sie gegangen wäre, oder?*

Schnell eilte er zum Zimmer zurück in der Hoffnung, dass sie dort wartete und ihm alles erklärte. Aber da war sie auch nicht. Schnell schloss er auf und suchte in seinen Sachen nach dem Handy. *Bitte geh ran!*

»Scheiße!«, rief er, als er nur ihre Mailbox erreichte. Die Gedanken überschlugen sich, und er kam zu dem einzig sinnvollen Schluss: *Thomas hat alles herausgefunden.*

Er brauchte Gewissheit, wollte sich dem Zorn seines Freundes stellen und, so gut er konnte, die Schuld von Silvia nehmen.

Aber warum hat sie mir nicht Bescheid gesagt? Er war doch nicht etwa hier? Er holte den Rucksack aus dem Zimmer, ging nach unten, um wieder auszuchecken, und machte sich dann auf den direkten Weg zur Wohnung von Silvia und Thomas.

13. KAPITEL ———————— GÖTTINGEN

Freitag, 22. Mai 2009
16:01 Uhr

Edith trug Turnschuhe, die kaum ein Geräusch auf dem Parkett verursachten.

Ihre Arbeit war getan, Barbara Freiberger hatte alle Medikamente für den Tag verabreicht bekommen, mehr war nicht nötig.

Im Anwesen der Freibergers war es gespenstisch ruhig. Neugierig schlich sie durch die Räume und schaute in Schubladen und Schränke, aber ohne einen der Wertgegenstände zu berühren.

Sie konnte es sich nicht leisten, wegen Diebstahls alles zu riskieren. In der Heimat lebte ihr behindertes Kind bei den Großeltern, sie brauchten jeden Cent. Außerdem war sie zu stolz, etwas an sich zu nehmen, das ihr nicht gehörte. Aber ihr stand mehr zu als der Lohn, den sie hier bekam.

Sie verdiente zwar besser als in ihrer Heimat in einer ähnlichen Position, und dafür nahm sie einiges in Kauf, aber dieses Land brachte ihr nichts Gutes.

Wann immer sie nach Deutschland gekommen war, hatte sich ihr Leben unwiederbringlich und folgenschwer verändert. Zuletzt war sie schwanger nach Polen zurückgekehrt, nicht mit einem Kind der Liebe, sondern dem Resultat einer triebgesteuerten Zusammenkunft mit einem Arbeitgeber, der sie teuer für ihr Schweigen entlohnt hatte.

Was er wohl sagen würde, wenn er von Helena wüsste?

Sie hatte das Kind nach seiner bettlägerigen Frau benannt, für die er sie eingestellt hatte. Damals hatte sie den Respekt vor den Reichen verloren, und auch Barbara Freiberger hatte bislang nichts an ihrer Einstellung geändert.

Sie betrachtete die Fotos, die auf dem Kaminsims standen. *So schön und so krank.* Kopfschüttelnd ließ sie einen Finger

61

über Barbaras Antlitz gleiten. Sie kannte ihre Patientin bisher nur mit dem Kopfverband und schlafend.

Armer, armer Mann. Kann alles kaufen, ist so fleißig und hat so eine undankbare Frau.

Sie setzte sich in den Sessel und fragte sich, wie es sich wohl anfühlte, all das zu besitzen. Ihre Finger glitten über das kühle Leder der Armlehnen. *Kristallleuchter, Colliers, all die wundervollen Kleider, einen Keller voll mit teuren Weinen, die sie mit ihren kaputten Nieren gar nicht trinken darf. Wenn ich nur etwas schöner wäre*, dachte sie und atmete tief ein.

Anfangs hatte sie kurz überlegt, die unglücklichen Umstände in diesem Haus auszunutzen und dem vernachlässigten Arzt gefügig zu sein. Unzufriedene Männer waren leicht rumzukriegen, wenn sie lange keinen Sex hatten, das wusste sie aus leidlicher Erfahrung. Doch Freiberger sah sie mit so viel Abscheu an, dass sie sich keine Chancen ausrechnete.

Ihr Glück lag darin, dass sie eine hervorragende Krankenschwester war und in Göttingen tatsächlich keine Menschenseele kannte. Es gab niemanden, mit dem sie über die schwerkranke Barbara Freiberger sprechen konnte. Er hatte bei der Einstellung deutlich gemacht, dass es finanzielle Vorteile mit sich bringen würde, wenn es auch so bliebe.

Edith musste nur lange genug in diesem Haus aushalten, um eines Tages selbst die Konditionen diktieren zu können. Je mehr sie über ihn und seine Frau erfuhr, desto teurer würden ihre Dienste werden.

In den fünf Tagen, die sie nun schon hier war, hatte sich Barbara noch nicht einmal bewegt. *Dummes Ding. Hat alles und ist innerlich so kaputt.*

Das Krankenzimmer befand sich im Erdgeschoss, weil dort auch das Dialysegerät stand. Die täglichen Routinen wurden in der kleinen Kammer nebenan vorbereitet.

Dr. Freiberger musste diese Frau tatsächlich abgöttisch lieben. Er betrachtete sie mit so viel Hingabe und Zuneigung, dass Edith stechenden Neid empfand. Und wenn er über das in Verbände eingepackte Ding sprach, dann zeigte er deutlich seine Traurigkeit.

»Meine Frau leidet unter Depressionen«, hatte er gesagt. »Wenn es ihr wieder gutgeht, werde ich alles daransetzen, ihr die schönen Seiten des Lebens zu zeigen. Es wäre gut, wenn Sie viel mit ihr reden. Ich denke, das Schweigen in diesem Haus hat sie zu ihrer Tat getrieben.«

Ja, sie würde mit der Kranken reden, aber sicher nicht so, wie er es sich vorstellte. *Wer in solchem Luxus sterben will, weiß nicht, wie kalt die Winter in Polen sind.* Sie hatte keinen Mann, der mal eben die schrecklich teuren Geräte kaufen konnte, um ihrer Tochter Besserung zu verschaffen. Freiberger könnte das. Sie hatte die unvorstellbaren Summen auf seinen Kontoauszügen gesehen. Und sie hatte nicht einmal einen Vater für ihre Tochter.

Würde ich mich umbringen wollen, käme kein Retter um die Ecke.

14. KAPITEL —————————— HAMBURG

Freitag, 22. Mai 2009
16:21 Uhr

Mit zitternden Fingern drückte Sven den Klingelknopf neben dem Namen *Valentaten*. Niemand öffnete. *So ein Mist!*

Immer wieder betätigte er die Wahlwiederholung seines Handys, doch Silvia blieb unerreichbar.

»Was machst du denn hier?«, hörte er Thomas hinter sich. Erschrocken zuckte er zusammen und drehte sich zu seinem Freund um. Er war auf alles gefasst. *Er ist viel zu früh zu Hause.*

»Alter, du siehst ätzend aus. Du solltest dich lieber auskurieren.«

Sein Tonfall klang abweisend, und Sven fühlte sich unangenehm gemustert. »Ich weiß. Silvia hatte doch so ein Mittel gegen Durchfall. Weißt du noch, welches es war? Ich erreiche sie irgendwie nicht.« Es fiel ihm schwer, angesichts seiner Lage Haltung zu bewahren. Sollte sich die Sache ohne großes Aufhebens klären, wollte er es für sie nicht schlimmer gemacht haben, indem er vor Tom voreilige Geständnisse abgab. *Oder weiß er doch alles?*

»Nee, keine Ahnung. Geh doch einfach in die Apotheke.«

Die ablehnende Haltung machte es noch schlimmer. Am liebsten hätte er seinen Freund am Kragen gepackt und ihm seine Verzweiflung ins Gesicht geschrien. Alles war aus dem Ruder gelaufen, und ein beängstigendes Gefühl tobte in ihm. Irgendwas Schlimmes war passiert. Aber was?

»Nein, ich will lieber das von ihr ausprobieren. Es war irgendein Hausmittel. Wenn du sie siehst, sag ihr doch, sie soll mich einfach mal anrufen, ja?«

Thomas nickte. »Ich hab sie heute noch gar nicht gesprochen. Nun geh lieber nach Hause, bevor du mich noch ansteckst. Die Scheißerei kann ich im Moment echt nicht gebrauchen.« Er zog den Haustürschlüssel aus der Tasche und wollte gerade aufschließen, als Sven die roten Flecken an seiner Hemdmanschette bemerkte.

»Was sind denn das für Flecken?« Seine Stimme klang misstrauischer als beabsichtigt.

Ein Seufzen kam über Thomas' Lippen. »Keine Ahnung. Die muss ich mir in der Bahn eingefangen haben. Scheiße, ich hoffe, die gehen wieder raus.« Er betrachtete seine Hand. »Ich bin total eingesaut. Sorry, ich muss mir schnell die Hände waschen und mich umziehen.«

Er wird ihr doch nicht ... Nein, es war undenkbar, dass Thomas derartig eifersüchtig sein konnte, dass er seiner Frau Unaussprechliches antat. *Nein, das würde er nicht tun. Aber wenn das an seinen Händen Blut war ...* Hinter Thomas fiel die Tür ins Schloss. *Nein, das kann und will ich nicht glauben. Wenn er sie wirklich nicht angerufen hat, dann vielleicht ...*

Er wählte die Nummer seiner Frau und ging dann mit dem Telefon am Ohr Richtung S-Bahn-Station zurück. Wenn sie etwas über seine Affäre herausgefunden hätte, würde er es sofort an ihrer Stimme hören.

»Fichtner!« Sie klang reserviert wie immer.

»Hallo, Schatz, ich bin's.« Bei diesen Worten zog sich alles in ihm zusammen.

Als sie seine Stimme hörte, wurde ihr Tonfall gleich freundlicher. »Na, alles klar bei dir?«

»Nein, nicht wirklich.« Einerseits war er erleichtert, dass Kathrin nichts herausgefunden hatte, andererseits steigerte es seine Angst um Silvia. Das ergab alles keinen Sinn.

»Was ist denn los?« Sie klang sogleich besorgt.

»Ich habe mir wohl einen Virus eingefangen. Ganz schlimme Magenschmerzen.«

»Du hast Glück, deine Mutter ist gerade zur Tür raus, es war grauenhaft.« Es klapperte, sie schien den Tisch abzudecken. »Tut mir leid, dass deine Pläne ins Wasser gefallen sind. Soll ich dich irgendwo mit dem Auto abholen?«

Ihr Mitleid legte sich wie tonnenschwerer Ballast auf sein Gewissen. »Nein, vielen Dank. Ich geh noch schnell zum Arzt, dann komme ich nach Hause.«

»Wenn du hier bist, pflege ich dich.«

Er wollte ablehnen, nuschelte aber stattdessen ein paar dankbare Worte in den Hörer.

»Hast du heute schon mit Silvia gesprochen?« Er musste einfach fragen.

»Nein, wieso?« Es lag kein Argwohn in ihrer Stimme, keine Eifersucht, nichts.

»Ich hatte ihr gesagt, dass ich eventuell heute Abend noch was bei Thomas vorbeibringe, wenn es bei meinem Kollegen nicht so lange dauert. Aber jetzt ist eh alles abgesagt.«

Kathrins weitere Worte gingen in seinen eigenen Gedanken unter, und er beendete schnell das Gespräch.

Was mache ich denn jetzt? Ziellos ging er ein paar Schritte. In seinem Verstand drehte sich alles um die entscheidende Frage: Wo steckte Silvia?

15. KAPITEL ———————— HAMBURG
Freitag, 22. Mai 2009
16:50 Uhr

Der Kongress war nicht ansatzweise so interessant, wie Karl Freiberger es erwartet hatte.

Vielleicht lag es auch daran, dass er unentwegt an Barbara denken musste. Es warteten wichtigere Dinge auf ihn als Schlupflidbehandlung und die neuesten Methoden zur Silikonanwendung im Mimikbereich.

Einige seiner Kollegen kannten sich besonders gut mit der medikamentösen Einflussnahme auf die menschliche Psyche aus. Ihn beschäftigten besonders die experimentellen Überlegungen chirurgischer Eingriffe zur Heilung, wenn Tabletten nicht halfen. Besonders wenn es darum ging, traumatische Erlebnisse aus einem Gedächtnis zu löschen. *Das sind alles sehr umstrittene und ethisch recht fragwürdige Thesen.*

Doch er war verzweifelt.

Er wusste jetzt, wie er Barbara helfen konnte – sofern die Kollegen das, was ihm an Wissen fehlte, ergänzen würden.

Du wirst wieder glücklich sein. Barbara und er waren einst genauso verliebt gewesen wie dieses junge Paar im Foyer. Irgendwann hatten sie nicht mehr so viel miteinander geredet. Er wusste nicht einmal, warum sie aufgehört hatten, über alles Mögliche zu sprechen. Und nun kam er gar nicht mehr an sie heran.

Er erhoffte sich, mit einer Lösung wieder heimzukehren, die

ihm seine Barbara zurückbringen würde, die Barbara, in die er sich so sehr verliebt hatte.

Am Vormittag war er noch recht pessimistisch auf die Reise gegangen, doch inzwischen wuchs die Zuversicht. Er war Arzt, er erschuf und erhielt Lebensqualität, brachte Glück zurück in freudlose Leben.

Nirgendwo sah man das deutlicher als hier. Auf dem Kongress wurden außergewöhnliche Arbeiten vorgestellt, die mit beeindruckenden Bildern zeigten, was in der ästhetischen Medizin alles möglich war. Es wurden auch Auszeichnungen vergeben, er selbst hatte bereits zweimal auf das Podium treten dürfen, einmal als Laudator und einmal als Empfänger der Ehrung.

Dass er mit Hilfe einer Rippe ein Ohr modellieren konnte und Missbildungen beheben konnte, machte Patienten glücklich. Warum sollte er nicht auch dafür sorgen können, dass seine eigene Frau wieder zufrieden und optimistisch wurde?

Damals war sie wie diese junge Frau im Foyer gewesen, deren Augen so sehr gestrahlt hatten, dass er ganz fasziniert gewesen war.

Ich war so ein Idiot, ihr Leiden nicht rechtzeitig zu erkennen!

Auf der Bühne hielt ein Professor gerade einen ausschweifenden Vortrag über plastische Chirurgie an Patienten im Kindesalter, Eingriffe, die Karl grundsätzlich ablehnte. Es gab hervorragende Chirurgen, die sich an diese sensiblen Belange heranwagten – er gehörte nicht dazu.

Bei Kindern ging es nicht um ästhetische Chirurgie im Sinne von Eitelkeiten, sondern um die tatsächliche Steigerung der Lebensqualität. Missbildungen wie Hasenscharten und entstellende Verwachsungen, Profilkorrekturen, Narbenkorrekturen, Entfernung von Blutschwämmchen – alles sinnvolle Eingriffe. Doch er lehnte die Behandlung von Kindern grundsätzlich ab. Er ertrug es schlichtweg nicht, die kleinen Geschöpfe in Narkose zu sehen. Viel lieber hätte er eigene Kinder gehabt, die quicklebendig durch sein Haus liefen.

Erst hattest du Angst, eine Schwangerschaft könnte deine Hüften breiter machen, aber dann hast du deinen Körper selbst ruiniert.

Er konzentrierte sich, damit ihm sein Kummer nicht zu deutlich anzusehen war. *Ich werde dich wieder schön machen. Du wirst anders aussehen, aber wunderschön sein.*

Zum wiederholten Male sah er auf sein Handy, aber niemand hatte angerufen. *Was mache ich, wenn du nicht aufwachst? Wenn du in deiner Todessehnsucht irreparablen Schaden verursacht hast?*

Er schloss die Augen und dachte an das Gesicht des Mannes, der vorhin seine Frau gesucht hatte – das junge Glück. Wohlbefinden und Sicherheit waren fragile Schiffe im tobenden Meer des Lebens, und früher oder später kenterte jeder, egal, wie geschickt er das Ruder führte.

»Entweder ertrinkt er darin oder findet ein Rettungsboot«, murmelte er leise vor sich hin.

»Wie bitte?« Bennet Rating, ein hochdotierter Kollege und Freund, beugte sich zu ihm herüber und flüsterte: »Alles okay bei dir? Du wirkst etwas abwesend heute.«

Ertappt kratzte sich Karl am Kopf. »Entschuldige, diese Kinderchirurgie ist einfach kein Thema für mich.«

Innerlich sagte er sich: *Jeder ist seines Glückes Schmied. Ich werde dich retten, mein Herz.* Dann an Bennet gewandt: »Ich habe da einen komplizierten Fall. Wie wäre es, wenn wir einen Kaffee trinken gehen, damit ich dir davon erzählen kann?«

Bennet nickte. »Ja, der Rest hier ist auch nichts für mich. Gehen wir.«

Ja, mein Herz, wenn Bennet so gut ist, wie ich denke, dann bist du bald wieder die Frau, die ich so sehr liebe.

16. KAPITEL

HAMBURG
Freitag, 22. Mai 2009
17:11 Uhr

»Kann ich Ihnen helfen?«

Die junge Beamtin hinter dem Tresen machte einen routinierten Eindruck, und Sven fühlte sich augenblicklich kategorisiert, als sie ihn mit einem kurzen Blick musterte. Es war an ihr, abzuwägen, welche Schreibarbeiten als unumgänglich und welche als unnütz einzustufen waren. Die sinnlosen Anzeigen konnte man abwenden, wenn man lange genug im Dienst war und wusste, was man sagen musste – Sven kannte diese Verfahrensweisen aus Gesprächen mit Polizisten bei der Arbeit. Auf dem Namensschild an ihrem Hemd stand der Name *Moll*. Sie gehörte also nicht zu jenen, die nur ihre Dienstnummer preisgaben.

»Ja, ich möchte eine Vermisstenanzeige aufgeben.« Er kam sich lächerlich vor, als er es aussprach.

»Um wen oder was handelt es sich?«

»Eine Freundin.«

Sie nahm den Stift zur Hand, bereit, erste Notizen zu machen. »Wann wurde sie das letzte Mal gesehen?«

Er stutzte und sagte dann kaum hörbar: »Heute um drei.« Ihm war bewusst, wie lächerlich das klang.

Sie ließ den Stift wieder fallen und schaute ihn an. »Vor gut zwei Stunden? Darf ich fragen, was Sie dazu bewegt, deshalb gleich zur Polizei zu gehen?«

Ihr sarkastischer Tonfall verfehlte seine Wirkung nicht. Sven zuckte mit den Schultern und legte unruhig die Hände auf den Tresen. »Es ist einfach nicht ihre Art, ohne ein Wort zu gehen. Ich bin mir sicher, dass ...«

»... etwas ganz Schreckliches passiert ist«, vollendete Moll den Satz und schob den Notizzettel wieder beiseite. Offensichtlich beabsichtigte sie nicht, die Anzeige aufzunehmen.

Sven wusste genau, warum. Er selbst hätte jedem anderen geraten, sich erst mal zu beruhigen, abzuwarten und keine voreiligen Schlüsse zu ziehen. Was er hier tat, war vollkommen irrational. »Hören Sie bitte zu«, versuchte er es dennoch.

Im Hintergrund stellte sich ein älterer Mann mit einem Kaffeebecher in der Hand in den Türrahmen und beobachtete die Situation. Sven spürte, dass der Kerl ihn abschätzte.

»Ich habe mich mit ihr getroffen, alles war bestens. Ich habe sie ein paar Minuten allein gelassen, und dann war sie verschwunden. Sie ist nicht auf ihrem Handy erreichbar, niemand hat etwas von ihr gehört.«

Moll seufzte und blickte ihn bedauernd an. »Wenn Ihre Freundin nach vierundzwanzig Stunden immer noch nicht aufgetaucht ist, dann kommen Sie wieder, und wir nehmen den Fall auf.« Geschäftig räumte sie ein paar Dinge auf der anderen Seite des Tresens zusammen. »Machen Sie sich keine Sorgen. In den meisten Fällen klärt sich das ganz von allein.«

Ihr belehrender Tonfall missfiel ihm. Er war kein schreckhafter Mensch, der bei jeder Kleinigkeit in Panik verfiel. »Ich bin mir sicher, dass ihr etwas zugestoßen ist«, beharrte er und wurde lauter.

Nun änderte sich Molls Haltung. Abweisend verschränkte sie die Arme vor der Brust und sah ihn direkt an. »Ach ja? Was macht Sie so sicher?«

Ich fühle es, dachte er. Doch um es zu erklären, fehlten ihm die Worte. »Das … weiß ich einfach.«

Sie beugte sich leicht vor und sah ihn unnachgiebig an. »Entweder haben Sie einen konkreten Hinweis auf eine Straftat, oder Sie warten bis morgen.«

Enttäuscht und sprachlos wandte er sich zum Gehen.

Vierundzwanzig Stunden abwarten … Was sollte er auch sonst tun? Die Verzweiflung schnürte ihm die Kehle zu.

Doch der Mann, der zugeschaut hatte, kam hinter ihm her und hielt ihn am Ausgang auf.

»Eine Sache noch«, sagte er und legte eine Hand an die Tür. »Wo ist sie denn verschwunden?«

Moll konnte einen Seufzer nicht unterdrücken.

»Im Elysee«, sagte Sven tonlos.

»Das Fünf-Sterne-Hotel?« Der Mann sah an Sven vorbei zu der Polizistin. »Warum kommen Sie nicht in mein Büro und erzählen mir die ganze Geschichte?«

Als er freundlich lächelte, kamen gelbliche Zähne zum Vorschein. Der Geruch passte dazu. Die Haare waren schuppig, was besonders auf seinem schwarzen Rollkragenpullover Spuren hinterließ. Seine rundlichen Gesichtszüge wirkten verlebt und schlecht rasiert. Ein Mann, der in seinem Leben schon vieles gesehen hatte und doch nie den Blick für das Wesentliche zu verlieren schien – Sven hoffte, dass er sich mit dieser Einschätzung nicht täuschte. Ein beleibter, unsympathischer Engel mit Mundgeruch, dem er nun beichten konnte, bevor er wieder in die Welt des Schweigens hinaustreten musste.

»Kommissar Rieckers«, stellte der andere sich vor und hielt ihm seine Hand entgegen.

»Sven Fichtner.« Er drückte sie kurz zum Gruß.

»Kommen Sie, hier entlang.« Rieckers ging voraus, vorbei an Moll, die dem Geschehen keine Aufmerksamkeit mehr schenkte. Für sie war er gewiss einer von fünfzig Spinnern in der Woche, der anderen Leuten Arbeit machte.

»Kaffee?«

Sven rieb sich über den gereizten Magen. »Nein, danke.«

»Dann mal raus mit der Sprache!«

An den Wänden hingen Fotos von gesuchten Straftätern, Schriftstücke und Preislisten von Lieferdiensten mit Mittagstisch. Tagtäglich bekam er es im Gericht mit Fällen zu tun, die vorher von Menschen wie Rieckers bearbeitet worden waren. Nun wurde er selbst Teil eines solchen Falls. *Hätte ich das mit dem Hotel nur niemals vorgeschlagen!*

»Es ist etwas delikat«, begann er seinen Bericht. »Und es

wäre mir lieb, wenn es möglichst vertraulich behandelt werden könnte.«

Rieckers nahm einen Stift zur Hand und schrieb Datum und Uhrzeit auf einen Block. »Sicher. Sofern das im Rahmen eventueller Ermittlungen möglich ist.«

Ringe von abgestellten Kaffeebechern bildeten Muster auf dem Holz. Sven betrachtete sie, um dem Kommissar nicht direkt in die Augen sehen zu müssen.

»Haben Sie Ihren Personalausweis dabei?«

Er holte seine Brieftasche aus dem Rucksack und zog den Perso hervor. »Die Adresse ist noch korrekt.« Die Standardfragen kannte er nur zu gut. »Ja, ich bin Sven Fichtner, geboren am neunten März neunzehnhundertsiebzig.«

»Also, dann erzählen Sie mal – egal, wie wichtig oder unwichtig Ihnen etwas erscheint –, erzählen Sie alles, was Ihnen zu ihrem Verschwinden einfällt. Angefangen bei den Personalien der Frau.«

Also erzählte Sven, während Rieckers sich Notizen machte und monoton mit dem Kopf nickte. Als er geendet hatte, überflog der Kommissar die Stichpunkte und klappte den Block zu. »Was bringt Sie zu der Annahme, dass ihr etwas zugestoßen ist? Vielleicht hat sie einfach nur kalte Füße bekommen.«

Sven schüttelte traurig den Kopf. »Ich wünschte, sie wäre so. Dann könnte ich jetzt zu Hause sitzen und warten. Aber Silvia ist kein wankelmütiger Mensch. Sie ist eine Frau, die sogar bei Fremden klingelt, wenn sie aus Versehen einen Kratzer im Zaun verursacht hat. Verstehen Sie, was ich meine?« Er rieb sich übers Gesicht. Alles wirkte taub und leblos. »Sie trägt immer die Konsequenzen ihres Handelns. Sie würde mir in aller Ehrlichkeit einen Korb geben, statt heimlich zu verschwinden.«

Der Kommissar gab einen grunzenden Laut von sich. »Aber eine Affäre stört sie nicht? Ich meine, wo sie so konsequent ist, müsste sie in diesem Fall doch auch ehrlich sein, oder?«

In Sven schienen sich alle Empfindungen zu einem einzigen schweren Gewicht in der Körpermitte zu sammeln, das ihn vollkommen in sich zusammensacken ließ.

»Verstehe«, kommentierte Rieckers das Schweigen und stand auf. »Nehmen Sie meine Karte.« Er zog eine dünne Pappe aus einer Schublade und legte sie vor ihm auf den Tisch. »Melden Sie sich morgen und teilen mir mit, ob Frau Valentaten wieder aufgetaucht ist.« Dann lächelte er ihm aufmunternd zu. »Ich drücke Ihnen die Daumen, dass Sie sich die Sorgen umsonst gemacht haben. In den meisten Fällen klärt sich die Sache ohne unser Zutun auf.«

Ich weiß, dass etwas passiert ist – etwas Schlimmes. Er wischte sich über die Augen, die inzwischen stark brannten. Seine Verabschiedung war kaum mehr als ein Flüstern. Als er den Ausgang erreichte, hörte er den Kommissar noch sagen: »Das Elysee liegt doch in unserem Bezirk?«

Moll gab einen Laut widerwilliger Zustimmung von sich.

Hätte ich sie nur nie um dieses Treffen gebeten.

17. KAPITEL ———————————— HAMBURG

Freitag, 22. Mai 2009
19:01 Uhr

Ein Wagen besetzte den Carport vor Eberhard Rieckers' Haus. Er kannte den blauen Polo, den er vor fünf Jahren an seinen Sohn abgetreten hatte und der inzwischen nur noch vom Rost zusammengehalten wurde.

Dreiundzwanzig Jahre alt, und noch immer rebelliert er.

Er parkte seinen Wagen direkt dahinter. Nun würde Andreas sich darüber ärgern, seinen Vater bitten zu müssen, ihn aus dem Carport herauszulassen.

Schweren Schritts ging er auf das Reihenhaus zu, öffnete die Eingangstür und hörte Stimmen aus dem Wohnzimmer,

73

fröhliche Stimmen: die seiner Frau, die von Andreas – und die einer Fremden.

Die nächste potenzielle Lebensgefährtin meines Sohnes.

Er fragte sich, womit er diesmal konfrontiert werden würde. Die letzte Freundin war eine Anarchie predigende Linke gewesen, die den Polizeistaat verurteilte und sich stets animiert gefühlt hatte, Beleidigungen über Beamte loszulassen. *Nichtswisser-Tourette* hatte er das damals genannt und ihre Tiraden schweigend ausgesessen.

Der Zwist mit seinem Sohn genügte ihm vollkommen, die kurzfristigen Wegbegleiterinnen musste er in den Sorgenpool nicht auch noch mit aufnehmen. Zumal er der Körpersprache meist ansehen konnte, wie lange die Beziehung halten würde. Plus/minus ein paar Wochen stimmten seine Prognosen immer. Andreas würde sicher nie eine passende Frau finden, solange er nicht wusste, was er eigentlich selbst vom Leben wollte.

Das ist die Quittung, dachte er müde. Die Quittung für ein Leben im Schatten des Polizeidienstes. Während er die Welt hatte retten wollen, hatte sein Sohn das Vertrauen in den Vater verloren. Eine Prioritätensetzung, die ihn im Nachhinein sehr schmerzte. Denn wen hatte er denn gerettet, als er die Fußballspiele und Schulaufführungen seines Sohnes ausgelassen hatte?

Seit zehn Jahren kämpften sie schon miteinander. *Wenn der Bengel wenigstens mal was aus seinem Leben machen würde.*

Marianne hatte ihn gehört und kam in den Flur. »Da bist du ja.« In ihrer Stimme lag kein Vorwurf. »Wir haben schon ohne dich angefangen, weil das Essen sonst kalt geworden wäre.«

Eberhard nickte und hängte seine dunkelgrüne Cordjacke an den Haken. Er trug sie schon so viele Jahre, dass sie an den Säumen abgenutzt war. Seine Frau plädierte für eine neue, aber er hing an diesem Kleidungsstück.

»Andreas hat seine Freundin mitgebracht. Ihr Name ist Susanne. Komm, sie warten auf uns.«

Dieses Mal eine Susanne. Klingt wenigstens weltlicher als Indira oder Easy.

Eberhard war erstaunt, als er das Wohnzimmer betrat. Am Esstisch saßen ein ordentlich mit Jeans und hellblauem Sweatshirt gekleideter Andreas und daneben eine junge Frau, die aussah, als hätte sein Sohn sie aus einem Bürobedarfskatalog ausgeschnitten: knielanger Rock, modische fliederfarbene Bluse, und die dunkelblonden Haare trug sie zum Pferdeschwanz gebunden. Sie stand sogar auf, als er auf sie zukam, und streckte ihm die Hand entgegen.

Er begrüßte sie verdutzt, dann klopfte er seinem Sohn auf die Schulter und nahm am Kopf der Tafel Platz. Marianne hatte Lasagne zubereitet, die inzwischen nur noch lauwarm war.

»Achtung, gleich beginnt das Verhör«, meinte Andreas und sah seinen Vater herausfordernd an.

Doch bevor Eberhard etwas erwidern konnte, stieß Susanne ihrem Freund in die Seite und sagte fröhlich: »Na, was wäre er auch für ein Vater, wenn er nicht neugierig wäre?«

Hinter ihr konnte Eberhard seine Frau zufrieden lächeln sehen.

»Wir haben zum Kaffee mit dir gerechnet. Was war es diesmal, Vater?« Andreas konnte einfach nicht lockerlassen. Mit der distanzierten Anrede wollte er wohl verdeutlichen, dass ihre Verbindung eine rein biologische war.

»Eine Vermisstenanzeige«, antwortete er und hielt seinen Teller neben die Auflaufform, damit seine Frau ihn füllen konnte. »Könnte sein, dass der Fünf-Sterne-Killer wieder zugeschlagen hat.«

»In deinem Bezirk?« Marianne klang alarmiert. »Das gibt's doch nicht! Neulich reden wir noch darüber, und jetzt ist es passiert, und du steckst sicher bis über beide Ohren in dem Fall.«

75

Er stellte den Teller ab und hob die Hände zur Beruhigung. »Noch ist gar nicht geklärt, ob die Frau tatsächlich entführt wurde. Es ist gut möglich, dass etwas ganz anderes dahintersteckt. Bislang ist die einzige Übereinstimmung, dass sie in einem Fünf-Sterne-Hotel verschwunden ist.«

Susanne legte eine Hand auf Andreas' Oberschenkel und hörte zu.

Aufgeweckt, offensichtlich verliebt, positive Ausstrahlung. Er nahm beiläufig einen Bissen in den Mund und kaute mit schnellen Bewegungen. *Ordentliche Kleidung, aber nicht teuer, Ohrring in Form einer Gitarre auf der rechten Seite.*

»Gehen Sie auch so gerne auf Konzerte wie Andreas?«, fragte er sie und aß dabei in einem Tempo, als müsste er jede Sekunde wieder aus dem Haus laufen. Er konnte die Momente des einfachen Lebens nur selten genießen, weil es in seinem Kopf stets arbeitete.

»Ja, sehr gerne sogar.« Susanne fühlte sich offensichtlich wohl in ihrer Haut und achtete nicht auf das ablehnende Verhalten von Andreas.

»Und welche Musik hören Sie am liebsten?«

An der Bewegung ihrer Armmuskeln konnte er erkennen, dass sie Andreas mit Druck auf den Oberschenkel von unbedachten Kommentaren abzuhalten versuchte. »Billy Talent finde ich klasse, und natürlich die Ärzte. Aber ich bin da nicht so festgelegt.«

Die könnte Andreas guttun. Hoffentlich verbockt er es nicht. »Ich möchte wetten, dass Sie meinen Sohn bei einem dieser Konzerte kennengelernt haben?«

Andreas gab viel zu viel Geld für all diese Tickets aus. Geld, das er als Pizzabote verdiente.

Lachend ließ Susanne ihre Hand zu Andreas' Rücken wandern und lehnte sich leicht an ihn. »Nein, nein, so war es nicht«, sagte sie. »Wir haben uns auf der Arbeit kennengelernt.«

So, so, da ist mir doch tatsächlich etwas entgangen. Sein Verstand hielt ihn davon ab, irgendwelche Mutmaßungen über ihre mögliche Position im Pizzagewerbe anzustellen. Dabei wirkte sie nicht, als würde sie so einen Job überhaupt in Betracht ziehen.

»Andreas macht bei uns seine Ausbildung zum Eventmanager. Er ist der Einzige, der ohne Abitur einen Platz bekommen hat, weil ...«

»Das interessiert doch keinen«, ging Andreas dazwischen.

Eberhard spürte die unausgesprochene Erwartung seiner Frau an ihn, auf seinen Sohn einzugehen und für Frieden zu sorgen. »Natürlich interessiert es mich«, sagte er deshalb schnell und legte das Besteck auf den Teller. Es war nicht mal gelogen.

»Warum? Um mir hinterher zu sagen, wie ich mich in der Berufswelt zu benehmen habe?«

Bin ich wirklich so unausstehlich? Er betrachtete seinen Jungen, der auf dem Weg ins Erwachsenenalter nichts ausgelassen hatte. Drogen, kleinere Diebstähle, sogar eine Nacht im Gefängnis waren die Stolpersteine gewesen, und es gab vieles, was Eberhard zwar gewusst, ihm aber nicht vorgehalten hatte. Bei wem lag die Schuld für diese Kluft zwischen ihnen?

»Meine Güte, Andreas«, mischte sich Susanne ein. »Wenn du dich ändern kannst, solltest du deinem Vater auch eine Chance geben, oder?«

Selbstbewusst ist sie. Und offensichtlich weiß sie auch eine Menge über uns.

Marianne sammelte die Teller ein und stapelte sie aufeinander. Anscheinend kannte sie die Geschichte bereits, auf die Eberhard noch warten musste.

»Und?«, drängte er freundlich. »Wie bist du an den Ausbildungsplatz gekommen?«

Aber Susanne übernahm den Bericht. Sie hatte anscheinend Angst, er könnte das Falsche sagen. »Er hat uns Pizza geliefert. Wir saßen alle noch um acht im Büro, weil unser gebuchter Veranstaltungsort wegen Insolvenz ausgefallen war. Wir mussten alles umorganisieren, und das bei zweihundert Gästen.« Stolz sah sie ihren Freund an und strich dabei über seinen Arm. »Andreas musste auf das Geld warten und mischte sich plötzlich in unsere Gespräche ein. Und er war es dann, der die zündende Idee hatte.«

Eberhard reichte seinen Teller an Marianne und nickte anerkennend. »Was war das für eine Idee?«

Sein Handy klingelte – das Timing hätte nicht schlechter sein können. Er hörte Marianne genervt ausatmen, Andreas verdrehte die Augen und stand auf.

Nur Susanne lächelte ihn an und nickte. »Sie sollten rangehen, Herr Rieckers.«

Auf dem Display stand die Nummer von Katja Moll, er musste das Gespräch annehmen. »Rieckers.«

»Entschuldigen Sie bitte die Störung, Herr Kommissar. Aber ich dachte, es würde Sie interessieren, dass die Kollegen einen Verdächtigen festgenommen haben, der mit dem Fünf-Sterne-Fall in Zusammenhang stehen könnte.«

Eberhard erhob sich und verließ den Raum, um freier sprechen zu können. »Woher wissen Sie das?«

Moll lachte verschwörerisch. »Ich habe auch meine Kontakte.« Dann fügte sie schnell hinzu: »Nein, ich war gerade im Präsidium, um eine Freundin abzuholen. Dabei habe ich Müller und Dabels gesehen, die einen Mann in Handschellen durch den Eingang geschoben haben.«

»Wie sah er aus?«

»Kräftig, circa eins fünfundachtzig groß, schwarze Haare, ovales Gesicht. Breite Statur, Bauarbeiter, würde ich sagen. Er sah sehr wettergegerbt aus und hatte diese typische gerötete Nase, die alle haben, die auf dem Bau Bier trinken.«

Das ist er nicht. »Sind Sie sicher, dass er mit dem Fall in Zusammenhang gebracht wird?« Er konnte sich nicht vorstellen, dass ein einfacher Bauarbeiter so aufwendige Morde beging und noch dazu in Fünf-Sterne-Hotels nicht auffallen sollte.

»Sagen wir's mal so: Müller und Dabels sahen sehr sieges-sicher aus. Und an anderen Fällen arbeiten sie zurzeit nicht.«

»Danke sehr, Frau Moll«, sagte er nachdenklich. »Wenn dieser Fichtner sich morgen meldet und Frau Valentaten nicht wieder aufgetaucht ist, werde ich den Kollegen einen Besuch abstatten.«

Gerade wurde die Haustür geschlossen. Marianne erschien kopfschüttelnd bei ihm im Wohnzimmer.

»Gute Arbeit, Frau Moll«, sagte er abschließend und be-endete das Gespräch.

»Sind sie gegangen?«

Sie wirkte erschöpft. »Natürlich sind sie das.«

Er folgte ihr, als sie wieder in die Küche ging, um das rest-liche Geschirr in die Spülmaschine zu räumen.

»Nur zu deiner Information«, sprach sie mit diesem ent-täuschten Unterton, den er ihr nicht verübeln konnte. »Er hat sein Auto hiergelassen. Die Ölwanne ist undicht. Ich habe eine Schüssel druntergestellt. Bis er es reparieren lassen kann, bleibt der Wagen hier.«

Verschrotten wäre billiger. Mit schlechtem Gewissen nahm er einen Topf von der Arbeitsfläche und wollte helfen.

»Lass gut sein, Eberhard. Geh schon mal ins Wohnzimmer, ich komme gleich nach.«

Ergeben verließ er die Küche und setzte sich aufs Sofa. Während er nachdachte, zog er das Handy aus der Tasche und drehte es zwischen den Fingern.

Wenn Frau Valentaten in der Gewalt des Killers ist, dann blei-ben uns vermutlich 119 Tage. Bei jeder waren es immer 119 Tage.

»Sag mir bitte nicht, dass es bei dem Telefonat um *den* Fall ging!« Mariannes Stimme klang zugleich anklagend und re-signiert.

Doch sie anzulügen war sinnlos und entsprach auch nicht

79

dem Vertrauen, das seiner Ehe über so viele Jahre hinweg ihr inniges Band erhalten hatte.

»Sie haben einen Verdächtigen geschnappt«, sagte er geradeheraus.

»Aber du glaubst nicht, dass sie den Richtigen haben«, mutmaßte sie und setzte sich neben ihn.

Kopfschüttelnd gab er ihr recht. »Nein, ich glaube nicht, dass er es ist. Die Morde zeugen von Intelligenz, besonderen anatomischen sowie medizinischen Kenntnissen und Voraussicht. Wenn sie tatsächlich einen Bauarbeiter festgenommen haben, stimmt etwas nicht. Die Art von Abendschule, auf der man solches Wissen vermittelt bekommt, gibt es nicht.«

Mit einem schnalzenden Laut holte sie aus und boxte ihm gegen den Oberarm. »Damit willst du hoffentlich nicht sagen, dass alle Bauarbeiter dumm sind, oder?« Lächelnd strich sie über die Stelle und hielt dann seine Hand. »Zumindest bist du nicht so dumm, nur aufgrund von Klischees jemanden als Verdächtigen auszuschließen, oder?«

»Um Himmels willen, nein.« Die Stelle, wo sie ihn getroffen hatte, pochte ein wenig. »Ich meine nur, dass Bauarbeiter meist viel zu hart arbeiten müssen, um solche kranken Gedanken zu entwickeln. Und keine passende Ausbildung haben.«

Marianne lachte, lehnte sich an ihn und umfasste seine Hand noch fester. »Und die Vermisste? Ist sie in der Gewalt des Mörders?«

Er legte einen Arm um seine Frau und zog sie an sich. »Es deutet einiges darauf hin.«

Sie ließ ihre Hand über seinen stattlichen Bauch gleiten. »Man könnte meinen, du hättest diesen Fall zu dir gelockt.«

So könnte man es sehen. »Und welche *Idee* hat unserem Sohn nun diese Lehrstelle eingebracht?«

Lächelnd drückte sie ihm einen Kuss auf die Wange und langte nach der Fernbedienung.

Verstehe. Das soll er mir selbst erzählen.

18. KAPITEL

HAMBURG
Samstag, 23. Mai 2009
10:09 Uhr

»Sven! Sven!« Kathrins Stimme drang nur schwer zu ihm durch. Am Vortag war er nach seiner Heimkehr gleich ins Bett und erschöpft in einen tiefen Schlaf gefallen – eine Art Flucht vor den Ereignissen und vor den Fragen seiner Frau.

»Sven, wach auf! Dich muss es echt schwer erwischt haben. Du siehst fürchterlich aus.«

Nach und nach erwachten erst seine Sinne und dann die Gedanken. *Silvia!* Er setzte sich aufrecht hin und rieb sich übers Gesicht. Sein ganzer Körper fühlte sich schwer und kraftlos an.

»Thomas hat gerade angerufen«, verkündete sie und legte das Telefon auf den Nachtschrank. Sven hielt den Atem an. *Bitte sag, dass Silvia wieder zu Hause ist!*

»Stell dir vor, Silvia ist gestern nicht nach Hause gekommen.«

Scheiße!

Um sich nicht durch eine offensichtliche Reaktion zu verraten, konzentrierte er sich darauf, langsam aus dem Bett zu steigen. »Hat er nichts von ihr gehört?« Seine eigene Stimme klang ihm fremd in den Ohren, aber Kathrin schien es nicht aufzufallen.

Sie schob die Vorhänge beiseite und öffnete ein Fenster. »Nein, nichts. Und ihr Handy ist aus. Völlig untypisch für sie, findest du nicht?«

Er sprang plötzlich aus dem Bett und schaffte es gerade noch zur Toilette, bevor er sich übergeben musste.

»Mein armer Schatz. Ich koche dir einen Tee.« Sie ging aus dem Zimmer. »Lieber Toast oder Salzstangen?«, rief sie aus dem Flur.

»Nichts, danke«, rief er gequält zurück. Als er in den Spiegel sah, erschrak er vor sich selbst. *Scheiße, das darf alles nicht wahr sein.*

Dunkle Augenringe entstellten sein blasses Gesicht, die Augen wirkten geschwollen.

Die Selbstvorwürfe wurden zusehends lauter. Hätte er sie nur nicht um dieses Treffen gebeten ...

Kathrin erschien wieder im Türrahmen. »Soll ich allein zu Thomas fahren?«

»Nein, ich komme mit!«, antwortete er viel zu schnell. Am liebsten hätte er ihr sofort die Wahrheit gesagt.

»Dann dusch erst mal in Ruhe, danach bekommst du einen Tee, und dann fahren wir los. Wenn sie sich bis zwölf nicht gemeldet hat, ruft er die Polizei an.«

Er sollte keine Zeit verlieren! Mit unsicheren Bewegungen pellte er sich aus dem T-Shirt und der Schlafanzughose. Eine schwere Grippe konnte kaum schlimmer sein als der jetzige Zustand. *Wenn ich nur darüber reden könnte.*

Kathrin drehte das Wasser hinter dem Duschvorhang an, dann nahm sie mit spitzen Fingern die durchgeschwitzte Wäsche auf, die er am Tag zuvor dort hingelegt hatte – das Nachtzeug sammelte sie auch mit ein. »Das stopf ich gleich mal in die Waschmaschine. Ist noch was in den Taschen?«

Er schüttelte den Kopf. »Ich glaube nicht.« *Wen interessiert das?*

Trotzdem fasste sie in alle Hosentaschen und zog ein Stück Pappe hervor.

»Doch, hier ist noch eine Visitenkarte. Kommissar Rieckers?«

Scheiße! Ich muss ihr alles sagen, bevor sie es auf andere Weise herausfindet!

»Schon wieder jemand aus dem Gericht? Wir sollten dir eine von diesen Mappen kaufen.«

Sie legte die Karte auf das kleine Regal und machte sich an die Arbeit.

Sie verdient so einen Dreckskerl wie mich gar nicht!
Er stieg in die Dusche und ließ sich das heiße Wasser über den
Nacken laufen. Immer wieder ging er im Geiste die Bilder des
Vortags durch, und alles endete jedes Mal mit dem Blick, den
sie ihm zuletzt zugeworfen hatte. Der Blick einer Frau, die in
fünf Minuten nachkommen wollte und keinerlei Bedenken
hatte. Das Wasserrauschen versetzte ihn in einen abwesenden,
tranceähnlichen Zustand. Die Tropfen prasselten auf seinen
Kopf – aber den Schmerz der Verzweiflung konnten sie nicht
lindern.

* * *

»Ich denke, das reicht jetzt«, riss Kathrin ihn aus seinen Gedanken und drehte das Wasser ab. »Seit zwanzig Minuten
duschst du schon, ich schätze, du bist sauber.« Sie reichte
ihm ein Handtuch. »Tom hat noch mal angerufen. Weißt du,
mit wem sie sich treffen wollte? Er hat wohl nicht richtig zugehört – mal wieder.«

Benommen schüttelte Sven den Kopf. Selbst wenn er es
jetzt noch in eine Lüge verpacken wollte, die Zeit der Glaubwürdigkeit war abgelaufen. Mit glasigen Augen sah er seine Frau an, die arglos über Silvias Verschwinden plauderte
und es als ein Missverständnis zwischen den Valentatens verstand.

Sie war so ganz anders als Silvia. Kathrin gab sich mit einfachen Dingen zufrieden, kümmerte sich lieber um die zahlreichen Zimmerpflanzen als um perfekte Fingernägel oder
den neuesten Modetrend. Sie war nicht sportlich und auch
nicht dick. Anders als Silvia war sie einen Kopf kleiner als er.
Er mochte sie sehr, schätzte ihre Lebensfreude und Begeiste-
rungsfähigkeit. Sie hatten viel Spaß miteinander. Es kam ihm
vor, als wären Kathrin und Silvia zwei unterschiedliche Wel-
ten, die man nicht miteinander vergleichen konnte. Silvia reg-

te etwas in ihm an, das ihn in einen Rausch versetzte. *Ist das jetzt die Strafe für alles?*

Mit langsamen Bewegungen zog er sich an. Der graue Pullover zur schwarzen Jeans ließ ihn vor dem Spiegel kurz innehalten. *Ich sehe aus, als würde ich zu einer Beerdigung gehen.*

»Mensch, Schatz, bist du sicher, dass du das Haus verlassen willst?« Mitfühlend legte sie ihm eine Hand auf die Stirn. »Fieber hast du zum Glück nicht, aber du siehst krank aus.«

Er nahm ihre Hände in seine und drückte sie liebevoll. »Wenn du verschwunden wärst, dann würde Thomas auch nicht krank im Bett liegen. Freunde sind da, wenn man sie braucht.«

Offensichtlich gerührt, gab sie ihm einen Kuss auf die Wange und ließ ihn los.

Hoffentlich wird sie nie erfahren, was für ein Mistkerl ich bin.

* * *

Thomas öffnete recht entspannt die Tür, etwas, wofür Sven absolut kein Verständnis hatte.

»Nichts Neues«, verkündete er. »Das ist so gar nicht ihre Art.«

»Du solltest die Polizei rufen«, drängte Sven.

Sie standen im Flur, hängten die Jacken auf und zogen die Schuhe aus. Sven konnte nicht verstehen, warum Tom nicht krank war vor Sorge.

»Wenn ihr was passiert wäre, dann wüssten wir es sicher längst, meinst du nicht?« Thomas ging in die Küche und setzte einen Kaffee auf. »Dir geht es nicht viel besser als gestern, oder?«

»Nee, es hat ihn ziemlich erwischt«, antwortete Kathrin für ihren Mann und ging ihm nach.

Sven lief ein kalter Schauer über den Rücken. Er konnte Silvia hier drin noch spüren wie Restwärme, wenn jemand gerade das Bett verlassen hatte.

Fotos von ihr hingen an den Wänden, zeigten ihr bezauberndes Lächeln, das er so gerne betrachtete. Ringe und Armreifen lagen auf der Kommode in der Essecke, eine aufgeschlagene Zeitschrift auf dem Glastisch zeigte, was sie zuletzt gelesen hatte.

Er setzte sich auf ihren Lieblingsplatz auf der Ledercouch und betrachtete das Glas, das benutzt auf dem Tisch stand und Spuren ihres Lippenstifts aufwies. Thomas war wahrscheinlich nach Hause gekommen und gleich an den Computer gegangen. *Sein dämliches Online-Spiel.*

»Du hättest zu Hause bleiben sollen«, sagte Kathrin und stellte Tassen auf den Tisch. »Du siehst schlimm aus.«

Er versuchte, sich zusammenzureißen, doch der Gedanke, Silvia vielleicht niemals wiederzusehen, schnürte ihm die Luft ab.

»Tom ruft jetzt doch bei der Polizei an. Allerdings hat er Angst, dass am Ende dabei rauskommen könnte, dass sie eine Affäre hat.«

Wieder stieg Sven die Magensäure hoch. »Hat er denn Grund zu dieser Annahme?«

Kathrin winkte amüsiert ab. »Das ist nur sein schlechtes Gewissen, weil er in letzter Zeit so oft am Computer war. Sicher kommt sie gleich nach Hause und hat eine spannende Geschichte zu erzählen.«

Wie eine Schlinge zog sich die Wahrheit enger um seinen Hals und würgte ihn. *Wenn alles rauskommt, dann wird Kathrin so verletzt sein ...*

Sie hörten Thomas im Nebenraum telefonieren, dann kam er ins Wohnzimmer und setzte sich wortlos.

»Tom?« Kathrin nahm neben ihm Platz und legte eine Hand auf seinen Rücken. »Was haben die gesagt?«

»Sie schicken gleich jemanden.« Er legte das schnurlose Telefon auf den Tisch und schaute seine Freunde abwechselnd an. »Was, wenn ihr wirklich etwas zugestoßen ist? Ich kann mir das gar nicht vorstellen.«

Endlich passiert etwas! Sven vermied jeglichen Blickkontakt. »Hast du die Flecken aus dem Hemd bekommen?«, fragte er möglichst beiläufig, weil ihm der Anblick nicht mehr aus dem Kopf ging.

Thomas reagierte unwirsch darauf. »Lass doch das beschissene Hemd.«

»Er hat es weggeworfen«, mischte sich Kathrin ein, die sich offenbar die Regulierung der Stimmungslage zur Aufgabe gemacht hatte. »Ich habe es im Mülleimer gesehen.«

»Entschuldige«, raunte Sven. »Ich weiß nicht, was ich sonst sagen soll.« Zumindest entsprach es der Wahrheit.

Die Gespräche drehten sich im Kreis, zwanzig Minuten lang, bis es endlich klingelte. Sven zuckte merklich zusammen. Thomas sprang auf, ging durch den Flur und drückte den Knopf – alles Geräusche, die Sven zu gut kannte. Gerne hätte er jetzt Silvias Schritte im Treppenhaus gehört, aber als Tom die Tür öffnete, klang es nach jemand anders. Eine männliche Stimme grüßte, Thomas bat ihn herein, dann schloss er die Tür wieder.

»Kommissar Rieckers.« Sven erkannte die Stimme des Polizisten, bevor der den Raum betrat.

Jetzt fliegt alles auf! Seine Hände fingen an zu zittern, blass und verängstigt wartete er auf seine Hinrichtung.

»Das sind meine Freunde: Kathrin und Sven Fichtner.« Thomas deutete auf den älteren Mann. »Kommissar Rieckers.«

Der Beamte reichte erst Kathrin, dann Sven die Hand.

»Rieckers? So ein Zufall. Sie kennen meinen Mann doch vom Gericht, oder?«

Sven sah ihm in die Augen und konnte es kaum glauben, als

er nur nickte und unverbindlich sagte: »Stimmt, wir kennen uns.« Dann an Thomas gerichtet: »Nun, dann erzählen Sie doch mal.«

Es war Tom deutlich anzusehen, dass er nicht recht wusste, ob er in diesem Moment Angst haben sollte. Sven konnte sich nicht erinnern, dass einer von ihnen schon mal mit der Polizei in Berührung gekommen war, den einen oder anderen Strafzettel ausgenommen. Dass nun ein Kommissar im Wohnzimmer Platz genommen hatte und sich alles über Silvias Verschwinden anhörte, beschwor Bilder herauf, die er kaum ertragen konnte. Während Kathrin und Thomas noch völlig im Dunkeln tappten, kannte er wenigstens den Ort, an dem sie verschwunden war.

»Sie wollte sich gestern mit Freundinnen treffen und ist danach nicht mehr nach Hause gekommen«, fasste Thomas das Geschehen knapp zusammen. »Das ist gar nicht ihre Art.«

Rieckers machte sich Notizen und sah dann zu Sven. »Und Sie wissen auch nichts?«

Er schüttelte bedauernd den Kopf.

Kathrin hakte sich bei ihm unter und verneinte ebenfalls. »Soweit ich weiß, hat sie sich vor ein paar Wochen im Internet bei irgendeiner Plattform angemeldet und viele alte Bekannte aus der Schulzeit gefunden. Vielleicht wollte sie sich mit ehemaligen Mitschülerinnen treffen?«

Thomas zuckte mit den Schultern. »Ich weiß es nicht. Sie geht manchmal mit Kolleginnen weg, ich mache mir da nie einen Kopf, weil ich ja auch öfter mal was allein vorhabe.«

Wieder schrieb Rieckers, und Sven lief der Schweiß aus jeder Pore.

»Haben Sie Grund zur Annahme, dass Ihre Frau Sie verlassen wollte? Wegen eines anderen Mannes? Eheprobleme?« Er sah Thomas prüfend an.

»Bei uns ist nicht immer Sonnenschein«, gestand er, »aber so schlimm ist es nicht. In letzter Zeit lief es nicht ganz so gut, aber Silvia spricht Probleme eher direkt an, statt davor wegzulaufen.«

Nun rückte Kathrin von Sven ab und legte eine Hand auf Thomas' Arm. »Davon wusste ich ja gar nichts«, sagte sie mitfühlend. »Ihr seht immer sehr glücklich miteinander aus.«

Für Kathrin gibt es keine Probleme in dieser heilen Welt. Sven hielt sich den Magen und atmete tief durch.

»Ich brauche noch ein paar Fotos von Ihrer Frau.« Rieckers' wache Augen blickten immer wieder in die Runde. Sven bemerkte auch, dass er beiläufig die Einrichtung begutachtete.

»Sicher, ich suche welche raus.« Thomas stand schwerfällig auf.

»Ich helfe dir«, bot Kathrin an und folgte ihm ins Schlafzimmer, wo die Kartons mit den Bildern standen. Seit Sven ihm damals beim Einzug geholfen hatte, befanden sie sich dort im Kleiderschrank. Mit den Jahren waren viele hinzugekommen. Manchmal hatten sie sie ins Wohnzimmer geholt und in Erinnerungen geschwelgt.

So wird es nie mehr sein, wenn Silvia nicht zurückkehrt.

»Sie haben nichts von ihr gehört?«, flüsterte Rieckers, obwohl die Antwort sicher aus Svens schlechtem Zustand herauszulesen war.

»Nichts«, sagte er dünn. »Ihr muss etwas Schlimmes ...« Er wollte nicht weiterreden.

»Bleiben Sie ganz ruhig, ich kümmere mich um den Fall und verspreche Ihnen, dass alles Menschenmögliche getan wird, um sie zu finden.«

Auch wenn es ihm nicht behagte, er musste es sagen. »Thomas kam gestern mit einem rotverschmierten Hemd nach Hause. Ich weiß nicht, ob es Blut war. Er hat es in der Küche in den Müll geworfen.«

Rieckers nickte. »Zeigen Sie es mir.«

Sven führte ihn in die große Küche. Im Nebenraum konnte er Kathrin und Thomas reden hören. Die Fotos weckten offensichtlich viele Erinnerungen.

»Der Mülleimer ist unter der Spüle.«

Die schwarzen Steinarbeitsflächen glänzten. Als Silvia eingezogen war, hatten sie die alte Küche rausgeworfen. Die weißen Schränke und die schwarzen Arbeitsflächen waren ihre Idee gewesen.

Rieckers beugte sich schwerfällig hinab, holte dabei Latexhandschuhe aus seiner Jackentasche und zog sie über. Das Hemd lag gleich obenauf, die Flecken leuchteten auf dem weißen Stoff. Anscheinend war es ohne jeglichen Reinigungsversuch in den Müll gewandert.

Eines seiner geliebten Neunzig-Euro-Hemden, die Silvia nicht leiden kann, weil sie schlecht zu bügeln sind. Das Geräusch, das entstand, als der Kommissar Proben davon abschnitt, bereitete Sven eine Gänsehaut. Die Schlafzimmertür öffnete sich gerade, als Rieckers die Schranktür wieder schloss, die Handschuhe auf links drehte und die Proben in die Tasche wandern ließ.

Kathrin und Tom kamen mit Fotos in den Händen in den Flur und wirkten überrascht, die beiden in der Küche vorzufinden.

»Ich habe dem Kommissar einen Kaffee angeboten«, sagte Sven schnell, holte eine weitere Tasse aus dem Regal und die Milch aus dem Kühlschrank. *Und nebenbei meinen besten Freund als Verdächtigen angeschwärzt.*

»Ich habe die Fakten notiert und werde alles Nötige veranlassen. Sollte sich Frau Valentaten bei einem von Ihnen melden, sagen Sie mir bitte sofort Bescheid.« Rieckers nahm die Fotos entgegen und verteilte seine Visitenkarte an alle. »Ich werde Sie in Kenntnis setzen, sobald die Ermittlungen etwas ergeben.«

Das reicht mir nicht. Es muss schneller gehen.

Sie gingen wieder ins Wohnzimmer, und Kathrin schenkte jedem Kaffee ein.

»Hat Ihre Frau irgendwelche Feinde, Streitigkeiten mit jemandem oder einen Stalker?«

Nicht Silvia. Sven musste sich zusammenreißen, damit er nicht für Thomas antwortete.

Der schüttelte den Kopf. »Silvia ist ein sehr friedfertiger Mensch.«

Doch Kathrin stimmte nicht gleich in die allgemeine Verneinung mit ein. »Na ja, einen Verehrer hat sie schon«, merkte sie an. »Sie hat es dir nicht gesagt, damit du nicht wütend wirst, aber ...« Sie hielt inne und dachte über die richtigen Worte nach.

Obwohl es unmöglich war, dass sie ihn meinen konnte, wurde es Sven heiß und kalt. Er spürte, wie sein Gesicht prickelte, so dass es gewiss puterrot leuchtete. Gleichzeitig stach ihn die Eifersucht, dass sie auch ihm das verschwiegen hatte.

»Sie hat da so einen Arbeitskollegen, der ihr immer mal wieder Schokolade auf den Tisch legt. Mehr macht er wohl nicht, aber bei solchen Sonderlingen weiß man ja nie.«

Thomas wirkte verletzt – immerhin durfte er es offen zeigen.

»Können Sie mir sagen, wie der Kollege heißt?« Rieckers' Kugelschreiber machte beim Schreiben leise Klickgeräusche.

»Holger, Holger Stoltzing«, antwortete sie nachdenklich.

»Scheiße, der Freak?«, brauste Thomas auf. »Wenn ich den erwische ...«

»Sachte, sachte.« Rieckers hob beschwichtigend die Hand. »Jemandem Schokolade zu schenken ist noch lange kein Verbrechen, und es verstößt auch nicht gegen die guten Sitten. Ich werde ihn überprüfen und erwarte von Ihnen«, er deutete einmal mit dem Schreiber in die Runde, »dass Sie nichts weiter tun, als abzuwarten.«

Er stellte den inzwischen leeren Becher zurück auf den Tisch und stand auf. Thomas machte Anstalten, ihn zur Tür zu begleiten.

»Wissen Sie«, sagte Rieckers im Gehen, »bei allen Vermisstenanzeigen, die ich in meiner langen Dienstzeit bearbeitet habe, blieben lediglich drei Fälle ungelöst. Die meisten hatten einen guten Ausgang.« Er reichte Thomas die Hand. »Wir tun unser Möglichstes, um sie zu finden.«

Sven glaubte ihm. Der Kommissar hatte etwas an sich, was ihn sehr engagiert wirken ließ. Dann nickte Rieckers ihnen von der Tür aus zu und verließ die Wohnung.

Kaum war die Tür ins Schloss gefallen, machte Tom seiner Wut Luft. »Dieser kleine Pisser stellt meiner Frau nach – ich fasse es nicht.«

Kathrin ging zu ihm, um ihn zu beruhigen. »Komm schon, er ist gar nicht Silvias Kragenweite, ich glaube nicht, dass er etwas damit zu tun hat.«

»Warum hast du es dann erwähnt?«, sagte Sven aufgebrachter als beabsichtigt. »Ich meine, wenn er harmlos ist, warum hat Silvia dann ein Geheimnis daraus gemacht?«

»Jetzt beruhigt ihr euch mal – alle beide.«

Verdammt, was habe ich nur angerichtet?

Eine unangenehme Stille machte sich breit, in der Silvia schmerzlich fehlte.

»Alles wird gut, oder?« Kathrin sah zwischen den Männern hin und her. »Ich meine, schreckliche Dinge passieren anderen Menschen, aber doch nicht Silvia. Niemand ist so sorgfältig und stark wie sie, was sollte ihr passiert sein?« Sie setzte sich zurück aufs Sofa und kratzte mit dem Zeigefinger über den Daumennagel. Das tat sie immer, wenn sie nervös war – nur dass Sven ihr heute nicht die Hand über die Finger legte, um sie davon abzuhalten.

»Ich habe in all den Jahren nicht ein Mal mitbekommen, dass sie etwas Unbedachtes getan, sich sinnlos betrunken oder andere Männer angemacht hätte. Tom, du musst etwas vergessen haben, was sie gesagt hat. Dass sie bei einer Freundin übernachtet oder irgendwas in der Art.«

Ich wünschte, es wäre so. Sven rieb sich das Gesicht. Lange würde er seinen Zustand nicht mehr mit einem Infekt erklären können. Wenn Silvia nicht zurückkehrte, spielte es keine Rolle mehr, ob er glaubhafte Lügen erzählen konnte – die Schuld an ihrem Verschwinden würde ihn auffressen.

19. KAPITEL ——————— GÖTTINGEN
Samstag, 23. Mai 2009
21:45 Uhr

Die lange Autofahrt war anstrengend gewesen, und die letzten Kilometer bis zum Anwesen erschienen Karl Freiberger endlos weit. Auch wenn er alle Informationen, die er sich vom Zusammentreffen mit seinen Kollegen erhofft hatte, bekommen hatte, gab es noch viele Bedenken – ethische Bedenken und die unüberwindbare Angst, durch drastische Methoden mehr zu verschlimmern, als zu verbessern. Es gab dermaßen viele Risiken, vieles, was er falsch machen konnte, wenn er in ihre ohnehin schon krankhafte Psyche eingriff.

Barbara brauchte intensive Betreuung, das konnte er nicht ignorieren. Und anscheinend gab es auch keine Medizin gegen ihr spezielles Problem.

»Persönlichkeitsstörungen sind nicht heilbar«, hatte Bennet Rating gesagt. Karl schätzte seine Meinung sehr, doch diese Aussage war inakzeptabel. Immerhin konnte man gegen die Begleiterscheinungen etwas unternehmen.

Barbara schluckte bereits Antidepressiva und war davon genauso abhängig wie von den starken Schmerzmitteln, die sie weit über den nötigen Zeitraum hinaus zu sich nahm. Sie hatte reagiert wie eine Abhängige, wenn er sie darauf angesprochen hatte. Ihre Wutanfälle und Nervenzusammenbrüche hatten ihn erschreckt.

Wenn ich in ihre Psyche eingreife, dann nur zu ihrem Besten ...

Als Arzt kam er an viele Medikamente heran, deren Verbrauch er niemandem erklären musste. Wenn er seine Barbara zurückhaben und sie wieder unbeschwert lächeln sehen wollte, dann musste sie all die Gründe vergessen, die sie traurig gemacht hatten.

Sie hat sich ein Schädeltrauma zugezogen, eine Amnesie wäre also nicht ungewöhnlich. Wenn sie ihren Lebenswillen und die Freude wiedergefunden hat, setze ich die Medikamente ab. Das wird funktionieren. Das muss funktionieren.

Ihr Körper durfte nur die neue Niere nicht abstoßen.

Ein Schauer durchfuhr ihn. Auch wenn er tagtäglich alles für sie getan hatte und ihr keine Vorwürfe machte, konnte er ihre Tat nicht begreifen. Was immer sie geschluckt hatte, es hatte nach all dem Gift, das sie ohnehin schon zu sich nahm, zu Nierenversagen geführt. Seinem Vermögen und chirurgischen Können war es zu verdanken, dass sie noch lebte, zu Hause an der Dialyse lag und nicht irgendwo in einem Krankenhaus langsam vor die Hunde ging. Das Aufschneiden der Pulsadern hätte beinahe funktioniert, wenn sie nicht frühzeitig aus der Wanne gestiegen und brutal gestürzt wäre.

Sie will leben, das weiß ich, sonst wäre sie in der Wanne geblieben. Und ich werde mit diesem Funken ihren Lebenswillen wieder entfachen.

Er stieg hart auf die Bremse, weil er viel zu schnell auf einen Lastwagen zuraste. *Verdammt.* Das Navigationsgerät zeigte nur noch wenige Kilometer an. *Reiß dich zusammen.*

Seine Gedanken blieben bei Barbara.

Wenn ich den Aufprall im Bad nicht gehört hätte, wäre sie jetzt tot.

Tränen liefen ihm über die Wangen. All die Bilder: wie er

sie vorgefunden und hastig behandelt hatte, ihr leblos wirkendes, vom Aufschlag schrecklich entstelltes Gesicht, die aufgerissenen Augen, die blind zur Decke starrten. Und doch hatte er sie gerettet. *Kein Pfuscher im Krankenhaus hätte das geschafft!*

Was die geplante Nierentransplantation betraf, da kam er nicht um ein Krankenhaus herum. Doch danach würde er sie sofort wieder zu sich holen und ihre Genesung überwachen. Edith dürfte in dieser heiklen Zeit ihre Familie besuchen, denn so, wie es aussah, wäre das für sie vorerst die letzte Möglichkeit, das Haus zu verlassen. Er brauchte sie und ihre Verschwiegenheit.

Und wenn alles nichts mehr half, dann gab es als letzte Möglichkeit noch einen dauerhaften chirurgischen Eingriff, der Barbara von ihren quälenden Gedanken erlösen würde. Doch davor hatte er am meisten Angst. Was, wenn er dadurch Bereiche in ihrem Hirn schädigte, die mehr als nur Erinnerungen und Emotionen steuerten?

Es muss anders gehen, sagte er sich, als er die Auffahrt zum Anwesen hinauffuhr. *Ich kriege das hin.*

Die Tür öffnete sich, als er den Motor abschaltete und ausstieg. Edith kam ihm mit freundlicher Miene entgegen. Wie ein Dienstmädchen hielt sie die Hände vorm Bauch verschränkt.

Gut. Alles scheint so weit in Ordnung zu sein.

»Doktor Freiberger«, sagte sie lächelnd, etwas, was sie lieber nicht tun sollte, weil er so den fehlenden Eckzahn sehen konnte. »Hatten Sie eine angenehme Fahrt?«

»Ja, danke«, antwortete er knapp und verriegelte über die Fernbedienung das Fahrzeug. »Wie geht es Barbara?«

»Die Patientin ist noch nicht aufgewacht, das Dialysegerät arbeitet einwandfrei, aber die Urinwerte bereiten mir etwas Sorgen. Außerdem habe ich eben Temperatur gemessen, sie ist vor einer Stunde um ein Grad auf neununddreißig gestiegen.«

Sie lief neben ihm her und musste immer einen Schritt mehr machen als er.

Verdammt! Das ist nicht gut!

20. KAPITEL ———————— HAMBURG

Freitag, 29. Mai 2009
9:35 Uhr

Fleißig, fleißig! Das Tippen hinter dem Empfangstresen des Reviers deutete darauf hin, dass Obermeisterin Moll geschäftig war. Schreibarbeiten blieben bei ihr nicht länger als nötig liegen, aber Eberhard würde sie gleich bitten, die Arbeit für eine Unterredung mit ihm zu unterbrechen. Ihre Meinung zu den neuesten Erkenntnissen interessierte ihn.

Er hatte am Vortag den Weg nach Göttingen auf sich genommen, um Dr. Karl Freiberger zu befragen. Mittels der Überwachungskamera in der Hotellobby hatte es keine Probleme gegeben, den Mann zu identifizieren, der sich längere Zeit mit Frau Valentaten unterhalten hatte. Und wenn er mit Zeugen sprach, dann sah er ihnen lieber in die Augen. Ein solches Anwesen wie das von Freiberger hatte er lange nicht mehr betreten. Der Schönheitschirurg hatte sich mit den Eitelkeiten seiner Patienten eine goldene Nase verdient.

»Guten Morgen, Kommissar Rieckers«, grüßte Moll freundlich, als er durch die halbhohe Schwingtür trat. »Kaffee läuft.«

»Guten Morgen, Frau Moll.« Er lächelte, weil seine junge Kollegin blaue Kugelschreiberspuren im Gesicht hatte. »Brauchen Sie einen neuen Stift?«

Sie betrachtete ihre Hände und murmelte ein paar ärgerliche Worte.

»Kommen Sie zu mir ins Büro. Im Fall Valentaten gibt es ein paar Neuigkeiten.«

Mit einer Tastenkombination sperrte sie das Betriebssystem und hielt dann ihre Hände hoch. »Ich gehe nur schnell meine Finger waschen, dann bin ich bei Ihnen.«

»Und das Gesicht«, ergänzte Rieckers und ging gut gelaunt in sein Büro.

Die Akte Valentaten lag oben auf dem Stapel mit den unerledigten Fällen, und er nahm die Zettel und Fotos aus dem Papphefter. Kurz darauf kam Moll mit zwei dampfenden Kaffeebechern durch die Tür.

»Er war gestern hier«, sagte sie und stellte den Kaffee neben den Unterlagen ab.

»Herr Valentaten?« Kopfschüttelnd korrigierte er sich selbst. »Nein, Herr Fichtner. Der Ehemann scheint gut abwarten zu können, aber Fichtner ist im wahrsten Sinne des Wortes krank vor Sorge.«

Moll nickte. »Er sah schlimm aus und machte den Eindruck, selbst etwas unternehmen zu wollen. Als könnte er allein die ganze Stadt durchsuchen.« Sie nippte am Kaffee. »Und noch was: Er hat die Geschichten über den Fünf-Sterne-Killer gehört und ist verständlicherweise panisch.«

Wer könnte es ihm verdenken?

»Mein Besuch bei Doktor Freiberger war insofern aufschlussreich, als er das Telefonat beschrieben hat, das er beobachten konnte. Anscheinend wurde Silvia Valentaten von jemandem angerufen, der sie stark verärgert hat.« Mit einem Finger rückte er ihr Foto gerade. Es zeigte sie in einem roten Sommerkleid an einem Strand. Sie blickte strahlend in die Kamera und sah sehr glücklich aus. »Er sagt, er habe den Wortlaut nicht verstanden und hätte sich auch lieber von ihr entfernt, weil man fremden Gesprächen nicht lauschen sollte. Die Anrufliste ihres Handys sollte uns da mehr Aufschluss geben.«

»Hat er denn gesehen, ob sie das Hotel verlassen hat?«

Rieckers schüttelte den Kopf, nahm ebenfalls einen Becher

zur Hand und pustete über den dampfenden Kaffee. »Weder die Angestellten noch Freiberger. Hat sich das Elysee bezüglich der Videoaufnahmen gemeldet? Sie wollten alles noch mal genau sichten.«

Sie zog einen Zettel aus den Unterlagen und legte ihn auf die Papiere. »Das ist Patrick Stegers' Nummer. Er ist der Sicherheitschef und bittet um Rückruf.«

An ihrem Zögern erkannte er, dass es noch mehr Neuigkeiten gab. »Was noch?«

Sie blickte in den Becher und räusperte sich. »Müller hat von der Vermisstenanzeige Wind bekommen und nachgefragt, ob dieser Fall eventuell in ihre Zuständigkeit fällt. Sie werden gegen elf Uhr hier sein und mit Ihnen reden wollen.«

Mist. »Wir brauchen die Anrufliste, schnell. Ich fahre zum Hotel und rede mit Stegers. Um elf bin ich wieder hier.« *Wenn er was gefunden hat, will ich es selbst sehen, bevor diese Affen alles einkassieren.*

Moll nickte bestätigend, es war nicht nötig, dass sie ihm sagte, was sie davon hielt, denn er wusste es auch so. Und sie würde ihm helfen und ihn decken, wenn es Ärger gab, und die Ohren offen halten. »Wenn ich nicht bereits einen Sohn verkorkst hätte, würde ich Sie glatt adoptieren«, sagte er und trank schnell den Kaffee aus.

»Wenn Sie mich adoptieren, könnte es sein, dass ich Sie entmündigen lasse, damit Sie endlich kürzertreten.« Lächelnd trat sie zur Seite, als er das Büro verließ.

Gegen eine Zusammenarbeit mit Dabels und Müller hatte Rieckers nichts, aber er war nicht bereit, diesen Fall abzugeben. Seine geschätzten Kollegen taten ihr Bestes, was aber offensichtlich nicht genug war.

97

21. KAPITEL ——————— HAMBURG

Freitag, 29. Mai 2009
10:42 Uhr

»Herr Fichtner, kommen Sie doch mal in mein Büro!« Svens Vorgesetzter Wolfgang Hagen verweilte nicht im Eingang. Er gab stets nur knappe Anweisungen und erwartete, dass sie ohne Widerrede und Verzögerungen ausgeführt wurden. Wahrscheinlich lag sogar eine entsprechende Dienstanweisung in seiner Schreibtischschublade.

Sven wusste, was der Chef ihm sagen wollte: Die Arbeit litt unter seinen privaten Problemen, und das war nicht länger zu tolerieren.

Er betrat Hagens kleines Büro und wartete gefasst auf die Ansprache, die nun folgen würde. *Schmeiß mich doch raus, ist mir egal.*

Während seiner Dienstzeit war er nur viermal in diesem Büro gewesen. Der Raum wurde von einer großen Zimmerpflanze dominiert, die ihre Blätter über den Fußboden verteilte. Der gesetzte Beamte pflegte sie schon seit Jahren. Auf der Fensterbank standen eine Gießkanne, eine Flasche mit Dünger, und daneben lag eine kleine Schere.

Ein aufgeräumter Schreibtisch; auf dem niedrigen Aktenschrank standen zwei Dutzend Fächer, in denen die Ablage vorsortiert wurde. Hagen passte in dieses Zimmer. Seine dicke Brille und der Strickpullover mussten noch aus den Achtzigern stammen. Er war genauso humorlos, wie man es von einem Justizbeamten erwartete.

»Ganz offensichtlich haben Sie Probleme, die Ihre Leistungsfähigkeit beeinträchtigen. Meinen Sie, Sie kriegen das in den Griff?«

Sven fasste sich in den Nacken.

Er hätte verneinen müssen, weil sein Zustand eher schlimmer wurde, je länger er mit der Ungewissheit leben musste.

»Es tut mir leid, ich versuche wirklich, das in den Griff zu bekommen, aber ...«

Sein Vorgesetzter schnitt ihm mit einem ungehaltenen Laut das Wort ab. »Wir alle haben in unserem Leben irgendwann mal einen Punkt erreicht, an dem wir nicht mehr weiterwissen. Ich habe bedingt Verständnis für Ihre Lage, was auch immer Ihnen zu schaffen macht.« Er räusperte sich und schob ein paar Gegenstände auf seinem Schreibtisch in ordentlichere Positionen. »Also, lassen Sie sich krankschreiben, oder soll ich Ihnen Urlaub genehmigen? Sie können auch unbezahlten Sonderurlaub nehmen.«

Sven starrte ihn ungläubig an.

»Einen unkonzentrierten Mitarbeiter kann ich absolut nicht gebrauchen. Herr Zöllner wird Ihre Sachen übernehmen.« Es war weniger ein mitfühlender Akt als eine arbeitsbereinigende Maßnahme.

Verstanden. Die Arbeit lenkte ihn zwar etwas von seinen Sorgen um Silvia ab, doch er merkte selbst, dass sich die Fehler häuften, Vorgänge liegenblieben oder Fristen verstrichen.

»Danke sehr, ich nehme den Urlaub in Anspruch.«

Gleichgültig griff Hagen zur Gießkanne und ließ etwas Wasser auf die Blumenerde fließen. »Gut, ich erwarte Ihren Antrag in zehn Minuten auf meinem Tisch. Und kommen Sie erst wieder, wenn Sie auch gewissenhaft und hundertprozentig einsatzbereit sind.« Nach einem Kontrollblick auf seine Schubladen fügte er hinzu: »Natürlich sind Sie verpflichtet, alle nötigen Formalitäten einzuhalten. Sprich: Urlaubsverlängerung, fristgerechte Krankmeldung oder ein entsprechender Antrag auf unbezahlte Freistellung.«

Wie soll ich das nur Kathrin erklären? Oder Thomas? Gedankenschwer verließ er das Büro. Noch waren sie alle mit ihren eigenen Empfindungen beschäftigt, und es zermürbte ihn, seine nicht offen zeigen zu dürfen. Wenn nötig, nahm er Kathrin in den Arm oder sprach Thomas Mut zu, versuchte kei-

99

nem zu zeigen, wie sehr ihn die Selbstvorwürfe plagten. *Ich sollte sie in dem Glauben lassen, dass ich weiterhin zur Arbeit gehe.*

Allerdings würde das die Donnerstag-Treffen mit Tom kompliziert machen. *Ich könnte ihm sagen, dass das Gesundheitsamt in der Kantine war und ich lieber eine Zeitlang woanders essen werde ...*

»Ich soll deine Sachen übernehmen?« Claus Zöllner trug einen ähnlichen Strickpullover wie Hagen, nur dass dieser von einem stattlichen Bauch ausgefüllt wurde. In Claus' Schreibtisch gab es eine Schublade, in der sich nur Süßigkeiten befanden. Manchmal machte Sven das Knistern und Rascheln aus seiner Ecke wahnsinnig.

Ein paar Wochen ohne seine Kaugeräusche werden mir auch ganz gut tun. »Ja, soll ich alles mit dir durchgehen?«

Sein Kollege klopfte ihm mit einer Hand auf die Schulter, die mitfühlende Geste eines unwissenden Mannes. Zum Glück wollte er nicht die Gründe für den plötzlichen Urlaub wissen. »Schon gut, Sven«, sagte er. »Hagen wird das nachher übernehmen. Du sollst jetzt deinen Antrag abgeben und gehen.« Er zog die Hand wieder zurück und strich sich durch die dünnen blonden Haare. »Gute Besserung, komm gesund wieder.«

Sven stand von seinem Platz auf und nahm seine Jacke, die Aktentasche und den Antrag. »Vielen Dank, Claus.«

Nachdem er den Antrag eingereicht hatte – der sofort genehmigt worden war – und kurz darauf vor dem Gerichtsgebäude stand, verstärkte sich das hilflose Gefühl in ihm.

Was mache ich denn jetzt bloß?

22. KAPITEL ——————————— HAMBURG

Montag, 1. Juni 2009
8:01 Uhr

In der kleinen Seitenstraße, die noch mit Kopfsteinen gepflastert war, parkten die Autos dicht an dicht. Eberhard Rieckers musste nach der schwierigen Suche sein Fahrzeug ein paar Straßen weiter abstellen und den Rest zu Fuß gehen. Nun stand er endlich vor der Wohnung von Holger Stoltzing und drückte schnaufend auf die Klingel.

Ich sollte tatsächlich etwas gegen mein Übergewicht tun. Dass die Zigaretten ebenso eine Rolle spielten, ignorierte er lieber.

Es knackte elektrisch, dann hörte er eine männliche Stimme: »Hallo?«

»Kommissar Rieckers, Bezirkspolizei. Lassen Sie mich bitte rein.«

Es dauerte zwei Sekunden, dann summte es, und die Tür ließ sich aufdrücken.

Das alte Treppenhaus roch nach all den unterschiedlichen Familien, die hier lebten. Ein Kinderwagen stand unter den Briefkästen, die Wochenzeitungen lagen zerfleddert auf dem Fußboden daneben.

Über sich hörte er eine Tür, die erst entriegelt und dann geöffnet wurde. *Dritter Stock*, mutmaßte er seufzend und machte sich auf den Weg nach oben.

Nach unzähligen Stufen und mit einem atemlosen Gefühl in der Brust erreichte er den dritten Stock und blickte in das abweisende Gesicht von Holger Stoltzing – ein Ausdruck, den er bestens kannte, wenn er Zeugen aufsuchte. Die Tatsache, dass plötzlich die Polizei vor der Tür stand, wurde meist als sehr beunruhigend empfunden. Er zückte seinen Ausweis und sprach gedämpft, weil hier jedes Wort von den Wänden widerhallte.

»Herr Stoltzing?«

Sein Gegenüber nickte bestätigend.

»Kommissar Rieckers. Darf ich eintreten?«

»Worum geht es denn?«

Im Stockwerk unter ihnen öffnete sich eine Tür. Schritte hallten, Schlüssel klapperten. Jemand ging zur Arbeit.

»Ich habe ein paar Fragen zu Silvia Valentaten. Sie waren anscheinend der Letzte, der mit ihr am Tag ihres Verschwindens gesprochen hat.«

Stoltzings Gesichtsausdruck wurden verschlossen, dann zog er die Tür weiter auf und bat ihn herein. »Ich muss zur Arbeit.«

»Es wird nicht lange dauern«, versprach Eberhard freundlich. Die drückende Wärme in der Wohnung und die Nachwirkungen des anstrengenden Treppenaufstiegs brachten ihn ins Schwitzen. Er verzichtete dennoch darauf, die Jacke auszuziehen, und spürte, wie erste Tröpfchen durch seine Bartstoppeln liefen. Im Flur lag ein Duft von staubigen Lufterfrischern. Er hätte zu gern ein Fenster aufgemacht.

Im Nebenraum war eine weitere Person zu hören. Laut Einwohnermeldeamt lebte der Achtunddreißigjährige mit seiner Mutter, Emma Stoltzing, in der Dreizimmerwohnung.

Die Tapeten, kleine Dekorationen und Trockenblumenkränze erinnerten an die späten Sechziger. Ein gehäkeltes Deckchen lag auf dem Schrank unter einem Telefon mit Wählscheibe.

Seit dem Pulswahlverfahren können sie dieses alte Ding sicher nicht mehr benutzen.

Der Vorhang zur Küche war nur halb zugezogen, so dass er die braun-gelben Möbel und die Pril-Blumen an den Kacheln sehen konnte. *Ein Mann, der niemals sein Nest verlassen hat.*

»Bitte erzählen Sie mir, an was Sie sich vom Freitag, den zweiundzwanzigsten Mai, noch erinnern können. Ganz gleich, wie unwichtig es Ihnen erscheinen mag.« Routiniert zog er den kleinen Notizblock aus seiner Jackentasche und sah Stoltzing abwartend an. »Wann haben Sie Frau Valentaten zum letzten Mal gesehen?«

Dass er ihn nicht weiter in die Wohnung hereinbat, verstand Eberhard, die wenigsten taten das. Aber die Körperhaltung deutete darauf hin, dass seine Mutter hiervon möglichst gar nichts mitbekommen sollte.

Flüsternd und mit eingezogenem Kopf und starren Gesichtszügen sagte er: »Im Büro. Sie hat früher Feierabend gemacht. Ich traf sie, als sie von der Toilette kam.« Anscheinend wollte er es dabei belassen.

»Weiter«, drängte Eberhard.

»Sie sagte, sie wolle Freundinnen treffen.« Unsicher zog Stoltzing am Saum seines Pullunders. »Sie hatte ihr Höschen ausgezogen«, flüsterte er, jetzt noch leiser. Seine Ohren wurden rot bei der Erinnerung. »Ihre Tasche war runtergefallen. Da habe ich es gesehen.«

»Bärchen?« Die alte Stimme aus dem Nebenraum klang argwöhnisch. »Hast du Besuch?«

»Nur ein Vertreter, er geht jetzt wieder«, rief er zurück und sah sich gehetzt um.

Eberhard machte sich Notizen. »Glauben Sie, dass sie tatsächlich Freundinnen treffen wollte?«

Die dunkelbraunen Augen ruckten kurz nach links, er biss sich auf die Lippe und zuckte schließlich mit den Schultern. »Welche Frau zieht ihr Höschen aus, wenn sie Freundinnen trifft, und hat Kondome dabei?« Die verklemmte Röte breitete sich aus.

War es das, was alles geändert hat? Hat dich das angemacht? Hast du sie daraufhin entführt?

»Wie standen Sie zu Frau Valentaten?«

Im Nebenzimmer ächzte die alte Frau, anscheinend versuchte sie aufzustehen. Stoltzing sah hastig durch den Türspalt. »Nein, bleib sitzen, Mama. Der Mann geht schon.«

»Muss ich dir zeigen, wie man das Vertreterpack rausjagt?«
Ihre Schritte wurden begleitet vom dumpfen Geräusch eines aufstampfenden Gehstocks.

Eberhard ließ sich zur Tür zurückdrängen, blieb dann aber auf der Schwelle stehen. *Na, die Frau will ich sehen, das wird sicher sehr aufschlussreich.*

»Sie ist nett. Wir trinken manchmal einen Kaffee zusammen, mehr nicht.«

Das klang nicht sehr überzeugend. »Mir wurde berichtet, dass Sie ihr kleine Geschenke gemacht haben. Stimmt das?«

Stoltzing zog den Kopf noch tiefer zwischen die Schultern. »Ja, schon«, sagte er kaum hörbar. »Sie hatte nichts dagegen. Ich habe es gern getan.« Inzwischen schwitzte er mehr als der Kommissar.

»Und warum haben Sie Frau Valentaten an dem besagten Freitag angerufen?«

Stoltzing wurde blass, was sein Gesicht jetzt rosa aussehen ließ. Im Hintergrund trat seine beleibte und mit einem Kittel bekleidete Mutter um die Ecke und musterte den Besucher. »Was verkaufen Sie?«, fragte sie barsch.

Die dicken gelblichen Gläser drückten die Brille schwer auf den Nasenrücken, den die Alte beim Versuch, ihn besser erkennen zu können, leicht kräuselte. Die schlaffe Haut unter ihrem Kinn bewegte sich, wenn sie sprach, und Eberhard sah den typischen drahtigen Damenbart, der zu Frauen ihres Schlags passte.

Dauergewellte Haare, Silberspange, altes Gebiss, das offensichtlich nur selten herausgenommen wird.

»Ich verkaufe nichts«, antwortete Eberhard mit einem gewissen Nachdruck in der Stimme.

Stoltzing schluckte ängstlich.

Einen halben Tag mit dir und deiner Mutter in einem Raum, und ich weiß alles.

»Zeugen Jehovas?« Sie trat noch einen Schritt näher.

Die hautfarbene Strumpfhose warf kleine Falten über den Stützstrümpfen, die unter dem knielangen Kittel zu sehen waren.

Neunzig Kilo, schätzte Eberhard. Er antwortete nicht, denn es war hinlänglich bekannt, dass besonders ältere Menschen das Gespräch mit den Glaubensvertretern schätzten. Ein willkommener Zeitvertreib für einsame Menschen.

»Wenn das so ist, setze ich Teewasser auf.« Sie klopfte ihrem Sohn mit dem Gehstock auf die Schulter. »Vertreter!« Das Wort klang tadelnd und mürrisch. »Lass den Mann doch eintreten!« Sie ging in die Küche.

Stoltzing nutzte diesen Moment, um Eberhards letzte Frage zu beantworten. »Sie hatte mir den Fotoapparat ihrer Abteilung übers Wochenende ausgeliehen, und ich habe das Objektiv fallen lassen.«

»Deswegen haben Sie bei ihr angerufen?« Er blieb hartnäckig.

»Ich wollte ihr sagen, dass ich selbstverständlich ein neues kaufen würde.«

Anruf: Stoltzing hat das Objektiv der geliehenen Kamera beschädigt, schrieb Eberhard auf seinen Block. »Wie hat Frau Valentaten reagiert?«

Beschämt sah Stoltzing zu Boden. »Sie war sauer.«

»So sauer, dass sie gleich zu Ihnen kommen wollte, um den Schaden zu begutachten?«

Er schüttelte den Kopf. »Nein, sie beendete das Gespräch sogar sehr eilig, weil ihre Freundinnen warteten.« Er dachte nach. »Zumindest hat sie das gesagt.«

Sorgenvoll beobachtete er, wie jedes seiner Worte notiert wurde. Manchmal benutzte Eberhard den Block nur, um Verdächtige zu verunsichern. Ein Stilmittel, das oftmals Wirkung zeigte, weil die Befragten so nervös wurden, dass sie am Ende mehr sagten, als sie vielleicht wollten. Jene, die nichts zu verbergen hatten, blieben ruhig.

»Die Tochter einer Freundin meiner Mutter arbeitet als Leiterin des Eventbereichs im Elysee. Sie meinte, dass es einen Mörder gibt, der seine Opfer in solchen Hotels entführt. Stimmt das?«

Eberhard wurde hellhörig. »Woher wissen Sie, dass Frau Valentaten zum letzten Mal in einem Hotel gesehen wurde?«

Im Hintergrund klapperte es, das Geräusch des Wasserkochers wurde lauter.

Mit zwei Fingern lockerte Stoltzing den Kragen. »Sie hat mir erzählt, dass sie dorthin wollte.«

Warum sollte sie das getan haben? Das ergab keinen Sinn, wenn man bedachte, weswegen sie dorthin gegangen war. »Eine Frage noch«, sagte Eberhard ernst.

Stoltzing blickte sich immer wieder um, damit er abschätzen konnte, wie weit seine Mutter in der Küche war.

»Wo waren Sie am Freitag, dem zweiundzwanzigsten Mai, um circa fünfzehn Uhr?«

Sein Gegenüber schaute nachdenklich auf den Fußboden. Die verräterische Röte verstärkte sich und ließ ihn wie einen Feuermelder aussehen.

Du, mein Junge, hast Dreck am Stecken.

»Ich habe Fotos gemacht.«

»Mit dem defekten Objektiv?«

Die Signale waren nicht schwer zu deuten. Stoltzing verheimlichte etwas, aber hatte es auch mit Silvia Valentaten zu tun? Dadurch, dass seine Mutter so nahe war und er offensichtlich Angst vor ihr verspürte, konnte es viele Erklärungen für seinen Zustand geben.

Stoltzing nickte verlegen. »Es war nur angeschlagen, nicht gänzlich kaputt.«

»Dann können Sie mir sicher die Bilder zeigen, oder? Bei digitaler Fotografie werden Datum und Uhrzeit festgehalten.«

Doch Stoltzing schüttelte den Kopf. »Das ist unmöglich.«

Hinter dem Vorhang fiel ein Löffel zu Boden, die alte Dame fluchte ungehalten. *Die Zeugen Jehovas meiden dieses Haus bestimmt.*

»Gut, belassen wir es vorerst dabei. Stellen Sie sich jedoch darauf ein, dass Sie vorgeladen werden könnten.« *So, wie er schwitzt, wird er sich umziehen müssen, bevor er zur Arbeit geht.*

Stoltzing sank in sich zusammen und nickte bestätigend.

»Vielleicht sollte ich auch mal mit Ihrer Mutter sprechen.«

Ein Ausdruck tiefsten Entsetzens ließ Stoltzings Gesichtszüge entgleisen.

Aber Rieckers war bereits spät dran. *Noch mal Glück gehabt, Söhnchen.* Er überreichte Stoltzing seine Karte und verabschiedete sich; der andere war das personifizierte Häufchen Elend. »Ich werde sicher noch mal auf Sie zukommen.«

Als er die Wohnung verließ, konnte er die alte Frau noch schimpfen hören, aber dann war die Tür auch schon zu.

23. KAPITEL ———————— *Zweieinhalb Monate später*
GÖTTINGEN
Mittwoch, 19. August 2009
8:18 Uhr

Die Morgensonne schien durch das Fenster der Praxis. Karl Freiberger hatte die Nacht am Schreibtisch verbracht und einige komplizierte Operationen studiert, die in nächster Zeit auf dem Terminplan standen. Er musste immerzu an die junge Frau aus Hamburg denken.

Das Schicksal hielt seltsame Begegnungen parat. Dieses Zusammentreffen war es gewesen, das alles verändert und ihm all die schönen Momente mit seiner Frau wieder in den Sinn gebracht hatte. Seit er aus Hamburg zurückgekommen war, wusste er, wofür es sich zu kämpfen lohnte.

Er langte nach einem kleinen Pillendöschen, entnahm eine

weiße Tablette und legte sie sich unter die Zunge. *Bald muss sie eine Besserung zeigen.*

Die vergangenen Monate waren eine Herausforderung für seinen Optimismus gewesen. Trotz ihres Zustands hatte er so schnell wie möglich einen teuren Krankentransport in die Schweiz zur Nierentransplantation bezahlt. Dem befreundeten Arzt traute er die nötige Sorgfalt zu, und er konnte bei dem Eingriff assistieren. Edith war früher aus Polen zurückgekehrt, weil die Dinge sich schwieriger entwickelten als gedacht und er nicht länger auf sie verzichten konnte. Er fühlte sich wie ein Läufer in einem viermonatigen Marathon, der einfach nicht enden wollte. Entscheidungen mussten getroffen werden ohne die nötige Zeit, alles in Ruhe zu überdenken. Dabei verlor er zunehmend die Übersicht, und sein Vermögen schmolz zusammen für Gerätschaften, Medikamente – und das Schweigen.

Aber nur ein paar Schönheits-OPs mehr, und alle Ausgaben sind gedeckt.

Solange seine Frau sich in einem komaähnlichen Zustand befand, hatte er die wichtigsten Eingriffe an ihrem Gesicht vorgenommen. Der Aufprall auf dem Wannenrand hatte sie schrecklich entstellt, hinzu kam, dass er in den ersten Wochen damit beschäftigt gewesen war, sie zu stabilisieren, und das hatte zu Verwachsungen geführt. Dann all die Komplikationen und Rückschläge – nun musste er ihr Gesicht komplett rekonstruieren.

Wütend ballte er die Hände zu Fäusten. *Ich hätte sehen müssen, wie krank sie war.*

Als sie erstmals erwacht war und er mit ihr sprechen konnte, war er sich vorgekommen wie Frankenstein. Die Medikamente hatten im gewünschten Maße auf ihr Erinnerungsvermögen eingewirkt, oder hatte es doch an den Verletzungen gelegen?

Aber der Moment der Klarheit war nicht lang genug gewesen, um sich ein komplettes Bild machen zu können. Nun wartete er darauf, dass sie endlich eine längere Wachphase hatte und er die nötigen Tests durchführen konnte. Doch die starken Schmerzmittel verfälschten das Bild. Noch fiel es ihr schwer, irgendetwas zu fokussieren. *Wenn sie mich erst wahrnimmt, kann ich sie zurück ins Leben führen.*

Er sah auf die Bilder an der Wand, Fotos seiner Frau, die die eines Profimodels hätten sein können.

»Wie wäre wohl dein Leben jetzt, wenn du mich nicht kennengelernt hättest?«, flüsterte er müde und ging so dicht heran, dass er mit einem Finger die Kontur ihrer Hüfte nachzeichnen konnte. »Ach, Barbara, du hättest trotz der Ehe deinen eigenen Weg gehen sollen, statt dich meinem Erfolg unterzuordnen. Schau, wo es uns hingebracht hat. Denkst du, das alles ist mir leichtgefallen?« Mit der Rechten steckte er die Pillendose in die Jacketttasche. »Je mehr Erfolg ich hatte, desto kränker wurdest du.«

Er goss sich einen Schluck Mineralwasser in ein Glas auf dem Schreibtisch und spülte den Geschmack der Tablette hinunter.

Er kannte die Wirkung seines eigenen Suchtmittels sehr gut. Es putschte ihn binnen weniger Herzschläge besser auf als jeder Kaffee. Denn wach musste er sein, wenn er gleich in den OP ging und das Skalpell ansetzte.

»Doktor Freiberger?« In der offenen Tür stand Marlene, seine Assistentin. »Die Patientin ist jetzt so weit. Kann das Team die Narkose einleiten?«

Freiberger nickte und folgte ihr zum Operationssaal.

»Wenn ich das sagen darf: Sie sehen müde aus.« Marlene öffnete ihm die Türen, und er begab sich ans Waschbecken, um sich die Hände zu schrubben. »Soll ich die restlichen Termine für heute verschieben?«

Die Tablette entfaltete ihre Wirkung in seinem Blut, und er fühlte sich zunehmend fit. »Nein, danke, das wird nicht nötig sein.«

Seine Assistentin wirkte skeptisch, aber Tage wie dieser

waren keine Seltenheit. »Darf ich fragen, wie es Ihrer Frau geht?«

In Karl zog sich alles zusammen. »Danke, es geht ihr gut.« Er wusste, dass Marlene mehr mitbekam, als ihm lieb war, doch noch hatte er alles unter Kontrolle. Sollte sie ruhig wissen, dass Barbara ein paar Probleme hatte.

Sie bereitete immer den Operationssaal für die zahlreichen Eingriffe vor, und sie war es auch gewesen, die erstmals Barbaras Operationssucht erwähnt hatte. Was darüber hinaus alles passiert war, ging sie nichts an. Niemand außer Edith durfte davon wissen. Deswegen hatte er die polnische Krankenschwester eingestellt, und sie würde wieder verschwunden sein, ehe sie irgendjemandem etwas verraten konnte.

Sein Gesicht entspannte sich, die Atmung wurde ruhiger. *Glück ist das, was man immer ganz festhalten sollte, während es ins Rutschen gerät.* Er sah durch die Scheibe auf die narkotisierte Patientin, die davon ausging, nach dem Erwachen keine Hakennase mehr zu haben, und erlaubte sich einen letzten Gedanken an seine Frau, bevor er vollkommen konzentriert an die Arbeit gehen musste.

Ich habe dich gerettet. Noch mal stirbst du mir nicht!

24. KAPITEL ———————— GÖTTINGEN

Freitag, 21. August 2009
10 Uhr

Die Schmerzen machten sie wahnsinnig. Sie konnte kaum denken, die Welt verschwamm durch die Spritzen, die er ihr gab, zu einem seltsamen Nichts. Wortfetzen von ihm und der Krankenschwester bildeten nur sinnlose Laute in ihrem Kopf.

Gern hätte sie in einen Spiegel gesehen. Doch derzeit würde sie nirgendwo hingehen, sie war bewegungsunfähig. Ihre Sicht verschwamm, wann immer sie etwas erkennen wollte.

»Edith!«, schrie sie, aber ihre Stimme war kaum mehr als ein Krächzen. »Edith, ich brauche mehr!«

Die Tür ging auf, und die stämmige Krankenschwester betrat den Raum. Sie war wie ein großer weißer Fleck, der sich auf sie zubewegte. »Ich habe Ihnen gesagt, Sie sollen nicht an den Fesseln reißen«, schimpfte sie und prüfte, ob die Fixierungen noch saßen. »Aber immerhin können Sie sich an meinen Namen erinnern.«

An diesem Tag fiel es Barbara wesentlich leichter, den Sinn der Worte zu erfassen, auch wenn ihr bewusst war, dass sie jeden Moment wieder von einem Sog in tiefe Schwärze gerissen werden konnte. »Ich ertrage die Schmerzen nicht!«

»Nun«, Edith beugte sich über sie, »das hätten Sie bedenken müssen, bevor Sie versucht haben, sich das Leben zu nehmen. Dummheit tut nun mal weh.«

Mit einem Ruck wurde die Decke fortgezogen, und das allmorgendlichen Ritual begann: Windel ausziehen, gründlich waschen, neu windeln, Verbände an den Handgelenken wechseln, Medikamente verabreichen und füttern.

»Großes dummes Baby«, höhnte Edith. »Sie waren so schön und machen so einen Unsinn. Wenn Ihr Mann Sie nicht gefunden hätte, wären Sie bereits im Fegefeuer. Selbstmord ist eine Sünde, das wissen Sie doch, oder?«

»Hören Sie auf!« Barbara wusste nicht, wovon diese Frau sprach. Die Erinnerungen lagen hinter einer dicken Wand aus Schmerzen verborgen.

»Der Entzug muss hart sein«, sagte Edith kalt und ruckte an ihr herum, um die Kleidung in die richtige Position zu ziehen. »Sie können von Glück sagen, dass Sie so einen großzügigen Mann haben.«

Barbara meinte, inzwischen Unterschiede wahrnehmen zu können. Wenn er anwesend war, dann gab es keine bösen Worte oder Beschimpfungen, dann ging sie geradezu liebevoll mit ihr um. *Oder habe ich das geträumt?*

Ihr Mann verlor kein Wort über den Selbstmordversuch, sondern sprach nur über das Positive, das auf sie zukommen würde.

Ich habe doch nicht wirklich versucht ... oder? Warum?

Sie zweifelte daran, dass Edith die Wahrheit sagte. Sie fühlte sich gar nicht wie jemand, der sich selbst das Leben nehmen wollte.

Doch wer war sie überhaupt?

Ihre Finger fühlten sich taub an, aber auf ihrem Gesicht und irgendwo in ihrem Leib saßen grauenhafte Zentren unsäglicher Schmerzen.

»Ich habe nicht versucht ...«, wollte sie sagen, aber Edith redete einfach über sie hinweg.

»Ihr Gesicht sieht nicht mehr so schön aus, wie es mal war, aber Ihr Mann kriegt das sicher wieder hin.« Sie zog die Decke über sie und setzte sich dann auf die Bettkante. »Mein Vetter wurde mal mit einem Baseballschläger verprügelt, ich schwöre, der sah nicht so schlimm aus wie Sie nach Ihrem dummen Sturz.«

Sie nahm einen Teller zur Hand, der sich in Barbaras Wahrnehmung kaum von der weißen Kleidung abhob. Dann spürte sie den Löffel und einen lauwarmen Brei im Mund. Jede Schluckbewegung machte ihr zu schaffen, doch die Polin stopfte einfach nach.

»Tut es weh?«, fragte Edith säuselnd. »Bedanken Sie sich bei dem Wannenrand, auf den Sie geknallt sind.«

Barbara versuchte, nicht zu weinen. In ihrem Kopf bestand alles aus Erinnerungen, die sie einfach nicht fixieren konnte, von denen sie aber wusste, dass sie da waren.

Die Wunden an ihren Armen verheilten gut, ebenso der Schnitt, unter dem die neue Niere ihre Arbeit verrichtete. Edith hatte es sich beim Verbandwechsel nicht nehmen lassen, jede Wunde ausgedehnt zu kommentieren.

Ob ich es noch wissen werde, wenn ich wieder aufwache?

»So reich und schön und muss sich windeln lassen.« Der Pflegerin fehlte jeglicher Respekt, und sie schien es zu genießen. »Wie kann man nur so unzufrieden sein, wenn man alles hat?«

Ich weiß es nicht mehr.

»Jeder andere wäre bei so einem Sturz gestorben. Der liebe Gott hatte wohl Mitleid.«

Barbara meinte sich an die Worte ihres Mannes zu erinnern: »Du wolltest leben, mein Engel. Nach allem, was war, wolltest du leben, alles andere zählt nicht. Das kriegen wir hin!« Was eigentlich passiert war, hatte er nicht erwähnt.

»Es ist ein Jammer«, sagte Edith und wischte ihr Gesicht mit dem kalten Lappen ab. »Wenn Ihr Mann mit Ihnen fertig ist, wird Sie nichts an Ihre Dummheit erinnern.«

»Sie wiederholen sich«, sagte Barbara gequält.

Edith beugte sich herab. »Und? Was wollen Sie dagegen machen?« Dann steckte sie ihr eine Schnabeltasse in den Mund. »Sie sollen trinken. Meinetwegen können Sie sich weiterhin keine Mühe geben. Dann werde ich nur noch länger hier gebraucht.«

Barbara musste sich sehr anstrengen, um zu trinken, und merkte, wie ihr eine Träne aus dem Auge lief. *Wenn ich nur richtig sehen könnte ...*

»Hätte mich der Herr nicht mit diesen drahtigen Haaren und einem hässlichen Körper ausgestattet, würde ich mir Ihren Doktor angeln. Haben Sie sich eigentlich je gefragt, ob er Sie oder nur Ihre Schönheit liebt?« Sie nahm eine Spritze vom Beistelltisch und ließ die Medizin über den Schlauch des Tropfs direkt in die Vene der Patientin fließen. »Schönheit ist vergänglich.«

Durchhalten ... Sie spürte, dass sie mit jedem Tag kräftiger wurde. Wenn sie die Schmerzen erst ertragen konnte, müsste sie nur noch klar im Kopf werden, und dann wäre sie Edith endlich los. *Das vergesse ich sicher nicht.*

25. KAPITEL ——————— HAMBURG

Sonntag, 23. August 2009
14:07 Uhr

Als Eberhard Rieckers in seine Straße einbog, musste er lächeln. Vor dem Haus stand der Dacia Logan, den er vor kurzem auf Mariannes hartnäckiges Drängen hin Andreas gekauft hatte. Nicht im Carport wie sonst, sondern vor dem Haus. Sein Platz war frei.

Ich sollte aufhören, an ihren Vorschlägen zu zweifeln. Er stellte seinen Wagen ab und stieg aus.

Schon vor der Tür konnte er hören, dass drinnen gelacht wurde. Gab es schönere Klänge, wenn man heimkehrte?

Er war nicht lange weg gewesen, eigentlich sollte er an diesem Sonntag nicht im Büro sitzen, aber es gab da immer noch die eine oder andere Sache, die er schnell erledigen wollte. Marianne kannte das schon viele Jahre und kommentierte es längst nicht mehr.

Er schloss auf und zog zufrieden lächelnd die Schuhe aus, hängte seine Jacke an den Haken und wollte gerade ins Wohnzimmer gehen, als er Marianne auf der Schwelle erblickte. Sie hatte die Arme vor der Brust verschränkt und beobachtete ihn verschmitzt. Es roch nach Gewürzen und Tomatensoße.

»Hallo, Liebes«, grüßte er.

»Es ist schön, dich so fröhlich zu sehen«, antwortete sie und nahm ihn in den Arm. »Komm, das Essen ist fertig, dein Sohn hat gekocht.«

»Andreas?«

Marianne lachte. »Nein, dein anderer verheimlichter Sohn ist heute zu uns gekommen, um Koch zu spielen. Wusstest du nicht, dass Andi kochen kann?«

»Er wäre der erste männliche Rieckers, der das beherrscht.«

Susanne deckte gerade den Tisch.

»Hallo, Susanne«, sagte er freundlich. Sie sah gut aus in ihrem schwarzen Kleid.

Silvia Valentaten hat auch ein schwarzes Kleid getragen, als ...

Die junge Frau kam strahlend auf ihn zu und reichte ihm eine Hand. »Freut mich, dass wir heute gemeinsam essen«, sagte sie mit einem Zwinkern.

Eberhard nickte. »Ja, so oft kommt das nicht vor.«

»Steht der Untersetzer bereit?«, fragte Andreas aus der Küche. »Ich komme jetzt mit dem Essen!« Er schwenkte um die Ecke und stellte den Topf auf dem Esstisch ab.

Gut sieht er aus. Sein Sohn trug eine schwarze Jeans und dazu ein schwarzes Hemd, auf dessen Brusttasche weiße Fischgräten gedruckt waren. *Er war beim Friseur.*

»Was gibt es denn Leckeres?« Zur Begrüßung legte er Andreas eine Hand auf den Rücken und blickte in den Topf. »Chili?«

Sein Sohn nickte. »Dazu gibt es Reis und Weißbrot.«

»Und Rotwein«, ergänzte Susanne und zog eine Flasche aus einem Korb neben dem Sofa.

Ja, an dieses Miteinander konnte er sich gewöhnen. Um keinen Fauxpas zu riskieren, schaltete er sein Telefon aus. Es musste möglich sein, mal zwei Stunden ausschließlich für die Familie da zu sein.

Marianne hatte Susanne bereits ins Herz geschlossen. Eberhard sah, wie zufrieden sie war, wenn sie voll und ganz in ihrer Rolle als Mutter und Gastgeberin aufgehen konnte. Dies war genau das Familienleben, das sie sich immer gewünscht hatte.

Als alle saßen, füllte sie die Teller und reichte den Korb mit dem Brot herum.

»Wie wäre es mit einem Toast?«, fragte Susanne und erhob ihr Glas.

Alle taten es ihr nach und warteten ab, worauf sie trinken wollte.

»Auf Momente wie diese und auf das Gelingen unseres Mega-Events nächsten Monat!«

Alle murmelten ihre Zustimmung und tranken.

»Was ist das für ein Mega-Event?«, fragte Eberhard dann.

Die leuchtenden Augen versprühten schiere Lebensfreude, als sie erzählte. »Eine Hochzeit. Sie ist die Tochter eines stinkreichen Unternehmers, und wir wurden mit der gesamten Planung und Organisation der Feier beauftragt.« Sie untermalte ihre Worte gestenreich.

Positive Ausstrahlung und anmutige Bewegungen. Hoffentlich hält diese Beziehung. »Wir haben so viel Budget zur Verfügung, das reicht für die gängigen Kosten und viele wahnsinnig exklusive Extras. Allein die Band ist großartig! Dann die Deko und das phantastische Menü ...«

»Und man glaubt es kaum, aber wir haben sogar den großen Festsaal im Atlantic mieten können. Wenn man bedenkt, dass es der Neunte-Neunte-Nullneun ist, grenzt das an ein Wunder«, warf Andreas ein.

Atlantic – fünf Sterne.

»Eberhard?« Marianne wusste, warum er plötzlich ganz still wurde.

»Entschuldigt bitte.« Es tat ihm leid, die Stimmung so jäh zu drücken. *Noch sind die vier Monate nicht um.*

»Tu mir einen Gefallen.« Er sah Susanne eindringlich an. »Wenn du dich in solchen Hotels aufhältst, dann pass auf dich auf.«

Andreas wollte schon genervt reagieren, aber der Tonfall seines Vaters ließ ihn schweigen.

»Es gibt einen Mörder, der sich seine Opfer alle vier Monate aus Hamburger Luxushotels holt.« Er stand auf, nahm seine Aktentasche und wühlte darin herum. »Im Mai hat er die letzte geholt. Es kann jeden Tag so weit sein, dass er wieder zuschlägt.« Die betretenen Gesichter taten ihm leid. »Hier.« Er stellte eine kleine Sprühdose vor Susanne auf den Tisch.

»Bitte nimm das mit und trage es bei dir, wenn du im Hotel bist.«

»Pfefferspray?« Marianne schüttelte den Kopf. »Nun mach ihr doch keine Angst. Schließlich sollen sich die beiden vor Ort auf ihre Arbeit konzentrieren. Es wäre schon ein doller Zufall, wenn der Mörder ausgerechnet Susanne ...«

»Sie soll doch nur auf sich aufpassen«, sagte er energisch. »Denkst du, Silvia Valentaten ist morgens aufgestanden und dachte: Mal sehen, ob ich heute entführt werde?« *Verdammt, das war zu viel.* »Es tut mir leid«, murmelte er. »Es ist nur, dass ich gesehen habe, was er diesen Frauen antut, und es ist schwer, sich vorzustellen, was sein jetziges Opfer wahrscheinlich genau in diesem Moment durchmachen muss. Mir wäre wohler, du würdest es bei dir tragen.«

Seine Familie wechselte vielsagende Blicke. Solch rührselige Augenblicke waren in Eberhards Leben eher spärlich gesät.

»Ist gut, das nehme ich gerne an.« Susanne lächelte und steckte die kleine Dose in ihre Handtasche. Dann stocherte sie in ihrem Essen. »Sag mal, Andi, wo ist denn der Mais?«

Andreas suchte in seiner Portion und wackelte mit dem Kopf. »Vergessen, fürchte ich.«

»Unglaublich, wenn man bedenkt, dass wir wegen dieser blöden Dose extra noch mal umgekehrt sind.«

Eberhard hatte sich noch nie Illusionen bezüglich seines Berufs gemacht. Viele Polizisten nahmen die Arbeit innerlich mit nach Hause. Nicht jeder war dabei persönlich so stark involviert wie er, doch richtig abschalten konnte wohl keiner. Man ging mit Menschen anders um, weil man wusste, wozu jeder einzelne fähig war. Feste Strukturen, Wertvorstellungen und Beziehungen zu anderen Menschen hielten zwar allgemein das Gleichgewicht, aber er war auch den anderen begegnet: den Eltern, die ihre Kinder quälten, den Vergewaltigern, die zuvor niemals straffällig gewesen waren, und den Jugendlichen aus gutem Hause, die in der Gruppe andere zu Tode traten.

Die meisten Menschen wussten gar nicht, welch aggressives Potenzial in ihnen schlummerte, und konnten froh sein, wenn kein unerwarteter Auslöser es freisetzte.

Eberhard war kaum in der Lage, jemanden unbefangen zu betrachten, weil sein geschulter Blick alle Details bemerkte, die oft mehr aussagten, als er eigentlich wissen wollte.

Susanne liebte seinen Sohn. Die Art, wie sie ihn ansah und ihn ständig beiläufig berührte, sagte deutlich aus, wie viel sie für ihn empfand. Eberhard wünschte, es würde immer so bleiben, denn sie tat seiner Familie allein durch ihre Anwesenheit gut. Sie strahlte genau so, wie es Silvia Valentaten auf den Fotos der Polizeiakte tat.

Er sah Marianne über den Tisch hinweg entschuldigend an. Es war nicht seine Art, ihr dermaßen über den Mund zu fahren, aber ihr liebevolles Lächeln war wie eine kühle Hand auf seinem erhitzten Gemüt.

26. KAPITEL

Zwei Wochen später
HAMBURG
Dienstag, 8. September 2009
16:23 Uhr

Auf dem großen Schreibtisch lagen alle Unterlagen zum Fall Valentaten ausgebreitet. Eberhard stand mit einem Becher Kaffee davor. Die Spur der jungen Frau endete im Elysee, egal, wie er es drehte und wendete.

Die Aussagen der Angestellten waren nicht hilfreich gewesen, weil niemand Silvia bemerkt hatte. Selbst die Aufzeichnungen der Überwachungskameras halfen ihm nicht weiter. Als wäre die Welt um Silvia Valentaten zum Zeitpunkt ihrer Entführung für einige Sekunden vollkommen blind geworden. Wahrscheinlich waren Dabels und Müller nicht gründlich genug gewesen. Er zog das Protokoll zu sich, das er damals erstellt hatte. *Dieser Fall wird ungelöst zu den Akten gehen, wenn sie nicht als Leiche wieder auftaucht.*

»Kommissar?« Moll steckte ihren Kopf durch die offene Tür. »Noch einen Kaffee?«

Er leerte den Becher in einem Zug und nickte. »Gern.«

Kurz darauf kam sie mit der Thermoskanne zu ihm und schenkte nach. »Valentaten?« Sie deutete auf die Unterlagen.

»Ja. Es gibt so viele Möglichkeiten. Sie könnte ins Ausland verschleppt worden sein, immerhin ist sie ein hübsches Ding, irgendwer wird ihren Wert erkannt haben. Zumal seit gut zwei Monaten eine weitere Frau vermisst wird. Vielleicht ist sie gar nicht in den Händen des Fünf-Sterne-Killers, andererseits aber fällt sie in den typischen Zeitraum ...«

Moll musste lachen. »Haben Sie die Unterlagen nicht an die Soko weitergeben müssen?«

Er nippte am Kaffee und überging ihre Frage. »Das ergibt alles keinen Sinn, aber die Lösung des Rätsels werden wir wohl nie erfahren.«

Sie gab einen nachdenklichen Laut von sich und tippte auf die Namensliste, auf der jeder stand, der an dem Tag mit ihr Kontakt gehabt hatte. »Was, wenn es doch der Geliebte war? Immerhin war er das personifizierte Elend, als er zu uns kam. Aus Reue?«

»Er wäre der typische ›Columbo-Mörder‹, der dem Inspektor nur deshalb hilft, um von sich abzulenken. Aber so schätze ich ihn nicht ein.« Er strich sich übers stoppelige Kinn, eine Bewegung, die er sich angewöhnt hatte, weil er das Geräusch mochte und das Gefühl an den Fingern ihn irgendwie ins Hier und Jetzt zurückbrachte. »Und ihr Ehemann war es wahrscheinlich auch nicht.« Er deutete auf einen Laborbefund. »Die Gewebeproben des Hemds haben zwar bestätigt, dass es sich um Blut handelte, es entsprach jedoch nicht ihrer Blutgruppe, weswegen weitere Untersuchungen nicht veranlasst wurden. Allem Anschein nach stimmt das, was Fichtner gesagt hat, nämlich Valentatens Version, er habe sich die Flecken in der Bahn unbemerkt eingehandelt. Allerdings sorgt er sich für einen liebenden Ehemann reichlich wenig.«

»Es kann ja nicht jeder so sehr am Boden zerstört sein wie Fichtner«, meinte sie mit einem Hauch Sarkasmus und umrundete den Tisch. »Sie selbst sagten doch, dass Menschen unterschiedlich trauern.«

Er prostete ihr mit dem Kaffeebecher zu. »Schön. Ich werde zitiert. Dann kann der Ruhestand ja kommen.« Er tippte ein letztes Mal auf die Telefonliste und legte die Unterlagen in die Akte zurück. »Stoltzing hat mir zwar inzwischen das Objektiv gezeigt, aber keines der Bilder, die ihn entlasten würden.«

Er steckte die Unterlagen in seine Aktentasche. Da im Büro nicht geraucht werden durfte, vergewisserte er sich mit einem kurzen Blick auf die Wanduhr, dass er noch Zeit für eine Zigarette im Innenhof hatte. Es lag noch einiges auf dem Schreibtisch, das erledigt werden musste.

Trotzdem zog er den Fall Valentaten immer wieder aus dem Stapel, um die Fotos und die Notizen zu betrachten. Vielleicht lag es daran, dass Sven Fichtner immer noch jeden Dienstag in sein Büro kam und ihn eindringlich bat, die Suche nicht aufzugeben. Selbst nach drei Monaten wirkte der Mann verzweifelt und aufgelöst.

Auf Rieckers' Frage, wie denn seine Frau und Thomas Valentaten auf seine übermäßige Teilnahme reagierten, hatte er ihn traurig angesehen und gesagt: »Sie ahnen nach wie vor nichts. Ich bin ein besserer Schauspieler, als ich gedacht habe.«

Fichtner müsste jetzt jeden Moment wieder durch die Tür kommen, und Eberhard würde ihm wie jede Woche versichern, sein Möglichstes zu tun und nicht aufzugeben. Oberwachtmeisterin Moll ließ die Thermoskanne stehen und ging wieder an ihren Platz. Die Ruhe zwischen den vergilbten Wänden des alten Bezirksreviers war wie die heimelige Atmosphäre einer Großelternwohnung. Ein ganz bestimmter Geruch haftete in dem Mauerwerk, der aus Zeiten stammte, als in Gebäuden noch geraucht werden durfte, vermischt mit den Ausdünstungen von Blaupausen und alterndem Papier.

Die gemeldeten Delikte waren vorwiegend häusliche Gewalt, Einbruch und Diebstahl. Die wenigsten kamen persönlich zur Wache, weswegen er inzwischen die meisten Wohnungen der Umgebung von innen kannte. In den letzten Jahren waren immer häufiger Delikte durch Gruppen von Jugendlichen hinzugekommen, aber das war nichts, was einen gestandenen Beamten beunruhigte.

»Kommissar?« Molls Stimme verriet schon, dass es wieder so weit war. Sie grüßte Sven Fichtner freundlich und winkte ihn zu Eberhards Büro durch.

»Guten Tag, Herr Fichtner. Gibt es etwas Neues?«

»Bei Ihnen also auch nicht«, sagte Sven seufzend und setzte sich auf den Stuhl vor dem Schreibtisch. Mit müden Augen betrachtete er die Dinge, die darauf verstreut lagen. Tacker, Locher, Büroklammern, Notizzettel und Kugelschreiber. Der Computer brummte, eine Deckenlampe warf grelles, flackerndes Licht darauf.

Eberhard atmete tief durch, als er ihn ansah. »Warum kommen Sie jede Woche her?«

»Es macht mich ganz verrückt, wenn ich mir ausmale, was ihr alles passiert sein könnte. Ich bekomme deswegen kein Auge mehr zu. Und wenn ich doch einschlafe, dann sehe ich sie.«

Bemitleidenswert. Was wundervoll werden sollte, stellte sich als verhängnisvollste Entscheidung seines Lebens heraus. Eberhard konnte sich vorstellen, wie dieser Mann förmlich in Selbstvorwürfen ertrank. »Sie sollten sich Hilfe holen. Es gibt Fachärzte, die sich auf Trauerbewältigung spezialisiert haben.«

Sven funkelte ihn wütend an. »Sie ist nicht tot!«

»Trotzdem brauchen Sie Hilfe, um mit dieser Situation umgehen zu können. Es ist gut möglich, dass Sie Ihre Freundin niemals wiedersehen.«

Nun sackte er noch mehr in sich zusammen.

»Es tut mir leid, wenn ich Ihnen das so direkt sagen muss. Aber Sie machen sich vollkommen kaputt. Denken Sie, das wäre in Silvias Sinne?« Er trank von seinem Kaffee und wartete auf eine Antwort.

Doch Sven Fichtner schwieg.

»Gehen Sie nach Hause zu Ihrer Frau und seien Sie dankbar, dass Sie Ihre Kathrin noch haben. Wir tun, was wir können.«

Eine Träne löste sich aus Fichtners Augenwinkel und rann über die blasse Haut. »Ist das die Lektion des Schicksals? Dankbarkeit? Demut? Sie hat keiner Menschenseele etwas getan, sie wollte nur ihren eigenen Wünschen nachgeben. Und was ist der Preis? Könnten Sie zu Ihrer Frau gehen und dankbar sein, wenn Sie ich wären?«

Was sollte die Alternative sein? »Sicher nicht. Aber etwas Besseres kann ich Ihnen leider nicht raten.«

Fichtner wischte sich mit dem Ärmel über die Augen und rang um Fassung. »Holger Stoltzing muss etwas damit zu tun haben«, sagte er nach einer Weile. »Er war der Anrufer, das haben Sie doch selbst gesagt. Daraufhin hat sie das Hotel verlassen.«

Eberhard verstand, warum er sich so sehr an diesen sprichwörtlichen letzten Strohhalm klammerte, aber das gingen sie jeden Dienstag erneut durch. Er war es langsam leid, immer wieder dasselbe sagen zu müssen. »Herr Fichtner, wir haben ihn befragt, seine Wohnung und sein Auto mit seiner Erlaubnis durchsucht. Dieser Mann hat nichts zu verbergen. Soweit ich gehört habe, sind Sie inzwischen selbst bei ihm im Büro gewesen. Haben Sie mehr herausgefunden?«

Fichtner zuckte ertappt zusammen. Dann sagte er verbissen: »Er ist eben gewitzt. Warum lassen Sie ihn nicht beschatten? Was, wenn er sie nun irgendwo gefangen hält?«

Es wird schlimmer mit ihm. Eberhard erhob sich und stellte sich neben seinen Besucher. »Ich sage es Ihnen noch einmal im Guten: Lassen Sie den Mann in Ruhe, bevor wir am Ende *Sie* hinter Gitter bringen müssen. Wir sind die Polizisten, und *Sie* sind der Freund eines vermeintlichen Opfers. Vergessen Sie das nicht!«

Dem unnachgiebigen Blick hielt Fichtner nicht stand. Er sah auf seine Finger und atmete tief durch. »Sie haben doch gehört, dass er ihr nachgestellt hat.«

Um ihn etwas zu beruhigen, legte Eberhard ihm väterlich eine Hand auf die Schulter.

Dieser Fall ging ihm nahe – zu nahe, wie er feststellen musste. Er empfand Mitleid für den verzweifelten Mann, die Fotos der Vermissten gingen ihm auch nicht mehr aus dem Kopf. Selbst er, der gestandene Polizist, wurde ungeduldig, weil es einfach kein Vorankommen gab. »Wir wissen das alles und werden nichts davon außer Acht lassen. Ich werde Ihnen die Nummer einer Psychiaterin geben. Sie ist wirklich gut und wird Ihnen helfen. Wenn nicht für sich und Ihre Ehe, dann tun Sie es für Silvia.«

Wieder kämpfte Fichtner mit den Tränen. »Immer wenn ich zu Thomas in die Wohnung gehe, spüre ich, wie sie langsam daraus verschwindet. Alles, was sie zuletzt berührt hat, wird umgeräumt, oder es verstaubt. Ihre Wärme existiert dort nicht mehr. Und ihr Mann ist traurig, hofft und wartet. Sein Leben geht weiter, während bei mir alles stillsteht.« Schwungvoll stand er auf und wischte mit dieser Bewegung Eberhards Hand von der Schulter. »Geben Sie mir die Nummer, dann höre ich auf, Sie zu belästigen. Ich weiß zu schätzen, dass Sie sich die Zeit für mich genommen haben.«

Gerne hätte Eberhard mehr gesagt, ihn davon abgehalten, zu gehen, damit er nicht allein blieb mit seinem Kummer, aber er war ohnehin schon zu sehr in diese Angelegenheit verwickelt. Sven Fichtner musste sich helfen lassen. Er schrieb die Nummer auf einen Zettel und gab sie ihm.

»Ich werde Dr. Albers sagen, dass sie Ihnen schnell einen Termin geben soll.«

Er verabschiedete seinen Besucher und schaute ihm von der Tür aus nach, bis er die Wache verlassen hatte.

»Der kommt wohl so schnell nicht wieder«, kommentierte Moll beiläufig.

Ich hoffe nur, dass er keinen Blödsinn macht.

27. KAPITEL ——————— HAMBURG

Mittwoch, 9. September 2009
17:54 Uhr

Thomas fuhr viel zu schnell. Das Einzige, was er zurzeit wirklich gut machte, war seine Arbeit. Er vollbrachte Höchstleistungen und bliebt jeden Tag länger im Büro, um nicht in der leeren Wohnung sitzen zu müssen. Immer öfter ging er im Anschluss einen trinken, weil er dann nur noch ins Bett fallen und nicht mehr nachdenken musste.

Kathrin verurteilte ihn scharf wegen des Trinkens. Es löse keine Probleme. *Aber es macht sie erträglicher.*

Nach einer halben Stunde parkte er in der Straße, in der seine Freunde wohnten, in der Hoffnung auf einen Abend der Zerstreuung und der beruhigenden Worte.

Kathrin empfing ihn. Sie trug noch die weiße Kleidung, die ihr als Sprechstundenhilfe vorgeschrieben war. »Tom?« Anscheinend hatte sie nicht mit ihm gerechnet.

»Komme ich ungelegen?« Er nahm sie zur Begrüßung in den Arm und reichte ihr dann die Flasche. »Ich dachte, wir könnten den Abend zusammen verbringen.«

Mit einem freudigen Lächeln trat sie beiseite und ließ ihn hereinkommen. »Sven ist noch nicht da, aber mach es dir schon mal gemütlich.«

Er zog Jacke und Schuhe aus und ging ins Wohnzimmer.

»Ich will mir nur kurz die Bazillen abduschen, ich bin gleich da.«

Er wusste, dass sie ihren Job eigentlich mochte, doch es gab keinen Tag, an dem sie nicht erst duschen ging, wenn sie nach Hause kam. »Heute ist doch Mittwoch. Warum musst du dann nachmittags arbeiten?«, rief er ihr nach.

»Mittwochs ist OP-Tag, dann werden die ganzen Abschabungen, Entfernungen von Muttermalen und ...«

»Schon gut«, rief er.

Sie streckte, mit einem Bademantel bekleidet, den Kopf zur Tür herein. »Wie? Willst du etwa auch nichts über das knotige spinozelluläre Karzinom hören?«

Demonstrativ steckte er sich die Finger in die Ohren und fing laut an zu singen. Kathrin musste lachen. »Ich bin gleich wieder da.«

Während sie unter der Dusche stand, holte er Gläser und öffnete den Wein. Zu seiner Beruhigung entdeckte er in der Küche noch genügend Nachschub im Regal neben dem Herd.

Ihm fehlten die Geräusche in seiner eigenen Wohnung – wenn Silvia unter der Dusche stand, eine Zeitschrift umblätterte oder etwas kochte. Es hatte diese gewisse Lebensroutine, die vertraut und angenehm war. Mit einem vollen Glas in der Hand ging er im Wohnzimmer auf und ab. Sven war eine Leseratte. Die gesamte Stirnseite des Wohnzimmers war eine bunte Ansammlung diverser Bücher, beherbergt von einfachen IKEA-Möbeln. *Einmal lesen reicht doch, warum aufbewahren?*

Er trank das Glas in einem Zug leer und schenkte sich nach. Den Luxus eines Extrazimmers für den Computer gab es hier nicht, weswegen Sven alles irgendwann gegen einen Laptop ausgetauscht hatte. *Er spielt ja eh schon lange keine Games mehr mit.*

Unter dem kleinen Tisch mit dem Laptop befand sich der

Drucker. Er blinkte, weil anscheinend kein Papier nachgefüllt worden war und noch ein Druckauftrag wartete. Also bückte er sich, nahm etwas aus der Schublade und füllte damit das Fach.

Dann ging er weiter und sah aus dem Fenster. *Ach, Silvia. Wo bist du?*

Das Geräusch des Druckers verstummte. Er ging hin, nahm das Blatt und schaltete das Gerät aus. Obendrauf stand die URL eines Routenplaners, darunter war eine halbe Karte zu sehen und die übliche Werbung, die diesen kostenlosen Dienst finanzierte.

Einige Straßennamen kamen ihm bekannt vor. Er legte den Ausdruck auf den Laptop, bezweifelte jedoch, dass er noch benötigt wurde.

»So, da bin ich«, sagte Kathrin. Sie trug jetzt einen grauen Trainingsanzug.

Silvia wäre nie so rumgelaufen. Lächelnd ging er zum Tisch und schenkte ihr von dem Wein ein.

»Oh, jetzt schon?« Sie nahm das Glas und betrachtete kritisch das dunkelrote Getränk. »Ist es nicht noch etwas früh zum Trinken?«

Thomas machte eine gleichgültige Geste und schenkte sich nach. »Ihr habt übrigens eine Seite im Drucker vergessen.« Er deutete mit dem Flaschenhals Richtung Laptop. »Das Papier war alle.«

»Oh.« Sie nutzte die Gelegenheit, um das Glas wieder abzustellen. »Keine Ahnung, was das ist.« Sie sah sich die Seite an und legte sie zurück. »Muss Sven gehören. Hast du Hunger?«

28. KAPITEL ——————— HAMBURG

Mittwoch, 9. September 2009
18:10 Uhr

Die kleine Kopfsteinpflasterstraße war typisch für das alte Hamburger Stadtbild – gerade mal etwas mehr als die Breite eines Autos. Er hörte die Verkehrsgeräusche in den Straßen der Stadt, aber hier war keine Menschenseele.

Sven stand in einem Hauseingang und starrte hoch zu den beleuchteten Fenstern im dritten Stock des gegenüberliegenden Hauses. Dort wohnte er: Holger Stoltzing.

Er ließ die Wegbeschreibung in die Tasche wandern und sah kurz auf die Uhr seines Handys.

Obwohl Rieckers ihm die Konsequenzen angedeutet hatte, musste er den Mann beobachten, der als Letzter mit Silvia gesprochen hatte. Die Sache mit der Kamera hätte sicher bis Montag Zeit gehabt, und anders als der Kommissar kaufte er ihm diese Geschichte nicht ab.

Vor einer Stunde war Stoltzing in seine Wohnung gegangen, seitdem war nichts mehr passiert. *Wenn er nicht losfährt, um sich zu kümmern, bedeutet es, dass er sie umgebracht hat.*

Ein Auto bog in die Straße, die Räder ratterten über das Pflaster, und das grüne Fahrzeug fuhr vorbei. Sven dachte an die Therapeutin. Das Schweigen war so unerträglich gewesen, dass er sich tatsächlich einen Termin bei ihr hatte geben lassen. Seitdem besuchte er einmal die Woche ihre Praxis, und es tat gut, frei über Silvia reden zu können. »Es ist die Gewissheit, sie nicht vor dem Schmerz gerettet zu haben, die mich wahnsinnig macht«, hatte er gesagt.

»Aber Sie wissen nicht, ob sie Schmerzen verspürte«, hatte Dr. Albers mit sanfter Stimme zu bedenken gegeben.

»Wenn man liebt, dann fühlt man das!«

Plötzlich erkannte er eine Bewegung hinter der geriffelten Glastür des Hauseingangs und war hellwach. Kurz darauf sah er Stoltzing ins Freie treten und die Straße entlanggehen. Sein Auto ließ er stehen.

Ich hätte die Reifen gar nicht zerstechen müssen. In sicherem Abstand ging Sven ihm nach.

Stoltzing sah sich nicht um, ging gemäßigten Schritts – es war leicht, ihm zu folgen.

Als er sich an einer Bushaltestelle auf die Bank setzte, blieb Sven in seinem Rücken zwischen anderen Wartenden stehen. Nach einigen Minuten fuhr ein Bus vor, und nach Stoltzing stieg auch Sven ein und setzte sich einige Reihen hinter ihn.

Na, wo führst du mich hin, du Schwein? Er wusste, dass Stoltzing log – er fühlte es. An die Theorie mit dem Fünf-Sterne-Killer glaubte er nicht. *Du siehst schon aus wie ein Psychopath.* Die Pomade in den nackenlangen dunkelbraunen Haaren verströmte einen parfümierten Duft, den er im Vorbeigehen wahrgenommen hatte.

Wenn du ihr etwas angetan hast, bringe ich dich um! Der Bus fuhr quer durch Hamburg. Sven erkannte die Grindel-hochhäuser, als er aus dem Fenster sah. An jeder Station stiegen Leute ein oder aus, zeitweise war der Bus brechend voll. Stoltzing sah unbeteiligt aus dem Fenster und machte sich auf seinem Sitz ganz schmal, offensichtlich damit ihn kein Fahrgast während der Fahrt berühren konnte. Drei Passagiere setzten sich während der halbstündigen Fahrt abwechselnd neben ihn.

Hamburg-Fuhlsbüttel, wo will er nur hin?

Endlich hob er seine Hand und drückte auf den Knopf.

Eine typische Wohngegend. Etagenwohnungen in sechsstöckigen Häusern mit Waschbetonoptik. *Nicht gerade das, was ich erwartet habe.*

Stoltzing ging an den Häuserreihen vorbei, bis er schließlich an einem Eingang stehenblieb und nach dem richtigen Schlüssel an seinem Bund suchte.

Sieh mal einer an. Sven wusste, dass er in dieser Wohnung

auf das dunkle Geheimnis des Mannes stoßen würde. Und er hoffte, dass es Silvia gutging.

In seiner Tasche umfasste er das Klappmesser, das er schon seit zehn Jahren nicht mehr aus dem Schrank geholt hatte. Mit Anfang zwanzig hatte jeder so ein Ding gehabt, endlich erfüllte es mal seinen Zweck. Aufgeregt wartete er, bis Stoltzing die Tür aufgeschlossen hatte und hineinging.

Bevor der Eingang wieder zufiel, stellte er einen Fuß dazwischen und schlüpfte hindurch. Er nahm Stufe für Stufe, bis er sah, dass der andere eine Wohnung im zweiten Stock aufsperrte. Eilig hastete er die letzten Stiegen nach oben, stieß Stoltzing hinein und zu Boden und bedrohte ihn mit dem Messer.

Erschrocken schrie der Mann auf, verstummte jedoch sofort, als er die Waffe sah. Es dauerte ein paar Schrecksekunden, bis er den Angreifer erkannte.

»Wo ist sie?« Zornig trat Sven mit dem Fuß die Tür hinter sich zu und zwang Stoltzing wieder auf die Beine.

»Liebling?« Eine besorgte Frauenstimme ertönte aus dem Wohnzimmer.

Silvia? Sven war zu aufgeregt, um auf den Klang zu achten.

»Schon gut, Schatz, bleib, wo du bist«, rief Stoltzing mit zitternder Stimme.

Schritte erklangen.

»Komm nicht her!«

Das war nicht das, was Sven erwartet hatte. Unsicher ließ er die Waffe sinken und den Mann los. Seine Hände zitterten. *Lass es Silvia sein, alles andere klären wir dann.*

Aufgeregt ging er ihr entgegen, eine Hand nach der Tür ausgestreckt. Er sah einen Arm, ein dunkelblaues Kleid. Die Frau kam vorsichtig dichter an den Spalt heran. »Bleib, wo du bist!«, schrie Stoltzing.

Im selben Moment spürte Sven einen brachialen Schmerz am Hinterkopf, der ihn augenblicklich zusammenbrechen ließ.

29. KAPITEL ——————— GÖTTINGEN

Mittwoch, 9. September 2009
19:33 Uhr

Auf dem Anwesen herrschte Totenstille. Das Wissen über die Zustände in diesem Haus lag unter einer schützenden Decke aus Schweigen begraben, die Karl teuer bezahlte. Als er die Küche betrat, übersah er beinahe Edith, die am Fenster stand und in die Dunkelheit schaute. Es roch nach Pfefferminztee.

»Guten Abend, Doktor«, sagte sie freundlich und wandte sich um.

Freiberger zuckte zusammen. »'n Abend.« Ihm war nicht nach Reden zumute.

»Darf ich offen sprechen?« Ihre Frage war rhetorischer Natur, weil sie ihr Anliegen sowieso vorgebracht hätte. Trotzdem wartete sie auf eine Bestätigung, die er ihr knapp und widerwillig gab.

Als wenn ich dich davon abhalten könnte. Er nahm sich ein Glas und eine Flasche Whiskey aus dem Schrank und füllte großzügig ein – etwas, was er immer nur dann tat, wenn er sich so erschöpft fühlte, dass die Pillen kaum noch Wirkung zeigten.

»Ihre Frau macht Fortschritte, aber ich glaube, dass sie in einem Krankenhaus besser aufgehoben wäre.« Als er Platz nahm, setzte sie sich ungefragt hinzu. »Die neue Niere arbeitet einwandfrei, die Werte sind gut, aber Ihre Frau fiebert immer wieder, und sie macht einen sehr verwirrten Eindruck.«

Ich bezahle dich nicht fürs Denken! »Kommt nicht in Frage«, sagte er herrisch. »Ich überlasse meine Frau nicht irgendwelchen Stümpern, die sie mit unnötigen Medikamenten vollpumpen.«

Er zwang sich zur Ruhe. Edith hatte recht, aber es war undenkbar, Barbara aus der Sicherheit seines Hauses zu geben. *Ich bin Arzt, ich schaffe das allein!*

»Ich meine ja nur, dass die Kopfverletzung vielleicht schwerwiegender ist, als Sie vielleicht angenommen haben.«

Ich hasse ihren Akzent! »Halten Sie mich für einen Pfuscher?«, brauste er auf. »Nach dem ... Unfall wurden alle nötigen Untersuchungen gemacht, sogar Kernspin. Denken Sie, ich hätte meine Frau nicht als Erstes ins Krankenhaus gebracht?«

Edith zog den Kopf ein und drehte unsicher die Tasse zwischen den Fingern. »Entschuldigung«, sagte sie leise. »Es befinden sich keine Berichte bei ihren Krankenblättern. Ich nahm an ...«

Karl trank einen großen Schluck und rieb sich dann übers Gesicht. »Schon gut, Edith.« Er leerte das Glas. »Sie machen Ihren Job hervorragend. Belassen Sie es dabei.« Vorsichtig schenkte er nach und ließ die Flasche offen stehen. »Barbara ist schon seit langer Zeit verwirrt.« Ruhe breitete sich in ihm aus. »Es gibt Experten, die behaupten, dass zu viele Schönheitsoperationen zu einem Identitätsverlust führen könnten. Ich hielt das immer für großen Unfug.« Wieder rieb er sich über die schmerzenden Gesichtszüge. Die Anspannung ließ langsam nach, der Alkohol tat seinen Dienst. »Aber Barbara belehrte mich eines Besseren. Mit jeder OP veränderte sich etwas in ihr. Sie war nie zufrieden, obwohl meine Arbeit meisterhaft war.«

Edith trank den Tee aus und stand auf. Alles, was sie tat, war unerträglich laut, sogar wie sie die Tasse ausspülte.

»Darf ich?« Sie hielt sie ihm hin und deutete mit einem Blick auf die Whiskeyflasche. Freiberger schenkte ihr etwas ein, ohne richtig hinzusehen.

»Wie meinen Sie das? Sie hat sich verandert?«, fragte sie.

Immer wieder fuhr seine Hand übers Gesicht. »Sie begann, sich mit anderen Frauen zu vergleichen. Plötzlich passte sie sich an, übernahm sogar Verhaltensmuster von denen, die gerade ganz weit oben auf der Beliebtheitsskala standen.« Nachdenklich schüttelte er den Kopf. »Sie perfektionierte es, wenn sie einer dieser Damen häufiger begegnete. Wenn die rauchte, kaufte sie die gleichen Zigaretten, benutzte das gleiche Parfum und so weiter.«

Die Stille war wie Wasser, das auf ihn eindrang und ihn zu ertränken trachtete. In all den Jahren hatte er mit niemandem über die Leiden seiner Frau gesprochen. Es musste einfach mal raus.

»An manchen Tagen sprach sie vollkommen anders, dann war sie schwer wiederzuerkennen. Ich kam nicht mehr an sie heran, musste hilflos mit ansehen, wie sie von einer Depression in die nächste geriet.«

Edith wollte ihm mitfühlend eine Hand auf den Arm legen, er erkannte es an ihrer Bewegung und nahm schnell eine andere Sitzposition ein. *Glaub nicht, dass wir nun Freunde werden.*

»Was meinen Sie, was für ein Schicksal sie erwartet, wenn sie in ein Krankenhaus verlegt wird und die ganze Geschichte ans Licht kommt?« Nun sah er ihr direkt in die wässrigen Augen, damit sie nicht auf dumme Ideen kam. »Sie kann sich an nichts erinnern, das Trauma sitzt zu tief. Man würde sie in die Geschlossene sperren und an ihr herumexperimentieren.« Er beugte sich über den Tisch zu ihr vor und nahm zufrieden zur Kenntnis, dass sie vor ihm zurückwich. »Ich schwöre, ich mache jedem Menschen das Leben zur Hölle, der meine Bemühungen sabotiert.«

Edith schluckte trocken und versuchte ein unsicheres Lächeln. Mit der Gewissheit, dass seine Worte bei ihr angekommen waren, lehnte er sich zurück und schwenkte gelassen das Glas. »Manchmal ist ein Ende ein heilender Neuanfang«, sagte er und trank aus. »Hier ist sie am besten aufgehoben.«

»Das denke ich auch«, sagte Edith schnell. »Sie sind ein großherziger Mann, Dr. Freiberger. Sicher wird sich alles zum Guten wenden.«

Rückgratloses Miststück. Er stand auf. Der Alkohol fühlte sich warm an in seinem Magen. Später würde er mehr davon trinken und hoffentlich tief schlafen. »Sie können jetzt Feierabend machen. Ich kümmere mich um den Rest.«

Sie nickte und verstand glücklicherweise die Aufforderung, seine Räumlichkeiten zu verlassen und in ihrem Zimmer zu bleiben. Ihr Bereich verfügte über ein eigenes Bad, und vor dem Bett stand ein großer Fernseher – mehr Luxus, als sie in Polen jemals haben würde.

Karl nahm die Flasche mit, das Glas ließ er auf dem Tisch stehen, und ging geradewegs zu seiner Frau.

Im Flur war es ganz dunkel. Der Läufer schluckte die Geräusche und sorgte dafür, dass seine Schritte kaum zu hören waren. Routiniert überprüfte er die Kellertür, die wie immer verschlossen war. Den Schlüssel bewahrte er in seinem Arbeitszimmer im Schreibtisch auf. Alle Unterlagen, Fotos und Recherchen befanden sich dort unten – Beweise, die ihn seine Zulassung kosten, ihn sogar ins Gefängnis bringen könnten. Wenn bekannt wurde, wie stark er in Barbaras Erinnerungsvermögen eingriff, wäre seine Karriere beendet.

Sie darf sich ja erinnern, wenn sie wieder genesen ist.

Andere Ärzte wandten solche Methoden in der Traumatherapie an, allerdings wurden Formalitäten erfüllt, die dieses Handeln legitimierten. Barbaras Zimmer lag genau in der Mitte des Hauses gegenüber der großen Haustür. Er mochte den Blick in die Eingangshalle von diesem Punkt aus. Die geschwungenen Holztreppen links und rechts rahmten den Empfangsbereich ein, und er konnte noch die untersten Kristalle des Kronleuchters sehen, der von der viereinhalb Meter hohen Decke hing. Der obere Flur verlief genau über ihm, als beschütze er diesen Bereich des Hauses.

Wenn es dir bessergeht, mein Engel, dann lasse ich die Maler kommen, die alles weiß streichen. Du wirst dich hier wieder wohlfühlen.

Behutsam öffnete er die Tür und trat leise ein. Ihr schlafendes Gesicht wirkte zufrieden. *So sehe ich dich gern, mein Liebling.*

Von den Eingriffen war kaum noch etwas zu sehen. Ein paar kleinere Korrekturen standen noch an, damit wären alle Spuren weitestgehend beseitigt. Seine Arbeit war wie immer perfekt, auch wenn sie anders aussah als vorher. *Wenn sie wüsste, dass ich ihr Gesicht vollkommen neu aufgebaut habe ...*

Vielleicht würde er niemals erzählen, was vorgefallen war. *Wozu sollte das auch gut sein?*

Die Bilder blitzten durch seinen Kopf: Barbara auf dem gefliesten Boden, das viele Blut, diese absolute Zerstörung ihrer anbetungswürdigen Schönheit. Diese Dummheit! *Nein, solche Erinnerungen brauchst du nicht.*

»Du wirst dich nicht mehr wiedererkennen«, sagte er matt und setzte sich auf den Stuhl neben dem Bett, dicht genug, um sie zu berühren. »Aber ich habe dich wieder, das ist das Einzige, was zählt.«

Ihre Lider hoben sich, die Orientierung fiel ihr noch schwer.

»Wie geht es dir heute?«, fragte er schließlich und strich ihr liebevoll über die Wange. Mit der anderen Hand griff er nach den Utensilien auf dem Beistelltisch.

»Habe ich lange geschlafen?« Sie sah zu, wie er eine klare Flüssigkeit aus einem Fläschchen in die Spritze zog.

»Nein, mein Schatz. Ein paar Stunden nur.«

Ihr Arm war ganz zerstochen von den täglichen Spritzen, den dauerhaften Zugang hatte er vor zwei Tagen entfernt. Vorsichtig stach er zu und drückte die Medizin in ihren Körper.

»Es kam mir vor wie Tage. Mein Gesicht tut so weh.«

Behutsam drückte er einen Tupfer auf die kleine Wunde und legte die Spritze beiseite. »Du hattest wieder einen Anfall. Das liegt am Entzug, bald ist es vorbei.«

Verzweiflung mischte sich unter den Rausch, der ihren Körper durchströmte. Er sah, wie sie unkontrolliert die Augen verdrehte. »Ich kann mich an nichts mehr erinnern. Die kleinsten Dinge gehen mir verloren, bitte hilf mir, ich will so nicht sein!«

Lächelnd beugte er sich vor und drückte einen Kuss auf ihre Stirn. »Ich nehme jetzt die Fesseln ab. Du brauchst sie nicht mehr, davon bin ich überzeugt.«

Immer wieder fielen ihr die Augen zu.

»Wenn du bald auf die Beine kommst, dann brauchen wir Edith nicht mehr. Die Gute wird mir fehlen.« *Je schneller sie verschwindet, desto besser.* Ein Glücksgefühl löste die Sorgen vorerst ab. *Jetzt wird alles gut.* Auf diese Fortschritte hatte er gehofft, und nun empfand er eine mitreißende Euphorie. Er sah ihr beim Einschlafen zu.

»Ich liebe dich so sehr, mein Engel.«

30. KAPITEL ———————— HAMBURG

Mittwoch, 9. September 2009
21:27 Uhr

Kathrin wurde es langsam unangenehm, mit Thomas allein zu sein, weil er zu schnell zu viel trank. Seit einer Stunde schwankte er zwischen Gefühlsausbrüchen und gelallten Komplimenten, weil sie sich so rührend um ihn kümmerte – ihn, den einsamsten Mann der Welt, dessen Frau wahrscheinlich vergewaltigt worden war.

»Komm schon, Thomas.« Sie versuchte ihm die Flasche abzunehmen. »Du hast langsam wirklich genug.«

Sosehr sie ihn auch mochte, im Moment wurde er von Aggressionen und Alkohol beherrscht, und mit beidem konnte sie schlecht umgehen. Sie sah hilflos zu, wie er Schluck für Schluck unberechenbarer wurde. Sie war sich nicht sicher, ob es sie mehr schockierte, dass er sich erst jetzt so benahm oder dass er sich überhaupt derartig aufführte. Nach Silvias Verschwinden war er traurig und ängstlich gewesen. Jetzt, da er nicht wusste, was sie in dem Hotel gewollt hatte, ob sie eine Affäre gehabt hatte oder vergewaltigt worden war, kam sein verletzter Stolz hinzu.

Das ist nicht gut – gar nicht gut. »Komm schon, gib mir die Flasche.«

Sein Griff blieb unnachgiebig. »Wolltest du dich noch nie so richtig besaufen? Weit über das Maß hinaus?« Er lehnte sich gegen sie und hielt die Flasche umklammert. »Silvia hat dich immer bewundert, weißt du das?«

Kathrin überließ ihm den Wein und stieß ihn wütend von sich. »So ein Quatsch. Sie hat mich für gar nichts bewundert.« Neben Silvia war sie farblos und unscheinbar gewesen. Wer etwas wissen wollte, der fragte ihre Freundin, nicht sie. Ihr wurde nicht nachgepfiffen, und mit ihr machte man auch keine anzüglichen Scherze. Zu ihr kam man nur, wenn man Trost brauchte. Sie hatte sich mit den Jahren damit abgefunden.

»Doch, das hat sie«, beharrte Thomas. Beim Einschenken schwappte etwas Wein über den Glasrand und lief auf den Kieferntisch.

Schöne Scheiße. Fehlt nur noch, dass er mir auf den weißen Teppich kotzt. Langsam wurde es ihr zu bunt. Trösten und Umsorgen war eine Sache, aber das Beenden dieses sinnlosen Saufens wäre eher Svens Aufgabe gewesen. »Ich hole einen Lappen«, sagte sie und ging in die Küche.

Hoffentlich hat das alles bald ein Ende, ich ertrage es nicht mehr! Tränen sammelten sich in ihren Augen. *Wo bist du nur, Sven?*

Der Druck auf ihren Schultern wuchs unerträglich. Niemand fragte sie, wie es ihr ging, ob Silvias Verschwinden sie ebenso traf und ob auch sie Trost benötigte. Jeder nahm von ihrer Kraft, als wäre es das Selbstverständlichste auf der Welt.

»Aber das ist es nicht«, sagte sie flüsternd. »Mein Mann benimmt sich seltsam, wirkt immer noch krank, sagt mir aber nichts. Thomas fordert ständige Aufmerksamkeit – und was ist mit mir?«

Wütend drückte sie sich das Küchentuch an die Augen und versuchte, nicht zu weinen. *Egal, was ist, es wird immer nur um Silvia gehen.*

Drei leere Flaschen standen auf der Arbeitsfläche, von denen sie nur ein Glas abbekommen hatte, das noch nahezu unangetastet im Wohnzimmer stand. Zumindest so lange, bis Thomas auf dem Trockenen saß. *Hoffentlich schläft er bald ein. Ich halte das nicht mehr aus.*

Sie nahm das Telefon von der Station und wählte Svens Nummer. *Es wird dringend Zeit, dass du endlich nach Hause kommst, mein Lieber.*

31. KAPITEL ———————————— HAMBURG
Mittwoch, 9. September 2009
21:46 Uhr

Eberhard saß mit Marianne in der Vorstellung von *Steife Brise: Morden im Norden.*

Einmal im Jahr ging er ins Theater, und gerade dann schienen die Notfälle zu passieren, die seine Anwesenheit erforderlich machten. Marianne hatte ihn gebeten, das Handy auszuschalten, doch allein wegen Susanne brachte er es nicht übers Herz, dieser Bitte nachzukommen. Ihm war den ganzen Tag nicht wohl bei dem Gedanken gewesen, dass die Freundin seines Sohnes heute im Atlantic arbeiten würde. Das letzte Opfer des Fünf-Sterne-Killers war zwar noch nicht aufgetaucht, aber er rechnete täglich mit einer Meldung über den Leichenfund.

Vielleicht hat dann das Warten für Fichtner ein Ende. Der

Mann tat ihm leid. Mit der Ungewissheit konnte Fichtner nicht leben. Aber war es tatsächlich besser, zu wissen, dass die geliebte Frau schrecklich misshandelt, vergewaltigt und umgebracht worden war?

Er war selten auf Menschen getroffen, die leichtfertig die Hoffnung aufgaben und den Alltag wieder aufnahmen. Früher oder später musste aber jeder ins Leben zurückfinden. Fichtner schien dieser Schritt nicht zu gelingen.

Natürlich war ihm bewusst, dass es in der Tat ein sehr unwahrscheinlicher Zufall wäre, wenn es die Freundin seines Sohnes träfe, aber sein Beruf hatte ihm eine Menge Zufälle vorgeführt, die Menschen ins Unglück rissen.

Das Handy war zwar auf stumm geschaltet, doch das leise Vibrationsgeräusch störte die Zuschauer in seiner Nähe.

»Warum hast du es nicht ausgeschaltet?«, flüsterte Marianne erbost.

»Weil es wahrscheinlich wichtig ist«, raunte er und schaute auf die Nummer.

Unbekannter Anrufer – so was sollte es gar nicht geben. Ungehalten nahm er das Gespräch an und lauschte. *Lass es bitte nicht Andreas sein.*

»Stoltzing hier. Holger Stoltzing«, meldete sich eine bekannte Stimme. »Sie müssen sofort kommen.«

»Pst«, zischten die Leute um ihn herum.

»Tut mir leid, es ist ein Notfall«, flüsterte er entschuldigend und kämpfte sich mühsam durch die Sitzreihe bis zum Ausgang, wobei ihm sein stattlicher Bauch ziemlich im Weg war. Mindestens drei Füße mussten unter seinem Gewicht leiden.

Ja, ja, wenn ihr mal Hilfe braucht, seid ihr auch froh, wenn ich dafür anderen auf die Füße trete. »Entschuldigung ... tut mir leid ... kommt nicht wieder vor.«

Im Foyer nahm er das Gespräch wieder auf. »Soll ich raten? Sie haben Besuch bekommen?«

»Sie wussten davon?«

Stoltzings Tonfall klang nach Dienstaufsichtsbeschwerde, also musste er seinen Ausspruch schnell relativieren. »Nein, natürlich nicht. Aber Sie sind der letzte Mensch, der mit Frau Valentaten gesprochen hat. Es war abzusehen, dass es ihm keine Ruhe lässt. Ist er bewaffnet?«

Stoltzing wirkte aufgeregt und unentschlossen. »Er hat das Messer fallen lassen und ist bewusstlos. Ich denke, es geht ihm gut. Aber ich wusste nicht, ob ich einen Krankenwagen rufen soll. Sie sagten, dass ich auf jeden Fall zuerst bei Ihnen anrufen soll, wenn irgendwas vorfällt ...«

»Ganz ruhig, das haben Sie richtig gemacht. Wo befinden Sie sich?« Eberhard notierte die Adresse und den Namen, wo er klingeln musste. »Wieso ist er bewusstlos?«

Zögerlich antwortete Stoltzing: »Weil ich ihm den Schirmständer über den Kopf geschlagen habe. Ich hatte Angst, verdammt noch mal!«

»Ich bin gleich bei Ihnen.« Er beendete das Gespräch und seufzte ergeben. *Diesmal wird mir Marianne sicher nicht sagen, wie das Stück ausgegangen ist.*

Seine Frau wusste, dass er ebenso mit seinem Beruf verheiratet war wie mit ihr, doch nicht immer war ihr Verständnis grenzenlos. Ihr Wunsch war es gewesen, Anna Netrebko zu sehen, aber er hatte unbedingt ins Theater gewollt. *Das gibt ein Donnerwetter.*

Auf dem Weg zum Auto tippte er ihr eine SMS, die sie nicht einmal zu lesen brauchte, um zu wissen, dass sie für den Heimweg ein Taxi nehmen müsste.

Ich könnte es ihr nicht verdenken, wenn sie sich eines Tages auch mit anderen Männern in Hotels trifft.

Er setzte das mobile Blaulicht auf das Dach seines alten Passat und raste durch Hamburg. Schwer abzuschätzen, wie sich dieses Drama noch entwickeln würde. Über Funk ließ er sich Auskunft über den Mieter der genannten Wohnung geben.

Gerd Kolberg, ledig, Industriekaufmann, geboren am 3. April 1938, verstorben am 7. März 2009. *Wer zahlt dann seit fünf Monaten die Miete?*

Die Gegend kannte er noch bestens aus seiner Anfangszeit bei der Polizei. Zwischen damals und heute lagen drei Versetzungen, nun wartete nur noch der Ruhestand auf ihn.

Auch wenn die anderen Fahrzeuge ihm Platz machten, dauerte die Fahrt nach Fuhlsbüttel zwanzig Minuten. Eberhard hoffte, dass Fichtner in der Zeit keinen Blödsinn machte oder ernsthaft verletzt war. Endlich bog er in die Zielstraße ein und parkte direkt vor dem Haus. Bevor er ausstieg, nahm er das Blaulicht wieder vom Dach und versicherte sich, dass seine Dienstwaffe geladen und einsatzbereit war.

Na dann, auf geht's. Er drückte auf die Klingel mit dem Namen Kolberg.

Schritte hallten im Treppenhaus, dann öffnete ihm Holger Stoltzing die Tür. Er bemerkte Eberhards dunkelblauen Anzug und die Krawatte und verzog das Gesicht.

Rieckers winkte gleich ab. »Erzählen Sie lieber, was passiert ist.«

Stoltzing kratzte sich am Kopf und brachte die Pomadenhaare durcheinander. »Der Irre ist auf mich losgegangen. Sie sollten ihn einweisen lassen, der ist ja gemeingefährlich ...« Mit zitternden Fingern holte er den Haustürschlüssel aus der rechten Hosentasche und ging voran. »Ich habe ihn eingeschlossen.«

Im zweiten Stock steckte er den Schlüssel ins Schloss der Wohnung und öffnete die Tür.

Eberhard schob den hageren Mann vorsichtig zur Seite und ging an ihm vorbei. Als er Stoltzing das erste Mal gesehen hatte, hatte er gewirkt wie jemand, der gesellschaftlich niemals Fuß fassen würde. Das allein war jedoch nur bedauernswert, keine Straftat. Fichtner hatte sich in seinen Schuldgefühlen völlig verrannt.

Sven Fichtner kam aus der Stube, blass um die Nase, mit tiefen Ringen unter den Augen und Schweiß auf der Stirn. Er hielt sich ein blutiges Handtuch an den Hinterkopf.

Eberhard sah ihm an, dass er sehr wohl wusste, was ihm nun blühte. *Zurechnungsfähig, schuldfähig – Mensch, Junge, mach doch nicht so einen Scheiß.*

Den Griff zur Waffe hielt er für übertrieben. So wie Fichtner aussah, reichte die Lektion vorerst. Der Schirmständer lag im Flur.

Du hast Glück gehabt, dass er aus Kupfer ist. Der hat sicher mehr Beulen abbekommen als du.

»Bitte.« Er bat ihn mit einer Handbewegung, wieder zurück in den Raum zu treten, folgte ihm und steuerte dann das biedere Sofa an. Die beigefarbenen Möbel mit Troddelverzierung und gestickten Mustern auf den Sitzflächen mussten ziemlich alt sein. Kunstdrucke von Schiffen auf stürmischer See hingen an den Wänden, und auf der Rückenlehne lagen akkurat die Zierkissen.

Das sieht hier ja original aus wie bei Mama Stoltzing.

Gleich mehrere Uhren tickten aufdringlich. Eine Likörkaraffe stand mit kleinen Gläsern auf einem Beistelltisch, für jeden verfügbar. Ein Museumszimmer als Hommage an die typisch hamburgische Wohnung der Fünfziger. Möbel mit dunklem, fast schwarzem Holz, goldverzierte Porzellantänzerinnen in der Vitrine, das Modernste im Raum war ein Fernseher, wie er zuletzt in den Siebzigern hergestellt worden war. Das Muster der Tapete schien jeden Lärm zu schlucken, wohingegen der Teppich abgetreten war und im Laufe der Jahre viele Fransen eingebüßt hatte.

»Wer wohnt hier?«, fragte er beiläufig und zückte seinen Notizblock aus der Jackentasche.

»Eine Freundin«, sagte Stoltzing schnell und schenkte sich einen Likör ein. Er trank den süßen Alkohol und setzte sich ans andere Tischende, weit weg von Fichtner.

»Wo ist diese Freundin?«

»Das frage ich mich auch!«, ging Fichtner aufbrausend dazwischen.

»Also?« Eberhard wusste nicht, ob er den Unglücklichen für den Überfall ohrfeigen oder beglückwünschen sollte. *Dann wollen wir dem Geheimnis mal auf den Grund gehen!*

»Sie hat sich zutiefst erschreckt, als dieser Wahnsinnige sich auf mich stürzte. Ich habe sie zu einer Bekannten geschickt. Mit alldem hier hat sie nichts zu tun, und ich werde nicht zulassen, dass sie in diese Geschichte hineingezogen wird!«

Die Art, wie er sich brüskierte, war für Eberhard schon auffällig genug. Stoltzing sah eher aus wie jemand, der sich – wenn überhaupt – mit grauen Mäusen traf, die nach so einem Vorfall verschreckt auf die Polizei warten würden. Hier köchelte irgendein seltsames oder illegales Süppchen, davon war er überzeugt.

Ob er mit Frau Valentaten unter einer Decke steckt? Versicherungsbetrug? Zu phantastisch?

»Ich denke, dass es Silvia war«, platzte es aus Fichtner heraus, der kurz davor war, den vermeintlichen Lügner wieder am Kragen zu packen.

»Bitte schildern Sie den Tathergang ganz genau«, sagte Eberhard ungerührt. Er hatte erwartet, den Angreifer laienhaft gefesselt auf dem Boden vorzufinden, aber nun befand er sich inmitten einer herrlich aufschlussreichen Situation. Aus diesem Grund ließ er Fichtner sein Verhalten bis zu einem gewissen Grad durchgehen.

»Er hat mir etwas über den Schädel gezogen und mich dann in dieser Bude eingesperrt. Die Nachbarn schien der Radau nicht zu stören, den ich gemacht habe«, antwortete Fichtner, bevor Stoltzing auch nur den Mund aufmachen konnte.

»Die Nachbarn fragten sehr wohl, was der Lärm zu bedeuten hätte. Ich habe ihnen erklärt, dass ich einen Einbrecher eingesperrt halte und auf die Polizei warte.«

Eberhard machte sich Notizen und beobachtete die Kontrahenten. Dann fragte er direkt: »War sie es?«

Holger Stoltzing verzog das Gesicht. »Die ist nicht ganz meine Liga.« Er fuhr sich mit den Händen nervös durch die Haare. »Ich habe es Ihnen schon mal erklärt: Silvia sollte wissen, dass ich das Objektiv ersetzen musste. Also rief ich sie auf dem Handy an, damit sie für Montag Bescheid wusste. Ich habe Ihnen das Objektiv gezeigt.« Mit einem genervten Ausdruck zupfte er an der Tischdecke. »Und damals bin ich direkt nach dem Gespräch zu meiner Freundin gefahren. Da Silvia nicht wieder aufgetaucht ist, musste ich die Kamera bei ihrem Boss abgeben. Das war unangenehm.«

Eberhard lächelte ihn gleichmütig an. »Dann kann Ihre Freundin Ihr Alibi sicher bestätigen?«

Die Gesichtszüge des anderen zuckten. Nun hatte er die Unbekannte in eine Position gebracht, bei der er ihre Identität nicht länger schützen konnte. »Laden Sie mich doch vor Gericht, wenn Sie mir nicht glauben. Wenn der«, er deutete auf Fichtner, »nicht wie ein Irrer hier hereingestürmt wäre, so dass ich in Notwehr handeln musste, könnte er jetzt bezeugen, dass es sich nicht um Silvia handelt. Weiß Silvias Mann eigentlich, was Sie hier tun?«

Der weiß doch selbst nicht mehr, was er tut. Eberhard notierte neben der Aussage auch seine eigenen Vermutungen, dann stand er auf. »Wollen Sie gegen Herrn Fichtner Anzeige erstatten?«

Stoltzing schüttelte entschieden den Kopf. »Ich will nur, dass es endlich ein Ende hat! Silvia war ein liebenswerter Mensch, wir alle wünschen uns, dass sich die Sache aufklärt, aber für mich war sie eine Kollegin, mehr nicht!«

»War?«, brauste Fichtner wieder auf, doch Eberhard umrundete den Tisch, packte ihn am Arm und zog ihn Richtung Ausgang.

»Du Schwein hast ihr nachgestellt!«, brüllte Fichtner.

Stoltzing stand auf und stellte sicher, dass die ungebetenen Gäste die Wohnung auch verließen. »Geh zu deiner Frau. Silvia hat im Büro oft erzählt, dass ihr alle ja so tolle Freunde seid.« Ein leichtes Grinsen der Überlegenheit stahl sich auf seine Züge. »Deine Frau weiß nicht mal von dem Partnertausch.«

Aha, er kann also auch anders. Für Eberhard hätte dieses Zusammentreffen kaum besser laufen können. Deswegen begnügte er sich damit, den tobenden Fichtner hinauszuführen und ihm nicht den Mund zu verbieten.

»Woher willst du das wissen, du Arsch?«

An der Tür blieb Stoltzing stehen und sah seinen Kontrahenten von oben herab an. »Ich habe ihr Höschen und die Kondome in der Tasche gesehen. Deine Frau fand das auch nicht lustig, als sie vorhin auf deinem Handy angerufen hat und ich mit ihr telefoniert habe.«

Oje, das saß. Eberhard musste jetzt wesentlich mehr Kraft aufbringen, um Fichtner vom Umkehren abzuhalten.

»Meine Frau geht dich gar nichts an!«

Er schob ihn zum Ausgang. »Eines noch«, sagte er, bevor sie die Treppe hinuntergingen. »In welcher Verbindung standen Sie zu Herrn Kobler?«

Stoltzing zuckte ratlos mit den Schultern.

»Dem Mieter dieser Wohnung.«

Röte stieg in Stoltzings Gesicht, und er zog nun wieder das Schweigen vor. Die Überlegenheit der letzten Momente löste sich augenblicklich auf.

»Verstehe«, kommentierte Eberhard und schob Fichtner vor sich her ins Treppenhaus.

Vielleicht habe ich ihn doch zu voreilig von der Liste der Verdächtigen gestrichen. Aber das finde ich heraus. Er hatte eine Ahnung, aber zunächst musste er Fichtner weit weg von diesem Ort bringen.

»Warum gehen Sie? Er verbirgt doch etwas!« Fichtner war fassungslos.

»Was habe ich Ihnen zum Thema Polizeiarbeit gesagt?«
Eberhard deutete auf sein Fahrzeug. »Steigen Sie ein. Ich fahre Sie nach Hause.«

Wie ein trotziges Kind ließ sich Fichtner in den Sitz fallen
und knallte die Tür zu. Am Fenster der Wohnung war eine Sil-
houette zu erkennen.

»Ich sehe dich auch, du Schwein«, raunte Fichtner und biss
die Zähne zusammen.

»Sie Held«, schimpfte Eberhard und startete den Wagen.
»Hier, legen Sie das auf den Rücksitz, das brauchen wir jetzt
nicht.« Er reichte ihm das Blaulicht und fuhr los. »Wissen Sie
eigentlich, wofür er Sie alles hätte anzeigen können?«

Kopfschüttelnd barg Fichtner sein Gesicht in den Händen.

»Hausfriedensbruch mit Waffengewalt, versuchte schwere
Körperverletzung ...« Er betrachtete seinen Passagier von der
Seite. »Klingelt da was? Wenn Sie es wünschen, stecke ich Sie
gleich in den Knast, dann können Sie sich weitere Eskapaden
dieser Art sparen. So hübsche Bengel wie Sie sind dort sehr
beliebt.«

»Ist ja gut«, knurrte Fichtner. Vermutlich wusste er selbst,
wie dämlich er gehandelt hatte. »Scheiße«, fluchte er plötzlich und richtete sich auf. »Dieser Arsch hat noch immer mein
Handy.«

»Dann bleibt es dort vorerst auch. Ich drehe jetzt sicher
nicht um.« Ungerührt lenkte er den Wagen aus der Straße.
»Und lassen Sie bitte Ausdrücke wie *Arsch*. Immerhin haben
Sie gerade eine Straftat begangen, nicht er.«

»Aber was, wenn Silvia sich meldet?«

Das wird immer sein erster Gedanke sein. »Sie kennt noch
mehr Nummern als die Ihres Handys. Morgen besorge ich Ihnen Ihr Telefon wieder. Muss ich Sie über Nacht einbuchten,
oder benehmen Sie sich?« Eberhard wusste genau, was in dem
jungen Mann vorging. Die Lichter der Stadt wirkten sicher

grell in seinen übermüdeten Augen. »Versuchen Sie sich an die Stimme zu erinnern, die Sie gehört haben. War sie es?«

Fichtner beugte sich vor und vergrub den Kopf zwischen den Händen. »Wenn ich das wüsste. Können Sie ihn nicht zwingen, zu beweisen, dass sie es nicht war?«

»Es wird sich um alles gekümmert, auch um diese Geschichte. Halten Sie die Polizei nicht für inkompetent, verstanden?« Das Nicken reichte ihm als Zustimmung. »Hat Ihnen Doktor Albers kein Schlafmittel verschrieben? Sie sehen schrecklich aus.« *Ich sollte Helga mal auf einen Plausch zu uns einladen.*

»Doch, aber ich will meinen Verstand nicht mit so einem Zeug vernebeln.«

Eberhard musste lachen. »Vernebelter, als Sie gerade sind, kann man nun wirklich nicht sein.«

»Fein.« Fichtner machte einen manischen Eindruck, wie er mit schwungvollen Bewegungen seine Taschen durchsuchte und übertrieben laut redete. »Hier.« Er zog einen Tablettenstreifen aus seiner Jacke und drückte eine heraus. Demonstrativ nahm er sie in den Mund und würgte sie hinunter. »Zufrieden?«

Eberhard zog aus dem Seitenfach eine kleine Mineralwasserflasche und hielt sie ihm hin. »Weiß nicht. Sind Sie es denn?«

Fichtner nahm das Getränk und spülte nach. »Tut mir leid. Ich weiß auch nicht, was mit mir los ist.« Seine Stimme wurde leiser. »Ehrlich, ich erkenne mich selbst kaum wieder.«

32. KAPITEL ──────── HAMBURG

Mittwoch, 9. September 2009
22:35 Uhr

Eberhard war noch nicht mal an seiner Haustür angekommen, als sein Handy schon wieder klingelte.

Diesmal sperre ich ihn ein, wenn er ...

Er nahm das Gespräch entgegen und klemmte den Hörer zwischen Kopf und Schulter, um die Tür aufzuschließen.

»Guten Abend, Kommissar«, hörte er Katja Moll am anderen Ende.

Umständlich zog er den Mantel aus und hängte ihn an die Garderobe. Licht fiel aus der offenen Küchentür in den Flur, und das quietschende Geräusch von Stuhlbeinen, die über die Fliesen geschoben wurden, kündigte an, dass Marianne jeden Moment vorwurfsvoll im Durchgang stehen würde.

»Tut mir leid, dass ich Sie so spät stören muss, aber es ist etwas passiert.« Sie hielt kurz den Hörer zu und redete mit jemandem.

Marianne erschien und wirkte nicht verärgert, sondern sorgenvoll.

»Es ist wieder eine Frau verschwunden.«

Er spürte, wie seine schlimmsten Befürchtungen aus ihren Verstecken gekrochen kamen.

»Alles deutet auf den Fünf-Sterne-Killer hin. Die Frau wurde zuletzt gegen fünfzehn Uhr auf einer Hochzeitsfeier gesehen. Das Brisante an dieser Angelegenheit ist, dass es Luisa Connels Hochzeit war und die gesamte Presse vor Ort ihr Lager aufgeschlagen hatte.« Sie sprach gedämpft, im Hintergrund hörte er Straßenlärm und Stimmengewirr.

Er ging zu seiner Frau und nahm ihre Hand. »Wie lautet der Name der Frau, die entführt wurde?«

Moll blätterte in ihren Notizen, es kam ihm wie eine Ewigkeit vor.

»Karen Hoppe«, sagte sie schließlich. »Entweder hat er zweimal im Elysee zugeschlagen, oder eine der Verschwundenen zählt nicht zu seinen Opfern.«

Nicht im Atlantic, nicht Susanne ... Erleichterung erlöste ihn von seinen Sorgen.

»Gut, bringen Sie so viel wie möglich in Erfahrung, ich bin gleich da.«

Katja Moll wurde noch leiser. »Das halte ich für keine gute Idee. Dabels und Müller sind hier. Sie werden sicher nicht begeistert sein. Mich haben sie auch schon weggeschickt.«

Marianne ließ seine Hand los und ging in die Küche zurück. Gedankenvoll betrachtete er, wie sie den Schrank öffnete und ganz selbstverständlich all die Handgriffe erledigte, um ihm einen starken Kaffee zu kochen.

Nachdem er aufgelegt hatte, ging er zu ihr und nahm sie fest in die Arme. »Tut mir leid, mein Schatz«, flüsterte er. »Ich würde dir gerne versprechen, dich nirgendwo mehr sitzenzulassen ...«

Sie legte den Kopf gegen seine Schulter und atmete tief durch. »Als im Theater dein Handy klingelte und du nicht wiedergekommen bist, dachte ich mir erst nichts dabei. Es war wie immer. Doch als Frau Moll eben hier anrief, nach dir fragte und mir natürlich nicht mehr sagen konnte, wurde mir ganz anders. Du warst so besorgt um Susanne, ich hatte wirklich große Angst.«

Sanft strich er mit einer Hand über ihr Haar und legte seine Wange an ihre Stirn. »Ich auch«, gestand er.

Ihre Finger fuhren über seinen Rücken. »Wenn du nicht am Tatort warst, wo warst du dann?« Sie ließ ihn los und sah ihm in die Augen.

»Sven Fichtner.« Viele Erklärungen waren nicht nötig, denn sie kannte die Details des Falls. »Er hat doch tatsächlich in seinem Wahn Stoltzing überfallen.« Eberhard ging in den Flur zurück, tauschte seine Straßen- gegen Hausschuhe und setzte sich dann an den Küchentisch. »Er dachte, in Silvias Kollegen den Schuldigen gefunden zu haben.«

»Und? Hat er was damit zu tun?«

Das Wasser brodelte. Das Geräusch der Kaffeemaschine war ebenso vertraut wie das Ticken der Küchenuhr und die leisen Geräusche der Nachbarn, die tagtäglich durch die Reihenhauswände drangen. Er dachte lange über die Antwort nach.

»Schwer zu sagen«, gestand er nach einer Weile. »Der Sonderling verbirgt etwas. Ich bin mir ziemlich sicher, dass es da irgendwelche Abgründe gibt, doch ob die tatsächlich etwas mit Frau Valentaten zu tun haben ...«

Die Innenseiten der Becher zeigten unzählige Gebrauchsspuren. Es waren immer dieselben, die Marianne für das gemeinsame Kaffeetrinken hinstellte, schlicht, weiß und größer als die Norm. Rieckers schmunzelte. »Weißt du noch, wie du am Anfang unserer Ehe immer versucht hast, mich an Tassen zu gewöhnen, weil sie schöner sind?«

Sie setzte sich ihm gegenüber und lächelte versonnen. »Du warst ein ganz schöner Sturkopf, wenn es um deinen heiligen Kaffee ging.«

Mit zwei Fingern drehte er das Gefäß und betrachtete die feinen Risse in der glänzenden Keramikoberfläche, wo sich dunkles Braun dauerhaft eingenistet hatte. »Ich würde eher sagen, ich war ein Ignorant.«

Liebevoll tätschelte sie seine Hand. »Du warst eigen, aber kein Ignorant. Ich kenne zwar niemanden, der sogar als Gast irgendwo in die Küche stapft, um eine Tasse gegen einen Becher auszutauschen, aber die wichtigen Dinge hast du immer bemerkt.« Sie verschränkten die Finger ineinander.

»Na, bis auf unseren Sohn, da habe ich vieles nicht mitbekommen.« Er seufzte und erwartete dafür keine mildernden Umstände.

Marianne streichelte sanft mit dem Daumen über seine Haut. »Bemerkt hast du es schon, doch für unseren heranwachsenden Andi war es schwer zu verstehen, dass du nicht wie andere Väter geregelte Arbeitszeiten einhalten konntest.« Dann nahm sie die Glaskanne von der Warmhalteplatte und goss ihnen beiden ein. »Schau ihn dir jetzt an, er ist endlich erwachsen geworden. Susanne tut ihm gut.«

Er nickte zustimmend. »Ja, es ist schön, nicht mehr mit ihm kämpfen zu müssen.«

Sein Handy lag auf dem Tisch. Auch darauf befanden sich viele Kratzer. In seinem Leben hatte er stets *Dinge* besessen, keine Wertsachen. Alles musste praktisch und zu gebrauchen sein, und so sahen die Sachen dann auch aus. Es war Marianne zu verdanken, dass das gemeinsame Heim diese Gemütlichkeit besaß, die ihn Tag für Tag willkommen hieß.

Eberhard wusste, dass sie niemals darüber nachdachte, wie ungleich die Arbeit in diesem Haushalt verteilt wurde. Für sie war es selbstverständlich, dass sie spätabends mit ihm am Küchentisch saß und über seine Arbeit sprach, auf Anrufe wartete oder ihn stärkte, bevor er mal wieder das Haus ungeplant verlassen musste.

Mit einem Finger schob er das Handy in Richtung Kaffeebecher. »Karen Hoppe«, warf er den erstbesten Gedanken in die Runde. »Nachrichtensprecherin und Buchautorin mit festen Wurzeln in der Hamburger High Society.«

»Sie hat letztes Jahr diesen Designer geheiratet«, ergänzte Marianne. »Ich wette, dass die Polizei jetzt mehr unternehmen muss als bei den Opfern zuvor.«

Die Presse würde Schlagzeile um Schlagzeile produzieren und den Ermittlern die Pistole auf die Brust setzen. *Na, dann mal viel Spaß, liebe Kollegen.*

»Das letzte Opfer ist noch nicht aufgetaucht«, sagte er nachdenklich. »Entweder wurde es noch nicht gefunden, oder er hat sein Muster geändert.«

»Oder er war es diesmal gar nicht.« Marianne schenkte nach. »Ein Trittbrettfahrer vielleicht?«

Nachdenklich ließ er den Gedanken auf sich wirken. »Ebenso gut könnte die Hoppe auch einfach gegangen sein. Wir wissen ja nicht mal, welche der Vermissten tatsächlich in seiner Gewalt ist oder war. Es könnte die Leiche von Frau Valentaten gefunden werden, aber auch die einer vollkommen anderen Person.«

Marianne schob sich die grauen Haare aus dem Gesicht.

Die Frisur sah nach dem Theaterbesuch immer noch sehr elegant aus. So normal sie im Alltag auch wirkte, wenn sie sich für einen solchen Abend zurechtmachte und die Haare hochsteckte, war Eberhard sehr stolz, sie ausführen zu dürfen. Umso tragischer, wenn sie dann allein nach Hause gehen musste. »Es ist aber schon sehr wahrscheinlich, dass diese Valentaten in seiner Gewalt ist, oder?«

Was ist schon wahrscheinlich? Sein Kopf fühlte sich schwer an. Ihn quälte dieses grauenhafte Gefühl, ein wichtiges Detail zu übersehen. Bisher war ihm niemand begegnet, für den sein Instinkt mehr als ein leichtes Interesse aufgebracht hätte. Andererseits könnte genau das für den gerissenen Fünf-Sterne-Killer sprechen.

»Schwer zu sagen«, räumte er ein. »Die Untersuchung der Hemdproben hat ergeben, dass es sich um Blut handelt, aber weil es nicht Silvia Valentatens Blutgruppe ist, gehen Müller und Dabels dieser Sache nicht weiter nach.«

Der Nachmittag in der Wohnung der Valentatens kam ihm in den Sinn. »Müller und Dabels haben die Akte an sich genommen, und ich habe keine Handhabe, den Ehemann zur Blutentnahme vorzuladen. Damit wäre zumindest ausgeschlossen, dass vielleicht ein Kampf stattgefunden hat, bei dem er selbst verletzt wurde. Allerdings sieht er nicht aus wie jemand, der seine Frau aus Eifersucht umbringt und dann die Leiche so gekonnt verschwinden lässt.«

»Das hast du damals von Hektor auch gedacht«, sagte Marianne. »Ich erinnere mich noch sehr genau, wie lange du an dir gezweifelt hast, als ihr die Leichenteile gefunden habt und seine Schuld eindeutig bewiesen war.« Sie sprach mit sanfter Stimme, wie sein personifizierter Verstand, der keine Hektik im Kopf zulassen wollte. »Und wenn du ihn um eine freiwillige Blutentnahme bittest?«

Eberhard behagte der Gedanke nicht. Seine Kollegen schenkten ihm schon mehr Beachtung, als ihm lieb war.

Am Ende schieben sie ihr eigenes Versagen noch mir in die Schuhe.

Ein Verstoß gegen die behördlichen Auflagen könnte unangenehm werden. Und durch einen Trick an eine Probe von Thomas Valentaten zu gelangen, das klappte vielleicht in Fernsehserien, war in der Realität aber kaum umsetzbar.

»Holger Stoltzing ist auf jeden Fall auffälliger als der Ehemann. Nur dass einiges nicht ins Bild passt.«

»Was meinst du?« Wieder gähnte sie und versuchte die Müdigkeit mit Kaffee zu bekämpfen.

Sie sollte besser schlafen gehen. »Als Fichtner in die Wohnung stürmte, war da eine Frau im Nebenraum, die er nicht gesehen hat und die auch nicht mehr da war, als ich eintraf. Stoltzing war richtig panisch, als es um ihre Identität ging.«

»Denkst du, es war Silvia Valentaten?« Marianne schien diesen Gedanken gänzlich abzulehnen. »Welchen Sinn ergäbe das Ganze, wenn sie ihren Mann einfach nur verlassen wollte? Sich mit ihrem Geliebten zu treffen, um mit einem anderen Geliebten dann durchzubrennen, wäre ein recht aufwendiges Ablenkungsmanöver, oder?«

Lächelnd hielt er ihr eine Hand entgegen und genoss die Berührung, als sich ihre Finger darum schlossen. »Das sehe ich genauso. Aber wenn er etwas damit zu tun hätte, dann könnte die Frau seine Komplizin sein.« Mit einem Finger der freien Hand tippte er auf die hellrote Tischdecke. »Frauenhandel, sexuelle Handlungen, Zwangsprostitution – das Spektrum bei einer solchen Konstellation wäre grenzenlos. Du glaubst nicht, was Menschen anderen antun, gerade wenn sie nicht allein handeln.«

Er merkte, dass er sich wieder dazu hinreißen ließ, zu leidenschaftlich an das Thema heranzugehen. Sein Tatendrang und die Berufserfahrung forderten, aktiv in die Ermittlungen einzusteigen, statt ruhig abzuwarten und den Kollegen das Feld zu überlassen.

Als er von Stoltzing direkt angerufen worden war, hatte er ja hinfahren müssen, doch alles andere lag nicht in seiner Zuständigkeit.

»Und wenn es doch dieser Fichtner selbst war?« Marianne hielt diese Variante immer wieder im Gespräch. »Er wäre nicht der erste Täter, der aus dem Affekt gehandelt und danach die eigenen Handlungen verdrängt hat. Immerhin könnte sie im Hotelzimmer doch kalte Füße bekommen haben, nur dass er sie dann nicht mehr gehen lassen wollte und ...« Sie dachte nach und tat den Gedanken selbst ganz schnell ab. »Aber wo sollte er dann die Leiche gelassen haben? Das spricht dagegen. Wie oft werden dort wohl die Beete gepflegt?«

Eberhard musste lachen, auch wenn er es in Anbetracht der Thematik sofort wieder unterdrückte. »Du meinst, er hat sie aus dem Fenster geworfen, und niemandem ist das bis heute aufgefallen?«

Sie winkte ab. »Ich weiß, das ist absurd.«

Er drückte ihre Hand und sah sie zufrieden an. »Dafür liebe ich dich, mein Herz.«

»Weil ich absurde Sachen sage?« Sie erwiderte sein Lächeln.

»Nein, weil du immer bereit bist, in alle Richtungen zu denken.«

Es wurde ihm langsam unbequem in seinem Anzug, unschlüssig stand er auf und ging in den Flur. Wenn er jetzt losfuhr, konnte er noch sicherstellen, dass im neuen Entführungsfall alle wichtigen Untersuchungen vorgenommen wurden. Er blieb einen Moment auf der Truhe in der Garderobe sitzen und dachte nach. Das war alles dünn und unergiebig.

»Willst du dir das wirklich noch antun?« Marianne lehnte sich an die gegenüberliegende Wand und sah ihn an. »Du stehst kurz vor der Pensionierung, und es ist nicht dein Fall.«

Eberhard rang mit sich. »Ich weiß.«

Als sie sein Zögern bemerkte, setzte sie sich neben ihn und legte eine Hand auf sein Bein. »Dieses eine Mal solltest du es lassen.«

Ja, wahrscheinlich ist es besser so.

33. KAPITEL ——————— HAMBURG

Donnerstag, 10. September 2009
3:45 Uhr

Sven war zwar von Rieckers direkt vor der Haustür abgesetzt worden, doch er konnte noch nicht hinaufgehen. Was sollte er Kathrin sagen? Wie viel Schaden konnte Stoltzing mit seinem Anruf angerichtet haben?

Sicher hat sie ohnehin schon eins und eins zusammengezählt – mein Verhalten in den letzten Monaten war grauenhaft.

Außerdem fing die Tablette an, ihre Wirkung zu entfalten, und er ließ sich wie ein Penner auf die gegenüberliegende Parkbank fallen.

Er schlief ein, traumlos, tief und fest, und aus einer kleinen Verschnaufpause wurden gute fünf Stunden. Er erwachte von einem Knallen, und sein Herz raste. Einen Moment lang hatte er Mühe, sich zu orientieren. *Ich bin so ein Vollidiot.*

Irgendwo rannten welche durch die Straße und johlten.

Wie spät ...? Da sich sein Handy noch bei Stoltzing befand, wusste er die Uhrzeit nicht. Er konnte sich vorstellen, wie verständnislos Kathrin reagieren würde, wenn er ihr sagte, dass er auf der Parkbank vor dem Haus eingeschlafen war. Er fühlte sich erschöpft und sehnte sich nach einem richtigen Bett.

Schweren Schritts ging er ins Haus, torkelte wie betrunken die Treppen hinauf und brauchte lange, um die Wohnungstür aufzuschließen. Bevor er eintrat, atmete er noch einmal tief durch.

Wie sage ich ihr nur, dass es mir unendlich leidtut?

Im Wohnzimmer brannte noch Licht, und Sven erschrak, als er einen Blick durch die offene Tür warf.

Statt seiner wartenden Frau auf dem Sofa bot sich ihm ein Bild der Verwüstung. Scherben von zerschlagenen Gläsern lagen auf dem Tisch, eine Weinflasche war umgekippt, und der Inhalt hatte sich auf den weißen Teppich ergossen. Dinge waren von der Anrichte gefallen, die Sofakissen lagen über den Boden verteilt.

Kathrin!, wollte er rufen, aber seine Stimme versagte.

Ist das Wein? Er trat dichter an eine Spur auf dem Boden heran. *Blut!* Ängstlich folgte er der dünnen roten Linie und ging auf die angelehnte Schlafzimmertür zu.

Immer wieder schüttelte er den Kopf, um klar zu werden, und die Aufregung siegte über das Medikament. Er zitterte jetzt am ganzen Körper.

Fuck, warum habe ich nur diese beschissene Tablette genommen?

Die schlimmsten Befürchtungen stiegen in ihm auf. Auch wenn er nur als Justizfachwirt am Gericht arbeitete, lag es durchaus im Bereich des Möglichen, dass irgendein Psychopath es auf ihn abgesehen hatte.

Was, wenn Stoltzing jemanden hergeschickt hat? Als Rache für meinen Überfall heute. Vielleicht war er es ja selbst ...

Angstvoll stieß er mit zitternden Fingern die Tür auf. Als er das Licht einschaltete, war er einen Moment geblendet – auch von dem Anblick auf dem Bett.

Eine Klammer aus Stahl zog sich um seinen Brustkorb zusammen, es fiel ihm schwer, zu atmen oder auch nur einen Laut von sich zu geben.

Ein Mann mit freiem Oberkörper hatte sich über seine Frau gebeugt. Die Blutspur führte bis ins Bett, Kathrin wand sich schwer atmend unter ihm. Und als er sich zu Sven umdrehte, erkannte der ihn.

34. KAPITEL ———————— GÖTTINGEN

Donnerstag, 10. September 2009
10:03 Uhr

»Karl, mein Lieber, wo ist denn Barbara?« Die Matrone mit Goldbehang kam schwerfällig auf ihren Gast zugehüpft und drückte ihm einen Kuss auf die Wange. Ihr süßliches Parfum legte sich wie eine dichte Wolke um ihn. Freundlich erwiderte er die Geste und betrachtete Lilibeth von Rühl, seine reichste Patientin.

Ich habe das Beste aus den Lippen gemacht, was möglich war.

»Lilibeth, vielen Dank für die Einladung«, sagte er fröhlich. »Barbara lässt sich entschuldigen, ein Virus hat sie erwischt. Aber zum nächsten Brunch wird sie garantiert wieder mitkommen.«

Betroffen legte die Frau eine reichberingte Hand auf ihren überquellenden Busen und sprach ihm ihr Mitgefühl aus. Das Kleid aus wallenden blaugemusterten Chiffonstoffen ließ sie sehr weiblich erscheinen. Leider liebte sie das Essen mehr als das Wetteifern mit den Schönen. Ihr Vorteil war, dass sie diesen fatalen Zusammenhang mit ihrem übergewichtigen Erscheinungsbild auch verstand. Karl kannte Patientinnen, die ihn dafür verantwortlich machten, dass die Ergebnisse der Konturenkorrekturen nicht von Dauer waren.

Lilibeth kam nicht in seine Praxis, um schöner zu werden. Sie tat es nur, weil alle es taten. So wie jeder seinen Psychiater und seine Kosmetikerin hatte. Sie hakte sich bei ihm unter und führte ihn ins Innere der Villa.

Ihr halbjährlicher Brunch war eine gesellschaftliche Veranstaltung, die sich niemand entgehen ließ, dem die Ehre einer Einladung zuteilwurde. Lilibeth liebte es, Verbindungen zu knüpfen, und genoss die Tatsache, dass eine Menge Menschen ihren Erfolg ihrem, Lilibeths, Wohlwollen zu verdanken hatten.

Karl zählte nicht zu diesen Personen. Alles, was er erreicht hatte, war ihm gänzlich ohne fremde Hilfe gelungen. Er schuldete niemandem Dank.

Für ihn war dieser Brunch wie eine Revue seiner Arbeit. Er konnte die meisten der Gäste einteilen in *Straffungen*, *Absaugungen*, *Vergrößerungen* und *Korrekturen*, was seinen Respekt vor dem Großteil von ihnen erheblich schmälerte. Unter Narkose und ohne Make-up sahen alle gleich aus: menschlich und fehlerhaft.

Das Anwesen glich der Gastgeberin enorm: viel zu groß für eine Person. Dekoration in allen Ecken und kostspielige Dinge sollten es schöner machen, als es war. *Ich kann weißen Marmor nicht leiden.*

»Das Buffet ist eröffnet«, rief sie ihren Gästen zu, als sie mit ihm in den saalähnlichen Wintergarten kam und zufrieden auf die bunte Gesellschaft schaute.

»Karl!« Ein gebräunter Mann kam mit ausgebreiteten Armen auf ihn zu.

Richard Brose sah gut aus, sportlich und voller Weltläufigkeit, was er gerne durch Erzählungen über Törns mit seiner Zwölf-Meter-Yacht unterstützte. Den meisten Frauen zauberte das ein Lächeln aufs Gesicht, Barbara eingeschlossen. Alle flirteten mit ihm, ob sie es wollten oder nicht.

»Richard.« Er reichte ihm die Hand. »Schön, dich zu sehen.« *Wie gerne würde ich dir dein Grinsen wegoperieren.* »Verteilst du wieder Visitenkarten für deine Botox-Partys?«

Der Gigolo lächelte. »Nicht nötig, die Damen kommen ganz von allein zu mir. Das sollte dir sicher in deinem leeren Terminkalender aufgefallen sein.«

»Die Patientinnen, die zu mir kommen, wünschen in der Regel keinen Gesichtstod.« Er lachte auf, um seinen Worten die Härte zu nehmen. »Aber wenn mal eine dabei sein sollte, schicke ich sie gerne zu dir, mein Freund.«

Das selbstsichere Grinsen war nicht mehr ganz so breit. »Sag bloß, du hast deine bezaubernde Frau nicht mitgebracht? Ihr werdet doch wohl keine Eheprobleme haben?«

Karl fühlte die aufwallende Wut und musste sich sehr bemühen, sie nicht sichtbar werden zu lassen. »Sie ist unpässlich«, sagte er lässig. »Aber natürlich soll ich ganz herzlich grüßen.«

Richard setzte dieses *Sie hat sich von mir auch schon spritzen lassen*-Lächeln auf, das Karl immer wieder denken ließ, es ginge da um mehr als nur das Beseitigen kleiner Fältchen.

Richard sah sich nach den anderen Gästen um und zeigte seine übernatürlich gebleichten Zähne. »Ihr kommt doch zu meinem Sommerfest, oder?« In der Menge entdeckte er eine unbekannte Frau in einem aufreizenden roten Kleid. »Ich zähl auf euch.« Dann ging er auf die Dame zu, ohne auf eine Antwort zu warten.

Sicher, du Fatzke.

Die üblichen Reden wurden geschwungen, ein paar Pflichtbegrüßungen absolviert, ehe Karl dazu überging, die Leute zu beobachten.

Nur wenige neue Gesichter hatten den Einzug in diese Gesellschaft geschafft. Er teilte sie geistig in Kostenvoranschläge ein, wie immer. Man konnte jeden Menschen optimieren, wenn man die ästhetischen Maßstäbe der modernen Schönheitschirurgie ansetzte.

Endlich kam auch mit erheblicher Verspätung Bennet Rating zur Tür herein. Auf ihn hatte Karl gewartet, und jetzt hoffte er, dass Rating nicht allzu lange von Lilibeth belagert wurde, damit er ungestört mit ihm reden konnte.

Er sah aus, als würde er im Anschluss die Welt umsegeln wollen: weiße Hose, blaue Stoffschuhe und passendes maritimes Jackett mit goldenem Wappen auf der Brusttasche. Es fehlte nur noch die Kapitänsmütze.

Langsam ging Karl auf ihn zu und legte sich innerlich die

Worte zurecht. Es sollte nicht zu offensichtlich sein, dass er all die Fragen wegen Barbara stellte.

Bennet sah ihn kommen, vertröstete Lilibeth freundlich und gab ihm mit einem Wink zu verstehen, dass sie sich im Garten unterhalten konnten. Karl folgte ihm durch die Glastür nach draußen und fühlte die Anspannung in sich. Durch diesen großartigen Mediziner könnten alle seine Probleme ein Ende finden.

»Karl«, sagte er freudig. »Wie lange ist es her? Vier Monate?«

Karl reichte ihm die Hand und berührte mit der anderen seinen Oberarm. »Ist der Kongress schon wieder so lange her?«

Bennet nickte. »Ja, die Zeit rennt. An uns alten Männern kann man es sehen, aber«, er lachte schelmisch, »das Alter macht uns nur interessanter.«

»Stimmt. Ob wir eines Tages wie Hugh Hefner von heißen Bunnys umgeben sein werden?«

Bennet schüttelte grinsend den Kopf. »Das überlassen wir lieber Typen wie Richard. Immerhin haben wir die bezauberndsten Frauen der Welt bereits geheiratet, nicht wahr?«

Sie gingen ein paar Schritte durch den romantisch angelegten Garten. Zwischen den Magnolien und dem Sommerflieder standen Alabasterskulpturen, perfekte Steinkörper, die griechische Götter darstellten. Kies knirschte unter den Schuhsohlen. Lilibeth beschäftigte eine ganze Schar Gärtner, die sich täglich mühten, ihren geliebten Garten zu erhalten. Ihr größter Stolz war das große Labyrinth aus zwei Meter hohen Hecken. Karl hatte sich ein einziges Mal Barbara zuliebe dort hineinbegeben – und das wurde er sicher nie wieder tun.

»Aber über den guten alten Hef wolltest du sicher nicht mit mir reden, oder?« Bennet blieb stehen und wartete.

Durch die offenen Fenster war das Gemurmel der anderen Gäste zu hören.

»In Hamburg hatte ich dich doch nach der passenden Medikation gefragt, um bei einer Traumapatientin die Erinnerung an das Geschehen zu löschen.«

»Richtig«, bestätigte der Arzt. »Dieses Verkehrsunfallopfer. Hat es funktioniert?«

Karl nickte. »Ja, ihre Genesung schreitet sehr gut voran. Der befürchtete Zusammenbruch durch die Erinnerungen ist ausgeblieben. Wenn alles so weitergeht, kann ihr die Psychologin bald vorsichtig beibringen, dass ihre Tochter dabei ums Leben gekommen ist.« Diese dramatische Geschichte einer am Boden zerstörten Frau war ihm damals spontan eingefallen.

Bennet war Neurologe und hatte sich unter anderem auf die Erforschung zeitweiliger Gedächtniseinflussnahme bei Traumapatienten spezialisiert. Er arbeitete viel mit plastischen Chirurgen zusammen, die nach Unfällen und Bränden zur Behandlung hinzugezogen wurden.

»Tut mir leid, dass ich es nicht geschafft habe, persönlich vorbeizukommen, um dir zu helfen.« Bennet steckte seine Hände in die Hosentaschen und sah Karl abwartend an.

»Der Ehemann hat mich gefragt, ob es dauerhaft möglich wäre, diese Erinnerung zu löschen, statt sie nur mit Medikamenten zu hemmen.« Um seine ethische Ablehnung zu demonstrieren, wedelte er mit den Händen. »Ich habe ihm gesagt, dass so etwas nicht möglich ist.«

Doch der Neurologe verzog den Mund, als wollte er da nicht so ohne weiteres zustimmen. »Das ist so nicht ganz richtig«, sagte er langsam. »Traumata sind tief im Nervengewebe eingegraben, und man sollte sich immer bewusst machen, dass man nicht nur ein Trauma löscht, sondern auch positive Erfahrungen, die durch die Biochemie des Hirns ebenfalls dort gespeichert sind.« Nachdenklich legte er einen Finger an den Mund. »Es gibt die Methode des *Moment of Excellence*, bei der gespeicherte positive Emotionen für neue Situationen genutzt werden sollen. Das halte ich in dem Fall für sinnvoller.«

Es war nicht ganz das, was Karl hören wollte.

»Eine Lobotomie am Fronthirn würde niemals den gewünschten Effekt erzielen«, referierte Rating weiter. »Eine Schädigung des Hippocampus würde dafür sorgen, dass die Patientin keine neuen Erfahrungen mehr speichern kann.« Sein Gesichtsausdruck veränderte sich, wurde ablehnender. »Der Ehemann wird sicher nicht wollen, dass sie am Ende alle Erinnerungen an die Tochter verliert oder die Fähigkeit einbüßt, mit ihm ein erfülltes Leben zu führen.«

Karl schüttelte entschieden den Kopf, ganz darauf bedacht, vollkommene Zustimmung zu vermitteln. »Ganz deiner Meinung.«

Bennet sah zum Anwesen hinüber und bekam einen nachdenklichen Gesichtsausdruck. »Es ist doch so«, sagte er. »Wenn wir mal alt sind, haben wir nur noch die Erinnerungen. Welcher Reichtum könnte uns glücklich machen, wenn unsere Köpfe vollkommen leer wären?« Karl sah ihm an, dass er eigene Sorgen mit diesem Thema verband. »Es ist sicher grauenhaft, wenn man einer Frau gegenübersitzt, die zwar all die Jahre miterlebt hat, sich aber an nichts davon erinnern kann. Sogar schwer an Demenz Erkrankte wären bessere Gesprächspartner.«

Seine Mutter war daran erkrankt. Karl erinnerte sich. Sie hatte schon sehr früh unter den ersten Symptomen gelitten – weswegen Bennet sich der Biochemie und der Erforschung des Erinnerungsvermögens verschrieben hatte.

Er sah Karl abwartend an. »Du bist nicht zufrieden mit meiner Antwort?«

Schnell winkte er ab, damit Bennet nicht weiter nachbohrte. »Doch, doch, du bestätigst alles, was ich mir schon gedacht habe. Das Paar tut mir sehr leid, das ist alles.«

Bennet nickte mitfühlend. »Komm, gehen wir etwas essen. Schick den Ehemann doch einfach mal zu mir in die Praxis, dann kann er alles mit mir persönlich besprechen.«

Das hast du gerade. »Ja, vielen Dank, ich werde ihm deine Karte geben.«

35. KAPITEL ———————— HAMBURG
Donnerstag, 10. September 2009
10:11 Uhr

Dr. Helga Albers wäre am liebsten sofort losgefahren, als sie den Anruf von Sven Fichtners Frau erhielt. Dass er früher oder später etwas Dummes tun würde, war leider zu erwarten gewesen.

Er gehört in eine Klinik.

Leider musste sie noch fristgerecht ein Gutachten bei Gericht abgeben, was im Berufsverkehr einen erheblich größeren Zeitaufwand bedeutete, so dass sie erst kurz nach zehn ihren grauen Mercedes in die Wohnstraße der Fichtners lenkte. Vor dem Haus wurde gerade ein Parkplatz frei.

Mit einer Hand prüfte sie die Lage der Beruhigungsspritze in der hellgelben Weste, die sie über einem dünnen schwarzen Rollkragenpullover trug. Dazu hatte sie eine dunkelbraune Stoffhose und feste schwarze Schuhe angezogen. Nichts, was ihre Bewegungsfreiheit einschränkte.

In ihrer ärztlichen Laufbahn hatte sie Bekanntschaft gemacht mit den unterschiedlichsten menschlichen Reaktionen. Mehr als einmal hatte sie selbst Gewalt anwenden müssen, weil ein Patient durchdrehte. Inzwischen begegnete sie den heiklen Fällen nur mit Unterstützung zweier Pfleger.

Sven Fichtner würde sicher nicht handgreiflich werden, aber die Spritze hielt sie dennoch griffbereit.

Für eine Achtundfünfzigjährige empfand sie sich als äußerst sportlich und fit. Für die Arbeit drehte sie die langen grauen Haare gerne zu einem Dutt und fixierte ihn am Hinterkopf. Um ihren Hals hing eine Kette, die die Lesebrille in ständiger Reichweite hielt. Auf Schmuck verzichtete sie gänzlich. Ihr war es lieber, die Patienten sahen während einer Sitzung sie an, statt von baumelnden Ohrringen oder Kettenanhängern abgelenkt zu werden.

Sie nahm ihre Aktentasche vom Beifahrersitz und verließ das Auto.

Bevor sie auf die Klingel drückte, tastete sie noch mal beide Westentaschen ab. *Handy links, Spritze rechts. Schutzkappe abziehen nicht vergessen.*

Auch damit hatte sie so manche Erfahrung gemacht. In der Anfangszeit hatte sie versucht, einem tobenden Mann die Spritze zu verabreichen, ohne vorher die Kappe abzuziehen. Die Verzögerung hatte einen Pfleger einen Schneidezahn gekostet.

Danach hatte sie auf die Kappe verzichtet, wenn es brenzlig zu werden drohte, und es kam, wie es kommen musste: Sie hatte in die Tasche gegriffen, sich dabei in die Hand gestochen und sich durch die Bewegung selbst das Medikament unter die Haut gespritzt.

Damals war sie wochenlang mit diesen Geschichten aufgezogen worden, heute lachte sie selbst darüber.

Es summte, und sie trat ein.

Die Ehefrau wartete an der Tür. Ihre Augen waren rot und geschwollen, blasser Teint, kraftlose Körperhaltung.

»Es ist gut, dass Sie mich gerufen haben«, sagte Helga und reichte Kathrin Fichtner mit einem freundlichen Lächeln die Hand.

»Erzählen Sie mir erst mal, was passiert ist, dann gehe ich zu ihm. Schläft er noch?«

Frau Fichtner nickte und machte eine einladende Handbewegung Richtung Wohnzimmer.

»Ich weiß gar nicht, wo ich anfangen soll.« Sie sah aus, als würde sie jeden Moment wieder losweinen.

In der Stube saß ein gutaussehender Mann, der zur Begrüßung kurz aufstand. *Thomas Valentaten, der Mann der Ver-*

163

missten. Er wirkte ebenfalls erschöpft. *Seiner Kleidung nach Besserverdiener. Ein Manager, der durch einen Sturm gelaufen ist. Etwas durcheinander, aber zielstrebig.*

»Er sagte, er würde nach der Arbeit noch mal in die Stadt gehen«, fing Kathrin mit ihrer Erzählung an. Dabei setzte sie sich und nahm ein Taschentuch vom Tisch, das sie anscheinend zuvor schon eine Zeitlang zwischen den Fingern zerknüllt hatte. Sie formte es abwechselnd zu einer festen Kugel und zog es im nächsten Moment wieder auseinander.

»Dabei hat er diesem Stoltzing aufgelauert und ihn verfolgt.« Die ersten Tränen liefen über ihre Wange. »Er hat ihn überfallen, weil er ihn für den Entführer hält.« Sie verstummte, unterschiedliche Empfindungen standen auf ihrem Gesicht. Die Stirn lag in Falten, während sie wütend die Augenbrauen zusammenzog, und so, wie sie auf der Unterlippe kaute, rang sie sehr mit sich. Also beugte sich Thomas vor und legte ihr tröstend einen Arm um die Schultern.

Seine Hand berührt sie nicht. Er handelt pflichtbewusst, nicht herzlich. »Wollen Sie weitererzählen?«, fragte sie ihn.

Er war wesentlich ruhiger. Auch wenn er sehr abgeklärt klang, wusste Helga, dass er noch einiges verarbeiten musste.

»Na ja, ich kam hierher, um mit meinen Freunden über Silvia zu reden. Zu dem Zeitpunkt wusste ich nur, dass sie wahrscheinlich eine Affäre hatte, aber dass mein bester Freund ihr Liebhaber war ...« Er sprach den Satz nicht zu Ende. »Jedenfalls habe ich mich mächtig betrunken, und als Kathrin Sven anrufen wollte, ging dieser Stoltzing an sein Handy und ließ alles auffliegen.«

So schlimm kann's laufen. Sie zog aus der ledernen Aktentasche beiläufig einen Notizblock und schrieb in Stichworten mit. *Fichtner, darüber werden wir lange reden müssen.*

»Und dann?«

Kathrin wischte mit einer Hand Thomas' Arm fort und setzte sich gerade hin. »Ich war so verletzt, dass ich mich ebenfalls sinnlos betrunken habe.« Thomas rückte etwas von ihr ab und nahm ein Glas mit Mineralwasser vom Tisch.

Alles klar. »Sie beide haben miteinander geschlafen?«, fragte sie direkt.

Kathrin kniff die Augen zusammen, Thomas blickte nur stumm in sein Glas.

Abwartend dehnte Helga die Pause aus. Ihre Gesprächspartner brachen meist das Schweigen, weil sie sich von der Stille unter Druck gesetzt fühlten. Und wer aus Verlegenheit sprach, sagte oft genau das, was sie hören wollte: die Wahrheit.

»*Geschlafen* klingt viel zu harmlos für das, was wir getan haben.«

Abscheu vor der eigenen ungeahnten Zügellosigkeit. Sie ist ein sehr unsicherer Mensch.

»Was passierte dann?«, drängte Helga mit ihrer ruhigen, sanften Stimme, die gerne als *großmütterlich* beschrieben wurde. Aber sie konnte auch anders, wenn es sein musste. Sie verstand es, allein mit der Tonlage unterschiedlichste Reaktionen bei ihren Patienten hervorzurufen.

»Sven kam rein, als wir gerade im Schlafzimmer …« Das Weitersprechen fiel ihr sichtlich schwer.

»Und er war wütend auf Sie beide?« Mit einem Ohr lauschte sie Richtung Flur, ob von Sven schon etwas zu hören war.

»Anfangs nicht«, sagte Thomas mit einem verächtlichen Schnaufen. »Er griff mich an, zog mich aus dem Bett und schleuderte mich gegen den Schrank. Dabei brüllte er, dass ich erst Silvia ermordet hätte und nun seine Frau umbringen wolle.«

Helga sah ihn genau an. »Haben Sie Ihrer Frau denn etwas angetan?«

Er hielt ihrem Blick stand. »Wenn gelegentliche Ignoranz ein Verbrechen ist, dann ja.«

Interessant. Helga lächelte wieder und schrieb. *Ich wette, dass er sehr aufbrausend sein kann.*

Thomas' Charakter war schwer zu fassen. Äußerlich wirkte er ruhig und nüchtern, aber seine Augen sprachen von unterdrückter Wut und einem angekratzten Ego. »Hat er Sie verletzt?«

Automatisch fuhr seine Hand über die geprellte rechte Schulter. »Nicht der Rede wert.«

»Er hörte sofort auf, als ich ihn anschrie«, ergänzte Kathrin. »Wir haben gestritten, dann warf ich ihn raus.«

Nachdenklich notierte Helga den Ablauf. »Und wohin ist er gegangen?«

»Nirgendwo.« Jetzt redete wieder Thomas. »Er saß die ganze Zeit, in der wir hier drinnen alles in Ordnung brachten, vor der Tür.«

»Und Sie haben ihn dort vorgefunden, als Sie nach Hause gehen wollten?«

Thomas nickte.

»In welchem Zustand befand sich Herr Fichtner zu dem Zeitpunkt?«

Thomas versuchte unbeteiligt zu klingen. Er lehnte sich zurück und drehte das Glas in den Händen. »Er war ein zitterndes Häufchen Elend. Keiner von uns hat ihn je so gesehen. Als hätte er Drogen eingeworfen ... Dann sprach er auch noch von Selbstmord.«

Passt ins Bild. »Es ist gut, dass Sie ihn wieder reingeholt haben.«

Das Schulterzucken zeugte von Hilflosigkeit.

Wie Fichtner sagte, sind sie lebenslange Freunde. Nach dieser Geschichte sollte jeder von ihnen eine Therapie machen.

»Was glauben Sie, was er genommen hat?«

Thomas stieß geräuschvoll die Luft aus. »Was weiß ich?«

»Gut.« Helga steckte Block und Kugelschreiber in die Tasche und erlaubte sich eine letzte unauffällige Musterung der beiden.

Kathrin machte einen verletzten und beschämten Eindruck.

Sie wird ihr Leben in die Hand nehmen – sicher mit mehr Biss als bisher.

»Glauben Sie, dass Ihre Frau noch am Leben ist?«

Das schlechte Gewissen stand Thomas ins Gesicht geschrieben. Er schüttelte bedächtig den Kopf. »Seit vier Monaten kein Lebenszeichen. Ich glaube nicht, dass sie je zurückkommen wird.«

»Und wenn doch?« Sie musste es einfach fragen, auch wenn er nicht ihr Patient war und sie langsam zu weit ging.

»Dann werde ich sehr froh sein, dass sie lebt. Mehr weiß ich jetzt noch nicht.« Er sah so aus, als wollte er sich in den nächsten Tagen mit ein paar Exzessen das Gefühl der Lebendigkeit zurückerobern.

Sex mit Zufallsbekanntschaften, Alkohol und Arbeit. Ich wette, wenn er nach Hause geht, packt er die Sachen seiner Frau in Kartons. Mit einer Hand prüfte sie den Sitz ihrer Haare. Die Nadeln saßen noch. *Gefühle kann man nicht derart verstauen – aber das wirst du lernen müssen, mein Junge.*

»Wie lange ist er schon bei Ihnen in Behandlung?« Kathrins Stimme war sehr leise. »Als ich damals Ihre Karte in seiner Tasche fand, dachte ich, sie wäre für Thomas, weil darauf stand, dass Sie auf Trauerbewältigung spezialisiert sind.«

Helga stand auf und prüfte den Sitz ihrer Weste. »Noch nicht so lange. Immerhin hat er begriffen, dass er Hilfe benötigt, sonst wäre er nicht zu mir gekommen.« Sie drehte sich um und ging zum Schlafzimmer. »Sie bleiben bitte hier.«

Während sie die Tür vorsichtig öffnete, umfasste sie einsatzbereit die Spritze. *Erst die Kappe ziehen, dann zustechen.*

Sie fand Sven schlafend im Bett vor. Lediglich die Schuhe waren ihm ausgezogen worden, ansonsten lag er in voller Kleidung unter der Decke. Um ungestört mit ihm reden zu können, drückte sie die Tür hinter sich ins Schloss.

»Herr Fichtner?«, sagte sie in ernstem Tonfall aus der Entfernung. »Herr Fichtner!«

Er regte sich.

»Wachen Sie auf.« Sie zog den Stuhl aus einer Ecke neben das Bett und setzte sich. »Können Sie mich hören?«

Sven öffnete schwer die Augen. »Was machen Sie denn hier?« Er drehte sich auf den Rücken und rieb sich übers Gesicht. »Es geht mir gut, man hat Sie ganz umsonst gerufen.« Diese Aussage klang nicht mal im Ansatz überzeugend.

Sie ließ die Spritze los und legte ihre Hände in den Schoß. *Die typischen Handlungen eines rationalen Menschen, der irrationalen Empfindungen unterliegt.*

Er setzte sich auf, brachte ein gespieltes Lächeln zustande und zupfte nervös an der Decke. *Der schlechteste Schauspieler aller Zeiten.*

»Sie brauchen Hilfe, Herr Fichtner«, sagte sie ruhig. »Ist Ihnen das bewusst?«

Er rieb sich erneut übers Gesicht, eine Geste, die sie in den letzten Sitzungen immer wieder zur Kenntnis genommen hatte. Seine Augen bewegten sich schnell, als würde er auf dem Muster der Bettdecke etwas suchen.

»Ich komme doch schon einmal die Woche zu Ihnen, reicht das nicht?«

Er resigniert, mutmaßte sie. »Anscheinend nicht. Erst überfallen Sie den Arbeitskollegen von Frau Valentaten, dann kommen Sie nach Hause und gehen auf Ihren Freund los.«

»Der gerade meine Frau gevögelt hat«, brauste er auf, ließ aber im nächsten Moment die Schultern wieder hängen.

»Weil die beiden sich wegen Ihnen betrunken und die Kontrolle verloren haben, nicht wahr?«

Sie musste kurz innehalten, damit sie es nicht übertrieb. Wenn Dinge so offensichtlich auf der Hand lagen, dann fiel es besonders schwer, die persönliche Meinung außen vor zu lassen. »Was haben Sie genommen?«

Er sah sie kurz fragend an, dann wieder weg. »Was meinen Sie?«

Helga beugte sich vor, um ihm besser ins Gesicht schauen zu können. »Drogen? Alkohol?«

Etwas Weinerliches lag in seinen Zügen. »Nur diese Tabletten, die Sie mir gegeben haben.«

»Die, damit Sie besser schlafen können?«, hakte sie nach. »Wann? Als Sie im Treppenhaus gesessen haben?«

Er nickte. »Und eine irgendwann gegen elf, gestern Abend.«

»Darf ich fragen, warum?«

Die Art, wie er die Schultern hochzog, passte in das Bild, das sie von ihm gewonnen hatte. *Die Therapie allein reicht nicht.* »Herr Fichtner, ich möchte Sie gerne in eine Spezialklinik einweisen. Hier im Universitätsklinikum Eppendorf oder auch in Rissen wären Sie gut aufgehoben. Ich bin überzeugt, dass Ihnen dort besser geholfen werden kann.«

Nun sah er sie doch direkt an. Er riss sich zusammen, straffte die Schultern. »Bitte tun Sie das nicht. Sie können mich nicht einfach einsperren«, sagte er mit flehender Stimme. »Ich weiß, dass ich gestern sehr vieles falsch gemacht habe, doch Stoltzing wird mich nicht anzeigen und Thomas sicher auch nicht.« Mit einer Hand rieb er sich über Mund und Kinn.

Ja, denk ruhig nach, was du als Nächstes sagst, aber es wird meine Meinung nicht ändern.

»Was ich getan habe, tut mir sehr, sehr leid.«

Das stimmt sogar. Helga zog die Hände etwas weiter zurück, nur für den Fall, dass seine Stimmung kippte und sie doch noch die Spritze benötigte.

»Dennoch.« Sie sah ihn freundlich an. »Ich denke, es wäre zu Ihrem Besten. Was hält Sie davon ab, diese Hilfe in Anspruch zu nehmen?«

Er drehte sich zur Bettkante und setzte die Füße auf den Boden. »Silvia.« Dann legte er den Kopf in den Nacken und neigte ihn abwechselnd nach links und rechts. »Ich kann nicht in irgendeiner Klapse sitzen, solange sie nicht gefunden wurde.«

Es lag sehr viel Wertung darin, wie sie den rechten Mundwinkel verzog. Sie platzierte schnell einen Daumen an die Stelle, um diesen kleinen Ausrutscher zu überspielen.

»In einer Fachklinik sind Sie doch nicht von der Welt abgeschnitten.«

Entschlossen stand er auf, Helga tat es ihm gleich.

»Ich bin keine Gefahr für mich selbst oder jemand anders, kein Richter wird Ihnen die Zwangseinweisung unterschreiben.« Er ging zur Tür und wollte den Raum verlassen.

Justizfachwirt – ich vergaß. »Sie irren«, sagte sie und hielt ihn durch diese Worte auf. »Jemanden mit Waffengewalt zu überfallen und zu seinem Freund zu sagen, man würde manchmal am liebsten von einer Brücke springen, reicht im Grunde schon aus, um alles Nötige in die Wege zu leiten.« Etwas freundlicher fügte sie hinzu: »Mehr, als dass es Ihnen aus dieser Sackgasse heraushilft, kann doch nicht passieren, oder?«

An seinem Rücken konnte sie erkennen, wie er tief durchatmete. *Nein, freiwillig macht er sicher nicht mit.*

»Ich werde Ihnen beweisen, dass ich mein Leben allein auf die Reihe kriege. Wenn ich es nicht schaffe, können Sie mich ja immer noch ins Irrenhaus stecken.« Da er sie nicht ansah, war es schwer, seine Entschlossenheit richtig einzuschätzen.

Ich hoffe, ich mache keinen Fehler. »Nun gut«, sagte sie. »Aber nur eine einzige Sache, die mich an Ihren Bemühungen zweifeln lässt, und Sie gehen freiwillig in eine Fachklinik. Abgemacht?«

Mit glasigen Augen sah er sie über die Schulter hinweg an und nickte. »Ich werde keine Dummheiten mehr machen.«

Sie ließ ihn vorausgehen. Die Berufserfahrung hatte sie gelehrt, darauf zu achten, dass sich nie ein Patient hinter ihr befand. Fichtner machte keinen bedrohlichen Eindruck, aber das machten die wenigsten, bevor sie durchdrehten.

»Wir sehen uns am Montag. Ich rate Ihnen, pünktlich

zu sein.« Sie verabschiedete sich von den Anwesenden und
zückte im Hinausgehen ihr Handy. *Mal sehen, was für einen
Eindruck Eberhard von Fichtner hat.*

36. KAPITEL ———————————— GÖTTINGEN

Montag, 14. September 2009
20:14 Uhr

Wie jeden Abend setzte sich Karl zu ihr ans Bett und betrachtete die schlafende Schönheit. *Würdevoll und anbetungswür-
dig wie eh und je.*

Alle Wunden waren verheilt, die Narben auf ein Minimum
reduziert. Er war sehr stolz auf seine Arbeit. Wenn sie erst voll-
ständig genesen war, würde er sie der ganzen Welt vorführen
und sie von ihr bewundern lassen – so wie sie es liebte. Seine
Barbara würde ihr Strahlen wieder in jeden Raum tragen.

Sie war so schön, wie sie immer sein wollte und in seinen
Augen auch immer gewesen war. Von nun an würden nur noch
glückliche Tage vor ihnen liegen. Behutsam strich er ihr die
Haare aus der Stirn.

»Wieso hast du mir niemals gesagt, wie traurig du warst?
Ein Leben ohne dich ertrage ich nicht!« Er redete mit ihr,
auch wenn sie schlief. »Ich bin froh, zu diesem Kongress gefahren zu sein.« Seine Finger glitten über die weiche Haut
ihres Arms. »Dieselben Gesichter wie immer, du kennst das
ja. Aber Bennets Rat war goldrichtig. Es hat phantastisch ge-
klappt so weit. Ich habe ihn bei Lilibeth wiedergesehen.«
Zärtlich berührte er ihr Schlüsselbein und schob die Decke
bis zum Ausschnitt des Nachthemds hinab. »Ich soll dich von
allen grüßen. Richard lädt uns nächsten Sommer nach Frank-
reich ein. Du erinnerst dich doch an sein berühmtes Sommerfest in der Bretagne? Beim letzten Mal haben wir die ganze
Nacht getanzt. Du bist so eine wundervolle Tänzerin.«

Wenn sie schlief, wirkte sie so glücklich. *Ich hätte sie früher öfter betrachten sollen. Das habe ich viel zu selten getan.*

»Weißt du, was mir die Augen geöffnet hat?« Er setzte sich gerade hin und hielt jetzt nur noch ihre Hand. »Dieses Pärchen in Hamburg, dem ich auf dem Kongress begegnet bin. Durch sie ist mir klar geworden, was ich beinahe verloren hätte.« Er hauchte ihr einen Kuss auf die Finger. »Ist das zu fassen? Man muss erst Fremden begegnen, um das sehen zu können, was man liebt.«

Barbara regte sich. Sie nahm in letzter Zeit immer häufiger wahr, wenn er bei ihr saß und mit ihr redete. Die Reduzierung der Medikamente wirkte sich gut auf sie aus, und starke Schlafmittel waren nicht mehr nötig.

»Du bist die Frau, die ich über alles liebe. Ohne dich wäre dieses Haus so kalt und leer, genau wie mein Leben es wäre. Ich werde auf dich aufpassen.« Dieses Versprechen gab er ihr jeden Abend.

»Oh, Doktor Freiberger.« Edith hatte in Gedanken den Raum betreten und erschrak nun, als sie ihn am Bett sitzen sah.

»Was tun Sie noch hier?« Karl rieb sich über die Augen, als könnte er damit den Ausdruck seiner Gefühle vertreiben. Die Abende bei Barbara gehörten ihm, das sollte seine Angestellte wissen.

»Aber, aber Sie sagten d-doch, also, wollten Sie nicht ... heute Abend in die St-stadt?«

Ärgerlich sah er auf seine Armbanduhr und versuchte sich daran zu erinnern, ob sie recht hatte. »Wollte ich nicht!«, fuhr er sie an. Ihre Gegenwart störte ihn umso mehr, wenn sie unerwartet auftauchte. »Verschwinden Sie!«

In diesem Moment klingelte das Handy, und zu seinem Ärger wurde Barbara dadurch wach.

Rating, stand auf dem Display. *Verflucht!* Nicht nur, dass diese impertinente Person recht behielt, er hatte tatsächlich das Treffen verpasst, bei dem er mit Bennet die Dosierungen

172

anpassen wollte. Einen Fehler konnte er sich zu diesem Zeitpunkt nicht leisten.

Er nahm das Gespräch an und bat den Kollegen um einen Moment Geduld. »Bleiben Sie hier«, wies er Edith im Aufstehen an und verließ den Raum. *Hör auf, so siegessicher zu grinsen, oder ich sorge dafür, dass du nie wieder grinst.* »Ich bin gleich wieder da.«

* * *

Edith hörte, wie er hinter der geschlossenen Tür das Gespräch wieder aufnahm und sich für die verpasste Verabredung entschuldigte.

Habe ich nicht ... Verschwinden Sie ..., äffte sie ihn in Gedanken nach und spuckte abfällig auf den schmalen Läufer vor dem Kleiderschrank. »Seniler alter Arsch«, fluchte sie leise und blickte dann zu Barbara, die langsam ihre Augen öffnete und wie immer desorientiert war.

Hatte sie anfangs noch Sympathien für den aufopfernden Ehemann empfunden, so vermittelten ihr Momente wie dieser ein ganz anderes Bild. *Ich wette, sie wollte sich seinetwegen umbringen.*

»Soll ich ein Glas Wasser holen?«, fragte sie halbherzig und ging sogleich ins Bad, das durch eine Tür neben dem Kleiderschrank zu erreichen war.

Dieses Haus hat mehr Bäder als ein Hotel. Ich wünschte, das Bad bei mir zu Hause wäre nur halb so groß.

Sie nahm ein Glas vom Bord und füllte es mit frischem Leitungswasser. Freiberger wollte, dass sie das stille Wasser aus der Karaffe verwendete, doch wenn er sich derartig aufführte, war das ihre kleine Revolte. Mit einem breiten Grinsen trat sie aus dem Bad und wandte sich der Patientin zu.

»Warum sind Sie wach?«, sagte sie im Tonfall einer Aufseherin. »Schlecht geschlafen?«

Barbara richtete sich, so gut sie konnte, auf und nahm mit schwachen Fingern das Glas entgegen. »Ich weiß es nicht«, antwortete sie verwirrt. »Wie spät ist es?«

»Gleich halb neun.« Edith musterte die Patientin, die wieder viel zu schön für so einen kaputten Menschen war. »Nur Babys und Geisteskranke schlafen um diese Zeit.«

Barbara versteifte sich. »Wie bitte?«

»Ich habe nichts gesagt.« Edith legte eine Hand auf Barbaras Stirn. »Oje, das Fieber scheint wieder da zu sein. Legen Sie sich auf die Seite, ich muss Ihre Temperatur messen.« Sie fragte sich, wie lange sie dieses Spielchen wohl noch spielen konnte. »So ein feiner Arsch«, flüsterte sie. »Ich wette, wenn Sie mit dem erst wieder über die Wohltätigkeitsveranstaltungen wackeln, werden viele Kerle ihre Freude daran haben.«

»Was haben Sie gesagt?« Barbara wollte sich zu ihr umdrehen, doch Edith hielt sie mit einem festen Griff an der Hüfte zurück. »Ehrlich, ich habe gar nichts gesagt. Soll ich Ihrem Mann mitteilen, dass Sie wieder Stimmen hören?«

»Nein«, rief Barbara sofort. »Nein, bitte nicht.«

»Aber die Medikamente haben Ihnen doch dagegen geholfen. Ich weiß nicht, ob es richtig ist, es zu verschweigen.« Edith grinste und führte das Thermometer rektal ein. Das Gerät, um Fieber im Ohr zu messen, hatte sie absichtlich immer wieder falsch benutzt, wenn Freiberger zugegen war, so dass er ihr gestattet hatte, die altbewährte Methode anzuwenden. Freiberger besaß die Macht in diesem Haus, aber Edith die über die Patientin. All diese kleinen Dinge waren Instrumente ihrer Genugtuung.

»Ich habe mich geirrt«, sagte sie nach einer Weile. »Ihre Temperatur ist okay.«

»Wirklich, Edith«, sagte Barbara flehend, »es ist schon vorbei, ich höre keine Stimmen mehr. Sollte es noch mal vorkommen, dann können Sie meinem Mann davon berichten. Ich war nur etwas verwirrt.«

Dafür kann sie mit jedem Tag klarer denken, lange werde ich sicher nicht mehr gebraucht. »Ist gut, Frau Freiberger, aber noch mal werde ich nicht schweigen.« Sie legte der Patientin die Decke über und ging zum Ausgang. »Krankes Miststück«, raunte sie kaum hörbar und lächelte breit, weil sie wusste, dass Barbara an ihrem Verstand zweifelte. »Gute Nacht, Frau Freiberger.«

Barbara nickte nur zerstreut.

Als Edith die Tür öffnete, hörte sie Schritte im Flur. Sofort legte sie eine besorgte Miene auf und ging Freiberger entgegen. Er wirkte gehetzt, was ihr eine gewisse Freude bereitete.

»Ich muss noch mal los, ein Notfall. Schreiben Sie sich die Stunden auf, die ich nicht da bin, ich werde sie Ihnen extra bezahlen.«

Ah, er regelt mal wieder alles mit Geld, der feine Herr. »Gerne, Doktor Freiberger.«

Er wollte schon weitergehen, als sie ihm eine Hand auf den Arm legte. Sie wusste, wie sehr er das hasste. »Warten Sie.« Sie klang alarmiert. »Sie war eben ziemlich verwirrt«, sagte sie vorsichtig. Ihm war deutlich anzusehen, wie sehr ihn das beunruhigte. »Manchmal erkenne ich sie kaum wieder, sogar ihre Stimme klingt dann ganz anders.«

Das war eines ihrer größten Vergnügen. Sicher hatte der Mediziner längst vergessen, dass er ihr von Barbaras Tic, andere Personen zu imitieren, erzählt hatte. »Allerdings gibt es sich mit der Zeit, dann ist sie wieder die Alte.«

»Nun, ich werde das im Auge behalten. Danke, dass Sie so aufmerksam sind.«

Das muss ihn ganz schön Überwindung gekostet haben. »Ich helfe gern«, sagte sie freundlich und ließ ihn dann gehen. Er würde sicher den restlichen Abend an ihre Worte denken müssen.

Ich wette, der gute Doktor hat eine Geliebte. Ihr war aufgefallen, dass er in letzter Zeit öfter das Haus verließ. Wieder bedauerte sie, nicht hübscher zu sein, denn den Platz einer teuren Gespielin hätte sie zu gerne selbst eingenommen. Es war immer gut, wenn man Macht bekam. Kaum etwas setzte Ehemänner mehr unter Druck als das drohende Auffliegen ihrer Untreue.

37. KAPITEL ———————— HAMBURG

Montag, 21. September 2009
6:55 Uhr

Wie leer eine Wohnung sein konnte, wenn die Liebe ausgezogen war, wusste Sven erst, als Kathrin weg war. Nach allem, was vorgefallen und ans Licht gekommen war, hatte es keine Alternative gegeben. Sie trennten sich nicht im Streit, sondern mit der nüchternen Erkenntnis, dass ihre Ehe nur eine Zweckgemeinschaft dargestellt hatte, die ein weiteres Zusammenleben unerträglich machte.

Trotz allem wollten sie Freunde bleiben, füreinander da sein, wenn es drauf ankäme – was man halt so sagte, wenn einem die Trennung trotz allem leidtat. Sven glaubte nicht daran, sie oft zu sehen. Ihre Fürsorge für ihn würde bald enden, so wie die Liebe vergangen war.

Er konnte es ihr nicht verübeln. Auch wenn sie auf eine gleichberechtigte, liebevolle Ehe zurückblickten, half nichts über die Tatsache hinweg, dass er sie maßlos enttäuscht hatte.

Sie wird einen besseren Mann finden. Er lag zwar im Bett, schlief aber nicht. Sein Herz schlug, aber er lebte nicht. Es war der verlorene Zustand des Nicht-loslassen-Könnens und des Wissens, dass er genau das aber lernen musste, um wieder zurechtzukommen.

Sobald er die Augen schloss, sah er Silvia – und all das, was er an ihr so sehr geliebt hatte und nie mehr missen wollte. In allem, was sie tat, steckte so viel Eleganz, und er konnte sie immer noch lachen hören. Aber es war nicht nur das, was ihm fehlte. Allein die Art, wie sie ihn betrachtet hatte, hatte ihm das Gefühl gegeben, ein besonderer Mensch zu sein. Nicht nur ein Ehemann, der jeden Tag zur Arbeit fuhr und abends wieder heimkam, sondern jemand, der so geliebt wurde, wie er tatsächlich war. Er war ein besserer Mensch gewesen, nur weil sie ihn so angeschaut hatte.

Wer bin ich jetzt noch? Er musste aufstehen, weil er es nicht mehr ertrug, im Dunkeln seinen Gedanken nachzuhängen. Inzwischen wurde sein Gehalt, stark gekürzt, von der Krankenkasse bezahlt, da Dr. Albers ihm weiterhin die Arbeitsunfähigkeit bescheinigte. Das setzte ihm die Krone der Wertlosigkeit auf.

Wenn ich sie nur nie gefragt hätte! Für Thomas waren die Geschehnisse sehr heilsam gewesen. Er gab zwar die Hoffnung nicht auf, traf sich aber wieder mit Freunden und war längst nicht mehr so traurig, wenn er auf Silvia angesprochen wurde. Sven ertrug es nicht, ihn zu besuchen und zu bemerken, dass nichts mehr von ihr herumlag. Die Zeitschriften waren im Altpapier gelandet, ihr Schmuck war in der Schublade des Nachtschranks verstaut – sie würde ihn nie wieder anlegen.

Wenn er anrief und versuchte, Sven zu einer Kneipentour zu motivieren, gab er anstandslos auf, wenn der ihm eine Absage erteilte. Er rechnete es Thomas hoch an, dass er trotz allem an der Freundschaft festhielt, aber nichts würde je wieder sein wie früher.

In zwei Stunden musste er bei Dr. Albers im Sessel sitzen und über sich, seine Probleme und Silvia reden. Ihm war schleierhaft, wofür das gut sein sollte. Bislang hatten ihm die Sitzungen keine Erkenntnisse gebracht. Im Gegenteil, die Psychiaterin sorgte regelmäßig dafür, dass es ihm noch schlechter ging. Immer wieder machte sie ihm deutlich, dass er professionelle Hilfe im stationären Rahmen brauchte und dass sie einen Klinikaufenthalt und eine Medikation gegen Depressionen für notwendig hielt.

Die Vorstellung, irgendwo eingesperrt zu sein, wenn Silvia wieder auftauchte oder es Neuigkeiten gäbe, ließ ihn diese Option kategorisch ablehnen. Lieber sprach er einmal die Woche über seine Schuldgefühle und die zehrende Leere in seinem Innern, als in die Klapse zu gehen.

Sie lebt, das spüre ich! Er war überzeugt, sofort zu merken, wenn es anders wäre. Doch auch diese Empfindungen verblassten mit der Zeit. Im Wohnzimmer lagen all diese Broschüren und Informationszettel, die Albers ihm aufgedrängt hatte. Er hatte nicht eine davon aufgeschlagen. Gruppentherapie, Entspannungsübungen, Beschäftigungstherapie, als wäre er irgendein Freak, der aus der Gesellschaft entfernt werden musste.

»Ich kriege das schon allein hin«, sagte er, als säße er bereits vor der Psychiaterin. »Ich habe die Frau, die ich liebe, auf dem Gewissen, das geht nicht mal eben so weg.«

Der Radiowecker sprang an, wie immer pünktlich zu den Nachrichten.

»... Leichenfund in Ovelgönne an der Elbe. Gestern Abend wurde in Ovelgönne direkt am Elbufer eine Frauenleiche gefunden. Die Polizei hat noch keinerlei Hinweise auf die Todesursache, doch es ist nicht ausgeschlossen, dass es sich um ein weiteres Opfer des Fünf-Sterne-Killers handelt. Kommissar Dabels von der Polizei sagte im Interview« – die Stimme des Beamten ertönte: »Wir können mit Sicherheit ausschließen, dass es sich um Karen Hoppe handelt, alles weitere wird die Obduktion ergeben.«

Den Rest der Nachrichten hörte er nicht mehr. Wie von Sinnen stürmte er aus dem Schlafzimmer und durchsuchte seine Jacke nach dem Handy. Obgleich es erst sieben Uhr morgens war, rief er bei Rieckers an. Es klingelte dreimal, dann meldete sich der Kommissar.

»Ist sie es?«, fragte er gleich aufgeregt. »Ist es Silvia?«

»Herr Fichtner?«

»Ja.« Er wurde noch ungeduldiger. »Sagen Sie schon, ist sie es?«

Geschirr klapperte im Hintergrund, anscheinend saß der Kommissar beim Frühstück. »Wovon reden Sie bitte?«

Wieso weiß er das noch nicht? »Gestern Abend wurde in Ovelgönne eine Leiche gefunden. Bitte, ich muss wissen, ob es Silvia ist.« Er hoffte inständig, dass es sich um eine Fremde handelte, denn er wollte glauben, dass sie lebte und auf Rettung wartete.

»Das weiß ich nicht, aber ich werde mich darum kümmern. Haben Sie bitte etwas Geduld, das geht nicht so schnell.« Er legte den amtlichen Tonfall ab und fragte dann freundschaftlich: »Wie geht es Ihnen, Herr Fichtner?«

Sven war lange nicht mehr auf dem Revier erschienen, weil er hatte einsehen müssen, wie zeitraubend und aufdringlich es für Rieckers gewesen war. Wie oft er dennoch an der Wache vorbeigegangen war, musste der Kommissar nicht wissen.

»Ich komme zurecht«, sagte er matt. »Meine Frau hat mich verlassen, ich bin arbeitsunfähig, aber ich komme zurecht.«

»Das tut mir sehr leid«, sagte Rieckers betroffen. »Kann Ihnen Dr. Albers denn helfen?«

Sven seufzte. »Sie wissen doch, wie das so ist«, sagte er ausweichend. »Sie tut ihr Bestes, doch schaffen muss ich es schon selbst.«

»Das stimmt. Ich kümmere mich um diese Angelegenheit und gebe Ihnen Bescheid, wenn ich Genaueres weiß.«

Warten, schon wieder warten. Er beendete das Gespräch und schloss sein Handy zur Sicherheit an das Ladekabel an. Es durfte auf keinen Fall ausgehen, wenn er unterwegs war. Dr. Albers hatte ihm deutlich gemacht, ihn sofort zur Zwangseinweisung abholen zu lassen, wenn er auch nur einen Termin verpasste. Dieses Risiko wollte er nicht eingehen. Er hasste jeden Schritt vor die Tür und würde nicht länger als unbedingt nötig das Haus verlassen.

Bitte, nicht Silvia.

38. KAPITEL ———————— HAMBURG
Montag, 21. September 2010
8:50 Uhr

Rieckers war schon lange nicht mehr in der Pathologie gewesen, und die altbekannten Gerüche weckten viele Erinnerungen. Er mochte die langen Flure nicht; das grelle Licht der Leuchtstoffröhren glich der Leichenblässe. Auf der Fahrt fragte er sich lange, ob er sich wünschte, dass es Silvia Valentaten sei, die er gleich auf dem Tisch sehen würde. Für den armen Fichtner ginge dann die Trauer los, die er bewältigen müsste, um sein Leben wieder in den Griff zu bekommen. Eberhard hatte ihre Fotos so oft betrachtet, dass er inständig hoffte, das Schicksal hätte einen besseren Ausgang für den Fall dieser sympathischen Frau geplant. Innerlich stellte er sich darauf ein, Müller und Dabels zu begegnen, aber er musste ja nur bei der Wahrheit bleiben: das Abhandeln einer Vermisstenanzeige.

Bislang war nicht bewiesen, dass Silvia Valentaten ein Opfer des Killers geworden war, weswegen ihr Verschwinden noch immer zu seinen ungelösten Fällen zählte und zugleich auf dem Aktenberg der Soko lag. Ihm blieben gewisse Ermittlungen untersagt, aber der Besuch in der Pathologie dürfte kein Problem sein.

Er öffnete über den Knopf die schwere Tür zu dem saalähnlichen Raum mit den verchromten Kühlfächern.

Dr. Konrad Gall, der neue Pathologe, sollte vor Ort sein und die Leiche schon untersucht haben. Aufgrund der Brisanz gab es keinen Aufschub der Befunde. Die Kollegen standen unter enormem Druck, den Mörder endlich dingfest zu machen, weil durch die Entführung von Karen Hoppe die Presse wahre Feste feierte.

»Guten Morgen«, grüßte Eberhard, als er eintrat. Die Tische waren leer, irgendwo auf dem Schreibtisch rechts hinten im Raum dudelte ein Radio leise vor sich hin. Einige Zettel lagen auf der Arbeitsfläche, daneben ein Kaffeebecher und ein angebissenes Brötchen.

Eines der Mikrofone pendelte leicht über einem der Stahltische, als hätte es jemand vor einigen Minuten angeschubst. In einem Behälter unterhalb des Tischs befand sich Flüssigkeit, die anscheinend bei der Obduktion einer Leiche angefallen war. Auf den Fliesen waren kleine Flecken zu sehen, ansonsten wirkte der Raum steril. Auf der anderen Seite stand ein Regal mit den kleinen Behältern, die für Gewebe- und Blutproben, Haare, Substanzen, Dreck und mehr benötigt wurden, daneben die Instrumente, die ihren Platz nicht auf dem Rollcontainer neben dem Tisch hatten. Dazu allerhand unterschiedliche Mülleimer und Behälter mit Gummihandschuhen und Einwegkitteln.

Eberhard strich sich in einem Anflug von Unbehagen über den Nacken. *Eben noch mitten im Leben und dann hier.*

Die Tür war hinter ihm zugegangen, aber nun öffnete sie sich wieder mit dem leisen Motorengeräusch des elektrischen Mechanismus. Ein in Unterlagen versunkener Mann in schwarzer Kleidung betrat den Raum und zuckte zusammen, als er ihn bemerkte.

»Tun Sie das nie wieder!«, fuhr er Eberhard an. »Man stellt sich nicht einfach in die Pathologie wie ein auferstandener Toter. Wenn niemand hier ist, dann wartet man gefälligst *vor* der Tür!« Langsam beruhigte er sich wieder und brachte seine Unterlagen zum Schreibtisch.

Rieckers war einen Moment sprachlos. Dr. Gall sah aus wie der Inbegriff eines Pathologen. Die schwarze Kleidung unterstrich sein skeletthaftes Aussehen. Der dürre, kalkige Mann trug die pechschwarzen Haare streng zurückgegelt. Und als er erneut zu sprechen anfing, lief Eberhard ein kalter Schauer über den Rücken.

Mit fast flüsternder, emotionsloser Stimme fragte er: »Was kann ich für Sie tun, Herr ...?«

Eberhard nahm die Hand aus seinem Nacken. »Kommissar Rieckers.« Er hielt Gall seinen Ausweis entgegen, und der las sich offensichtlich alles gründlich durch. Dann nickte er und zog sich Gummihandschuhe über. »Welche Leiche darf es sein, *Kommissar Rieckers?*«

»Gestern Abend wurde in Ovelgönne die Leiche einer Frau gefunden und hierhergebracht.«

Mit einer Mundbewegung, die einem Lächeln ähnelte, zeigte Gall eine Art soziopathische Anteilnahme. »Armes Ding, nun wird sie von einem Beamten nach dem andern begafft, bis einer weiß, wer sie ist.«

Er ging zu einer der matt glänzenden Türen und öffnete das Fach. Ungefähr auf Bauchhöhe ließ sich die Bahre herausziehen; ein bedeckter Körper lag darauf. Die Füße mit dem Schild am rechten großen Zeh lugten unter der dunkelgrünen Papierdecke hervor.

»War schon jemand wegen ihr hier?«

In den ungewöhnlich kalten Augen zeigte sich kein Leben. *Er muss ein sehr einsamer Mensch sein.* Wenn schon einem gestandenen Kommissar die Gesellschaft dieses Mannes Unbehagen bereitete, dann kam er sicher nicht in den Genuss vieler Verabredungen.

»Gestern Abend schon«, sagte er mit leiser Stimme. »Ihre Namen waren Kommissar Dabels und Kommissar Müller. Als sie erfuhren, dass dieses Opfer nicht dem Fünf-Sterne-Killer zuzuschreiben ist, sind sie gleich wieder gegangen.« Mit einer seltsamen Vorfreude auf den blassen Zügen zog er die dünne Decke von der nackten Leiche und beobachtete dabei die Regungen seines Besuchers.

Ich habe schon vieles gesehen, du Clown schockst mich sicher nicht mit deinem Gruselkabinett.

Ungerührt trat Rieckers näher heran und betrachtete das ausdruckslose Gesicht der Toten. Wie bei den anderen Opfern war ihr Kopf kahl rasiert und zur Spurenbeseitigung eine Art Bleiche eingesetzt worden. Blutergüsse am Hals, an Armen und Beinen, Einschnitte von Fesseln und kleinere Wunden im Schambereich, dazu die typischen Schnitte und Nähte der pathologischen Prozedur. Ohne Haare und ohne Leben war eine fremde Person schwer wiederzuerkennen, selbst für Eberhards geschulte Augen. Er nahm das Foto von Silvia Valentaten aus der Tasche und hielt es neben das Gesicht.

»Nein, das ist sie nicht«, sagte der Pathologe routiniert. »Sie hat eine ganz andere Gesichtsform, die Knochen hier sind weniger ausgeprägt.« Er drehte den Kopf der Leiche, als wäre sie ein Suppenhuhn in der Auslage eines Schlachters. »Außerdem trägt Ihre Vermisste Ohrringe. Hier«, er drehte den Kopf weiter, »keine Löcher in den Ohrläppchen.«

In gewisser Weise fühlte sich Eberhard erleichtert. »Wie kommen Sie darauf, dass sie kein weiteres Opfers des Serienmörders ist? Der Zustand der Leiche ist doch eindeutig.«

»Nein, viel zu stümperhaft«, sagte Gall, die Stimme diesmal mehr als nur ein Flüstern. Er ging zu seinem Schreibtisch und holte eine dicke Mappe aus einer abschließbaren Schublade.

Den sollte man mal im Auge behalten. Rieckers machte sich eine Notiz auf seinem Block. Dr. Gall schien ein wenig zu besessen von seiner Arbeit zu sein.

Er legte die Mappe auf die Leiche und schlug sie auf. Säuberlich angeordnete Fotos der bisherigen Opfer kamen zum Vorschein.

»Hier, sehen Sie die Würgemale an den Hälsen?«

Eberhard verglich die Blutergüsse mit denen des aktuellen Opfers. »Wo soll denn da der Unterschied sein?«

183

Der Pathologe schnaufte empört. »Hier ist deutlich eine Schmetterlingsform erkennbar. Ich nehme an, dass sie gefesselt waren, als er anfing, sie zu würgen. Wahrscheinlich beim Koitus.« Er strich sich eine schwarze Strähne hinters Ohr. »Aber immer gerade so, dass sie nicht sofort erstickt sind. Die vaginalen Verletzungen bei dieser hier lassen jedoch darauf schließen, dass er sie spontan vergewaltigte, anschließend erdrosselt und weggeworfen hat. Der typische hirnlose Triebtäter. Er hat sich bloß an den Fünf-Sterne-Mörder drangehängt, um seine Spuren zu verwischen. Etwas, was er in der Zeitung gelesen hat.« Er blätterte in den Fotos und zeigte Aufnahmen von den Genitalien der anderen Frauen. »Die hier sind nahezu jungfräulich unversehrt, als hätten sie sich für die Vereinigung aufgespart und hingegeben, statt sich dagegen zu wehren.«

Eberhard bekam ein ganz schlechtes Gefühl bei der Sache. »Und wenn der Serienmörder nun gar keinen Geschlechtsverkehr mit seinen Opfern hatte?«

Dr. Gall blätterte wieder in den Fotos und zeigte Bilder der Oberschenkel. »Hatte er sehr wohl. Aber stets nur ein einziges Mal. Er hat sie dafür sogar fixiert. Die ersten beiden Opfer zeigen noch leichte Spuren, die bei Vergewaltigungen vaginal auftreten können, später kam das nicht mehr vor. Außerdem befanden sich im Blut der Frauen gewisse Drogen, die für Hemmungslosigkeit sorgen. Es ist nicht auszuschließen, dass sie die letzten Minuten ihres Lebens genossen haben.« Wieder stand ein Lächeln auf dem wächsernen Gesicht des Mannes.

Er sollte das echt lassen. »Sie meinen, er hält seine Opfer so lange gefangen, damit sie aufhören, sich gegen die Vergewaltigung zu wehren? Damit sie sich ihm freiwillig hingeben?« Wie krank ein Mensch wohl sein musste, um bei so etwas Lust und Genuss zu empfinden? Eberhard nahm die Mappe in die Hand, blätterte die Fotos durch und sah sich die Verletzungen der Frauen genauer an.

»Ja, das meine ich.« Der Pathologe strich sanft über die

Lippen der Toten. »Und nun schauen Sie sich diese Frau hier an.«

Rieckers wusste nicht, worauf Gall hinauswollte, und es gefiel ihm nicht besonders, wie er mit der Leiche umging.

»Lebend war sie sicher ein hübsches Ding. Gute Zähne, jung, gutes Becken.« Er deutete auf ihren Schambereich. »Doch dem Serienmörder scheint eine bestimmte Ästhetik wichtig zu sein.« Er nahm Eberhard den Ordner aus der Hand und legte ihn wieder auf den entblößten Oberkörper. »Bei dieser hier«, er deutete auf die Tote, »sind die Wangenknochen nicht genug ausgebildet, und sie ist etwas zu dick, besonders unterm Kinn.«

»Man könnte meinen, Sie bewundern die Taten dieses Perversen«, sagte Eberhard. Es sollte nicht wie eine Beleidigung klingen, er hatte schon genug Ärger am Hals.

»Berufsrisiko«, sagte Gall sanft. »Wenn Sie jeden Tag die unterschiedlichsten Leichen vor sich liegen haben, Köpfe aufsägen, Brustkörbe öffnen und in sämtliche Körperöffnungen schauen, dann ändern sich die Betrachtungsweisen ein wenig. Sagen Sie bloß, Sie sehen nicht in jedem Menschen einen potenziellen Verdächtigen? Es trägt doch jeder einen kriminellen Keim in sich, der jederzeit sprießen kann, wenn er aktiviert wird.«

Eberhard schnalzte nachdenklich mit der Zunge. »Vermutlich haben Sie recht. Trotzdem rate ich Ihnen, ab und an mal unter die Lebenden zu gehen.«

Galls unheimliches Grinsen legte seine Zähne frei und erinnerte mehr an eine Maske als an eine freundliche Geste.

»Können Sie mir zum Abschluss noch sagen, in welchen Abständen die Opfer bislang gefunden wurden?«

»Vier Monate«, antwortete er, ohne nachschauen zu müssen. »Entweder macht er gerade eine Pause, oder sein derzeitiges Opfer ist etwas Besonderes und er behält es länger da.«

Eberhard sah ihn prüfend an. »Wie meinen Sie das?«

185

»Nun, alle Opfer haben eine Gemeinsamkeit, wussten Sie das nicht?«

Bislang haben wir keine gefunden. Er sah Dr. Gall abwartend an.

Der lachte freudlos, was aber eher wie ein Husten klang. »Der Knochenbau. Alle Opfer haben eine ähnliche Anatomie.« Wieder blätterte er und zeigte erst die schmalen Hüften mit der schmalen Taille, dann die ähnlichen Brüste und zuletzt die Kopfformen.

Rieckers holte noch mal Silvias Foto hervor und verglich die Aufnahme mit den Bildern.

»Ich würde mal sagen«, kommentierte der Pathologe, »sie wäre perfekt.«

Das war nicht gerade das, was Eberhard hören wollte. Damit schien ihr Schicksal irgendwie besiegelt zu sein. Was sollte er Sven Fichtner erzählen, der noch immer fest davon überzeugt war, dass sie lebte?

»Danke sehr, Sie haben mir weitergeholfen.«

»Dafür bin ich doch da, Kommissar Rieckers. Sollte mir noch etwas auffallen, weiß ich ja, wo ich Sie finde.« Obwohl Gall das sicher freundlich gemeint hatte, klang es wie eine Drohung. »Sie sollten nicht aufgeben, denn Ihre Kollegen werden ihn niemals kriegen.«

Woher weiß er von unserem Zwist? Er steckte das Foto wieder ein und sah den Arzt abschätzend an. »Müller und Dabels sind sehr kompetente Kollegen.«

»Mag sein, aber sie denken nicht kreativ genug. Man könnte meinen, ihr auditorischer Kortex sei gestört.«

Ich will gar nicht wissen, was bei dem alles gestört ist. »Und was meinen Sie, was die Kollegen übersehen?« Er glaubte nicht daran, dass Gall mehr wusste als die Polizei.

Ungerührt nahm der Pathologe die Mappe von der Leiche und verstaute sie wieder in der Schublade. »Es ist weniger das, was sie nicht sehen, als das, was sie bereit sind anzunehmen.«

Eberhard wollte abwiegeln, doch innerlich musste er ihm recht geben. *Sie sind tatsächlich sehr beschränkt im Denken.* »Nun, Dr. Gall, das ist nicht mein Fall, ich bin nur hier wegen einer Vermissten.«

»Die sich aber durchaus in den Händen des Killers befinden könnte«, sagte Gall schnell. Mit einer Hand zog er die Decke über die Tote und schob sie in die Kammer zurück.

»Nur weil sie anatomisch in das Muster fällt, muss sie noch nicht gleich sein Opfer sein.« Er wollte sich trotz der Fakten nicht zu schnell auf eine einzige Möglichkeit festlegen.

»Sehen Sie, und genau deshalb würden Sie den Täter schnappen. Ihre Kollegen geben sich mit dem Offensichtlichen zufrieden.«

»Sie haben doch sicher in den Zeitungen über die Entführung der Moderatorin gelesen?«

Die Mundwinkel des Arztes zuckten unwillkürlich. Er ging an ein anderes Fach und legte eine Hand an den Griff. »Bei ihr wurden Os nasale und Os zygomaticum kosmetisch verändert. Karen Hoppe ist ein Opfer ihres Kampfs gegen die natürliche Schönheit. Sie interessiert den Killer nicht.« Er öffnete das Fach und zog eine weitere Leiche heraus, eine männliche diesmal. Die großen Füße mit der rissigen Hornhaut waren ein seltsamer Blickfang. »Durch das Aufspritzen der Lippen ist bei ihr der Amorbogen kaum noch zu sehen.« Zur Erklärung deutete er bei sich auf die kleine Kuhle, die von der Nase zur Oberlippe verlief. »Der Mund hat sein typisches Aussehen durch die Ausprägung des Philtrums. Die alten Griechen empfanden diese Stelle als die erotischste Stelle des Körpers.« Er holte die Akte des Toten und überflog das oberste Blatt. »Das Philtrum entsteht, wenn beim Embryo die Gesichtshaut zusammenwächst.«

Man lernt nie aus. »Das ist ja alles ganz interessant, aber ihre Gesichtszüge sollten dadurch doch ausgeprägt genug für den Mörder sein, oder?«

Gall legte die Unterlagen auf den Toten. »Darum geht es doch nicht. Was meinen Sie, wie unnatürlich eine Frau aussieht, die sich Gift und Eigenfett in ihr Gesicht spritzen lässt? Die Mimik wird dadurch erheblich beeinträchtigt. Der Mörder ist ein Ästhet, kein Barbie-Fan.« Dann durchquerte er den Raum und zog sich einen grünen Kittel über. »Nun muss ich weitermachen. Sie können gerne zusehen, wenn Sie noch Fragen haben.«

Nein, mir reicht es. »Vorerst habe ich alles, danke.« Er verzichtete auf einen Händedruck zum Abschied und verließ die Pathologie.

Dass der Arzt eine eigene Mappe mit den Fotos der Opfer besaß, verwunderte ihn nicht. Sicher bekam er nicht oft solche ungewöhnlichen Leichen auf den Tisch, doch diese Bewunderung für das Handeln des Mörders verursachte Eberhard eine Gänsehaut. Andererseits schien Gall sich gern einen Spaß daraus zu machen, Polizisten zu schockieren.

Nicht mit mir, mein Lieber. Er konnte sich bildhaft vorstellen, wie Müller und Dabels darauf reagiert hatten. *Von diesem Kerl geschätzt zu werden ist nicht gerade eine Auszeichnung.*

Er dachte über die Fotos nach, darüber, dass sie es jetzt offenbar auch noch mit einem plumpen Nachahmer zu tun hatten, und über Silvia, die noch immer verschwunden war.

Er hielt sein Versprechen und rief als Erstes Sven Fichtner an. Es klingelte keine zwei Mal, dann war er bereits am Apparat. »Kommissar?«

»Herr Fichtner, ich komme gerade aus der Pathologie. Die Leiche ist nicht Silvia Valentaten.«

Stille. Rieckers konnte ihn atmen hören. »Und ich bin sehr froh darüber«, fügte er hinzu.

»Ich auch«, sagte die dünne Stimme. »Ob es besser für sie wäre, wenn sie nicht mehr lebt?«

Eberhard blieb stehen und suchte mit einer Hand nach den Zigaretten. »Manche Menschen tun anderen grausame Dinge an, schwer zu sagen, was besser für Frau Valentaten wäre. Dennoch hoffe ich wirklich, dass wir sie lebend finden und alles gut wird.« Das waren Aussagen, die er normalerweise nicht von sich gab.

»Glauben Sie mir, wenn ich Ihnen sage, dass ich sie noch spüren kann? Sie lebt, aber sie leidet.«

Eberhard kannte einige, die davon berichtet hatten, wie sie den Verlust eines Menschen wahrgenommen hatten, bevor sie die Nachricht erhielten. Warum sollte Fichtner nicht auch spüren können, dass sie noch am Leben war? Meist war es jedoch die Hoffnung, die dieses Trugbild aufrechterhielt. »Ich glaube Ihnen«, sagte er. Es war nicht sein Job, dem Mann die Hoffnung zu zerstören.

Endlich fand er die Packung, zog eine Zigarette heraus und steckte sie zwischen die Lippen.

»Versuchen Sie, mit Ihrem Leben wieder klarzukommen. Es wird Ihre Freundin nicht schneller zurückbringen, wenn Sie sich gehenlassen.« Beim dritten Versuch funktionierte das Feuerzeug, und er konnte endlich den ersten Zug nehmen. »Wir können derzeit nur warten.«

Als er die Zigarettenpackung wieder in die Jackentasche steckte, spürte er das Foto an seinen Fingern. Er zog es heraus und betrachtete es einen Moment. *Kein schöner Gedanke, dass sie bei Dr. Gall auf dem Tisch enden könnte.*

»Ich danke Ihnen, Kommissar«, sagte Fichtner schließlich. »Bitte geben Sie nicht auf.«

»Das werde ich nicht«, versprach er guten Gewissens, denn er hatte nicht vor, die Akte als unerledigten Fall ins Archiv zu geben. Selbst wenn sie bis zu seiner Pensionierung auf dem Schreibtisch liegen müsste.

39. KAPITEL

Gut drei Monate später
GÖTTINGEN
Freitag, 1. Januar 2010
0:01 Uhr

Feuerwerk erhellte den winterlichen Himmel über der Stadt. Knallkörper explodierten, und die Menschen auf den Straßen begrüßten das neue Jahr mit lautem Johlen. Barbara stand mit ihrem Mann auf dem Balkon des Anwesens und betrachtete das Treiben in einiger Entfernung. Etwa fünfzig Meter lagen zwischen der Grundstücksgrenze und den nächsten Wohnhäusern.

Eine Wolldecke wärmte das Paar, das schweigend den Jahreswechsel erlebte. Barbara hielt Karls Arme umfasst, die er liebevoll um sie gelegt hatte.

Es ist so wunderschön. Sie fühlte sich wohl. Die Raketen malten traumhafte Blumen in den Himmel, in den Armen ihres Mannes fühlte sie sich geborgen, und sie genoss es, alles ganz bewusst wahrzunehmen. Sie schmiegte sich zufrieden an ihn. All das, was mit dem vergangenen Jahr zurückblieb, war wie die Stille nach einem tosenden Sturm. Nun war sie ein ganz neuer Mensch und unendlich glücklich.

»Es ist sehr kalt, lass uns wieder reingehen«, flüsterte er ihr ins Ohr und zog sie sanft mit sich.

Auch die Zeit der Spritzen hatte ein Ende. Sie musste nur noch dreimal täglich ein paar Tabletten schlucken, mehr nicht. Entzug und Schmerzen waren überstanden.

»Ohne dich wäre ich jetzt tot«, sagte sie ernst und schlang ihre Arme um seinen Körper.

Seine Lippen berührten ihre Stirn. »Denk nicht mehr daran, mein Herz.«

»Womit habe ich dich nur verdient?« Sie sah zu ihm auf. »Ich liebe dich.«

Er antwortete auf ihre Worte mit einem Kuss. Sie legte die Hände in seinen Nacken, wobei die Decke von ihren Schultern glitt. Seit sie Berührungen im Gesicht wieder fühlen konnte und keine Schmerzen mehr spürte, stieg ihr Verlangen nach äußeren Reizen. Sie konnte sich selbst endlich wieder wahrnehmen, und das wollte sie genießen.

»Nimmst du mich mit, wenn du dieses Jahr zum Kongress fährst?« Sie ließ ihn los und drehte sich vor ihm um die eigene Achse. »Schau, welche Fortschritte ich gemacht habe, bis Mai werde ich sicher wieder ganz die Alte sein.«

Mist, das hätte ich nicht sagen sollen. Karl wirkte besorgt, und sie wusste, dass sie durch diese Worte die Erinnerung an ihre Depressionen wieder geweckt hatte.

Nie würde sie seinen Wutausbruch vergessen, als er mitbekommen hatte, dass Edith ihr alles über ihr Leiden und den angeblichen Unfall verraten hatte. Trotzdem hatte sie nicht gehen müssen. Barbara war enttäuscht, dass er sie nicht aus dem Haus gejagt hatte.

»Komm schon«, drängte sie und zog ihn an der Hand zu den Fotos auf dem Kaminsims. »Schau, ich möchte, dass wir diese Zeiten wieder erleben.«

Er ließ die Decke auf das dunkle Sofa fallen und betrachtete die Bilder. Barbara sah sie gerne an, auch wenn sie bereits so alt waren, dass sie sich selbst darauf kaum wiedererkannte.

»Wir waren so glücklich, und heute bin ich es auch.«

Er legte die Hand auf ihren Rücken, und sie begrüßte diese Berührung, indem sie sich leicht dagegendrückte.

»Ich werde darüber nachdenken. Ansonsten könnte ich Edith bitten, an diesen paar Tagen mehr Zeit mit dir zu verbringen.«

Barbaras Lächeln erstarb auf den Lippen. »Nein, bitte nicht!«

Lachend nahm er seine Hand fort und ließ sie stehen, um den Sekt zu holen. »Alles, was du willst, mein Engel.«

Während er in die Küche ging, betrachtete Barbara ihre Spiegelung in einem Bilderrahmen.

Es stimmte, all die Operationen hatten sie stark verändert, doch über eines war sie sehr froh: Diese seltsame Traurigkeit war von ihr gewichen. Sie kannte die Frau auf den Fotos nicht mehr. Diejenigen Bilder, auf denen Traurigkeit das Strahlen vertrieben hatte, würde sie in den kommenden Tagen in ein anderes Zimmer verbannen und neue aufstellen. Selbst wenn sie sich anstrengte, konnte sie sich nicht mehr vorstellen, warum sie jemals so sehr am Boden gewesen war. Es kam ihr vor, als wäre sie in gewisser Weise reingewaschen worden oder aus einem langen Schlaf erwacht. Das Leben gewann täglich an Wert, und sie wollte nichts davon je wieder missen.

Unten in der Küche knallte der Sektkorken, und Barbara lächelte. Sie würde das Jahr beschwipst beginnen, ein sehr willkommenes Gefühl. *Ich sollte ihn fragen, ob ich wieder in sein Schlafzimmer ziehen kann.*

Die ganzen Geräte brauchte sie nicht mehr, es gab keinen Grund, die Nächte weiter im Erdgeschoss, getrennt von ihrem Mann, zu verbringen.

»Hier, mein Engel.« Karl kam zu ihr und reichte ihr eines der Gläser. »Weißt du noch, wo das war?« Er deutete auf ein Bild, das sie auf einer Yacht zeigte.

»St. Tropez?«

Er nickte freudig und zog sie an sich. »Du erinnerst dich?«

Auf dem Foto saß sie in einem Bikini an ihn gelehnt, im Hintergrund war das weite blaue Meer zu sehen. »Ich denke schon.« Sie war sich nicht sicher, ob er ihr das zuvor irgendwann erzählt hatte oder die Erinnerungen doch langsam wiederkamen. »Das daneben war in St. Moritz, wo Richard beinahe vom Sessellift gefallen wäre.«

»Genau, und hier waren wir in Florida. Du wolltest unbedingt diesen riesigen Hut haben, der dir dann später vom Kopf geweht und von einem Auto überfahren wurde. Du warst sprachlos und bist einfach weitergegangen.«

Sie sah sich das Bild genauer an. »Als wir abends essen waren, lag der gleiche Hut auf unserem Tisch. Du hattest im Geschäft angerufen und einen neuen bringen lassen.«

Karl nahm ihr das Glas wieder ab und stellte es mit seinem auf den Kaminsims neben die Fotos, dann legte er glücklich die Arme um sie. »Ich liebe dich, mein Herz«, flüsterte er ihr ins Ohr.

Sie berührte sanft seine Finger und lehnte sich an ihn. »Du machst mich zu einer sehr glücklichen Frau.« Dann drehte sie sich in der Umarmung um und sah ihm in die Augen. »Du bist der wundervollste Mann, den man sich nur vorstellen kann. Was ich dir angetan habe, tut mir unendlich leid.«

Zärtlich berührte er ihr Gesicht. Sie schloss die Augen und neigte den Kopf genießerisch seinen Fingern entgegen. »Das tut so gut«, flüsterte sie.

Ihr Herz klopfte, als wäre dies ihr erstes Date. Sie wollte mehr von seinen Zärtlichkeiten. »Küss mich«, flüsterte sie.

Erst spürte sie seinen warmen Atem, dann seine Lippen auf ihren. Ihre Finger fuhren durch die kurzen Haare in seinem Nacken, sie öffnete den Mund, spürte seine forsche Zungenspitze an ihrer. Seine Hände glitten über ihren Körper, schoben den seidenen Stoff so weit beiseite, dass er die Haut am Rücken streicheln konnte.

»Das fühlt sich gut an«, sagte sie atemlos zwischen den Küssen. »Hör nicht auf.«

Vorsichtig zog er am Reißverschluss und öffnete ihr Kleid. Barbara wusste, wie lange er enthaltsam hatte leben müssen, und auch sie wollte nicht aufhören, bis sie sich wieder durch und durch lebendig fühlte. Sie bezweifelte, dass ihr Herz jemals zuvor so stark geschlagen hatte, und wollte mehr davon.

Knopf für Knopf öffnete sie sein Hemd und zwang ihn, es ganz auszuziehen, und das Shirt darunter auch. Er mochte älter sein als sie, doch sie empfand ihn als sehr attraktiv, und seine Haut zu spüren ließ sie weltvergessen weitermachen.

»Sollten wir nicht lieber ins Schlafzimmer gehen?«, raunte er beherrscht. »Was, wenn Edith …«

»Edith ist mir egal, dies ist unser Haus«, gab sie entschlossen zurück und öffnete seinen Gürtel. Sie schob ihn ein paar Schritte von sich, bis er sich aufs Sofa setzen musste. Ergeben ließ er sich fallen und betrachtete sie. Sie strich die Träger ihres Kleids von den Schultern und ließ es einfach von sich abfallen.

»Atemberaubend«, sagte er.

Sie drehte ihm den Rücken zu und öffnete den BH. Mit einem Schulterblick warf sie ihn zur Seite und strich mit einer Hand über den Po. Seine Erregung ließ ihn gebannt zusehen.

Ja, sieh mich an. Sie fühlte sich sehr wohl in ihrer Haut. *Alles Schlechte bleibt im alten Jahr zurück!*

Mit einer eleganten Drehung zeigte sie sich ihm und kniete sich hin, um seine Hose ganz zu öffnen. Karl half ihr, alles hinunterzuziehen, und erwartete sie aufgeregt. Ihre braunen Augen waren die ganze Zeit auf ihn gerichtet, als sie mit einem leichten Kreisen ihres Beckens den Slip und die feine Strumpfhose hinunterschob. Als sie sich wieder aufrichtete, verweilte sein Blick kurz auf der Narbe, unter der die neue Niere ihre Arbeit verrichtete. Barbara strich darüber und zog seine Aufmerksamkeit auf attraktivere Bereiche ihres straffen Körpers.

Entschlossen setzte sie sich auf seinen Schoß und spürte, wie er in sie eindrang. Sie konnte an seinem Gesicht erkennen, wie sehr er sich beherrschte, um nicht vorschnell den Höhepunkt zu erreichen.

Ja, das ist phantastisch. Sie bewegte sich und legte seine Hände auf ihre Brüste. Das Gefühl, ihn in sich zu spüren, war berauschend. »Frohes neues Jahr, mein Geliebter.«

Für sie war es das erste Mal, weil sie sich an ihre Vergangenheit nicht erinnern konnte, und was sie jetzt empfand, war der Maßstab für alles, was sie zukünftig erleben wollte.

Plötzlich zwang er sie mit einem festen Griff an der Hüfte zum Stillhalten. »Warte!«, keuchte er und versuchte den Orgasmus abzuwenden. »Nicht bewegen!«

Atemlos stoppte sie, obwohl sie noch lange nicht genug hatte. »Was ist?«

»Gleich«, sagte er angestrengt und verstärkte den Griff, damit keine unbedachte Bewegung von ihr alles zum Abschluss bringen konnte.

»Wir haben nichts zur Verhütung benutzt«, sagte er schließlich und wollte sie von sich schieben.

»Wäre es denn ein Risiko, wenn ich schwanger werde?« Sie machte keine Anstalten, von ihm abzusteigen.

»Nein, du bist genesen, deine Medikation sollte sich nicht auf den Fötus auswirken, denke ich. Aber du wolltest niemals Kinder haben.«

Barbara erstickte seine Worte mit einem Kuss und ließ ihr Becken kreisen. Viel zu schnell versteifte er sich unter ihr, stöhnte mit tiefen, langgezogenen Lauten und ergoss sich zuckend in sie. Sie genoss es über alle Maßen, jede Regung seiner Muskeln.

Nach einer Weile sagte sie: »Ob ich mich jemals so lebendig gefühlt habe?«

»Nein, sicher nicht«, sagte er überglücklich. »So habe ich dich noch nie erlebt. Es war wunderschön!«

Zufrieden sah sie über ihn hinweg und meinte, eine Bewegung hinter dem Türspalt wahrgenommen zu haben.

Edith. Na warte, du wirst unser Haus bald verlassen.

40. KAPITEL ———————————— HAMBURG

Montag, 11. Januar 2010
8:51 Uhr

Die Art, wie Rieckers seine Aktentasche im Büro auf den Tisch knallte, ließ sofort Katja Moll zur Tür hereinkommen.

»Alles in Ordnung, Kommissar?«

»Ernie und Bert von der Fünf-Sterne-Soko meinen, alles im Griff zu haben«, polterte er los. »Ich wünschte, sie hätten Tim und Struppi nicht eingesetzt, dann würde wenigstens irgendwas vorangehen. Aber nein, Sonny und Cher übernehmen das, auch wenn sie absolut keine Ahnung haben.«

Moll verschwand kurz aus dem Blickfeld und kam dann schnell mit einem Kaffee wieder. »Sonny und Cher? Fehlen nur noch Dick und Doof oder Pat und Patachon, dann haben Sie die meisten Synonyme für Müller und Dabels aufgezählt.« Sie schenkte ihm ein Lächeln und schloss zur Sicherheit die Tür, damit kein zufälliger Besucher die Unterredung hören konnte. Noch waren sie allein, aber das konnte sich jederzeit ändern.

»Fangen Sie von vorne an, oder soll ich selbst auf die Geschichte kommen?«

Eberhard trank vom Kaffee und beruhigte sich merklich. »Mein Informant hat von einem Überwachungsvideo berichtet, das den Bereich vor den Toiletten zum Zeitpunkt von Karen Hoppes Verschwinden zeigt. Nachdem ich Dabels sagte, sie sollen sich alle Aufzeichnungen zeigen lassen, haben sie es angefordert, aber nichts Verdächtiges darauf entdeckt.« Er zog seine Jacke aus und hängte sie an den Wandhaken neben der Tür.

»Lassen Sie mich raten«, sagte Moll. »Und sie haben etwas übersehen?«

Eberhard nickte. »Natürlich haben sie das. Nachdem sie monatelang im Dunkeln getappt sind, hat ein Kollege der

Soko alles noch mal angeschaut und ist dabei auf eine Aufnahme gestoßen, die wahrscheinlich die Entführung zeigt.« Er trat gegen den leeren Mülleimer, der daraufhin einen Meter weiter an der Wand landete. »Sollen die Burschen doch Karriere machen, das interessiert mich nicht. Ich stehe kurz vor dem Ruhestand, ich nehme denen schon keinen Ruhm weg. Aber warum müssen diese Machtkämpfe auf Kosten der Opfer ausgetragen werden? Als ob es schadet, wenn noch ein Polizist mehr nach Hinweisen sucht.«

Moll nickte zustimmend. »Das ist typisch deutsch. Die Bereitschaft, durch Zusammenarbeit Größeres zu leisten, wird durch die vielen Egos, die sich hervortun wollen, behindert.« Mit einer beiläufigen Handbewegung zog sie ihren Pferdeschwanz fester und strich eine kurze blonde Strähne hinters Ohr. »Mein Vater ist Kommunalpolitiker, ich bin mit dieser Problematik groß geworden. Inzwischen ist er genauso.«

»Nur dass hierbei Menschen sterben.« Er ließ sich auf seinen Bürostuhl fallen und nahm den Kaffeebecher wieder in die Hand. »Sie hätten die beiden am Tatort sehen müssen. Sie haben sich aufgespielt wie Platzhirsche. Allein wie Müller mit der Presse geredet hat. Man könnte meinen, er würde nachts auf einem Superman-Heft schlafen. Wussten Sie, dass er Rhetorikkurse besucht?« Moll lachte. »Aber bei den Promis hat er richtig den Diener gemacht. Das war schon fast peinlich.«

Sie verließ den Raum und legte ihm kurz darauf ihre Notizen auf den Tisch. »Das wollten sie damals nicht haben, also habe ich meine Zettel behalten. Die Hochzeitsgäste waren sich uneinig, wann das Fehlen von Hoppe bemerkt wurde. Da ihr Mann mit Grippe im Bett lag, war kein direkter Begleiter dabei, dem ihre Abwesenheit rechtzeitig aufgefallen wäre.« Mit gedämpfter Stimme fuhr sie fort: »Außerdem hatte sie sich wie die meisten Feiernden ein Zimmer im Hotel genommen und war für ihren Tic, mitten in Feiern die Garderobe zu wechseln, bekannt. Die einen hielten das für einen brillanten

Schachzug, die Aufmerksamkeit auf sich zu ziehen, andere behaupten, sie hätte ein Schweißproblem. Eine der Pressefrauen meinte zu wissen, dass Hoppe unter einer Phobie, unpassend angezogen zu sein, leidet.« Sie wedelte mit einer Hand durch die Luft. »Ich bin echt froh, meist eher mit bodenständigen Menschen zu tun zu haben. Erschreckend war, dass die Sensation Vorrang vor der Betroffenheit hatte. Die Presseleute sind beinahe ausgeflippt, weil sie direkt am Ort des Geschehens waren. Kaum auszudenken, wie viel Geld die Saalfotografen für ihre Bilder bekommen würden.«

Rieckers schaltete den Computer ein und schaute in seinen leeren Kaffeebecher.

»Warten Sie, ich hole die Thermoskanne.«

Er sah Moll nach, die seine Macken mit Routine hinnahm. Als die Abfragemaske auf dem Monitor erschien, gab er das Passwort ein, und die üblichen Programme starteten automatisch. *Wunder der Technik.* Ein paar Grundkenntnisse hatte er sich aneignen müssen, den Rest erledigte zum Glück Moll.

»Da ist es ja«, flüsterte er, als er unter den neuen E-Mails den Namen Dabels las. Mit einem Doppelklick öffnete er die Nachricht. Sein Informant hatte telefonisch angekündigt, die Datei über Dabels' Account zu versenden und anschließend alle Spuren zu beseitigen.

»Frau Moll, wie kann ich hier Filme anschauen?«

Sie kam mit dem Kaffee zurück und stellte sich hinter ihn, um besser sehen zu können. »Einfach anklicken, das sollte reichen.« Sie nahm die Maus und doppelklickte.

»Dabels hat Ihnen das ...«, sie brach ab, schüttelte den Kopf und sagte: »Nein, ich will das gar nicht wissen.«

Es dauerte einen Moment, dann öffnete sich ein Fenster und zeigte die Aufnahme mit Datum und Uhrzeit am unteren Bildrand.

Viele Menschen gingen vorbei, manche blieben in kleinen Gruppen stehen und unterhielten sich, andere zogen ihre Kof-

fer, oder Bedienstete schoben sie auf glänzenden Wagen um-
her.

»Ist sie das?«, sagte Rieckers und deutete auf eine Frau, die
zur Toilette stürmte.

Kurz darauf ging ein schwarzgekleideter Mann hinterher.
Sein Gesicht war nicht zu sehen. Durch die Schwarzweißauf-
nahme konnte die Farbe des Kleids nicht bestimmt und mit
den Beschreibungen verglichen werden, aber dass ein Mann
ihr folgte, war verdächtig genug.

»Jetzt wird es spannend«, sagte Rieckers und sah genau
hin. Aber würde jemand, der bislang so sauber gearbeitet hatte, tatsächlich einen derartigen Fehler begehen?

Die Uhr der Aufzeichnung zählte die Minuten weiter, dann
öffnete sich die Tür, und die beiden Personen kamen als Pärchen wieder heraus. Die Frau lehnte sich so innig an ihn, dass
die Gesichter nicht zu erkennen waren. Dann verließ das Paar
das Sichtfeld der Kamera.

»Haben Sie gesehen, wie anders sie sich nach dem Toilet-
tenaufenthalt bewegt hat?« Moll ließ den Film noch mal ab
der Stelle laufen, wo die Frau auf die Toilette ging. »Hier, sie
geht aufrecht und koordiniert.« Dann ließ sie vorlaufen, bis
die vermeintlichen Liebenden herauskamen. »Ihre Haare sind
vollkommen durcheinander, was für eine heiße Nummer sprechen könnte. Aber sie stolpert und klammert sich an ihn, als
wäre sie betrunken. Selbst für eine Toilettennummer ist dieses
Verhalten seltsam.«

Eberhard kniff die Augen zusammen, um besser sehen zu
können. »Gehen Sie noch mal zu dem Zeitpunkt zurück, als
sie rauskommen.«

Sie ließ den Film erneut ablaufen, und er betrachtete den
Mann, der im Hintergrund telefonierend herumlief. An ir-
gendwen erinnerte er ihn, aber das Gesicht war nicht gut zu
erkennen, weil der Fokus der Kamera auf den vorderen Bereich
gerichtet war.

199

*Ich komm noch drauf. Ganz sicher habe ich jemanden mit die-
ser Körpersprache schon mal gesehen.* Er kratzte sich am Kopf
und schnalzte nachdenklich mit der Zunge. »Tun Sie mir
einen Gefallen, Frau Moll?«

Sie hob abwehrend die Hände. »Ehrlich, Sie sollten Sher-
lock Holmes und Doktor Watson nicht ins Gehege kommen,
sonst stehen die beiden bald in Begleitung der Internen auf der
Matte.«

»Genau das meine ich. Würden Sie bitte die Datei so löschen, dass sie auch wirklich von diesem Rechner verschwunden ist?« Er überließ seiner Kollegin die Tastatur.

»Sicher.« Erleichtert kam sie seiner Bitte nach.

»Wissen Sie, Frau Moll«, er lehnte sich auf seinem Stuhl
zurück und verschränkte die Arme vor der Brust, »in meiner
Laufbahn habe ich eine Sache gelernt, die sich immer wieder
bewahrheitet hat.«

Als er nicht gleich weitersprach, sah sie ihn über die Schulter an. »Die da wäre?«

»Überhebliche Kollegen fallen nur deshalb die Karrierelei-
ter rauf, damit sie den fähigen Ermittlern nicht länger im Weg
stehen. Ich wette, Müller und Dabels werden bald befördert.«

41. KAPITEL ———————————— HAMBURG
Montag, 11. Januar 2010
9 Uhr

»Guten Morgen, Herr Fichtner.« Dr. Albers betrat das Wartezimmer immer wie eine Diva, die einen Designer begrüßte:
weit ausgebreitete Arme für ein herzliches Willkommen, den
Oberkörper leicht zurückgeneigt und ein freundliches Lächeln
auf den Lippen. Nur dass sie nicht gerade wie eine Dame von
Welt aussah. Die grauen Haare klebten als flatterhafter Dutt
an ihrem Hinterkopf, den ebenso gut ein Vogel als Nest hätte

benutzen können. Sie trug einen langen graubraunen Strickpullover, der über einen gleichfarbigen Strickrock fiel, der
wiederum bis zu ihren Knöcheln reichte. Ihre Figur mochte
schlank sein, ihre Erscheinung ließ jedoch jegliche Gedanken
erotischer Natur abwegig erscheinen – als würde man auf seine
eigene Mutter treffen. Sie war auch mindestens so alt wie Svens
Mutter, was für ihn schon seltsam genug war. Er hatte kein gutes Verhältnis zu seinen Eltern und kannte kein Vertrauen zu
älteren Bezugspersonen. Es fiel ihm bei jedem Treffen schwer,
sich zu öffnen – wenn man das überhaupt so nennen konnte.

»Sind Sie gut ins neue Jahr gekommen?«, plauderte sie auf
dem Weg ins Sprechzimmer. Es roch wie immer nach Blüten,
kleine Lampen sorgten für ein angenehmes Licht, in der Mitte
auf dem Fußboden waren Blumen in einer Vase drapiert, und
zwei massive Holzklötze dienten als Kerzenhalter.

Während sie ihm Tee in einen Becher goss, den er wie immer nicht trinken würde, las er die Aufschrift auf dem kleinen
Zettel, der an den Holzklötzen lehnte. Da stand etwas über die
kräftige Eiche, die ihre Wurzeln fest in die Erde gräbt und von
nichts und niemandem umgeworfen wird. Sven musste lachen.

»Warum lachen Sie, Herr Fichtner?« Sie setzte sich in ihren Sessel und musterte ihn.

»Nun«, begann er, »ich habe gerade den Spruch über die
kräftige Eiche gelesen.« Er deutete auf den Zettel. »Ist doch
irgendwie ironisch, dass dahinter dann zwei Holzscheite stehen, die zu Teelichthaltern deklassiert wurden, finden Sie
nicht? So stark war die Eiche dann wohl doch nicht.«

Sie verzog verständnislos den Mund. »Wissen Sie, Herr
Fichtner, genau das ist Ihr Problem.«

Sven lächelte. *Da hab ich wohl ins esoterische Wespennest gestochen.*

»Statt den mächtigen Baum zu sehen, der den Stürmen
trotzt, sehen Sie die Kerzenhalter, die von Menschen gemacht
wurden.« Sie holte kurz Luft und nahm dann wieder den the-

rapeutischen Tonfall an. »Aber genau das ist der Punkt: Menschen zerstören. Der Baum an sich würde den Naturgewalten so lange trotzen, bis seine Zeit abgelaufen ist. Was sagt Ihnen das?«

Metaphern waren nicht gerade Svens bevorzugte Ausdrucksweise. Er mochte Klartext. »Erlösen Sie mich bitte, ich mag keine Rätsel.«

»Ein anderer hat Silvia vor ihrer Zeit entwurzelt, weil Menschen zerstören. Wenn Sie wollen, betrachten Sie sich selbst als einen Sturm, doch Sie haben Ihre Freundin nicht zu Fall gebracht.«

Scheiße, das geht ja gut los. »Sollten Sie nicht behutsamer an die Sache herangehen?« Er rutschte auf dem Sofa hin und her wie ein Schuljunge beim Rektor.

»Wie lange kommen Sie schon zu mir? Ich möchte Ihnen helfen, doch Sie lassen mich nicht. Im Grunde sitzen Sie hier nur Ihre Zeit ab, damit ich Sie nicht einweise.«

Er nickte. »Das war der Deal.«

»Nun, ich habe sehr viele Personen auf der Warteliste, die Ihren Platz hier gut gebrauchen könnten, weil sie sich helfen lassen wollen. Denen ist es wichtig, Dinge in ihrem Leben zu ändern.« Sie merkte, dass sie viel zu emotional wurde, und drosselte ihren Tonfall. »Und dann sitzen Sie hier und verbringen die meiste Zeit mit Schweigen, anstatt sie zum Reden zu nutzen. Selbst über die Feiertage habe ich mir Gedanken über Sie gemacht.«

Sven wartete mit verschränkten Armen, was aus dieser Rede wohl werden würde. Er hoffte, sie würde ihn einfach nur aus ihrer Kartei streichen, damit er fortan zu Hause bleiben konnte.

»Eine Einweisung scheint mir unausweichlich.« Ihre Stimme klang derart entschlossen, dass die Aussage tatsächlich bei ihm ankam.

»Ich bin keine Gefährdung für irgendjemanden«, hielt er wütend dagegen.

»Das sehe ich anders. Muss ich Sie daran erinnern, dass Sie bereits jemanden mit Waffengewalt überfallen haben?«

Er machte eine gleichgültige Handbewegung. »Wollen Sie das immer wieder gegen mich verwenden? Das ist jetzt Monate her.«

Mit einem Finger zog sie die schmale Lesebrille vom Nasenrücken auf die Spitze und musterte ihn über die Gläser hinweg. »Sind Sie denn nicht mehr davon überzeugt, dass Holger Stoltzing etwas mit Silvias Verschwinden zu tun hat?«

Seine Gefühle standen ihm deutlich ins Gesicht geschrieben. Er hatte sich von dem Kerl ferngehalten, aber von seiner Unschuld war er nach wie vor nicht überzeugt.

»Sagen Sie mir, was ich mit Ihnen machen soll, ich weiß es nicht.«

Sven schaute auf seine Finger und zuckte mit den Achseln. »Ich weiß es auch nicht. Mein Leben lang musste ich selbst die Entscheidungen für mich treffen, keine Ahnung, was ich Ihnen sagen soll, damit ich aus dieser Nummer hier rauskomme. Ich habe nie gelernt, über Gefühle und so weiter zu sprechen, was soll ich Ihnen erzählen? Wenn ich glauben würde, dass Sie mir helfen könnten, dann würde ich es zulassen.«

»Warum mussten Sie schon früh alle Entscheidungen selbst treffen?«

Er machte eine Kopfbewegung, als müsste er etwas herunterspielen. »Meine Mutter war mit uns vier Jungs überfordert. Damals waren alleinerziehende Mütter noch keine Modeerscheinung, obwohl das so lange nun auch wieder nicht her ist.«

Dr. Albers machte sich Notizen.

»Unser Vater lebte nur ein paar Straßen weiter, aber er war Schichtarbeiter.«

Sie schrieb mehr auf diesen Block, als Sven lieb war, und fragte gleichzeitig: »Sind Sie das älteste Kind?«

»Nein, das war Ben.«

Sie wurde hellhörig. »War?«

Er rieb sich über die Oberschenkel. »Er ist mit dreizehn ertrunken.«

»Waren Sie dabei?«

Shit, warum erzähle ich das? Er atmete tief durch, nichts lag ihm ferner, als vor so einer Psychotante die Fassung zu verlieren.

»Sven? Waren Sie Zeuge dessen?«

Er nickte schweigend. Bilder aus der Vergangenheit kamen hoch, von seinem Bruder unter dem Eis, wie er schemenhaft strampelte und dagegenschlug. »Er wollte gar nicht zum See, ich habe ihn überredet.«

»Haben Sie je mit jemandem darüber gesprochen? Manche Ereignisse zeichnen uns ein Leben lang, wenn wir sie nicht verarbeiten.«

Wir? Sie waren doch nicht dabei. Sven sah sie an, als würde sie mit einem Dolch auf ihn einstechen. »Unsere Mutter bekam einen Nervenzusammenbruch und verbrachte ein halbes Jahr in der Psychiatrie, während wir Brüder in unterschiedliche Pflegefamilien gegeben wurden. Ich habe keinen von ihnen je wiedergesehen.« Er rieb sich übers Gesicht. »Das alles hat keine Rolle mehr gespielt. Unfälle passieren. Ich bin drüber weggekommen und habe mir ein Leben aufgebaut. Ich war glücklich.« Seine Finger tippten nervös auf die Oberschenkel. »Das hat mit der Sache hier nichts zu tun.«

»Herr Fichtner, alles in unserem Erfahrungsschatz prägt uns auf gewisse Weise. Ich sehe da Parallelen. Immerhin haben Sie den zweiten geliebten Menschen verloren, weil Sie etwas vorgeschlagen haben, bei dem der anderen Person etwas Schreckliches zugestoßen ist.«

Nun sprang er auf und durchmaß unruhig den Raum. Er konnte sehen, wie Albers ihre Haltung änderte. *Lächerlich, sie hat Angst vor mir.* »Na und? Vielleicht lastet ja ein Fluch auf mir? Das kann man sicher nicht wegtherapieren!«

Wieder schrieb sie und redete dabei: »Es gibt keine Flüche, Herr Fichtner. Tragische Zufälle, ja, aber keine Flüche.«

Er sah sie wütend an. »Und das wissen Sie woher? Glauben Sie tatsächlich, alle Geheimnisse der Welt zu kennen?«

Sie warf einen Blick auf die Wanduhr und schrieb ein paar letzte Worte auf ihren Block. Sven war gar nicht aufgefallen, wie schnell die Dreiviertelstunde vergangen war.

»Wir sind heute ein gutes Stück vorangekommen.« Ihr Tonfall ließ nicht vermuten, dass sie ihn vor einigen Minuten am liebsten rausgeschmissen hätte. »Ich möchte, dass Sie in den nächsten Tagen ein paar Freunde besuchen. Gehen Sie zu Ihrer Exfrau, Sie sagten doch, dass Sie sich freundschaftlich getrennt haben.« Sie stand auf und reichte ihm die Hand zum Abschied. »Oder zu einer anderen Person. Wenn Sie nächste Woche wieder bei mir sind, dann möchte ich von Ihnen hören, dass Sie eine altbekannte Person getroffen und mindestens einen Nachmittag mit ihr verbracht haben, okay?«

Ihm fiel auf Anhieb sogar jemand ein, doch sie meinte sicher nicht Holger Stoltzing. *Nein, das sollte ich nicht tun.*

Dr. Albers musste sehr zufrieden mit sich sein, weil sie in ihm etwas aufgebrochen hatte. Sven hingegen kam es vor, als hätte sein Verstand ihr nur einen Brocken hingeworfen, damit sie ihn nicht aufgab und von einer Einweisung absah. Er war kein berechnender Mensch, doch wenn nötig, konnte er einer sein.

Die Parallele zu seinem Bruder wollte er jedenfalls in seinem Denken nicht zulassen. Ben war damals im See gestorben, Silvia lebte noch. Das war nichts, worüber er mit Albers diskutieren würde.

42. KAPITEL — HAMBURG

Montag, 11. Januar 2010
18:07 Uhr

Es roch nach Mariannes einzigartigem Gulasch, darunter mischte sich der Qualm von Eberhards Zigaretten. Er saß bei ihr in der Küche und las die Tageszeitung, während sie die Makkaroni in den Topf schüttete.

»Absolut nichts«, sagte er nach einer Weile und steckte sich die nächste Kippe an. »Das kann doch nicht sein.«

»Vielleicht hat der Killer eine Pause eingelegt?« Marianne sah in den Salznapf und verzog das Gesicht. »Hast du hier Kaffeepulver reinrieseln lassen?«

»Entschuldige, der Dosierlöffel war zu voll.« Er beobachtete, wie sie versuchte, das Salz unter der braungesprenkelten Schicht zu retten.

»Du solltest nur mich den Kaffee kochen lassen.« Als sie das Gros abgetragen hatte, schippte sie zwei Teelöffel in den Topf und drehte sich zu ihm um. »Jedenfalls könnte es ja sein, dass der Killer sich in sein letztes Opfer verliebt hat und sie nicht umbringen will, oder so.«

»Etwas Ähnliches hatte der Pathologe auch gesagt.« Ächzend stand er auf und brachte die Zeitung zum Altpapierbehälter in der Speisekammer.

»Du solltest wegen deiner Knie mal zum Arzt gehen«, rief sie ihm nach.

Eberhard zog eine neue Packung Salz hinter den Dosen hervor und stellte sie neben den fast leeren Napf. »Was soll der mir sagen, was ich nicht schon weiß? Ich bin halt kaputt.«

»Helga hat für Samstag zugesagt, ich hoffe, du bist an deinem Geburtstag auch mal zugegen.«

Wer feiert schon seinen vierundsechzigsten Geburtstag? »Schön, ich freue mich, sie wiederzusehen.«

Marianne drehte den Töpfen den Rücken zu und wischte

ihm ein paar Schuppen von den Schultern. »Ich soll dich daran erinnern, dass ihre ärztliche Schweigepflicht jegliche Gespräche über Herrn Fichtner verbietet.«

Er nickte. »Was hat sie noch gesagt?«

»Nun«, Marianne lächelte wissend, »sie hofft, dass sie pünktlich sein wird, weil sie noch einen Patienten hat, der wahrscheinlich zwangseingewiesen werden muss, wenn er nicht bald Fortschritte macht. Er sei einer von den Unberechenbaren, die nichts zu verlieren haben.«

Eberhard wusste diesen Bericht über Svens Zustand sehr zu schätzen. Es war nicht das erste Mal, dass die Psychiaterin ihm auf diese Weise Informationen zukommen ließ. Ihre Zusammenarbeit lag schon viele Dienstjahre zurück, doch die Freundschaft war bestehen geblieben. Meist trafen sich eher die Frauen, gingen zu Aquarell- oder Kochkursen, Helga hatte von Anfang an zur Familie gehört. Sie war die Patin von Andreas, hatte aber stets vermieden, auf den Jungen einzuwirken, wenn es um die Beziehung zu seinem Vater ging. Wegen kindlicher Rebellion wollte sie ihr gutes Verhältnis zu ihm nicht gefährden.

»Sie hat allerhand zu tun«, antwortete er und strich seiner Frau liebevoll über den Arm, bevor er sich wieder ächzend am Tisch niederließ. Das Wetter war nicht gut für seine Knie, die feuchte Kälte machte ihn unbeweglich. »Das erinnert mich daran, dass ich Fichtner ruhig mal wieder anrufen sollte, meinst du nicht?«

Marianne rührte wieder in den Töpfen. »Unbedingt. Der arme Mann hat ja sonst niemanden mehr.«

Er fragte sich, wozu Fichtner alles fähig wäre, wenn das Warten unerträglich wurde.

»Andreas und Susanne werden bald hier sein.« Das war Mariannes Art, ihm zu sagen, dass er die Gedanken an die Arbeit nun beiseiteschieben sollte. »Außerdem könntest du Susanne ruhig das Du anbieten, wo du sie selbst ja auch duzt. Es sind keine Kinder mehr, falls du verstehst, was ich meine.«

Gesellschaftliche Formalitäten, als gäbe es nichts Wichtigeres. Eberhard seufzte. »Kannst du das nicht übernehmen?«

Es klingelte, und Marianne machte sich auf den Weg. »Nein, sicher nicht«, sagte sie im Vorbeigehen. »Sie schaffen das schon, Herr Kommissar.«

Ja, aber du bist besser in so was. Er griff neben der Bank in seine Aktentasche und zog den dicken Hefter mit dem Fall von Silvia Valentaten und dem Fünf-Sterne-Killer heraus. Die kopierte Akte, die er mit einer anderen Aufschrift versehen hatte, damit man nicht sofort darauf aufmerksam wurde, war mit der Zeit sehr dick geworden. Das Verschwinden der Frau lag fast ein Dreivierteljahr zurück, und es ließ ihm einfach keine Ruhe, dass nicht einmal ihre Leiche aufgetaucht war. *Das spricht doch eher für Frauenhandel.*

Fichtners Nummer war irgendwo in den Protokollen notiert. Er hatte sie zwar auch in sein Handy eingespeichert, aber das lag gerade oben im Arbeitszimmer.

»Mensch, Eberhard, muss das jetzt sein?« Marianne schlug diesen gewissen Tonfall an, den er besser nicht ignorieren sollte.

»Ich wollte ihn nur kurz anrufen, bevor ich es vergesse«, sagte er entschuldigend.

Sie gab einen langgezogenen Seufzer von sich, so als führe ein Zug der Genervtheit mitten durch die Küche. Eberhard musste zugeben, dass es wieder eine seiner unpassenden Handlungen war. »Entschuldige, ich packe es weg und mache es später.« Er steckte seine Brille ein, als Andreas und Susanne in die Küche kamen.

»Hallo, Herr Rieckers«, grüßte Susanne und hielt ihm die ausgestreckte Hand entgegen. Bevor er die Unterlagen zusammenschob, begrüßte er sie. »Nenn mich Eberhard«, sagte er freundlich. Dafür stand er sogar auf, auch wenn seine Knie es ihm mit Schmerzen dankten. Er umarmte seinen Sohn und klopfte ihm väterlich auf den Rücken.

»Oje, ist das die Vermisste?«, fragte Susanne und deutete auf ein Foto.

»Ja, das ist sie«, sagte er und tippte darauf.

»Der Typ dahinter würde sicher gerne mit ihrem Mann tauschen, so wie der guckt.«

Eberhard musste genauer hinschauen und entdeckte auf dem Foto, das offenbar während einer Bürofeier aufgenommen worden war, Holger Stoltzing, der zwischen weiteren Gästen im Hintergrund stand und das Paar anstarrte.

»Natürlich!«, rief er aus und schlug sich mit der Hand vor die Stirn.

Warum bin ich da nicht gleich drauf gekommen?

»Oje, da ist wohl gerade ein Knoten geplatzt. Soll ich dir später was aufwärmen, oder wirst du dir die Zeit nehmen, noch mit uns zu essen?« In Mariannes Stimme lag kein Vorwurf, nur die übliche Routine.

Er sah in die drei Gesichter, setzte sich wieder und schob die Unterlagen in die Akte. »Nein, das hat Zeit.«

Wenn Stoltzing bis jetzt nicht weggelaufen ist, wird er es in den nächsten Stunden auch nicht tun.

Aber nun war er sich sicher, dass die Person im Hintergrund auf der Hoppe-Videoaufzeichnung Stoltzing war.

»Früher hättest du nicht gewartet«, sagte Andreas und setzte sich neben ihn. »Du wärst einfach gefahren, ganz gleich, ob eilig oder nicht.«

»Ja, aber frag lieber nicht, in wie vielen Fällen das jemanden gerettet oder zur Lösung eines Falls beigetragen hat. Die Prozentzahl ist erschreckend niedrig.«

Die Küche müsste mal renoviert werden, dachte er. Die alten Muster der Tapete lagen unter Nikotin und Kochausdünstungen verborgen.

»Dann lasst uns mal essen.«

43. KAPITEL ——————— GÖTTINGEN

Montag, 11. Januar 2010
18:32 Uhr

Karl arbeitete heute länger, das war nichts Ungewöhnliches, doch Barbara begann sich zu langweilen. Den ganzen Tag im Haus zu verbringen gab ihr langsam das Gefühl, eingesperrt zu sein.

Bis auf die Räume, die abgeschlossen waren, kannte sie inzwischen jeden Winkel und jedes Detail. Sie verstand nicht, warum Karl Edith nicht fortschickte. Die Gesellschaft der Polin war ihr mehr als unangenehm. Sie flüsterte hinter ihrem Rücken und grinste hinterhältig, wenn sie sich zu ihr umdrehte. *Das bilde ich mir bestimmt nicht ein.*

Alle drei Wochen kam eine Friseurin ins Haus, die ihre Haaransätze nachblondierte und den Schnitt korrigierte. Ein Highlight im tristen Alltag.

Sie ging durch die Zimmer, verschob hier einen Tisch, stellte dort ein paar Bilder um, aber nichts davon vermittelte ihr ein Gefühl der Zufriedenheit. Vor dem Spiegel an der Garderobe blieb sie stehen und betrachtete sich.

Ich hätte lieber blaue Augen, das Braun passt nicht zu den Haaren.

Mit zwei Fingern strich sie sich übers Gesicht und straffte mit leichtem Druck die Züge auf der rechten Seite.

»Haben Sie Ihre Medizin genommen, Frau Freiberger?«

Barbara verdrehte die Augen und wandte sich zu Edith um. *Was bist du, meine Gefängniswärterin?* »Hör auf, mich das ständig zu fragen.« Sie hob das Kinn und machte mit der Rechten eine scheuchende Bewegung. »Geh und tu irgendwas, mein Mann bezahlt dich sicher nicht umsonst. Ich brauche dich nicht.« *Ich hasse dich.*

Die Polin kam auf sie zu und reichte ihr die Tabletten, in der anderen Hand hielt sie ein Glas. »Sie müssen es nehmen, sonst werden Sie wieder krank.« Sie blieb hartnäckig und sah Barbara aus ihren Schweinsäuglein an. »Sie sehen blass aus, das könnte eine Abwehrreaktion des Immunsystems sein.«

Barbara sah auf die Tabletten. Sie wollte den Schwindel, den sie verursachten, loswerden. Wann immer die Wirkung nachließ und sie eigentlich die nächste Dosis nehmen müsste, fühlte sie sich besser, weshalb sie die Einnahme jeden Tag weiter hinauszögerte.

»Oder soll ich Ihrem Mann sagen, dass Sie die Medizin nicht mehr nehmen wollen?«

Sie nahm die Tabletten entgegen und schluckte sie ohne Wasser hinunter. »Zufrieden?«

Edith lächelte ungerührt. »Haben Sie noch nie gehört, dass man sich mit manchen Tabletten die Speiseröhre verätzen kann, wenn man nicht genügend Flüssigkeit hinterhertrinkt?«

Barbara verschränkte die Arme. »Hast du nie gehört, dass kleine, nervige Polinnen wieder nach Hause fahren müssen, wenn sie unerträglich werden?« Im ersten Moment war sie über sich selbst erschrocken. *Ich kann ja richtig gemein werden.* Sie machte sich noch etwas größer.

Wütend spie Edith ihr ein paar Flüche auf Polnisch entgegen. »Wenn Sie nicht so eine kranke Frau wären, müsste ich gar nicht hier sein.«

Selbstsicher stemmte Barbara die Fäuste in die Hüften. »Ich werde dafür sorgen, dass du nicht mehr lange bleiben musst.« In ihr braute sich eine ungeahnte Wut zusammen. Es lag nicht allein an der anderen Frau, dass sie sich plötzlich so aufregte. Seit Tagen fühlte sie sich eingeengt, die vorangegangene Euphorie war verschwunden und hatte eine Unzufriedenheit hinterlassen, die sie unruhig werden ließ. Und in letzter Zeit waren Selbstzweifel hinzugekommen, dass sie vielleicht doch wieder in altbekannte Muster verfiel und die Heilung noch nicht abgeschlossen war.

In ihr spielte so vieles verrückt, und sie wagte nicht, es Karl zu erzählen, damit er sich keine Sorgen machte.

»Sie sollten sich lieber hinlegen, Frau Freiberger.« Ediths ätzender Tonfall stachelte Barbara zu mehr an, als sie eigentlich sagen wollte.

»Ich habe genug gelegen. Verschwinde, Edith.« Sie streckte sich, wobei sie die andere um einen Kopf überragte. »Du solltest mich lieber in Ruhe lassen, sonst wirst du noch beim Klauen erwischt. Das ist doch eine typisch polnische Eigenschaft, oder?«

Edith stellte das Glas hart auf die Garderobe, Wasser schwappte über den Rand, und blieb mit geballten Fäusten vor der Hausherrin stehen. »Das würden Sie nicht ...« Sie sah aus, als wollte sie im nächsten Moment zum Schlag ausholen.

»Doch, das würde ich, wenn du mich nicht in Ruhe lässt. Ich ertrage deine Anwesenheit nicht länger. Allein die Vorstellung, dass du uns beim Sex zugesehen hast, erzeugt Ekel bei mir. Am liebsten würde ich dich sofort vom Hof jagen!« Von der Medizin wurde ihr schwindelig, doch sie behielt ihre angriffslustige Haltung bei. »Hast du nicht ein behindertes Balg, das auf dich wartet? Es ist mir unbegreiflich, wie jemand wie du überhaupt zu einem Kind kommen kann. Es wundert mich nicht, dass es behindert ist.«

Edith holte aus.

»Halt!«, brüllte Karl vom Flur aus. Keine von ihnen hatte mitgekriegt, dass er nach Hause gekommen war.

* * *

Bei allem, was er mit angehört hatte, konnte er Edith nicht einmal verdenken, dass sie ihre Hand gegen Barbara erhob. Aber sein Verständnis hielt sich in Grenzen. Ein Faustschlag reichte aus, das Ergebnis stundenlanger Operationen kaputtzumachen.

Und das nur wegen verletztem Stolz.

Barbara kam auf ihn zugerannt. »Schatz, gut, dass du kommst, die Irre wollte auf mich losgehen!«

Karl nahm sie in die Arme und gab Edith über ihre Schulter hinweg ein herrisches Zeichen, hier zu warten.

Mit leisen Worten sprach er auf Barbara ein und gab ihr in allem recht, damit sie sich nicht noch mehr aufregte. Sie fühlte sich etwas heiß an – vielleicht eine Infektion, weil sie sich verkühlt hatte. »Alles wird gut, mein Herz, reg dich bitte nicht so auf.«

»Du musst sie rauswerfen, ich will sie hier nicht länger haben. Sie war die ganze Zeit über gemein zu mir.«

Schon wieder Lügen? Oder Wahnvorstellungen?

Als sie auf das Schlafzimmer zugingen, versteifte sie sich merklich. »Ich bin nicht müde, ich habe heute schon genug im Bett gelegen.« Sie riss sich von ihm los. »Ehrlich, es geht mir gut.«

Er hob die Hände und zeigte ihr die Handflächen als Zeichen, dass sie nichts zu befürchten hatte. »In Ordnung, ich glaube dir, mein Schatz. Ich werde alles regeln, du brauchst jetzt erst mal deine Ruhe. Hast du die Medizin genommen?«

Verzweiflung stand auf ihrem hübschen Gesicht. Karl kannte diesen Ausdruck in ihren Augen, den sie immer dann hatte, wenn sie sich zu sehr aufregte.

»Ja, ich habe alles genommen.« Sie ließ sich wieder in den Arm nehmen und drückte ihr Gesicht an seine Schulter.

»Scht.« Beruhigend legte er eine Hand auf ihren Hinterkopf und drückte sie sanft an sich. »Ich kann verstehen, dass es an den Nerven zerrt, jeden Tag die gleichen Gesichter zu sehen. Es ist ja nicht mehr lange.« Mit einer Hand öffnete er die Tür zu ihrem Schlafzimmer. Solange Edith noch hier war, wollte er Barbara lieber im unteren Schlafzimmer wissen. Bevor sie wieder bei ihm schlafen konnte, musste das Bad neu gefliest und die Badewanne ausgetauscht werden. Nichts sollte mehr an dieses schreckliche Ereignis erinnern. Bis dahin ging er nachts lieber zu ihr, und wenn sie eingeschlafen war, wechselte er nach oben in sein Bett. »Ich verspreche dir, dass wir bald ausgehen werden und du deine Freundinnen wieder treffen kannst. Alle fragen schon nach dir.« Mit leichtem Druck schob er sie von sich und führte sie dann in den Raum. »Etwas Schlaf wird dir jetzt guttun.«

»Ich bin aber noch gar nicht müde«, begehrte sie auf.

Mit der Rechten zog er eine Spritze aus der Jackentasche und entfernte die Schutzkappe. Barbara starrte darauf wie eine Maus auf die Schlange. »Bitte nicht«, sagte sie flüsternd. »Es ist vorbei, ich bin ganz ruhig, du musst das nicht tun. Lass uns doch lieber gemeinsam ins Bett gehen.«

Sie schliefen jetzt fast jeden Abend miteinander, er hatte diese Zärtlichkeiten so lange vermisst, dass er jede Sekunde davon genoss. *Vielleicht bist du ja bald schwanger.*

Er drückte sie aufs Bett und half ihr unter die Decke. Ihre Hand fühlte sich kalt und feucht an. Liebevoll streifte er den Ärmel hoch. »Es ist wichtig, dass du deine Medikamente jeden Tag rechtzeitig nimmst.« Sie drehte sich weg, während er die Flüssigkeit injizierte. »Vielleicht habe ich das nicht deutlich genug betont, aber du wirst die Immunsuppressiva für den Rest deines Lebens nehmen müssen.« Diesmal tat es ihm leid, das Schlafmittel verabreichen zu müssen. »Du trägst ein fremdes Organ in dir, das dein Körper abstoßen könnte, wenn du die Medizin nicht nimmst.« Mit einem Tupfer drückte er auf die Einstichstelle und legte die Spritze mit der freien Hand auf den Nachttisch.

»Das bedeutet auch, dass du anfälliger bist für Krankheitserreger. Keine Gartenarbeit, dein Bett muss regelmäßig frisch bezogen werden, und du solltest außerdem Menschenmengen meiden.«

Sie drehte ihm das Gesicht zu. Tränen standen ihr in den Augen, doch sie versuchte zu lächeln.

»Wenn du dich aufregst, dann bist du noch anfälliger. Edith will dir nur helfen, also hör auf, gegen sie anzukämpfen.«

Anscheinend wollte sie noch etwas sagen, doch das Mittel wirkte sehr schnell. Karl verstand ihre Worte nicht, und im nächsten Moment war sie bereits eingeschlafen.

Wir kriegen das alles hin. Damals hatte es auch damit angefangen, dass sie launisch wurde und immer öfter die Kontrolle verlor. *Diesmal werde ich es nicht so weit kommen lassen.*

Er betrachtete seine schlafende Frau und rieb sich müde über die Augen. Bis zum Morgen würde sie durchschlafen, doch wie ging es dann weiter? *Vielleicht sollte ich der täglichen Medikation noch ein Mittel hinzufügen, das Gleichgültigkeit in ihren Gemütszustand mischt.*

Er kam sich vor wie ein Seiltänzer, der in schwindelerregender Höhe ein Tablett mit Gläsern balancierte. Verlöre er das Gleichgewicht, würden erst die Gläser fallen und dann er – mitten hinein in den Scherbenhaufen. Es gab schönere Aussichten.

Dabei hatte das Jahr so gut angefangen. Sie hatte ihm viel Freude bereitet, wenn ihre Augen leuchteten oder sie ihn verführte und ihn dabei ansah, als wäre er so begehrenswert wie Robert Redford. »Ich muss ihren Hormonspiegel kontrollieren«, sagte er zu sich selbst. »Sie wird ja wohl nicht gleich schwanger geworden sein. Für die hormonellen Auswirkungen wäre es viel zu früh.«

Nein, irgendetwas verursachte diese Unruhe, und das bereitete ihm Sorgen.

Seufzend stand er von der Bettkante auf und ging zu Edith, die wie ein Häufchen Elend vor der Garderobe stand und wartete.

»Dr. Freiberger, ich schwöre, ich habe nichts gemacht«, sagte sie untertänig und wollte eine Hand nach ihm ausstrecken.

Mit einem mürrischen Ausdruck hielt er sie davon ab.

»Bleiben Sie, wo Sie sind!« Unentschlossen ging er in der Halle auf und ab. »Ich weiß, dass es nicht leicht ist mit meiner Frau. Jetzt, wo sie physisch genesen ist, greifen die alten psychischen Muster wieder.«

Edith nickte bekümmert. »Sie sagte, sie würde mir Diebstahl anhängen, um mich loszuwerden«, jammerte sie. »Ich habe noch nie etwas gestohlen, das ist eine schwere Beleidigung.«

»Wie viel?«, fragte er ungerührt.

»Was?« Edith sah ihn verständnislos an.

»Was kostet es mich, dass wir diesen Vorfall vergessen und weitermachen wie bisher?«

»Nun«, begann sie nachdenklich, »es war wirklich sehr verletzend, ich weiß nicht, ob Geld das mal eben so beseitigen – «

Er ging zwei Schritte auf sie zu. »Verarschen Sie mich nicht! Wie viel?«

Sie sog die Luft ein und straffte sich. »Fünfhundert Euro«, sagte sie fest und presste ihre dünnen Lippen aufeinander.

»Gut.« Er zog eine Geldrolle aus seiner Jackentasche und warf sie ihr mit einer abfälligen Handbewegung zu. »Das sind tausend Euro. Ich erwarte, dass Sie die nächsten Beleidigungen meiner Frau einfach ignorieren. Barbara ist krank, deswegen sind Sie hier. Ich will nie wieder erleben, dass Sie mit ihr streiten oder gar Ihre Hand gegen sie erheben, ist das klar?«

Sie nickte und steckte das Geld ein. »Sehr wohl, Dr. Freiberger. Kann ich sonst noch etwas für Sie tun?«

Ich brauche dringend etwas zu trinken. Müde zog er das Pillendöschen aus der Innentasche seines Jacketts, öffnete es und legte sich eine der kleinen weißen Perlen unter die Zunge. Ihm stand eine lange Nacht bevor.

»Ich muss noch einiges für eine Operation morgen recherchieren, bitte sehen Sie ein paarmal nach Barbara und sagen Sie mir sofort Bescheid, wenn sie wach wird.«

Die Krankenschwester bestätigte die Anweisungen und verließ den Raum.

»Ich muss mir etwas anderes einfallen lassen, so geht das nicht mehr lange gut«, grummelte er leise.

44. KAPITEL ——————— HAMBURG
Montag, 11. Januar 2010
19:56 Uhr

Das alte Treppenhaus roch nach Hamburger Geschichte, vermischt mit altbewährten Reinigungsmitteln – ein Duftgemisch, das Rieckers immer an Stoltzing erinnern würde. Seine Knie brannten, als wären sie unnatürlich geschwollen nach dieser Anstrengung. *Verdammtes Alter.*

Die Klingel gab ein Schrillen von sich, das sofort endete, als er den Knopf losließ. Die Tür hatte oben ein geriffeltes Fenster, so dass er einen Lichtschein von innen sehen konnte. Trotzdem dauerte es sehr lange, bis Schritte dahinter zu hören waren.

Emma Stoltzing. Rieckers vermutete, dass ihr Sohn gerade nicht zu Hause war. Er klopfte, damit die Alte nicht erst noch den Öffner für den Haupteingang betätigte, denn der stand noch offen.

Eine Kette wurde vorgeschoben, dann öffnete sich die Tür einen Spalt. »Was wollen Sie?«, lautete die ungehaltene Begrüßung.

Er hielt ihr seinen Dienstausweis unter die Nase. »Kommissar Rieckers, Bezirkspolizei, dürfte ich bitte eintreten?«

Es machte nicht den Eindruck, als könnte sie auf dem Dokument etwas entziffern. »Worum geht es denn?«

Irgendwo öffnete sich eine andere Tür, jemand wollte wohl nachsehen, was hier los war. »Ihr Sohn könnte ein wichtiger Zeuge sein, ich muss dringend mit ihm sprechen«, sagte er.

Dass Stoltzing zu den Verdächtigen zählte, wollte er nicht durchs ganze Haus posaunen.

Sie drückte den Eingang wieder zu, zog die Kette zurück und ließ ihn eintreten. »Wie war noch gleich Ihr Name?«

»Kommissar Rieckers.«

Rumpelnd schloss sie den Eingang, was im Treppenhaus laut nachhallte. »Sie kommen mir bekannt vor, ich vergesse nie ein Gesicht.«

»Tatsächlich?« Er wollte ihr lieber nicht auf die Sprünge helfen.

Im Nebenraum dröhnte der Fernseher, ihr Gehör war demnach nicht mehr so gut.

Sie ging voraus in die warme Stube, setzte sich in einen alten Sessel mit kleinen Goldfäden, die bis zum Boden reichten. »Wenn Sie was trinken wollen, müssen Sie es sich selber holen, die Gicht bringt mich um.«

Eberhard fing an zu schwitzen und beobachtete ungläubig, wie die Alte sich in der brütenden Hitze eine Wolldecke über die Beine drapierte. *Wenn ich anfange, bei dreißig Grad zu frieren, gehöre ich endgültig zum alten Eisen.*

»Wo befindet sich Ihr Sohn gerade?« Er zog die Jacke aus, setzte sich auf das Sofa und versank in der Sitzfläche wie in einer löchrigen Luftmatratze. Die Gemälde, die über der mit stilisierten Lilien bedruckten Tapete hingen, waren mit den Jahren blass geworden, auf den goldenen Rahmen lag Staub. Wahrscheinlich sah sie den Schmutz nicht mehr, und ihr Sohn hatte nie gelernt, einen Haushalt zu führen.

»Montags ist er immer Skat spielen mit seinen Jungs.«

»Aha.« Rieckers kam nicht umhin, die vielen Tablettenstreifen auf dem Tisch neben ihrem Sessel zu bemerken. Ein Taschentuch ragte aus dem Ärmel der grauen Strickjacke. Laut Kartei war sie fünfundachtzig Jahre alt. Eine ungewöhnlich alte Mutter für die Zeit, in der sie Holger zur Welt gebracht hatte, aber Rieckers wusste auch, dass zwei ältere Geschwister vor seiner Geburt gestorben waren. Katja Moll hatte das alles herausgefunden.

»Ist er denn erreichbar?« Er rückte auf die Sofakante, doch diese Position fühlte sich nicht besser an. Die Federn drückten durch die strapazierte Polsterung.

»Sie müssen am Telefon die gelbe Taste drücken.«

Verdammtes Ding. Rieckers hätte das verfluchte Sofa gerne dem Sperrmüll übergeben. Es war eine Zumutung, darauf zu sitzen, und eine Herausforderung, wieder aufzustehen.

Ächzend stemmte er sich hoch und ging zu dem Telefon, auf das sie gezeigt hatte.

Er nahm den Hörer ab und betrachtete die farbigen Kurz-wahltasten: Holgi, Rosalinde, Dr. Buchherr, Apotheke, Dr. Weiss, Böck, Inge.

Die gelbe zeigte die meisten Gebrauchsspuren, dicht gefolgt von Rot und Grün, die zu den Ärzten gehörten.

Sohnemann war anscheinend sehr beschäftigt, denn er ließ sein Handy lange klingeln, bevor er atemlos das Gespräch annahm. »Was gibt's, Mutti?«, fragte er gleich.

»Guten Abend, Herr Stoltzing, bitte entschuldigen Sie die Störung, hier ist Kommissar Rieckers.«

Verstörtes Schweigen am anderen Ende.

»Herr Stoltzing?«

»Was tun Sie in meiner Wohnung?« Im Hintergrund war es absolut still, zu still für einen Skatabend mit den Jungs. Der alarmierte Tonfall gab Eberhard das Gefühl, auf einer heißen Spur zu sein.

»Ich muss mit Ihnen reden, kommen Sie her, oder soll ich zu Ihnen kommen?«

»Besser, ich komme zu Ihnen ins Büro.« Stoltzing klang recht ungehalten für einen so schüchternen Mann.

Eberhard drehte sich zum Wohnzimmer, damit der Fernseher deutlicher zu hören war. »Wie bitte?«

»Ich sagte, wir sollten uns besser in Ihrem – «

219

»Ich höre Sie ganz schlecht, der Fernseher ist zu laut.« Er machte eine kleine Pause, ließ Stoltzing noch mal seinen Vorschlag in den Hörer brüllen, dann sagte er: »Kommen Sie einfach her, ich warte hier auf Sie. Es ist unmöglich, auch nur ein Wort zu verstehen.« Dann legte er auf.

Na, Mama Stoltzing, dann wollen wir doch mal etwas plauschen.

Halbwegs zufrieden ging er in die Stube zurück und sah sich nach einem besseren Platz als dem Sofa um.

»Nun setzen Sie sich doch, oder wollen Sie dort Wurzeln schlagen?« Die Alte deutete aufs Sofa.

»Hätten Sie hier irgendwo einen Stuhl, den ich holen könnte?«

Ihre trüben Augen verschwanden hinter zusammengekniffenen Lidern. Ob die dicke Brille ihr zu einer besseren Sicht verhalf, bezweifelte er. »Gefällt Ihnen mein Sofa nicht?«

Er deutete auf seine Knie. »Ich komme leider ganz schwer wieder hoch, wenn ich so tief sitze.«

Sie wackelte gleichgültig mit dem Kopf, als wären ihr die lächerlichen Leiden anderer egal.

Verstehe, es leidet sowieso niemand so sehr wie du.

»Dann holen Sie sich eben einen Hocker aus der Küche.«

Der einfache Hocker bestand aus vier Metallbeinen und einer runden bespannten Spanplatte.

»Wohnen Sie hier schon lange mit Ihrem Sohn?«, rief er gegen den Fernsehlärm an.

Irgendetwas nagte an der Frau, ihre Kiefermuskeln arbeiteten, und abwechselnd schürzte sie die faltigen Lippen oder presste sie aufeinander.

»Dies war die erste Wohnung, die wir bekommen haben, nachdem wir jahrelang zur Untermiete leben mussten. Mein Bub kennt kein anderes Zuhause.« Sie sah starr nach vorn und rieb sich immer wieder die geschwollenen Hände. »Sehen Sie sich ruhig um, *Kommissar*, das würden Sie doch gerne, oder?«

Ihm war die Intention dieses Angebots nicht ganz klar, aber er ließ es sich nicht zweimal sagen.

»Holgers Zimmer ist rechts am Ende des Flurs«, rief sie ihm hinterher.

Aufkleber, teils angekratzt oder ausgeblichen, schmückten die Tür des ehemaligen Jugendzimmers, das jetzt vom erwachsenen Holger bewohnt wurde. Eberhard drückte die Klinke und stieß die Tür auf.

Es herrschte eine sterile Ordnung in dem Raum, die so gar nicht zum Rest der Wohnung passen wollte. Spielzeugautos standen auf einem schmalen Regal im ewigen Stau, alte Teddys saßen als Zuschauer daneben. Ein weißes Bett mit HSV-Bettwäsche, obenauf der gefaltete blaue Pyjama.

Das wirkt eher wie ein Ausstellungsraum.

Der Kleiderschrank war zu groß für das Zimmer und erschlug es nahezu. Eberhard wagte einen Blick ins Innere. *Nicht mal Marianne kriegt die Kleidung so ordentlich hin.*

Wie konnte ein Pedant ansonsten so unordentlich und dreckig leben?

Auf dem Schreibtisch lagen Malstifte und ein unbenutzter Block.

Sieht aus wie das Zimmer eines Sechsjährigen. Ächzend ging er in die Knie, um unter die Tischplatte zu blicken. Nichts.

Er drehte sich um und schaute unters Bett – ebenfalls keine versteckten Sachen. Erst auf dem Kleiderschrank wurde er fündig. Es waren ein paar Fotos von nackten Frauen, die offensichtlich mit einem Teleobjektiv durchs Fenster aufgenommen worden waren.

Voyeurismus – nicht erlaubt, aber im Gegensatz zu Entführung und Mord recht harmlos, wenn da nicht eine Aufnahme gewesen wäre, die Eberhard ein leises Pfeifen entlockte.

Er nahm die Fotos an sich und steckte sie in die Jackentasche. *Das wird interessant.*

Das nächste Zimmer war Emma Stoltzings Schlafraum,

dunkel und erdrückend wie der Rest der Wohnung. Das alte Bett schien bereits ein paar Reparaturen nötig gehabt zu haben. Einige Schrauben sahen deplatziert aus, Latten stützten ein gebrochenes Bein, damit es unter ihrem Gewicht nicht wegknickte.

Beide Seiten waren bezogen, ein Nachthemd lag auf der einen Seite, und als er die andere Decke etwas anhob, fand er einen Schlafanzug. *Der sieht schon eher aus, als würde er benutzt.*

Es gab eine Fülle von Fotos, die Emma mit ihrem Sohn zeigten, und nur ein einziges, auf dem der Vater zu sehen war. *Erdrückende Mutterliebe. Wer würde da nicht durchdrehen?*

Zwanzig Minuten waren vergangen, als er unten die Tür knallen hörte und jemand mit hastigen Schritten die Treppe heraufkam.

Gemütlich beendete er seinen Rundgang und saß schon wieder auf dem Hocker, als Holger Stoltzing außer Atem hereinstürzte.

Seine Mutter schaltete den Fernseher aus und erwartete ihn mit vor der Brust verschränkten Armen. Dafür, dass Eberhard offiziell eigentlich nur wegen einer Zeugenbefragung hier war, verwunderte ihn ihre Reaktion sehr.

»Was tun Sie hier?«, fuhr Holger ihn an und trat sofort zu seiner Mutter. »Mutti, es tut mir leid, dass er dich belästigt hat.«

Mürrisch entzog sie sich dem Versuch, ihr einen Kuss auf die Wange zu drücken. »Du hast mich angelogen«, keifte sie.

Ihr Sohn kniete sich vor sie und versuchte ihre Hand zu nehmen – erfolglos. »Was haben Sie ihr erzählt?« Er sah Eberhard mit der Wut eines verängstigten Jungen an.

»Nichts hat er gesagt«, antwortete sie statt seiner. »Aber du.«

Stoltzing überlegte, was er Falsches gesagt haben könnte. Eberhard dämmerte es langsam. Da sagte sie auch schon:

»Zeugen Jehovas! Ich wusste, dass ich ihn schon mal gesehen habe, ich vergesse nie ein Gesicht. Für wie senil hältst du deine Mutter?« Sie holte aus und verpasste ihm eine Ohrfeige, die sich gewaschen hatte.

Eberhard stand auf und wollte dazwischengehen.

»Wagen Sie es ja nicht, mir zu sagen, wie ich mit meinem Jungen umgehen soll!«, fauchte sie ihn an. »Und nun reden Sie! Was hat er ausgefressen? Kommen Sie mir nicht mit dieser Zeugenscheiße, ich kenne doch meinen kleinen perversen Sohn.«

»Mutter.« Holger wollte sie bremsen, aber eine Ausholbewegung von ihr reichte aus, ihn in die Schranken zu weisen.

»Die Nachbarn haben sich schon öfter beschwert, dass er abends bei den anderen in die Fenster schaut, ist es deshalb?«

Eberhard beobachtete Stoltzing, der in sich zusammensank und leichenblass wurde. »Drei Arbeitsstellen hat er wegen Belästigung seiner Kolleginnen verloren. Hat ihn nun endlich eine angezeigt, damit er mal kapiert, dass er nicht den Weibern nachstellen soll?«

Aus der Alten sprach pure Eifersucht; sie liebte ihren Sohn mehr, als gut für ihn war.

»Wann ist sein Vater gestorben?«, fragte Eberhard, um eine Vorstellung davon zu bekommen, wie lange das schon so ging.

»Kurz nach seiner Geburt, was spielt denn das für eine Rolle?«

Er sah ihr in die Augen und sagte ruhig: »Sie wissen schon, dass es auch strafbar ist, wenn Mütter ihre Söhne missbrauchen?«

Mit einem entsetzten Aufschrei fing sie an, laut nach Luft zu japsen. »Holgi, hast du das gehört?« Sie griff sich an die Brust und atmete keuchend, ein Schauspiel, mehr nicht, doch Holger kümmerte sich augenblicklich um sie.

So ein Miststück. »Herr Stoltzing, ich warte draußen auf Sie. Wenn Sie in zehn Minuten nicht unten sind, erwirke ich einen

Haftbefehl.« Es fiel ihm schwer, gegen die theatralischen Laute der alten Frau anzureden. »Noch sind Sie nur ein Zeuge in diesem Fall, aber es spricht einiges gegen Sie.«

Er nahm seine Jacke vom Sofa und blieb vor der Alten stehen. »Bleiben Sie ruhig sitzen, ich finde den Weg schon allein.« Gemächlich zog er die Jacke an und tippte sich mit einem Finger gegen die Stirn wie bei einem Salut. »Sie sollten ihn runtergehen lassen, wenn Sie nicht länger als nötig auf ihn verzichten möchten.«

Ihr böser Blick reichte ihm als Antwort.

Und tatsächlich, fünf Minuten später erschien Holger Stoltzing unten vor der Tür, durchgeschwitzt, kalkweiß, mit unordentlichen pomadigen Haaren.

»Warum tun Sie mir das an?«, fragte er weinerlich.

Eberhard blieb ungerührt. »Wissen Sie, wozu seelische Krüppel fähig sind?« Er deutete zur Wohnung hinauf. »Seit Ihrer Kindheit wurden sie emotional und körperlich missbraucht, was soll mich davon abhalten, eins und eins zusammenzuzählen?«

Stoltzing schüttelte übertrieben heftig den Kopf. »Ich habe mit Silvias Verschwinden nichts zu tun, das schwöre ich bei meinem Leben!«

»Und warum verstecken Sie das hier auf Ihrem Schrank?« Er holte die Fotos aus seiner Tasche, von denen das oberste eindeutig Silvia Valentaten zeigte. »Das ist ein typisches Stalker-Foto.«

Stoltzing wich zurück und stieß gegen die Hauswand. »Ja, ich habe dieses Bild gemacht«, gestand er. »Ich bin zu ihrem Haus gefahren und habe mit einem Teleobjektiv von einem Baum aus in ihre Wohnung geschaut.« Er grub seine Finger in die Pomadefrisur und arrangierte sie damit ungewollt neu. »Aber mehr habe ich nicht getan.«

»Und das soll ich Ihnen glauben?« Eberhard ließ die Bilder wieder in seine Tasche wandern.

»Als ich vom Baum geklettert bin, fiel meine Kamera herunter, eine neue konnte ich mir nicht kaufen, weil meine Mutter mein Geld verwaltet, ansonsten hätte ich vielleicht noch mal Fotos von ihr gemacht. Sie war wunderschön, geradezu perfekt. Mehr hätte ich aber niemals getan!«

Rieckers zeigte die Straße entlang. »Kommen Sie, wir gehen etwas spazieren, bevor die ganze Nachbarschaft hellhörig wird.«

Wenn er mit ihm fertig war, würde er endgültig wissen, ob Stoltzing etwas mit Silvias Verschwinden zu tun hatte oder nicht.

»Warum hat es nie eine Verurteilung wegen Nötigung, Belästigung oder Stalken gegeben?«

Holger umfasste sich mit beiden Armen, als wollte er sich selbst Halt geben. »Die Kolleginnen waren zufrieden, wenn ich gehen musste, und meine Mutter bezahlte das Schweigen der Nachbarinnen und bestrafte mich so sehr, dass ich mich jedes Mal längere Zeit zusammengerissen habe.«

»Aber das war nicht von Dauer, warum?« Dieser bemitleidenswerte Mann war kein Einzelfall, aber er brauchte dringend psychologische Hilfe, wenn da überhaupt noch was zu retten war.

»Es war wie eine Sucht. All diese Frauen, die normalerweise durch mich hindurchgucken, sind dann plötzlich meinen Blicken ausgeliefert.« Er räusperte sich. »Aber seit zwei Jahren ist damit Schluss. Ich brauche das jetzt nicht mehr.«

»Ach ja? Ich soll Ihnen glauben, dass Sie die Sucht einfach so überwunden haben?«

Stoltzing nickte mit gesenktem Kopf. »Ich brauche das nicht mehr.«

Zusammen mit dem Notizblock zog Eberhard die Zigarettenpackung aus der Tasche und zündete sich eine an. Holger lehnte ab. »Meine Mutter erschlägt mich, wenn ich rauche.«

Eberhard machte sich Notizen, die Sachlage war sehr belastend für Stoltzing, mehr, als der ahnte. »Warum ist damit Schluss? Weil Sie Frauen jetzt lieber entführen? Weil Sie einen Fetischklub gefunden haben, der Ihre Bedürfnisse befriedigt? Warum dann die ausgeliehene Kamera?«

Sie gingen auf eine Parkbank zu, und Eberhard war froh, sich endlich vernünftig setzen und anlehnen zu können.

»Ich habe jetzt eine Geliebte«, flüsterte Stoltzing, als könnte seine schwerhörige Mutter über einhundert Meter durch die dicken Mauern etwas mitbekommen.

Im ersten Moment wollte Eberhard laut auflachen, denn die Vorstellung war einfach absurd, aber ein anderer Gedanke erstickte diesen Impuls. *Was, wenn er das Opfer für seine Geliebte hält?*

»Wie heißt sie, und wo kann ich sie erreichen?«

Stoltzing ging aufgeregt hin und her. »Das habe ich Ihnen schon einmal gesagt, ich werde ihre Identität nicht preisgeben.«

»Dann sage ich Ihnen mal was.« Er nahm die Zigarette zwischen zwei Finger und deutete auf ihn. »Nicht nur, dass Sie der Letzte waren, der mit Silvia Valentaten gesprochen hat, Sie wurden auch im Elysee gesehen, als Karen Hoppe verschwunden ist.«

Stoltzings Gesicht wurde noch bleicher, er wirkte, als müsste er sich jeden Moment übergeben.

»Warum kommen Sie jetzt damit? Die Entführung ist doch schon ewig her. Damals habe ich Beatrice Weber zu Muttis Geburtstag eingeladen, das ist alles. Sie wissen schon, die Tochter der Freundin meiner Mutter, die dort arbeitet.« Er tastete seine Jacke ab. »Ich kann Ihnen die Telefonnummer geben.« Mit zwei Fingern holte er sein Handy hervor und tippte darauf herum.

Eberhard hielt abwartend den Stift über das Papier, dann schrieb er die Nummer auf, die Holger ihm diktierte. »Ist schon ein seltsamer Zufall. Warum haben Sie die Frau nicht einfach angerufen, wie man normalerweise Einladungen übermittelt?«

»Beatrice hatte erwähnt, dass die Connels-Hochzeit dort gefeiert wurde. Ich bin persönlich hin, um ein paar Prominente zu sehen.«

»Nun gut, ich werde das überprüfen. Ihnen ist doch klar, dass Sie nicht das Land verlassen dürfen?«

Stoltzing nickte. »Und wie geht es jetzt weiter?«

Der Zigarettenrauch wurde durch ihre Atemwölkchen verstärkt, es war ein sehr kalter Januarabend. Bevor Eberhard antwortete, ging er einen Moment in sich. Sein Gefühl war nicht ganz eindeutig, was Holger Stoltzing betraf.

Was soll's, wenn sich Müller und Dabels aufregen.

»Ich werde Ihre Aussage überprüfen. Spätestens morgen will ich den Namen und die Kontaktdaten Ihrer Geliebten auf meinem Tisch haben. Ansonsten bin ich verpflichtet, alles der Soko zu übergeben. Die Kollegen werden sicher keine Rücksicht auf Ihre häusliche Situation nehmen. Verstanden?«

Und wie er verstand. Er führte eine Hand zum Mund und kaute nervös auf den Nägeln, die ohnehin schon weit unter normal gekürzt waren. »Ich werde mit ihr reden«, nuschelte er. »Aber ich bin mir nicht sicher, ob sie mir das erlauben wird.«

Er wird sich hoffentlich nicht eine zweite Ausführung seiner Mutter angelacht haben?

»Das sollte sie besser. Nun gehen Sie nach Hause.«

Holger machte sich gehorsam auf den Weg.

»Ach, und Herr Stoltzing.« Eberhard musste es einfach sagen. »Ziehen Sie endlich da aus.«

Ohne darauf zu reagieren, lief der Mann zu seiner Mutter zurück.

Warum werden solche Biester nur so alt?

45. KAPITEL

Einen Monat später
HAMBURG
Montag, 8. Februar 2009
20:13 Uhr

Die Aussprache mit Kathrin lag Monate zurück. Sven dachte kaum noch daran, wie seltsam die Trennung von seiner Frau eigentlich abgelaufen war. Ein ungewöhnlicher Ausgang für eine Geschichte, die unter normalen Umständen in Streit und Zorn hätte enden müssen. Aber sie waren alle ganz ruhig geblieben.

In der letzten Therapiesitzung hatte er es laut aussprechen sollen: »Silvia ist wahrscheinlich tot.« Ungewöhnliche Methoden, aber am Ende zeigten sie meist Wirkung. Und nachdem er es ausgesprochen hatte, fing er an, auch den Gedanken zuzulassen. Es war weniger das Aufgeben der Hoffnung als vielmehr das Akzeptieren, dass er ohne Silvia weitermachen musste. Etwas, was Thomas inzwischen bestens gelang.

Kathrin traf sich schon seit Dezember mit einem Mann, den sie in der Praxis kennengelernt hatte. Sie wirkte glücklich, und Sven war in gewisser Weise froh, wegen ihr kein schlechtes Gewissen mehr haben zu müssen.

Der Kommissar meldete sich hin und wieder, wahrscheinlich um sicherzugehen, dass er keinen Unsinn anstellte.

Dr. Albers wollte, dass er unter Menschen ging, und er merkte, dass ihm das tatsächlich guttat. All seine Vorsätze, nicht aufzugeben, an Silvias Rückkehr zu glauben und die eigene Schuld nicht zu vergessen, machten schließlich der Vernunft Platz. *Das Leben geht weiter.*

Er ging öfter in die Eckkneipe, in der er viele alte Bekannte traf, und manchmal war er so betrunken, dass er kaum den Weg nach Hause fand.

An diesem Morgen war er neben Tanja aufgewacht. Nur verschwommen erinnerte sich an das, was sie in der Nacht getan hatten, und das Gespräch am Frühstückstisch fiel entsprechend angespannt aus. Sie war eine der Frauen, die so ziemlich jeder Mann im Freundeskreis schon einmal im Bett hatte, sogar Thomas – bevor Silvia in sein Leben getreten war. Nun zählte er auch zu ihnen.

Er rieb sich über den Nacken. *Ausgerechnet heute.*

Als sie endlich gegangen war, musste er zu Dr. Albers. Nachdem er beim letzten Mal versucht hatte, mit Geschichten über Träume von anderen Themen abzulenken, verliefen die Sitzungen nun mit einer gewissen Strenge, die ihm deutlich sagte: *Verarsch mich nicht, Junge.*

Also fügte er sich schicksalsergeben und versuchte, wieder auf die Beine zu kommen.

Dass er mit Silvia niemals Sex gehabt hatte, fiel Thomas und Kathrin immer noch schwer zu glauben. Eine Liebe, die derart stark war und nicht geradewegs ins Bett führte?

Heute war Silvias Geburtstag. Die letzten Jahre waren sie an diesem Tag erst essen und dann je nach Wochentag tanzen gegangen. Sie liebte es, zu tanzen. Es war Beschluss, an diesem Tag genau das zu tun, was Silvia so gemocht hatte, aber er zweifelte inzwischen an diesem Vorhaben.

Er würde Tanja ihnen gegenüber sicher nicht erwähnen. Sie war wie die *Bild*-Zeitung, die man zu Hause las, während man woanders Artikel aus der *Zeit* oder dem *Abendblatt* zitierte.

Tut mir leid, Silvia.

Vor ihm lagen alle Fotos, die er von ihr besaß. Die Angst, sie zu vergessen, wurde von Dr. Albers ebenso therapiert wie seine Schlafstörungen. Er weigerte sich allerdings, Medikamente zu nehmen, was nach Albers' Einschätzung die Prozesse verlangsamte.

Die Gefühle endeten nun mal nicht einfach. Der Schmerz saß tief, so weit reichte keine Medizin.

46. KAPITEL

Einen Monat später
GÖTTINGEN
Samstag, 13. März 2010
17:18 Uhr

Das Anwesen wirkte mit jedem Tag kleiner. Es gab keinen Fernseher, und wenn Barbara das Telefon in die Hand nahm, wusste sie nicht, wen sie anrufen sollte. Ihre einzige Gesellschaft war Edith, und der ging sie, so gut sie konnte, aus dem Weg.

Seit einigen Tagen fühlte sie sich, als läge eine dicke Schicht Watte um ihren Kopf. *Was stimmt nicht mit mir?*

Es waren keine Depressionen, eigentlich fühlte sie sich sogar sehr gut, was ein Effekt der Tabletten sein konnte. Edith achtete darauf, dass sie nicht das Haus verließ, keine scharfen Gegenstände in die Hand nahm oder allein ins Bad ging. Sie musste das Gäste-WC benutzen, weil dort keine Badewanne war, in der sie sich hätte etwas antun können.

Er kann mich doch nicht mein Leben lang kontrollieren!

Es klingelte an der Haustür, und sie rannte los, um Edith zuvorzukommen. Sie öffnete, und ein gutaussehender Mann mittleren Alters stand vor der Tür. Unter der offenen Lederjacke trug er ein weißes Hemd, die obersten Knöpfe waren nicht geschlossen und ließen einen Blick auf die gebräunte Haut und ein paar Brusthaare zu. Eine teure silberne Kette mit einem eingedunkelten R glänzte um seinen Hals. Die glatten Gesichtszüge verzogen sich zu einem freudigen Lächeln, als er sie erblickte, dann trat er unaufgefordert ein und umarmte sie stürmisch. »Barbara, meine Liebe, es ist so schön, dich endlich zu sehen!«

Seine Berührungen waren intensiver, als es für einen Freund gebührlich gewesen wäre. Sie spürte, wie seine Hand über ihren Po glitt und die freie Haut seines Oberkörpers ihre berührte. Sein ansprechendes Aftershave stieg ihr in die Nase. Aus dem Augenwinkel konnte sie Edith sehen, also schob sie den Fremden schnell von sich. »Was fällt Ihnen ein?«, fuhr sie ihn an. »Wer sind Sie?«

Der Besucher zog die Schultern hoch und wirkte dabei wie ein italienischer Fußballspieler, der mit dem Schiedsrichter diskutieren wollte. »Was meinst du damit? Erkennst du mich denn nicht?«

Mühsam kramte sie in ihrer Erinnerung, dachte an all die Fotos, die sie in den letzten Monaten betrachtet hatte. »Richard?«

Er nickte freudig. »Ja, Richard. Bittest du mich nun endlich herein, oder soll ich in der Tür stehen bleiben?«

Die Angestellte beachtete er gar nicht. Anscheinend war er es gewohnt, Personal um sich zu haben.

»Sicher doch, du musst entschuldigen, ich, äh – « Ihr fehlten die Worte.

Dafür mischte sich nun Edith ein. »Es geht Frau Freiberger nicht gut, ich denke nicht, dass *Doktor* Freiberger es gutheißen wird, wenn sie sich jetzt anstrengt oder aufregt.«

»Verschwinde, Edith«, befahl Barbara. »Es geht mir bestens, und ein wenig Gesellschaft wird mir sehr wohl guttun.«

Die Miene der Krankenschwester verfinsterte sich, dann ging sie Richtung Küche.

»Was ist denn das für ein Drache?«

Barbara sah zu Boden. »Reden wir nicht über sie. Kann ich dir einen Kaffee anbieten?«

Sie wollte vorausgehen, aber er hielt sie am Arm fest und zog sie an sich. »Erst wirst du mir sagen, warum du damals nicht gekommen bist.«

Verdammt, was habe ich jetzt schon wieder angestellt? »Ich weiß nicht, wovon du sprichst«, sagte sie und schaute ihn an. In ihr regten sich keine Gefühle für ihn, nur eine ungewollte Aufregung, weil er seit langem der erste Mensch von außerhalb war, dem sie begegnete.

Sein Griff verstärkte sich. »Du weißt es nicht?« Er umfasste jetzt beide Arme und schob sie gegen die geschlossene Eingangstür.

»Nicht!«, rief sie. »Hör auf!«

»Sag bloß, du erinnerst dich auch nicht an all das, was wir getan haben?« Er unterstrich seine Worte, indem er mit den Händen über ihre Hüften fuhr, tiefer glitt und langsam den Stoff ihres Kleids hochraffte. »Du wolltest ihn verlassen, weißt du nicht mehr? Einen Eingriff sollte er noch machen, der große Meister, dann wolltest du zu mir kommen.«

Ist das wirklich wahr? Sie versuchte angestrengt, auch nur eine einzige Erinnerung an ihn herbeizurufen, und stemmte die Hände gegen seinen Oberkörper.

»Hör auf«, sagte sie, doch die aufregenden Gefühle schwächten ihre Gegenwehr. Sie spürte sich gerade auf eine ganz neue Weise, weil er sie so fest anfasste.

Er strich über ihren Schenkel, sie wollte sich zumindest aus Anstand von ihm befreien, doch mit der anderen umfasste er ihr Gesicht und zwang ihr einen Kuss auf.

»Du hast mich wie einen Idioten stehenlassen und schuldest mir ein paar Erklärungen.« Er griff an ihren Hintern und rieb sich so an ihr, dass sie seine Erregung spüren konnte.

Karl. Ich kann das nicht tun! Ich will das nicht. Oder?

»Erst dachte ich, dein Mann sei dahintergekommen und würde dich deshalb zu keinem gesellschaftlichen Ereignis mehr mitnehmen.« Seine Lippen strichen über ihren Hals. »Und jetzt spielst du mir eine Amnesie vor.« Wütend verstärkte er den Griff. »Willst du mich verarschen?«

»Und was willst du jetzt tun? Mich vergewaltigen?« Sie starrte ihn herausfordernd an. »Lass mich los, und ich sage dir, was passiert ist.« Sie musste sich eingestehen, dass sie ein wenig enttäuscht war, als er von ihr zurücktrat. *Karl fasst mich nie so fest an.*

Er strich seine Kleidung glatt und fixierte sie wachsam.

»Du klingst ganz anders«, sagte er mit einem betroffenen Ausdruck. »Was hast du alles an dir machen lassen? Du warst doch perfekt. Schau dein Gesicht an.«

»So perfekt, dass ich versucht habe, mir das Leben zu nehmen!« Sie zeigte ihm die Handgelenke, an denen Karl die Narben auf ein Minimum reduziert hatte. »Wie glücklich kann ich mit der Vorstellung, mit dir durchzubrennen, gewesen sein, wenn ich mich lieber in den Tod flüchten wollte?« Mit einem energischen Stoß gegen die Brust beförderte sie ihn weiter von sich weg. »Karl hat mich gerettet, und er hat mir meine Schönheit zurückgegeben, ja sogar mein Leben. Du hast keine Ahnung, was für ein großartiger Mann er ist, und ich schäme mich dafür, ihn mit dir hintergangen zu haben. Aber das hat jetzt ein Ende.« Sie öffnete die Tür und sah starr an ihm vorbei. »Fass mich nie wieder an, und komm niemals wieder in unser Haus.«

Damit hatte er offensichtlich nicht gerechnet.

Er blieb neben ihr stehen. »Du bist eine Hure, Barbara Freiberger. Du hast dir deine Dienste mit Bewunderung bezahlen lassen, und ich weiß, dass du diese Währung bald wieder nötig haben wirst.« Aus einer Tasche nahm er ein kleines Tütchen mit einem weißen Pulver. Er strich damit über ihre Wange und ließ es dann in ihren Ausschnitt wandern. »Hier, der alten Zeiten wegen.«

Sie presste schnell eine Hand auf die Brust, damit er nicht tiefer hineinfassen konnte. »Was ist das?«

Grinsend berührte er ein letztes Mal ihre Hüfte und trat durch die Tür. »Das, was dich im Bett zur Wildkatze macht. Was meinst du, warum ich dich den jüngeren Dingern vorgezogen habe?«

Sie mochte gar nicht, wie er sie musterte.

»Vergleich dich doch jetzt mal mit Fotos von früher. Es hat mich nie gewundert, dass du das Gefühl für dich vollkommen verloren hast, du siehst dir ja kaum noch ähnlich. Und mir wirft der alte Mann vor, ich ließe Gesichter zu Masken erstarren.« Er lächelte. »Wenn du tatsächlich versucht hast, dich umzubringen, dann nur, damit dich dein vertrottelter alter Mann rettet und umsorgt. Welchen Kick brauchst du als Nächstes?«

Sie wandte sich ab. »Geh endlich, oder muss ich die Polizei rufen?«

»Damit Karl alles erfährt?« Richard lachte. »Du bist eine arme, kranke Frau, das warst du schon immer. Aber es hat Spaß gemacht, dich zu ficken.« Mit Genugtuung im Blick strich er ihr ein letztes Mal über die Wange und ging.

Sie drückte sofort die Tür ins Schloss und brach in sich zusammen. Ihr mühsam erschaffenes Selbstbild bekam abermals Risse. *Was war ich nur für ein hässlicher Mensch?* Sie konnte kaum fassen, was sie alles verdrängt hatte, und hoffte zugleich, dass sie sich nie wieder daran erinnern würde. *Hält Karl mich deshalb von allen fern? Weiß er es?*

Eine Tür knarrte, Edith hatte wahrscheinlich alles mit angehört.

»Edith?«, rief sie und wischte sich die Tränen vom Gesicht. »Edith!«

Die Polin ließ sich Zeit und zeigte keinerlei Regung, als sie durch die Tür kam. »Sie haben gerufen?«

»Komm schon, ich weiß, dass du mitgehört hast.« Barbara atmete tief durch und deutete Richtung Küche. »Ich muss meine Medizin nehmen.«

Edith folgte ihr.

»Und jetzt?« Sie schenkte sich ein Glas Wasser ein und nahm ihre Tabletten aus der Dosierschachtel. »Ich kann dir nicht wie mein Mann Schweigegeld zahlen. Das tut er doch, oder?«

Edith trat eigenmächtig an den Schrank und nahm die Whiskeyflasche heraus, um sich etwas einzuschenken. »Dann und wann schon. Immer wenn Sie es mal wieder übertrieben haben und niemand erfahren soll, wie kaputt Sie sind.«

Jetzt auch noch nachtreten, das ist typisch. Sie betrachtete gedankenverloren die Pillen. Tränen trübten ihre Sicht, dann spülte sie die Medizin mit Wasser hinunter.

»Gut, hilf mir«, sagte sie entschlossen. »Offensichtlich bin ich sehr krank. Was würdest du an meiner Stelle tun?«

Edith wirkte argwöhnisch. »Was soll das werden? Versuchen Sie mich als Vertraute zu gewinnen, damit ich Ihr kleines Geheimnis nicht ausplaudere?«

Der bekannte Schwindel stieg ihr in den Kopf, und sie musste sich auf einen Stuhl setzen, bis der erste Rausch vorüber war. »Nein, ich selbst werde ihm davon erzählen.«

»Gut, er wird auch jeden Moment hier sein, weil ich Order habe, ihm Besucher sofort zu melden, und das habe ich getan.« Edith leerte das Whiskeyglas, wusch es aus und polierte es mit einem Geschirrtuch. »Ich will ein Versprechen von Ihnen«, sagte sie schließlich, stellte die Sachen in den Schrank zurück und setzte sich Barbara gegenüber an den Tisch. »Überreden Sie Ihren Mann, dass ich mein Kind herholen und es hier behandeln lassen kann. Als Gegenleistung werde ich kein Wort darüber verlieren, was ich gehört habe, und ich werde Ihnen helfen.«

Wie soll ich das schaffen? »Was ist, wenn er ablehnt?« Barbara zog die kleine Tüte aus ihrem Ausschnitt und drehte sie nachdenklich zwischen den Fingern.

»Solange ich mitbekomme, dass Sie es ernsthaft versuchen, werde ich auf Ihrer Seite sein.« Sie deutete auf die Tüte. »Schmeißen Sie das weg. Drogen bringen nur Ärger. Wenn Sie es nehmen, dann können Sie sich auch gleich wieder die Pulsadern aufschneiden.«

»Ist so was nicht teuer?« Sie schob es ihr zu. »Vielleicht können Sie es verkaufen?«

Edith nahm es, stand auf und warf es umgehend in den Mülleimer unter der Spüle. »Damit will ich nichts zu tun haben. Wenn Sie ernsthaft wollen, dass ich Ihnen helfe, dann verschonen Sie mich mit weiteren Vorurteilen wegen meiner Herkunft.«

Wenn sie mir nur sympathischer wäre ... Sie mochte es nicht, von dieser Frau abhängig zu sein, doch eine andere Verbündete hatte sie nicht. Es wurde Zeit, dass sie das begriff.

»Sie waren eine sehr unzufriedene Frau, die viele Fehler gemacht hat. Wenn Sie an Ihren Psychosen etwas ändern wollen, dann müssen Sie mit kleinen Schritten anfangen. Anders als Ihr Mann glaube ich nicht, dass man psychische Krankheiten einfach vergessen kann.« Sie legte eine Hand auf Barbaras Finger, und die konnte ein kurzes Zusammenzucken nicht unterdrücken. »Meiner Meinung nach liegt die Heilung in den Erinnerungen.«

Die Haustür knallte, und Karls energische Schritte hallten durchs Haus.

»Denken Sie an unsere Abmachung, und alles wird gut«, flüsterte Edith und straffte sich.

»Was ist hier los?«, brüllte er zornig und kam in die Küche gerauscht.

Edith stand auf und stellte sich zwischen ihn und seine Frau. »Gut, dass Sie da sind, Doktor Freiberger. Ich habe alles mit angehört!«

In Barbara lärmte alles. Sie wollte der anderen etwas an den Kopf werfen, weil sie eben noch so scheinheilig getan hatte und nun sofort vorstürmte, um Bericht zu erstatten.

Das kann sie doch nicht ... Sie verfluchte die Watte, die sich um ihren Kopf gelegt hatte, hasste es, wie ihre Gedanken immer wieder den Faden verloren und vom Gefühl des Unvermögens verstopft wurden.

»Dieser Kerl war hier und hat ihre Frau bedrängt. Das ist wohl auch nicht das erste Mal gewesen«, platzte es aus Edith heraus.

Du Miststück! Tränen brannten in Barbaras Augen, sie konnte kaum atmen, weil ihr Herz so schnell schlug.

»Er sagte, er würde Ihnen erzählen, dass er eine Affäre mit ihr hat, wenn sie nicht gefügig ist.«

Was? Die Konzentration fiel ihr immer schwerer. *Was hat sie gesagt?*

»Aber Frau Freiberger hat ihn rausgeworfen. Ich fürchte nur, dass es sie zu viel Kraft gekostet hat. Sie fühlt sich wieder heiß an, ich wollte gerade Fieber messen.«

Karl umrundete den Tisch, kniete sich vor sie und legte die warmen Hände auf ihre Oberschenkel. »Stimmt das?«

Sie nickte verstört. *Edith hat Wort gehalten. Sie hat wirklich Wort gehalten.*

»Sie hätten sehen sollen, wie er sie behandelt hat. Ich dachte, er würde sie vergewaltigen«, fügte Edith hinzu. »Gerade als ich das Telefon in den Händen hielt, um die Polizei zu rufen, hat Ihre Frau ihn rausgeschmissen.«

Karl führte seine Hände zu ihrer Hüfte und versuchte ihr in die Augen zu sehen.

Wie kannst du mich nur lieben? Ich bin es nicht wert, so geliebt zu werden.

»Wer war es?«, fragte er ruhig.

»Er hat sich nicht vorgestellt«, antwortete Edith an ihrer Stelle.

Sie spürte, wie sein Griff fester wurde. »Barbara, wer war es?«

»Ich weiß es nicht«, log sie. Der Gedanke, er könnte aus dem Haus stürmen und Richard zur Rede stellen, verängstigte sie. Was, wenn er Dinge zu hören bekam, die ihn an dieser Version der Geschichte zweifeln ließen? »Er kam mir nicht bekannt vor, aber er kannte mich.« Weinend legte sie die Arme um ihn.

»Scht«, sagte er beherrscht, »ist ja gut. Nun ist alles vorbei.« Mühsam stand er auf und hob sie auf seine Arme. »Edith, bringen Sie mir bitte eine Spritze aus dem Schrank, Barbara braucht jetzt Ruhe.«

Sie machte sich sofort auf den Weg zum Apothekenschrank in dem kleinen Raum neben Barbaras Zimmer.

»Mach die Augen zu, Liebes. Ich werde auf dich aufpassen.«

* * *

Edith zog den Schlüsselbund aus der Tasche und öffnete die Tür zu der kleinen Kammer. Sie konnte hören, wie Dr. Freiberger nebenan leise mit seiner Frau redete.

Aus dem obersten Fach des Schranks nahm sie eine der vorbereiteten Spritzen. Was sich darin befand, wusste sie nicht. Dr. Freiberger bereitete alles pedantisch vor, gab stets genaue Anweisungen, was sie verabreichen musste, ohne ihr zu sagen, um welche Substanzen es sich handelte. Sie fragte nicht nach, denn bislang war es ihr egal gewesen.

Ich sollte mehr darüber herausfinden, wenn ich mein Kind zu mir holen will.

Die Tabletten, die er seiner Frau täglich zuteilte, befanden sich woanders. Sie wusste nicht, was er ihr in die Dosierungsbox füllte, die typischen Immunsuppressiva nach Organtransplantationen sahen jedenfalls anders aus. Aber Freiberger war reich genug, die besten Mittel zu kaufen, die kaum etwas mit dem zu tun hatten, was in polnischen Krankenhäusern so verabreicht wurde.

Sie sah beiläufig in den Mülleimer, in dem sonst nur Spritzen und Tupfer lagen, und entdeckte einen Schwangerschaftstest. Neugierig nahm sie ihn heraus und versuchte, das Ergebnis auf dem Feld zu erkennen.

»Edith!«

Vor Schreck fiel ihr das kleine Ding aus der Hand.

»Sie sollen nicht schnüffeln, sondern die Spritze bringen«, sagte er zornig und hielt ihr die Tür auf, damit sie den Raum verließ.

»Ist sie denn ...?«

Karl schüttelte den Kopf. »Nein, ich dachte, die Hormon-schwankungen wären schuld an ihren kleinen Ausbrüchen, aber sie ist nicht schwanger.« Er nahm ihr die Spritze ab und schickte sie weg.

Sie ging gehorsam in ihr Zimmer und setzte sich aufs Bett. Bis auf ein Foto von Helene auf dem Nachtschrank war der Raum unpersönlich und karg eingerichtet. Ein Kleider-schrank, der zum Bett und dem Nachtkästchen passte. Am Fußende stand eine Kommode mit dem Fernseher, damit en-dete der Luxus. Kein Telefon, keine Möglichkeiten, mit der Außenwelt in Kontakt zu treten. Nur eine Menge Geld un-ter der Matratze, das sie bei nächster Gelegenheit nach Hau-se schicken wollte. Auf der Fensterseite führte, wie bei allen Schlafräumen im Haus, eine Tür zum Bad – ein kleines Bad, aber mit herrlich heißer Dusche. Sie mochte, wie leicht sich alles sauber halten ließ. Und selbst nachts konnte sie, ohne zu frieren, zur Toilette gehen.

Wenn ich nur meine Helene hier hätte. Die Aussicht, ihre Tochter zu sich zu holen, änderte alles. Dr. Freiberger war in der ganzen Zeit auf keinen Versuch angesprungen, eine Basis für ihren Wunsch zu schaffen. Sie war weder zu seiner Vertrau-ten geworden, noch hatte sie genügend Dankbarkeit bewirkt, damit er sich nicht nur mit Geld freikaufte.

Ich hätte Frau Freiberger viel früher in Betracht ziehen sollen. »Warum sind alle Reichen nur immer so kaputt?«, flüsterte sie vor sich hin. »Der Kerl ist auch nicht ganz richtig im Kopf.«

Warum tue ich mir das immer wieder an? Ich spreche perfekt Deutsch, bin fleißig und eine hervorragende Krankenschwester ...

Sie nahm das Foto ihrer Tochter in die Hand. Es zeigte die Kleine im Alter von zwei Jahren. Inzwischen war sie erheblich gewachsen. Bei den Fortschritten, die sie trotz Trisomie-21 machte, unterstützen sie die Großeltern. *Ich müsste bei dir sein, mein Schatz.*

In der Schublade lagen die Briefe, in denen sich ihre Eltern für das Geld bedankten und von Helene erzählten. Edith wusste, dass Freiberger ihre Briefe kontrollierte, bevor er sie zur Post brachte. *Ich bin doch nicht dumm.*

Um Frau Freiberger auf ihre Seite zu ziehen, musste sie herausfinden, worunter sie tatsächlich litt und welche Medikamente er ihr täglich zuführte.

Um die Immunsuppressiva kommt sie nicht herum. Die Niere arbeitet einwandfrei, es wäre tragisch, wenn der Körper sie irgendwann doch abstößt. Abwesend strich sie über den Bilderrahmen. *Aber wofür sind die anderen Tabletten?*

Wenn Freiberger das Haus verließ, wollte sie im Müll nach Verpackungen suchen. Sie musste nur einer kranken Frau helfen. Das konnte ja nicht so schwer sein.

Sie legte sich mit dem Foto auf der Brust aufs Bett und schaute an die Decke. *Wenn ich das Geld gehabt hätte, wäre ich jetzt Ärztin und keine Krankenschwester. Mal sehen, was ich in Erfahrung bringen kann.*

47. KAPITEL ——————— HAMBURG

Montag, 15. März 2010
14 Uhr

»Sie haben die Hoppe gefunden«, rief ihm Katja Moll vom Empfang aus zu. Im Hintergrund war der Drucker zu hören.

Eberhard klappte den Bericht über den Autodiebstahl zu, legte ihn auf den Hausfriedensbruch und die Beleidigungsanzeige und wartete ungeduldig, dass sie mit Details um die Ecke kam.

»Hier, das ist gerade eingetroffen.«

Eberhard lächelte, weil er wusste, wer das Fax geschickt hatte. Innerlich dankte er seinem Freund im Präsidium, der ihn mit den neuesten Fakten versorgte, an die er sonst nicht herankam.

»Ist sie tot?«

»Lesen Sie«, sagte Moll und deutete auf das Blatt.

Eberhard überflog die Zeilen und ließ den Zettel dann sinken. Das ergab noch weniger Sinn als der Rest. »Ausgerechnet *die* soll dem Killer entkommen sein?«

Moll setzte sich auf den Stuhl, wo sonst Täter oder Opfer saßen. »Das dachte ich auch. Wenn man die Liste der Toten durchgeht, dann ist es schon seltsam, dass die Kampfsportlerin es nicht geschafft hat, aber eine in die Jahre gekommene Moderatorin schon.«

Nachdenklich legte er einen Finger an die Lippen. »Es wäre schon sehr abgebrüht, wenn man die Hochzeit einer Berühmtheit dadurch sprengt, dass man die eigene Entführung inszeniert, oder?«

»Na ja.« Seine Kollegin überprüfte mit einem kurzen Blick den Füllstand seines Kaffeebechers. »Ihr letztes Buch war ein Flop und wurde als fremdenfeindlich ausgelegt. Als vermeintliches Opfer in Talkshows zu sitzen dürfte das wieder ausbügeln. Ich könnte mir gut vorstellen, dass der Entführer ihr Manager ist. Die Presse unterstellt den beiden schon lange eine Affäre. Sein Gespür für medienwirksame Auftritte hat ihr schon vor drei Jahren die Karriere gerettet.«

Eberhard nickte zustimmend. »Müller und Dabels sind sicher froh, den Druck vorerst los zu sein.«

»Und sie werden sich rührend um die gepeinigte Frau kümmern und sie intensiv verhören«, setzte sie nach. »Ich hole noch mehr Kaffee.« Sie nahm den Becher vom Tisch und verließ den Raum.

Ja, das werden sie. Er rieb sich über die Stoppeln. »Hier steht, sie sei nicht vergewaltigt worden«, rief er ihr nach.

»Ja und?« Es polterte, Moll fluchte leise.

Mit der Kuppe des Zeigefingers strich er über die kleine Kuhle, die von seiner Nase zur Oberlippe führte.

Philtrum.

»Das spricht auch eher für Ihre Theorie. Der Pathologe sagte, der Killer interessiere sich nicht für die Hoppe, weil sie keine natürliche Schönheit mehr sei und ...« Er verstummte. Innerlich ging er die Begegnung mit dem Leichenwäscher noch mal durch und glaubte plötzlich sich noch nie so alt gefühlt zu haben.

Die Fotos!

Früher wären ihm solche Details nicht entgangen. *Eberhard, du bist ein Hornochse!*

»Kommissar?« Moll stellte den frischen Kaffee vor ihm ab und musterte ihn besorgt. »Alles in Ordnung?«

Er schrieb einen Namen und eine Adresse auf einen Notizzettel und schob ihn ihr hin. »Bitte rufen Sie in einer Stunde Müller und Dabels an, sie sollen dann umgehend hierhinkommen.«

Sie las die Nachricht und sah ihn dann fragend an.

»Es könnte sein, dass ich weiß, wer der Fünf-Sterne-Killer ist.«

48. KAPITEL ———————— GÖTTINGEN

Montag, 15. März 2010
14:10 Uhr

Dr. Freiberger verließ aus Sorge um seine Frau das Haus sehr viel später als sonst. Durch die Aufregung hatte Barbara einen herben gesundheitlichen Rückschlag erlitten. Edith hatte alle Hände voll zu tun, das Fieber mit Wadenwickeln herunterzukühlen, und sie begrüßte es, dass ihre Patientin so viel schlief.

Vielleicht müssen die Suppressiva höher dosiert werden?

Sie richtete in der Küche gerade das Essen an, als Frau Freiberger in Morgenmantel und Hausschuhen zu ihr kam.

»Sie sollten liegen bleiben«, sagte sie streng. *Eine Leiche sieht besser aus.*

»Vom Liegen tut mir alles weh, und wenn ich mich nicht bewege, dann wird es nur schlimmer.«

Mit einem verstohlenen Blick auf die Uhr schätzte Edith ab, wie lange sie es gestatten konnte, bevor Freiberger wieder nach Hause kam. *Er wird mich umbringen, wenn er sieht, dass sie aufgestanden ist.*

»Nun gut.« Sie stellte den Teller mit gedünsteten Karotten, Kartoffeln und einem Klacks Butter vor ihr ab und legte Besteck daneben. »Darf ich mich dazusetzen?«

Es war ihr in der Regel untersagt, mit am Tisch zu essen. Meist saß sie allein in ihrem Zimmer auf dem Bett und sah dabei fern.

Barbara rollte appetitlos eine Kartoffel hin und her. »Ich kann immer noch nicht glauben, dass Sie für mich gelogen haben.«

Das interpretiere ich mal als Ja. Edith setzte sich ihr gegenüber und begann zu essen. »Das sagen Sie schon seit zwei Tagen, ich denke, es reicht«, meinte sie freundlich. »Essen Sie lieber.«

Barbara legte die Gabel nieder und fasste sich an den Kopf. »Ist das so? Seit zwei Tagen? Ich kann mir so wenig merken. Tut mir leid.«

Sie sah nicht gut aus, Dr. Freiberger übertrieb es aus irgendeinem Grund mit den Medikamenten.

»Es kann am Vitaminmangel liegen. Sie nehmen viel zu wenig zu sich«, sagte Edith und deutete auf den Teller. »Ich werde Ihnen nach Absprache mit Ihrem Mann Vitamin B verabreichen, das sollte helfen. Nun essen Sie schon.«

Widerwillig nahm Barbara die Gabel und aß einen Bissen.

So wird das nie was. »Soll ich Ihnen das Essen lieber später noch mal warm machen? Sie sehen müde aus.« *Sie hat ganz glasige Augen.* »Ich gebe Ihnen ein Glas Orangensaft, damit Sie zumindest ein paar Vitamine zu sich nehmen, okay?« Sie goss etwas Saft in ein Glas und achtete darauf, dass Barbara es leer trank. Dann führte sie die benommene Frau zum Schlafzimmer, wo sie wegdämmerte, kaum dass sie unter der Decke lag.

Nein, das ist gar nicht gut. Auch wenn der Arzt es kategorisch ablehnte, Edith war überzeugt, dass seine Frau in ein Krankenhaus gehörte.

Sie fühlte nach dem Puls am rechten Handgelenk und zog eine kleine Uhr aus der Tasche. *Niedriger darf er nicht werden.* Nachdenklich rieb sie sich das Kinn. *Dann wollen wir mal auf die Suche gehen.*

Im Nebenraum bei den Medikamenten sah alles aus wie immer. Der Müll war leer. Auch in den Ascheimern in der Garage und in der Küche konnte sie nichts weiter finden als den normalen Hausmüll.

Alle Berichte und Befunde hielt er unter Verschluss. Sie wurde dazu angehalten, alles so zu machen, wie er es verlangte. Das schloss eigenmächtiges Handeln, das übers Fiebermessen hinausging, aus.

Er war ein vorsichtiger Mann, der sich keine Fehler erlaubte und anderen keine Möglichkeit bieten wollte, bei Barbara welche zu machen. Bis zu einem gewissen Grad brachte sie Verständnis für ihn auf. *Ich sehe ja, wie sehr er sie liebt.*

Sie ging zum Arbeitszimmer im obersten Stock und versuchte die Tür zu öffnen, aber natürlich war sie verschlossen. Unbewusst kaute sie auf der Unterlippe. *Wenn ihr Immunsystem das neue Organ abstößt, dann dürfen wir keine Zeit verlieren.*

Bevor sie Freiberger alarmierte, wollte sie ein paar Tests durchführen. Im Medizinschrank befanden sich diverse Urinteststreifen und Katheter, womit sie zumindest schon mal ein paar Werte zusammentragen konnte. Er würde es sowieso anweisen, da war es besser, die Ergebnisse bereits parat zu haben, wenn sie mit ihm sprach.

Also ging sie in die Kammer zurück und suchte alles Nötige zusammen.

Verdammt! Die Packung für den Lysozymtest war leer. *Wie soll ich denn jetzt eine Schädigung der tubulären Nierenzellen nachweisen?*

Freiberger hatte sie so intensiv in die Überwachung der Werte eingewiesen, dass er verärgert sein würde, wenn sie ihm die wichtigste Information nicht liefern konnte.

Es muss auch ohne gehen. Sie nahm die anderen Teststreifen und ging zurück zur Patientin. Barbara schlief so fest, dass sie von der Behandlung nichts mitbekam.

Der Katheter schloss aus, dass die Probe durch äußere Bakterien verfälscht wurde, doch Freiberger würde sie sicher auffordern, alles noch mal zu kontrollieren. *Er ist so ein Pedant.*

Der erhöhte Eiweißgehalt im Urin deutete auf eine Entzündung hin. *Was, wenn er mit den ganzen Medikamenten die neue Niere zu sehr schädigt?*

In Polen war sie lange Zeit OP-Schwester gewesen, bei einer Transplantation hatte sie jedoch noch nie assistiert. Trotzdem wusste sie, dass die alte Niere im Körper belassen und das neue Organ mit der Leistenarterie verbunden worden war.

Es kann ja nicht schaden, einen Blick darauf zu werfen.

Sie ging in den Nebenraum und holte das Ultraschallgerät, das neben der Dialysemaschine unter einer Abdeckung stand. Es dauerte, bis sie es angeschlossen und alle richtigen Knöpfe gefunden hatte. Sie war Freiberger nur ganz am Anfang dabei zur Hand gegangen, danach hatte sie immer das neue Verbandszeug vorbereitet und die Immunsuppressiva für die intravenöse Verabreichung über den Tropf bereitgelegt. Wenn sie dann mit dem Tablett zurückgekehrt war, war er bereits fertig gewesen, hatte einen Ausdruck in die Akte gelegt und diese in seinem Arbeitszimmer eingeschlossen.

Wahrscheinlich dosiert er die Tabletten in der Praxis, dachte sie. *Das würde erklären, warum hier keine Packungen zu finden sind.*

Das Kontrastmittel war diesmal nicht vorgewärmt, doch

Barbara würde nicht merken, wenn es ihre Haut berührte. Routiniert legte sie den Bauch der Patientin frei und setzte den Ultraschallkopf oberhalb der Narbe an.

Wo muss ich denn ... Für ihre ungeübten Augen war es schwer, das Bild richtig zu deuten. *Oje, ob ich das mach oder in Polen die Linde rauscht.*

»Darf ich mal fragen, was Sie da machen?«

Edith glaubte, dass ihr Herz stehenblieb, als Dr. Freiberger plötzlich in der Tür erschien. Sie hatte ihn nicht reinkommen hören.

»Doktor Freiberger!«, rief sie. »Wollen Sie mich umbringen? Ich habe mich zu Tode erschrocken.«

Beharrlich deutete er auf das Gerät. »Das habe ich nicht angeordnet.«

Das Herz schlug ihr bis zum Hals. »Ich weiß, Doktor Freiberger, es ging Ihrer Frau nicht gut, also habe ich die Urinwerte kontrolliert. Der Test für die Lysozymwerte ist alle, deswegen konnte ich nur Leukos, Nitrit, Urobilinogen ...«

»Schon gut«, ging er dazwischen. »Sagen Sie mir lieber, was dabei rausgekommen ist.«

»Die erhöhten Eiweißwerte können durch den Infekt kommen, aber sie zeigt keine Symptome einer Erkältung. Das Fieber steigt immer wieder auf neununddreißigneun, lässt sich aber mit Wadenwickeln gut wieder runterbringen.«

Freiberger forderte sie mit einer Handbewegung auf, ihm Platz zu machen.

Ich hätte es sowieso nicht geschafft.

»Ich hatte Ibuprofen angeordnet«, sagte er streng und übernahm den Ultraschallkopf.

Edith kam sich in seiner Gegenwart so nutzlos vor. Ihr ganzes Können schien keine Rolle zu spielen. »Ihre Frau bekommt so viele Medikamente, ich dachte, es wäre gut, wenn ich etwas ohne Chemie bewirken könnte.« Sie deutete selbstsicher auf den Apparat, bislang hatte sie nichts Verbotenes getan. »Ich dachte, es sei gut, wenn ich Ihnen gleich alle nötigen Fakten mitteilen kann.«

Freiberger sah auf den Monitor, der kein Bild zeigte. »Und, wie arbeitet die Niere?«

Er klang besorgt, das beruhigte sie, denn sie hatte schon befürchtet, dass er sie anbrüllen würde. »So weit war ich noch nicht.« Sie rieb sich nervös die Hände. »Wenn man nicht so genau weiß, wo man suchen muss, dann kann so ein kleines Stück Bauchraum sehr groß sein.«

»Gut.« Er legte die Sonde kurz neben Barbara auf das Bett und krempelte die Ärmel hoch. »Holen Sie bitte das Thermometer und messen Sie die Temperatur. Wenn Sie das im Ohr immer noch nicht hinkriegen, dann legen sie das Gerät auf den Nachtschrank, ich mache es dann im Anschluss.«

Mit einem Aufatmen führte sie seine Anweisungen aus.

»Und holen Sie bitte aus der Küche etwas Haushaltsrolle und die Pillendose. Wenn sie mit Ihrer Vermutung recht haben, dann müssen wir kurzfristig das Immunsystem mit einer höheren Dosis weiter dämpfen.«

»Sehr wohl.« Sie wollte gerade gehen, als er sie abermals ansprach: »Ach, Edith.«

Unsicher sah sie sich zu ihm um.

»Gute Arbeit.«

Damit hatte sie nicht gerechnet. Mit einem glücklichen Lächeln ging sie erst in die Küche, um die angeforderten Dinge zu holen, und suchte dann nach dem Thermometer.

Als sie zurückkam, wartete er bereits auf sie. Mit den Tüchern wischte er das Kontrastmittel erst vom Bauch, dann vom Ultraschallkopf. Der Drucker gab ein helles mechanisches Gerausch von sich und druckte ein Bild von Barbaras Niere.

»Und?« Sie versuchte etwas auf dem Standbild zu erkennen.

»Die Niere arbeitet einwandfrei und hat sich zum Glück nicht verändert.« Er zog den Ausdruck aus dem Drucker und

247

schaltete dann die Geräte ab. »Hier, sehen Sie?« Er deutete auf das Bild. »Dort im Becken liegt die neue Niere, und das ist die Arterie, eine Doppleruntersuchung ist sicher nicht nötig.«

Für sie hätte das alles Mögliche sein können, sie war froh, dass Freiberger die Untersuchung gemacht hatte.

Er steckte den Ausdruck in die Aktentasche und nahm ihr dann das Thermometer ab. »Warum schläft sie so fest?«

Edith wurde verlegen. »Es muss am Fieber liegen.«

Er schaute sie prüfend an. »Ist Ihnen sonst noch etwas aufgefallen?«

Unsicher legte sie die Pillendose auf den Nachtschrank und fuhr sich mit den Händen durchs Haar. »Nun«, begann sie zögerlich, »der Stress der letzten Tage scheint sie sehr mitgenommen zu haben. Sie zeigt Gedächtnislücken, wirkt zerstreut, und im nächsten Moment ist sie wieder euphorisch und energiegeladen. Ich finde das sehr auffällig, wenn man bedenkt, wie gut es ihr noch vor ein paar Wochen ging.«

Er strich seiner Frau die Haare vom Ohr und überprüfte die Temperatur. 39,2 Grad Celsius. Das war nicht gut, gar nicht gut.

»Ich habe darauf geachtet, dass sie nicht rausgeht, ihr Bett wird jede Woche frisch bezogen, alle möglichen Keimquellen sind beseitigt. Alles ist so, wie es sich nach einer Transplantation gehört.«

»Vielleicht war der Besucher ja krank. Wir müssen wissen, womit er sie angesteckt haben könnte.« Freiberger kam plötzlich so dicht an sie heran, dass sie einen Schritt zurücktreten musste, damit er sie nicht berührte. »Wer war es, Edith? Ich muss es wissen.«

Seine Hände gingen immer wieder auf und zu, ganz so, als würde er diese Information notfalls auch aus ihr herausprügeln. »Los, denken Sie nach!«

»Richard«, sagte sie schnell. »Diesen Namen habe ich gehört.«

Es tat ihr fast leid, was sie nun auf seinem Gesicht lesen konnte. *Armer, betrogener Ehemann. Er weiß es.*

»Sie müssen mir glauben, Ihre Frau war entsetzt, so von ihm bedrängt zu werden. Es war schlimm.« Die Art, wie er auf die Schlafende schaute, drückte zwar Vertrauen und tiefe Zuneigung aus, doch was in ihm brodelte, war wesentlich älter als zwei Tage.

Er wird hoffentlich keine Dummheiten machen. Sie traute diesem ansonsten unscheinbaren Mann durchaus beängstigende Wutanfälle zu – zumal es sich um seine geliebte Barbara handelte. Seit sie in diesem Haus arbeitete, war sie sehr oft Zeugin geworden, wie die Sorge um seine Frau ihn veränderte. *Wenn er nicht aufpasst, reibt er sich vollkommen für sie auf. Kein Mensch erträgt auf Dauer diesen Druck.*

»Geben Sie ihr Vitamin B, und lassen Sie sie schlafen. Ich bin bald zurück.«

Sie nickte. *Woher...?*

Entgegen seiner Gewohnheit legte er eine Hand auf ihren linken Oberarm. »Sie wissen, wie entscheidend es ist, dass Barbara ihre Medikamente nimmt. Es ist unwahrscheinlich, dass sie noch eine Niere bekommt, wenn ihr Körper diese abstößt.«

Edith fröstelte.

»Tun Sie nur Ihre Arbeit, und lassen Sie sie erst wieder aufstehen, wenn sie gesund ist.«

Er wird doch wohl keine Überwachung... Unwillkürlich ließ sie ihren Blick durch den Raum schweifen, ohne dass sie etwas Ähnliches wie eine Kamera sehen konnte.

»Sehr wohl, Doktor Freiberger.«

»Was täte ich nur ohne Sie?«, sagte er freundlich und verstärkte den Griff, als könnte er sie dadurch noch mehr loben.

»Wie lange werden Sie mich wohl noch brauchen?« Das war etwas, was er nie mit ihr besprach.

»Wir werden sehen«, wich er aus. »Nun bleiben Sie bitte bei meiner Frau, ich regle das mit Richard.«

Als er sie losließ, legte sie die Arme um sich und strich sich über die Stelle am Arm. *Das, was dieser Mann Ihnen zu sagen hat, wird Ihnen nicht gefallen.*

Sie hoffte, dass er nicht tobsüchtig zurückkam, wenn der Rivale ihm all die pikanten Einzelheiten erzählt hatte.

49. KAPITEL ——————————— HAMBURG

Montag, 15. März 2010
14:45 Uhr

Eberhard ging über den langen Flur zur Pathologie. Formaldehyd mischte sich unter die Gerüche der Sterilmittel.

Der unheimliche Mediziner war seiner Bitte sofort nachgekommen, sich etwas Zeit frei zu halten. Müller und Dabels brauchten nicht so lange bis hierher, und sollte sich sein Verdacht bestätigen, dann würde Moll die Kollegen in fünfzehn Minuten anrufen, und zehn Minuten später wären sie vor Ort. Es war durchaus möglich, dass er sich irrte, deswegen musste er unbedingt noch mal die Fotos sehen.

Als er die Metalltür öffnete, erwartete ihn Dr. Gall mit einer blutigen Schürze um den Leib und den Händen im geöffneten Thorax eines Toten. Es sah aus, als würde eine Leiche in einer Leiche wühlen.

»Kommissar, sind Sie geflogen?«, sagte er mit seiner leisen Stimme und zog ein Organ aus dem Rumpf. Wenn er ihn damit schocken wollte, verfehlte es seine Wirkung. »Sie mussten doch einmal quer durch die Innenstadt.«

Der Gewebeklumpen landete in einer Waagschale, dann griff der Mediziner an das von der Decke baumelnde Mikrofon.

»Dr. Gall, können Sie Ihre Arbeit für einen Moment unterbrechen?«

Das Lächeln sah aus, als würde man einer grimmigen Wachs-figur die Mundwinkel nach oben drücken. »Natürlich, der Pa-tient stirbt mir schon nicht weg, wenn ich ihn so liegen lasse.«
Pathologenhumor. »Möchten Sie einen Kaffee?«

Ein Angebot, das sicher von neunundneunzig Prozent aller Besucher abgelehnt wurde. »Schwarz, bitte«, sagte Eberhard und schaute sich im Raum um. *Alles wie im Januar.*

»Was führt Sie zu mir, Kommissar?« Die Handschuhe machten flappende Geräusche, als er sie von den Fingern zog und in den Mülleimer warf.

»Dem Fünf-Sterne-Killer ist das letzte Opfer entkom-men«, sagte er und beobachtete, wie Gall Kaffee in zwei Be-cher goss. »Das hat bei mir ein paar Fragen aufgeworfen.«

Er nahm den Kaffee entgegen und sah ihm in die kalten Au-gen. »Karen Hoppe behauptet, misshandelt worden zu sein, aber Sie sagten doch, dass laut Obduktion die Opfer kaum Verletzungen aufwiesen und nur ein einziges Mal Sex mit dem Mörder hatten.«

»Richtig, in dem Moment, als sie starben«, bestätigte er. Seine langen Finger strichen die schwarzen Haare fest an den Kopf. »Sie wird sicher nicht mit *dem* Killer zusammen gewe-sen sein, sonst wäre sie jetzt tot.« Seine Stimmlage war etwas lauter als normal.

»Das dachte ich auch. Doch Frau Hoppe ist überzeugt, dass es der Fünf-Sterne-Killer war, der sie entführt hat. Dürfte ich die Fotos der Opfer noch mal sehen?«

Der Pathologe rümpfte die Nase, leichte Zuckungen, die wie die Auswirkungen kleiner Elektroschocks seine Züge mi-nimal bewegten.

Rieckers zog aus der einen Tasche seinen Block, stellte den Kaffee ab und suchte in der anderen nach einem Kugelschrei-ber.

»Sicher«, schnarrte der hagere Mann, schlich durch den Raum und schloss seine Schreibtischschublade auf, um die Fotosammlung herauszuholen. Er zog aus einem leeren Fach eine Bahre und legte den Ordner darauf.

»Danke, sehr freundlich.« Eberhard blätterte die Seiten durch und betrachtete die sorgsam aufgeklebten Bilder.

»Wonach genau suchen Sie, Kommissar?« Mit wenigen Handgriffen legte er die Schürze und den grünen Kittel ab. In seiner schwarzen Kleidung hätte er ebenso gut Bestatter sein können. »Vielleicht kann ich Ihnen ja helfen.«

Rieckers nickte dankbar. »Das wäre überaus freundlich von Ihnen.«

Er drehte den Ordner so, dass Gall alles genau sehen konnte. »Wissen Sie, manchmal ist man ja so blind.« Unauffällig schaute er zur Wanduhr. *Genau jetzt müsste Moll bei Müller und Dabels anrufen.* »Eigentlich ist es mir schon beim ersten Mal aufgefallen, aber ich habe es gar nicht so richtig registriert. Jetzt bin ich mir sicher.« Er legte Silvias Foto auf den Tisch und sah ihn fest an. »War sie dabei?«

Der Pathologe legte den Kopf schief und betrachtete unbekümmert das Foto. »Eine wunderschöne Frau, perfekte Knochen.«

Eberhard schlug mit der Faust auf die Metallbahre. »War sie es? Haben Sie sich diese Frau auch geholt?«

Gall verschränkte die Finger vor seinem Körper und grinste unnatürlich. »Sagen Sie mir, wie kommen Sie darauf? Nur weil ich *anders* bin?«

Angewidert trat Eberhard einen Schritt zurück und legte eine Hand an die Dienstwaffe. »Weil bisher nur fünf Opfer gefunden wurden, die Fotos aber sieben Frauen zeigen. Befindet sich Silvia Valentaten noch in Ihrer Gewalt?«

Dr. Gall schloss die Augen und lachte kehlig.

Er wollte endlich gefunden werden, deshalb die Hinweise an mich.

»Haben Sie sie denn auf den Bildern nicht erkannt?«, höhnte er. »Sie trug Channel Nr. 5, als sie im Foyer im Elysee saß. Sie war perfekt, ein Kunstwerk der Weiblichkeit und mit Wollust in den Augen.«

Eberhard zog die Waffe, der Pathologe blieb ungerührt stehen.

»Wo ist sie?«

»Was meinen Sie, ob sie stirbt, wenn Sie mich verhaften?« Seine grauen Augen fixierten den Kommissar. »Oder ist sie doch schon tot? Ob die Welt ihre Stimme noch mal hören wird? Es lag so eine wundervolle Sanftheit darin.«

Verdammt, wenn das alles stimmt ... »Sagen Sie mir, was Sie mit ihr gemacht haben.«

Dr. Gall zog die Ärmel an seinen Händen in Form – offenbar ein Ausdruck von Vorfreude auf die Handschellen, die er gleich tragen würde. »Darf ich den Toten noch zumachen?«

»Sie bleiben, wo Sie sind.« *Experten müssen die Fotos mit denen von Silvia vergleichen.*

Gleichgültig sah Gall an der Dienstwaffe vorbei zu Eberhard. »Würden Sie schießen, wenn ich mich bewege? Was, wenn *Silvia* dann elendig stirbt? Wäre es dann nicht ganz so, als hätten Sie die arme Frau getötet?«

Wie gerne ich dieses Schwein ... »Sie ist vor fast einem Jahr verschwunden, kein Opfer hat bei Ihnen länger als vier Monate überlebt.« Er sah zur Uhr. *Wo bleiben die – verdammt, wenn man sie einmal braucht ...*

»Ist das so?« Gall überstreckte den Hals und atmete tief ein. »Sie haben ja keine Ahnung.«

»Hat es Sie erregt, wenn Ihre Opfer gefunden und anschließend hier zu Ihnen in die Pathologie gebracht wurden?«

Schnelle Schritte hallten draußen durch den Flur. Das wächserne Grinsen wurde breiter. »Das war ein Höhepunkt, lieber Kommissar Rieckers.« Seine Zungenspitze stieß wie eine Muräne aus der dunklen Mundhöhle – der genießerische Ausdruck eines Psychopathen. Die Tür öffnete sich mit dem mechanischen Geräusch der Automatik, und Müller und Dabels kamen hinzu. »Was ist hier los?«

Eberhard ging zwei Schritte rückwärts, die Waffe immer noch auf Gall gerichtet.

»Da haben Sie Ihren Fünf-Sterne-Killer«, sagte er und überließ den Kollegen das Feld.

Mit dem Lächeln eines Toten streckte Gall seine Hände vor, um sich anstandslos die Handschellen anlegen zu lassen. »Ist schon ironisch, dass Silvia vielleicht nur deshalb stirbt, weil Sie mich gefasst haben, oder?«

Dabels trat neben Eberhard und sah elend aus. »Was? Dr. Konrad Gall?« In seiner Stimme lag Fassungslosigkeit.

Müller las dem grinsenden Gefangenen seine Rechte vor und führte ihn ab.

»Unglaublich, oder?«, sagte Eberhard und nahm den Kaffeebecher vom Tisch. »Da erstellt er Ihnen vom ersten Opfer an die Befunde und ist am Ende selbst der Mörder.«

Dabels schien zu wissen, worauf Eberhard hinauswollte, denn er ging zum Gegenangriff über. »Was zum Geier tun Sie hier?«

Rieckers machte ein ahnungsloses Gesicht und trank vom Kaffee.

Dem Kollegen wurde schlecht, als er genauer hinsah und die Innereien auf dem Tisch erblickte. »Scheiße, wie können Sie neben einer Leiche und all dem Zeug hier Kaffee trinken?«

Eberhard blieb professionell. »Es ist anzunehmen, dass dieser Geisteskranke noch eine Frau irgendwo gefangen hält.« Mit einem Finger deutete er auf den Ordner. »Darin befinden sich die Fotos von sieben Opfern.«

»Aber es wurden doch nur fünf – «

»Genau.« Eberhard klopfte seinem Kollegen auf die Schulter und begann nach und nach die Fächer zu öffnen und Leichen herauszuziehen. Keine passte ins Bild. »Dachte ich mir.«

Dabels betrachtete unschlüssig den Ordner. »Sie dürften gar nicht hier sein.«

»Kommen Sie schon, Dabels.« Wieder klopfte er ihm im Vorbeigehen auf die Schulter. »Bleiben Sie bei der Sache.« Er trat an den Schreibtisch und schaute in das Fach, ob sich noch etwas darin befand, doch es war leer. »Wir machen es so: Offiziell haben Sie die Ermittlungen geführt und somit auch den Mörder gefasst. Meine Karriere geht bald zu Ende, und ich lege keinen Wert auf diese Art Ruhm.«

Dabels sah in seinem dunkelgrauen Anzug und dem immer röter werdenden Gesicht wie das HB-Männchen aus den Sechzigern aus. »Nur finden Sie heraus, ob er Silvia Valentaten umgebracht hat, ob sie sich noch in seiner Gewalt befindet oder er ihr in Wirklichkeit nie begegnet ist.« Er schloss das Fach der letzten Leiche. »Denn sie könnte noch am Leben sein.«

Als Dabels das Foto von Silvia nicht freiwillig in die Hand nehmen wollte, drückte Eberhard es ihm in die Finger. »Ich bin kein Fachmann, aber ich meine, sie auf den Bildern der Opfer nicht erkannt zu haben. Klären Sie das, mehr will ich nicht von Ihnen!«

Dabels nickte zerstreut.

»Und wo bleibt die Spurensicherung?« Eberhard gefiel die Trägheit des Kollegen nicht. »Haben Sie die überhaupt schon angefordert?«

»Sollte auf dem Weg sein.« Endlich bewegte sich Dabels und ging zum Ordner, der noch auf der ausgezogenen Bahre lag. Er hob den Deckel an und ließ ihn sofort wieder fallen. »Das bedeutet, dass Frau Hoppe gar nicht in seiner Gewalt war?«

Na, herzlichen Glückwunsch, wir haben einen Gewinner. »Wie hat sie den Täter beschrieben?« Es fiel Eberhard schwer, bei diesem Gesichtsausdruck, mit dem er gerade seine Überheblichkeit verlor, ein Lächeln zu unterdrücken.

Dabels sagte nur: »Anders.« Immer wieder kratzte er sich an unterschiedlichen Stellen am Körper, als sei er allergisch gegen den Tod in diesem Raum. »Sie sagt, sie sei auf dem Weg zur Toilette überfallen worden.« Mit einem Räuspern nahm er eine andere Haltung ein und versuchte selbstsicherer aufzutreten.

»Aber die ärztlichen Untersuchungen ergaben keine Spuren von Misshandlungen oder Betäubungsmittel im Blut, richtig?«

Dabels nickte ungläubig. »Woher wissen Sie das?«

»Instinkt«, sagte Eberhard und lächelte.

Dabels' lauter Fluch hallte von den Wänden wider. »Nur Instinkt?« Mit einer Hand hielt er sich den Magen.

»Beleuchten Sie den Fall Hoppe doch noch mal genauer. Und knöpfen Sie sich auch den Manager vor«, meinte Eberhard.

»Wie meinen Sie das?«

»Nun, Publicity kann manchmal ein starkes Motiv sein.«

»Ich sollte Sie wegen Zurückhaltung wichtiger Informationen melden!«

Bitte kotz nicht auf die Beweise ... Eberhard senkte die Stimme, was sie schneidend klingen ließ. »Sie waren so sehr damit beschäftigt, mir zu sagen, dass ich meine Finger von dem Fall lassen soll, dass Sie mir gar nicht zugehört haben.« Er stellte den Becher auf den Tisch zurück. »Aber diese Details können wir gerne für uns behalten«, schlug er vor. »Dafür darf ich dem Verhör beiwohnen. Meinetwegen nebenan im Beobachtungsraum. Ich werde nur durch die Scheibe zusehen und mich nicht einmischen, versprochen.«

Dabels schien zu wissen, dass es für den weiteren Verlauf seiner Karriere schlecht aussah, wenn die Umstände, die zu dieser Festnahme geführt hatten, bekannt wurden. Also gab er seine Zustimmung.

Und wehe, ihr macht das nicht richtig.

50. KAPITEL ——————————— GÖTTINGEN
Montag, 15. März 2010
15:38 Uhr

Karl drängte seine Wut in den Hintergrund, als er das Gebäude betrat, in dem sich Richards Penthouse befand.

Der Mann besaß mehr Wohnungen in den angesagtesten Ländern, als es für eine einzige Person sinnvoll war. *Wenn er Barbara zuvor schon angefasst hat, dann ...*

»Guten Tag«, grüßte der Pförtner hinter dem Tresen. »Kann ich Ihnen helfen?«

»Ja, ich will zu Richard Brose. Ist er in seinem Penthouse?« Er versuchte möglichst gelassen zu klingen.

Der Angestellte nahm den Telefonhörer ab und wählte eine Nummer. Kurz darauf hörte Karl ihn sagen: »Guten Tag, Herr Brose, hier ist Tim vom Empfang ... ja, hier ist ein Besucher für Sie ...« Als er ihn fragend ansah, nannte Karl seinen Namen. »Ein Doktor Freiberger wünscht Sie zu sehen.«

Der Bengel ist viel zu jung, um so geschwollen daherzureden.

Der Pförtner war vielleicht fünfundzwanzig, Hals und Hände waren beneidenswert glatt.

»Ist gut, danke sehr, Herr Brose, werde ich ausrichten ... auf Wiederhören.« Er legte auf und sah Karl mit distanzierter Freundlichkeit an. »Herr Brose sagt, er sei kurz im Bad, aber Sie könnten schon hinauffahren.« Er deutete auf den Fahrstuhl. »Oberster Stock.«

Das hat ein Penthouse so an sich, du Idiot.

Karl betrat die Kabine und wartete, bis sich die Türen schlossen, bevor er kurz die Maske fallenließ. Er wusste nicht genau, was er tun wurde, doch aus einem Affekt heraus trug er eine Spritze mit Nervengift bei sich. Als er es für Barbara in Betracht gezogen hatte, hatten ihn die möglichen Nebenwirkungen abgeschreckt – aber in seiner Wut war ihm dieses Serum wieder in den Sinn gekommen, und er hatte es aus seinem Büro geholt.

257

Wenn er mir dumm kommt, werde ich ihm einen Denkzettel verpassen!

Richard wirkte nicht überrascht, als er ihm die Tür aufmachte und ihn hereinbat. »Was jetzt? Hat sie dich auf mich gehetzt mit einer rührseligen Geschichte über die arme halbvergewaltigte Frau? Das sieht ihr ähnlich.«

Karls Gesicht prickelte vor Zorn. Am liebsten hätte er diesem Schwein sein eigenes Botox mitten ins Herz gespritzt. »Wie laufen deine Wurstgift-Partys?«, sagte er stattdessen und schloss die Tür hinter sich. Er liebte es, wenn Frauen ihre Nasen rümpften, wenn er ihnen in Beratungsgesprächen erklärte, woraus Botox eigentlich bestand. Dann hielten die wenigsten an dem Wunsch nach einer solchen Behandlung fest. »Sagst du deinen Opfern auch, dass die neurologischen Spätfolgen noch nicht geklärt sind?«

Richard drehte ihm den Rücken zu und steuerte die Hausbar an. »Na und? Ich muss nicht mehr stundenlang im OP herumstehen und mir die hängenden Titten alter Schnepfen angucken. Diese Partys sind amüsant, du solltest es mal ausprobieren.«

Abwartend legte Karl seine Finger um die Spritze.

»Aber du willst doch nicht über die Arbeit plaudern, mein Freund.« Mit zwei Gläsern in den Händen drehte sich Richard um und hielt seinem Besucher eines entgegen.

Karl nahm es nicht an und machte auch keine Anstalten, ins Wohnzimmer gehen zu wollen.

»Komm schon, alter Knabe, setzen wir uns wenigstens.«

»Sag mir, was zwischen euch war«, forderte er und blieb stehen. »Ich will es von dir hören, dann gehe ich wieder.«

Richard lachte selbstherrlich. »Na, was schon, wir haben gefickt. Wenn ich in der Stadt war, dann haben wir es drüben in der Badewanne getan, weil sie total scharf darauf war, sich im Spiegel zu betrachten.« Er trank das eine Glas aus. »Sie ist eine junge hübsche Frau und du ein alter unscheinbarer Sack.

Bist du wirklich so naiv?« Grinsend genoss er die Schmach des Betrogenen. »Deine Frau ist ein narzisstisches Miststück, das nie genug davon bekommen hat, bewundert zu werden. Falls es dich beruhigt: Sie hat mich nie angesehen, wenn ich sie gevögelt habe.«

Karl rauschte das Blut in den Ohren. »Ich will mehr wissen«, presste er hervor.

Richard drehte sich um und ging Richtung Wohnzimmer. »Aber nicht im Stehen, mir tun schon die Füße – «

Ohne zu zögern, sprang Karl vor und rammte seinem Kontrahenten die Spritze mehrmals in den Rücken. Die Gläser fielen auf den Boden und zersprangen in unzählige Scherben. Richard machte Anstalten, um sich zu schlagen, doch seine Hiebe wurden schnell kraftlos und erstarben. Karl konnte ihn gerade noch auffangen, bevor er willenlos in die Scherben fiel.

Er schleppte den Gelähmten ins Bad und hörte, wie undeutliche Laute aus seinem Mund kamen. Es würde ungefähr dreißig Minuten dauern, bis er sich wieder bewegen konnte.

Ich hätte nicht gedacht, dass ich so gut treffen würde. Bis hierhin war alles blanke Theorie gewesen.

Richard war gut trainiert und wog einiges, doch schließlich bekam er ihn in die Badewanne gehievt und setzte sich schnaufend daneben. Es war eine dieser runden, halb in den Boden eingelassenen Wannen mit Whirlpoolfunktion und einem Spiegel an der Decke. Auch die Wände waren verspiegelt. *Wer hier wohl der Narzisst ist?* Es war ein großzügiges Bad mit teuren schnörkellosen Wasserhähnen, Waschbecken, die aussahen wie ebenmäßige Flächen, in denen das Wasser durch leichte Neigung und schmale Schlitze im Ausguss verschwand.

»Das ist ein verdammt teures Bad«, kommentierte er und betrachtete Richard, der mühsam atmend in sich zusammengesunken war. »Keine Sorge, anders als bei deinem Botulinumtoxin lässt die Wirkung bereits nach einer halben Stunde nach.« Unschlüssig richtete er sich auf. *Was jetzt? Denk nach!*

Auf einem schmalen Regal neben dem Waschbecken türmten sich blaue Handtücher in unterschiedlichen Größen. Er wollte nicht daran denken, dass sich Barbara mit einem davon nach dem Sex abgetrocknet haben könnte. Was hier drinnen nicht verspiegelt war, bestand aus dunklem poliertem Granit. Die weiße Badewanne in der Mitte dominierte den Raum.

»Um ehrlich zu sein, hätte ich nie gedacht, dass Barbara jemanden wie dich an sich heranlassen würde.« Mit einer Hand drehte er den Stöpsel zu und langte mit der anderen nach dem Wasserhahn.

Richard wollte etwas sagen, aber viel kam nicht aus seinem Mund.

»Spar dir die Kraft. Wenn alles gutläuft, lässt die Wirkung nach, bevor dir das Wasser bis zum Halse steht. Wenn nicht ...« Ohne den Satz zu beenden, drehte er den Hahn auf und verließ das Bad, um sich in der Wohnung umzusehen.

Jemand wie Richard sammelte sicher Trophäen seiner Eroberungen. Karl begann, die Schubladen im Schlafzimmer aus den Schränken zu reißen und den Inhalt zu durchwühlen. Allerhand Schund kam ihm unter die Finger. Sexspielzeug, Pornos, aber auch kleine Liebesbotschaften, die Richard wahrscheinlich zuhauf zugesteckt bekam. *Ich will gar nicht wissen, wie viele dieser Weiber mir bekannt sind.* Er war froh, dass er Barbaras Handschrift nicht darunter fand.

Doch was er dann aus einem Schrank zog, traf ihn mitten ins Herz: In einem weißen Karton befanden sich Fotos von Richard und Barbara, die sie selbst geknipst hatte, während sie auf ihm saß. Ihre Pupillen waren geweitet, der lustvolle Blick galt der Kamera, während Richard seine Hände an ihren Hüften hielt und sich ganz darauf zu konzentrieren schien, ihre Bewegungen zu dirigieren.

Er zerknickte die Bilder in den Händen. Es kostete ihn viel Mühe, die tiefe Enttäuschung zurückzukämpfen. »Diese Barbara ist tot, ich habe jegliche Erinnerung an sie ausgelöscht«, sagte er laut und steckte die Zeugnisse ihrer Untreue ein. »Sie wird niemals zurückkommen.«

Aber die Bilder blieben in seinem Kopf, und er hörte ihr Stöhnen, das Lachen seines Rivalen und kam sich vor wie ein Trottel, der danebenstand, während sie es miteinander trieben. Das war eine andere Barbara, eine mit Koks vollgepumpte Person, die nicht mehr wusste, was sie tat.

Jammernde Laute aus dem Bad holten ihn in die Realität zurück. *Er hat ihr das angetan. Damit er sie ficken konnte, hat er sie unter Drogen gesetzt!*

Er wischte sich über die Augen und ging durch das licht-durchflutete Wohnzimmer zum Bad zurück. Ihm war der Schnitt der Wohnung von einigen unausweichlichen Veranstaltungen bekannt, er musste sich nicht groß umsehen. Panoramafenster, weißer Fliesenboden, schwarze Möbel. Teuer – mehr nicht. Richard investierte eine Menge Geld in seinen Luxus, also musste er nicht stundenlang warten, bis die riesige Badewanne für seine Sexabenteuer vollgelaufen war. Das Wasser floss mit gehörigem Druck durch den Hahn, und sein Körper geriet jetzt schon ins Rutschen.

Karl zog ihn an den Haaren hoch und drosselte das Wasser. *Nicht so schnell.* »Du hast eine hübsche Fotosammlung«, sagte er ruhig. »Wusstest du, dass es immer wieder vorkommt, dass Menschen in der Badewanne einschlafen und an einer Rauchvergiftung sterben, weil in einem Nebenraum etwas in Brand geraten ist?«

Richards Augen weiteten sich.

»Fotos wie diese«, er hielt ihm Barbaras Aufnahmen vor die Nase, »können schnell mal Feuer fangen, weißt du?«

Richards Tränen berührten ihn nicht. »Wer erbt eigentlich dein Vermögen, wenn du stirbst? Gibt es irgendwelche Bastarde, die du anerkannt hast?« Er ließ ihn los und dachte weiter nach. »Ihr habt gekokst, wenn sie hier war, das erkenne ich an den vergrößerten Pupillen und ihrem Gesichtsausdruck. Deswegen musste ich ihre Nasenscheidewand operieren, wusstest du das? Sie dachte, es sei nur eine Verwachsung.« *Ich würde dir am liebsten hier und jetzt deine gebräunte Visage einschlagen.*

Langsam begriff Karl die Zusammenhänge. Als er damals die typische Schädigung der Nasenschleimhäute gesehen hatte, hatte er nicht an Koks gedacht. Er hatte nie etwas bei ihr gefunden, anscheinend hatte sie es auch nicht genommen, wenn sie zu Hause war.

»Wusstest du, dass nach dem Rausch der sogenannte Crash folgen kann? Das sind depressionsartige Zustände.« Traurig betrachtete er ihr Gesicht auf dem Foto. Sie lachte, doch glücklich wirkte sie nicht. »Für jemanden, der ohnehin unter Depressionen leidet, ist das eine tödliche Mischung. Und dein Auftritt vor zwei Tagen hat sie schon wieder krank gemacht.« Sorgsam achtete er darauf, dass Richard nicht tiefer rutschte, denn er war sich noch nicht ganz sicher, was er mit ihm vorhatte. »Sie wollte sich letztes Jahr das Leben nehmen, vielleicht war sie ja vorher bei dir.« *Du hast sie nur benutzt, während ich mich um sie gesorgt habe.* Entschlossen stand er auf und ging ins Schlafzimmer zurück. *Hier irgendwo muss es sein!*

Schon beim Öffnen der ersten Nachttischschublade fand er, was er suchte: eine schmucklose Fotodose mit dem weißen Gold.

Er nahm die Dose und einen Hundert-Euro-Schein aus einem ganzen Stapel von Banknoten. *Du willst Drogen?*

Er handelte plötzlich ganz kühl und durchdacht, alles in ihm wurde ruhig. Jeder Schritt zum Bad brachte ihn der Überzeugung näher, dass er das hier für Barbara tat. *Ich werde dich beschützen, mein Engel.*

Wieder im Bad, streute er etwas von dem Pulver auf den Geldschein.

»Ist das Wasser warm genug?« Er kniete sich hin und sah

Richard mit einem kalten Lächeln an. »Warum sorgen wir nicht dafür, dass es dir etwas bessergeht?«

Er hielt ihm den Schein direkt unter die Nase, so dass Richard die Droge einatmen musste. »Was glaubst du, ab wann spricht man wohl von einer Überdosis?«

Richard verdrehte die Augen, doch Karl streute noch mehr auf den Geldschein und drückte ihm den Mund zu, damit er es auch richtig einsog. »Eigentlich wollte ich dir nur dein eigenes Botox in den Penis spritzen. Ich hätte damit der Welt einen Gefallen getan.«

Das Wasser reichte dem Rivalen jetzt bis zur Brust und stieg höher. Ein Fuß zuckte, die Wirkung der Spritze begann nachzulassen. Als Karl der Meinung war, ihm genug Kokain verabreicht zu haben, ließ er den Geldschein in die Wanne fallen. »Um Barbara zu helfen, musste ich mir sehr viel Wissen über Toxine, Proteine und Enzyme aneignen. Hast du dich je mit Methylierungsblockaden auseinandergesetzt?« Er ließ eine großzügige Portion Koks ins Wasser rieseln. »Barbaras Medikamentenmissbrauch hatte sie sehr verändert, ich wusste ja nicht, dass sie zusätzlich noch von dir mit diesem Scheiß zugedröhnt wurde.« Angeekelt betrachtete er, wie Speichel aus Richards schlaffem Mund troff. *Wie ist es so, du Schwein, wenn man allem ausgeliefert ist?* »Doch man kann Toxine und Psychopharmaka auch positiv einsetzen. Es ist fast wie Homöopathie.«

Richards Augen rollten hin und her, jetzt bewegte sich auch sein Mund, die Finger zuckten, in seinen Körper kam wieder Leben. »Zeit, dass wir Ernst machen.« Er drehte das Wasser voll auf, dann wischte er seine Fingerabdrücke von den Griffen und dem Mechanismus des Stöpsels. Als er vorsichtig Richards Hand aus dem Wasser fischte, um seine Finger auf die Armaturen zu drücken, wurde sein Jackenärmel nass.

»Ich wette, durch das Koks hast du einen schönen Ständer, ist es nicht so, mein Freund?« Er wischte die Dose ab und gab sie ihm als letzte Tat in die Hand, dann trat er zwei Schritte zurück und wartete.

Auch wenn die Bewegungsfähigkeit langsam zurückkehrte, war Richard nicht in der Lage, sich am Rand festzuhalten. Seine Hand rutschte ab, dabei kippte die Dose aus seinen Fingern, hinterließ eine weiße Spur und fiel in die Badewanne. Das Pulver verteilte sich im Wasser, das er, um Atem ringend, in seinen Mund sog.

»Verdammt!« Jetzt, da er Richard tatsächlich sterben sah, fiel ihm siedend heiß ein, dass der Pförtner ihn registriert hatte. Er konnte sein Opfer nicht mehr aus der Wanne ziehen und vor dem Tod bewahren. Dafür war es jetzt zu spät.

Er verzichtete darauf, den letzten Zuckungen beizuwohnen, und rannte ins Schlafzimmer. Alle Fingerabdrücke mussten beseitigt, die Unordnung, die er angerichtet hatte, behoben werden.

Bevor er die Wohnung verließ, ließ er auch die Glasscherben und Alkoholflecken im Flur verschwinden und spähte durch die Tür auf den Gang. *Keine Kameras, das ist gut.*

Im Bad plätscherte es, das Wasser würde bald über den Rand der Wanne treten, er musste sich beeilen. Mit einem Blick in den Garderobenspiegel vergewisserte er sich, dass er keine Spuren des Kokains an sich hatte.

Jetzt ganz ruhig bleiben! Er ließ die Tür hinter sich ins Schloss fallen. *Ich kann nichts mehr daran ändern.*

Der Fahrstuhl brauchte lange. Mürrisch ging er auf den Pförtner zu, den nassen Ärmel unauffällig hinterm Rücken.

»Mir reicht es jetzt, eine halbe Stunde habe ich oben vor seiner Tür gewartet. Mag ja sein, dass er noch nicht ganz fertig war, aber das ist eine Frechheit! Das kann man mit mir nicht machen.«

Der junge Mann war vollkommen überrumpelt und griff sofort zum Telefon. »Es tut mir leid, ich werde das sofort klären, Doktor Freiberger.«

»Das ist gar nicht Richards Art.« Er warf einen Blick auf seine Armbanduhr. »Und nun? Ich habe nicht den ganzen Tag Zeit. Am besten hinterlasse ich eine Nachricht.«

Der Angestellte legte wieder auf und nickte eifrig. »Ich werde mich selbstverständlich sofort darum kümmern, sobald Herr Brose wieder erreichbar ist. Soll ich Ihnen Zettel und Stift reichen?«

Karl nickte knapp. Menschen wie dieser junge Bursche waren der Grund, weswegen er auf allzu viele Untergebene verzichtete. Charaktere, die sich leichtfertig kommandieren ließen, verdienten es nicht besser. Wenn Edith nicht mehr im Haus war, würde er wieder eine Putzfrau beschäftigen müssen, aber die bekäme er so gut wie nie zu sehen.

Während er noch darüber nachdachte, was er auf den Zettel schreiben sollte, klingelte das Telefon. *Richard ist tot, er kann es nicht sein.* Karl wünschte sich, er wäre doch bis zum Ende geblieben. *Was, wenn er aus der Wanne herausgekommen ist?*

»Portier«, meldete sich der Pförtner pflichtbewusst. »Sie haben was? Aus dem Stockwerk über Ihnen? In Ordnung, ich werde mich sofort darum kümmern. Ja, sehr wohl, Frau Gamz, gewiss ... natürlich, sofort ... Auf Wiederhören, Frau Gamz.« Er legte auf und lief zum Fahrstuhl. »Aus der Wohnung von Herrn Brose läuft Wasser in das darunterliegende Apartment.«

Mit einem gespielten Ausdruck von Sorge auf dem Gesicht folgte Karl. »Ich komme mit, ich bin Arzt«, sagte er. »Hoffentlich ist ihm nichts passiert.«

Der junge Mann fummelte nervös an dem Schlüsselbund herum, den er mit einer Kette an der Hose trug.

Im Fahrstuhl beobachtete Karl ungeduldig die Stockwerkanzeige. *Mach schon, je schneller das geht, desto eher kann ich zu Barbara zurück.*

Als die Türen sich öffneten, kam ihnen das Wasser bereits entgegen.

»Meine Güte!«, rief der junge Mann. »Der Fahrstuhl muss gesperrt werden.«

»Nun schließen Sie doch erst mal die Tür auf. Ich befürchte das Schlimmste«, drängte Karl den überforderten Jungen. Der wühlte panisch die Schlüssel an dem dicken Bund durch, bis er endlich den richtigen gefunden hatte.

»Beeilen Sie sich, vielleicht geht es hier um Leben und Tod.«

»Shit«, sagte der Angestellte, als er endlich den Eingang öffnete. Die übertriebene Höflichkeit zerbrach an den Problemen, die sich ihm hier boten. »Verdammte Scheiße, was zur Hölle – «

»Aus dem Weg!« Karl stürzte an ihm vorbei ins Bad. »O nein, Richard! Schnell, kommen Sie her und helfen Sie mir!«, rief er laut, damit der Pförtner die Situation später genauso beschreiben würde, wie er es beabsichtigt hatte. »Stellen Sie das Wasser ab, und packen Sie mit an.«

Noch bevor der junge Mann richtig begriff, was los war, tauchte Karl seine Arme ins Wasser und zog am regungslosen Richard. *Somit wären alle verdächtigen Spuren beseitigt.* Das kokainhaltige Wasser tränkte seine Kleidung.

»Tun Sie doch etwas«, schrie er den noch immer untätigen Mann an. »Rufen Sie Feuerwehr oder Polizei!« Er drehte das Wasser ab und hievte den schweren Körper über den Rand.

Endlich setzte der Pförtner den Notruf ab.

Vor den Augen des Angestellten begann Karl mit dem Wiederbelebungsversuch. Niemand würde ihn später auf Spuren untersuchen können, weil er so offensichtlich mit den Drogen in Berührung gekommen war.

Richard war nicht mehr zu retten. Ein toter Gigolo, der als Schlagzeile aus dieser Welt verschwand und wahrscheinlich auf diese Weise mehr Menschen glücklich machte als in Trauer stürzte.

»Wissen Sie, ob er öfter Drogen genommen hat?«, fragte

Karl angestrengt, als er die Herzmassage vollführte. Eine Rippe brach hörbar.

Dem jungen Mann standen Tränen in den Augen. Sein Job als Pförtner war sicher von jeder Menge Pflichtbewusstsein und Langeweile geprägt. »Nicht übermäßig viel, würde ich mal sagen.« Immer wieder fasste er sich an die Stirn. »Er hatte viele Frauen zu Besuch, die beim Verlassen des Hauses auffällig gut drauf waren. Aber ich habe nie gesehen, dass ...« Er hielt inne, als wieder eine Rippe brach, und machte den Eindruck, sich jeden Moment übergeben zu müssen.

Nur zu, mein Junge, das wird sich am Tatort sicher gut machen.

Mit einer leichten gezielten Gewichtsverlagerung provozierte er ein weiteres knackendes Geräusch, aber der junge Mann blieb standhaft.

»Heute scheint er es übertrieben zu haben«, sagte Karl betroffen und versuchte möglichst schockiert zu wirken. »Los, beatmen Sie ihn.«

Ich lege meine Lippen sicher nicht auf seinen dreckigen Mund.

51. KAPITEL ——————— HAMBURG
Montag, 15. März 2010
16:15 Uhr

Dr. Konrad Gall machte einen ruhigen, selbstsicheren Eindruck. Die Vorstellung, dass er Frauen entführte, monatelang festhielt und sie dann während des Koitus brutal ermordete, machte das Bild des Pathologen noch unheimlicher. Jede seiner Bewegungen vollführte er langsam und bedacht. Er saß im Verhörzimmer des sternförmigen Präsidiums in Winterhude. Eberhard konnte durch eine einseitig verspiegelte Scheibe verfolgen, was in dem Raum vor sich ging.

Seine Opfer sind sicher sehr präzise gestorben.

Gall war mit Handschellen gefesselt. Er ließ die Hände ruhig auf dem Tisch liegen und bewegte sich nicht, ganz anders als sein Gegenüber, Kommissar Müller. Durch die Erscheinung des Pathologen wirkte der dermaßen eingeschüchtert, dass er dem starren Blick des Mörders auswich und übertrieben oft in den Unterlagen blätterte.

Das wird nie was. Eberhard hätte sich zu gerne eine Zigarette angezündet, doch das allgemeine Rauchverbot galt auch für den Beobachtungsraum. Er stand neben Dabels, der noch immer sehr blass um die Nase war und das Geschehen starr beobachtete.

»Sie verzichten also auf einen Anwalt?«, begann Müller das Verhör. »Ist Ihnen bewusst, dass alles, was Sie sagen, vor Gericht gegen Sie verwendet werden kann und wird?«

»Das ist mir bewusst, und Sie sagten es schon, als Sie mich abgeführt haben«, antwortete Gall leise.

»Geben Sie zu, Kerstin Wegener, Beatrix DuPoint, Melanie Gutmann, Wiebke Lose und Uta Fromman missbraucht und umgebracht zu haben?«

Gall zeigte seine ebenmäßigen Zähne und sah zur verspiegelten Scheibe und zu Eberhard.

»Bei dem Arsch kriegt man ja 'ne Gänsehaut«, flüsterte Dabels und trat einen Schritt von Eberhard weg, um diesem Blick auszuweichen. »Der ist ja gruselig.«

Überrascht sah Eberhard ihn an. »Wie jetzt, Dabels? Sie haben doch oft mit ihm zu tun gehabt.«

Der Beamte zog die Schultern hoch. »Na ja, da war er eben nur Pathologe. Die sind alle irgendwie seltsam.«

»Wie hießen die anderen beiden Opfer? Die von den Fotos?«, fuhr Müller mit seiner Befragung fort.

»Yvonne Kaufmann und Klara Heickes«, sagte Gall zur Scheibe gewandt.

Dabels rieb sich siegessicher die Hände, was Eberhard beinahe zu weiteren Kommentaren veranlasst hätte, die er aber für sich behielt. Er hatte kein Verständnis dafür, dass sich die anderen mal wieder nur mit dem Offensichtlichen zufriedengaben.

»Das geht ja schnell«, freute sich Dabels. »Ich wünschte, alle Täter wären so kooperativ.«

Eberhard schüttelte den Kopf. »Das dicke Ende kommt noch, warten Sie's ab.«

»Sagen Sie mir, warum Sie es getan haben«, wollte Kommissar Müller wissen und lehnte sich auf seinem Stuhl zurück.

Pappnase ist gar nicht der richtige Ausdruck für diesen Idioten.

»Warum handeln Menschen, wie sie es tun?«, stellte der Pathologe eine Gegenfrage, auf die er keine Antwort erwartete. »Jeder begehrt etwas, ist es nicht so? Das, was man kaufen kann, leistet man sich. Man spart darauf oder verschuldet sich, um es zu bestellen, oder man geht in einen Laden.« Er verschränkte die Finger auf dem Tisch und zog die Mundwinkel noch weiter auseinander. »Man begehrt jemanden, wirbt um die Person, oder man nimmt sie sich.« Er senkte leicht den Kopf, so dass die grelle Lampe Schatten auf seine Züge warf. »Meine Motivation ist so alt wie die Menschheit, und die Grausamkeit meines Handelns entbehrt jeglicher innovativen Aspekte.« Seine Zunge leckte leicht über die Unterlippe. »Es liegt nicht an meinem Beruf, vielmehr habe ich den Beruf meinen Neigungen entsprechend gewählt. Jede Generation hat ihre Monster, und ich bin eines davon.«

Eberhard wurde es langsam zu bunt. »Er soll jetzt endlich fragen, wo sich Silvia Valentaten befindet.«

Auf dem Weg ins Präsidium hatte er mit Thomas Valentaten gesprochen, der bestätigte, dass Silvia Channel Nr. 5 benutzt hatte. Gall musste ihr also tatsächlich begegnet sein.

Doch Müller stand auf und verließ das Verhörzimmer.

»Was macht er denn jetzt?«

Kurz darauf kam er in den Nebenraum. »Ganz ehrlich, bei

allem, was mir heilig ist, aber in der Nähe dieses Typen wird mir eiskalt.« Er zeigte auf Gall, der weiterhin die verspiegelte Glasscheibe anstarrte. »Von dem kriegt man Alpträume, ich geh da nicht wieder rein, das kannst du machen.« Er deutete auf Dabels, dem deutlich anzusehen war, dass auch seine Berufserfahrung für dieses Verhör nicht ausreichte.

»Kommissar Rieckers?«, rief da Gall mit kaum erhobener Stimme. »Ich weiß, dass Sie hier sind, warum reden wir nicht miteinander?«

Die Kollegen nickten zustimmend. Die Lorbeeren würden sie trotzdem ernten wollen. *Deppen.*

Eberhard mochte es nicht, wenn der Täter die Fäden in der Hand hielt, doch er war froh, das Verhör nun selbst übernehmen zu können. Mit einer Hand strich er sich über die Bartstoppeln und machte sich auf den Weg. Schon als er die Tür öffnete, hörte er die leise Stimme.

»Ich fand immer, dass Sie der kompetentere Polizist sind«, begrüßte ihn Gall. »Also, kommen wir gleich zu Ihrer Hauptfrage: Wo ist Silvia Valentaten?«

Eberhard hatte das ungute Gefühl, hier nur zum Narren gehalten zu werden.

»Gehen wir die Fakten doch mal durch: Sie verschwand, wie es meinem Muster entsprach – als ich ein neues Opfer suchte. Sie hatte den perfekten Körperbau, sie saß in einem Fünf-Sterne-Hotel, aber warum ist ihre Leiche dann nicht nach vier Monaten aufgetaucht?« Seine trägen Züge verschoben sich zu einem grüblerischen Ausdruck. »Und wo sind die anderen beiden Leichen, von denen Sie bislang nur die Fotos gesehen haben? Diese wunderschönen kleinen Fotzen ohne Verletzungen. Hingebungsvolle Münder, die den letzten Atem so wundervoll freigelassen haben.«

Eberhard verdrehte unbeeindruckt die Augen. »Sie sind Pathologe. Ein paar Zettel vertauschen, die Falsche wird eingeäschert, und die trauernde Familie merkt nicht mal, dass die geliebte Person noch im Kühlfach liegt. Da kann man nur hoffen, dass von den Trauernden niemand Medizinstudent ist und plötzlich eine vermeintlich Verbrannte vor sich auf dem Tisch wiederfindet.«

Das kehlige Lachen klang widerlich, Gall fand Gefallen an diesem Gespräch. »Was Sie da beschreiben, ist gar nicht so leicht, wie Sie denken.«

»Aber machbar, nicht wahr?«

Dr. Gall grinste nur.

»Warum haben Sie aufgehört, die Leichen für die Polizei zu drapieren? Es war Ihnen doch ein perverses Vergnügen, die eigenen Opfer auf den Tisch zu bekommen und dann vor den Augen der Beamten zu untersuchen.«

»Weil keiner wie Sie dabei war.« Der Mörder nickte Richtung Scheibe. »Diesen Typen dort hätte man auch sagen können: Es ist wahrscheinlich ein Pathologe, der die Taten begeht. Sie wären trotzdem niemals auf mich gekommen.« Er sog die Luft ein, als wollte er diesen Moment mit jedem Sinneseindruck fest in seine Erinnerungen aufnehmen. »Die Leiche dieses Metzgers, das Ovelgönne-Opfer, war eine Beleidigung.« Er zog die Lippen zu einem schmalen Strich zusammen. »Können Sie sich vorstellen, wie beleidigend solche Pfuscher sind? Dann stellten die einfältigen Beamten, die nicht mal in der Lage gewesen wären, die Leichen auseinanderzuhalten, Mutmaßungen an, die noch beleidigender waren.« Er musste sich wegen der Handschellen vorbeugen, um mit dem kleinen Finger über die linke Augenbraue zu streichen.

»Dann ist Silvia Valentaten auch von diesem Trittbrettfahrer geholt worden?«

Mit einem Zungenschnalzen sah Gall ihn über den Tisch hinweg an, als würde sein Musterschüler keine Leistung mehr erbringen. »Das wäre eine grauenhafte Verschwendung, finden Sie nicht auch?« Ein verträumter Ausdruck verwandelte die Kälte in seinem Gesicht in bleiche Freude. »Ihre Anmut machte Männer sofort auf sie aufmerksam. Ihre gepflegten Nägel sollten nicht an kalten Mauern brechen, wie sie es bei meinem Nachahmer sicher getan hätten. Sein bedauernswertes Opfer hat sich ja die Finger blutig gekratzt.« Dann wurde er wieder ganz ernst. »Sie hatte an jenem Tag etwas ganz Besonderes vor, das ihre Schönheit heller strahlen ließ als die meiner anderen Opfer. Aber nach dem Sex mit ihrem Freund wäre es verbraucht gewesen. Diesen ganz besonderen Zauber hätte sie verloren in dem Moment, in dem er ihr seinen ...«

»Lassen Sie das!«, herrschte Eberhard ihn an. Über die kranken Phantasien dieses Psychopathen wollte er nichts hören. »Also haben Sie sie entführt, bevor sie den Zauber verlieren konnte?«

Wieder zuckten die Gesichtszüge des Mannes unkontrolliert.

»Was denn? Ging der Zauber etwa verloren, als sie sich in Ihrer Gewalt befand?«

In Galls Augen funkelte Zorn. *Etwas hat damals nicht seinen Erwartungen entsprochen. Irgendwas ist passiert.*

»Und deswegen ist sie noch nicht aufgetaucht, weil keine Droge dieses Strahlen zurückbringen konnte. Sie wollten von ihr genauso angesehen werden wie der Mann in ihrer Begleitung. Ist es nicht so?«

Tiefe Linien standen in Galls Gesicht, eine Art Abscheu, die ihm für einige Herzschläge die Überlegenheit raubte.

»Und deshalb lebt sie noch, weil Sie sie nur auf diese eine Weise haben wollen.« *Dieses kranke Schwein.*

Doch dieses Mal behielt der Gefangene seine Züge unter Kontrolle. »Sie war so unbedarft. Wissen Sie, wie zart der Körper einer vertrauensvollen Frau ist? Keine Tote vor der Leichenstarre ist sanfter.« Er lehnte sich zurück und reckte das Kinn. »Allein, dass sie dort in dem Hotel saß, beeinflusste das Leben von drei Männern. Wer würde eine solche Frau nicht besitzen wollen?«

»Drei?« Eberhard war verwundert. *Gall und Fichtner, wer noch?*

Langsam schüttelte Gall seinen Kopf. »Der Arzt neben ihr wurde erleuchtet durch ihren Glanz. Er hat es auch gesehen, ihre Besonderheit.«

Er meint Dr. Freiberger. Verdammt, alles stimmt – er war dort an jenem Tag, aber wo versteckt er sie? Eberhard zog die Zigaretten aus der Tasche und steckte sich eine an. In diesem Moment war ihm egal, dass er gegen das Rauchverbot verstieß. »Sagen Sie mir, wo sie ist.«

Sein Gegenüber neigte sich vor und sah ihn von unten an. »Prügeln Sie es doch aus mir heraus.« Dann zog er an den Handschellen. »Wie schade, dass ich es Ihnen ohne Anwendung von Gewalt nicht sagen werde.«

Eberhard befiel ein ganz schlechtes Gefühl in den Eingeweiden. Wenn Gall ihn so tief blicken ließ, dann nur, um sich daran zu weiden, dass die Polizei machtlos war.

»Warum schlagen Sie mich nicht, bis ich Ihnen alles sage? Ich verspreche, dass ich nichts verheimlichen werde, wenn Sie es nur fest genug tun.«

Nichts wäre mir lieber. Er ließ die Zigarettenasche auf den Boden fallen. »Ist es Masochismus oder der Versuch, strafmildernde Umstände zu schaffen?«

Gall lachte wieder auf beängstigende Weise. Seine Masche würde bei den meisten Menschen sicher Erfolg haben, aber Eberhard ärgerte sich, dass er seine Zeit damit vertun musste.

Ich hoffe, jemand wie Helga erstellt sein Gutachten. Er wusste, dass Helga Albers Straftäter lieber ins Gefängnis als in die Psychiatrische schickte. *Aber eine Begegnung mit diesem Kerl wünsche ich ihr nicht.*

»Sie sah bezaubernd aus in ihrem schwarzen Kleid«, fügte Gall hinzu.

Eberhard merkte, wie sich seine linke Hand zur Faust ballte. *Ruhig bleiben.*

»Meinen Sie wirklich, Sie finden Silvia auch ohne meine Hilfe?«

Ihren Namen benutzt er bewusst. »Ich *meine*, dass Sie die Frau gar nicht haben oder sie bereits tot ist.«

Nun beugte sich Gall weit vor. »Aber gäben Sie nicht alles darum, es ganz genau zu wissen?« Er hatte offensichtlich, was er wollte. Im nächsten Moment lehnte er sich auf seinem Stuhl zurück, und seine Züge erstarben. »Ihr Todesstöhnen ist sicher wundervoll, wenn es zart über ihre sinnlichen Lippen haucht.«

Eberhard erhob sich. Obwohl er die Antworten gerne erzwungen hätte, war ihm klar, dass genau das wahrscheinlich die Krönung dieser abartigen Befriedigung wäre. Er wollte nicht zusehen, wie der Mann sich daran berauschte, alle mit seinen vagen Aussagen in Bewegung zu halten, während das Opfer wahrscheinlich längst tot war.

Ohne ein Wort verließ er den Raum. *Abartiges Arschloch.* Er drehte die Zigarette zwischen den Fingern und ging auf den Ausgang zu. *Sollen Müller und Dabels weitermachen, ich bin hier fertig.*

»Kommissar Rieckers?«, hörte er Dabels rufen, als er am Beobachtungsraum vorbeiging und die Tür sich schlagartig öffnete.

»Machen Sie mit ihm, was Sie wollen«, sagte er nur. »Er wird Ihnen nicht sagen, wo sie ist. Durchsuchen Sie sein Haus und die Umgebung, aber ich glaube nicht, dass Sie fündig werden. Silvia Valentaten ist wahrscheinlich tot.«

Wie soll ich das nur Fichtner beibringen? Aber solange es keine Gewissheit war, wollte er noch gar nicht mit ihm reden.

52. KAPITEL ——————————— GÖTTINGEN

Montag, 15. März 2010
19:03 Uhr

Als Karl Freiberger nach der Zeugenaussage endlich nach Hause fahren durfte, waren seine Sachen fast schon wieder trocken. Er hatte die angebotene Ersatzkleidung der Polizei abgelehnt und penibel aufgepasst, dass die Spritze und die Fotos gut in seiner Jackentasche verborgen blieben.

Wenn bei der Untersuchung nicht explizit nach dem Toxin gesucht wurde, würde es im Blut des Toten neben all dem Koks nicht auffallen.

An seinem Tod ist er selbst schuld. Erst auf dem Nachhauseweg konnte er darüber nachdenken, was er getan hatte, doch ein Gefühl der Reue blieb aus. *Er wird dich nie wieder krank machen.*

Zu Hause ging er zuerst in sein Schlafzimmer, zog sich um und steckte die Spritze in die Tasche seiner Strickjacke. Sie war noch zu einem Viertel voll. Er wollte sie zusammen mit den Verbrauchsmaterialien seiner Frau entsorgen.

Es war totenstill im Haus. Als er die Tür zu Barbaras Zimmer aufstieß, war Edith gerade dabei, ihr feste Schuhe anzuziehen. Als sie ihn bemerkte, stand sie auf und legte sich einen Arm der benommenen Patientin um die Schultern, um ihr auf dem Weg nach draußen Halt zu geben.

»Was zur Hölle tun Sie da?«

»Liebling«, sagte Barbara schwach.

»Gehen Sie aus dem Weg, Doktor Freiberger, ich bringe sie jetzt in ein Krankenhaus. Das Taxi wird jeden Moment hier sein.«

»Barbara geht nirgendwo hin!«, herrschte Karl sie an und versperrte die Tür.

»Sie sind ein kranker Mann«, rief Edith ängstlich. »Die Polizei hat eben angerufen, weil Sie Ihren Ausweis dort liegen-

275

gelassen haben. Sie sagten, dieser Richard sei wegen eines Unfalls gestorben, aber das glaube ich nicht.«

»Was haben Sie denen erzählt?« Er langte in seine Tasche. Viel war nicht mehr drin in der Spritze. Er machte einen Schritt auf sie zu.

»Nichts. Doktor Freiberger, ich würde niemals ...«

Angewidert sah er ihr ins ängstliche Gesicht. »Helfen Sie meiner Frau wieder aufs Bett, dann reden wir über alles.«

Edith war durcheinander. Sie schaute immer wieder von ihm zur Tür, dann wieder zu Barbara.

»Ich werde Ihnen Geld geben, und Sie verschwinden von hier. Gehen Sie zu Ihrem Kind, und bezahlen Sie damit alles, was es braucht«, schlug er vor. Ihm war klar, dass auch in dieser hässlichen Frau das Herz einer Mutter schlug und dass sie das Wohl ihres Kindes nicht aufs Spiel setzen würde.

Sie nickte und legte Barbara zurück aufs Bett. »Ist gut«, sagte sie immer wieder. »Ich werde nichts sagen.«

Seine Frau schlief bereitwillig weiter.

Ich muss mich um Barbara kümmern, warum ist diese neugierige Person nur ans Telefon gegangen? Karl ließ sie ihren Koffer holen und ging zu seinem Arbeitszimmer im ersten Stock.

Warum ist die Tür nicht abgeschlossen? Er vergaß niemals, diese Tür zu verriegeln. *Das darf doch alles nicht wahr sein.*

Jemand hatte in seinen Sachen gewühlt. Hitze stieg ihm in den Kopf. »Diese verdammte ...« Er riss eine Schublade auf und holte das Fläschchen mit dem Toxin hervor, um dieselbe Spritze ein weiteres Mal zu befüllen. Er versteckte sie in seiner Tasche und nahm einen Umschlag mit Bargeld in die andere Hand. Edith wusste offenbar nicht, welchen Fehler sie begangen hatte, denn sie wartete gehorsam in der Eingangshalle. Draußen fuhr ein Auto vor, Karl musste schnell handeln.

»Ist das das Taxi?«, fragte er und ging ruhig auf sie zu.

»Ja, das wird es sein«, sagte sie und nahm ihren Koffer in die Hand.

Warum hast du nicht gleich die Polizei gerufen? Mit einem geschäftlichen Gesichtsausdruck überreichte er ihr das Kuvert mit fünftausend Euro. »Bitte sehr und vielen Dank für alles.«

Sie nahm es entgegen und wirkte erleichtert. Karl geleitete sie zur Tür und legte eine Hand auf die Klinke, als wollte er ihr zuvorkommend öffnen. »Und denken Sie daran, kein Sterbenswörtchen.«

Mit viel zu vielen Worten beteuerte sie ihre Verschwiegenheit.

Ich weiß, dass du niemandem etwas sagen wirst. Als sie neben ihn trat, setzte er die Spritze in ihrem Nacken an und stach zu.

Der Taxifahrer klingelte, doch Edith konnte keinen Laut mehr von sich geben.

Er stach an noch drei weiteren Stellen zu und legte ihren starren Körper hinter der Tür ab. Dann zog er einen Zehner aus dem Umschlag und öffnete die Tür.

»Sie haben ein Taxi bestellt?«, sagte ein junger Typ mit Nasenpiercing, der sich wahrscheinlich als Taxifahrer das teure Studentenleben finanzierte.

»Ja, das ist richtig, aber wir benötigen Sie leider nicht mehr.« Er reichte dem Fahrer das Geld. »Trotzdem vielen Dank für Ihre Mühe.«

Der Schein wanderte in die Hosentasche seiner tiefhängenden Jeans. »Ja, ja, schon gut«, maulte er und stieg wieder in das Fahrzeug.

Karl schloss die Tür und sah auf die kurzatmige Edith herab. »Warum konnten Sie nicht einfach Ihren Job machen, statt in meinen Sachen herumzuwühlen?« Er packte sie an der Kleidung und zog sie in die Küche. »Zwei Unfälle an einem Tag sind zu viel.«

Die Sorge um seine Frau drängte ihn, schnell zu handeln. »Ich bin kein Mörder«, sagte er müde. »Ich tue das alles nur für sie. Er hat ihr wehgetan, sein Tod ist kein Verlust. Sie wissen, dass er sie immer wieder belästigt hätte.«

Und nun hatte er mit Edith noch ein Problem, das gelöst werden musste. *Ich sollte sie von einer Brücke werfen.*

»Liebling?«

Mit einem ergebenen Seufzer stieg er über die Gelähmte hinweg. »Ich komme, mein Schatz«, rief er, damit sie nicht nach ihm sah.

Barbara saß in ihrem Bett. Ihre Haut war blass, und die Augen glänzten fiebrig.

»Du bist krank, meine Liebe, leg dich schnell wieder hin.«

Mit ausgestreckten Händen forderte sie ihn auf, zu ihr zu kommen. »Mir ist schrecklich kalt«, flüsterte sie und schmiegte sich an ihn. »Warum ist es so dunkel im Haus?«

Liebevoll strich er ihr die Haare aus dem Gesicht. »Es ist spät. Ich werde dir eine Wärmflasche machen und gleich noch mal Fieber messen. Versprich mir, dass du im Bett bleibst.«

»Warum habe ich Schuhe an?«

Karl versuchte vollkommen ruhig zu wirken. »Wenn du das nicht weißt«, sagte er mit einem Lächeln. »Komm, ich ziehe sie dir aus.«

Leise gurgelnde Laute drangen aus der Küche, aber Barbara schien zu krank zu sein, um etwas mitzubekommen. Er stellte die Schuhe in den Schrank zurück und gab ihr einen Kuss auf die glühende Stirn. »Du musst dich ausruhen. Ich bin gleich wieder da und kümmere mich dann nur noch um dich.«

Sie ließ sich auf das Kissen sinken. »Werde ich sterben?«

In ihm zog sich alles zusammen. »Aber nein, Liebes, du bist nur krank, das ist alles.«

»Edith sagte heute, es könnte sein, dass mein Körper die Niere abstößt. Ich schwöre, ich habe die Tabletten immer genommen.«

Karl deckte sie zu und ließ für einen Moment die Hände auf ihrem Oberkörper liegen. »Darüber brauchst du dir keine Sorgen zu machen, mit der Niere ist alles in Ordnung. Du bist nur leider anfälliger für Krankheitserreger.«

Die Geräusche aus der Küche wurden lauter. »Mach die Augen zu, ich werde auf dich aufpassen.«

Schnell eilte er zu Edith zurück. »Sei still!«, herrschte er sie an.

Ihre Augen weiteten sich, als er die Spritze hervorholte und durch die Unterseite ihres Kinns in die Zunge stach. *Das sollte vorerst genügen.*

»Ich verstehe das nicht«, sagte er müde. »Dir ging es doch sehr gut hier bei uns. Warum warst du in meinem Arbeitszimmer?«

Röchelnd versuchte sie Luft zu bekommen. *Sie erstickt an ihrer Zunge.* Selbst mit Tränen in den Augen war sie der abstoßendste Mensch, den er jemals gesehen hatte. *Wie viel müsste ich wohl für ihr Schweigen zahlen? Und was, wenn sie doch zur Polizei geht? Wer kümmert sich um Barbara, wenn ich nicht da bin?*

Ihr Anblick unterschied sich von dem von Richard, obwohl er auf ähnliche Weise gestorben war. Kleine Äderchen platzten in ihren Augen, die Lippen wurden blau, die Muskeln, die nicht gelähmt waren, zuckten unkontrolliert.

»Für Ihre gute Mitarbeit.« Er stach ein letztes Mal zu und spritzte den Rest in den Herzmuskel, den das Gift augenblicklich zum Stillstand brachte.

53. KAPITEL ———————— *Gut zwei Monate später*
HAMBURG
Freitag, 21. Mai 2010
14.45 Uhr

Sven fürchtete sich vor diesem Tag, doch er musste zum jährlichen Ärztekongress ins Elysee gehen und sich zwischen die wartenden Schönheitschirurgen setzen – dieses Mal ohne die aufregende Aussicht, Silvia ganz für sich allein zu haben. Er war mit der Bahn zum Dammtor gefahren und die kurze Strecke zu Fuß gegangen. Die Einzelheiten jenes verhängnisvollen Tages kehrten mit jedem Schritt in seinen Geist zurück. Vor dem Eingang atmete er tief durch und betrat dann das Hotel, in das er sie niemals hätte einladen dürfen.

Alles war genau wie ein Jahr zuvor. Im Hotel hatte sich nichts verändert, die Ärzte warteten auf den Beginn der Veranstaltung. Er versprach sich keine neuen Erkenntnisse hiervon, hoffte aber, den Arzt wiederzusehen, mit dem sie damals gesprochen hatten.

Dr. Freiberger. Ich kann mich sogar noch an die Zimmernummer erinnern.

Statt Dr. Freiberger saß diesmal eine Blondine in der Sitzgruppe im Foyer. Sie sah reich und elegant aus. Das schwarze Kostüm und die tief ausgeschnittene cremefarbene Bluse standen ihr bemerkenswert gut. Eine Sonnenbrille steckte im Haar und hielt es aus ihrem makellosen Gesicht.

Sie sollte gut auf sich aufpassen, dachte Sven und ging auf sie zu. Er bekam eine Gänsehaut, als er an Silvia in einem dieser Sessel zurückdachte.

»Ist dieser Platz noch frei?«

Ohne ihn anzusehen, machte sie eine einladende Handbewegung. Wahrscheinlich dachte sie, er wolle sie ansprechen. Schnell nahm sie eine Hotelbroschüre vom Beistelltisch und blätterte darin.

»Barbara«, sagte jemand und kam mit ausgebreiteten Armen auf sie zu, ein alter Mann, der nach Sterilmitteln roch und Kleidung so weiß wie seine Haare trug. Seine sonnengebräunte Haut bildete einen offensichtlichen Kontrast. »Karl sagte, du würdest mitkommen. Es ist eine Freude, dich zu sehen.«

Sie sah ihn irritiert an.

Lächelnd ergriff er ihre Hand und legte die Linke auf ihren Oberarm. »Bennet Rating, sag bloß, du erinnerst dich nicht an mich?«

Mit einer leisen Entschuldigung zog sie die Hand zurück und wirkte auf einmal sehr verletzlich. »Doch, tut mir leid, ich habe dich im ersten Moment mit jemand anders verwechselt. Unser letztes Treffen ist ja auch schon zwei Jahre her.«

Der Mann nickte. »Aber du bist keinen Tag älter geworden. Ich könnte glatt neidisch werden.«

Sven sah ihr an, dass ihr diese Begegnung unangenehm war, aber dem Bekannten schien das nicht aufzufallen.

Beiläufig sah der Arzt auf die Uhr. »Jedes Jahr das Gleiche. Es ist mir unbegreiflich, warum es nicht einmal pünktlich losgehen kann.«

»Da kommt ja Karl«, sagte die Frau erleichtert und deutete zu den Fahrstühlen.

Sven drehte sich ebenfalls in die Richtung und erkannte Dr. Freiberger wieder, der sich seinen Weg durch die Wartenden bahnte. Zu seiner Überraschung schaute der Arzt gar nicht seine Frau und deren Begleiter an, sondern ihn.

»Herr Fichtner?«, sagte er und kam auf ihn zu.

Sven stand auf und reichte ihm die Hand. »Sie erinnern sich an meinen Namen?« Damit hatte er nicht gerechnet.

»Na ja, der Polizist hat ihn bei der Befragung bei mir zu Hause oft genug erwähnt. Ich habe unsere Begegnung nie vergessen. Haben Sie Ihre Frau wiedergefunden?«

Im ersten Moment wollte Sven ihn korrigieren, weil Silvia nicht seine Frau gewesen war, doch das spielte keine Rolle mehr.

»Nein, deswegen bin ich hier – an dem Ort, an dem ich sie zuletzt gesehen habe.«

»Liebling?« Die Blondine stand auf und trat neben den Arzt. »Du kennst diesen Mann?«

Er nahm ihre Hand, hauchte einen Kuss darauf und zog sie dichter an sich heran. »Stimmt, ich habe dir nie von dieser Begegnung erzählt.«

»Wir sehen uns drinnen«, sagte Bennet und ging mit den

anderen Kongressteilnehmern zu den Türen, die sich gerade öffneten.

Dr. Freiberger nickte ihm halbherzig zu. »Vor einem Jahr ist die Frau dieses Mannes verschwunden, nachdem wir uns genau hier sehr nett unterhalten hatten. Eine bedauerliche Geschichte.« Dann an Sven gerichtet: »Wurde sie gefunden?«

Es war nun leiser im Foyer.

»Die Polizei tut, was sie kann, aber es ist sehr wahrscheinlich, dass sie niemals zurückkehren wird.«

Barbara betrachtete ihn. Er tat ihr offensichtlich leid.

»Geben Sie die Hoffnung nicht auf«, sagte sie ergriffen. »Hoffnung hat auch mein Leben gerettet.«

Karl wurde unruhig an ihrer Seite. Alle Teilnehmer waren bereits im Saal.

»Geh nur, Liebling.« Mit einem zauberhaften Lächeln strich sie über sein nachtblaues Jackett. »Wir sehen uns nachher, ich komme schon zurecht.«

In seinem Blick lag so etwas wie Sorge.

Ja, das kann ich sehr gut verstehen. Sven rieb sich übers Gesicht. *Hätte ich Silvia hier nur nicht allein gelassen.*

»Soll ich dir noch schnell den Spa-Bereich zeigen? Es macht nichts, wenn ich ein paar Minuten zu spät komme.«

Kopfschüttelnd verpasste sie ihm einen kleinen Stoß in die Seite. »Den werde ich schon finden. Wenn wir uns wiedersehen, wirst du eine vollkommen entspannte Frau vorfinden. Hör auf, dir so viele Sorgen zu machen.«

Der Arzt musste nachgeben. »Was immer du sagst, mein Engel.«

Er reichte Sven die Hand, die sich feucht und kalt anfühlte. »Es hat mich gefreut, Sie wiederzusehen, auch wenn der Anlass sehr traurig ist. Ich wünsche Ihnen alles Gute!«

Sven nickte und schluckte schwer. »Bevor Sie gehen ...« Es fiel ihm schwer, den Arzt darum zu bitten. »Könnten Sie mir noch mal beschreiben, was Sie damals beobachtet haben?«

Dr. Freiberger sah kurz zu den Kollegen, hinter denen sich nun die Saaltüren schlossen. »Soweit ich mich erinnern kann, wollte sie zum Fahrstuhl gehen, als ihr Handy klingelte. Sie stritt mit jemandem. Wie gesagt, ich habe mich dann entfernt, weil es mir unangenehm war, zuzuhören.«

Ich wünschte, er wäre bei ihr geblieben.

»Das ist alles, tut mir leid. Ich muss dann jetzt los.« Er gab seiner Frau noch einen Kuss auf die Wange. »Du solltest jetzt auch gehen, und vergiss die Tabletten nicht.«

Sie straffte sich und wirkte nun wie eine echte Dame von Welt. »Ich sagte, ich komme zurecht.«

Ihre braunen Augen faszinierten Sven. Die Färbung wirkte irgendwie besonders, und lange dichte Wimpern verstärkten das nur noch.

Silvia hat sich immer über ihre kurzen Wimpern beklagt.

Als sich die Tür hinter Dr. Freiberger geschlossen hatte, hielt auch Barbara ihm die Hand entgegen. »Nun denn, ich werde mir jetzt etwas die Stadt ansehen. Ich habe keine große Lust, irgendwo still rumzuliegen und mit Ölen und Cremes eingeschmiert zu werden. Aber das muss Karl ja nicht wissen. Er übertreibt es manchmal mit seiner Fürsorge.« Mit einem Zwinkern drückte sie seine Hand und wandte sich zum Gehen.

»Ihr Mann hatte damals vollkommen recht«, sagte er freundlich.

»Womit?« Sie ließ sich von ihm zum Ausgang begleiten.

»Silvia und Sie hätten sich prima verstanden. Dürfte ich Ihnen etwas von der Stadt zeigen?«

Sie zögerte. An ihrem Blick zur geschlossenen Saaltür erkannte er, dass sie nachdachte, was ihr Mann wohl dazu sagen würde.

»Ich verspreche, genügend Abstand zu halten und Ihnen nur öffentliche Plätze zu zeigen.«

Ihre Gesellschaft war angenehm, und Sven hoffte, sie würde

das Angebot annehmen. »Nun gut«, stimmte sie unsicher zu. »Als Erstes hätte ich gerne einen richtig guten Kaffee.«

54. KAPITEL ———————— HAMBURG
Freitag, 21. Mai 2010
16:48 Uhr

»Was machst du denn schon hier?« Marianne steckte ihren Kopf aus der Küche und zeigte ihm zwei mehlige Hände. »Wir backen gerade.«

»Wir?« Eberhard hängte seine Jacke auf und schob sich mühsam die Schuhe von den Füßen. »Wer ist denn wir?« In den wesentlich bequemeren Hausschuhen betrat er die Backstube und sah Helga Albers am Tisch sitzen.

»Hallo, mein Lieber, sag bloß, du hörst auf, ein Workaholic zu sein?«

Statt ihm die Hand zu reichen, knetete sie den Teig weiter, der auf dem mit Mehl bestreuten Tisch lag.

»Hier ist der Kaffee besser«, scherzte er und schenkte sich einen Becher voll ein. »Heute vor einem Jahr ist Silvia Valentaten verschwunden«, sagte er und ließ sich auf einem Stuhl nieder.

»Ich weiß«, sagte Helga. »Sven Fichtner will heute zum Hotel fahren und sich ins Foyer setzen.« Mit einer Hand strich sie sich ein paar Haare aus dem Gesicht und hinterließ einen weißen Streifen auf der Stirn. »Natürlich habe ich ihm gesagt, dass ich das für keine gute Idee halte, aber der Mann macht, was er will. Ganz ehrlich, wir sind ja hier unter uns.« Sie beugte sich verschwörerisch vor. »Ich glaube nicht, dass es mit ihm ein gutes Ende nehmen wird. Im einen Moment komme ich an ihn heran und gelange an die Wurzel seiner Depression, im nächsten ist er wieder komplett verschlossen.«

»Er gibt sich die Schuld für alles, ist doch logisch«, sagte Marianne. Mit einem Finger tippte sie auf das Kochbuch, das aufgeschlagen auf dem Herd lag. »Helga, ist das ein Tippfehler, oder müssen da noch Eier mit rein? Die sind oben bei den Zutaten gar nicht aufgeführt.«

Die Psychiaterin schaute auf ihren Teig, der immer zäher wurde, je länger sie ihn knetete. »Keine Ahnung.«

»So oder so, er wird sich damit abfinden müssen, dass Silvia Valentaten tot ist«, sagte Eberhard. »Es ist erwiesen, dass Gall Kontakt mit ihr hatte, was sich leider nach Todesurteil anhört.«

Helga sah betroffen auf ihren Klumpen, und Marianne nahm von ihrem einen Fetzen ab und steckte ihn sich in den Mund. »Uh, ich kann mir nicht vorstellen, dass das Backen den Geschmack dieses Zeugs verbessern wird ... Weißt du, was ich nicht verstehe?« Sie schob ihr Werk beiseite und faltete die Hände.

»Was wir falsch gemacht haben?« Marianne studierte noch mal das Rezept.

»Nee.« Wieder landete Mehl in Helgas Gesicht, und die Haare fielen zurück in die Stirn. »Wir haben uns zum Backen statt zum Töpfern getroffen, das war sicher unser Fehler.« Dann zu Eberhard: »Dieser Pathologe hätte sicher seine helle Freude daran gehabt, euch hinzuhalten, bis die bedauernswerte Frau gestorben wäre. Im Anschluss hätte er euch angeboten, euch zum Versteck zu führen, um sich an euren Gesichtern zu weiden. Meinst du nicht?«

»Und was soll das jetzt bedeuten?«, fragte Marianne.

»Na, dass wir den Mist wegschmeißen«, lautete die Antwort.

»Nein, das meine ich nicht. Was bedeutet das in unserem Kriminalfall?«

Die Klumpen verursachten ein lautes Geräusch im Mülleimer, dann begannen die beiden mit dem Aufräumen und

Putzen. Eberhard erkannte das als richtigen Zeitpunkt, sich eine Zigarette anzuzünden.

»Im Grunde nichts«, antwortete er. »Die Wahrheit werden wir nie herausfinden. So unschön das ist, aber es ist leider keine Seltenheit.«

»Aber eines sage ich euch.« Helga klatschte sich die Hände sauber und nahm ihm die Zigarette ab. Er steckte sich eine neue an. »Wenn ich das nächste Mal mitbekomme, dass der Junge wieder zu einer seelischen Talfahrt ansetzt, dann wird er schneller eingewiesen, als er *um Himmels willen* sagen kann!« Sie blies den Rauch gegen die Esstischlampe und verzog das Gesicht. »Du solltest dir dringend eine mildere Marke suchen, sonst nimmt das mit dir auch kein gutes Ende.«

Marianne lachte. »Ich bin überzeugt, dass diesen Mann nur Teer und Kaffeesatz zusammenhalten.« Dann drückte sie ihm einen Kuss auf die Wange und hinterließ Mehl auf seinem schwarzen Pullover. »Mist, tut mir leid.« Sie rieb daran herum und vergrößerte die Stelle noch.

»Und an was für einem Fall bist du jetzt dran?« Obwohl ihr die Zigarette zu stark war, rauchte sie so lange mit angewiderter Miene weiter, bis der Filter erreicht war. »Deine Roth-Händle-Zeiten ohne Filter habe ich angenehmer in Erinnerung als das hier.«

Schulterzuckend drehte er die Zigarette zwischen den Fingern und schürzte die Lippen.

»Er hat keinen *Fall* derzeit«, antwortete Marianne für ihn. »Die üblichen Delikte, nichts Spannendes. Man kann jetzt schon das Scheppern des alten Eisens hören, zu dem er nicht gehören will.«

Helga kratzte sich mit einem Kartoffelschälmesser die Teigreste unter den Nägeln heraus. »Du solltest dir rechtzeitig Hobbys suchen, bevor der Ruhestand kommt.«

»Warum? Um die Mülleimer in diesem Haus noch voller zu machen?« Dafür kassierte er böse Blicke. »Entschuldigt, aber solange in der Volkshochschule keine kniffligen Kriminalfälle angeboten werden, habe ich kein Interesse.«

»Er hat schon ein Hobby für den Ruhestand«, sagte Marianne und lächelte ihn an. »Er wird all die verlorene Zeit mit mir nachholen müssen.«

Eberhard legte ihr eine Hand auf den Arm. »Das ist der einzige Lichtblick, wenn ich an die Pensionierung denke.«

Marianne nahm ein Geschirrtuch vom Haken und ging zur Spüle zurück. »Ich finde ja immer noch, dass es dieser Fichtner selbst gewesen sein könnte.« Mit einer Hand drehte sie den Wasserhahn auf, mit der anderen drückte sie den Stöpsel fest. »Mord aus Leidenschaft. Kommt doch tagtäglich vor.«

Helga griff nach Eberhards Becher und nippte am Kaffee.

»Hey, nimm deinen«, sagte er entrüstet und nahm ihn ihr aus der Hand.

»Der ist schon seit einer Stunde kalt. Wie wäre es, wenn du einen guten Gastgeber spielst und mir einen neuen gibst.«

Eberhard lachte, und kurz darauf stellte er ihr einen frischen Kaffee hin.

»Danke, mein Herz.« Sie trank davon und verzog das Gesicht. »Verdammt, ist der heiß.«

»Dir kann man es auch nicht recht machen.« Marianne grinste sie über die Schulter hinweg an. »Spaß beiseite, was hältst du von meiner Theorie?«

Helga trommelte nachdenklich auf die Tischkante. »Sven Fichtner, ein Mörder aus Leidenschaft ...«

Kann ich mir nicht vorstellen. Inzwischen kannte Eberhard den Mann gut genug.

»Fachlich gesehen – möglich«, sagte Helga nachdenklich. »Derartige Persönlichkeitsstörungen werden durch unterschiedliche Reize hervorgerufen.«

»Aber?« Wie immer forderte Marianne ein gutes Argument, um diesen Gedanken fallenzulassen. Mit einem einfa-

287

chen »Kann ich mir nicht vorstellen« kam man bei ihr nicht durch.

»Aber ich habe in den Sitzungen auf sehr unterschiedliche Weise versucht, ihn aus der Reserve zu locken. Eine solche Störung hätte sich früher oder später gezeigt.« Kritisch betrachtete sie ihren Ehering, der ganz matt war vom Mehl.

»Spätestens als ich ihn mit der Option konfrontiert habe, Silvia sei an einer Affäre nicht mehr interessiert gewesen.« Versonnen betrachtete sie die Krümel an ihren Fingern. »Er war oben im Zimmer, sie kam nicht nach, er fing an, sie panisch zu suchen. Wo sollte er die Leiche gelassen haben? Wie auch immer. Ich habe Fichtner gesagt, dass er mich heute Punkt neunzehn Uhr anrufen soll, damit ich hören kann, wie er diesen Tag überstanden hat. Er wird nicht wagen, den Termin zu verpassen. Bislang reißt er sich gut zusammen, um nicht in eine Klinik eingewiesen zu werden.« Jetzt säuberte sie ihre Finger mit einem Lappen. »Der Junge tut mir leid. Schuldgefühle sind sicher mit die schlimmsten Qualen, die man täglich so erleiden kann.«

Eberhard musste an Gall denken. »Ist es nicht verrückt?«

Als nicht gleich eine Erläuterung hinterherkam, schauten beide Frauen ihn an.

Er rieb sich über die Bartstoppeln. »Ich meine, da ist Fichtner, der vor Schuldgefühlen zugrunde geht, nur weil er um dieses Stelldichein gebeten hat, und auf der anderen Seite ist der Mörder, der sich an seinen sterbenden Opfern nicht sattsehen konnte und unaufhörlich von den eigenen Grausamkeiten schwärmt.«

Helga legte ihm eine Hand auf den Arm und drückte sanft. »Das ist der Fluch des Gewissens.«

55. KAPITEL

HAMBURG
Freitag, 21. Mai 2010
17:22 Uhr

Unruhig sah Karl immer wieder auf die Uhr. Die letzte Stunde dieser Veranstaltung zog sich elendig lange hin. Wenn er Barbara zu Hause allein ließ, sorgte er sich nicht mehr so sehr, weil er sie über die Bildübertragungen der Kameras auf seinem Praxis-Computer sehen konnte. Wenn er nicht gerade im OP stand, hatte er sie immer im Blick und konnte sofort eingreifen, wenn etwas nicht in Ordnung war.

Doch hier in diesem Hotel besaß er keinerlei Kontrolle. Das Wiedersehen mit Fichtner verstärkte die Ängste. Zehn Minuten später ertrug er die Ungewissheit nicht mehr und verließ vorzeitig den Saal.

Ihr Zimmer befand sich im vierten Stock, ein langer Weg, wenn es eilig war. Noch im Gehen zog er die Schlüsselkarte aus der Jacke und steckte sie dann in den vorgesehenen Schlitz. Es klackte, er öffnete die Tür und stürzte in den Raum.

Die Vorhänge waren zugezogen, so dass es sehr dunkel war. Das Kostüm und die Bluse lagen auf dem Boden. Lichtschein fiel unter der Badtür hindurch.

»Barbara?«

Was ist hier los? Er stieß die Tür auf und sah seine Frau nackt vor dem Spiegel stehen.

Sie betrachtete ihr Gesicht, schaute ihn kurz an und betastete dann ihre Nase.

Nicht schon wieder.

Ihre nassen Haare klebten zwischen den Schulterblättern, ein Handtuch lag achtlos vor ihren Füßen.

»Was machst du da?«

»Ich schaue mich an«, erwiderte sie abwesend.

Furcht befiel ihn. »Das sehe ich auch, aber warum?« *Ich hätte sie nicht mitnehmen dürfen.*

Sie fuhr mit einem Finger über die Narbe in ihrer Leiste, die kaum mehr als ein kleiner heller Strich war. Tränen sammelten sich in ihren Augen. »Kannst du dir vorstellen, dass Schönheit nur von innen kommt? Ich meine, ich sehe doch gut aus, aber bin ich wirklich schön?«

»Meine Güte, Liebes.« Er ging zu ihr und legte von hinten seine Arme um ihren Körper. »Du bist wunderschön. Wie kommst du nur auf so was?«

Sie erwiderte seine Umarmung, indem sie seine Hände berührte. Im Spiegel konnte er ihren perfekten Körper sehen, was ein unangenehmes Ziehen in seinem Innern verursachte, weil er genau diese Situation schon einmal erlebt hatte.

»Du hast schon immer gestrahlt, wie kannst du nur daran zweifeln?«

Sie strich über seine Hand und seufzte schwer. »Dieser Mann im Foyer war bedauernswert«, sagte sie. »Er war so traurig, weil seine Frau seit einem Jahr verschwunden ist. Wenn ich bedenke, dass ich dir beinahe etwas Ähnliches angetan hätte ...« Traurig drehte sie sich zu ihm um und barg ihr Gesicht an seiner Schulter. »Es tut mir so leid!«

Gott sei Dank.

Beruhigend strich er über ihre nassen Haare und wiegte sie leicht. »Ich werde immer auf dich aufpassen.«

56. KAPITEL ——————— HAMBURG

Sonntag, 23. Mai 2010
16:17 Uhr

Das Treffen mit Barbara Freiberger lag zwei Tage zurück, und Sven wunderte sich immer noch über diese zwei Stunden, die er mit ihr verbracht hatte.

In ihrem Wesen war sie Silvia ähnlicher, als er auf den ersten Blick erwartet hätte. Begeistert hatte sie über die schönen Seiten des Lebens geredet und wie dankbar sie war, einen Mann wie Karl an ihrer Seite zu wissen. Sie verriet ihm sogar ihr Alter, das so gar nicht zu ihrem Aussehen passte. Er hatte immer angenommen, die Ehefrauen von Schönheitschirurgen würden irgendwann aussehen wie überfahrene und wieder aufgepustete Nacktkatzen.

»Ihr Mann sollte Werbung mit Ihren Fotos machen«, hatte er gesagt.

Je mehr Zeit er mit ihr verbracht hatte, umso mehr hatte er Silvia in ihr gesehen. Die Psyche spielte grausame Spielchen, wenn man sich etwas sehr wünschte. Gleichzeitig zeigte es ihm, dass andere Frauen durchaus wieder auf ihn wirken konnten, wenn er nur aufhörte, pausenlos von Silvia zu sprechen. Ganz anders als Tanja, die er immer wieder in der Kneipe traf und oft im Anschluss mit nach Hause nahm. Mehr als Sex war es nicht, das sagte er ihr auch ständig, aber es schien ihr egal zu sein. Geistreiche Gespräche waren nicht gerade ihr Fachgebiet, doch im Bett wusste sie sehr genau, was sie tat. Er brauchte diese Erschöpfung, damit seine Gedanken zur Ruhe kamen.

Nun war er Barbara Freiberger begegnet, und er wollte sie gerne wiedersehen. In ihrer Nähe hatte er sich sehr wohlgefühlt. Leider hatte sie sich verabschiedet, ohne ihm ihre Nummer zu geben.

Ich sollte aufhören, mich für verheiratete Frauen zu interessieren.

Auch wenn Dr. Albers die Idee nicht gut gefunden hatte, sich selbst mit einem Nachmittag am Ort des Geschehens zu quälen, hatte er geglaubt, durch diese Konfrontation besser mit dem Schicksalsschlag umgehen zu können. Und es war ihm leichter gefallen, mit der Fremden über Silvia zu sprechen, als mit jedem anderen.

Dr. Albers klang beruhigt, als er mit ihr abends das auferlegte Telefonat führte. *Also war es wohl doch keine so schlechte Idee.*

Viel hatte Barbara Freiberger von Hamburg nicht gesehen,

weil sie sich im erstbesten Café an einen Tisch gesetzt und es erst zwei Stunden später wieder verlassen hatten. Sein Angebot, diesen Missstand an einem anderen Tag zu beseitigen, hatte sie abgelehnt. Was er ihr nicht verübelte, denn sie wusste, wo sie hingehörte.

Das hätten wir damals auch wissen sollen, dann wäre nichts passiert.

Wenn er sich vor Augen führte, dass er nur deshalb ihre Nähe suchte, weil sie ihn an Silvia erinnerte, musste er selbst mit dem Kopf schütteln. Wahrscheinlich lag es noch nicht einmal an ihr, sondern an der Tatsache, dass sie Dr. Freibergers Frau war. Abgesehen von ihrem Entführer, war der Arzt der Letzte, der Silvia lebend gesehen hatte.

Er saß auf seinem Bett und betrachtete Fotos von Silvia. Alles, was er von ihr hatte, lag in einem Schuhkarton, den er inzwischen immer seltener hervorzog.

Vorsichtig legte er den Deckel wieder darauf und schob ihn unters Bett zurück. Die Erinnerungen würden neben einem leeren Koffer und ungenutzten Hanteln verstauben und doch immer in seiner Nähe sein, wenn er schlief.

Loslassen, dachte er matt. *Endlich loslassen.*

Wie man sich aus einem stabilen Leben in derart chaotische Umstände verirren konnte, war ihm selbst noch immer ein Rätsel. Er hatte sich nie als einen sehr emotionalen Mann betrachtet, doch im vergangenen Jahr war er so vielen Gefühlen ausgeliefert gewesen, dass er glaubte, eine vollkommen andere Person geworden zu sein.

Ob es mich ebenso getroffen hätte, wenn sie bei einem Verkehrsunfall gestorben wäre? Wenn es nicht meine Schuld gewesen wäre?

Ihm war bewusst, dass er sein Leben ändern konnte. Er musste es nur wollen.

Als er sich schlafen legte, dachte er an Barbara und wie gerne er sie wiedersehen würde.

57. KAPITEL

Gut zwei Monate später
GÖTTINGEN *Dienstag*
27. Juli 2010, 8:59 Uhr

Barbaras Atem ging schnell. Sie bat Sven ins Haus, und er packte sie am Arm – ähnlich wie Richard es getan hatte – und küsste sie leidenschaftlich und überwältigend. Seine Hände zogen an ihrem Kleid, öffneten die Knöpfe und berührten ihre Haut.

Hör nicht auf.

Die Liebesschwüre kamen wie in Trance über ihre Lippen, und er beantwortete sie mit Küssen. »Nimm mich«, sagte sie stöhnend und hoffte, dass er sie nie wieder loslassen würde.

Entschlossen riss er den letzten hinderlichen Stoff fort und drückte sie fest gegen die Wand. »Jetzt gehörst du mir«, sagte er.

Sie bäumte sich auf und presste sich gegen ihn, um ihn ganz spüren zu können. *Gleich wird er es tun.*

Mit spitzen Schreien gab sie sich ihm hin – in absoluter Ekstase. Sein Schweiß lief über ihre Haut, sie spürte ihn überall und konnte nicht mehr genug davon bekommen.

Plötzlich wurde die Tür aufgerissen, und Karl lief mit einem erhobenen Hammer brüllend auf sie zu ...

Barbara wachte mit einem entsetzten Schrei auf. Ihr Herz raste, sie war vollkommen verschwitzt. Sie spürte die Angst vor ihrem Mann wie den Nachhall eines Donnerschlags.

Nur ein Traum! Sie keuchte. *Nur ein Traum, alles ist gut.*

Das Telefon klingelte und ließ sie erneut zusammenfahren. Der Anrufbeantworter nahm das Gespräch an.

»Komm schon, Schatz, geh ans Telefon«, hörte sie Karls Stimme. »Ich weiß doch, dass du da bist.«

Wo soll ich auch sonst sein? Ihre Finger zitterten.

»Geh endlich ran.« Sein Tonfall änderte sich. »Zwing mich nicht, nach Hause zu kommen.«

Wie soll ich denn das verstehen? Sie rückte an die Bettkante und nahm das Telefon vom Nachtschrank. Es lag immer neben ihren Tabletten und einem Wasserglas.

»Hallo«, meldete sie sich.

Sie hörte sein wütendes Schnauben am anderen Ende. »Warum hat das so lange gedauert?«

»Ich war unter der Dusche«, log sie.

Das steigerte seinen Zorn. »Nein, warst du nicht, du hast im Bett gelegen. Lüg mich nicht an, verdammt.«

Ihr wurde eiskalt. »Was hast du gesagt?« Ihr Blick suchte das Zimmer ab.

»Ich kenne dich«, sagte er streng. »Nimm deine Medizin.«

Langsam belastete es sie, dass er sie so von der Außenwelt isolierte. Auch wenn es zu ihrem Besten war und ihr turbulentes Leben sie erst krank gemacht hatte, regte sich Widerwille in ihr. Was nützte ihr eine neue Niere, wenn sie sich vor jedem Keim fürchten musste? Die Dankbarkeit brauchte sich langsam auf, und seine Kontrolle wurde unerträglich.

Nach dem Wochenende in Hamburg war alles wieder wie zuvor gewesen, nur dass sie da einen kurzen Moment der Freiheit hatte genießen können.

»Das habe ich schon.« Sie hörte genau hin, um seine Reaktion auf die nächste Lüge mitzubekommen.

»Muss ich dich daran erinnern, wie wichtig die Medikamente für dich sind? Jetzt sei ein braves Mädchen und tu, was ich dir gesagt habe.«

Das darf nicht wahr sein ... »Du hast eine Kamera in meinem Schlafzimmer?«

Sein Schweigen war beredt genug.

»Das muss ich doch«, sagte er nach einer Weile. »Du wolltest dir das Leben nehmen, schon vergessen? Es ist mir wichtig, deinen Schlaf zu überwachen und zu sehen, ob es dir gutgeht.«

Sie drehte sich genau zur Linse, die als kleiner Kreis aus einem Buchrücken im Regal lugte, ohne sie zu sehen.

»Du hast schlecht geschlafen, was hast du geträumt?«

Sie stand auf und suchte das Zimmer ab. »Das weiß ich nicht mehr.« *Zum Glück kannst du nicht in meinen Kopf gucken.* »Wo ist sie?«

Sein Tonfall wurde versöhnlicher. »Ich werde sie heute Abend abbauen, versprochen. Wie wäre es, wenn wir heute ausgehen? Du machst dich schön zurecht, und ich bestelle uns einen Tisch bei dem Franzosen, den du so liebst.«

Wahrscheinlich hatte er wirklich gute Gründe dafür. »Klingt gut«, antwortete sie freundlich. »Bitte tu das nie wieder. Es ist mir unheimlich, auf diese Weise beobachtet zu werden. Ich bin geheilt, wir brauchen das nicht.«

Milde gestimmt, versprach er, es nie wieder zu tun. »Dann sei jetzt aber auch so gut und nimm deine Medizin. Wie soll ich mich auf dich verlassen, wenn du mich gleich zweimal anlügst?«

Ohne zu zögern, ging sie zum Tisch, nahm die Tablette und führte die Hand zum Mund. Danach trank sie einen Schluck und warf den Kopf in den Nacken. *Zufrieden?*

»Ich werde den ganzen Tag im OP sein, wenn etwas ist, sag meiner Assistentin Bescheid. Sie gibt es gleich an mich weiter.«

Überflüssig, mir das immer wieder zu sagen.

»Ich liebe dich«, sagte er zum Abschied, was sie wie immer erwiderte.

Aber ich glaube dir nicht.

Nachdem sie aufgelegt hatte, setzte sie sich und ließ im Verborgenen die Tablette zwischen ihren Fingern hin und her rollen.

Sie wollte wissen, was passieren würde, wenn sie die Pillen nicht mehr nahm. Morgens nach dem Aufwachen fühlte sie sich so klar und zufrieden, was dann durch die Tabletten in einen benebelten Zustand überging. Vielleicht kamen die Depressionen zurück, vielleicht auch nicht.

Sie würde sich ganz genau beobachten, und sie brauchte Geld, um einen Test für die Urinproben zu kaufen. Edith hatte immer die Werte überprüft.

Die unsympathische Krankenschwester fehlte ihr wirklich nicht, im Gegenteil, sie war wütend auf die Polin, dass sie sich nicht an die Abmachung gehalten hatte. Gerade als es ihr so schlechtgegangen war, war sie zu Karl gelaufen und hatte sich die Wahrheit teuer bezahlen lassen. Daraufhin hatte er sie rausgeworfen und gewartet, bis es Barbara gut genug ging für ein klärendes Gespräch. *Er hat mir alles verziehen, also sollte ich das auch.*

Trotzdem fühlte sie sich beobachtet, gerade so, als bohrten sich stechende Blicke in ihren Rücken. *Ich kann ja verstehen, warum er mich kontrolliert ...*

Doch mit diesem unguten Gefühl im Nacken wollte sie nicht Tag für Tag in diesem Haus sein. Sie ging duschen und ließ die Tablette unauffällig im Abfluss verschwinden.

Mit einem Finger fuhr sie über die Narbe an ihrem Becken. *Ich werde es wohl drauf ankommen lassen.*

58. KAPITEL ——————— *Drei Wochen später*
HAMBURG
Donnerstag, 19. August 2010
23:16 Uhr

Obwohl Sven die Dinge in seinem Leben langsam wieder geregelt bekam, konnte er nachts nicht schlafen. Endlich war er so weit, dass er die Arbeit wieder aufnehmen konnte, und Tanja kam jetzt immer öfter direkt zu ihm nach Hause. Der Sex war anders, wenn er vorher keinen Alkohol getrunken hatte, die Zerstreuung danach blieb aus. Es war so schrecklich bedeutungslos, diese Frau zu berühren, doch wer würde je an Silvias Feuer heranreichen?

Ich sollte froh sein, überhaupt etwas gefühlt zu haben. Sie kommt nicht zurück, kapier's endlich!

Tanja war nach dem Sex eingeschlafen, also blieb sie über Nacht. Er wusste, dass sie mit ihm eine richtige Beziehung eingehen würde, wenn er sie an sich heranließe, doch es mangelte ihm an Interesse. Immer öfter versuchte sie, mit ihm gemeinsame Pläne zu schmieden. Aktivitäten am Wochenende, vielleicht mal einen Urlaub. Wenn er sie dann daran erinnerte, dass er sie nur zum Vögeln traf, verzog sie beleidigt den Mund. Ins Bett ging sie trotzdem mit ihm. Schon allein aus diesem Grund konnte er nichts für sie empfinden.

Ich behandle sie schlecht, und sie kommt immer wieder.

Er hörte ihren Atem und spürte, wie ihre Schulter seinen Arm berührte. Das war nichts, was er jeden Abend ertragen konnte. Sie war eben nicht Silvia.

Loslassen.

Er richtete sich auf, verließ das Bett und zog sich T-Shirt und Shorts an. Lieber würde er noch eine Weile in den Fernseher starren als an die Decke.

Im Flur fiel sein Blick auf die Karte von Kathrin. Das Foto ihrer Tochter klebte darauf. Das Trennungsjahr war noch nicht verstrichen, und schon war die kleine Julia auf der Welt. Ein Frühchen, doch Mutter und Kind ging es gut. Der neue Mann an ihrer Seite war so ganz anders als er. Auch wenn er sich Mühe gab, er konnte ihn nicht leiden. Kathrin war glücklich, und darauf kam es wohl an. *Früher oder später werde ich sie besuchen müssen.*

Er schaltete den Fernseher ein und zappte durch die Programme. *Donnerstagnacht und nichts Gescheites – wie in meinem Kopf.*

Das Handy piepste mal wieder.

Akku alle oder ein verpasster Anruf. Ächzend stand er auf und schlurfte zur Garderobe. Er nahm es vom Schuhschrank und warf einen Blick auf das Display. *1 Anruf in Abwesenheit.*

»Babe, alles klar? Komm wieder her.« Tanja klang verschlafen.

»Lass dich von mir nicht stören. Ich komme später zu dir.«

Desinteressiert drückte er auf *Anzeigen* und las: *Silvia Handy 19/08/2010 22:22 h.*

Mit weichen Knien ging er ins Wohnzimmer und sank auf den Sessel. *Silvia ...*

Zitternd drückte er auf Rückruf und betete, dass es nicht wieder ausgeschaltet war. Es dauerte endlose Sekunden, bis es schließlich klingelte.

Scheiße, warum habe ich es vorher nicht gehört? Sein Herz schlug unerträglich schnell. Alles, was er so sehr zu verdrängen versucht hatte, kam auf einen Schlag zurück.

Niemand ging ran.

»Scheiße!«, fluchte er laut und versuchte es immer wieder. Nichts.

Also wählte er eine andere Nummer ungeachtet der späten Uhrzeit.

Nach zweimaligem Klingeln meldete sich Kommissar Rieckers mit heiserer Stimme. »Herr Fichtner, wissen Sie, wie spät es ist? Es muss schon sehr wichtig sein, sonst bringt meine Frau mich um!«

»Ihr Handy.« Sven fiel gleich mit der Tür ins Haus. »Sie hat heute bei mir angerufen. Die Polizei kann doch aktive Handys orten, oder?«

»Silvia hat bei Ihnen angerufen?« Der Kommissar klang jetzt hellwach. »Was hat sie gesagt? Geht es ihr gut?«

Sven schluckte. Immer wenn etwas wichtig war, verpasste er es. »Ich habe den Anruf nicht gehört, ich hatte nur ihre Nummer auf meinem Handy.«

Stille. Rieckers dachte nach. »Geben Sie mir die Nummer, ich sehe zu, was ich tun kann. Aber, Herr Fichtner«, seine Stimme senkte sich, »versuchen Sie, ganz ruhig zu bleiben. Es ist gut möglich, dass sie es nicht selbst war, die angerufen hat.«

Das wusste er, aber er sah sein Gefühl bestätigt, dass sie noch lebte.

Unruhig legte er auf und wartete.

»Ist was?« Tanja stand mit der Decke um ihren nackten Leib im Türrahmen.

Gerne hätte er sie einfach rausgeworfen, sie war wie ein Fremdkörper in seinem Leben. »Nur ein neuer Hinweis in Silvias Fall«, sagte er betont ruhig. Er wollte ihre Meinung über seine Gefühle nicht hören.

»Nach so langer Zeit? Wie lange ist sie jetzt verschwunden, ein Jahr?«

»Ein Jahr und drei Monate«, brachte er gepresst hervor.

Sie setzte sich auf die Couch und nahm die Zigaretten vom Tisch. »Wann wird sie eigentlich für tot erklärt?«

Es lief ihm eiskalt über den Rücken. Er schöpfte gerade neue Hoffnung, und sie plauderte über ihren Tod.

»Das weiß ich nicht«, sagte er unfreundlich. »Und daran will ich jetzt auch sicher nicht denken.«

Tanja hob abwehrend die Hände, zündete sich eine Zigarette an und pustete den Rauch weg. »Manchmal frage ich mich, warum du mich eigentlich triffst.«

Das ist jetzt nicht der Zeitpunkt für so ein Gespräch. »Das weißt du ganz genau. Kannst du jetzt bitte deine Klappe halten?«

Mürrisch zog sie an der Kippe und atmete eine Rauchwolke aus. »Zum Ficken, ja, daraus machst du kein Geheimnis. Trotzdem ist es schäbig, dass du mich einfach fallenlässt, wenn dich auch nur irgendwas an Silvia erinnert. Denkst du, ich merke nicht, wie du mich jetzt gerade wegwünschst?« Sie stand auf und ließ die Decke auf der Couch zurück. »Guck dir diesen Arsch ruhig noch mal an, es wird das letzte Mal sein, dass du ihn siehst!«

Geh schon!

Sein Handy klingelte – Rieckers. »Ja?«

299

Im Nebenraum zog Tanja sich an und schimpfte halblaut über diese himmelschreiende Ungerechtigkeit. Das laute Knallen der Eingangstür machte ihren wütenden Abgang perfekt.

»Alles in Ordnung?«

Sven seufzte. »Jetzt schon.«

»Die Kollegen kümmern sich um alles, ich melde mich, wenn ich mehr weiß.« Der Kommissar gab einen ächzenden Laut von sich, Sven konnte hören, dass er sich bewegte. »Es wird etwas dauern, aber ich bleibe dran.«

»Ist gut.« Er dankte den höheren Mächten, dass Rieckers nie aufgehört hatte, sich um Silvias Fall zu kümmern. Wen hätte er um diese Zeit sonst anrufen können?

Bringen Sie Silvia heil nach Hause.

59. KAPITEL ——————— HAMBURG
Freitag, 20. August 2010
0:30 Uhr

Schritte kamen die Treppe herunter. Das kleine Reihenhaus in Schenefeld, das Eberhard Rieckers und seine Frau bewohnten, war sehr hellhörig. Das alte Holz der Stufen knarrte, und sicher kannte Marianne den genauen Wortlaut des Telefonats. Sie kam im Nachthemd in die Küche, wo er am Tisch saß und auf sein Telefon starrte.

»Kaffee?« Eine rhetorische Frage, denn Eberhard trank fast nichts anderes. Mit einem Lächeln auf den Lippen befüllte sie die Maschine. »Was denkst du?« Sie schaltete das Gerät ein, setzte sich ihm gegenüber und legte eine Hand auf seine tippelnden Finger.

»Schwer zu sagen. Warum sollte sie sich nach so langer Zeit einfach per Telefon melden? Wahrscheinlich wurde es erst jetzt gefunden.«

Der Kaffeeduft zog durch die Küche. »Weißt du noch, wann du das letzte Mal so engagiert in einen Fall verwickelt warst?«

Natürlich wusste er, auf was sie anspielte.

»Du hast damals auf deinen Instinkt gehört und das Rätsel gelöst. Trotzdem hast du dir Vorwürfe gemacht, weil es zu spät war.« Mit ihren zerzausten Haaren sah sie sehr verschlafen aus.

»So wird es dieses Mal nicht sein«, versprach er. »Ich wünschte nur, der Fall käme auf die eine oder andere Weise endlich zum Abschluss.«

Sie streichelte zärtlich seine Finger. »Du bist noch immer der Mann, in den ich mich damals im Tanzcafé verliebt habe. Ich würde dich niemals ändern wollen, und ich bin immer für dich da.«

Er schaute ihr dankbar in die Augen, mehr war nicht nötig.

»Der arme Mann.« Marianne stand auf und holte sich eine blaue Stola von der Garderobe. »Wenn ich mir vorstelle, dass seine Freundin schon so lange verschwunden ist, und dann klingelt plötzlich sein Telefon …«

Sie nahm etwas Gebäck aus dem Schrank und zwei Becher und wartete, bis der Kaffee durchgelaufen war. »Wer wohl angerufen hat?«

Eberhard dachte genau das Gleiche. »Die Frage ist auch, warum ausgerechnet Fichtner und nicht ihr Mann angerufen wurde.«

Sie nahm die Kanne heraus, schenkte ein und setzte sich ihm gegenüber. »Nun, wenn sie es selbst war, würde es Sinn ergeben.« Langsam wich die Müdigkeit aus ihren Augen. »Ich bin gespannt, wo das Handy geortet wird.«

»Was täte ich nur ohne dich?«, sagte Eberhard und hielt ihre Hand fest. »Das Schicksal meinte es gut mit mir, als ich dir damals beim Tanzen auf die Füße treten durfte.«

Marianne lachte. »Und es machte aus dir doch noch einen

guten Tänzer. Sonst wären meine Füße nach all den Ehejahren platt wie die Flundern.«

»Welche Frau setzt sich schon mitten in der Nacht mit ihrem Mann in die Küche, um auf einen Anruf zu warten?«

Ihr Lächeln war bezaubernd. »Jede, die ihren Mann bedingungslos liebt, würde ich mal sagen. Ob das Signal zu ihrer Leiche führt?«

Eberhard pustete über den heißen Kaffee. »Kann sein. Gut möglich, dass Gall einen Komplizen hat, der nun die Leiche als krönenden Abschluss in Szene setzen soll.«

»Wenn er es denn überhaupt war.« Marianne kaute auf einem Keks.

»Vielleicht wollte er die Frau entführen, aber jemand anders war schneller?«

Rieckers lächelte. »Gib zu, du wirst das hier auch vermissen, wenn ich im Ruhestand bin.«

Das Klingeln des Telefons kam ihrer Erwiderung zuvor. »Rieckers.«

60. KAPITEL —— RASTSTÄTTE ALLERTAL-WEST
Freitag, 20. August 2010
7:02 Uhr

Ein Hubschrauber flog über die Autobahn hinweg. Wegen des Polizeiaufkommens an der Raststätte stockte der Verkehr.

Nicht mehr lange und die Gaffer haben endlich für einen Stau gesorgt. Eberhard stand neben der Einsatzleitung und lauschte den Instruktionen.

Eine Dame, die sich nicht hatte überwinden können, die öffentlichen Toiletten zu benutzen, war ein Stück zwischen die Bäume gegangen, um sich zu erleichtern. Dabei hatte sie Silvia Valentatens braune Lederhandtasche gefunden.

Ehrlich, wie sie war, hatte sie die Tasche in Soltau der Polizei übergeben. Der Beamte hatte nach einem Ausweis oder Führerschein gesucht, aber lediglich einen Namen auf einer Bankkarte gefunden: Silvia Valentaten. Um sich lästigen Papierkram zu ersparen, hatte er das Handy zunächst eingeschaltet – die Pin-Nummer war auf der Rückseite notiert. Die Eigentümerin schien keine Angst vor Diebstahl zu haben, zumindest erschien ihr die Gefahr, die Nummer zu vergessen, größer. Da im Telefonbuch unendlich viele Namen standen, drückte er einfach auf Wahlwiederholung, die ihn mit einem »Sven« verbinden sollte. Doch niemand ging ran. Also besann er sich des Dienstwegs und tippte den Namen der Frau in den Computer. Das war um 22:22 Uhr am Vorabend. In jenem Moment waren Kollegen mit einem sturzbetrunkenen Kerl in die Wache gekommen, der über Nacht in die Ausnüchterungszelle musste. Er machte den Männern einen Kaffee und füllte die entsprechenden Formulare aus. Was sein Computer bezüglich des Namens anzeigte, hatte er bis dahin noch nicht gelesen.

Ein Telefonanruf, der Betrunkene randalierte, eine Frau kam herein, um den Weg zur Autobahn zu erfragen ... Als er sich wieder an den Computer setzte und den Bildschirmschoner durch Eingabe des Passworts beseitigte, ärgerte er sich, dass er den Eintrag nicht eher gelesen hatte.

Sofort meldete er den Fund bei den Kollegen der zuständigen Wache, die wiederum Kommissar Rieckers verständigten. Als er auflegte, sah er auf dem Display des gefundenen Handys die Mitteilung *19 Anrufe in Abwesenheit*. Alle von diesem Sven und alle, seitdem er ihn vorhin angerufen hatte.

Und nun stand Eberhard zwischen der Hundertschaft, die das Gebiet weiträumig durchkämmen sollte. Er glaubte nicht daran, dass sie hier Silvias Leiche finden würden, trotzdem musste es getan werden. Fichtner war am Telefon ganz ruhig geworden, als er ihn über den Fund der Handtasche informierte. Es war anzunehmen, dass der oder die Entführer mit Silvia die A7 Richtung Hannover gefahren waren, doch das sagte im Grunde nur eines aus: Wenn sie noch lebte, konnte sie überall sein.

Eberhard ging noch mal seine Notizen durch. In ihrer Tasche waren das Handy, die Geldbörse mit Bankkarte, fünfundfünfzig Euro und dreizehn Cent, Kassenbelege von Lebensmittelgeschäften, ein Foto ihres Mannes, aufgeweichte Bonbons, der Slip, von dem Stoltzing gesprochen hatte, sowie eine kleine ungeöffnete Packung Kondome. Die Sachen befanden sich nun bei der forensischen Abteilung und wurden auf Spuren untersucht.

Es ergab keinen Sinn, nach Reifenabdrücken zu suchen, nicht nach der langen Zeit. Es gab keine Überwachungskameras in der Nähe und niemanden, den man befragen konnte.

Während er wartete, musste er an Mariannes Worte denken. *Wenn es nicht Gall war, wer dann?*

61. KAPITEL —————————— GÖTTINGEN
Samstag, 21. August 2010
9:34 Uhr

Seit sie die Tabletten nicht mehr nahm, konnte sie sich viel besser konzentrieren. Er hatte vor ihren Augen die Kamera ausgebaut, und als sie wusste, worauf sie achten musste, entdeckte sie in der Eingangshalle, in der Küche und im Wohnzimmer im ersten Stock weitere dieser kleinen Objektive. Es beruhigte sie, dass sie im Bad nicht fündig geworden war, aber das ungute Gefühl, eine Kamera übersehen zu haben, blieb.

Sie nahm die Tabletten immer so ein, dass er glauben musste, sie würde sie tatsächlich schlucken. Seine Überwachung sorgte dafür, dass sie ihm bewusst etwas vorspielte, um dann neue Freiheiten zu genießen. Inzwischen kletterte sie regelmäßig aus ihrem Schlafzimmerfenster und ging spazieren. Mit dem Geld, das sie ihm heimlich aus dem Portemonnaie nahm, hatte sie Lysozymtests gekauft, die bislang beruhigende Ergebnisse zeigten. Ihr Körper akzeptierte die neue Niere.

»Ich werde mich noch etwas hinlegen«, sagte sie und geleitete Karl zur Tür. »Ich bin sehr müde.«

Das Frühstück war schweigend verlaufen, gedanklich schien er bereits bei der Arbeit zu sein. Er gab ihr einen flüchtigen Kuss auf die Stirn und verließ das Haus.

Es war wichtig, den Eindruck der Nebenwirkungen aufrechtzuerhalten. Auf diese Weise konnte sie genug Zeit an der frischen Luft verbringen.

Ein Lächeln umspielte ihre Lippen. *Zeit, für die Kamera zu gähnen und dann rauszugehen.*

Endlich musste sie mit ihm nicht mehr ausdiskutieren, ob sie sich den Gefahren der Krankheitserreger aussetzen sollte oder nicht. Sie tat es einfach, und ihr Immunsystem arbeitete hervorragend. Träume, in denen Sven Fichtner ihr begegnete, brachten sie inzwischen fast jede Nacht durcheinander. Manchmal hatte sie sogar tagsüber Trugbilder von diesem Mann, auch andere bekannte und unbekannte Gesichter mischten sich darunter. Es fiel ihr schwer, Erinnerungen und Phantasiegespinste voneinander zu unterscheiden, und in ihr wuchs der Wunsch, ihn wiederzusehen. Aber nicht um das zu tun, was sie in ihren Träumen taten. Sie hatte Karl früher betrogen, das wollte sie ihm gewiss nicht noch einmal antun. Auch wenn jetzt keine hinterhältige Angestellte sie mehr verpfeifen konnte, Liebe bedeutete für sie Vertrauen und Respekt – und beides wollte sie ihm entgegenbringen.

Wenn er sieht, dass er keine Angst haben muss, wird er aufhören, mich zu kontrollieren. Bis dahin würde sie sich ihre kleinen Auszeiten gönnen, die den goldenen Käfig erträglicher machten.

Sie ging den Pfad zwischen zwei Grundstücken entlang,

der zu einem Marktplatz führte. Die Menschen dort hatten es eilig, auf dem Platz war nicht viel los.

Ich sollte es einfach tun, dachte sie, als sie am Schaufenster eines Mobiltelefon-Anbieters vorbeiging. Nach all diesen intensiven Träumen kribbelte es ihr in den Fingern, Sven Fichtner anzurufen. Die Vernunft schloss zwar aus, dass sie sich in ihn verliebt hatte, doch die Träume sagten etwas ganz anderes.

Aber was dann? Ich habe genug Geld in der Tasche. Es wäre ja nur ein Telefongespräch, mehr nicht. Unentschlossen blieb sie stehen. *Ich könnte auch mit anderen reden. Menschen, die ich neu kennenlerne, und nicht solche, die mir von Karl zugeteilt werden.*

Die Entscheidung war gefallen. Sie betrat den Laden und kaufte ein billiges Handy mit einer Prepaid Card. Der Verkäufer verzichtete auf ihren Ausweis, als sie ihm eine lange Geschichte auftischte, warum sie das Handy sofort mitnehmen müsse. Sie ließ sich alles erklären und stand wenig später mit ihrer Errungenschaft vor dem Laden.

Ich muss es tun! Sie ging in ein Café und wählte einen Platz neben einer Steckdose, schloss das Ladekabel an und ließ sich von der Auskunft Sven Fichtners Nummer geben. Sie speicherte sie ins Telefonbuch und trank dann in Ruhe einen Kaffee. Ihr Herz klopfte unerwartet schnell.

Sie hoffte, dass die kurze Ladedauer ausreichend war, um auf dem Rückweg ein kurzes Gespräch mit ihm führen zu können.

Eine halbe Stunde später war es dann so weit. Sie ging über den Marktplatz und wählte seine Nummer.

»Hallo?« Ihr fiel wieder ein, wie sehr sie seine Stimme mochte.

»Barbara Freiberger, erinnern Sie sich? Ich habe Ihre Nummer von der Auskunft.«

Ein Lastwagen fuhr an ihr vorbei, so dass sie seine Antwort nicht verstehen konnte.

»Ich sagte: Sind Sie wieder in Hamburg? Wollen Sie jetzt doch mehr von der Stadt sehen?«

Sie musste lachen. Ihre Laune war glänzend, nahezu euphorisch, deshalb sagte sie ganz direkt: »Ich träume fast jede Nacht von Ihnen. Das ist irritierend. Um ehrlich zu sein, habe ich gehofft, dass es aufhört, wenn ich mit Ihnen rede.« Damit hatte sie ihn sprachlos gemacht. »Bitte verstehen Sie mich nicht falsch, ich will nichts von Ihnen ...«

Langsam schlenderte sie Richtung Anwesen. Der parkähnliche Garten war zu dieser Jahreszeit wunderschön, allerdings umgab eine Mauer das Grundstück, so dass sie nur die hohen Bäume sehen konnte. »Das Gespräch neulich mit Ihnen hat mir sehr gutgetan, und ich habe mich gefragt, ob wir nicht öfter mal telefonieren könnten.«

»Sehr gerne«, antwortete er verdutzt.

»Vielleicht liegt es daran, dass Sie einen geliebten Menschen verloren haben und ich fast gestorben wäre. Ist ja möglich.«

Nur sein Atem war zu hören.

»Ich muss jetzt wieder ins Haus. Darf ich Sie am Montag anrufen?«

Er gab ihr seine Handynummer. Dann beendete sie das Gespräch. Das Risiko, dass Karl früher heimkam, war zu groß. Sie musste noch ein Versteck für das Telefon suchen.

Was für eine angenehme Stimme er hat.

62. KAPITEL ———————— GÖTTINGEN

Montag, 23. August 2010
8:32 Uhr

Karl war noch nicht ganz weg, da sprang Barbara schon aus dem Bett und zog sich schnell an, um keine Zeit zu verlieren. Das Handy versteckte sie in Ediths altem Wohnbereich, in einem angeklebten Umschlag unter dem Badezimmerschrank.

Es würde sie schon sehr wundern, wenn es ihm dort in die Hände fiel. Und wenn doch, konnte sie immer noch behaupten, es hätte Edith gehört.

Ihre kleine Revolte sollte ihm nicht schaden, aber so, wie er sie behandelte, sprach er ihr die Fähigkeit ab, alte, krankhafte Verhaltensmuster abzulegen und ein glückliches Leben mit ihm zu führen. *Ich will es aber schaffen.*

Die Frauen, mit denen sie sich treffen durfte, redeten nur über die Arbeit ihrer Männer, die aktuellen Trends und den neuen Tennislehrer im Klub. Sie mäkelten auch gerne an ihr herum – wenn zum Beispiel ein dunkler Haaransatz zu sehen war, weil das Blond langsam herauswuchs und nachgebleicht werden musste, oder die Maniküre nachlässig war. Barbara kam das so unwichtig vor. Sie sah gerne gepflegt aus, aber diese Frauen übertrieben es. Es machte ihr inzwischen auch keinen Spaß mehr, wenn Karl sie zum Beautysalon fuhr und sie dann stundenlang all diese penetranten Gerüche einatmen musste. Die ersten Male waren noch etwas Besonderes gewesen, weil sie endlich wieder unter Menschen kam, doch jetzt fehlte ihr etwas Echtes im Leben.

Er behandelte sie wie ein Baby. Jeden Abend dasselbe Ritual: Gesundheitscheck, Tropfen in die Augen, Tabletten. In diesen Momenten betrachtete er sie wie eine seiner Patientinnen, nicht wie seine Ehefrau.

»Wie kann er mich ständig mit seiner Angst erdrücken, ich könnte mich wieder dem Schönheitswahn ergeben, und mich gleichzeitig zu diesen Schnepfen schicken, die kaum ein anderes Thema kennen?«, echauffierte sie sich am Telefon, als wäre Sven Fichtner bereits jetzt ihr bester Freund.

Er war nach dem ersten Klingeln rangegangen, und nun redeten sie schon seit zwanzig Minuten über alles Mögliche. Zwischendurch hatte er zurückgerufen, damit ihr Guthaben nicht gleich verbraucht war.

»Ehrlich, er ist so ein lieber Mann, aber ich möchte selbst

entscheiden, mit wem ich mich verabrede und mit wem nicht.«

»Na klar«, sagte er. »Das ist doch normal. Haben Sie ihm das schon mal an den Kopf geworfen?«

»Lassen wir das Sie, ja? Ich bin Barbara.«

Es war von Anfang an irgendwie albern gewesen, sich zu siezen. Sie brauchten einander aus verschiedenen Gründen, da legte man doch keinen Wert auf Förmlichkeiten.

»Gerne. Sven.«

Diese Stimme ... Barbara nahm den Faden wieder auf. »Er tat überrascht, sagte, das seien schon immer meine Freundinnen und sie hätten sich die ganze Zeit sehr um mich gesorgt.« Sie drehte sich zur Hecke, die den kleinen Weg vom fremden Garten trennte, wo ein Passant vorüberging. »Jedenfalls«, sprach sie weiter, »habe ich das Thema dann lieber fallenlassen, weil es offensichtlich nichts bringt, mit ihm darüber zu reden.«

»So war Silvia auch«, sagte Sven leise. »Sie kämpfte immer nur dann, wenn es sinnvoll war.«

»Erzähl mir mehr von ihr.« Sie setzte sich auf einen großen Stein und betrachtete die Umgebung. Es war ein schöner, warmer Tag, die Luft tat ihr richtig gut.

»Was möchtest du wissen?«

»Ganz egal, Kleinigkeiten, was dir so einfällt.« So gut hatte sie sich schon lange nicht mehr gefühlt.

Sie hörte den Seufzer am anderen Ende. »Silvia hat gerne Strähnen ihrer Haare um die Finger gedreht, wenn sie nachdenklich war. Und wenn es ihr besonders gutging, dann sah man sie oft auf Zehenspitzen tänzeln. Sie liebte es, zu lachen, und wenn man sich in ihrer Nähe befand, musste man auf ein gewisses Maß Anstand achten. Lautes Rülpsen konnte sie gar nicht leiden.« Sven lachte. »Etwas, was Hannes, einem Freund von uns, immer wieder böse Blicke einbrachte.«

Barbara hörte ihm zu und nahm eine Haarsträhne zwischen

die Finger. »Sie muss eine wundervolle Person gewesen sein«, flüsterte sie.

»Du hättest sie sicher gemocht.«

Schon wieder kam jemand den schmalen Weg entlang, und Barbara schwieg, bis sie wieder ungestört reden konnte. »Gibt es denn gar keine Hoffnung mehr?«

Sie glaubte ihn schwer atmen zu hören. Egal, was er sagen wollte, er litt sehr unter den Gedanken, die damit verbunden waren. »Tut mir leid, ich wollte nicht – «

»Nein, nein«, wiegelte er ab. »Alles ist gut. Es ist nur, dass meine Vernunft mir sagt, dass sie tot ist, mein Herz es aber nicht glauben will.«

Sie hätte ihm gerne auf irgendeine Weise mehr Halt gegeben als nur durch Worte. »Ich weiß nicht viel über Gefühle. Im Grunde bin ich wie ein neugeborener Mensch, aber ich kann mir vorstellen, dass die Liebe nicht einfach endet.«

Sie schaute jetzt öfter auf die Uhr, weil bald ein Kontrollanruf von Karl erfolgen würde, wenn sie nicht im Bild der Kamera auftauchte und ihre Medizin einnahm.

»Silvia hätte sicher das Gleiche gesagt«, scherzte Sven und wirkte befreit. »Ich möchte, dass du weißt, dass Silvia und ich keine Affäre hatten.« Er wurde ganz ernst. »Natürlich fühlten wir uns auch körperlich zueinander hingezogen, doch viel entscheidender war das schlichte Bedürfnis, beisammen zu sein und alles teilen zu wollen.« Eine lange Pause entstand, bis er hinzusetzte: »Verstehst du, was ich meine?«

Sie nickte, obwohl er es nicht sehen konnte. »Ich denke schon. Aber in dem Hotel wolltet ihr doch ...« Schon als sie den Satz begonnen hatte, wusste sie, dass sie besser geschwiegen hätte. *Warum reibe ich das Salz nicht gleich mit einem Dolch in seine Wunden?*

»Ja«, antwortete er mit belegter Stimme. »Und ich bereue es jeden Tag, der Versuchung nicht widerstanden zu haben.«

Ob ich das hier auch irgendwann bereuen werde? Die Zeit drängte. Auch wenn sie am liebsten den ganzen Tag mit ihm gesprochen hätte, sie musste Schluss machen. »Ich muss jetzt nach Hause, Karl wird sicher bald anrufen.« Sie stand von dem Stein auf und ging langsam auf das Haus zu. »Telefonieren wir morgen wieder?«

»Sehr gerne. Sollte was sein – «

»Ja, danke. Hier ist alles gut.«

Es fiel ihr schwer, aufzulegen und das Handy auszuschalten. Über eine Stunde hatte sie mit ihm gesprochen, und es war ihr vorgekommen wie wenige Minuten.

Ob Karl sie auch für solche Kleinigkeiten liebte? Was war an ihr eigentlich liebenswert? Verlieh sie ihrer Persönlichkeit überhaupt in irgendeiner Weise Ausdruck?

Sie umrundete das Haus und kletterte durch das offene Fenster ins Schlafzimmer. Die Jacke hängte sie zurück in den Schrank, putzte die Schuhe und ließ sie in einem Karton verschwinden. Danach tauschte sie ihre Kleidung gegen den Hausanzug, den sie meist in den eigenen vier Wänden trug. Zu ihrer Erleichterung hatte niemand angerufen, und so schlurfte sie aus ihrem Schlafzimmer, als wäre sie gerade erst erwacht, durch die Blickfelder der unterschiedlichen Kameras bis in die Küche. Für Karl musste es so aussehen, als nähme sie ganz selbstverständlich ihre Medizin.

In Ediths altem Bad ließ sie die Tabletten im Ausguss verschwinden und legte das Handy zurück in sein Versteck.

Alles lief perfekt.

Als sie mit einer Schüssel Müsli und einem Glas Orangensaft am Tisch Platz nahm, drehte sie nachdenklich eine blonde Strähne um ihren Finger.

63. KAPITEL

Einen Monat später
HAMBURG
Montag, 20. September 2010
9:30 Uhr

Dr. Albers sah ihren Patienten verwundert an, und Sven mochte diesen Ausdruck gar nicht.

»Verstehe ich das richtig?«, sagte sie langsam. »Sie telefonieren täglich mit der Frau des Mannes, der Silvia zuletzt gesehen hat?«

Er nickte und merkte selbst, wie seltsam das klang.

»Wozu soll das gut sein? Ich dachte, Sie würden nun endlich Ihr Leben in die Hand nehmen und all das loslassen, was Sie so sehr gefangen hält.« Die Psychologin verlor für einen Moment ihre distanzierte ärztliche Ausstrahlung.

»Es ist nicht so, wie Sie denken«, sagte er mühsam und kam sich dabei lächerlich vor. »Barbara wollte sich das Leben nehmen, und ich habe Silvia verloren. Die Gespräche tun uns beiden sehr gut. Es geht hier nicht um Liebe, eher um eine Zweckgemeinschaft.«

»Und das glauben Sie ernsthaft?« Albers rückte sich in ihrem weißen Sessel zurecht und legte die Hände ruhig in den Schoß. »Was genau sind Ihre Absichten, wenn Sie an Frau Freiberger denken?«

Warum habe ich es überhaupt erwähnt? »Ich habe keine *Absichten*. Wir reden nur.« Er wippte nervös mit einem Bein und kratzte sich abwesend. »Sie hört gerne zu, wenn ich über Silvia rede.«

»Und ihr Selbstmordversuch?« Albers machte sich immer weiter Notizen. »Was wissen Sie darüber?«

Er sah aus dem Fenster, dann wieder auf die Uhr. Seit fünf Minuten verstrich die Zeit wesentlich langsamer. »Sie litt unter Depressionen und hat sich in der Badewanne die Pulsadern aufgeschnitten. Ihr Mann hat sie gerettet.«

»So, so«, sagte die Psychiaterin nachdenklich. »Weiß ihr Mann von den Gesprächen?«

»Ich denke nicht.«

»Und falls Frau Freiberger wieder unter Depressionen leidet, was tun Sie dann? Wollen Sie hinfahren und sie retten?«

Ungläubig sah er sie an. »Was wollen Sie damit sagen? Ich schade ihr doch nicht, nur weil ich mit ihr telefoniere.«

»Herr Fichtner, es ist nicht selten, dass man seinen Kummer auf andere projiziert und zu lindern glaubt, indem man bei ihnen etwas richtig macht, was man an anderer Stelle vielleicht falsch gemacht hat. Sie scheinen mir dafür der klassische Fall zu sein.«

»Ich empfinde aber gar nichts für diese Frau«, regte er sich auf. »Ich spreche mit ihr über Silvia und das Leben, sie erzählt mir von ihrem Mann und ihren Sorgen. Sie können mir glauben, dass keiner von uns ein gesteigertes Interesse darüber hinaus hat!«

Sehr zu seinem Ärger schrieb sie lieber etwas auf ihren Block, als ihm zu antworten.

»Und? Werden Sie hinfahren?«, fragte sie schließlich.

»Nein«, log er. Tatsächlich hatte er sich im Internet die freistehende Wohnung schon angeschaut, von der Barbara erzählt hatte. Durch das Fenster konnte man zu ihrem Anwesen hinüberblicken. Er wollte nicht, dass seine Freundin während ihrer Telefonate in der Kälte fror und dadurch ihre Gesundheit gefährdete. Nachdem sie von der Nierentransplantation erzählt hatte, hatte er einiges darüber im Internet gelesen. Sie musste mehr als andere auf sich aufpassen, weil die Medikamente ihr Immunsystem lahmten. Auch wenn Barbara es gerne herunterspielte, er machte sich Sorgen um sie, *freundschaftliche* Sorgen. Immerhin stand sie wegen ihm jeden Tag lange Zeit draußen in der Kälte, und er wollte nicht verantwortlich dafür sein, dass sie krank wurde. Diese Einzimmerwohnung konnte er sich leisten, und die Freundschaft war es wert.

»Sven?« Dr. Albers beobachtete ihn genau.

»Es ist alles gut, die Arbeit läuft problemlos, ich bin auf einem wirklich guten Weg.«

Sie schien nicht überzeugt zu sein. »Ganz ehrlich, Herr Fichtner, Sie kommen schon so lange zu mir, trotzdem sehe ich keine Verbesserungen Ihres Zustands. Warum versuchen Sie es nicht einfach mit einem Klinikaufenthalt? Was haben Sie zu verlieren?«

Sven sah auf die Uhr, was *sie* sonst eigentlich immer tat, doch an diesem Tag war sie zu sehr mit Schreiben beschäftigt. Die Zeit war fast um.

»Ich brauche das nicht. Eigentlich sollten Sie sehr zufrieden mit mir sein.«

»Das war ich auch«, sagte sie ernst. »Bis der Anruf von Silvias Handy kam, machten Sie einen stabilen Eindruck. Doch seitdem erlebe ich Sie wieder sehr unbeständig in Ihrem positiven Denken. Und jetzt sind Sie geradezu euphorisch, weil Sie mit dieser Frau telefonieren. Ich habe wirklich kein gutes Gefühl bei der Sache.«

Sven wartete, bis der Minutenzeiger die Neun erreichte, und stand dann mit einem Lächeln auf. »Es geht mir gut, Dr. Albers. Nur weil Sie es nicht verstehen, heißt es nicht, dass es nicht der richtige Weg für mich ist. Das Schicksal hat sich sicher etwas dabei gedacht, als es unsere Wege sich kreuzen ließ, und Sil– «, er musste sich verbessern, »Barbara tun die Gespräche ebenso gut wie mir.« Er verfluchte sich innerlich für den kleinen Versprecher, den Albers sicher sofort zu seinem Nachteil analysieren würde.

»Bitte bleiben Sie auf Ihrem Weg, Herr Fichtner.« Sie verabschiedete ihn. »Bis nächste Woche.«

Er verließ die Praxis und ärgerte sich über den Gesprächsverlauf. In seinen Augen war eine Freundschaft nichts Verwerfliches.

Es wird auch nichts Schlimmes passieren, wenn ich hinfahre.

64. KAPITEL ———————— *Anderthalb Monate später*
GÖTTINGEN
Donnerstag, 11. November 2010
13:12 Uhr

Bis auf die Wochenenden telefonierten sie jeden Tag miteinander, Barbara sprach mehr mit Sven als mit ihrem Mann. Inzwischen wusste er fast alles, was sie selbst über sich wusste. Auch wenn sie sich über Karls Kontrollwahn aufregte, erlaubte sie nicht, dass Sven über ihn urteilte.

»Hast du das auch schon mal erlebt: Wenn du dein Gesicht lange genug im Spiegel anschaust, erkennst du es plötzlich nicht mehr wieder?«

Sven lachte auf. »Nein, sicher nicht. Das muss an den Schönheitsoperationen liegen, die du früher hast über dich ergehen lassen.«

»Mag sein.«

»Ich würde dich gerne wiedersehen«, sagte er plötzlich.

Sie wollte sofort ja sagen, aber was hätte das für Folgen? Wie immer saß sie auf dem Findling, der am Rand des kleinen Pfads lag. Alle paar Minuten sah sie sich um, damit sie frühzeitig jeden bemerken würde, der auf sie zukam. »Wir können uns hier nicht einfach in ein Café setzen!«

»Dann miete ich endlich die Wohnung, von der du erzählt hast. Die mit Blick auf euer Haus. Für ein paar Monate, wenn es sein muss, dann stehst du nicht immer in der Kälte, wenn wir miteinander reden.«

In ihrem Kopf drehte sich alles. Die Aussicht auf ein eigenes Refugium war reizvoll. »Keiner weiß besser als du, dass Affären kein gutes Ende nehmen.« Es tat ihr leid, das zu sagen, aber diese Notbremse musste sie ziehen.

Seinem Schweigen entnahm sie, dass sie getroffen hatte. »Entschuldige bitte.«

»Ich muss jetzt wieder ins Gericht.«

Ihre gute Laune war dahin. Das hätte sie nicht sagen sollen. *Ich bin so dumm.* Niedergeschlagen stand sie auf und ging langsam zurück.

Irgendwie wurde alles kompliziert. Sie hatte sich einem Mann verpflichtet, den sie kaum kannte und der auch kein Recht darauf hatte, irgendwelche Ansprüche zu stellen.

Ich bin eine verheiratete Frau. Doch sie konnte auf die Gespräche mit ihm nicht mehr verzichten.

Die Unbeschwertheit der ersten Telefonate war dem Wunsch gewichen, einander wieder persönlich zu begegnen. Immer wieder hatte sie ablehnend auf seine Andeutungen reagiert, und bislang hatte er ihre Gründe auch verstanden. Die Kälte, die er ihr jetzt entgegenbrachte, ließ sie ihre Worte sehr bereuen. Einige Schritte lang schwiegen sie sich an.

Gerade als sie die Straße überqueren wollte, sah sie Karls Auto vorbeifahren und auf das Grundstück einbiegen.

Was macht er denn schon hier?

»Mist!« Schnell legte sie auf und wartete, bis er ins Haus gegangen war, um dann loszurennen. Das Handy warf sie im Laufen in den Graben vor der Grundstücksmauer und pirschte sich geduckt an das offene Fenster ihres Schlafzimmers.

Seine Schritte waren schon vom Fenster aus zu hören. Schlüssel fielen auf den dafür vorgesehenen Teller auf der Garderobe, die Tasche verursachte das typische dumpfe Geräusch, als er sie neben dem Schrank abstellte. Bevor sie hinaufkletterte, ließ sie Schuhe und Mantel an der Mauer zurück und zog sich dann mit aller Kraft nach oben und über die Fensterbank. Die Klinke bewegte sich. Geistesgegenwärtig legte sie sich mit dem Rücken auf den Teppich und zog abwechselnd in schneller Folge die Knie zur Nase.

»Du machst Sport?« Er wirkte misstrauisch.

Barbara hielt inne und stellte sich wieder auf die Füße. »Findest du nicht, dass ich in letzter Zeit zugenommen habe?« Sie drehte sich vor ihm, damit er ihren Körper begutachten konnte.

»Meine Güte, schließ wenigstens das Fenster, du holst dir noch den Tod!«

Ehe sie handeln konnte, ging er an ihr vorbei und schloss die Flügel. Schwer atmend drehte sie sich weg und hoffte inständig, er würde nicht hinaussehen und ihren Mantel entdecken.

»Übertreib es nicht mit dem Sport.« Sie spürte seine Hand auf dem Po. »Du siehst begehrenswert aus.« Er küsste sie und fuhr mit der anderen Hand unter ihre Kleidung am Rücken. Wahrscheinlich lag es an den vielen Gesprächen mit Sven – seitdem sie mit ihm in regelmäßigem Kontakt stand, empfand sie Karls Berührungen als unangenehm. Besonders seine Küsse riefen in ihr eine unerwartete Abneigung hervor.

Bedauernd zog er ihren Pullover wieder in Form. »Leider, leider muss ich wieder in die Praxis. Frau Lübbers hat heute ihren OP-Termin, und ich habe die Akte hier vergessen. Ich muss oben noch etwas nachschlagen, alles einpacken und wieder los.«

»Dann vielleicht heute Abend?«

Sein Kontrollwahn hat alles kaputtgemacht, rechtfertigte sie ihre Gedanken, doch das schlechte Gewissen blieb.

65. KAPITEL ——————— GÖTTINGEN

Montag, 15. November 2010
9:13 Uhr

»Liebes.« Karl streckte ihr über den Frühstückstisch eine Hand entgegen. »Geht es dir gut?«

Sie berührte seine Finger und lächelte unsicher. »Natürlich, alles bestens, warum fragst du?«

Er sah sie prüfend an und beobachtete, wie sie eine Haarsträhne um ihren Finger wickelte.

»Du hast dich in letzter Zeit etwas verändert. Kann es sein, dass du jemanden triffst?«

Die Regung auf ihrem Gesicht entging ihm nicht, trotzdem passte es nicht zu dem Tagesablauf, den er täglich auf den Monitoren verfolgen konnte.

»Nein, ich bin den ganzen Tag hier«, sagte sie, ohne ihn anzuschauen.

Sie hat neue Gewohnheiten, Tics, ich kenne das doch ... »Ich mache mir nur – «

»Sorgen?«, beendete sie den Satz. »Das weiß ich doch. Du machst dir so viele Sorgen, dass ich kaum atmen kann.« Sie zog ihre Hand zurück und verschränkte die Arme.

Erst die Niedergeschlagenheit, jetzt reagiert sie gereizt.

»Du kontrollierst mich durchgehend, ich weiß gar nicht mehr, wie ich mich verhalten soll, weil ich Angst habe, etwas Falsches zu tun.«

Er wusste, dass er es übertrieb, doch Barbara war instabil. Es bestand die Möglichkeit, dass sie sich in eine Richtung entwickelte, die alles kaputtmachen würde, also konnte er ihr keine weiteren Freiräume gewähren.

»Liebes«, sagte er sanft und stand auf. »Ich weiß doch, wie schwer es für dich ist und dass die Depressionen nicht einfach so weggehen. Du darfst dich nicht den negativen Gefühlen hingeben!« Zufrieden sah er, wie sie nickte. »Sicher spielt es auch eine Rolle, dass du immer noch nicht schwanger bist, ich weiß doch, wie sehr du dir ein Baby wünschst.«

»Aber ich ...«

Er erstickte ihren Widerspruch mit einem Kuss. Mal wollte sie Kinder, mal nicht. Wenn sie nur etwas fruchtbarer wäre, dann wäre diese leidige Sache kein Thema mehr, dann säße sie bereits mit einem dicken Bauch am Tisch und wäre mit ihrer neuen Lebensaufgabe beschäftigt.

Nach seinen Berechnungen standen die fruchtbaren Tage wieder kurz bevor. Die Hormonspritzen verkaufte er ihr als Vitaminpräparate, die sie schon aus früheren Zeiten gewohnt war. Er zog sie sanft hoch und setzte sie auf die Tischkante.

Ihren zögerlichen Einwand ignorierte er. »Los, zieh dein Höschen aus«, flüsterte er und öffnete seine Hose.

Er konnte ihren Widerwillen förmlich sehen. »Möchtest du nicht auch kleine Kinderfüßchen durchs Haus trappeln hören?«

»Ja«, sagte sie ehrlich und änderte leicht ihre Haltung.

»Du wirst sicher eine wundervolle Mutter sein.«

Der Kaffee schwappte über, und das Geschirr klapperte. Da Barbara keine Haushälterin mehr wollte, würde sie hinterher alles selbst saubermachen müssen, die Putzfrau kam nur donnerstags.

»Jeder Tag sollte so beginnen«, raunte er und nahm sie auf dem Tisch. »Das ist so viel besser.«

Wenn es nicht bald klappte, wollte er das Geld für eine künstliche Befruchtung aufwenden. Sein Sperma war nicht das Problem. Er hatte es untersucht und festgestellt, dass es an ihm nicht liegen konnte. Natürlich wusste er, dass eine Schwangerschaft Jahre auf sich warten lassen konnte, besonders wenn man es so sehr wünschte, doch diese Zeit blieb ihnen nicht. »Du wirst die wunschschönste Schwangere sein«, keuchte er ihr ins Ohr.

* * *

Barbara ließ es über sich ergehen. Ihre Empfindungen waren wie betäubt. Anfangs hatte sie ihn nicht oft genug spüren können, und als sie beschlossen hatten, eine Schwangerschaft zuzulassen, fühlte es sich phantastisch an. Aber alles hatte sich verändert, weil sie sich zunehmend wie ein Luxusartikel fühlte, nicht mehr wie ein lebendiger Mensch mit eigenen Gedanken.

Als er fertig war, zog er sich aus ihr zurück, schloss seine Hose und wünschte ihr einen angenehmen Tag.

Er ging ins obere Stockwerk, um die Aktentasche aus seinem verschlossenen Büro zu holen.

Barbara fühlte sich benutzt. *Die Zeiten, in denen ich ein Kind wollte, liegen Monate zurück.*

Sie ging in ihr Badezimmer und reinigte sich, gleichzeitig war sie verwirrt. Lag es vielleicht an Sven, dass sie Karl gegenüber plötzlich so kritisch war? Wollte sie nun Kinder oder nicht?

Sie sah in den Spiegel. »Ich möchte so sehr geliebt werden wie Silvia«, flüsterte sie nachdenklich. »Er sieht mich doch gar nicht, er hat nur ein Bild von mir, ohne zu wissen, wer ich bin.«

Doch wer war sie eigentlich? Sie beugte sich vor, um sich genauer anzusehen, und strich sich übers Gesicht, den Hals entlang bis zu den Brüsten. »Ich bin schön«, sagte sie entschlossen. »Ich bin attraktiv.« Mit einer Drehung begutachtete sie ihr Profil. »Begehrenswert. Nichts, was man sich einfach nehmen sollte.« Aufgerichtet wirkte sie majestätisch. »Deswegen habe ich ihn hintergangen«, verstand sie plötzlich. »Weil er mich nicht erobern kann.« Nachdenklich ließ sie die Hände über ihren flachen Bauch wandern. »Aber das ist es, was ich will. Jemanden, der um mich wirbt und der mich verführen kann.«

Mit einer eleganten Bewegung fischte sie eine Strähne aus dem Haar und drehte sie um ihren Finger, bis sich die Kuppe dunkel verfärbte.

Sven wäre sicher gut darin. Er nimmt mich wahr und hört mir zu. Spielerisch trat sie auf die Zehenspitzen und wippte auf und ab. *Wie es wohl wäre, Silvia zu sein? Nur für einen Tag in ihrem alten Leben? Als sie nur Freunde waren?*

Sie stellte sich vor, wie prickelnd es gewesen sein musste, wenn sie sich begegneten, ohne sich berühren zu dürfen. *Wäre es auch so, wenn er tatsächlich herkäme und wir uns nur gegenübersäßen?*

Tänzelnd verließ sie das Bad und zog sich an. Plötzlich wurde ihr schwindelig, und sie musste sich am Bett festhalten.

Alles drehte sich um sie herum, dann setzten rasende Kopfschmerzen ein.

Sie schrie laut: »Karl!«

Sie hörte noch seine Schritte, und als er zur Tür hereingestürzt kam, verlor sie das Bewusstsein.

66. KAPITEL — HAMBURG

Montag, 22. November 2010
8 Uhr

Der Wecker klingelte, und Sven schaltete ihn mit einer schweren Handbewegung aus. Übermüdet und gereizt richtete er sich auf und blieb auf der Bettkante sitzen.

Ob sie sich heute meldet? Seit einer Woche herrschte Funkstille, und er machte sich ernsthaft Sorgen. Was, wenn sie krank geworden war oder ihr Mann alles herausgefunden hatte?

Schon am Freitag hatte er mit dem Immobilienmakler gesprochen, und in einer Stunde würde er sich auf den Weg machen, um die Wohnung zu besichtigen.

Ich habe überreagiert. Er dachte an das letzte Gespräch mit ihr. Die Anspielung auf eine Affäre hatte ihn an seiner verwundbarsten Stelle getroffen. *Sie hat ja recht. Aber diesmal ist es keine Affäre. Wir sind nur Freunde.*

Ihr erschrockener Ausruf, bevor sie plötzlich aufgelegt hatte, ging ihm nicht mehr aus dem Sinn. *Was hat sie nur so erschreckt?*

Eine SMS ließ ihn schnell aus dem Bett springen und zum Telefon eilen, doch statt Barbara war Thomas der Absender. *Ruf mich an,* lautete die kurze Nachricht.

Er kam der Bitte nach und hoffte, dass Tom nicht wegen irgendwas sauer war. Sie hatten seit Monaten nicht miteinander gesprochen, und die Botschaft wunderte ihn.

»Sag mal, tickst du nicht mehr richtig?«, brüllte Thomas sofort ins Telefon.

Na großartig...

»Was meinst du?« Sven war sich keiner Schuld bewusst, also blieb er vorerst ruhig.

»Tu nicht so«, fuhr Tom wütend fort. »Glaubst du ernsthaft, ich hätte sie umgebracht?«

»Wovon zur Hölle redest du?«

Thomas atmete mehrmals tief durch. »Dein Kumpel, Kommissar Rieckers, hat mich gebeten, zur Blutabnahme zu kommen, weil wohl noch immer ein Stück von meinem Hemd mit den Blutflecken als Beweisstück vorliegt, klingelt da was?«

»Das ist doch anderthalb Jahre her, warum ausgerechnet jetzt?« In Svens Gedanken purzelte eine Vielzahl möglicher Erklärungen durcheinander. Gab es neue Erkenntnisse? Hatte man sie gefunden?

»Ich frage mich, wie er an mein Hemd herangekommen ist.«

Ihre Freundschaft konnte nicht mehr schlechter laufen, also sagte Sven: »Weil ich es ihm damals gezeigt habe. Was hättest du an meiner Stelle getan? Du wärst nicht der erste wütende Ehemann gewesen, der aus Eifersucht seine Frau erschlägt. Woher kam denn das ganze Blut?«

»Mein Gott, ich weiß es nicht!« Thomas dachte nicht daran, sich zu beruhigen. »Vielleicht hatte ich Nasenbluten oder habe in der Bahn in etwas reingefasst. Sven, ganz ehrlich, ich erkenne dich nicht mehr wieder. Dass du mir so etwas überhaupt zutraust, ist beleidigend.«

»Du weißt doch, wie verzweifelt ich damals war.« *Ich war nicht zurechnungsfähig.* Mit dem Handy am Ohr ging er in die Küche und setzte einen Kaffee auf.

»Was ist bloß los mit dir?« Thomas beruhigte sich. »Ich vermisse den alten Sven.«

Den alten Sven gibt es nicht mehr. Er sah sich in der Wohnung um, die seit Kathrins Auszug kahl und leblos war. »Warum hat dich Rieckers denn überhaupt zur Blutentnahme aufgefordert?«

Sein Freund stieß die Luft aus, was durch das Telefon sehr laut klang. »Er faselte irgendwas von Pensionierung und dass alles seine Ordnung haben müsse, wenn er die Akten seinem Nachfolger übergibt.«

Rieckers darf nicht gehen! »Wann?«

»Das weiß ich doch nicht.« Thomas war genervt. »Er wird dir Silvia nicht zurückbringen, keiner kann das. Sven, sie ist tot.«

Er hätte ihm auch ebenso gut in den Magen treten können. Sven musste sich setzen. Ganz gleich, wie oft er es schon gehört hatte, er hasste es immer noch, wenn jemand das laut aussprach.

»Tanja hat sich ziemlich über dich ausgelassen«, erzählte Thomas nach einer Weile. »Hast du wirklich gesagt, sie wäre nur gut zum Ficken?«

Sven rieb sich über das taube Gesicht. *Wie kann er nur von Silvia zu diesem Miststück kommen?* »Natürlich nicht!«

Tom lachte zustimmend. »Das hätte mich auch sehr gewundert.«

»Ich habe ihr gesagt, dass ich sie nur zum Ficken treffe.«

Ihm war nicht nach Lachen zumute, doch Thomas konnte nicht mehr aufhören, sich über diesen Ausspruch zu amüsieren. »Ich wusste immer, dass auch in dir ein kleiner Macho steckt.«

Nein, ich bin ein ausgewachsenes Arschloch. »Sie wusste, worauf sie sich einlässt.«

Tom senkte die Stimme, anscheinend war er nicht allein. »Aber mal ehrlich, im Bett ist sie eine Granate, oder?«

Er sah auf die Uhr. *Ich könnte schon früher losfahren und mich etwas umsehen.* »Ja, sie war sehr einfallsreich. Nur leider redet sie zu viel.«

Thomas lachte immer weiter. »Krass.« Dann besann er sich und wurde ruhiger. »Jedenfalls ist es gut, dass du dich nicht mehr verkriechst.«

Der Kaffee war durchgelaufen, die Maschine spuckte nur noch kleine Dampfwolken aus.

»Bevor ich es vergesse: Kathrin hat gesagt, dass du sie immer noch nicht besucht hast. Sie ist sehr enttäuscht, dass du Julia nicht sehen willst.«

Sven konnte ein Seufzen nicht unterdrücken. »Ich will nur ihren Stecher nicht sehen.«

An der Wand hingen Bilder von ihr, die er der alten Zeiten wegen nicht abnahm. »Sag ihr, dass ich mich melden werde. Ich freue mich für sie, Julia sollte nur nicht so einen Miesepeter zu Gesicht bekommen.«

»Du weißt, dass es Kathrin egal ist, wie du drauf bist, wenn sie dich endlich wiedersehen kann.«

Unnötig, mir das zu sagen. Er stand auf und goss sich einen Becher voll. »Hör zu, ich muss gleich los. Wie gesagt, es tut mir leid. Und ich glaube auch ganz sicher nicht mehr, dass du Silvia etwas angetan haben könntest.« *Zumindest werde ich es nicht mehr laut aussprechen.*

Thomas antwortete noch etwas Belangloses, dann legte er auf. Mit dem Kaffee in der Hand ging Sven ins Bad und sah in den Spiegel.

Dann wollen wir doch mal sehen, ob wir einen vorzeigbaren Menschen aus mir machen können. Barbara soll ja nicht gleich schreiend weglaufen, wenn sie mich sieht.

67. KAPITEL

HAMBURG
Donnerstag, 25. November 2010
15:34 Uhr

»Kommissar.« Katja Moll reichte ihm einen Zettel ins Büro und verschwand dann wieder, weil jemand am Tresen wartete.

Es waren die Ergebnisse von Thomas Valentatens Blutprobe. »Dann wollen wir doch mal sehen. Ich wette, negativ.«

Er überflog die Zeilen und tippte dann auf die entscheidende Stelle: negativ.

Es gab also keine Übereinstimmungen – was den Ehemann zu neunundneunzig Prozent als Täter ausschloss. Eberhard war froh, dass er sich freiwillig bereit erklärt hatte, eine Blutprobe abzugeben, denn einen richterlichen Beschluss wollte er deswegen nicht erwirken. Dr. Gall hielt an seiner Aussage fest, Silvia entführt zu haben. Seine Beschreibung der Frau stimmte in jedem Detail, und Eberhard hatte sich widerwillig mit dieser Tatsache anfreunden müssen.

All die losen Enden ihrer Akte abzuklären sollte den Abschluss dieses Falls bedeuten – so unbefriedigend es auch war. Mehr konnte er nicht mehr für sie tun. *Irgendwann wird man ihre Leiche finden.*

Da der feuchtkalte November schlimm für seine Knie war, bat er Moll, die Tür zu schließen, damit er in Ruhe telefonieren konnte.

Holger Stoltzing schuldete ihm noch einen Namen.

Nach dem ersten Freizeichen hörte er auch schon die bekannte Stimme.

»Herr Stoltzing, hier ist Eberhard Rieckers von der Polizei.« Die Geräusche im Hintergrund veränderten sich, offensichtlich wechselte Stoltzing den Standort. »Ich hatte Sie doch um etwas gebeten«, fiel er gleich mit der Tür ins Haus.

Der Mann am anderen Ende flüsterte verlegen: »Das ist so lange her. Ich dachte, es hätte sich erledigt.« Er atmete ungleichmäßig, wahrscheinlich bewegte er sich schnell durch das Bürogebäude.

»Es ist dann erledigt, wenn ich es sage, Herr Stoltzing«, meinte Eberhard streng und schüttelte den Kopf. »Und ich verliere die Geduld mit Ihnen, das wollen Sie doch nicht, oder?« Das Schweigen wertete er als Zustimmung. »Wie kommen Sie überhaupt darauf, dass es erledigt sei?«

»Ich, also, Thomas ...« Stoltzing hielt inne, um sich zu sammeln, und versuchte es erneut. »Ihre Stelle wurde neu vergeben, und ihr Ehemann war hier, um die traurige Nachricht zu überbringen, dass Silvia ein Opfer des Fünf-Sterne-Killers geworden sei.«

Das ist ja interessant. »Das ist bislang eine unbestätigte Vermutung.« In Silvias Akte stapelten sich die Notizen. Er strich auf dem obersten Zettel die Erinnerung an die Blutuntersuchung durch und legte den Befund darüber. »Ich erwarte, sehr bald von Ihnen einen Namen und eine Telefonnummer zu hören, sonst werden Sie vorgeladen.« Sicher gab es diese Frau. Selbst wenn sie mit dem Fall nichts zu tun hatte, wollte er wissen, was Stoltzing so verzweifelt zu verbergen versuchte.

»Damit Sie mich richtig verstehen: Wenn Sie mir eine falsche Person nennen, finde ich das heraus ...« Mehr als diese Andeutung musste er nicht aussprechen.

Es wurde sehr ruhig am anderen Ende des Telefons.

»Lassen Sie sich nicht zu lange Zeit«, sagte er und verabschiedete sich.

Wenn er je das Gefühl gehabt hätte, Holger Stoltzing hinge tiefer in dieser Geschichte drin, wäre der Bursche schon längst im Verhörzimmer gelandet. Er dachte an die Fotos, die der Voyeur durch Fenster geschossen und in seinem Zimmer versteckt hatte. Dann zog er die Notizen aus dem Stapel, die er damals zu der Wohnung gemacht hatte, in die Fichtner dem ahnungslosen Stoltzing gefolgt war. Der Hausmeister hatte nicht nur seinen Job an den Nagel hängen, sondern sich auch vor

Gericht verantworten müssen wegen seiner geheimen Seitensprungagentur. Wann immer ein Rentner starb und eine möblierte Wohnung hinterließ, die nicht gleich von Angehörigen ausgeräumt wurde, bot er sie im Internet für diskrete Liebestreffen an. Auch das Finanzamt hatte ein gesteigertes Interesse an dem Fall gezeigt.

Ideen muss man haben.

»Kommissar?« Nach einem kurzen Klopfen steckte Moll ihren Kopf durch den Türspalt. Als sie sah, dass er nicht mehr telefonierte, sprach sie weiter. »Ihre Frau lässt ausrichten, Sie sollen Ihr Handy wieder laut stellen und«, sie räusperte sich, »ich zitiere: Helgas Vogel ist ausgeflogen.«

Was macht er denn jetzt schon wieder? »Danke, Frau Moll.«

»Ich setze dann mal einen Kaffee auf.« Die Beamtin zog die Tür hinter sich wieder zu, und Eberhard wühlte in seinen Jackentaschen nach dem Handy.

Drei verpasste Anrufe.

Erst stellte er die Lautstärke ein, dann wählte er Helga Albers' Nummer aus dem Adressbuch und rief sie an.

»Moment.« Er hörte, wie sie sich bei jemandem entschuldigte und dann einen Raum verließ.

»Ich habe nicht viel Zeit, aber ich dachte, es interessiert dich vielleicht, dass mein Vogel entflogen ist.«

Rieckers verdrehte die Augen. »Weiß er denn nicht, dass das nicht gut für ihn ist?«

»Er trällerte etwas von ...« Helga öffnete eine weitere Tür, und dem Hall nach stand sie nun in dem kleinen Bad in ihrer Praxis. Nicht gerade der abhörsicherste Raum. »Ach, pfeif auf die Schweigepflicht«, sagte sie genervt. »Ich denke, er ist nach Göttingen gefahren, um sich mit Barbara Freiberger zu treffen.«

»Freiberger?«

»Ja, du hast richtig gehört.«

Er konnte sich förmlich vorstellen, wie die sonst so sanfte

Therapeutin mit einer Faust in der Hüfte und vorgebeugter Haltung zwischen Waschbecken und Toilette stand und ihrem Patienten am liebsten an die Gurgel gesprungen wäre. »Er hat die Frau wohl bei dem Kongress kennengelernt, als er am Jahrestag von Silvias Verschwinden in diesem verfluchten Hotel war.«

»Aber warum sollte er – «

Sie schnalzte mit der Zunge. »Er meint, sie hätten eine Art *Leidensgemeinschaft.*« Sicher malte sie bei dem letzten Wort mit zwei Fingern Tüttelchen in die Luft. »Weil sie wohl versucht hätte, sich vor einiger Zeit umzubringen. Und er hat ja seine Silvia verloren.«

Eberhard war überrascht, aber bislang klang es noch nicht sonderlich verwerflich. »Schon ein seltsamer Zufall.«

»Papperlapapp, es ist kein so seltsamer Zufall. Natürlich war zu erwarten, dass der Chirurg wieder bei dem Kongress sein würde. Der findet da jedes Jahr um dieselbe Zeit statt. Nur dass dieses Mal auch seine Frau dabei war.«

»Meine Güte, Helga, worauf willst du hinaus?«

Sie seufzte schwer. Anscheinend war es doch zu umfangreich für ein paar kurze Worte. »In den letzten Sitzungen fing er an, sie immer mehr mit Silvia zu vergleichen, ja, sie sogar ein paarmal so zu nennen. Es ist mir ehrlich gesagt egal, wenn er einem anderen Mann die Frau ausspannen will, doch ich bin mir nicht sicher, mit welchen Motiven er tatsächlich nach Göttingen gefahren ist.«

Nun fing auch Eberhard an, sich Gedanken zu machen. »Du glaubst doch nicht, dass er ihr etwas antun würde?« Er ging in sich. *Nein, Sven Fichtner war es nicht.*

»Dein Problem ist, dass du ihn zu sehr magst, Eberhard, du hast die Distanz verloren.« Dann fügte sie ruhig hinzu: »Natürlich ist es durchaus möglich, dass er diese Frau nur als Ersatz betrachtet und alles ganz harmlos ist. Aber er saß nun schon so oft hier auf meinem Sofa, und ich kann dir immer noch nicht sagen, was ich von ihm halten soll. Ruf ihn unauffällig an, und schätze die Situation selbst ein.« Die Akustik änderte sich wieder, sie machte sich auf den Rückweg. »Ich habe ihm die Konsequenzen genannt, wenn er einen Termin bei mir verpasst. Sofern du keine Einwände hast, werde ich die Zwangseinweisung veranlassen, sobald sein Aufenthaltsort bekannt ist. Ich glaube nicht, dass er es ohne diese Maßnahme je schaffen wird, mit der selbst auferlegten Schuld klarzukommen. Er legt inzwischen erste Anzeichen von Aggressivität an den Tag, wenn ihm etwas nicht passt.«

»Lass mich erst mit ihm reden«, bat Eberhard und verabschiedete sich.

68. KAPITEL ———————— GÖTTINGEN

Freitag, 26. November 2010
8:53 Uhr

Sven beobachtete durch das Fernglas, wie der Chirurg in seinem teuren silbernen Mercedes vom Hof fuhr, und schwenkte danach in Richtung Haus. Er wusste, dass Barbara dort war, er hatte sie am Abend am Fenster gesehen.

Warum rufst du mich nicht mehr an?

Das Warten war zermürbend, er wäre gerne einfach hinübergegangen, um sie direkt zu fragen, warum sie den Kontakt abgebrochen hatte, doch er wusste, dass ihr Mann das Haus videoüberwachen ließ.

Eine halbe Stunde später sah er sie endlich aus dem Garten durch das große Tor schleichen und auf den schmalen Pfad zwischen den Anwesen zugehen.

Endlich. Er nahm die Schlüssel von der Fensterbank und ließ das Fernglas dort zurück. Um nicht aufzufallen, trug er eine Wollmütze auf dem Kopf und einen Mantel mit hochgeschlagenem Kragen. Niemand sollte sie zusammen sehen.

Schon von weitem konnte er erkennen, dass sie niedergeschlagen wirkte. *Wenn er ihr in seiner Wut etwas angetan hat, dann ...*

Die Schlüssel klapperten zwischen seinen Fingern, in einer Tasche befanden sich zwei weitere.

Als Barbara ihn kommen sah, stellte sie sich an die Seite, um ihn durchzulassen. Er ging nur einen Schritt an ihr vorbei und bückte sich mit den Schlüsseln in der Hand. »Warten Sie«, rief er, »das hier haben Sie verloren.«

Mit einem kurzen Blick in ihre Augen wartete er auf ein Zeichen des Erkennens. Erst wollte sie abwiegeln, dann flüsterte sie: »Sven.«

»Ohne kommen Sie sicher nicht in Ihre Wohnung«, sagte er lächelnd und sah kurz zu den Fenstern im ersten Stock seines Mietshauses.

»Danke sehr«, sagte sie atemlos.

»Bis gleich«, flüsterte er ihr zu und ging weiter in die entgegengesetzte Richtung.

* * *

Barbara spürte das warme Metall zwischen den Fingern und drehte ihm den Rücken zu. Sie konnte nicht fassen, dass er es tatsächlich getan hatte.

Noch kann ich alles beenden, dachte sie halbherzig, ohne es auch nur ansatzweise zu wollen. *Es ist nur Freundschaft. Wenn Karl nicht so ein Tyrann wäre, könnte Sven uns besuchen wie ein normaler Mensch.*

Sie ging zur Haustür und steckte den ersten Schlüssel in das Schloss. Was jetzt passieren würde, darüber dachte sie nicht nach, aber die Aufregung fühlte sich wunderbar lebendig an.

Mit dem Luxus ihres Zuhauses konnte dieses Mietshaus nicht mithalten, doch für sie war es der schönste Ort auf der ganzen Welt. Im ersten Stock probierte sie den anderen Schlüssel aus, und die Wohnungstür ließ sich problemlos öffnen.

»Ich habe mir Sorgen gemacht«, sagte Sven, als er hinter ihr die Treppen heraufkam.

Bei allem, was mir heilig ist. Sie presste eine Hand an die Brust, weil ihr Herzschlag sich immer weiter beschleunigte. Schnell schloss sie die Tür hinter ihm, damit niemand sie reden hören konnte.

»Letzten Donnerstag musste ich das Handy wegwerfen, und jetzt finde ich es nicht mehr.« Ihr war, als hätte er einen unsichtbaren Magneten eingeschaltet. »Ich kann nicht glauben, dass du es wirklich getan hast. Diese Wohnung ist die schönste Überraschung, die mir seit langem bereitet wurde.«

Von meinem Zusammenbruch muss er nichts wissen. Es ging ihr wieder gut. Karl hatte schnell gehandelt und ihr starke Medikamente gegeben, die sie drei Tage lang nur schlafen ließen, danach war alles wieder gut. Die Niere verrichtete ihren Dienst einwandfrei. Die Diagnose hatte *Migräne* gelautet.

Sie ergriff Svens Hand, die er ihr hinstreckte, und ließ sich durch das Apartment führen. Im Bad hingen Toilettenpapier und ein Handtuch, und in der Küche entdeckte sie einen Korb mit Lebensmitteln. Er hatte an alles gedacht, was sie für den Moment brauchten. Im Wohnzimmer lagen Gartenstuhlauflagen als vorläufige Sitzgelegenheiten. Sie entdeckte auch das Fernglas auf der Fensterbank und sah zum Anwesen hinüber.

»Kannst du viel bei uns sehen?«

Er schüttelte den Kopf. »Nein, aber es reicht, um zu sehen, wann dein Mann das Haus verlässt.«

»Und wie geht es jetzt weiter?« Eine Affäre mit einem Mann, den sie eigentlich nur vom Telefonieren kannte? Wie sollte sie innerhalb weniger Minuten entscheiden, ob sie mit ihm tatsächlich ihre Ehe in Gefahr bringen wollte? *Wie wird er nach all diesen Umständen auf eine Zurückweisung reagieren? Will ich ihn überhaupt zurückweisen?*

Seine traurige Geschichte rührte sie und erinnerte sie an ihr eigenes tragisches Schicksal. Die Gefahr, sich in etwas hineinzusteigern, wirkte lächerlich. Seit sie mit ihm telefonierte, fühlte sie sich lebendiger denn je, und wenn sie sich wieder unter Karls Kontrolle begab, würde sie innerlich erlöschen.

Doch Sven stellte sie gar nicht vor diese Entscheidung. Er trat neben sie, und gemeinsam blickten sie zum Anwesen in gut fünfzig Metern Entfernung. Von dieser Position aus konnte man ein kleines Stück über die Mauer sehen und einen Teil des Gartens erkennen. Gerade genug, um zu bemerken, wie verwildert er war.

»So zu reden ist einfach viel angenehmer, findest du nicht auch?« Er ließ ihre Finger los und breitete die Gartenstuhlauflagen aus. »Etwas Besseres konnte ich auf die Schnelle nicht finden. Aber zum Sitzen auf dem Boden wird es reichen.«

Barbara lehnte sich seufzend gegen die Wand neben dem Fenster und beobachtete, wie er sich umständlich auf das Polster fallen ließ und Staub von seiner Hose klopfte.

»Ich hatte Angst, du könntest dieses Treffen falsch verstehen«, sagte sie flüsternd. Es war ihr unangenehm, aber es musste gesagt werden. »Ich möchte meinen Mann nicht betrügen.«

Überrascht zog Sven die Brauen zusammen. Anscheinend hatte er darüber gar nicht nachgedacht, denn im nächsten Moment musste er lachen. »Du hast recht, all das hier muss sehr eindeutig auf dich wirken. Tut mir leid.« Er zeigte auf das andere Polster. »Setz dich.«

Sie schaute auf die Uhr. *Viel Zeit haben wir nicht.*

Dann setzte sie sich neben ihn – eine Armlänge entfernt.

»Ich gehe nun schon so lange zu dieser Therapeutin, weil ich mir die Schuld an Silvias Verschwinden gebe, doch nur wenn ich mit dir rede, empfinde ich Trost. Inzwischen glaube ich nicht mehr, dass wir uns nur zufällig begegnet sind. Wir helfen einander durch schwierige Lebensumstände.« Er stand noch mal auf, um den Korb aus der Küche zu holen.

»Mineralwasser?« In der Mitte baute er ein kleines Picknick mit Getränken und Laugengebäck auf. »Ich gebe zu, dass du mich sehr an Silvia erinnerst. Auch wenn sie dunkelbraune Haare und blaue Augen hatte und auch sonst einige starke äußerliche Unterschiede bestehen, weckst du in mir die seltsame Illusion, irgendwie auch mit ihr zu reden, wenn wir uns unterhalten.«

Barbara nickte. »Und du gibst mir nicht das Gefühl, die Erinnerungen an eine gemeinsame Vergangenheit wiederfinden zu müssen. In meinem Haus stehen all diese Bilder von Empfängen, Urlauben und privaten Feiern. Mein Mann erzählt mit so viel Freude von unserer gemeinsamen Zeit, und ich kann ihm nichts zurückgeben. Nichts!« Sie brach ein Stück von einer Laugenstange ab und drehte es zwischen den Fingern. »Ich fühle mich so undankbar. Er hat mir das Leben gerettet, kümmert sich um mich und sorgt dafür, dass ich mir nicht wieder etwas antun kann, und was mache ich?« Beschämt senkte sie den Blick. »Ich schleiche mich aus dem Haus und hintergehe ihn.«

Es war ein Unterschied, ob man am Telefon miteinander sprach oder sich gegenübersaß. Als er sie so niedergeschlagen sah, wollte er sie trösten, das konnte sie deutlich an seiner Körperhaltung erkennen, aber sie zog sich so weit zurück, dass er die Distanz wahrte. Sie wollte nicht getröstet werden, keine Absolution für ihr Handeln erhalten, sie wollte nur reden.

»Seine Fürsorge erdrückt dich. Wem würde es nicht so ergehen? Ich könnte es auch nicht ertragen, jeden Tag unter Beobachtung zu stehen.«

Wenn er sie so betrachtete, merkte sie, dass er eine andere in ihr sah. Sie redeten, und sie erfuhr allein durch seinen Anblick mehr über die Frau, die er so sehr liebte. Dadurch verstand sie auch, warum Karl alles so unerträglich übertrieb. Immerhin hätte er um ein Haar ein ähnliches Leid wie Sven erfahren.

Ich sollte Karl heute Abend eine Freude machen. Vielleicht etwas kochen?

Die Zeit verging schnell, während Sven erzählte, und es fiel ihr schwer, rechtzeitig wieder zurückzugehen, bevor Karl Verdacht schöpfen konnte. Gerne hätte sie einmal gefühlt, wie sich eine Umarmung von ihm anfühlte. *Was denke ich da nur?*

»Wie lange wirst du bleiben?«, fragte sie und stand auf. Das Stück Laugenstange blieb zerkrümelt auf dem Polster zurück.

»Ich habe bis Mittwoch frei. Ich dachte, ich mache es hier ein wenig gemütlicher, und du besuchst mich einfach, wann immer es dir möglich ist. Du kannst die Wohnung ganz für dich nutzen, wenn ich wieder in Hamburg bin.«

Zum Abschied schloss sie ihn doch in ihre Arme. »Ich bin froh, dich getroffen zu haben.«

Er hielt sie fest, und einen langen Moment genoss sie die Nähe. Es steckte so viel Vertrautheit und Geborgenheit darin, etwas, was sie in ihrem Leben so sehr vermisste.

Lass mich nie wieder los.

69. KAPITEL ——————— HAMBURG

Dienstag, 30. November 2010
12:30 Uhr

Der kleine Eckimbiss war an diesem Tag nicht gut besucht. Eberhard und Katja Moll saßen am Fenster und hatten jeder eine Portion Currywurst und Pommes vor sich stehen. Neben seinem Teller dampfte ein Becher mit Kaffee.

Es war selten, dass sie gemeinsam die Mittagspause verbrachten, denn seine Frau packte ihm jeden Morgen exzellente Brotdosen, an kalten Tagen auch Thermoskannen mit Suppe. Doch ab und an musste es die gute alte Imbissküche sein.

Roswitha, seit vierzig Jahren die Eigentümerin, stand immer allein hinter der Theke und kümmerte sich um alles. Er kannte viele Geschichten aus ihrem Leben und empfand Respekt für die schwerarbeitende Frau.

»Gibt es was Neues?«, fragte er Katja Moll und sah auf die Straße hinaus. Ein altes Polizistenleiden, wie er es nannte, weil man nie aufhören konnte, alles im Auge zu behalten. In Wirklichkeit rührte es aus seiner Schulzeit, wo ihm ständig ein paar Schläger im Nacken gesessen hatten, die ihm aus unerfindlichen Gründen die Kindheit zur Hölle machen wollten. Seiner geschärften Aufmerksamkeit hatte er zu verdanken, dass er vielen dieser unangenehmen Begegnungen aus dem Weg gegangen war, manchen Schlag nicht kassiert hatte und die Jungs letztendlich von der Schule geflogen waren. Sein Gewissen war rein, auch wenn er den Bengeln damals die Zerstörung von Schuleigentum – sämtliche Fenster des Lehrerzimmers – hatte nachweisen können. Als der Rektor damals sagte: »Die Beweislast ist erdrückend. Nun ist das Maß voll!«, wusste Eberhard, dass er Polizist werden wollte.

»Ich war zwei Tage nicht im Büro, also?«, drängte er, als Moll nicht gleich antwortete.

»Nein, alles ruhig. Und bei Ihnen? Wurde der Vogel gefunden?« Sie zwinkerte ihm zu und nahm ein paar Pommes auf die Gabel.

»Ja, er sagte, der Besuch in Göttingen wäre ein Reinfall gewesen, und hat versprochen, es nicht wieder zu tun.«

Sie dachte kurz nach und ließ dann geräuschvoll das Besteck fallen. »Wie konnte ich das nur vergessen?«, rief sie und tippte sich gegen die Stirn. »Im Fall Valentaten hat sich was getan.«

Eberhard verlor für einen kurzen Moment die Beherrschung. »Warum haben Sie mich nicht angerufen?« Es fiel ihm sichtlich schwer, seinen Ärger zu unterdrücken.

»Entschuldigen Sie bitte, aber ich habe Sie nicht gleich erreicht, und dann ging es im Tagesgeschehen irgendwie unter.«

Ungeduldig wedelte er mit der freien Hand.

»Stoltzing hat auf den Druck reagiert und den Namen seines Alibis preisgegeben. Sie werden nicht glauben, wer das angeblich sein soll.« Sie machte eine bedeutsame Pause und lächelte überlegen. »Vivianna Roysan.«

»*Die* Vivianna Roysan?«

Moll nickte.

»Die Politikergattin Vivianna Roysan?« Er dämpfte seine Stimme, damit sich die Neuigkeit nicht gleich in ganz Hamburg verbreitete. Imbissfrauen hatten eines mit Friseurinnen gemeinsam: Wartezeiten wurden mit Tratschen überbrückt.

»Im Büro habe ich ihre Nummer, Sie sollen bei ihr anrufen, damit sie ihre Aussage zu Protokoll geben kann. Es war ihr ausdrücklicher Wunsch, dass nur Sie das machen.«

Eberhard lächelte. »Wenn das stimmt ...«

Er machte sich keine Sorgen, dass Katja Moll es weitersagen könnte, sie hatte stets ein gutes Händchen für brisante Angelegenheiten bewiesen – unnötig, ihr diesbezüglich Anweisungen zu geben. Und sie verstand auch, dass die Mittagspause in diesem Moment ein überhastetes Ende finden würde. »Gehen Sie schon vor, die Nummer befindet sich in der Akte. Ich übernehme die Rechnung.«

Dankbar lief Eberhard los, grüßte in der Wache knapp den Kollegen, der sich durch ihn ablösen ließ und nun seinerseits zu Tisch ging, und suchte nach der Nummer. Als Moll wenige Minuten später eintraf, hatte er schon mit der Frau gesprochen und stürzte, mit Block und Stift bewaffnet, wieder aus dem Büro.

»Sie haben sie erreicht?«

»Falls jemand anruft, sagen Sie bitte ...«

Moll winkte ab. »Mir fällt schon was ein.«

Vivianna Roysan. Eberhard konnte es nicht fassen.

* * *

Die presseerfahrene Frau hatte als »neutralen Ort« ein Parkhaus in Harburg vorgeschlagen. Eberhard ging davon aus, dass sie lange vorher schon dort sein würde, um beim ersten Anblick eines Fotografen alles wieder abzublasen. Die Sache war äußerst delikat, denn ein Skandal würde sowohl bei der Presse als auch den politischen Kontrahenten ihres Gatten Jubel hervorrufen.

Die Fahrt dauerte dreißig Minuten, dann zog er einen Parkschein aus dem Automaten und fuhr durch die Schranke. Er fand den beschriebenen Wagen auf der dritten Ebene, stellte sein Fahrzeug neben ihm ab und öffnete das Beifahrerfenster.

»Kommissar Rieckers?« Sie saß hinterm Steuer und trug eine Sonnenbrille, und sie war unverkennbar die Frau, die sie zu sein behauptete.

Er zeigte seinen Dienstausweis und ließ sie für das Protokoll bestätigen, dass sie Vivianna Roysan war.

»Was haben Sie an jenem Abend gesehen?«

Durch die dunkle Sonnenbrille konnte er ihre Augen nicht erkennen, doch es war ihr auch so anzumerken, wie schwer ihr das Geständnis fiel, bei einem anderen Mann gewesen zu sein.

»Ich hörte, wie Holger mit jemandem in die Wohnung kam, der Mann war sehr aufgebracht, es polterte, und dann schlug die Tür zu. Holger sagte, ich solle bleiben, wo ich war, aber das konnte ich nicht.« Sie suchte in ihrer Handtasche nach einer Zigarette und zündete sie an. Eine nervöse Geste, die Rieckers nur zu gut nachempfinden konnte. »Dieser Wahnsinnige stand mit einem großen Messer im Flur. Holger hat ihm den Schirmständer über den Kopf geschlagen, als ich zur Tür kam. Ich sah gerade noch, wie er zu Boden ging.«

So weit deckte sich ihre Aussage mit denen von Holger Stoltzing und Sven Fichtner. »Und dann?«

»Ich war in Panik. Mein erster Gedanke war, dass man mich erkannt hatte, vielleicht einer dieser skrupellosen Fotografen, die für eine Story über Leichen gehen.« Bei ihren Gesten fiel Asche über das Lenkrad aufs Armaturenbrett. Lippenstift klebte am Filter, und sie strich beiläufig mit dem Daumen darüber. »Holger schob mich aus der Wohnung und sagte, er würde alles regeln. Er würde niemals zulassen, dass diese Geschichte mir schadet. Doch ich kann ihn nicht ins Gefängnis gehen lassen, nur weil er unsere Affäre vertuscht.«

»Was wusste Silvia Valentaten über Herrn Stoltzings Beziehung zu Ihnen?«

Sie nahm die Brille ab und sah ihn ernst an. Mit dem glatten schwarzen Pony und dem Make-up sah sie aus wie eine jüngere Ausgabe von Mireille Mathieu.

»Den Namen habe ich zum ersten Mal gehört, als dieser Verrückte aufgetaucht ist. Holger hat mir von ihrem Verschwinden erzählt, aber er war sehr verwirrt, dass dieser Kerl ihn überfallen hat. Niemand weiß etwas von Holger und mir, auch diese Frau nicht.«

Eberhard glaubte ihr. Sie wusste genau, was auf dem Spiel stand und dass sie mit offenen Karten spielen musste, um den Schaden in Grenzen zu halten. Wenn Holger Stoltzing doch etwas mit Silvia Valentatens Verschwinden zu tun hatte, dann wusste Vivianna Roysan offensichtlich nichts davon.

»Gut, Frau Roysan, ich denke, ich habe alles, was ich brauche. Darf ich Ihnen noch eine persönliche Frage stellen?«

Mit zittrigen Fingern setzte sie die Brille wieder auf und zog sich ein rosafarbenes Kopftuch über. »Bitte.«

»Warum Holger Stoltzing?«

Es dauerte, bis sie antwortete. Sie drückte die Zigarette in den Aschenbecher, blies den Rauch aus dem Fenster und warf einen Blick in den Spiegel der Sonnenblende. »Manche Dinge passieren irgendwie«, sagte sie schließlich. »Ich las seine Annonce in der Zeitung. Er suchte eine Frau, mit der er für ein paar Stunden im Monat so tun könnte, als würde er ein normales Leben führen.« Sie musste lächeln. »Ich weiß nicht, warum ich ihm geschrieben habe. Aber mit jedem weiteren Brief wurde mir klar, dass ich diese Flucht aus dem Rampenlicht brauchte. Mein Leben ist alles andere als normal. Mein Mann und ich sitzen nicht zusammen vor dem Fernseher, und alle Gespräche, die wir führen, sind gewichtiger Natur. Wir stehen im öffentlichen Interesse.«

Er verstand, was sie damit ausdrücken wollte. »Und Holger?«

»Holger ist ein guter Mann, der wahrscheinlich niemals frei sein wird, solange seine Mutter lebt. Jeder Mensch braucht eine Fluchtmöglichkeit, wenn er bis über beide Ohren in Verpflichtungen steckt. Bei diesen Treffen führen wir ein normales Leben mit allem, was dazugehört.«

Lärm dröhnte durch das Parkhaus, ein Fahrzeug kam die Rampe hoch. »Vielen Dank für Ihre Offenheit. Ich denke, wir können diese Sache somit zu den Akten legen. Wenn der Fall aufgeklärt ist, werde ich diese Notizen vernichten, und bis dahin können Sie sicher sein, dass sie unzugänglich aufbewahrt werden.«

Vivianna Roysan zeigte die aufrechte Haltung einer Politikerfrau, doch die Erleichterung konnte er ihr deutlich ansehen. »Das werde ich Ihnen nicht vergessen. Ich wünsche Ihnen, dass Sie diese Frau finden. Es war erschreckend, einen so verzweifelten Mann zu sehen. Meine besten Wünsche sind mit Ihnen.«

Dann startete sie den Wagen, und Eberhard sah ihr nach, bis sie außer Sichtweite war. Durch diese skurrile Affäre hatte der Fall zwar keine Wendung genommen, aber am Ende war wenigstens ein Verdächtiger weggefallen.

Nun musste er die Akte endgültig auf seinem Tisch liegen lassen, von wo sie nach der Pensionierung zu den ungelösten Fällen ins Archiv wandern würde. Die aktuellen Notizen kämen in seinen privaten Safe, in dem er sonst nur seine Dienstwaffe aufbewahrte. Gall hatte den Mord zwar mehr oder weniger gestanden, aber ohne die Leiche von Silvia Valentaten

339

weigerte er sich, sein Versprechen zu brechen. *Solange sie nicht gefunden wird, bleibt die Akte auf meinem Tisch.* Mit den neuen Notizen in der Tasche machte er sich auf den Rückweg.

70. KAPITEL ——————————— GÖTTINGEN

Mittwoch, 1. Dezember 2010
9:02 Uhr

Die kurzen Besuche während der letzten Tage waren unglaublich schön gewesen. Sven war ein fürsorglicher Mann, und er nahm Rücksicht darauf, was sie allein über ihre Körperhaltung ausdrückte.

Es fiel ihr leicht, ihm zu vertrauen und alle Gedanken, er wolle ihr nur an die Wäsche, fallenzulassen. Die eigenen Wünsche in diese Richtung versuchte sie zu ignorieren. *Das liegt nur an diesen verdammten Träumen.*

Karl verbrachte abends viel Zeit in seinem Arbeitszimmer, er sagte, er würde eine komplizierte Operation vorbereiten. Es war ihr recht, dass er ihre Gefühlswelt nicht noch mehr durcheinanderbrachte.

Sie würde heute zum ersten Mal allein in der geheimen Wohnung sein. Sie schloss die Tür auf und sog die Luft ein. Der Geruch hatte schon etwas Vertrautes.

Sven war fleißig gewesen. Ein hellbrauner Teppich lag im Wohnzimmer, und als sie den Raum betrat, sah sie ein rotgestreiftes Schlafsofa, einen niedrigen Couchtisch und ein paar Bilderrahmen, die daneben auf dem Fußboden lagen. Noch strahlten die Gesichter der Platzhalter hinter dem Glas, und sie war gespannt, welche Fotos er hier aufhängen würde.

Auf der Fensterbank entdeckte sie einen Schreibblock neben dem Fernglas. Sie warf ihre Jacke auf das Sofa und schaute dann unter das Deckblatt.

Liebe Barbara,

ich habe unsere Treffen sehr genossen und bedaure, dass ich nur an den Wochenenden hier sein kann. Eigentlich rede ich niemals über Gefühle, aber Du bist wie Silvia. Bei ihr musste ich mich nie verstellen und konnte Dinge aussprechen, die sie auch immer richtig verstanden hat.

Da wir uns wohl hauptsächlich über diesen Block hier unterhalten werden, liegen in der Küche schon Ersatzblöcke bereit. Bald kann ich Dir ein Handy hier hinlegen, damit wir auch wieder telefonieren können. Ich vermisse unsere Gespräche jetzt schon.

Gestern habe ich Dich am Fenster gesehen, Du hast mir ein Lächeln geschenkt, danke.

Gruß, Sven

Barbara lächelte. Sie war einige Male ans Fenster im oberen Stockwerk getreten in der Hoffnung, er könnte sie mit dem Fernglas sehen. Ihr Leben fühlte sich wieder besonders an, weil jemand da war, der sie ohne Misstrauen und Kontrollsucht betrachtete. Sie nahm Block und Stift und setzte sich aufs Sofa.

Lieber Sven,

bitte entschuldige meine schlechte Handschrift, ich weiß gar nicht mehr, wann ich zuletzt etwas aufgeschrieben habe.

Nachdenklich drehte sie den Kugelschreiber zwischen den Fingern.

Es ist seltsam, nicht zu wissen, ob man je Briefe oder andere Texte geschrieben hat. Hat Silvia das getan? Ich musste zu Hause lange in den Schränken wühlen, um alte Fotos von mir zu finden. Mir wird schlecht, wenn ich daran denke, wie sehr ich mich verändern ließ. Du kannst dir nicht vorstellen, wie schön ich mal war.

Sie ging zu ihrem Mantel und zog ein Foto aus der Tasche, das sie Sven zeigen wollte. Auf dem Bild musste sie ungefähr zwanzig gewesen sein. Hintendrauf stand *Abschlussball*, und das rote Ballkleid ließ sie wie eine Schönheitskönigin aussehen.

Das Foto lege ich auf den Block, hast Du es gefunden? Heute verstehe ich nicht mehr, warum ich überhaupt damit anfing, mich operieren zu lassen. Sogar dichtere Wimpern habe ich mir implantieren lassen. Karl sagt, ich wäre noch immer natürlich schön, aber wenn ich mir dieses Foto so ansehe, bin ich sehr enttäuscht von mir.

Niedergeschlagen klappte sie den Block zu und positionierte die Aufnahme umgedreht darauf. Dann sah sie zum Anwesen hinüber und drehte nachdenklich ein paar Strähnen der blonden Haare um den Zeigefinger. Sie mochte das Gefühl, wenn sie seiden über die Haut strichen.

Im Kühlschrank befand sich eine angebrochene Flasche Rotwein, ein abgespültes Glas stand auf der Arbeitsfläche. Ungeachtet der Uhrzeit schenkte sie sich ein.

In einer Stunde muss ich zurück sein, ermahnte sie sich. Dann nahm sie einen der fünf Blöcke vom Stapel und ging zum Sofa zurück.

Dies wird der Küchenblock. Ich habe mir etwas von Deinem Wein genommen. Hättest Du mit Silvia tatsächlich eine Affäre gehabt, wenn sich die Gefühle nach dem Treffen im Hotel nicht geändert hätten? Oder hättet ihr euch dann von euren Partnern getrennt?

Sie dachte kurz nach. Es würde helfen, die Gedanken zu ordnen, wenn sie von Richard erzählte.

Ich hatte eine Affäre. Sie hat mich nicht glücklicher gemacht, sonst wäre das in der Badewanne sicher nie passiert. Trotzdem

*ist es erschreckend, zu wissen, dass man ein Doppelleben führte.
Richard war so sauer, als er zu mir kam und ich mich weder an
ihn noch an die Affäre erinnern konnte. Ich sage Dir, manchmal
ist Vergessen ein Segen.*

71. KAPITEL —————————— GÖTTINGEN

Freitag, 3. Dezember 2010
20:46 Uhr

Ein Segen?, leitete Sven seine Antwort ein. *Wahrscheinlich hast
Du recht. Ich würde einiges auch zu gern vergessen. Darfst Du
überhaupt Alkohol trinken bei den ganzen Medikamenten?*

Er legte den Block beiseite und verstaute die Lebensmit-
tel, die er fürs Wochenende mitgebracht hatte. Es freute ihn,
dass Barbara die Idee mit den Blöcken gefiel. Eigentlich wäre
er schon viel früher hier gewesen, doch ein Termin bei Dr. Albers war so weit ausgeufert, dass er nicht gleich fahren konnte.
Endlich hatte sie seiner Bitte entsprochen, ihm Termine außerhalb der Arbeitszeiten zu geben, doch leider lagen die meisten
davon ausgerechnet auf Freitagen. Wenn er versuchte, einen
zu verschieben oder ganz abzusagen, dann wurde diese Frau
sofort unangenehm.

Er konnte es ihr nicht nachweisen, doch er glaubte, dass sie
ihm den Kommissar auf den Hals gehetzt hatte. Zumindest
gaben beide wieder Ruhe, seit er glaubhaft versichert hatte, das
Treffen mit Barbara Freiberger sei ein Reinfall gewesen.

Sollten sie je bei ihr nachfragen, wird sie es bestätigen. Gelegentliche Telefonate, mehr hatte er nicht zugegeben.

Dafür fragte die Therapeutin ihn auffallend oft, ob er
manchmal aggressive Gedanken hätte. *Nur seit ich so viele beschissene Fragen beantworten muss*, dachte er jetzt mürrisch
und öffnete eine neue Flasche Wein.

Es war schön, zu sehen, dass Barbara sich in den Räumen

bewegt und für kleine Dinge wie Tischdecken, Geschirr und Dekoration gesorgt hatte, alles, was sie für wenig Geld kaufen oder im eigenen Haushalt entwenden konnte.

Bevor er das Licht einschaltete, sah er zum Anwesen hinüber. Anscheinend war niemand zu Hause, alle Fenster waren dunkel. »Wo du wohl gerade bist?«

Er trank von dem Wein und schaltete die Lampe ein. Im Flur stand noch sein Koffer, in dem sich etwas Kleidung und der Schuhkarton mit Silvias Sachen befanden. Er nahm das Foto vom Block und drehte es um.

Die junge Frau auf dem Bild sah Barbara nicht mehr besonders ähnlich, auch wenn er wusste, dass sie es sein musste. Er hatte immer gedacht, man könnte das Wesen eines Menschen nicht verändern, doch weder in den Augen noch im Lächeln lag etwas von der Frau, die er inzwischen so gut kannte.

Er las ihre Notiz und stimmte den Worten zu. »Aber schön bist du immer noch«, sagte er leise und legte das Foto auf die Zeilen. Mit seinen Fingern strich er über ihr Gesicht und dachte nach. An manchen Tagen verspürte er dieses tiefe Bedürfnis, sie einfach festzuhalten. Er rieb sich das Gesicht. *Kein Sex, nur Nähe*, verteidigte er sich. Doch er wusste, dass er sich selbst etwas vormachte. Diese Frau war wie ein Pflaster auf seinem blutenden Herzen. Ihm war vollkommen bewusst, wie verrückt das alles war, aber sie tat ihm gut, und er bildete sich ein, ihr durch seine Anwesenheit ebenfalls zu helfen.

Er holte die Flasche und stellte sie zusammen mit dem Glas und dem Schuhkarton auf den niedrigen Tisch. Noch besaß er nur einen Schlafsack für das Bett, Decke und Kissen würde er in der nächsten Woche mitbringen.

Mit einem Gefühl der Reue öffnete er den Karton. Er hatte die Fotos lange nicht mehr betrachtet und fühlte sich, als hätte er Silvia in gewisser Weise betrogen, weil er kleinere Bereiche auf Barbara übertrug und inzwischen beinahe mehr mit

ihr teilte als mit Silvia. Es war eben einfacher, mit einer Lebenden zu sprechen.

Neben dem Sofa lagen genügend Bilderrahmen, um seine
Lieblingsfotos an die Wände zu hängen.

Sein Handy klingelte. *Warum lasst ihr mich nicht in Ruhe?*

»Kathrin?« Seine Begrüßung klang distanzierter als beabsichtigt.

»Wo bist du gerade?« Sie verzichtete ganz auf eine Anrede.
Anscheinend war sie wegen irgendwas sauer.

»Ich bin an der Ostsee«, log er. »Ich wurde von Freunden
übers Wochenende eingeladen.«

Ein zischender Laut. »Wieder ein Betthäschen wie Tanja?«

Sven schenkte sich nach. »Was interessiert dich das?«

»Interessiert mich ja auch nicht«, sagte sie schnell. »Mach
doch, was du willst. Hast du ja eh immer getan.«

Er ertränkte eine Erwiderung im Wein.

»Du wolltest heute Abend zu uns kommen und Julia kennenlernen.«

Scheiße. Er war so sehr mit sich selbst beschäftigt gewesen,
dass er das vollkommen vergessen hatte. »Kathrin, es tut mir
wirklich sehr leid«, entschuldigte er sich aufrichtig. »Ich habe
es vergessen.«

»Ist es dir vielleicht unangenehm, weil ich mit einem anderen Mann eine Familie habe?« Eine Art einfühlsame Wut lag
in ihren Worten. Immerhin besaß er keinerlei Recht, in irgendeiner Weise gekränkt zu sein. Er hatte ja noch nicht einmal Vater werden wollen.

»Nein, ich freue mich ehrlich für dich«, sagte er betont ruhig, damit es nicht zu dahergesagt wirkte. »Und ich bin mir
sicher, du bist eine wundervolle Mutter.«

»Was ist bloß los mit dir?« Im Hintergrund konnte er das
Baby schreien hören. »Ich frage mich, ob Silvia es wert war,
dass du dich so sehr verändert hast.«

345

Sven starrte in den Wein. »Vielleicht war ich schon immer so und war nur für dich ein anderer.«

»Dir ist nicht mehr zu helfen«, zischte sie und legte auf.

»Ich weiß«, sagte er lakonisch und ließ das Telefon sinken.

Deswegen meide ich euch ja auch.

72. KAPITEL ——————————— HAMBURG

Freitag, 10. Dezember 2010
21:12 Uhr

»Warum machen wir den Fernseher nicht aus? Du bekommst doch eh nichts mit«, sagte Marianne und schaltete das Gerät ab.

Eberhard verzog entschuldigend das Gesicht. »Der Krimi war sowieso schlecht.«

»Ich weiß, der Kassierer ist der Mörder, das war zu einfach.« Sie lachte. »Und mit welchen Mördern bist du gerade zugange?«

Es widerstrebte ihm, zuzugeben, dass er noch immer denselben leidigen Fall im Kopf hatte. Sein Zögern reichte jedoch aus, dass sie es von allein wusste. »Kaffee-Gedanken oder Bett-Gedanken?«, fragte sie, um abzuschätzen, ob sein Grübeln zu einer längeren Geschichte führen könnte.

»Ein Kaffee wäre schön«, sagte er dankbar und ging mit ihr in die Küche.

»Manchmal frage ich mich, warum wir überhaupt ein Wohnzimmer haben«, scherzte sie und machte sich an die Arbeit.

»Weil selbst das Reihenhaus zu klein ist für dein großartiges Wesen«, erwiderte er lächelnd, strich ihr mit einer Hand über den Rücken und gab ihr einen Kuss auf die Wange.

»Ich glaube, er trifft sie noch«, sagte er.

»Der Fichtner die Freiberger, ja?« Mariannes Auffassungs-gabe war bemerkenswert. »Helga hat so was Ähnliches gesagt, als wir gestern auf dem Weihnachtsmarkt waren.«

Eberhard nickte. »Ich frage mich, ob ich Frau Freiberger nicht mal anrufen sollte.« Mit einem kratzigen Geräusch fuhr er sich übers Kinn. »Wusstest du, dass der Amtsrichter dem Antrag auf Zwangseinweisung nicht zugestimmt hat?«

»Ja, sie sagte etwas in der Richtung.«

Er erinnerte sich, dass Helga oft wütend war über die Büro-kratie in diesem Land. »Der Richter kennt Fichtner vom Ge-richt und hat anscheinend einen eher harmlosen Eindruck von ihm.«

»Und was machst du, wenn du Dr. Freiberger und nicht sei-ne Frau an der Strippe hast?« Marianne wischte mit einem Lappen um die Kaffeemaschine herum, dann warf sie ihn in die Spüle und setzte sich zu ihm an den Tisch.

Eberhard tippte nervös auf der Platte herum. »Fichtners Geschichte hat gewisse Aspekte, die mir einfach nicht mehr aus dem Kopf gehen.«

Marianne beugte sich zur Seite, griff nach Notizblock und Kugelschreiber und legte die Sachen vor ihn hin. »Na, dann los, Kommissar. Was wissen wir über ihn?«

»Er hat seine Freundin in das Hotel gebeten, wo sie ver-schwunden ist, eventuell sogar ermordet wurde. Niemand kann sicher sagen, ob sie je bei ihm im Zimmer angekommen ist oder nicht.«

»Und wir wissen, dass es starke Fälle von Verdrängung gibt, in denen der Täter selbst alles vergisst, als hätte es nie statt-gefunden«, ergänzte Marianne.

»Ungereimt bleibt, warum er dann so schnell nach seiner Tat öffentlich nach Silvia gesucht hat. Wo ist dann die Leiche? Das ergibt keinen Sinn.« Auch wenn die Verdrängungstheo-rie im Bereich des Möglichen lag, verhinderte dieses Detail, dass er daran festhielt. Täter lenkten oft von sich ab, indem sie selbst das Verbrechen meldeten, aber eine Leiche löste sich nicht mal eben in Luft auf.

»Es steht auch kein Auto in der Garage, in dem seit über einem Jahr eine Leiche im Kofferraum verwest?« Marianne fächerte sich mit einer Hand Luft zu. »Allein die Vorstellung, wie schrecklich das stinken muss, ist grauenhaft.«

Eberhard zog nur einen Mundwinkel nach oben und zuckte mit den Schultern. »Natürlich ist nicht auszuschließen, dass er Barbara Freiberger etwas antun könnte, auch wenn er ansonsten ein friedlicher Mensch ist. Das hängt von seinem Verlangen ab, diese Frau als Ersatz für Silvia haben zu wollen, und von ihrer Bereitschaft dazu.«

Marianne holte den Kaffee und wurde ernst. »Es ist schon irgendwie seltsam, dass er sich mit ihr trifft, wenn er keine Hintergedanken hat, oder? Ich meine, das verlängert den Schmerz doch nur, oder nicht?«

Er sah auf den leeren Notizblock. »Vielleicht ist er auch wütend, weil der Arzt nicht auf Silvia aufgepasst hat.«

Marianne zog die Brauen zusammen. »Das wäre doch verrückt.«

»Menschen sind irrational, wenn sie verzweifelt sind. Gut möglich, dass er denkt, Freiberger hätte es verhindern können, und er hält es nun für sein Recht, dessen Frau zu nehmen.«

Marianne strich sich über die Wange, ein sicheres Zeichen, dass sie mit ihren Gedanken ganz bei der Sache bleiben wollte. »Du hast Fichtner von Anfang an gemocht, er tat dir leid, und du hast dich seinetwegen emotional in diese Geschichte verwickeln lassen. Glaubst du wirklich, dass das jetzt so ein Ende nehmen könnte?«

Nein, sicher nicht. Eberhard hätte jede andere Möglichkeit vorgezogen, trotzdem musste er zugeben: »Manches entwickelt sich, und ich habe sicher auch nicht immer recht. Vielleicht war ich auch zu nahe an allem dran.«

»Dann sprich mit der Frau und finde es heraus.« Sie hatte

es noch nicht ganz ausgesprochen, da schüttelte sie schon den Kopf. »Das kannst du nicht, Helga würde in Schwierigkeiten geraten.«

Es war verzwickt, denn Eberhard war sich ganz sicher, immer noch etwas Entscheidendes zu übersehen. Dieses Gefühl, ein Detail genau vor der Nase zu haben und es nicht greifen zu können, machte ihn schon halb wahnsinnig, seit er diesen Fall übernommen hatte.

»Was wäre«, sagte Marianne plötzlich, »wenn Fichtner denkt, der Arzt hätte Silvia entführt?«

Eberhard nahm ihre Hand und drückte sie. »Dann hätte er wie bei Stoltzing das Haus gestürmt und die arme Barbara Freiberger zu Tode erschreckt, genau wie Vivianna Roysan.«

»Warum wollte sie sich eigentlich umbringen?« Ihr Blick fiel auf das leere Blatt. »Hast du überprüft, ob es stimmt, was Fichtner gesagt hat?«

Natürlich hatte er Moll gebeten, Nachforschungen über Freiberger und seine Frau anzustellen. »Die Polizei wurde jedenfalls nicht hinzugezogen. So etwas ist nicht meldepflichtig, und ohne triftigen Grund werde ich ihre Krankenakten sicher nicht bekommen.«

Das war alles sehr unbefriedigend. Er schob mit der freien Hand den Block beiseite und umfasste den Kaffeebecher. »Wir werden abwarten müssen, ob noch etwas passiert.«

»Wie immer«, sagte seine Frau sanft und fuhr mit dem Daumen über seine Hand. »Helga wird zumindest herausfinden, ob Fichtner lügt. Sie sagte, sie hätte da eine Idee.«

73. KAPITEL ——————— GÖTTINGEN

Samstag, 11. Dezember 2010
3:44 Uhr

Nachts war Barbara noch nie aus dem Haus geschlichen, doch als sie in der Wohnung gegenüber noch Licht brennen sah, wollte sie es riskieren. Ihr Mann schlief oben in seinem Bett, vorher war er bei ihr gewesen. Es hatte schon auf der Feier eines Freundes begonnen, dass er viel zu oft zum Glas gegriffen und den Alkohol förmlich in sich hineingestürzt hatte. Wahrscheinlich hatte ihm nicht gefallen, dass sie mit Bennet und den anderen gesprochen hatte. Sie war gelobt und bewundert worden, aber niemand hatte erwähnt, wie anders sie nun aussah. Die Komplimente hatten ihr gefallen, bis sie Karls Blick bemerkt hatte. Seine Eifersucht machte ihn kalt wie einen Eisberg.

Am liebsten würde er mich wieder komplett einsperren.

Auf dem Rückweg ließ er sie fahren, etwas, was sie seit über einem Jahr nicht mehr getan hatte – woran sie sich auch überhaupt nicht erinnerte. Doch es hatte funktioniert. Wie Karl so schön sagte: »Es ist wie Fahrrad fahren.« Aber die Fahrt war anstrengend gewesen, vor allem wegen Karl, der seine Hand auf ihr Bein gelegt und ihr vorgeworfen hatte, wieder in alte Muster zu verfallen. Ihm sei aufgefallen, dass sie sich anders bewege, Dinge nachahme, die sie bei irgendwem abgeschaut haben musste, doch er wüsste nicht bei wem.

Kaum im Haus, zwang er sie zum ersten Kuss. Sie beruhigte ihn, indem sie ihm in ihrem Schlafzimmer gab, wonach er verlangte – auch wenn es sie anwiderte.

Das Döschen mit den kleinen weißen Pillen war ihm aus der Tasche gefallen. Nun trug sie es in der Manteltasche bei sich. Sie war sich sicher, dass er ohne das Aufputschmittel die ganze Nacht durchschlafen würde. Die wütenden Flüche, als er überall danach gesucht hatte, waren zu ertragen gewesen.

Lange durfte sie nicht wegbleiben – die Gefahr war zu groß –, doch sie brauchte einen Rat von ihrem einzigen Freund. *Eine halbe Stunde, nicht mehr.*

So leise es ging, schloss sie nacheinander die Türen auf und betrat die kleine Wohnung. Damit sie vom Haus aus schlechter zu sehen war, duckte sie sich. Es war unwahrscheinlich, dass Karl wach wurde und ausgerechnet in die Fenster des entfernten Wohnhauses sah, doch sie musste mit allem rechnen.

»Sven?« Sie flüsterte seinen Namen. Nach nur zwei Schritten stand sie bereits im Wohnzimmer und fand ihn schlafend zwischen verteilten Fotos auf dem zum Bett ausgezogenen Sofa.

Auf dem Tisch standen zwei leere Flaschen Wein. »Heute ist wohl Männer-Besäufnis-Tag«, sagte sie leise und setzte sich neben ihn.

Das ist also Silvia. Sie sammelte ein Foto nach dem anderen ein und betrachtete sie lange. Etwas regte sich in ihr. Sie beneidete diese Frau um ihre natürliche Schönheit, aber dann zog sich alles in ihr zusammen, weil sie sich daran erinnerte, dass Silvia tot war. Ein Porträt hielt sie besonders lange in der Hand und tastete mit der anderen über ihr eigenes Gesicht. *Ihre Haare gefallen mir.* Sie machte das Lächeln nach. *Ich wäre lieber sie.*

In dem offenen Schuhkarton fand sie einen Brief, den Silvia geschrieben hatte. Es war eine Einladung zu ihrem dreißigsten Geburtstag, den sie zusammen mit ihren Freunden und ihrem Mann ein Wochenende später in einem Hotel im Harz nachfeiern wollte. Dem Datum nach lag das schon fünf Jahre zurück. *Sie war jünger als ich, aber ich sehe kaum älter aus als sie.*

Sie zog sich den Block heran und schrieb den ersten Satz nach. Mit etwas Übung würde ihre Schrift genauso aussehen.

Je mehr Fotos sie sich ansah, umso mehr empfand sie Silvias Aussehen passend für sich selbst. Sie nahm ein Halstuch aus dem Karton und roch daran. Ganz schwach konnte sie eine Parfumnote ausmachen, aber die Ausdünstungen der Pappe und des Fotopapiers überlagerten den Duft.

»Silvia?« Sven schien zu träumen.

Barbara legte alles in den Karton zurück und rückte auf der Liegefläche bis an die Wand, um sein Gesicht sehen zu können. *Vielleicht liebe ich ihn*, überlegte sie. *Es wäre sicher schön, ihn zu lieben.*

Ohne ihn zu berühren, legte sie sich neben Sven und schaute ihn weiter an. *Wenn ich Silvia wäre, würde ich ihn dann glücklich machen? Würde all die Traurigkeit von ihm weichen?*

Sie wagte es und legte eine Hand auf seine Wange, die er sofort mit geschlossenen Augen umfasste und an sich presste. Ihr Herz schlug unerträglich schnell und so unsagbar lebendig. Diese kleine Berührung fühlte sich berauschend an.

Plötzlich sah er sie an, erst lächelnd, dann verstand er, dass die falsche Frau neben ihm lag. Er ließ ihre Finger los und richtete sich mit schwerem Kopf auf. »Es ist dunkel draußen, was machst du hier?«

Barbara setzte sich hin und umfasste ihre Knie. Die Wärme war fort. *Was habe ich mir nur dabei gedacht?* »Ich brauche deine Hilfe«, sagte sie ruhig.

»Ich bin gleich wieder da.« Er ging ins Bad, sie konnte das Wasser rauschen hören, wahrscheinlich wusch er sich das Gesicht, um wieder klar zu werden.

Nun fühlte sie sich vollends hilflos und einsam.

Als er zurückkam, sah er nicht besser aus, wirkte jedoch versöhnlicher. »Entschuldige«, sagte er leise. »Für einen Moment schien es so real zu sein, dass Silvia bei mir war, und dann ...« Er verstummte.

»Dann war ich es nur«, vollendete sie den Satz und kämpfte mit den Tränen. »Hast du noch Wein?«

Er nickte. »Darfst du überhaupt welchen trinken? Ich meine, du nimmst doch all diese Tabletten?«

In ihrem Blick glomm ein Funke des Trotzes. »Ich nehme sie nicht mehr.«

Er wollte etwas sagen, aber dann stand er auf und holte aus der Küche eine neue Flasche.

»Hier.« Er reichte ihr einen Becher. »Ein richtiges Glas habe ich nicht mehr.«

»Das wird gehen«, sagte sie und ließ ihn einschenken.

Sie stießen miteinander an.

»Hast du keine Angst, deine Niere könnte abgestoßen werden, wenn du die Tabletten nicht mehr nimmst?«, begann er vorsichtig. Immer wieder rieb er sich Gesicht und Augen.

Kein Wunder, dass er gar nicht richtig zu sich kommt nach zwei Flaschen Wein.

»Es ist mir egal«, sagte sie aus ihrer momentanen Laune heraus. Der eine Mann hielt sie gefangen, und der andere war enttäuscht, sie zu sehen. Ohne auf ihn zu achten, trank sie den Becher aus und hielt ihn ihm hin.

»Denk daran, dass du wieder nach Hause gehen musst.«

»Ich habe die Fotos gesehen.« Sie deutete auf den Karton.

Sven sah auch den Block daneben, auf dem sie Silvias Handschrift imitiert hatte. »Nun«, sagte er unverbindlich, »deswegen habe ich sie mitgebracht. Was genau regt dich so auf?«

»Ich weiß es nicht«, gab sie ehrlich zu. »Karl war heute wieder schrecklich eifersüchtig. Ich glaube, er ist frustriert, weil ich nicht schwanger werde, und sieht in jedem Mann eine Gefahr.«

Ächzend setzte sich Sven gegen die andere Wand. Er zog seine Füße so weit zurück, dass Barbara sie nicht aus Versehen berühren konnte.

Meine Güte, ich tu dir schon nichts.

»Und dann auch noch ich«, brachte er ihren Gedanken zu Ende. »Ehrlich, ich freue mich, dich zu sehen, ich wollte dir nicht das Gegenteil vermitteln.«

Um die Situation herunterzuspielen, lächelte sie einfach nur und musste dabei an Silvias Lächeln denken. Der Wein stieg ihr bereits zu Kopf, sie war keinen Alkohol gewohnt. Ein willkommenes Gefühl nach all der Enge, die von Karl ausging.

»Waren die Tabletten nicht auch gegen deine Depressionen?«

»Schon, aber ich wollte sehen, ob ich auch ohne sie zurechtkomme.« *Das komme ich doch, oder?*

»Und was ist, wenn es wieder losgeht?«

Sie lebte bereits mit einem Mann, der sie mit seiner Sorge erdrückte, einen zweiten konnte sie nicht gebrauchen. »Dann nehme ich sie eben wieder.«

»Kannst du es dann überhaupt noch?«

Zornig trank sie einen großen Schluck und schaute an ihm vorbei. »Sehe ich so aus, als wenn ich es nicht könnte?«

»Nun sei nicht gleich böse«, versuchte er sie zu beruhigen. »Mir fällt nur auf, dass du dich veränderst.«

Gerne wäre sie aufgestanden und im Zimmer umhergelaufen. *Dieses verdammte Versteckspiel!* »Fängst du auch noch damit an? Karl sagt, ich würde mir Gesten und Eigenarten von anderen aneignen, er hat mich heute Abend sogar angebrüllt deswegen. Was, wenn ich aber nur ich selbst bin?« Die Tränen ließen sich nicht mehr zurückhalten. »Ich meine, ich weiß gar nicht, wer ich bin, und immer, wenn ich mich mit irgendwas wohlfühle, wird mir gesagt, es wäre das Nachäffen einer anderen Person.«

Sven wirkte hilflos, umklammerte mit beiden Händen sein Glas und schien nachzudenken.

»Sag mir, dass du es nicht so siehst. Sag mir, dass ich nicht verrückt bin.« Ihre Stimme hallte von den kahlen Wänden wider.

»Du bist nicht verrückt«, antwortete er schnell und stellte das Glas weg, um nach ihrer Hand zu greifen. Ein Blitz schoss durch ihren Leib, als er sie berührte.

»Ich denke, du brauchst Hilfe. Wir alle brauchen manchmal Hilfe.«

Er betrachtete ihren Hals, als würde er dort ablesen, was er gerade sagte. Dann ihre Lippen, wieder ihren Hals, das Schlüsselbein.

Barbara lächelte. *Er fühlt es auch.* »Wenn ich jemals erfahren möchte, wer ich bin, dann muss ich ganz klar sein, verstehst du?« Ihre Finger strichen sanft über seine Haut. »Du kannst auf mich aufpassen, und wenn es schlimmer wird, dann schreitest du ein.« Sie legte ihre andere Hand auf seinen Handrücken. »Und wenn es kritisch wird, lässt du Karl eine Nachricht zukommen, dir fällt schon was ein.«

Sein Zögern beunruhigte sie. »Bitte, Sven.« Sie beugte sich vor und sah ihm direkt in die Augen. Die aufgeregten Schläge ihres Herzens mussten durch den ganzen Raum zu hören sein.

»Ist gut«, sagte er und stand auf. »Aber hör auf, dir Dinge anzueignen, die ich dir von Silvia erzähle.«

Sie fühlte sich ertappt.

»Natürlich ist mir aufgefallen, wie du dein Verhalten angepasst hast, und ich verstehe es nicht.« Er nahm den Block in die Hand und zeigte ihn ihr. »Ich bin nicht hier, um eine Kopie von Silvia zu besuchen. Ja, anfangs fand ich es reizvoll, wie sehr du mich an sie erinnerst, aber das hier ist unheimlich.«

Betroffen sah sie zu Boden. »Ich weiß nicht, warum ich so was tue. Als ich dann eben all die Fotos sah, glaubte ich sogar für einen Moment, ich sei sie.«

Sven ließ den Block fallen und stellte sich ans Fenster. »Silvia und du habt nichts gemeinsam. Ein paar Wesenszüge ähneln sich, aber damit hat es sich auch.«

»Das weiß ich doch«, sagte sie und widerstand dem Reflex, eine Hand auf seinen Rücken zu legen. »Denkst du, ich wüsste das nicht? Hast du eine Vorstellung, wie viel Angst mir das macht?«

Er fuhr sich mit den Fingern durch die Haare und drehte sich zu ihr um. »Komm her«, bat er ruhig und zog sie in seine Arme. »Wie es aussieht, haben sich hier zwei Kaputte gefunden.«

Sein halbherziger Scherz ging im Rausch ihrer Gefühle unter. Sie presste ihr Gesicht gegen seine Schulter und atmete seinen Duft ein. Es kam ihr vor, als würde sie nach einer langen, beschwerlichen Reise endlich nach Hause kommen. Am liebsten hätte sie ihn bis zum Morgen so festgehalten. Sven wiegte sie leicht, strich mit den Händen über ihren Rücken und legte seinen Kopf gegen ihren. »Wir kriegen das alles hin«, versprach er flüsternd. »Nur pass bitte auf dich auf.«

Sie hauchte ihm einen Kuss auf den Hals und löste sich dann von ihm, denn wenn sie jetzt nicht ging, würde sie es bereuen. »Wir lesen uns«, sagte sie und zog ihre Jacke wieder an. Ohne ihn anzusehen, stieg sie in die Schuhe und ging zur Tür.

Sven folgte ihr. »Kann ich dich so gehen lassen?«

»Ich bin schon viel zu lange hier.«

Als sie ihn doch ansah, konnte er nicht länger widerstehen und küsste sie. Es war nicht mehr als eine kurze Berührung der Lippen, aber es bedeutete weitaus mehr. Ehe er etwas dazu sagen oder sich gar entschuldigen konnte, öffnete sie die Tür und lief davon. Die kalte Luft tat gut auf ihrer prickelnden Haut. Sie rannte in dem Gefühl, immer weiterlaufen zu müssen, um irgendwann erschöpft genug zu sein für einen vernünftigen Gedanken.

Wieso mache ich immer alles so kompliziert?

Nahezu lautlos zog sie sich durch das offene Fenster in ihr Zimmer und schloss es dann wieder. Im Haus war alles still. Schnell verbarg sie Schuhe und Jacke unter den Sachen im Schrank und schlich an den Kameras vorbei in Ediths altes Zimmer, wo sie die Schlüssel in den Umschlag unter dem kleinen Schrank im Bad steckte. Als sie sich wieder aufrichtete, bemerkte sie hinter den Handtüchern einen Zettel. Sie holte ihn hervor, er stammte von einem dieser kleinen Blöcke, die Karl in seinem Arbeitszimmer meist benutzte, doch die Schrift war eindeutig die von Edith. *Methylierungsblockade. Wer hat transplantiert? Elsius Klinik, Schweiz,* stand auf dem Zettel. Sie steckte ihn zu den Schlüsseln, schaltete schnell die kleine Spiegellampe aus und schlich auf Zehenspitzen in ihr Zimmer zurück. Keine Sekunde zu früh, denn oben im ersten Stock regte sich etwas.

74. KAPITEL ——————————— HAMBURG

Freitag, 17. Dezember 2010
18:05 Uhr

Die leise Musik im Wartezimmer war immer dieselbe, und sie nervte Sven jedes Mal. Dr. Albers war heute spät dran.

Offiziell war er erneut mit einer anderen Frau an der Ostsee gewesen. Damit es glaubwürdig rüberkam, hatte er ihr von Eva erzählt, einer seiner Ex-Freundinnen. So würde es keine Widersprüche geben, wenn sie nachfragte und Details wissen wollte, etwas, was sie gerne machte, wenn sie glaubte, einer Lüge auf der Spur zu sein. Bei Gericht hatte er genügend Verhöre protokolliert, so leicht fiel er darauf nicht herein. Dank Richter Sandmann war er um eine Zwangseinweisung herumgekommen, das machte sein Verhältnis zu Dr. Albers etwas angespannt. Manchmal amüsierte es ihn, dass sie immer wieder die Fassung verlor. Er war sich sicher, dass ihr das bei anderen Patienten nicht passierte.

Ich bin keine Gefährdung für irgendjemanden, und es ist nicht verboten, ein verkorkstes Leben zu haben. Er überlegte, ob er die Musikanlage ausschalten sollte. Aber dann dachte er daran, dass er nach dieser Sitzung wieder nach Göttingen fahren würde, und ihn überkam Aufregung.

Sie hat sich genau wie Silvia angefühlt. Vielleicht gibt mir das

Schicksal eine zweite Chance? Dann fiel ihm der Block wieder ein. *Scheiße, ich gehe ihren Psychosen auf den Leim.*

»Herr Fichtner?«

Na, dann wollen wir mal. Sven stand auf und ging auf die Therapeutin zu, die ihm freundlich lächelnd die Tür aufhielt.

»Kommen Sie rein.« Sie reichte ihm die Hand und deutete auf das Sofa. »Und? Wie ging es Ihnen nach dem letzten Termin?«

»Gut«, antwortete er knapp.

»Hm.« Sie setzte sich und nahm den Block auf den Schoß. »Wo sind Sie gedanklich gerade?«

Er sah sie an und zuckte mit den Schultern.

»Hat es etwas mit Silvia zu tun?«

Er fand, dass sie eine gute Reporterin gewesen wäre, so wie sie immer gleich auf den Punkt kam und Floskeln vermied. Also musste er die Zeit mit irgendwas überbrücken, was von dem anderen ablenkte.

»Die Beziehung mit Eva wird mir zu eng«, sagte er ergeben und kratzte sich nervös am Unterarm.

»Warum? Will sie bei Ihnen einziehen, oder will sie von Ihnen hören, dass Sie sie lieben?«

Sven weitete den Hemdkragen und wusste plötzlich, wie er doch noch etwas aus dieser Sitzung mitnehmen konnte.

»Es ist eher, dass mir Dinge auffallen«, sagte er nachdenklich. »Als würde sie mich erst über Silvia ausfragen und dann anfangen, sie mit Kleinigkeiten zu imitieren.«

Albers hob verwundert die Augenbrauen. »Sie passt sich Silvia an, um Ihnen besser zu gefallen?«

»So kommt es mir vor«, bestätigte er.

»Und wie empfinden Sie das?«

Seine Haut fing zunehmend an zu kribbeln. Immer wieder kratzte er sich durch den Stoff. »Ich weiß nicht, anfangs war ich sauer, als würde sie Silvias Andenken beschmutzen.«

Er hasste es, wenn sie so lange schwieg, dass er sich genötigt fühlte, mehr hinzuzufügen.

»Aber dann fühlte es sich plötzlich so an, als würde Silvia mir dadurch ganz nahe sein. Es ist irritierend.«

Der Stift kratzte, und als sie sich nach einem neuen umsah, fielen ihr beinahe alle Aufzeichnungen vom Schoß.

»Bitte sehr.« Sven streckte sich, um ihr einen Stift aus seiner Jackentasche zu reichen. »Den können Sie gerne behalten.«

Sie las kurz die Werbeaufschrift und bedankte sich. »Ist das ein Hotel in Göttingen?«, fragte sie beiläufig und schrieb ihre Notizen zu Ende.

»Ja, das ist richtig.«

»Und zu Frau Freiberger haben Sie keinen Kontakt mehr?«

Er hielt ihrem Blick gelassen stand und schüttelte den Kopf.

»Gut, Herr Fichtner, es beruhigt mich, dass Sie sich in diese Geschichte nicht weiter verrannt haben. Fahren Sie bitte fort.«

Das Eis der kleinen Notlügen knackte unter der Last der Wahrheit. »Sie ist so ganz anders als Silvia«, nahm er den Faden wieder auf. »Und ich empfinde nur Freundschaft für sie, doch wenn sie sich bewegt wie sie, dann gerät in mir alles durcheinander.«

»Haben Sie manchmal das Gefühl, sie ganz fest halten zu müssen?«

Er nickte.

»Was würden Sie tun, wenn Eva mitten im Trugbild aufhört, Silvia zu sein?« Dr. Albers lehnte sich vor, das Papier knitterte leicht zwischen den Stofffalten. »Wenn Sie dieser Frau ein Gefühl schenken, das nicht für sie gedacht ist, und dann begreifen, dass Sie es der falschen entgegengebracht haben?«

»Das wird sie nicht«, sagte er abwesend und hatte die Bilder von Barbara vor Augen. »Es ist dieser Blick, als trüge sie ein Teil von Silvias Seele in sich. Sie hat sich angefühlt wie sie, sogar gerochen wie sie.«

»Aber sie ist doch nur die Frau des Mannes, der Silvia zuletzt gesehen hat«, warf die Therapeutin ein.

»Ich weiß, es war aber nicht meine Idee, ich wollte das nicht, sie hat – « Zu spät bemerkte er, dass sie ihn überführt hatte. Mit wachen Augen beobachtete sie ihn und schrieb, ohne hinzusehen, alles auf.

Dann legte sie den Block beiseite und faltete die Hände auf ihren Knien. »Sie haben mich angelogen, Herr Fichtner«, sagte sie leise. »Und ich habe auch ein paar Grenzen überschritten.«

Ihm war unbehaglich zumute bei dem, was jetzt folgen konnte. *Sie wird jetzt doch hoffentlich keine Einweisung aus dem Hut zaubern.*

»Als ich merkte, dass Sie mich anlügen, habe ich Informationen über Barbara Freiberger eingeholt. Ich wollte die Situation besser einschätzen, besonders da Sie von ihrem Suizidversuch erzählt haben.«

Sven kratzte sich nervös, es kam ihm vor, als trüge er ein Hemd aus Stroh, das ihn überall pikste.

»Dabei stolperte ich über eine Wohltätigkeitsgala, auf die auch eine gute Freundin von mir jedes Jahr geht. Sie ist ebenfalls Psychiaterin.« Ihr Tonfall wurde mütterlich. »Barbara Freiberger leidet offensichtlich unter einer Persönlichkeitsstörung. Meine Freundin will Formen einer histrionischen Persönlichkeitsstörung bei ihr entdeckt haben, Borderline könnte mit hineinspielen, aber die vielen Schönheits-OPs haben das sicher nicht besser gemacht.«

Als er verständnislos ihren Blick erwiderte, versuchte sie es anders. »Herr Fichtner, Barbara ist schon sehr lange dafür bekannt, andere Personen zu imitieren, dramatische Auftritte zu inszenieren und massive psychische Probleme zu haben. Dass sie versuchte, sich das Leben zu nehmen und sich dann von ihrem Mann retten ließ, passt perfekt in dieses Krankheitsbild. Meine Freundin konnte mir nicht sagen, ob Frau Freiberger in Behandlung ist, aber Sie, Herr Fichtner, sollten den Kontakt sofort abbrechen.«

Gerne hätte er sie der Lüge bezichtigt, doch er hatte es selbst gesehen. Er verharrte sprachlos.

»Ich weiß, dass Sie nicht loslassen können. Warum lassen Sie sich nicht endlich helfen? Es gibt Spezialkliniken dafür. Wollen Sie wirklich eine Beziehung mit einer kranken Frau führen, die sich jederzeit schlimme Dinge antun kann, wenn ihr dieser Kick nicht mehr reicht?«

Er schüttelte den Kopf, meinte dieses Nein aber nicht wirklich. »Kann man ihr nicht helfen?«

Albers wirkte enttäuscht. »Sie auf jeden Fall nicht«, sagte sie hart. »Ihre eigenen Probleme fordern Ihre ganze Aufmerksamkeit. Die Behandlung von Persönlichkeitsstörungen funktioniert über eine Verhaltenstherapie, die über Jahre intensiv und fachgerecht geführt werden muss. Natürlich können unterstützend auch Psychopharmaka eingesetzt werden, aber das alles ist absolut nichts, wobei Sie helfen könnten. Und heilbar ist es in der Regel nicht, man kann nur die Symptome mildern.« Sie verschränkte die Arme vor der Brust. »Soweit ich weiß, erfährt sie genug Unterstützung durch ihren Mann. Versuchen Sie nicht, eine Fremde zu retten, nur weil Sie Silvia nicht mehr helfen können!«

Sven stand auf und nahm seine Jacke von der Lehne. »Ihr Mann kontrolliert sie, überwacht sie mit Kameras und ist besessen davon, eine Schwangerschaft zu erzwingen. Er bekommt nicht einmal mit, dass sie ihre Medikamente nicht mehr nimmt. Wussten Sie auch, dass Barbara eine neue Niere hat? Was, wenn sie das Organ verliert, weil ihre Krankheit sie davon abgebracht hat, die Tabletten zu nehmen?« *Wenn das alles überhaupt stimmt. Vielleicht spielt sie mir die ganze Zeit auch nur etwas vor.*

»Was wollen Sie jetzt tun?« Dr. Albers machte den Eindruck, sich am liebsten vor die Tür stellen und ihm den Weg versperren zu wollen.

»Ich muss ihr zumindest sagen, dass sie sich helfen lassen soll, oder nicht?« Immerhin entdeckte er jetzt ein Zögern bei Albers. Er konnte nicht ganz falschliegen. »Wenn das nichts hilft, rede ich mit ihrem Mann. Sie wird mich dafür hassen, aber ich kann nicht zulassen, dass sie ins Verderben rennt.«

»Herr Fichtner, was wird aus *Ihnen*?« Er tat dieser Frau so leid, dass sie ihn nicht wie einen x-beliebigen Patienten behandelte. Und das gefiel ihm nicht.

»Ich bin enttäuscht, aber das wird mich nicht umbringen.« *Und sie auch nicht.*

75. KAPITEL ——————————— HAMBURG

Freitag, 17. Dezember 2010
18:46 Uhr

»Es ist Helga«, sagte Marianne und reichte Eberhard das klingelnde Telefon. Sie ging zurück in die Küche, wo sie mit Andi und Susanne gemeinsam kochte. Er selbst saß im Wohnzimmer und versuchte die Batterien der Fernbedienung auszuwechseln. *Elender Fummelkram!*

»Hallo?«

»Eberhard, ich denke, ich habe Mist gebaut«, sagte Helga mit kläglicher Stimme.

»Ganz ruhig, was ist passiert?« Er stand auf, um aus der Küche etwas zum Schreiben zu holen. Seine Familie wurde ganz still, als er mit ernster Miene in den Raum kam.

»Sven Fichtner war eben hier, und es war genau so, wie ich es mir gedacht habe: Er fährt immer noch regelmäßig nach Göttingen, um Barbara Freiberger zu treffen.« Sie schluckte hörbar. »Ich habe dir doch erzählt, was ich über sie herausgefunden habe?«

»Das mit der Persönlichkeitsstörung?« Er ging wieder in den Nebenraum und knallte den Block auf den Tisch. »Hast du es ihm gesagt?«

»Ja«, bestätigte sie. »Ich dachte, er würde begreifen, in welche Sackgasse er da rennt, wenn er sich mit dieser psychisch kranken Frau trifft. Sie fing tatsächlich an, immer mehr Eigenarten von Silvia aus seinen Erzählungen zu übernehmen.«

»Und er ist jetzt auf dem Weg nach Göttingen, um was zu tun?« Er verstand, weswegen sie so aufgeregt war. Nicht nur dass sie sich teils unprofessionell verhalten hatte, sie hatte auch komplett das Ziel verfehlt.

»Er will sie retten, was sonst? Er sagt, sie würde nach einer Nierentransplantation die Tabletten nicht nehmen.« Sie kramte anscheinend in ein paar Unterlagen und sagte dann: »Ich weiß nicht, wie Karl Freiberger darauf reagieren wird. Er hat eine harte Zeit hinter sich. Wahrscheinlich ein Selbstmordversuch seiner Frau, dann war er vor einigen Monaten dabei, als ein Freund nur noch tot aus der Badewanne geborgen wurde. Wenn ausgerechnet Sven bei ihm klingelt ...«

Jetzt musste Eberhard schmunzeln. »Du machst dir Sorgen um den Doktor? Auf mich machte er immer einen sehr – «

Da war es. Die ganze Zeit über hatte er sich gefragt, wo ihm sein Spürsinn das Gefühl vermittelt hatte, der Wahrheit näher zu kommen. *Das war in Göttingen bei Dr. Freiberger.* Er sagte nichts mehr und ging in den Flur, um seine Schuhe anzuziehen.

»Sehr was?«, fragte Helga genervt, doch er war mit seinen Gedanken ganz woanders. »Eberhard?«

»Wenn ich mich recht entsinne, befand sich Freibergers Frau noch im kritischen Zustand, als ich ihn damals wegen Frau Valentaten befragte. Die Operation stand ihr noch bevor.«

»Worauf willst du hinaus?« Helgas Tonfall wurde langsam ungeduldig.

Marianne erschien in der Tür und hielt seine Autoschlüssel in der Hand.

»Die meisten Patienten sitzen ewig in der Dialyse, bis sie ein geeignetes Spenderorgan bekommen. Selbst die Reichen müssen warten, besonders wenn sie nicht stabil sind.« Er nahm das Telefon in die andere Hand. »Ich frage mich, ob so ein brillanter Chirurg seiner Frau von irgendwoher eine Niere besorgen würde, wenn er keine andere Möglichkeit sieht?«

Am anderen Ende des Telefons herrschte Schweigen, und auch Marianne sah nicht gerade aus, als würde sie dem zustimmen. »Man kann nicht einfach irgendeinem Menschen eine Niere rausschneiden und in einen anderen einsetzen«, sagte sie.

»Ich weiß, aber was, wenn es funktioniert hat und die starken Suppressiva das Immunsystem davon abgehalten haben, das Organ abzustoßen?« Er nahm seine Jacke vom Haken.

»Und was dann? Man kann nicht mal eben zu Hause eine Niere transplantieren«, hielt Marianne dagegen.

Eberhard nickte. »Stimmt schon, aber wenn ich wegen Fichtner schon nach Göttingen fahren muss, kann ich ja ruhig mal nachfragen.«

»Göttingen?« Seine Frau schüttelte den Kopf. »Andreas?« Sie drehte sich zur Küche und rief: »Füll den Kaffee bitte in eine Thermoskanne und bring einen dieser Thermosbecher fürs Auto mit. Im Schrank über der Spüle.«

»Eberhard, du willst doch nicht allen Ernstes ...« Helga kannte ihn nun schon lange genug, dass sie den Satz nicht zu Ende sprechen musste. »Pass auf dich auf, und wenn Fichtner sich so benimmt, wie ich denke, dann halte ihn fest. Dieses Mal kriege ich den richterlichen Beschluss.«

Er legte auf und gab Marianne das Telefon zurück. »Ich weiß nicht, wann ich zurück bin.«

»Ich werde warten«, sagte sie mit einem Lächeln. »Meinst du das ernst mit der Niere?«

Er nickte. »Es ist zumindest eine Variante, die wir noch nicht in Betracht gezogen haben.«

Andreas brachte die Thermoskanne und wünschte seinem Vater viel Glück. Susanne stand im Hintergrund und sah schweigend zu.

Marianne wirkte unentschlossen.

»Hältst du es für Unsinn?«, fragte er.

Sie nahm die Schürze ab und warf sie ihrem Sohn zu. »Das besprechen wir auf der Fahrt.«

»Mutti?« Andreas hielt die Schürze hoch wie ein Sinnbild seiner Verwirrung.

Mit einem Lächeln drückte sie ihm einen Kuss auf die Wange. »Macht es euch gemütlich. Dies ist nun mal ein Notfall, und ich lasse deinen Vater nicht allein den ganzen Weg nach Göttingen fahren. Wir sehen uns morgen früh.«

Eberhard lächelte. *Diese Frau steckt immer noch voller Überraschungen.*

76. KAPITEL ———————————— GÖTTINGEN

Freitag, 17. Dezember 2010
22:30 Uhr

Die ganze Fahrt über machte sich Sven Gedanken über die Situation und musste sich eingestehen, dass Barbara tatsächlich psychisch schwer krank war. Alles stimmte, und dass sie sogar versuchte, Silvias Handschrift nachzuahmen, setzte dem Ganzen die Krone auf. Ihm graute davor, die Wohnung zu betreten und damit konfrontiert zu werden, dass sie Silvias Andenken benutzte, um ihrer Krankheit Ausdruck zu verleihen.

Zum ersten Mal freute er sich nicht darauf, anzukommen. Schon als er die Tür öffnete, wurde sie ihm gegenwärtig: Es roch nach ihrem Parfum, weil sie den Schal an die Garderobe gehängt hatte. *Sie ist hier gewesen.*

Müde ließ er seine Jacke auf das Sofa fallen und betrachtete das Fernglas auf der Fensterbank. Ihm stand nicht der Sinn danach, das Licht zu löschen und hinüberzuschauen – zu der Frau, die seine Schwäche missbrauchte, um sich selbst besser zu fühlen.

Er ging zum Schreibblock und wusste nicht, ob er lesen wollte, was sie geschrieben hatte. Gute und schlechte Zeiten waren auf dem Papier verewigt worden. Selbstzweifel, Begebenheiten, Wut und Ängste, aber auch Freude über diesen Ort, Erfolge und Hoffnungen. Seit die Wohnung ihnen gehörte, dokumentierten sie all ihre Gedanken in diesen Büchern.

Was werde ich jetzt lesen? Plötzlich verlor alles seinen Wert, weil Barbara ihm etwas vorspielte. *Warum habe ich das hier nur angefangen?*

Schließlich nahm er die Notizen zur Hand und blätterte bis zu ihrem letzten Eintrag.

Geliebter Freund,

es hat mich getroffen, von Deinen Zweifeln zu lesen. Natürlich wird alles wieder besser werden. Ich habe Dir mein Lieblingsfoto an die Wand gehängt. Vergangenes kann man nicht festhalten, es sind die Erinnerungen, die wir in uns tragen. Ich hoffe, dass meine Erinnerungen irgendwann zurückkommen werden. Mein Leben fühlt sich schrecklich leer an ohne sie.

Er drehte sich um und sah das Foto vom Abschlussball in einem hellbraunen Rahmen über dem Schlafsofa.

Unwirsch legte er den Block beiseite. Als er sich umsah, fand er neue Blöcke neben dem Sofa und dem kleinen Fernseher. Und einer lag auf dem Schuhkarton. Er wollte diesen Brief nicht lesen, hatte Angst davor, sich mit ihren Bemerkungen über Silvias Fotos auseinanderzusetzen.

Wenn ich mir vorstelle, dass sie die ganze Woche Zeit hatte, die Fotos zu studieren ...

Er ging in die Küche, setzte Wasser für einen Instantkaffee auf und las auf dem Schreibblock dort weiter.

Geliebter Freund,

manchmal ist es schwer, in dem Leben zu bleiben, in das ich gehöre. Nein, schlimmer noch, ich fühle mich nicht dort hingehörig! Karl ist so ungeduldig in letzter Zeit, oder liegt es am Fehlen der Medikamente, dass ich so fühle? Er fordert seine ehelichen Pflichten immer häufiger ein, und ich lasse es über mich ergehen, obwohl ich dabei nichts empfinde. Langsam glaube ich, ich sollte die Pillen wieder nehmen. Ich fühle mich so leer. Dazu kommt diese schreckliche Übelkeit seit ein paar Tagen. Irgendwas passiert mit mir, ich hätte das nicht tun sollen. Mein Kopf schmerzt, als würde er jeden Moment zerspringen. Aber ich will das Schmerzmittel nicht nehmen. Damit fing meine Sucht damals doch erst an. Ich wünschte, wir könnten uns sehen, Du fehlst mir.

Die Vorstellung, wie sie allein hier in der Wohnung saß und diese Zeilen schrieb, verursachte ein unangenehmes Ziehen in seinem Bauch. Wie es aussah, war es sein Karma, niemals zur rechten Zeit am rechten Ort zu sein.

Sie ist verzweifelt, und ich bin womöglich schuld daran. Er dachte über die Konsequenzen dieser heimlichen Treffen nach. *Mit jedem Mal hat sie sich mehr verändert. Und ihr Mann weiß nichts davon.*

Er ging ins Bad und war überrascht, dort ebenfalls einen Block vorzufinden.

Geliebter Freund,

nun ist es schreckliche Gewissheit: Der Schwangerschaftstest war positiv. Was soll ich denn jetzt tun? Ich komme mir vor wie eine Fremde, und ich beginne sogar, Karl abgrundtief zu hassen.

Ich kann kein Kind bekommen, es würde schreckliche Eltern haben, es muss weg!

Langsam kann ich mir wieder vorstellen, weswegen ich mich damals umbringen wollte. Und dann all diese Bilder, die plötzlich in meiner Erinnerung auftauchen. Ereignisse, die ich nicht zuordnen kann, Tagträume von vollkommen Fremden. Ich muss ein paar Dinge regeln. Wenn Du nichts mehr von mir liest, dann ist alles schiefgegangen. Vielleicht ist es Paranoia, aber ich habe plötzlich große Angst.

Im Mülleimer neben der Toilette lag noch immer der Test mit dem positiven Ergebnis.

Sven fühlte sich hilflos. Es war schwer, alles richtig einzuordnen, nicht gleich aus dem Affekt heraus hinüberzustürmen und womöglich das geheime Leben dadurch zu verraten. In ihm kündigte sich derselbe Sturm an wie damals, als Silvia verschwunden war. *Ganz ruhig, das ist was anderes! Sie ist eine andere!*

Er nahm den Block vom Fernseher und las weiter. Ihre Schrift hatte sich verändert – als hätte eine andere Person die Zeilen geschrieben. Unsauber und hektisch, teilweise war das Blau des Kugelschreibers verwischt, und immer wieder imitierte sie Silvias Handschrift.

Geliebter Freund,

ich weiß jetzt, dass ich die Erinnerungen nicht finden konnte, weil es die falschen waren. Die Fotos in Deinem Karton haben mir die Augen geöffnet. Ich habe sie mir immer wieder angesehen. Die Frau, die Du liebst, bin ich! Ich bin Silvia und nicht diese Barbara, die ich sein soll. Im Haus muss es Hinweise darauf geben.

Der Block fiel ihm aus den Händen und knallte auf den Boden. Kalter Schweiß bedeckte seine Haut, und er glaubte keine Luft mehr zu bekommen.

Alles, was Dr. Albers gesagt hat, ist wahr! Sie hätte ihre Medikamente nicht absetzen dürfen. Sven begriff, dass er Schuld daran trug, dass sie ihre Therapie beendet hatte und sich nun in Dinge hineinsteigerte, die vollkommen aus dem Ruder liefen. So gerne er seine geliebte Silvia wiedergehabt hätte, er war doch nicht blind!

Allein an ihren blauen Augen würde er Silvia immer wiedererkennen, Barbaras hingegen waren braun. Wie konnte sie derart seine Gefühle missbrauchen? *Wie krank muss jemand sein, um so grausam zu werden?*

Durch seine vielen Erzählungen hatte er auf die gestörte Persönlichkeit dieser im Grunde vollkommen fremden Person eingewirkt, und er machte sich große Vorwürfe, die Anzeichen ignoriert zu haben, im Gegenteil, er hatte die Illusion sogar noch genossen. *Das alles nur, weil ich nicht loslassen konnte.*

77. KAPITEL ——————————— GÖTTINGEN

Freitag, 17. Dezember 2010
23 Uhr

In der Küche von Karl und Barbara Freiberger war es eiskalt an diesem Abend. Nicht weil die Winterluft hineingeströmt oder der Heizkörper abgedreht gewesen wäre, sondern weil der Chirurg früher nach Hause gekommen war als erwartet, den Wagen auf der anderen Seite des Hauses abgestellt und seine Frau zu Tode erschreckt hatte, als sie gerade von ihrer Suche aus dem Keller gekommen war.

Nun saß sie am Küchentisch, und Karl stand wie ein Richter vor ihr. »Hast du gefunden, wonach du gesucht hast?«

Tränen liefen über ihr Gesicht. Sie hatte Angst vor seinem Zorn, denn sie wusste inzwischen, wozu dieser Mann fähig war. Lügen war zwecklos, denn die Wahrheit stand ihr deutlich ins Gesicht geschrieben.

»Ich wusste, dass du etwas hinter meinem Rücken treibst!«, brüllte er. »Dachtest du, mir würde nicht auffallen, dass Schlüssel an meinem Bund fehlen?«

»Warum?«, sagte sie nur. »Warum hast du das getan?«

Für Karl gab es kein Zurück mehr, er musste seine Taten vertuschen, oder er würde alles verlieren. Sie wusste es ebenso wie er.

»Nimmst du deine Medikamente noch? Du siehst wieder depressiv aus. Genau davor habe ich Angst gehabt. Der Verfolgungswahn hat damals genauso angefangen wie jetzt!« Er wirkte, als wollte er sie jeden Moment schlagen. Sie kannte seine vielen Gesichter, aber dieses war das schlimmste von allen: Besitzansprüche, Zorn, Eifersucht. Dass er nicht aussprach, was sie inzwischen herausgefunden hatte, und sie stattdessen anklagte, machte ihn noch unberechenbarer.

»Ich habe die Leiche gesehen«, flüsterte sie ängstlich. »Nennst du das Verfolgungswahn?«

Er hob vor Wut die Fäuste. »Wie hätte ich es übers Herz bringen können, sie zu begraben?« Dann starrte er sie durchdringend an. »Sie war niemand. Ich kannte damals nicht einmal ihren Namen. Sie hat mich so sehr an dich erinnert, ich musste sie mitnehmen. Du brauchtest eine Niere, verstehst du das denn nicht? Ich habe das alles nur für dich getan.«

Verzweifelt schüttelte sie den Kopf. »Das ist eine Lüge. Ich bin Silvia!«

»Nein«, sagte er kalt. »Mag sein, dass du es dir wünschst, aber du bist Barbara, meine Barbara! Egal, wie viele Frauen du zu imitieren versucht hast, daran hat sich nie etwas geändert.« Er nahm die Ersatzdose aus dem Jackett und steckte sich zwei weiße Tabletten in den Mund. Die andere Dose befand sich noch in ihrer Manteltasche. Anscheinend wollte er vollkommen wach sein. Es kam ihr vor, als säße sie auf der Schlachtbank.

»Sie starb, als ich ihr die Niere entnahm«, erklärte er gefasst. »Ihr Kreislauf brach zusammen, vielleicht als Folge der Beruhigungsmittel zusammen mit der Narkose.«

Das darf nicht wahr sein.

»Ich wollte sie nicht töten, das musst du mir glauben.«

Langsam kam er auf sie zu und zog eine Spritze aus der Tasche, doch sie riss die Arme hoch und schrie: »Ich bin schwanger!«

Das ließ ihn innehalten. »Schwanger?«

Sie nickte. »Ich weiß es ganz sicher!«

Seine Haltung veränderte sich, er fiel vor ihr auf die Knie, legte die Spritze auf den Boden und umfasste ihre Hüften. »Vergib mir, mein Herz. Ich habe doch nur schreckliche Angst um dich! Ich will dich nicht verlieren.« Seine Finger gruben sich in den Stoff ihrer Kleidung. In ihrer Reichweite befand sich nichts, was sie ihm über den Schädel hätte ziehen können.

Das hast du bereits, dachte sie ängstlich.

In diesem Moment klingelte es an der Tür. Der Klang tönte gespenstisch durch die Eingangshalle.

Barbara zuckte zusammen, und es schnürte ihr die Kehle zu, denn Karl betrachtete sie plötzlich mit kalten eisblauen Augen, während er sich langsam aufrichtete. »Erwartest du jemanden zu so später Stunde?«

Bitte nicht. Sie schüttelte den Kopf und hoffte inständig, dass es nicht Sven war. Karl nahm die Spritze auf und schritt durch den Flur zum Haupteingang.

»Wenn mir nicht gefällt, was ich da sehe, liegt es in deiner Hand, ob die Person unser Haus lebend wieder verlässt«, sagte er im Gehen.

Starr blieb sie sitzen und horchte. *Bitte nicht.*

Sie stellte sich vor, wie er mit der Spritze hinter dem Rücken die Tür öffnete und Sven voller Sorge vor ihm stand. Wie töricht es von ihr gewesen war, ihm die ganzen Beweise zu den Fotos in den Schuhkarton zu legen. Wenn sie Glück hatte, stand nicht er, sondern die Polizei vor der Tür.

»Herr Fichtner?«, hörte sie Karl sagen. »Was tun Sie denn hier?«

Nein. Lauf weg.

Sie zitterte am ganzen Leib. Die Tür wurde geschlossen, und Schritte näherten sich. Zwei Personen.

»Sieh an, wer uns besucht, mein Engel«, sagte Karl und ließ Sven vorgehen. »Er sagt, er müsse etwas Wichtiges mit uns besprechen. Wie findest du das, meine Liebe?«

Sie konnte keinen der beiden ansehen, sie wusste einfach nicht, was sie tun sollte, und verstand auch nicht, warum Sven allein gekommen war. Wenn er die Wahrheit nun kannte, warum begab er sich dann so leichtsinnig in Gefahr? *Er muss doch die Fotos gesehen haben, die Beweise, die ich ihm in den Karton gelegt habe.* Sie konnte kaum atmen vor Angst.

»Sie müssen entschuldigen, meiner Frau geht es nicht so gut heute. Das liegt an der Schwangerschaft.« Er suchte Verständnis in Svens Blick und beobachtete sehr genau die Regungen des Besuchers. »Also, womit können wir Ihnen behilflich sein?« Er bot ihm einen Stuhl an und stellte sich schräg hinter ihn. Dabei zeigte er Barbara demonstrativ die Spritze.

»Es ist meine Schuld«, sagte sie mit zitternder Stimme. »Mir ging die Geschichte seiner Freundin nicht mehr aus dem Kopf.« Dann an Sven gerichtet: »Als ich die Medikamente absetzte, fing ich an zu glauben, ich sei sie. Es tut mir so leid!« Tränen liefen über ihr Gesicht. »Ich kann Ihren Ärger verstehen«, fuhr sie fort. »Sie haben mir so viel von ihr erzählt. Ich könnte nicht aufhören, an den Karton mit den Fotos zu denken. Wie sehr Sie diese Frau geliebt haben. Die Wahrheit, die darin verborgen ist.« Sie verstummte. Ihr war übel.

Er sah sie so enttäuscht und verletzt an. *Hat er denn die Beweisstücke nicht gefunden?*

»Darf ich fragen, wann genau das gewesen sein soll?«, fragte Karl. Sven zuckte zusammen, als er ihm eine Hand auf die Schulter legte.

»Im Hotel«, antwortete Barbara schnell, bevor Sven etwas sagen konnte. »In Hamburg, du erinnerst dich?«

Karl fixierte sie über Svens Kopf hinweg. »Aber, Liebling, lass unseren Gast doch auch mal zu Wort kommen.«

Bitte, sag nichts Falsches.

In Sven arbeitete es. Ihm war deutlich anzusehen, dass er wütend war, aber sein Gesicht spiegelte auch Mitgefühl und Verwirrung.

»Es stimmt. Als Sie in den Saal gingen, bot ich Ihrer Frau an, ihr etwas von der Stadt zu zeigen. Ich konnte ja nicht ahnen, dass sie sich das alles über Silvia nur angehört hat, um damit ihre Psychose zu füttern.«

Hinter ihm blitzte die Spritze in Karls Hand auf.

»Es tut mir leid, ich erwähnte damals ja schon, dass meine Frau sehr krank ist. Kann ich irgendwie für den Schaden aufkommen?«

Nichts kann den Schmerz je wiedergutmachen.

»Sie sollten Ihre Frau in eine Anstalt sperren lassen«, sagte Sven und erhob sich. »Ich weiß nicht, wie man jemandem so etwas Grauenhaftes antun kann. Bist du jetzt zufrieden?«, brüllte er sie an. »Ich bin ein Wrack!«

Nun sah sie ihm direkt in die Augen, und dann schrie sie wütend zurück: »Und was ist das für eine Liebe, die in einen Schuhkarton passt?« Wie im Wahn lachte sie hysterisch auf. »Geh, lass mich in Ruhe, Schuhkarton-Mann!«

Die Art wie er sie ansah, würde sie nie wieder vergessen. *Jetzt hasst er mich.*

»Es tut mir leid«, sagte Karl mit einem freundlichen Lächeln auf den Lippen. »Meine Frau ist sehr krank. Sie sollten jetzt lieber gehen.«

»Ihre Frau gehört in die Irrenanstalt! Sie können mit einer Klage auf Schmerzensgeld rechnen!«, brüllte Sven und wandte sich ab.

»Es tut mir leid«, sagte Barbara weinend. »Gib ihm, was

er verlangt, ich werde meine Medikamente nehmen, ich werde alle Auflagen erfüllen. Ich verspreche dir, alles zu tun, was du verlangst. Bitte!«

Sie hoffte, dass Karl ihr Flehen richtig verstand und Sven einfach gehen ließ.

Er atmete tief durch. Seine Anspannung übertrug sich über die Hand auf Svens Schulter, die Knöchel seiner Finger standen weiß hervor. »Ich werde Ihnen ein Angebot zukommen lassen, jetzt gehen Sie bitte und kommen Sie niemals zurück.«

Lauf!

Einige atemlose Herzschläge später fiel die Tür hinter Sven ins Schloss, und Barbara rannte los. Sie wollte durch das Schlafzimmer zum Fenster hinaus fliehen und um ihr Leben rennen, doch Karl war schneller. Noch bevor sie das Fenster erreichte, packte er sie an den Haaren und zog sie in den Raum zurück.

»Warum?«, brüllte er. »Ich habe alles für dich getan, was willst du denn noch?«

Ihre Hände umklammerten seine Finger, die fest an ihrem Schopf zerrten. »Alles war perfekt, welche Erinnerungen hast du denn gebraucht, die ich dir nicht geben konnte?«

Mit Wucht warf er sie gegen den Spiegel und zertrümmerte ihn. »Immer wolltest du jemand anders sein, als wäre dein eigenes Leben so grauenhaft.« Er riss sie erneut an den Haaren zurück und schleuderte sie gegen den Nachtschrank, auf dem die Bilderrahmen zu Bruch gingen. »Wenn du nicht so schrecklich unzufrieden wärst ...«

»Was dann?« Splitter der Rahmen schnitten in ihre Handfläche. Sie nahm ein Stück auf und stach damit nach ihm. »Du hast sie umgebracht!«, schrie sie und holte immer wieder aus, aber er wich zurück und entging der scharfen Kante.

»Nein, ich wollte nicht, dass das passiert. Ich konnte sie nicht mehr retten. Ich kam zu spät. Alles wäre gut geworden, man hätte sie irgendwo ohne Erinnerungen gefunden, und alles wäre gut geworden. Auf die eine Niere hätte sie verzichten können, du aber nicht!« Jetzt traf die Scherbe seinen Arm, Blut floss aus der Wunde, was seinen Zorn erheblich steigerte.

Brüllend holte er aus und traf sie mit der Faust am Kopf. Strauchelnd prallte sie gegen die Wand und sackte zusammen.

»Ich habe dich in diesem Bett hier im künstlichen Koma gehalten und dachte, dass ich auf dem Kongress die anderen Ärzte um Hilfe bitten könnte, obwohl ich wusste, dass dir niemand mehr helfen konnte. Und dann kam sie. Es war eine Fügung des Schicksals.«

Er packte seine benommene Frau am Kragen und hob sie auf das Bett. Die Fesseln zum Fixieren befanden sich noch immer an den Ecken.

»Nein«, schrie sie verzweifelt. »Bitte lass mich gehen!«

Er legte die Schlingen nacheinander um ihre Gelenke. »Aber das kann ich doch nicht, mein Engel. Ich habe dir versprochen, dass ich immer auf dich aufpassen werde!«

78. KAPITEL ——————— GÖTTINGEN

Freitag, 17. Dezember 2010
23:45 Uhr

Der Inhalt des Schuhkartons lag vor Sven ausgebreitet, und er konnte kaum fassen, was er dort sah. Bilder von Silvia, wie sie blass und entblößt auf einem grün abgedeckten Tisch lag, Unterlagen über die Nierentransplantation und ein Schreiben von Barbara.

Lieber Sven,

ich bin in Karls Büro eingebrochen. Und jetzt weiß ich, was zu tun ist. Ich fürchte, dass er die Krankenschwester umgebracht hat.

Ihm wurde schlecht.

Ich weiß nicht mehr, was meine Erinnerungen sind und welche mir aufgezwungen wurden, doch ich glaube fest, dass ich nicht Barbara Freiberger, sondern Silvia bin. Ich wünschte, ich könnte es Dir beweisen, doch ich weiß nicht, wie. Ich sollte sofort weglaufen und dankbar sein, mein Leben zurückzuhaben, aber dieses Schwein hat mir nicht mehr viel davon übriggelassen. Ich brauche Gewissheit, und ich will, dass er für seine Taten bestraft wird und hinter Gitter kommt! Dieses Schwein hat mir mein Leben genommen. Im Haus muss es weitere Beweise geben, und wenn ich die gefunden habe, dann gehe ich zur Polizei. Heute Abend hole ich mir den Kellerschlüssel. Morgen kann ich nicht in die Wohnung kommen, weil er tagsüber zu Hause ist, aber abends geht er weg. Ich komme zu Dir, wenn ich im Keller war.
Warte auf mich.

Nein, ich werde nicht warten!

Sven ließ alles fallen und rannte los. Dieses Mal würde er rechtzeitig zur Stelle sein! Die Fotos zeigten ihm die schreckliche Gewissheit: Dieses Monster hatte Silvia aus dem Hotel entführt. Und es war Barbaras Psychose zu verdanken, dass es endlich ans Licht gekommen war.

Vor dem Haus war alles ruhig. Er schlich an der Mauer unter den Fenstern entlang und wagte kurze Blicke durch die Scheiben. Nichts. Auf der Rückseite, beim dritten Fenster, entdeckte er sie.

Nein!

Sie lag auf einem Bett, an den Rahmen gefesselt, und war offensichtlich betäubt, während sich Freiberger über sie beugte und mit einem Skalpell einen Schnitt an ihrer Stirn durchführte. Dann setzte er so etwas wie einen Meißel an und schlug mit einem kleinen Hammer darauf. Wollte er etwa in ihren Schädel eindringen? Sven ergriff den erstbesten Stein, der in der Nähe lag, und schleuderte ihn mit voller Wucht durch die Scheibe. Dann zog er sich am Rahmen hoch und sprang in den Raum. Ohne zu zögern, stürzte er sich auf den Chirurgen.

Freiberger versuchte, an die Spritzen auf einem kleinen Beistellwagen heranzukommen, doch Sven brachte ihn zu Fall.

»Ich bring dich um!«, schrie er und schlug mit den Fäusten blindwütig auf den Mediziner ein. Doch der bekam das Gestell zu fassen, riss den Wagen um und hatte plötzlich eine Spritze zwischen den Fingern.

Er rammte sie ihm zwischen die Rippen und drückte. Sven sprang augenblicklich auf, die Nadel brach ab, aber ein Großteil der Substanz ging in diesem Moment schon in sein Blut über.

Mit den Platzwunden im Gesicht wirkte Freiberger noch bedrohlicher. »Spürst du es schon?« Er griff in die Hosentasche und zog die silberne Pillendose hervor. »Dir wird heiß und kalt, deine Knie geben nach.«

Sven stolperte rückwärts. Sein Herz raste, während die Sicht verschwamm und er sich zunehmend schwächer fühlte. Sein Gesicht wurde heiß, dann kalt, als liefe das Blut einfach aus ihm heraus und nähme jegliche Stärke mit.

»So etwas müsste man haben.« Freiberger lachte, nahm eine Pille aus der Dose und schluckte das Aufputschmittel. »Von allen Pärchen muss ich ausgerechnet auf das treffen, bei dem der Mann sich nicht mit dem Tod der Frau abfinden kann. Schlimmer noch: der Frau eines anderen.« Er bückte sich, um ein Skalpell aufzuheben. »Ich muss dir dankbar sein«, sagte er amüsiert. »Du lieferst mir eine Geschichte, die all das hier erklären wird.«

Sven taumelte rückwärts. *Wenn ich versage, dann sind wir beide verloren. Bleib wach!*

»Ein trauernder Kerl, der im Wahn die Frau desjenigen belästigt, der seine Geliebte zuletzt gesehen hat. Du hast meine Barbara bedrängt, ihren labilen Zustand verschlechtert und mich angegriffen. Aus Notwehr musste ich dich töten.«

Flucht nach vorn! Sven stürzte sich mit letzter Kraft auf ihn, und im Kampf fielen sie auf Barbaras regungslosen Körper.

Die kräftigen Finger des Chirurgen legten sich um seine Kehle, drückten ihm die Luft ab. Obwohl Sven diesem Mann körperlich überlegen war, konnte er sich nicht aus dem Griff winden. Das Adrenalin hielt ihn wach, doch sein Körpergefühl war vollkommen gestört. Um sich schlagend, suchte er eine Möglichkeit, sich zu befreien – zwecklos. Der Drang, atmen zu müssen, wurde unerträglich, sein Kopf schien jeden Moment platzen zu wollen.

Seine Finger tasteten wild über ihren Körper. *Irgendwo muss doch noch das Skalpell sein!*

Er bekam die Klinge zu fassen und zog sie aus einem Widerstand heraus. Da regte sich Barbara unter ihm, erst ganz leicht, dann schrie sie aus Leibeskräften – das Gesicht voller Blut von der Stirnwunde –, zerrte an den Fesseln und starrte die kämpfenden Männer entsetzt an.

Ein Anblick, der Freiberger in Panik versetzte. »Ruhig, mein Engel«, redete er auf sie ein, der Griff lockerte sich. »Leg dich wieder hin, es ist nur ein böser Traum. Ich werde dafür sorgen, dass du ihn vergisst, dass du alles wieder vergisst.«

Sven umfasste das Skalpell fester und stach zu.

79. KAPITEL ———————— *Irgendwo kurz vor*
GÖTTINGEN *auf der A7,*
18. Dezember 2010
0:12 Uhr

Obwohl Eberhard den Wagen lenkte, ging er selbst ans Telefon. Marianne wusste, dass sie seine dienstlichen Gespräche nicht annehmen durfte, doch sie hasste es, wenn er sich nicht voll und ganz auf die Straße konzentrierte.

»Bleiben Sie ruhig, ich kann Sie sonst nicht verstehen«, sagte er mit gesenkter Stimme, ehe er lange Zeit nur noch zuhörte. Dann: »Ich sage Ihnen jetzt, was genau zu tun ist.«

Marianne wusste, dass er gerade im Begriff war, sich strafbar zu machen. Diesen mitfühlenden Gesichtsausdruck hatte sie schon einmal zuvor gesehen. Damals war es gutgegangen. *Das wird es auch jetzt wieder.* Sie erinnerte sich genau an die Hausbesuche der internen Abteilung. Alles war im Sande verlaufen, nicht zuletzt deshalb, weil damals die neue Kollegin Katja Moll ihm den Rücken gestärkt hatte.

»Sind Sie selbst verletzt? Gut, also Sie bluten nicht? Hat jemand den Angriff mitbekommen?« Er nickte und fuhr noch schneller. »Was ich Ihnen jetzt sage, wird nicht leicht …«

Es ging hier um mehr als das Wegschaffen von Beweisen oder kleine Tipps, um heil aus der Sache herauszukommen. Er half, einen Mord zu vertuschen, den Tatort zu manipulieren, und er war tatsächlich bereit, das Ganze noch mit einer Lüge zu untermauern.

»Sag ihm«, unterbrach sie seinen Redefluss, »dass er dich vom Haustelefon aus wieder anrufen soll, damit bewiesen werden kann, dass es die Frau war, die mit dir gesprochen hat. Ihre Fingerabdrücke müssen auf das Telefon, und er sollte besser keinen eigenen Abdruck im Haus hinterlassen.«

Er nickte und wiederholte ihre Worte. Dann legte er auf und gab ihr das Handy. »Du wirst nicht glauben, was passiert ist.«

In knappen Worten schilderte er die Vorkommnisse.

Bei allem, was mir heilig ist … Sie legte eine Hand auf sein Bein und betrachtete ihn von der Seite. »Warum rufst du nicht die Kollegen und sagst ihnen die Wahrheit?«

Er zog leicht das Kinn an, was er oft tat, wenn er etwas ablehnte.

»Er hat doch aus Notwehr gehandelt, und die Frau sollte auch keine Schwierigkeiten bekommen, oder? Warum nimmst du dieses Risiko auf dich?«

Der Passat beschleunigte auf 180. »Während er mir von der Leiche im Keller erzählt hat, gingen mir zwei Gedanken durch den Kopf. Erstens: Wenn es Silvia ist, hat Fichtner endlich Gewissheit und kann anfangen, die Trauer und die Erlebnisse zu verarbeiten. Barbara Freiberger käme in ein Krankenhaus, und alles würde seinen Lauf nehmen.«

Das wäre doch gut. Marianne wartete auf den anderen Gedanken.

»Zweitens: Die Leiche ist doch nicht Silvia. Helga hat betont, wie schlecht es um Fichtner steht. Ich denke, es wird besser sein, wir kriegen ihn da raus und er wird eingewiesen.«

Langsam verstand Marianne, was er vorhatte. »Du denkst, er bricht zusammen, wenn er die Verhöre und Untersuchungen über sich ergehen lassen muss. Bist du dir ganz sicher, dass er wirklich aus Notwehr gehandelt hat?«

»Dr. Freiberger hat im wahrsten Sinne des Wortes eine Leiche im Keller. Ja, ich glaube ihm.« Mit einem Seitenblick suchte er ihre Zustimmung.

»Ist es wegen dieser Kleinen damals? Manuela Hansen?«

Eberhard mied den direkten Blickkontakt und fuhr sich mit einer Hand über den Nacken.

Ich kenne dich doch, mein Lieber.

Manuela Hansen war eine junge Frau gewesen, Opfer in einem spektakulären Fall von Zwangsprostitution im großen Stil. Nachdem die ersten zehn Frauen, schon auf dem Weg nach draußen, in die Fänge der Presse geraten waren, hatte Eberhard die Sechzehnjährige in einem Versteck entdeckt, einen Koffer mit dem Geld ihrer Peiniger umklammernd. Marianne erinnerte sich noch genau an seine Beschreibung der bedauernswerten Manuela. Im ersten Moment hatte er sie durch den Hinterausgang verschwinden lassen wollen – mit dem Geld hätte sie sich ein neues Leben aufbauen können –, doch er hatte sich an die Vorschriften gehalten. Weil sie die Jüngste war und so medientauglich verstört aussah, war über sie am meisten berichtet worden. Ein Jahr später hatte er sie auf dem Strich wiedergesehen. Sie hatte keinen Ton gesagt, aber den Ausdruck in ihren Augen konnte er seitdem nicht mehr vergessen. Marianne wusste, dass er sich bis heute wünschte, er hätte sie mit dem Geld einfach laufenlassen.

An seinem verkniffenen Mund erkannte sie, dass sie richtiglag. »Die Presse würde die Zusammenhänge herausbekommen und alles drucken, was den Chirurgen, seine kranke Frau und Fichtner verbindet. Sie würden nichts mehr von diesem bedauernswerten Mann übriglassen.« Er legte seine Hand auf ihre und drückte sie sanft. »Weißt du, was ich denke? Dass dies meine letzte Chance ist, einmal etwas Menschliches zu tun, und nicht das, was die Vorschriften diktieren. Der Fall kommt abgeschlossen ins Archiv – ein Erfolg, der gefeiert wird, bevor die nächsten Fälle Aufmerksamkeit erregen. Was bewirkt meine Arbeit hier noch, außer dass die Wahrheit ans Licht kommt? Wem ist in diesem Fall damit geholfen?« Er musste vom Gas gehen, weil die Baustelle vor Göttingen in Sicht kam.

»Ich hoffe, dass mit dieser Leiche der Fall Valentaten endlich ein Ende findet«, sagte Marianne.

Wieder klingelte das Handy, diesmal zeigte es eine Festnetznummer mit Göttinger Vorwahl.

Was immer du tust, ich bin bei dir.

80. KAPITEL ———————— GÖTTINGEN

Samstag, 18. Dezember 2010
00:58 Uhr

In diesem Teil von Göttingen war es totenstill. Eberhard hatte den Wagen zwischen dem Anwesen und der geheimen Wohnung geparkt und ging mit Marianne wie vereinbart zu dem Wohnhaus, in dem sich Sven Fichtner befand. Vor der Haustür zog er Einweghandschuhe über, um keine Spuren zu hinterlassen. Nur um sicherzugehen, reichte er Marianne auch ein Paar.

Sie hielt sich im Hintergrund und hatte strikte Anweisung, ihm nur dann in die Wohnung zu folgen, wenn er es ihr sagte. Im Ernstfall konnte sie noch immer weglaufen und Verstärkung holen, sollte Fichtner in irgendeiner Weise anders reagieren als erwartet.

Die offizielle Variante ihres schnellen Erscheinens würde lauten, dass sie einen Tagesausflug nach Hannover gemacht hatten. Zusammen mit seiner Frau bekäme er das schon glaubwürdig zu Protokoll.

Kurz nach dem Klingeln summte es schon, und er öffnete die Tür. Er verzichtete auf Licht, die Helligkeit der Straßenlaterne reichte aus, um die Stufen zu erkennen. Je weniger Aufmerksamkeit er erregte, desto besser für das Vorhaben. Die Wohnungstür im ersten Stock stand einen Spalt weit offen. Routiniert legte er eine Hand an seine Dienstwaffe und trat ein.

Sven saß im kalten Licht der Unterschrankbeleuchtung im Türrahmen der Küche, die Arme über die angewinkelten Knie gelegt und den Kopf gesenkt. Neben ihm lagen Notizblöcke, ein Handy und ein Schuhkarton.

Eberhard kniete sich neben ihn. »Was ist mit der Frau?«

Im Gespräch, das er mit ihm über Freibergers Festnetzanschluss geführt hatte, hatte sich Sven nicht überzeugen lassen, Barbara am Tatort zurückzulassen. Eberhard rechnete damit, sie im Nebenzimmer vorzufinden, was die Situation schwieriger gestalten würde.

»Sie liegt noch drüben neben der Leiche, genau wie Sie es mir aufgetragen haben«, sagte Sven abwesend. »Sein Blut klebt an ihr, sie ist verletzt und vollkommen weggetreten.« Er sah Eberhard an, die Äderchen in seinen Augen waren geplatzt und färbten das Weiß fast vollkommen rot. »Ich weiß nicht mehr, was ich glauben soll. Ist sie Silvia, oder ist sie es nicht?«

Mit einer Hand rieb er sich das geschundene Gesicht. »Sie hat mir all diese Unterlagen in den Karton hier gelegt. Silvia sieht auf den Fotos tot aus.« Er barg das Gesicht in den Händen.

Eberhard nahm den Deckel ab und betrachtete den Inhalt. Nahaufnahmen von Gesichtern, Narben, Körpern, diverse handschriftliche Notizen, kleine Fläschchen mit klaren Flüssigkeiten und ein polnischer Ausweis: *Edith Sonkowski.*

»Das war die Krankenschwester«, sagte Sven heiser. »In Barbaras Brief steht, dass ihr Mann sie umgebracht hat.«

Eberhard nickte und drückte den Deckel wieder auf die Schachtel. »Meine Frau steht im Treppenhaus«, sagte er ruhig. »Ich werde sie nun hereinbitten, und dann gehen wir alle weiteren Schritte durch, in Ordnung?«

Er bekam ein resigniertes Nicken zur Antwort.

Marianne stand noch immer draußen im Dunkeln und hielt ihr Handy bereit.

»Hör zu«, flüsterte er. »Ich glaube nicht, dass er noch sehr viel hinbekommt.«

Nach einem vorsichtigen Blick zu dem jungen Mann nickte sie zustimmend.

»Ich möchte, dass er sich duscht und umzieht und wir dann alle Spuren beseitigen.« Es fiel ihm schwer, sie darum zu bitten, doch ihnen lief die Zeit davon.

»Wo sollen all die Sachen hin?« Mit einem entschlossenen Ausdruck zog sie die Handschuhe in Form und sah sich in der Wohnung um.

»Sind Sie mit Ihrem Auto hier?«, fragte er Sven, der wieder nur stumm nickte.

»Gut, also alles in seinen Wagen. Und dann?« Marianne sah ihn konzentriert an.

»Dann möchte ich, dass du mit ihm in Hannover in ein Hotel gehst. Nimm ein großes Hotel, wo er dir unauffällig ins Zimmer folgen kann. Ich werde den Kollegen später sagen, ich hätte dich in Hannover gelassen, das gibt unserer Geschichte eine gewisse Glaubwürdigkeit.« Er konnte sehen, dass es ihr missfiel, ihn allein zu lassen.

»Eine wunderbare Grundeigenschaft einer Leiche ist, dass sie sich nicht mehr bewegen kann, also sorge dich nicht.« Er strich ihr über die Wange. »Ich bin sehr froh, dass du mitgekommen bist.«

»Es ist anders, als immer nur davon zu hören«, gestand sie.

Er hasste diesen Augenblick, in dem sich herausstellen würde, ob Svens Nerven dem Druck standhielten.

»Das ist meine Frau Marianne, sie wird Ihnen bei allem helfen und Ihnen sagen, wie es weitergeht. Glauben Sie, Sie schaffen das?«

»Ich wurde beinahe umgebracht, dann habe ich einem Mann mit einem Skalpell die Kehle durchgeschnitten und wurde unter ihm bewusstlos, während er verblutet ist.« Er schluckte gequält. »Ich musste eine Frau, für die ich trotz allem viel empfinde, durch das Zimmer tragen, ihre Finger auf alles Wichtige drücken, sie in meine Position bringen und mit ihrer Hand das Skalpell festhalten und auf den Toten einstechen. Fragen Sie mich wirklich, ob ich den Rest noch schaffe?«

Eberhard nahm den Ausweis der Polin aus dem Karton und klopfte ihm auf die Schulter. »Packen Sie alles ein, die Kleidung sollten Sie in einen Beutel stopfen und zusammen mit den Ringbüchern und Putzlappen irgendwo weit weg von hier verbrennen.« Er sah sich im Flur um. »In einem Monat können Sie die Wohnung kündigen. Bis dahin sollte alles seinen Lauf nehmen. Verstanden?«

Sven stimmte zu, wirkte aber bedenklich kraftlos.

Hoffentlich merkt er sich alles. »Weiß hier jemand, wer Sie sind?«

Das sprichwörtliche Eis, auf dem er stand, war äußerst dünn. Wenn Sven ihn belog, würde der Ruhestand sehr ungemütlich werden. Immerhin verschaffte er der Frau des Chirurgen gerade einen Freifahrtschein, als unschuldige reiche Witwe aus dieser Geschichte herauszukommen. Sein Verstand mahnte der Form halber an, dass Fichtner zu genau diesem Zweck mit ihr gemeinsame Sache gemacht haben könnte – aber das war genauso unglaubwürdig wie alle anderen Varianten.

Hör auf deinen Instinkt.

»Nein, ich habe diese Wohnung auf einen anderen Namen gemietet und bei der Schlüsselübergabe für drei Monate bar bezahlt. Ich wollte nicht, dass mein Name irgendwo erwähnt wird, wo sich ihr Mann aufhält.«

Eberhard richtete sich auf und tastete nach seinen Zigaretten, steckte sie jedoch wieder weg. Wenn er seine Kollegen gerufen und alles berichtet hatte, gab es genug Zeit für nervöse Handlungen, jetzt musste er konzentriert bei der Sache bleiben. »Morgen früh fahren Sie nach Hause. Niemand sollte Sie zusammen mit meiner Frau oder mir sehen. Dr. Albers soll Sie krankschreiben, bis alle Prellungen und Würgemale verheilt sind.« Er deutete auf seinen Hals. »Es muss ziemlich eng gewesen sein.«

Sven rieb sich über die geschundene Haut und zuckte mit den Schultern.

Mit dem Beweisstück in der Hand ging Eberhard zum Ausgang. »Denken Sie daran: keinen Kontakt. Ich melde mich bei Ihnen, wenn alles ausgestanden ist. Ihnen ist hoffentlich klar, dass Sie Frau Freiberger niemals wiedersehen sollten?«

Ebenso gut hätte er den armen Mann auch erneut würgen können. Doch Sven schien begriffen zu haben, wie nahe sie sich am Abgrund bewegten.

»Ich wünsche ihr, dass ihr geholfen wird und sie irgendwann mit der Person zufrieden sein wird, die sie ist.« Er sah ihn mit Tränen in den Augen an. »Sie sollten einen Blick in den Keller werfen.«

»Ist gut.« Bevor Eberhard ging, nahm er Marianne in die Arme. »Sollte der unwahrscheinliche Fall eintreten, dass er sich danebenbenimmt, oder solltest du ein schlechtes Gefühl haben …«

»Ich weiß schon, was ich dann zu tun habe. Nun geh endlich.« Mit einem tapferen Lächeln schob sie ihn zur Tür. »Ruf sofort an, wenn alles erledigt ist, ich sage dir dann Hotel und Zimmernummer durch.«

* * *

Das Anwesen wirkte gespenstisch im fahlen Lichtschein, der aus den hinteren Zimmern in die der Straße zugewandten Räume drang. Es war gerade eben zu erahnen, dass die Bewohner zu Hause waren, was sicher niemandem auffiel, der nicht direkt die Auffahrt heraufkam und durch die Scheiben blickte.

Eberhard fuhr mit dem Wagen vor und benahm sich genau so, wie er es im Normalfall auch getan hätte. Zunächst drückte er auf die Klingel.

Nichts geschah. Er läutete ein weiteres Mal. Stille. Ein Blick durch die Fenster – keinerlei Bewegung im Haus.

»Herr Dr. Freiberger? Hier ist Kommissar Rieckers«, rief er, bekam aber keine Antwort. Also umrundete er das Haus auf gleiche Weise, wie Sven es ihm beschrieben hatte, und wenn noch Fußspuren von ihm dort gewesen sein sollten, verdeckte er die nun weitestgehend mit seinen eigenen Abdrücken.

Durch das zerstörte Fenster einzusteigen fiel ihm nicht mehr so leicht. Ächzend zog er sich hoch, Scherben knirschten unter seinem Knie, als er das Hindernis überwand.

Der Geruch von Körperausscheidungen und Blut lag schwer in der Luft, und der Teppich war klebrig unter den Schuhsohlen.

Das Deckenlicht brannte. Eberhard umrundete das Bett.

»Bei allem, was mir heilig ist!«, rief er fassungslos.

Alles war so, wie Sven es beschrieben hatte. Ein verwüstetes Zimmer, Barbara Freiberger auf dem Bett mit dem Skalpell in der geöffneten Hand und ihr Mann auf dem Boden in seinem eigenen Blut. Sie sah ebenso blass aus wie die Leiche zu ihren Füßen. Überall auf ihrem Körper klebte getrocknetes Blut, in den Haaren und auf der Kleidung.

Eberhard nahm das Handy aus der Tasche und wählte die Notrufnummer. Bis die Fahrzeuge hier waren, hätte er den Ausweis der Polin mit den entsprechenden Fingerabdrücken in Freibergers Tasche gesteckt. Wenn er dieser Frau etwas angetan hatte, dann würden die Kollegen es herausfinden. Erst als er das Gespräch beendet hatte, trat er an Barbara heran und tastete am Hals nach dem Pulsschlag.

Sei am Leben!

81. KAPITEL ———————— *Anderthalb Wochen später*
HAMBURG
Dienstag, 28. Dezember 2010
6:14 Uhr

In dieser Gegend von Hamburg war Helga Albers bislang nur einmal gewesen. Sie lebte nun schon ihr Leben lang in dieser Stadt, die sie mit all ihren Winkeln und Gassen immer wieder bewunderte. Mehr Brücken als Venedig, alte Mauern, die dem Krieg, der großen Flut und dem Feuersturm getrotzt hatten, und Ruinen von Kirchen, die der Zerstörung nicht entgangen waren. Aber dieses Viertel kannte sie kaum.

Gegenüber von Sven Fichtners Wohnung befand sich ein Park, die Straßenlaterne vor dem Eingang war ausgefallen, und hinter den Fenstern der Häuser brannten vereinzelt Lichter. Sie war früh gekommen, damit Fichtner das Haus noch nicht verlassen hatte. Er hatte ihr gesagt, er sei in eine Kneipenschlägerei geraten; er wusste ja nicht, dass sie die Geschichte kannte. In seinem Zustand war ihm nicht einmal aufgefallen, dass Eberhard viel zu schnell in Göttingen gewesen war.

387

Es hatte ihr leidgetan, ihn so ängstlich zu sehen. In der letzten Sitzung am Vortag hatte er mit verschränkten Armen auf dem Sofa gesessen und rastlos und traumatisiert gewirkt. Die Befürchtung, dass er sich nicht an das Kontaktverbot halten würde, wurde immer größer.

»Alles wird gut«, hatte er gesagt. »Ich werde fortgehen und alles hinter mir lassen.« Er hatte jedoch einen unsicheren und ziellosen Eindruck gemacht. Eine Arbeitsunfähigkeitsbescheinigung für zwei Wochen würde bei weitem nicht ausreichen.

Sie musste an Eberhard denken, der sie angerufen und ihr die Ergebnisse der Untersuchung mitgeteilt hatte.

»Ich weiß nicht, wie ich es ihm beibringen soll, aber der Pathologe hat eindeutig festgestellt, dass es sich bei der Leiche um Silvia Valentaten handelt. Ich glaube, dass er immer noch hofft, Barbara sei in Wirklichkeit doch Silvia. Was meinst du, wie schlimm es wird, wenn er die unumstößliche Wahrheit erfährt? Ich mache mir große Sorgen.«

Dieser alte Hund wird es nie lernen, wenigstens hat diese Geschichte jetzt ein Ende.

Eberhard war sogar so weit gegangen, irgendwelche Verbindungen zu aktivieren, damit Fichtner in einer Luxusklinik am Meer untergebracht werden konnte. Helga tat ihm den Gefallen und hatte einen Transport dorthin organisiert. Nicht jeder hatte das Glück, so sehr in der Gunst von jemandem zu stehen, dass er optimale Hilfe bekam – sie hoffte nur, Fichtner würde das früher oder später auch zu schätzen wissen.

Wenigstens konnte der Richter ihren Antrag auf Zwangseinweisung kein zweites Mal ablehnen, weil sie zusätzlich eine Beurteilung Eberhards angefügt hatte, in der er bestätigte, dass Fichtner immer wieder auf der Wache erschienen war und dabei äußerst labil gewirkt hatte. Auch wenn es schon länger zurücklag, hatte er Svens Belästigung von Holger Stoltzing mit angeführt. Im Zweifelsfall hätte Frau Moll all das zusätzlich bezeugt.

Ein Krankenwagen stand bereits vor dem Haus, und zwei für solche Fälle ausgebildete Pfleger warteten daneben und rauchten.

»Ah, Herr Larsen und Herr Steiner, ich freue mich, wieder mit Ihnen zusammenzuarbeiten«, begrüßte sie die Männer und reichte ihnen nacheinander die Hand. Es war schwer abzuschätzen, wie Fichtner auf die Zwangseinweisung reagieren würde. Gut zu wissen, dass ihr kompetente Unterstützung zur Seite stand.

Sie ging voraus und betätigte den Klingelknopf. Es dauerte ein paar Minuten, bis der Riegel mit einem Summen die Tür freigab.

Die erste Hürde wäre schon mal geschafft.

Seine Wohnung lag im ersten Stock eines Mehrparteienhauses im typischen Hamburger Stil der Siebziger. Helle, gekachelte Wände, diffuses Licht, Marmorstufen, weiße Geländer mit schwarzen Handläufen. Es roch nach Zitrusreiniger und alten Zeitungen, die bei den Briefkästen auf dem Boden lagen. Svens Tür war angelehnt, der Name *Fichtner* stand deutlich auf einem eingefassten Papierschild unterhalb der Klingel.

Sie drückte die Tür auf und rief in die Stille: »Herr Fichtner? Hier ist Dr. Albers, darf ich eintreten?«

Schritte aus dem Wohnzimmer. »Dr. Albers?«

Überrascht kam er auf sie zu, blieb jedoch sofort stehen, als er die Männer im Hintergrund erblickte. Wie immer sah er müde und kraftlos aus.

»Was soll das?« Wut lag in seinem Tonfall, etwas, was Helga nur zu gut kannte. Kaum jemand war dankbar für solch eine erzwungene Rettung. Doch die Erfolgsquote beruhigte ihr Gewissen, sie wusste, was sie tat.

»Bleiben Sie ruhig, Herr Fichtner, ich werde Ihnen alles erklären.« In ihrer linken Manteltasche befand sich die Spritze mit dem Beruhigungsmittel, aus der rechten zog sie den Umschlag mit den Dokumenten, die ihr Handeln legitimierten. »Es ist zu Ihrem Besten, Herr Fichtner.«

An seinem sich verfinsternden Gesichtsausdruck erkannte sie deutlich, dass es zu einem Kampf kommen würde. Er trat ein paar Schritte zurück und hob abwehrend die Hände. »Ich gehe nirgendwo hin! Ich muss hier auf einen Anruf warten!«

Er wird niemals von selbst loslassen, es muss sein.

Schnelles Handeln war erforderlich, damit der Patient nicht in einen anderen Raum flüchtete und die Tür verschloss. Sie hasste solche Situationen.

Sie steckte die Unterlagen wieder in die Tasche und gab hinter ihrem Rücken mit einer unauffälligen Geste der linken Hand das Zeichen, und ihre Begleiter stürzten augenblicklich an ihr vorbei. Sven wandte sich um, versuchte ins Schlafzimmer zu gelangen, doch die Pfleger griffen und überwältigten ihn, noch bevor er die Tür erreichte. Er bäumte sich auf, brüllte die üblichen Flüche und musste sich letztendlich, in den geübten Griffen seiner Gegner auf dem Boden liegend, ergeben.

»Es tut mir sehr leid, Herr Fichtner, aber es führt kein Weg daran vorbei.« Sie kniete sich neben den fixierten Mann, nahm die Spritze aus der Tasche und zog die Kappe ab. »Bald wird es Ihnen bessergehen, das verspreche ich.«

Kurz nach dem Einstich und dem Verabreichen des Medikaments erstarb der letzte Rest Gegenwehr. Wie ein Betrunkener faselte er noch etwas über Silvia und dass er jeden Tag mit ihrem Anruf rechnete – selten hatte sie so viel Mitgefühl für einen Patienten empfunden. *Eberhard hat mich mit seiner mildtätigen Art angesteckt.*

Bevor sie als Letzte die Wohnung verließ, drehte sie die Heizung etwas runter, vergewisserte sich, dass alle Geräte, wie zum Beispiel die Kaffeemaschine, ausgeschaltet waren, löschte in den Zimmern das Licht und nahm den Schlüssel vom Bord neben der Garderobe. *Zum Glück hat er weder Haustiere noch Pflanzen, denn er wird lange nicht hier sein.*

Als sie die Tür verschloss, schaute die Nachbarin durch einen Türspalt.

»Es ist alles in Ordnung, kein Grund zur Beunruhigung«, sagte Helga knapp und ging die Treppe hinunter. Wenn jemand die Polizei rief, würden die Beamten alles erklären, diplomatisch und rechtlich abgesichert.

Im Krankenwagen setzte sie sich neben ihren Patienten und schnallte sich an. Ruhiggestellte Menschen strahlten einen seltsamen Frieden aus. Nach langer Plage mussten sie die Verantwortung abgeben – in vielen Fällen war das der erste Schritt zur tatsächlichen Heilung.

Kaum jemand, der sich im Alltag in Verantwortungen und Pflichten verstrickte, ließ sich in den Sitzungen so weit fallen, wie es nötig gewesen wäre. Haltung war die Mauer vor dem Schmerz, und diese Mauer wollte Helga nun fortreißen und Sven in den Abgrund stürzen, damit er endlich beginnen konnte, seine Trauer zu verarbeiten.

82. KAPITEL ———————— *Drei Wochen später*
HAMBURG
Donnerstag, 20. Januar 2011
9:35 Uhr

»Sie werden mir fehlen, Kommissar«, sagte Katja Moll und stellte ihm einen frischen Kaffee auf den Tisch.

Seufzend sah er sich im Büro um. »Ja, Sie und all das hier mir auch. Aber noch bin ich ja nicht weg.«

Sie setzte sich ihm gegenüber an den Schreibtisch und strich mit den Fingern über die Kante der Holzplatte. »Wie haben Sie es nur geschafft, noch vor Ihrem Ruhestand zwei der spektakulärsten Fälle zu lösen?«

Eberhard lächelte. »Glück, meine Liebe. Bei all den Verkettungen ist es am Ende immer das Quentchen Glück.«

Sie zog die Stirn kraus, verstand aber, was er meinte. »Wussten Sie, dass Dabels Ihren Schreibtisch hier bekommen wird?«

»Gall hat den Pappnasen den Erfolg wohl nicht gegönnt?«

Moll lachte. »Ja, während der Verhandlung hat er einige Aussagen gemacht, die aufzeigten, wie blind die beiden an Hinweisen vorbeigelaufen sind.« Nachdenklich nahm sie einen Bleistift vom Tisch und drehte ihn zwischen den Fingern. »Experten sagen, dass der Kerl von Anfang an geschnappt werden wollte. Können Sie das glauben?«

Eberhard schüttelte den Kopf. »Damit unterstreicht er nur sein krankhaftes Handeln. Eine Freundin von mir würde jetzt von einer dissozialen Persönlichkeitsstörung sprechen. Ich denke, er ist wahrscheinlich hochintelligent und verachtet die Manipulierbarkeit der Menschen.« Mit einer gewissen inneren Ruhe trank er seinen Kaffee.

»Frau Freiberger hat ihr Kind verloren«, wechselte sie von einem Fall zum nächsten.

»Sicher das Beste für sie. Wer weiß, ob es nach all den Medikamenten und der erblichen Vorbelastung überhaupt gesund zur Welt gekommen wäre.«

Sie stand kurz auf und holte die Zeitung vom Tresen. »Hier, das stand heute drin.«

Er betrachtete das Foto. Mit einer großen Sonnenbrille, einem Tuch um den Kopf und einer erhobenen Hand versuchte sie sich vor den Kameras zu schützen. Er hätte gerne mit ihr gesprochen, um zu erfahren, wie es wirklich um sie stand.

»Sie will aus Göttingen wegziehen, es soll sogar schon Interessenten für das *Horrorhaus* geben. Und sie hat angekündigt, der Familie der ermordeten Polin eine großzügige Entschädigung zu zahlen, damit das Kind gut versorgt werden kann.«

Eberhard nickte anerkennend. Die Göttinger Kollegen waren froh gewesen, die Leiche, die sie aus dem Wasser der Leine gezogen hatten, endlich identifizieren zu können. Bis dahin war man von einem Unfall ausgegangen. Mit Dr. Freiberger war sie nicht in Verbindung zu bringen gewesen – nicht, bis man ihre Dokumente bei ihm fand.

»Und zum Tathergang?«

Moll lehnte sich im Stuhl zurück. »Frau Freiberger kann sich an nichts erinnern.«

»Dr. Frankenstein hat ihr ja auch im Gehirn herumgepfuscht«, sagte Eberhard ungehalten. »Es ist unglaublich, wie man glauben kann, mit einer Frau glücklich zu werden, der man alle Erinnerungen genommen hat.«

»Ach.« Die Kollegin lachte. »Das würde ich meinem Freund manchmal auch gerne antun, dann würde er sich vielleicht mal auf die wichtigen Dinge konzentrieren.«

»Wünschen Sie sich das lieber nicht«, sagte Eberhard und steckte die Zeitung in seine Aktentasche. »Ein Mensch ohne Erinnerungen ist nur eine leere Hülle.«

»Wenn Sie das sagen.« Sie verstand seine Handlung als dezenten Rauswurf, stand auf und ging wieder an die Arbeit.

Er schätzte Menschen wie sie über alle Maßen. »Wenn ich im Ruhestand bin, rufen Sie mich doch an, wenn Sie mal nicht weiterwissen, oder?«

Sie schenkte ihm durch die offene Tür ein Lächeln. »Dabels wird gar nicht wissen, wie viele Fälle auch zukünftig von Ihnen statt von ihm gelöst werden.«

Eigentlich war die Aussicht auf den Ruhestand gar nicht so schlecht, wenn er genauer darüber nachdachte. Er lehnte sich in seinem Stuhl zurück und kümmerte sich nicht um den Aktenstapel auf dem Schreibtisch. Endlich war die Valentaten-Akte daraus verschwunden, abgeschlossen und zum Verstauben im Archiv abgelegt. Und wenn er an Fichtner in der Klinik in Langeoog dachte, dann war er sehr zufrieden mit sich selbst.

Und so findet das Drama ein hoffentlich glückliches Ende.

83. KAPITEL ——————— LANGEOOG

Mittwoch, 26. Januar 2011
9:15 Uhr

Sven hatte sich eingelebt. Die Isolation vom Leben außerhalb der Klinik tat ihm tatsächlich gut. Er nahm seine Medikamente und erschien zu den auferlegten Terminen.

Hier trauerte jeder, mancher mit schwereren Schicksalsschlägen, andere Geschichten waren geradezu lächerlich im Vergleich, und keine war so bizarr wie seine. Doch er sagte kein Wort darüber. Wenn er reden musste, dann sprach er von seiner verlorenen Liebe, das reichte, um akzeptiert zu werden. Ihm kam das Reden schrecklich sinnlos vor, wenn es nicht Silvia war, die ihm zuhörte. Immer wieder überfiel ihn dieses brutale Wissen, dass sie ermordet worden war. Die Leiche war eindeutig identifiziert worden. Er konnte sie schreien hören, Bilder ihres panischen Gesichts sehen. Jede Nacht lag er wach, weil er sich davor fürchtete, die Augen zu schließen.

Seine zuständige Ärztin, Dr. Seifert, war es, die ihm die grausame Wahrheit mitgeteilt hatte. Noch nie war er vor einer anderen Person derartig zusammengebrochen. Es gab keine Hoffnung mehr, nichts, woran er sich klammern konnte. Er musste loslassen.

An diesem Morgen war er spät dran. Mit langsamen Bewegungen schlüpfte er in die Hausschuhe und machte sich auf den Weg in den Speisesaal. Die Frühstückszeit war längst vorbei, ohne Frühstück konnte er leben, aber ohne Kaffee nicht.

Sonnenlicht durchflutete den Raum. An seinem Tisch saß eine einzelne Frau mit dem Rücken zu ihm und sah hinaus. Der Saal war angenehm still, weil niemand sonst mehr an den Tischen saß.

Sven betrachtete die blonden Haare, die in der Sonne leuchteten und am Ansatz einen Fingerbreit dunkel nachgewachsen waren. *Wenn sie hier wieder abreist, ist sie sicher nicht mehr blond.*

Ihre linke Hand lag an einem Kaffeebecher, es sah aber nicht so aus, als würde sie daraus trinken. *Genau wie ich damals.*

Nur noch drei saubere Becher standen auf dem Tablett neben der Kaffeekanne, und als er die Pumpvorrichtung betätigte, gab sie ein unangenehmes schlürfendes Geräusch von sich. *Scheiße, leer.*

»Sie können meinen haben«, sagte die Neue, ohne sich umzudrehen. »Ich trinke ihn sowieso nicht.«

Ein Angebot, das er sicher nicht ablehnen würde. »Das ist sehr nett, danke.«

Ansonsten regungslos, schob sie den Becher zur Seite, damit er ihn nehmen konnte.

Mit dem heißen Getränk in der Hand fühlte er sich verpflichtet, etwas Ermutigendes zu sagen. Vielleicht führte der Weg zur Heilung ja über die Schicksale anderer, die einem ungewollt einen Spiegel vor die Nase hielten.

»Es wird besser werden«, sagte er leise.

»Wie bitte?«

Es war ihr nicht zu verübeln, dass sie nicht einmal zu ihm hinsah.

Er lächelte seit langem mal wieder und fügte hinzu: »Erst nippt man am Kaffee, dann wagt man sich schon mal an einen Joghurt oder ein Müsli, bis man schließlich ein Brötchen essen kann. So schlecht ist die Küche hier gar nicht.« *Das waren jetzt sicher ein paar Worte zu viel!*

Nun drehte sie den Kopf und sah ihn an.

Der Becher glitt aus seinen Fingern und zerschellte auf dem Fußboden. Der heiße Kaffee wurde von den Frotteepuschen aufgesogen und wärmte seine Füße.

Barbara! Verständnislos sah sie von den Scherben am Boden zu ihm auf. Dann tastete sie nach der Stelle, an der eine hässliche Narbe ihre Stirn zeichnete. »Ich weiß, es sieht schlimm aus.«

Sie hat alles vergessen ...

Die Tür wurde geöffnet, und Dr. Seifert kam mit einer Hand in der Rocktasche herein. Als sie erkannte, dass nur eine Tasse auf dem Boden zerschellt war und keine akute Gefahr bestand, entspannte sie sich und wählte eine Nummer auf ihrem schnurlosen Telefon.

Sven blieb nicht viel Zeit, sich Barbara zu erklären, also sagte er nur knapp: »Das habe ich gar nicht gesehen. Ich war nur erschrocken, weil Sie mich an jemanden erinnern.«

Ganz gleich, was sie ihm angetan hatte, er war froh, sie gesund und munter vor sich zu sehen.

Sie sah ihn an, aber ohne jedes Erkennen. Das Braun ihrer Augen wirkte blasser und irgendwie fleckig.

Warum ist sie hier?

Er reichte ihr eine Hand, damit sie aufstehen und über die Scherben treten konnte. Durch die Medikamente war sie sehr wackelig auf den Beinen, geriet ins Straucheln und stand plötzlich dicht vor ihm.

Endlich konnte er ihre Nähe wieder spüren, ihre Finger in seiner Hand, diese Aura, die seinen Körper lebendig werden ließ.

Im Hintergrund gab Dr. Seifert Instruktionen an das Personal, jeden Moment würde er sie wieder loslassen müssen.

Barbara hielt seine Hand fest und sah lächelnd zu ihm auf. »Vielen Dank.« Ihr Daumen strich leicht über seinen Handrücken. »Mein Name ist Barbara.«

»Sven«, erwiderte er.

»Gehen Sie bitte zur Seite«, sagte Dr. Seifert streng und fing an, die größten Scherben aufzusammeln.

Barbara löste sich von ihm und ging auf die Tür zu. »Oh«, rief sie und drehte sich noch einmal zu ihm um. »Sie müssen verzeihen, wenn ich noch ein paarmal nach Ihrem Namen fragen muss. Mein Kopf ist wie ein Schweizer Käse.«

Barbara ... Er konnte es kaum fassen.

Wenn Rieckers dahintersteckte, dann würde er ihm später danken müssen. *Vielleicht hilft es mir, wenn ich sie dabei unterstütze, sie selbst und keine Kopie von anderen mehr zu sein.* Sven streifte die von Kaffee durchtränkten Schuhe ab und ging barfuß wie ein neuer Mensch in sein Zimmer zurück. Sein Leben schien wieder einen Sinn zu bekommen.

Silvia ist tot, aber Barbara lebt. Diesmal werde ich für sie da sein.

84. KAPITEL ——————— *Zwei Wochen später*
LANGEOOG
Mittwoch, 9. Februar 2011
7:14 Uhr

Die Fahrt hatte drei Stunden und elf Minuten gedauert. Helga schaute sich im Eingangsbereich um und rieb sich über das vor Müdigkeit und Anspannung taube Gesicht. Sie zweifelte an ihrem Verstand, dass sie diese Fahrt auf sich genommen hatte.

Wenn er mitkommt, dann wird der Rückweg anders organisiert.

Sie wollte selbst sehen, ob Fichtner Silvias Beerdigung verkraften würde. Die Kollegin am Telefon schien keine eindeutige Einschätzung liefern zu können, aber Helga wusste, wozu dieser Mann fähig war. Sie traute ihm durchaus einen schweren Zusammenbruch zu, der die Erfolge der letzten Wochen zunichtemachen würde. Schlimmer war die Vorstellung, er könnte weiterhin anzweifeln, dass sich Silvia Valentatens Asche in der Urne befand. Sicher könnte keiner der Trauergäste mit derartigen Ausbrüchen umgehen.

Schon als sie ihn kurz nach Weihnachten zur Klinik begleitet hatte, war sie begeistert gewesen. Leider konnten sich die meisten ihrer Patienten einen Aufenthalt in dieser privaten Einrichtung nicht leisten. Der Eingangsbereich mit den großen Glasfronten wirkte einladend und edel. Helle Designermöbel, freundliche Farben an den Wänden. Das Personal kam hilfsbereit auf sie zu, und wenn sie durch das Haus ging, begegnete sie vielen aufmerksamen Angestellten, die sich sofort kümmerten, wenn es nötig war.

Die abgehängten Decken schluckten einen Großteil des Schalls, und sie hörte ihre eigenen Schritte kaum. Um diese Zeit kam langsam Leben in die Zimmer und Flure.

Der Wartebereich war mit einer blassroten Sitzecke ausgestattet, eine palmenartige Zimmerpflanze streckte die gefächerten Blätter über die zum Fenster gewandten Sessel. Da Dr. Seifert sie jeden Moment abholen würde, blieb sie hier stehen. Sie musste nicht lange warten, bis sie jemanden kommen hörte.

»Dr. Albers, schön, Sie zu sehen. Kommen Sie.« Dr. Seifert ging voraus in Richtung Patiententrakt. Helga folgte und erinnerte sich daran, Eberhard später zu fragen, wie um alles in der Welt er den Platz für Fichtner bekommen konnte.

»Herr Fichtner hat sich – wie am Telefon schon erwähnt – sehr gut eingelebt und zeigt inzwischen die notwendige Bereitschaft, sich helfen zu lassen.« Seifert zog einen Schlüssel an einer Kette aus der Tasche ihrer braunen Strickjacke und schloss die Mitteltür auf. Durch das Glas konnte man bis zum Ende des Gangs sehen.

»Außerdem hat er sich mit einigen Patienten angefreundet und verbringt nicht mehr die gesamte Freizeit in seinem Zimmer.«

Helga sah im Vorbeigehen auf die unterschiedlichen Namensschilder an den Türen.

»Zu einer Patientin hat er besonders viel Kontakt. Gut möglich, dass sich die beiden ineinander verliebt haben und sich nun gegenseitig durch die schwere Zeit helfen.«

Das verwunderte Helga. Fichtner machte nicht den Eindruck, seine Schuldgefühle so schnell überwinden und für eine andere Frau offen sein zu können. *Na ja, Schicksalsschläge verbinden.*

Vor dem Zimmer mit der Aufschrift *Fichtner* blieben sie stehen, und Dr. Seifert klopfte.

»Wahrscheinlich ist er schon beim Frühstück«, sagte sie und klopfte noch einmal.

»Diese Frau, von der Sie gesprochen haben«, der Gedanke daran ließ ihr keine Ruhe, »warum ist sie hier?«

Dr. Seifert setzte den Weg fort, der sie nun zum Speisesaal führte.

»Wegen Trauerbewältigung, wie alle Patienten. Wobei ihr Fall durchaus besonders ist.«

Sie öffnete die Tür, durch die es nach frischem Kaffee, Rührei und Brötchen roch. Insgesamt fünf Patienten saßen verteilt an den sechs mit Blumen dekorierten Tischen. Ganz hinten am Fenster entdeckte sie Fichtner, der sich angeregt mit einer Frau unterhielt.

Die Haare der Patientin zeigten breite brünette Ansätze, ansonsten waren sie goldblond.

»Sollten Sie noch Fragen haben oder etwas brauchen, dann sagen Sie den Pflegern Bescheid.«

Helga bedankte sich und ging auf Fichtner zu, während Dr. Seifert den Raum verließ.

Als Fichtner sie bemerkte, lag tatsächlich so etwas wie Freude auf seinen Gesichtszügen. Er richtete sich auf und sagte etwas zu seiner Gesprächspartnerin, die sich daraufhin umdrehte und Helga freundlich ansah.

Ich fasse es nicht! Sie erkannte Barbara Freiberger von den Fotos in den Zeitungen. Jetzt ergab alles einen Sinn.

»Guten Morgen, Herr Fichtner«, grüßte sie und gab ihm die Hand, dann begrüßte sie auch Barbara. »Ich muss gestehen, ich bin etwas überrascht, Sie beide hier zusammen zu sehen.«

Sie sprach ganz leise, damit niemand dem Gespräch lau-

schen konnte. Sie war sich sicher, dass Eberhard dahintersteckte, ihr war nur noch nicht klar, warum.

Barbara vermied den direkten Blickkontakt, während Fichtner seine Hände um den Kaffeebecher legte und Helga freundlich ansah.

»Das Schicksal ist manchmal echt verrückt«, sagte er und
lächelte. Helga konnte sich nicht erinnern, ihn je fröhlich gesehen zu haben. Er war etwas ausgeglichener gewesen, als er damals den Kontakt zu Barbara hergestellt hatte, aber niemals so
fröhlich wie an diesem Morgen. *Das kann gar nicht gutgehen.*

»Was machen Sie hier, Doktor? Von Hamburg nach Langeoog sind es doch sicher vier Stunden, oder?«

Helga setzte sich an die Stirnseite. »Nein, nein, gut drei
sind es. Aber es gibt da etwas, was ich mit Ihnen direkt besprechen muss.«

Die Fröhlichkeit wich aus seinen Zügen. »Mir wurde gesagt, ich könne bleiben bis – «

»Nein, das ist es nicht«, unterbrach sie ihn.

Er hat zugenommen. Ihr fiel auf, dass er nicht mehr so blass
aussah und seine Gesichtszüge runder geworden waren. An
seinen Augen erkannte sie jedoch, dass er noch lange nicht am
Ziel war.

Sie sah kurz zu Barbara. Das war sie also, die Frau, wegen
der all das Elend entstanden war. Die Narbe auf der Stirn war
deutlich zu sehen, ansonsten war sie wunderschön. Ebenmäßige Wangenknochen, füllige Lippen, zarte Haut und hellbrau-
ne, irgendwie besondere Augen. Die Tönung der Iris sah beinahe gekleckst aus, als wollten sich die Augen nicht ganz auf
einen Ton festlegen.

»Sie darf ruhig dabeibleiben«, sagte Sven, der Helgas Zögern anscheinend fehldeutete.

»Nun gut«, begann sie schweren Herzens. »Heute findet
Silvias Beerdigung statt. Ich bin hier, um abzuklären, ob Sie
hinfahren möchten und ob es gut für Sie ist.«

Sven schluckte schwer. Er rieb sich über die Augen und wurde zunehmend unruhig. »Natürlich muss ich hin«, sagte er gedankenverloren. »Ich muss doch dabei sein.«

Mit dieser Reaktion hatte sie gerechnet, aber mit Barbaras nicht.

»Tu's nicht«, sagte sie mit Tränen in den Augen. »Es wird dir nur noch mehr wehtun.«

Sven stand auf. »Lass es, Barbara.« Immer wieder rieb er sich übers Gesicht, eine Geste, die Helga nur zu gut kannte. »Bitte entschuldigen Sie mich.« Er ging aus dem Speisesaal.

Soll er die Nachricht erst mal verdauen, bevor wir weiterreden.

»Warum wollen Sie nicht, dass er fährt?«

Barbara zog mit dem rechten Zeigefinger eine Strähne aus ihrem Haar und wickelte sie um den Finger. »Es ist nicht gut für ihn, wenn die Wunden wieder aufgerissen werden. Karls Beerdigung war grauenhaft für mich.«

Irgendetwas störte Helga an ihrer Reaktion, an der ganzen Art, wie sie auf dem Stuhl saß und den Blickkontakt mied. *Sie verheimlicht etwas.*

»Nicht gut für ihn oder Sie?«, fragte sie deshalb direkt.

»Ich spiele hierbei doch keine Rolle«, sagte sie viel zu schnell. »Er vermisst sie, jeden Tag. Daran wird die Beerdigung auch nichts ändern.« Sie zog so fest an der Strähne, dass die Fingerkuppe ganz dunkel wurde. »Warum wird sie überhaupt so spät beerdigt? Der Leichenfund ist doch schon Monate her.«

Helga betrachtete sie eingehend und versuchte, das Rätsel zu ergründen, das diese Frau umgab. »Bürokratie«, sagte sie schließlich frustriert. »Es war vollkommen unnötig, die Beerdigung so lange hinauszuzögern, da alle Untersuchungen direkt nach dem Fund vorgenommen wurden. Für die Beteiligten war es sicher eine schwere Zeit.«

Barbara senkte den Kopf und versuchte die Tränen fortzublinzeln.

»Was macht Sie so betroffen? Dass diese Frau Ihretwegen sterben musste?«

Mit Spannung wartete sie auf Barbaras Reaktion, und was sie sah, zeugte weniger von einem schlechten Gewissen, sondern eher von Zorn. *Sie wird doch wohl nicht wütend sein, weil Sven Silvia mehr liebt als sie?*

Das Schweigen deutete sie als Sackgasse in Barbaras gestörter Persönlichkeit. Anscheinend stand sie auch mit der Toten weiter in Konkurrenz.

Ich werde ihn warnen müssen. Außerdem sollte ich veranlassen, dass sie getrennt werden. Innerlich schüttelte sie den Kopf. *Ach, Eberhard, was hast du schon wieder getan?*

»Nun gut, ich werde jetzt zu Herrn Fichtner gehen, und wenn ich offen sprechen darf: Sie sollten sich helfen lassen. Haben Sie mit Ihrer Therapeutin über die Persönlichkeitsstörung gesprochen?«

Barbara wischte mit dem Handrücken eine Träne fort. »Wie bitte?«

»Sie schaden Herrn Fichtner, wenn Sie sich wieder für Silvia ausgeben, um seine Zuneigung zu gewinnen. Ist Ihnen das bewusst?«

Nun sah sie Helga in die Augen. »Er weiß es. Und er will mir helfen, damit klarzukommen.«

Sie sagt die Wahrheit. Trotzdem, da stimmt etwas nicht.

»Ich halte das für keine gute Idee.« Helga stand auf und ging Fichtner nach. Anschließend wollte sie mit Dr. Seifert sprechen, damit diese über die Problematik im Bilde war.

Sie klopfte an seine Tür und trat ein. Fichtner stand vor seinem Bett und betrachtete die Kleidung, die darauf ausgebreitet lag. Viel besaß er an diesem Ort nicht. Eine Jeans, ein blauer Pullover und weiße T-Shirts.

»Ich besitze nichts, was angemessen wäre«, sagte er und deutete auf das Bett. »Wie soll ich an ihrem Grab stehen und zuschauen, wie sie beerdigt wird? Immer wieder sehe ich ihre

Leiche vor meinem geistigen Auge und begreife trotzdem nicht, dass sie tot ist.«

»Herr Fichtner«, begann Helga behutsam. »Sie müssen das nicht tun.«

Schweren Schritts ging er rückwärts bis zur Wand und ließ sich dort auf den Boden fallen. »Was wäre ich für ein Liebender, wenn ich sie nicht auf ihrem letzten Weg begleiten würde?«

»Um ehrlich zu sein, glaube ich nicht, dass Sie die Kraft haben, sich den Blicken und Fragen der anderen Trauergäste auszusetzen. Mit der Trauer und dem Wissen, dass es nun endgültig ist, werden Sie mehr ertragen müssen, als Ihnen jetzt vielleicht bewusst ist.«

Sven barg seinen Kopf in den Händen und schwieg.

»Sie wissen, dass Barbara Freiberger nicht Silvia Valentaten ist?« Behutsam trat sie an ihn heran und setzte sich abwartend auf die Bettkante. »Herr Fichtner, wissen Sie, dass Barbara nicht Silvia ist?«

Viel zu zögerlich nickte er. »Aber sie fühlt sich an wie sie. Sie bewegt sich wie sie. Und wenn sie glücklich ist, dann strahlt sie wie sie.«

O Eberhard, ich werde dich filetieren für diesen idiotischen Einfall! Unschlüssig überlegte sie hin und her, was für ihn das Beste wäre. Wenn sie pünktlich zur Zeremonie vor Ort sein wollte, dann musste sie jetzt eine Entscheidung treffen.

»Bleiben Sie hier, Herr Fichtner. Ich werde für Sie hingehen und, wenn Sie es wünschen, ein paar Worte in Ihrem Namen sagen.«

Er nickte zustimmend, auch wenn ihm deutlich anzusehen war, wie schwer es ihm fiel.

Und anschließend knöpfe ich mir Eberhard vor!

85. KAPITEL ———————————— HAMBURG

Donnerstag, 10. Februar 2011
20:09 Uhr

Es klingelte zweimal in schneller Folge an der Haustür. Wer auch immer zu den Rieckers wollte, hatte es anscheinend eilig.

»Ich gehe schon«, sagte Eberhard und hielt seine Frau vom Aufstehen ab.

Als er die Tür öffnete, stapfte Helga ins Haus. »Seid ihr allein?«

Marianne kam hinzu und schaute sie fragend an.

»Ja, das sind wir.« Eberhard hatte sie oft aufgeregt gesehen, das gehörte zu ihrer Natur, doch solche Überfälle kamen in der Regel nicht vor. Er drückte die Tür ins Schloss und schob sie sanft Richtung Wohnzimmer. »Komm erst mal richtig rein.«

»Los, die Wahrheit, ich will alles wissen, und wehe, du lügst mich an!«

Eberhard lächelte.

»Ich war heute bei Fichtner«, erklärte sie. »Und nun rate mal, wem ich über den Weg gelaufen bin.«

»Barbara Freiberger«, antwortete er amüsiert.

»Ganz genau.« Sie wechselte das Gewicht von einem Fuß auf den anderen. »Willst du den armen Mann fertigmachen? Du steckst doch dahinter, oder?«

Beiläufig zog sie den Mantel aus und drückte ihn ihm in die Hand.

Marianne ging in die Küche und kam mit einer Flasche Wein und drei Gläsern zurück. Das Gespräch würde länger dauern, und Eberhard musste wohl oder übel einige Antworten geben.

»Also, was zur Hölle ist hier los?« Mit in die Seiten gestemmten Fäusten wartete sie ab. »Ist die Frau in der Klinik die persönlichkeitsgestörte Barbara Freiberger oder nicht? Inzwischen fange ich schon selbst an, daran zu zweifeln.«

Sie nahm das Glas Wein entgegen und trank einen großen Schluck. »Die Tote wurde eindeutig identifiziert, also kann sie gar nicht Silvia sein.«

Eberhard setzte sich und zeigte auf den Sessel. »Wir wollen ja nicht die ganze Zeit stehen, oder?«

»Nun rede endlich, du Hund.«

Marianne musste lachen. »Soll ich schon mal den Karton holen?«

»Ja, das wäre gut.« Er beugte sich vor und legte die Finger aneinander. »Weißt du, das Gesicht der Leiche war vollkommen deformiert, es gab für Freiberger Dringenderes, was zuerst gemacht werden musste. Barbara brauchte eine neue Niere.« Bei der Erinnerung wurde ihm immer noch ganz kalt. »Er entnahm Silvia eine Niere und bezahlte sehr viel Geld für den Krankentransport und die Transplantation in einer Schweizer Privatklinik. Legal hätte sie über Jahre keine bekommen.«

Helga wurde ganz ruhig und hörte nur noch zu.

»Aber natürlich kann man nicht irgendeine Niere in einen Körper pflanzen und hoffen, dass alles gutgeht, wenn man das Immunsystem nur mit Medikamenten davon abhält, das Spenderorgan abzustoßen.« In seiner Erinnerung tauchten die Räume im Keller auf. Silvia hatte dort lange im künstlichen Koma gelegen, während der Chirurg um das Leben seiner Frau kämpfte. »Freiberger wollte Silvia nicht umbringen. Die Medikamente hätten dafür gesorgt, dass er sie irgendwo verwirrt hätte aussetzen können und man von einem Opfer des Organhandels ausgegangen wäre.«

»Doch dann verstarb seine Frau, richtig?«, mutmaßte Helga.

»Richtig. Aber zu dem Zeitpunkt war er so verzweifelt, dass er wahrscheinlich nur noch handelte, ohne richtig nachzudenken. Er hatte alles getan, um seine Frau zu retten, und war nicht bereit, ohne sie zu leben. Zumal Silvia Valentaten ihr sehr ähnlich war.« Er kratzte sich am Kinn und drehte mit der anderen

Hand das Weinglas am Stiel. »Trotzdem muss das schlechte Gewissen seiner Frau gegenüber enorm gewesen sein. Er legte sie in einen Kühlraum im Keller und konservierte sie auf ähnliche Weise, wie Pathologen es für das Aufbahren einer Leiche tun.« Der Anblick war grauenhaft gewesen. Eberhard zündete sich eine Zigarette an. »Als ich die Leiche sah, hätte ich nicht sagen können, ob es Barbara oder Silvia war. Auffällig war jedoch die Narbe in der Leistengegend. Im Fernsehen gab es mal einen Bericht darüber, wie Spendernieren über den Bauchnabel entnommen und in der Leistengegend des Empfängers eingesetzt werden. Es ergab keinen Sinn, dass Silvia, die Spenderin, die Wunde an der falschen Stelle hatte. Selbst wenn dem Arzt egal war, ob sein Opfer eine Narbe zurückbehält, hätte die Wunde viel höher liegen müssen.« Er deutete an seinem stattlichen Bauch auf die Nierengegend. »Ich ging zu der Verletzten zurück, und siehe da, sie hatte zwei Narben. Eine durch die Organentnahme, die zweite wahrscheinlich, um später den Schein zu wahren. Immerhin wurde sie von der Polin versorgt, die viele Fragen gestellt hätte, wenn dort keine Wunde gewesen wäre.«

Das langsame Verstehen auf Helgas Gesicht war wie ein Sonnenaufgang. »Aber der Pathologe, der die Obduktion – «

»Ach, der Pathologe war sehr nett.« Eberhard lachte. »Er kam meiner Bitte nach, vor meinem Ruhestand noch einmal bei einer Obduktion dabei sein zu dürfen, und da habe ich vielleicht, also ganz eventuell die Proben vertauscht.«

Helga schüttelte den Kopf. »Und was, wenn du dich geirrt hättest?«

Er hob abwehrend die Hände. »Mal ehrlich, was hatte die arme Frau zu verlieren? Ich musste es versuchen.«

»Spätestens ihren Ärzten hätte es doch auffallen müssen, wenn sie in ihrem Becken keine Spenderniere gefunden hätten, oder?«

Marianne kam mit dem Schuhkarton zurück und stellte ihn

auf den Tisch. »Der Fall war doch eindeutig«, kam sie Eberhard zu Hilfe. »Wenn keiner einen so abwegigen Verdacht hatte, wird auch niemand genau hingesehen haben. Wie auch immer, es ist gutgegangen. Die Werte waren in Ordnung, es gab sicher keinen Grund, nachzuschauen. Ihre Kopfverletzung verlangte viel mehr Aufmerksamkeit.«

Eberhard nahm den Deckel ab und legte die Fotos vor Helga auf den Tisch. »Im Grunde war Freiberger brillant. Mit einem Medikament namens Lumigan veränderte er sogar ihre Augenfarbe.«

»Das ist gegen grünen Star, wie soll das die Farbe verändern?«

»Das steht in den Nebenwirkungen. Ebenso wie vermehrtes Wimpernwachstum, was inzwischen wieder nachgelassen haben sollte.«

Helga nahm die Weinflasche und schenkte sich nach. »Sicher, und durch ihren Selbstmordversuch ergab sich die Begründung, warum sie danach verändert aussah.«

Marianne setzte sich neben Eberhard. »Sie sah doch ständig anders aus, weil sie so viel an sich machen ließ.«

»Aber warum?« Helga sah die beiden an.

»Das habe ich auch nie verstanden, ich würde mich niemals freiwillig unters Messer – «

»Nein.« Helga legte die Fotos wieder zurück. »Das meine ich nicht. Warum hast du das getan?« Sie klopfte mit einem Finger auf den Kartondeckel. »Es wäre doch nicht nötig gewesen, all die Risiken einzugehen, bei so einer eindeutigen Sachlage.« Sie klang noch immer aufgebracht.

Eberhard nahm die Hand seiner Frau und drückte sie. »Überleg doch mal, was Silvia alles über sich hatte ergehen lassen müssen, nur um am Ende in ein Leben zurückzukehren, in dem sie alles verloren hat.« Er deutete auf die Bilder. »Ich fand, dass sie sich nach alldem das reiche Erbe und Schutz vor der Öffentlichkeit redlich verdient hat.«

»Ist dir bewusst, dass du dich damit strafbar gemacht hast?« Helga schnappte nach Luft, weil ihr klar wurde, wie riskant es tatsächlich gewesen war.

»Mehr als das. Mir ist bewusst geworden, dass es die letzte Gelegenheit war, einmal meine Position auszunutzen, um Opfer vor den schlimmen Folgen eines so spektakulären Falls zu schützen. Sven Fichtner und Silvia Valentaten hätten niemals Frieden gefunden, weil die Geschichte zu phantastisch ist. Die Medien wären mit Begeisterung ans Ausschlachten gegangen. Auf diese Weise sind beide weit weg, bis sich das Interesse an Barbara Freiberger gelegt hat. Von Fichtner weiß niemand etwas.«

»Aber ich verstehe immer noch nicht, wie du Fichtner in die Klinik bekommen hast. Bezahlt Silvia alles von dem Freiberger-Erbe?« Diesen Gedanken schien sie verwerflich zu finden.

»Ich habe ein paar Kontakte spielen lassen. In meinem Beruf lernt man viele unterschiedliche Menschen kennen.« Eberhard lächelte. »Es war sehr einfach, ihn dort unterzubringen. Zu Barbara gibt es offiziell keine Verbindung.«

»Und so«, fügte sie hinzu, »können sich zwei Trauernde in einer neutralen Umgebung neu kennenlernen und verlieben. Gar nicht so blöd, Herr Kommissar.«

»Der Fall ist abgeschlossen.« Eberhard war sehr zufrieden mit dem Ergebnis. Zumal Frau Moll eine rückdatierte Aktennotiz eingefügt hatte, dass Fichtner am besagten Freitag wegen einer Prügelei in der Hafengegend gemeldet worden war. Das Alibi war gesichert.

Helga lehnte sich zurück und betrachtete Marianne. »Und du steckst in allem mit drin?«

»Na ja.« Sie strich über Eberhards Hand. »Irgendwer musste den armen Kerl doch aus Göttingen wegbringen.«

»Schlimmer als Bonnie und Clyde«, sagte Helga und wurde wieder ernst. »Wie gut, dass ich noch nicht mit Dr. Seifert gesprochen habe. Ich dachte ernsthaft daran, die zwei trennen zu lassen.« Nachdenklich ließ sie die Kette ihrer Lesebrille durch die Finger gleiten. »Fichtner weiß gar nicht, dass sie doch Silvia ist, das habe ich deutlich gesehen. Wie zum Geier habt ihr verhindert, dass durch sie alles auffliegt?«

So im Nachhinein musste Eberhard sich eingestehen, dass es tatsächlich sehr viele Unsicherheiten gegeben hatte. »Als ich sie im Krankenhaus besuchte, wusste ich nicht, wie viel Schaden Freiberger mit seinem letzten Eingriff verursacht hatte, zumindest schien sie noch nichts gesagt zu haben, was Zweifel an der Geschichte aufwarf.« Er erinnerte sich an den Moment, als er das Zimmer betreten und sie ihn angesehen hatte. Was er in ihren Augen gesehen hatte, war all die Risiken wert gewesen. Silvia war traumatisiert, dennoch gefasst und abwartend. »Ich erzählte ihr alles, was ich über sie, Fichtner und den ganzen Fall wusste. Anschließend ließ ich ihr die Wahl, ob sie Barbara oder Silvia sein wollte.« Seufzend ließ er das Glas auf die Armlehne sinken. »Sie weinte, als sie sagte, dass es für alle Beteiligten besser sei, wenn Silvia tot wäre. Dabei dachte sie sicher auch an Fichtner.«

Kopfschüttelnd sah Helga ihn an. »Du bist unglaublich.«

Ächzend und mit einem angestrengten Gesichtsausdruck streifte sie die Schuhe ab und machte es sich gemütlich. »Dass sie sich zueinander hingezogen fühlen, ist bereits Gesprächsthema in der Klinik.«

Eberhard war beruhigt, dass sein Plan halbwegs aufzugehen schien.

Und Helga ließ anscheinend gerade die Begegnung mit Sven und Barbara nochmals Revue passieren. »Fichtner wird glauben, die Krankheit käme wieder zurück, sollte sie jemals die Wahrheit ans Licht bringen wollen. Er trauert um sie, obwohl sie direkt bei ihm ist.«

»Dann hoffen wir, dass sie schweigt«, sagte Eberhard matt. Er wusste durchaus, dass es grausam war, Fichtner erst den Tod der Geliebten glaubhaft zu machen und sie dann unerkannterweise wieder in sein Leben zu schicken.

»So wie ich die Sache sehe, wird er irgendwann Silvia in ihr erkennen und glücklich sein«, warf Marianne ein. »Und ich wette, er wird dann wissen, was ihm geschenkt wurde. Als ich mit ihm im Hotel saß und wartete, sagte er etwas, was mir nicht mehr aus dem Kopf geht.« Sie umfasste Eberhards Oberarm und streichelte ihn leicht. »Er sagte: Wenn ich meine Augen zumache und Barbara in meiner Nähe ist, dann spüre ich Silvia. Er fragte sich, wie eine Geisteskrankheit das bewirken könnte.«

Helga nickte. »Du meinst, er wird es irgendwann selbst herausfinden und aufhören, an seinem Glück zu zweifeln? Wenn es nötig ist, helfe ich ihm dabei.« Mit dem Glas deutete sie auf den Karton. »Und was passiert damit?«

»Ich denke, es wird Zeit, den Kamin anzumachen«, antwortete Marianne und schob den Karton zu Eberhard.

Holz und Anzünder waren schon vorbereitet, doch Eberhard hatte es bislang immer aufgeschoben, weil es ihm trotz allem irgendwie schwerfiel, Beweismittel zu vernichten. Nun kam es ihm endlich richtig vor, also machte er sich an die Arbeit.

Helga war wieder gut gelaunt und schien ihren Freunden die Geheimnisse verziehen zu haben. »Und mir habt ihr nichts gesagt, damit die Zwangseinweisung so richtig schön offiziell und mit viel Radau in der Behörde zur Kenntnis genommen wurde?«

Rieckers lachte. »Auch – aber wichtiger war, dass du von nichts eine Ahnung hattest, wenn wir aufgeflogen wären.«

»Wusstet ihr eigentlich«, begann sie im Plauderton, »dass Barbara eine Affäre mit Richard Brose hatte? Das soll ein breitgetretenes Thema in ihren Kreisen gewesen sein.«

Eberhard verbrannte sich fast am Streichholz. »Du meinst den Richard Brose, den Freiberger wiederzubeleben versuchte?«

Sie grinste breit. »Ja, das hast du nicht gewusst, was?«

Er legte die ersten Fotos in die Flammen. »Nein, das wusste ich nicht.« *Dann hat er ihn auch umgebracht ...*

»Was wohl passiert wäre, wenn Fichtner sie im Hotel nicht als Barbara Freiberger kennengelernt hätte?«, warf Marianne nachdenklich ein.

»Oder sie ihn danach nicht angerufen hätte?«, ergänzte Helga.

Oder Dr. Freiberger dem perversen Serienmörder nicht zuvorgekommen wäre ...

»Wie ich schon sagte, die Verkettungen in diesem Fall sind so unglaublich, dass man ein Buch darüber schreiben könnte.« Als alles brannte, stand er auf und ging zu seinem Platz zurück.

»Ist es das, was du jetzt in deinem Ruhestand machen willst? Bücher schreiben?« Helgas belustigter Tonfall ließ ihn schmunzeln.

»Das würde sich am Ende doch eher wie ein Protokoll lesen. Marianne ist der Meinung, ein Spanischkurs täte uns gut.«

Das amüsierte Helga. »Hola, comisario, qué tal?«

Er kratzte sich verlegen am Hinterkopf und griff zum Glas. »Auf den Ruhestand.«

DANKSAGUNG

Es ist sicher nicht immer leicht, mit einer Kreativen zusammen zu leben, deswegen möchte ich allen voran meiner Familie fürs Rücken freihalten und die Motivation danken.

Und ich möchte es auch nicht versäumen, all jenen zu danken, die mich täglich inspirieren und fordern, so dass ich auch öfter mal um die Ecke denken muss.

Ich danke dem menschlichen Wesen, das durch gefühlschaotische Episoden täglich Abgründe und Höhenflüge aneinanderreiht. Man muss nur das Haus verlassen und beobachten, um mit zig Ideen wieder heimzukehren und draufloszuschreiben.

Außerdem bedanke ich mich bei meinen Testlesern und anderen besonderen Menschen, die da wären: Markus Heitz, Konrad Hollenstein, Hanka Jobke, Birgit Joel, Monika Külper, Jan Rüther, Thomas Schmidt, Timothy Sonderhüsken und Nicole Zöllner.

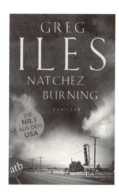

Greg Iles
Natchez Burning
Thriller
Aus dem Amerikanischen von
Ulrike Seeberger
1024 Seiten
ISBN 978-3-7466-3210-0
Auch als E-Book erhältlich

»DER Thriller der letzten zehn Jahre.« The Times

Penn Cage, Bürgermeister von Natchez, Mississippi, hat eigentlich vor, endlich zu heiraten. Da kommt ein Konflikt wieder ans Tageslicht, der seine Stadt seit Jahrzehnten in Atem hält. In den sechziger Jahren hat eine Geheimorganisation von weißen, scheinbar ehrbaren Bürgern Schwarze ermordet oder aus der Stadt vertrieben. Nun ist mit Viola Turner, eine farbige Krankenschwester, die damals floh, zurückgekehrt – und stirbt wenig später. Die Polizei verhaftet ausgerechnet Penns Vater – er soll sie ermordet haben. Zusammen mit einem Journalisten macht Penn sich auf, das Rätsel dieses Mordes und vieler anderer zu lösen.

Jodi Picoult: »Ich weiß nicht, wie Iles es gemacht hat, aber jede Seite des Romans ist ein Cliffhanger, der einen dazu treibt, noch ein Kapitel zu verschlingen, bevor man das Buch hinlegt, um zu essen, zu arbeiten oder ins Bett zu gehen. Die perfekte Verbindung von Historie und Thriller. Greg? Du schuldest mir eine Menge Schlaf.«

Regelmäßige Informationen erhalten Sie über unseren Newsletter. Jetzt anmelden unter: www.aufbau-verlag.de/newsletter

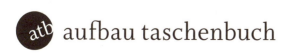